吉田富夫先生
退休記念
中國學論集

溫友言題

吉田富夫先生　近影

2007年10月15日　研究室にて
李冬木氏撮影

序　　画期的な論文集

竹　内　　実

　吉田富夫先生に学んだ諸兄姉はたのしかっただろうな、と、記念論文集の目次をたどりながら、おもった。
　ここには交流のあった国内外の学者もふくまれているから、すべて「学生」とはいいきれないが、しかし、おたがいに学んだことはあったはずである。
　孔子の弟子は三千人いたというが、勢いとしては孔門におとらない。
　しかも、めいめい独自独特である。
　交響楽団の演奏にたとえてもよいが、しかし指揮棒に統一された音色でないことは、目次を見たかぎりでも予想できる。
　吉田富夫先生の専門とされる（中国の）現代文学は禁忌が少なくなかった。くりかえされた政治批判は日本にも余波がおよんだ。その波をくぐって（くぐって、というより、サーフィンの名人のように波にのって）、佛教大学に中国文学科をたちあげ、軌道にのせた。その軌道をはしるいさましい列車の音も、この論文集からきこえてくる。
　佛教大学は国際交流に熱心で、先生はしばしば通訳を担当された。わたしはその場にいあわせたわけではないから断言できない

が、その奉仕によって相互理解が促進達成されただろうことは、確信をもって想像できる。

　先生の通訳は、いくらか長い。おきかえながら要所要所に解説をくわえるからである。こうした配慮が、おそらく講義、討論の発言にもあって、そこに集った学者、学生にたのしい雰囲気をあたえただろうとおもわれるのである。

　莫言さんの翻訳にも精力をそそがれているが、翻訳の文章にみられる即物性、多様性は、群を抜いている。中国の現代文学の翻訳はきまり文句の訳語をあてることがながくつづいたが、そのような弊風にそまっていない。

　こうした翻訳、通訳の態度は講義、研究でとりあげる中国の文化、文化現象の理解にも反映されていよう。

　したがって、ここに集った論文には、それぞれがそれぞれの対象をどのように解明しているかということだけでなく、吉田富夫現象というものを、どのように幻出（オーロラのように中空に光をただよわすこと）しているか、という期待をいだかせるのである。

　中国文学・文化理解、日中の文化交流のこれまでを示すとともに、これから、を示す一冊である。

　このような論文集が世に問われるのは、ひとえに、指揮棒をふらぬ指揮者、吉田富夫先生の貢献、功績によるのである。

（2007年3月20日）

目　次

序　　画期的な論文集 …………………………竹　内　　実　　i

吉田先生自撰略年譜・著作目録 ………………………………… vii

第1部

乙巳・丙午三箇月〈留学〉日記抄
　　　1965年10月──66年1月 ……………………吉　田　富　夫　　5
吉田先生について ………………………………莫　　　　　言　　61
太田川の清らかな波
　　　──わたしと吉田先生とのおつきあい ………葉　　　広　芩　　65
今ではそうであること──吉田富夫教授と私 ………毛　　　丹　青　　69
吉田先生のこと ………………………………狭　間　直　樹　　73
吉田さん、もう少し待ってて下さい ……………後　藤　多　聞　　77

第2部

東アジア創世神話における「配偶神」神話成立時期の研究について
　　　………………………………………………厳　　　紹　璗　　85
わが六経──吉田富夫教授退休記念論文集に寄せて ……劉　　　再　復　101
異文化間対話の中で形成される「東亜の魯迅」 ………張　　　夢　陽　109
王羲之の北伐に対する態度とその人物評価 ……………祁　　　小　春　121
廬山慧遠の「沙門不敬王者論」について ………………鵜　飼　光　昌　135
唐代士大夫の科挙に対する意識──岑参の場合── ………岡　本　洋　之　介　149
宋代の華林書院詩について ……………………中　尾　弥　継　163
中原音韻序と葉宋英自度曲譜序 …………………中　原　健　二　175

読み物の誕生
　　——初期演劇テキストの刊行要因について——……………小松　　謙　185
沙悟浄とカメ………………………………………………………氏岡　真士　199
崇禎本「金瓶梅」に於ける補筆について………………………荒木　　猛　211
『申報』の文学圏——『瀛寰瑣紀』創刊前後 …………………齋藤　希史　223
年画師・呉友如について…………………………………………若杉　邦子　237
國語普及の一方策
　　——教育部管轄「國語講習所」の場合（続）……………藤田　一乘　251
七枚の戲単…………………………………………………………赤松　紀彦　261
魯迅はどのように〈阿金〉を「見た」のか？…………………李　　冬木　273
魯迅『傷逝』小論——一身上の近代 ……………………………浅野　純一　289
沈従文の日記体小説「篁君日記」における「恋愛」…………黄　　嬡玲　303
李金髪　その人生と詩……………………………………………杉谷　　有　317
蕭紅初期作品中の女性と子供……………………………………工藤千夏子　331
"十七年" 文学の愛情と革命
　　——宗璞『紅豆』をめぐって——………………………濱田　麻矢　343
五七幹部学校について……………………………………………萩野　脩二　357
文革期の小説『生命』とその批判について……………………岩佐　昌暲　371
「文芸黒線専政」論について ……………………………………辻田　正雄　385
韋君宜年譜…………………………………………………………楠原　俊代　399
余華の戦略…………………………………………………………中　　裕史　411
「十月懐胎」について——余華から説き起こす ………………松家　裕子　423
无間勝間之小船や無目籠／無目堅間という名の船……………黄　　當時　437
「官話」文体と「教訓」の言語
　　——琉球官話課本と『聖諭』をめぐって——…………木津　祐子　449
中国語Ｗｅｂ教材の開発…………………………………………三枝　裕美　463
西湖博覧会と日本に関する覚書…………………………………柴田　哲雄　477
ユン・チアン『マオ　誰も知らなかった毛沢東』を読み解く
　　——中国人の特異な「歴史意識」の正体——…………北村　　稔　489

北京と「上海閥」神話と日中関係……………………徳 岡　仁　501

執筆者紹介 ……………………………………編集委員会　515
後　　記 ………………………………………萩 野 脩 二　519

吉田富夫先生自撰略年譜・著作目録

自撰略年譜

1935年（昭和10）　広島県豊田郡戸野村字上戸野2459番地に父山田時夫、母サカヨの次男として出生。

1945年（昭和20）　8月6日、広島市から約80キロ離れた沼田川源流の山村で原子爆弾炸裂の閃光を山の彼方に目撃する。

1948年（昭和23）　3月、広島県豊田郡戸野村立上戸野小学校を卒業。
　　　　　　　　　4月、新制戸野村立戸野中学校に進学。翌々年、同校は近辺3個村の中学校と合併して学校組合立向陽中学校に編成替え。

1951年（昭和26）　3月、向陽中学校を卒業。
　　　　　　　　　4月、広島県立西条高等学校に入学。翌年、同校は広島県立西条農業高等学校と分離して広島県立賀茂高等学校に編成替え。

1954年（昭和29）　3月、賀茂高等学校を卒業。
　　　　　　　　　4月、京都大学文学部に入学。

1955年（昭和30）　1月、父を失う。

1956年（昭和31）　4月より第3学年となり中国語学・中国文学を専攻、吉川幸次郎（第1講座）および小川環樹（第2講座）の両博士に指導を受ける。

1958年（昭和33）　3月、学士論文「『子夜』について」を提出して京都大学文学部を卒業。同期卒業は山本和義、吉田多満子の両君。
　　　　　　　　　4月、京都大学大学院文学研究科修士課程（中国語学・中国文学専攻）に入学。
　　　　　　　　　10月、吉田多満子と結婚、吉田に改姓。

1960年（昭和35）　3月、修士論文「魯迅『野草』論」を提出して、同修士課程を修了。同期修了は山本和義君。
　　　　　　　　　4月、同博士課程（中国語学・中国文学専攻）に進学。この年、日米安保条約改訂反対闘争に参加するとともに、日中友好協会京都府連合会の常任理事となり、以後同協会の主催する中国語

教室の運営や中国文化人の接待に参加し、巴金、謝冰心、李季、周而復、林林、茹志鵑はじめ、多くの中国文学者に接する機会を得る。

1963年（昭和38）　2月、長男道利誕生。

3月、京都大学大学院文学研究科博士課程を単位取得につき、退学。

4月、京都大学研修員となる（翌年3月まで）。

1964年（昭和39）　4月、追手門学院高等学部教諭となる（翌年6月まで）。

12月、中国科学院学術代表団招請運動が実現し、歓迎事務局の一員となる。

1965年（昭和40）　4月、立命館大学非常勤講師となる（中国語、10月まで）。

10月、中国科学院（郭沫若院長）の招聘により、京都青年中国研究者代表団の団長として訪中。翌年2月初までの三箇月間、北京、西安、延安、南京、上海、杭州、南昌、井岡山、長沙、広東などの大学や学術機関を歴訪して事情を見聞し、最後の一箇月間は北京大学に滞在して学習と資料収集に努める。［委細は本書所収拙文参照］

1966年（昭和41）　2月、中国から帰国。

4月、奈良女子大学非常勤講師となる（中国文学史、中国古典文購読などを担当）。次男竜司誕生。中国で文化大革命勃発。

1967年（昭和42）　10月、京都大学文学部助手に採用される。奈良女子大学を辞退。

1969年（昭和44）　2月、全共闘運動に際して京都大学当局が学外暴力学生排除を理由に学内をバリケード封鎖したことに対して文学部助手有志を募り抗議声明を出す。

1971年（昭和46）　5月、高橋和巳氏逝去。

1972年（昭和47）　4月、佛教大学専任講師（国文学科）に採用される。京都大学文学部非常勤講師（2002年3月まで）。

1974年（昭和49）　4月、佛教大学助教授に昇任。

1976年（昭和51）　1月、北京大学の招聘により、同大学主宰の戦後日本史学習班

　　　　　　　　　　　　　　自撰略年譜

　　　　　（講師は井上清京都大学教授。テーマは戦後日本経済の高度成長）の
　　　　　助理研究員として訪中し、中国各地からの参加者と講師との連
　　　　　絡・調整役に当たる。大寨、大慶などを訪ね、かつ4月5日の
　　　　　天安門前広場焼き討ち事件（"四五運動"）の一部を目撃し、ま
　　　　　た周恩来総理および朱徳全人代委員長の葬儀（1月および7月）
　　　　　にも参加して、7月帰国。
　　　　　9月、毛沢東主席逝去。
1977年（昭和52）　4月、京都日中学術交流懇談会の設立に際し、発起人の一人と
　　　　　なる。
　　　　　9月、日中友好浄土宗協会設立に際し、参与となる。
1978年（昭和53）　10月、日中友好浄土宗協会第1次浄土宗代表友好団の通訳と
　　　　　して北京、太原、西安、上海などを訪ねる。
1979年（昭和54）　4月、佛教大学教授に昇任。
　　　　　同月、京都日中学術交流懇談会派遣第1次自然科学参観団（団
　　　　　長：寺本英京都大学理学部教授）の秘書長として上海、南京、武
　　　　　漢、西安、北京などの学術機関を訪問し、文革で破壊された自
　　　　　然科学の現状を視察し、交流の再開を模索する。
1980年（昭和55）　4月、吉川幸次郎博士逝去。
　　　　　9月、同上第2次自然科学参観団（団長：山口昌也京都大学理学
　　　　　部教授）の秘書長として上海、無錫、南京、武漢、重慶、昆明、
　　　　　広州などの各地の学術機関を訪問。
1981年（昭和56）　4月、同上第3次自然科学参観団（団長：三根久京都大学工学部
　　　　　教授）の秘書長として上海、北京、西安、成都、昆明などの学
　　　　　術機関を訪問。
1986年（昭和61）　4月、佛教大学中国文学科設立に関与。
1987年（昭和62）　2月、国際日本文化研究センター設立に際して中国における日
　　　　　本研究の現状視察に山田慶児、杉本秀太郎両教授とともに日本
　　　　　政府から派遣されて北京、長春、瀋陽、天津、上海などの各地
　　　　　の日本研究機関を訪ね、主として通訳の任に当たり、総括報告

　　　　　　　　　　原案を執筆。
　　　　　　　　　3月、高瀬泰司君逝く。
　　　　　　　　　8月、第1次佛教大学漢語研修班の学生42名を引率して西北大学（西安）に滞在。（同研修班は1989年の天安門事件以降は第3次より春3月実施に変更し、いまもつづいている）
1988年（昭和63）　この年より現代中国研究会を主宰する。
1993年（平成5）　4月、佛教大学文学部長に任ぜられる（1996年3月まで）。
　　　　　　　　　8月、小川環樹博士逝去。
1996年（平成8）　4月、佛教大学副学長に任ぜられる（1998年3月まで）。
　　　　　　　　　7月、八木俊樹君逝く。
2001年（平成13）　11月、井上清さん逝く。
2005年（平成17）　3月、満70歳停年をもって佛教大学を退職。停年講義の題目は「現代中国文学における内省意識の消長」（1月）。
　　　　　　　　　4月、佛教大学嘱託教授を委嘱される。
　　　　　　　　　5月、母を失う。
　　　　　　　　　9月、吉林大学へ佛教大学中国学科からの初の正規留学生（1セメスター、23人）を引率して長春を訪問。
2006年（平成18）　3月、中国西北大学より20年にわたる佛教大学との姉妹校交流で果たした仕事に対して栄誉教授の称号を贈られる。
2007年（平成19）　2月、弟有三を失う。

自撰著作目録

1954年（昭和29）
  7月　土とセメント（創作）　　同人誌ヒロバ　1
  12月　試射場のあるＨ村で（創作）　　同人誌ヒロバ　2
1956年（昭和31）
  6月　秋落ち（創作）　　同人誌京大文学　4
1957年（昭和32）
  6月　つながり（創作）　　同人誌京大文学　6
1958年（昭和33）
  10月　『子夜』について［学士論文］　　中国文学報　9
1960年（昭和35）
  4月　茅盾文学序説　　中国文学報　12
  6月　『上海の朝』について　　大安　6 — 6
  11月　「小小説」に関して　　大安　6 —11
1961年（昭和36）
  4月　第三回中国文学芸術工作者代表大会をめぐって◇　　中国文学報　14
  5月　魯迅『傷逝』断片◆　　大安　7 — 5
  7月　劉白羽と短編『路標』　　書報　4 — 7
  11月　『阿Ｑ正伝』の読み方について◆　　大安　7 —11
1962年（昭和37）
  4月　魯迅『野草』論［修士論文］◆　　中国文学報　16
1963年（昭和38）
  3月　魯迅『故事新編』論◆　　『京都大学大学院博士課程研究論文集』
  5月　チャクトナレン「草原の歌――カルタンおぢさん――」（翻訳）　　人間
        座上演用油印本
      中国演劇の上演　　人間座特集号
  9月　歴史劇論争の一側面◇　　中国学術代表団招請運動ニュース　8

1965年（昭和40）

　4月　葉紫「豊収」、茹志鵑「第二歩」（翻訳）　　筑摩書房『世界文学大系』94

　10月　老舎「宝船」（翻訳）　　人形劇団京芸上演用油印本

1968年（昭和43）

　1月　文学革命論　　大修館書店『中国文化叢書5・文学史』

　　　中国文学──現代　　平凡社『世界大百科辞典』20

　3月　魯迅と初期左聯◆　　『吉川博士退休記念中国文学論集』

1969年（昭和44）

　7月　毛沢東「文芸講話」（校訂訳注）　　中央公論社『世界の名著』64

1970年（昭和45）

　2月　プロレタリア文化革命と中国文学界のいくつかの問題　　アジア経済旬報　745

1971年（昭和46）

　5月　〈無物〉との戦い──魯迅◆　　序章　6

　　　蕭平「三月雪」、李淮「手紙」、茹志鵑「阿舒」（翻訳）　　河出書房『現代中国文学』11短編集

1972年（昭和47）

　3月　『革命論集』（翻訳）（小野信爾、狭間直樹、藤田敬一3氏との共著）　　朝日新聞社『中国文明選』15

　6月　魯迅と光復会の革命家群像◆　　現代の眼　6

　11月　30年代文芸　　『現代中国事典』（安藤彦太郎編、講談社現代新書）

1973年（昭和48）

　11月　文学・反文学・非文学──プロ文革以後の中国文学界について◇　　鷹陵　51、52

1974年（昭和49）

　1月　文革以後の中国文学──〈連続〉と〈非連続〉◇　　現代中国　48＋49

　10月　『虹南作戦史』論◇　　『入矢・小川教授退休記念論文集』

　　　農民の絵によせて　　京都大学新聞　7日

　11月　批林批孔の意味　　さんいち　1974年号

自撰著作目録

12月	『毛沢東文化大革命を語る』（共訳注、竹内実氏編）	現代評論社

1975年（昭和50）

- 4月　『毛沢東哲学問題を語る』（共訳注、竹内実氏編）　現代評論社
- 　　　個人的な印象断片──北京大学社会科学代表団を迎えて　　龍渓　13
- 10月　路線闘争を描く短編小説──文革後の中国文学界◇　　アジアクオータリー　25

1976年（昭和51）

- 6月　中国文学の情況と翻訳・研究 '76　　『文芸年鑑』昭和51年版
- 10月　天安門事件前後　アジアクオータリー　28

1977年（昭和52）

- 6月　『文化と革命』（野村浩一、加々美光行両氏との共著）◇　三一書房
- 10月　北京滞在の印象　日中仏教　7
- 12月　生活・風俗・習慣　『中国総覧』1978年版

1978年（昭和53）

- 1月　「湖南革命政府」が「湖南人民会議」を招集、「湖南憲法」を制定し、「新湖南」を建設するとの提案（翻訳）　講談社『民衆の大連合──毛沢東初期著作集』（竹内実・和田武司編）所収
- 2月　毛沢東「中国共産党第八期中央委員会第二回全体会議における講話」（訳注）　三一書房『注釈解題毛沢東選集』第5巻第Ⅱ分冊（竹内実監訳）所収
- 3月　復権の論理──「四人組」以後の中国文学界＊　アジアレビュー　1
- 4月　現代中国文学への接近　中国語　4
- 　　　毛沢東「省・市・自治区党委員会書記会議における講話」（訳注）　三一書房『注釈解題毛沢東選集』第5巻第Ⅲ分冊（竹内実監訳）所収
- 6月　柳青『創業史』第一部①（翻訳）　朝日アジアレビュー　34
- 9月　柳青『創業史』第一部②（翻訳）　朝日アジアレビュー　35
- 12月　柳青『創業史』第一部③（翻訳）（掲載誌廃刊により未完）　朝日アジアレビュー　36

1979年（昭和54）

6月　中国文学の現状と翻訳・研究 '78　　『文芸年鑑』昭和53年版

12月　生活・風俗・習慣　　『中国総覧』1980年版

1980年　(昭和55)

　6月　舞台にみる明暗の心理＊　　アジアクオータリー　41

　7月　やぶにらみのひとりごと　　竹の友社『楽に寄す』

　9月　思索される現実──中国の新たな思想潮流＊　　エコノミスト　9・9

1981年　(昭和56)

　1月　汪向栄「茶道」(翻訳)　　淡交　35

　5月　中国における体制内批判派＊　　現代の眼　5

　8月　張以誠「渤海油田事故のてんまつ」(翻訳)　　エコノミスト　8・11

　10月　趙丹「監督のしかたが具体的すぎると、文芸に希望はない」(翻訳)
　　　　アジアクオータリー　45

　　　　楊献揺「さらば終身制」(翻訳)　　アジアクオータリー　45

　11月　胡月偉・楊鑫基『狂気の祝日』(阿頼耶順宏、竹内実両氏との共訳)　　中央公論臨時増刊号

1982年　(昭和57)

　3月　中国この一年──文学　　中国語　3

　4月　故国三千里，風雲三十年──王蒙の位置　　中国研究所月報　4
　　　　生活・風俗・習慣　　『中国総覧』1982年版

　6月　胡月偉・楊鑫基『小説 張春橋』(前記翻訳『狂気の祝日』改題)　　中央公論社

　7月　表現の自立をめざす動き──文学界の動向によせて＊　　現代中国　56
　　　　「四人組」後の文化界 ［特集「調整の軌跡」Ⅲ］ ＊　　『新中国年鑑』1982年版

　8月　紅衛兵世代の作家たち＊　　朝日新聞(夕刊)　2日

　11月　中国の劇場　　講談社『中国』(世界の国シリーズ16)

1983年　(昭和58)

　2月　巴金「蕭珊追慕」(翻訳)　　霞山会『ひとびとの墓碑銘』所収

　4月　病める中国の教育──教師暴行事件の周辺　　東亜　190

自撰著作目録

5月　文化——概観＊　　『新中国年鑑』1983年版

　　　文化——演劇＊　　『新中国年鑑』1983年版

　　　書評：石上韶訳『探索集』　中国研究所月報　5

6月　岩佐昌暲「小説に見る中国社会主義の現在」に対する総括質問要旨
　　　現代中国　57

11月　『鄧小平は語る』（竹内実氏との共同監訳）　風媒社

　　　文爾「郭沫若の妻をとみ」（上）（翻訳）　　東亜　11

12月　文爾「郭沫若の妻をとみ」（下）（翻訳）　　東亜　12

1984年（昭和59）

4月　文化——概観＊　　『新中国年鑑』1984年版

　　　文化——演劇＊　　『新中国年鑑』1984年版

　　　現代中国学会第三三回学術大会における萩野報告に対する代表質問
　　　現代中国　58

6月　生活・風俗・習慣　　『中国総覧』1984年版

　　　毛毛「文革中の父——鄧小平」（翻訳）　　エコノミスト　10—2

9月　年表：近代化の軌跡 '76〜'84（小島朋之、萩野脩二両氏との共編）　世界　9

10月　整党、知識人——劉賓雁近作三点（萩野脩二氏との共訳）　東亜　10

11月　革命委員会　平凡社大百科事典　11

　　　胡風　平凡社大百科事典　11

1985年（昭和60）

1月　『五四の詩人王統照』　京都大学人文科学研究所『五四運動の研究』第3函

3月　中華人民共和国◇　平凡社大百科事典　9

　　　中国文学——文学革命から人民文学へ　平凡社大百科事典　9

　　　天安門事件　平凡社大百科事典　3

4月　魯迅『二心集』（翻訳）　学習研究社『魯迅全集』6

　　　「絶対的」——ある訳語のこと　学習研究社『魯迅全集』第6巻月報

6月　巴金　平凡社大百科事典　11

　　　文化大革命◇　平凡社大百科事典　13

　　　　文芸講話、茅盾　　平凡社大百科事典　13

　　　　老舎、魯迅　　平凡社大百科事典　15

　　　　書評：加藤幸子・辻康吾編『キビとゴマ─中国女流文学選』　中国研究所月報　6

　　　　もう一つの文化？──中国学（森毅氏との対談）　　平凡社『世間噺数理巷談──森毅対談集』

　9月　北国の叙情──張抗抗という作家　　東亜　9

　10月　中華人民共和国の成立（上）（下）　　読売新聞〈夕刊〉　12日、19日

　11月　思想改造運動　　読売新聞〈夕刊〉　2日

1986年（昭和61）

　5月　歴史の中の毛沢東　　読売新聞〈夕刊〉　24日

　　　　〈人材〉〈自由〉とその可能性──文化概観＊　　『新中国年鑑』1985年版

　　　　文芸──演劇＊　　『新中国年鑑』1985年版

　6月　文学作品にみる毛沢東　　蒼蒼社『歴史の中の毛沢東──その遺産と再生』所収

　7月　生活・風俗・習慣　　『中国総覧』1986年版

　8月　手錠をかけられた雷鋒──劉賓雁「もう一つの忠誠」──＊　　東亜　230

1987年（昭和62）

　2月　韓国──胎動する中国現代文学研究　　朝日新聞〈夕刊〉　4日

　4月　巴金〈懐念蕭珊〉を読む（一）　　中国語　328

　　　　ワリをくった世代　　竹内実『現代中国の展開』所収

　　　　従「七月」雑誌一、二集看抗戦文芸的初期発展　　中国現代文学創刊号（韓国）

　5月　巴金〈懐念蕭珊〉を読む（二）　　中国語　329

　　　　階段のある風景　　『夢は荒野を──小松辰男追悼集』

　6月　巴金〈懐念蕭珊〉を読む（三）　　中国語　330

　　　　荒誕川劇『潘金蓮』の周辺＊　　東方　75

　　　　文化概観──文化概念変革への模索＊　　『新中国年鑑』1987年版

文化──演劇＊　　『新中国年鑑』1987年版

蘇生の光と影──新時期文学の十年＊　　『新中国年鑑』1987年別冊（辻康吾氏との共編）

〈反思〉──八六年中国文化界のある位相＊　　東亜　240

唐詩を読む──杜甫　　洛中洛話　87─2

8月　書評：夏衍著・阿部幸夫訳『日本回憶』　　エコノミスト　8─4

9月　「十年」を見る視点＊　　季刊中国研究　8

12月　〈五四〉と〈四五〉＊　　同朋　12

1988年（昭和63）

2月　中国知識人の抵抗　　読売新聞〈夕刊〉　18日

〈ブルジョア自由化〉批判　　京都新聞　27日

3月　胡風批判とその復権＊　　京都大学人文科学研究所『転形期の中国』

6月　文化概観──保守派の攻勢、そして凋落＊　　『新中国年鑑』1988年版

文化──文芸創作（長編）＊　　『新中国年鑑』1988年版

文化──演劇＊　　『新中国年鑑』1988年版

生活・風俗・習慣　　『中国総覧』1988年版

中国文学の現状と翻訳・研究　　『文芸年鑑』1988年版

1989年（昭和64・平成1）

6月　血塗られた栄光　　京都新聞　11日

文化概観──危機意識の深化＊　　『新中国年鑑』1989年版

文化──長編・紀実文学＊　　『新中国年鑑』1989年版

文化──演劇＊　　『新中国年鑑』1989年版

中国文学の現状と翻訳・研究　　『文芸年鑑』1989年版

8月　徳先生，你好（キーワードで見る中国②）　　読売新聞〈夕刊〉　22日

1990年（平成2）

1月　〈ヒューマニズム〉の消長──建国後の文学の流れ　　岩波書店『文学芸術の新潮流』（講座現代中国第5巻）

3月　〈人民〉から〈国民〉へ──天安門事件の近代史的考察◆　　岩波書店『民主化運動と中国社会主義』（講座現代中国別巻①）

講評：萩平京子「李商隠」　佛教大学通信教育部卒業論文集　24

4月　康濯「胡風冤罪事件」（上）（翻訳・解題）　東亜　274

　　　李新国「広場清掃直前の談判」（翻訳）　新日本文学　503

5月　康濯「胡風冤罪事件」（下）（翻訳・解題）　東亜　275

6月　文化概観——民主化の高揚と挫折＊　『新中国年鑑』1990年版

　　　文化——長編・紀実小説　『新中国年鑑』1990年版

　　　文化——演劇＊　『新中国年鑑』1990年版

　　　文芸思潮　『中国総覧』1990年版

7月　梅志「『胡風事件のいきさつ』は真実ではない」（翻訳・解題）　東亜　277

1991年（平成3）

4月　『反転する現代中国』（前記＊印をつけた論文を収録）　研文出版

　　　禁じられた『WM』　研文出版『反転する現代中国』で初出

　　　ほな、またな　高瀬泰司追悼集刊行会『泰ちゃん』

6月　文化概観——冬の季節の到来　『新中国年鑑』1991年版

　　　文化——長編・報告紀実文学　『新中国年鑑』1991年版

　　　文化——演劇　『新中国年鑑』1991年版

7月　中国留学藪睨み　キャンパス京都

　　　エドガー・スノー「魯迅へのインタビューの記録」（翻訳・解題）　東亜　289

　　　七十歳の中国共産党　京都新聞〈夕刊〉現代のことば　7日

8月　『志のうた——中華愛誦詩選』（竹内実氏との共著）　中央公論社（中公新書）

　　　善意の熱死　京都新聞〈夕刊〉現代のことば　20日

10月　「満州事変」六十周年　京都新聞〈夕刊〉現代のことば　5日

　　　民主化の波「溷ぐか、導くか」——洪水と中国共産党　読売新聞〈夕刊〉19日

　　　自著を語る——『反転する現代中国』　佛教大学学報　41

11月　硬いお粥　京都新聞〈夕刊〉現代のことば　22日

自撰著作目録　　　　　　　　　　　　　　　　xxi

　12月　書評：戸張東夫著『映画で語る中国・台湾・香港』　　知識　121

1992年（平成4）

　1月　ドラマ不足のソ連邦解体　　京都新聞〈夕刊〉現代のことば　17

　3月　王蒙事件の顚末――一九九一年（構成・翻訳・解説）　　東亜　297

　　　　中国における1杯のかけそば　　京都新聞〈夕刊〉現代のことば　4日

　　　　中国 開放の行方（インタビュー「アジアはいま」）　　京都新聞　13日

　4月　アソビとしての"毛沢東熱"　　京都新聞〈夕刊〉現代のことば　17日

　6月　難航する中国の大計画　　京都新聞〈夕刊〉現代のことば　4日

　　　　文芸思潮　　『中国総覧』1992年版

　　　　文化概観――反〈和平演変〉のかけ声　　『新中国年鑑』1992年版

　　　　文学――長編・紀実小説　　『新中国年鑑』1992年版

　　　　文化――演劇　　『新中国年鑑』1992年版

　　　　文化――音楽　　『新中国年鑑』1992年版

　7月　エアコンと文化輸出　　京都新聞〈夕刊〉現代のことば　31日

　8月　麦陽「密告者は誰か――竜華二十四烈士殉難六十周年によせて」（翻訳・解題）　東亜　302

　9月　表門と裏門　　京都新聞〈夕刊〉現代のことば　16日

　11月　『中国近現代論争年表』（上）（下）（共編著）　　京都大学人文科学研究所

　　　　天皇訪中のある風景　　京都新聞〈夕刊〉現代のことば　7日

　12月　中国現代化への視点　　京都新聞〈夕刊〉現代のことば　22日

1993年（平成5）

　2月　王朔――商業主義文学の旗手　　京都新聞〈夕刊〉現代のことば　18日

　4月　西安の「狗市」　　京都新聞〈夕刊〉現代のこことば　6日

　5月　王希哲――中国の民主運動家　　京都新聞〈夕刊〉現代のことば　26日

　6月　文化概況――商品経済の波に洗われる文化界　　『新中国年鑑』1993年版

　　　　文化――長編・報告紀実文学　　『新中国年鑑』1993年版

　　　　文化――演劇　　『新中国年鑑』1993年版

　7月　相手側からの視線　　京都新聞〈夕刊〉現代のことば　15日

　9月　下海（シヤハイ）　　京都新聞〈夕刊〉現代のことば　2日

10月　蘇州のバス　　京都新聞〈夕刊〉現代のことば　22日

　　　《二流》の視点　　鷹陵　138

12月　抗日戦争期の陶晶孫◆　　立命館国際研究　6―3

　　　ある詩人の死　　京都新聞〈夕刊〉現代のことば　9日

1994年（平成6）

2月　黄土高原のある小説　　京都新聞〈夕刊〉現代のことば　4日

3月　中国政治の"間"　　京都新聞〈夕刊〉現代のことば　23日

　　　異文化との接触　　友好の輪　9

5月　周恩来の娘　　京都新聞〈夕刊〉現代のことば　14日

6月　王蒙氏の印象　　京都新聞〈夕刊〉現代のことば　30日

　　　文化概観──〈商品化への地すべりすすむ〉　　『新中国年鑑』1994年版

　　　文学──長編・報告紀実文学　　『新中国年鑑』1994年版

　　　文化──演劇　　『新中国年鑑』1994年版

7月　『思想・文学』（『原典中国現代史』第5巻）（萩野脩二氏との共編著）　　岩波書店

　　　文芸思潮　　『中国総覧』1994年版

8月　同時代人にとっての現代中国　　京都新聞〈夕刊〉現代のことば　8日

9月　アジアの世紀か　　紫峰　62

10月　長編『廃都』の周辺　　アーガマ　132

　　　失われる甜水井　　京都新聞〈夕刊〉現代のことば　11日

　　　情況突破できぬ中国（時代を問う─文学⑤）　　京都新聞　21日

1995年（平成7）

1月　春節の寒流　　京都新聞〈夕刊〉現代のことば　21日

3月　毛沢東の内と外　　京都新聞〈夕刊〉現代のことば　8日

　　　周樹人の選択──〈幻灯事件〉前後◆　　佛教大学総合研究所紀要2別冊

4月　社会主義市場経済の陥穽　　京都新聞〈夕刊〉現代のことば　25日

6月　中国文学の情況と翻訳・研究'94　　『文芸年鑑』1995年版

　　　遅れて歩いている中国　　京都新聞〈夕刊〉現代のことば　16日

8月　落第した秀才・日本　　京都新聞〈夕刊〉現代のことば　2日

　　　　　　　　　　　自撰著作目録　　　　　　　　　　xxiii

　　9月　　雑誌『紅黒』　　中国文学報　50
　　　　　　三峡の旅から　　京都新聞〈夕刊〉現代のことば　19日
　　11月　　今の中国の儒教　　京都新聞〈夕刊〉現代のことば　7日
　　12月　　〈影〉としての魏京生氏　　京都新聞〈夕刊〉現代のことば　27日
1996年（平成8）
　　2月　　賈平凹『廃都』（上）（下）（翻訳）　　中央公論社
　　　　　　忘れられた文学者の復権――丁景唐編選『陶晶孫選集』　　アイ・フィール　19
　　　　　　馬華文学の周辺　　京都新聞〈夕刊〉現代のことば　21日
　　　　　　情と志――日中の文化位相　　あうろーら　2
　　　　　　毛沢東の革命と儒教文化　　佛教大学学内報　264
　　3月　　現代中国のベストセラー『廃都』はポルノか　　中央公論　3
　　4月　　『中国現代文学史』　　朋友書店
　　　　　　白毛女変身のこと　　京都新聞〈夕刊〉現代のことば　9日
　　　　　　出会いのこと　　『吉川幸次郎講演集』月報
　　5月　　中国の発禁ベストセラー『廃都』にみる性愛の真実　　婦人公論　5
　　　　　　西安のある風景　　京都新聞〈夕刊〉現代のことば　28日
　　6月　　中国文学の現況と翻訳・研究'95　　『文芸年鑑』1996年版
　　7月　　高橋正毅さんを悼む　　京都新聞〈夕刊〉現代のことば　17日
　　8月　　夏の北京　　京都新聞〈夕刊〉現代のことば　31日
　　9月　　文芸思潮　　『中国総覧』1996年版
　　　　　　中国民衆のマグマ　　在家佛教　532
　　10月　　華人世界の復活　　健康　452
　　　　　　黄山のヘビ料理　　京都新聞〈夕刊〉現代のことば　23日
　　12月　　生まじめひとりよがり　　京都新聞〈夕刊〉現代のことば　16日
1997年（平成9）
　　2月　　重い荷物・香港　　京都新聞〈夕刊〉現代のことば　1日
　　　　　　20年後の「毛沢東伝」　　読売新聞〈夕刊〉潮音風声　12日
　　　　　　毛沢東とアナーキズム　　読売新聞〈夕刊〉潮音風声　13日

| | 夭折した中国資本主義　　読売新聞〈夕刊〉潮音風声　14日 |
| | 叛徒の文学　　読売新聞〈夕刊〉潮音風声　17日 |

     夭折した中国資本主義　　読売新聞〈夕刊〉潮音風声　14日
     叛徒の文学　　読売新聞〈夕刊〉潮音風声　17日
     中国僧の子　　読売新聞〈夕刊〉潮音風声　18日
     春節のグラス　　読売新聞〈夕刊〉潮音風声　19日
     カルチャーショック　　読売新聞〈夕刊〉潮音風声　20日
     巨人の死　　読売新聞〈夕刊〉潮音風声　21日
     鄧小平氏の遺産（上）（下）　　東京新聞　21、22日
     四不像の料理　　読売新聞〈夕刊〉潮音風声　24日
     小姐　　読売新聞〈夕刊〉潮音風声　25日
     ニセモノばやり　　読売新聞〈夕刊〉潮音風声　26日
 3月　死者の沈黙　　京都新聞〈夕刊〉現代のことば　22日
 4月　毛沢東「沁園春・雪」と孫髯「大観楼長聯」　　汲古書院『アジアの歴史と文化』（阿頼耶順宏・伊原沢周両先生退休記念論集）
 5月　魯迅の墓とダンス　　京都新聞〈夕刊〉現代のことば　21日
 7月　香港回帰のこと　　京都新聞〈夕刊〉現代のことば　25日
     薩摩の人　　『無形の追憶──八木俊樹追悼文集』
 9月　武夷山の小便小僧　　京都新聞〈夕刊〉現代のことば　22日
11月　賈平凹『土門』（翻訳）　　中央公論社
     毛沢東時代のある小説　　京都新聞〈夕刊〉現代のことば　19日

1998年（平成10）

 1月　巨人と匹夫　　京都新聞〈夕刊〉現代のことば　22日
 3月　中国現代化の青写真　　京都新聞〈夕刊〉現代のことば　19日
 5月　朱鎔基氏の明と暗　　京都新聞〈夕刊〉現代のことば　18日
 7月　現代中国の謎──毛周関係　　浄華　54
     検閲のあるかたち　　京都新聞〈夕刊〉現代のことば　21日
 9月　文芸思潮　　『中国総覧』1998年版
     北京のライヴハウス　　京都新聞〈夕刊〉現代のことば　16日
11月　割り勘のこと　　京都新聞〈夕刊〉現代のことば　10日

1999年（平成11）

1月	ドラゴンの眼と虫の眼	京都新聞〈夕刊〉現代のことば	18日
3月	謝冰心女史を悼む	日本と中国 1702	
	謝冰心女史の死	京都新聞〈夕刊〉現代のことば	16日
5月	"誤爆"の周辺	京都新聞〈夕刊〉現代のことば	14日

王汶石、欧陽予倩、夏衍、革命文学、賈平凹、胡風、詩、周而復、新文化運動、新文学、『創業史』、曹禺、『茶館』、田漢、杜鵬程、「ネオンの下の哨兵」、『野火と春風は古城に闘う』、『廃都』、『白鹿原』、「武訓伝」批判、文学革命、毛沢東詩詞、李季、柳青、梁斌、路翎、話劇　　岩波書店『現代中国事典』

6月	十年が経った	京都新聞〈夕刊〉現代のことば	29日
8月	『胡風全集』刊行のこと	京都新聞〈夕刊〉現代のことば	25日
9月	莫言『豊乳肥臀』（上）（下）（翻訳）	平凡社	
10月	『豊乳肥臀』をめぐって——中国の作家莫言氏に聞く	月刊百科	444
	建国五十周年のパレード	京都新聞〈夕刊〉現代のことば	21日
12月	中国文学界の訴訟沙汰	京都新聞〈夕刊〉現代のことば	21日

2000年　（平成11）

1月	莫言「かくて私は小説の奴隷となった」（毛丹青氏訳の監訳）	世界	670
2月	胡適再評価の周辺	京都新聞〈夕刊〉現代のことば	24日
4月	"三講"教育下の中国の春	京都新聞〈夕刊〉現代のことば	24日
5月	小説とその舞台2題	中国語会話	34—2
	西安郊外の村のあの子	『2000年春・西安——佛教大学第13回漢詩研修班の記録』	
6月	帰ってきたパーヴェル	京都新聞〈夕刊〉現代のことば	21日
8月	夏の北京二題	京都新聞〈夕刊〉現代のことば	25日
9月	『魯迅点景』（前記◆印をつけた論文を収録）	研文出版	
	「阿Q正伝」はどう読まれたか	研文出版『魯迅点景』で初出	
10月	朱鎔基総理と孫文記念館	京都新聞〈夕刊〉現代のことば	24日
11月	文芸思潮	『中国総覧』2000年版	
12月	山口一郎氏の遺言	京都新聞〈夕刊〉現代のことば	21日

2001年（平成12）

- 2月　五台山の南禅寺　　健康　505
  　　　あの時代のこと　　京都新聞〈夕刊〉現代のことば　27日
- 4月　十三億人の重圧　　京都新聞〈夕刊〉現代のことば　25日
- 6月　『人民日報』に見る『武訓伝』批判◇　　中国言語文化研究　1
  　　　毛沢東『遊撃戦論』（前記『世界の名著』64より、藤田敬一訳「抗日遊撃戦争の戦略問題」および吉田訳「文芸講話」を抽出）　　中央公論社（中公文庫）
  　　　処刑人の眼　　京都新聞〈夕刊〉現代のことば　26日
- 8月　侵略された側の不信　　京都新聞〈夕刊〉現代のことば　20日
- 10月　中国共産党のパンドラの箱　　京都新聞〈夕刊〉現代のことば　18日
- 12月　百二十年目の魯迅　　京都新聞〈夕刊〉現代のことば　19日

2002年（平成13）

- 2月　謎の"学習班"　　京都新聞〈夕刊〉現代のことば　22日
- 4月　葉広苓『貴門胤裔』（上）（下）（翻訳）　　中央公論社
  　　　ぼかされた名誉回復　　京都新聞〈夕刊〉現代のことば　22日
- 6月　ワールドカップとロクヨン　　京都新聞〈夕刊〉現代のことば　17日
- 7月　文革前後のある風景　　中国語　510
- 8月　中国指導者の世代交代　　京都新聞〈夕刊〉現代のことば　26日
  　　　Shei a？ Wo.　　中国語　511
- 9月　莫言『至福のとき──莫言中短編集』（翻訳）　　平凡社
  　　　老舎の骨　　中国語　512
  　　　王光美・劉源ほか『消された国家主席　劉少奇』（萩野脩二氏と共訳・注釈）日本放送出版協会
- 10月　日中交流の暗部　　京都新聞〈夕刊〉現代のことば　24日
- 12月　巨象の知恵　　京都新聞〈夕刊〉現代のことば　24日

2003年（平成14）

- 1月　莫言氏、中国農村の現状を語る（インタビュー）　　NHKスペシャルドキュメント『中国2003　昇竜 世界をめざす』
- 2月　大学受験の周辺事情──中国の場合　　京都新聞〈夕刊〉現代のことば

	28日
4月	ＳＡＲＳと中国新指導部　　京都新聞〈夕刊〉現代のことば　28日
6月	棄農──中国出稼ぎ農民のある事情　　京都新聞〈夕刊〉現代のことば　25日
7月	莫言『白檀の刑』（上）（下）（翻訳）　　中央公論社
8月	サーズ"黒幽黙"　　京都新聞〈夕刊〉現代のことば　28日
10月	莫言『白い犬とブランコ──莫言自選短編集』（翻訳）　　日本放送出版協会
	引きずる中国の過去　　京都新聞〈夕刊〉現代のことば　29日
11月	書評：李佩甫『羊の門』　　北海道新聞　30日

2004年　（平成15）

1月	西安事件のある日常風景　　京都新聞〈夕刊〉現代のことば　6日
	香港　都会の詩九首　　藍──BLUE　13
3月	上訪（シャンファン）　　京都新聞〈夕刊〉現代のことば　5日
5月	新聞の自由を──十五年目の声　　京都新聞〈夕刊〉現代のことば　7日
6月	李昌平『中国農村崩壊』（北村稔・周俊両氏との共訳、監修）　　日本放送出版協会
	対話なき人民と党──中国・天安門事件15周年　　読売新聞〈夕刊〉　1日
7月	『紅灯記』移植と文化大革命　　アジア遊学65
	中国文化界の陥没現象──三聯書店事件　　京都新聞〈夕刊〉現代のことば　16日
8月	莫言や賈平凹の文学の可能性　　現代中国　78
11月	ふたたび中国の新聞の自由について　　京都新聞〈夕刊〉現代のことば　15日
12月	書評：田畑佐和子訳『丁玲自伝』　　京都新聞　5日

2005年　（平成16）

1月	中国における日本　　京都新聞〈夕刊〉現代のことば　17日
3月	莫言さんの脱税事件　　京都新聞〈夕刊〉現代のことば　15日

5月 常書鴻『敦煌の守護神——常書鴻自伝』（岡本洋之介氏との共訳、監修）
　　　日本放送出版協会
　　　反日デモと尊皇攘夷　　京都新聞〈夕刊〉現代のことば　16日
7月 路地への視線——作家陸文夫氏の死　　京都新聞〈夕刊〉現代のことば
　　　20日
9月 胡錦涛氏の道　　京都新聞〈夕刊〉現代のことば　14日
10月 中国現代文学に現れた内省意識の消長　　桜美林大学東北アジア綜合研究
　　　所『大国 中国の現状と将来を読み解く』
11月 二十世紀中国の悔恨——巴金さんのこと　　京都新聞〈夕刊〉現代のこと
　　　ば　15日
12月 最後の中共党員——劉賓雁氏のこと　　京都新聞〈夕刊〉現代のことば
　　　15日

2006年（平成17）

2月 魯迅争奪戦のこと　　京都新聞〈夕刊〉現代のことば　17日
　　　周樹人的選択——"幻灯事件"前後（李冬木氏による中国語訳）　　魯迅研
　　　究月刊　28
3月 莫言『四十一炮』（上）（下）（翻訳）　　中央公論社
　　　『未知への模索——毛沢東時代の中国文学』（前記◇印の論文を収録）
　　　思文閣出版［佛教大学鷹陵文化叢書14］
　　　模索の軌跡——毛沢東時代の中国文学略年表——　　『未知への模索——
　　　毛沢東時代の中国文学』で初出
4月 中国の検閲瞥見　　京都新聞〈夕刊〉現代のことば　18日
6月 鬼哭啾々——旧満州開拓団の遺骨か　　京都新聞〈夕刊〉現代のことば
　　　14日
8月 十問吉田富夫　　中華読書報特刊
12月 汚職とデモ　　京都新聞〈夕刊〉現代のことば　7日

2007年（平成18）

2月 大国志向の中国　　京都新聞〈夕刊〉現代のことば　13日
4月 ライフラインなき超巨大都市か　　京都新聞〈夕刊〉現代のことば　13日

吉田富夫先生退休記念中国学論集

第 1 部

乙巳・丙午三箇月〈留学〉日記抄
1965年10月──66年1月

吉田　富夫

まえがき

　ここに収録したのは、ぼくがはじめて中国を訪れ、1965年11月末から翌66年1月末にかけて三箇月間滞在したときの日記である。
　が、なぜ〈留学〉と〈　〉をつけて紛らわしい表現をしたのか。いささか経緯をのべたい。
　当時、日本と中国との間には国交がなく、したがって留学などありえなかった。ただ、当時はまだ中国共産党と友好関係にあった日本共産党の幹部の子弟や、西園寺公一氏のような友好人士の子弟には特別な計らいで留学が許されていたらしいが、ぼくにはむろんそんなバックはないし、また、若かったぼくには、裏からこそこそではなく、ことは正面から突破したいという気も強かった。が、それにしても、1960年代初めの日中関係は厳しく、とてものことに留学など実現しそうにない。そうした中で起こされたのが、中国学術代表団招請運動であった。まず自分たちの手で中国の学者を招待し、民間のその熱意で閉塞情況にわずかでも風穴を開けようというわけである。
　運動を構想したのは大学院を出たかどうかといった年齢の若手中国研究者たちであったが、さいわい当時の京都には塚本善隆、貝塚茂樹、吉川幸次郎、桑原武夫といった国内外に影響力をもった中国にかかわり深い学者が多数おられて、おおむね寛容に若手の提案を受け入れ、かつ関西財界からの資金援助要請のためわざわざ足を運ばれるなど、協力を惜しまれなかった。若手は若手で、下働きはむろんのこと、それなりに乏しい財布をはたいて拠金にも応じた。
　京都を中心とする中国研究者の文字通り総力を結集した熱意はついに中国側を動かし、中国科学院が組織した10人からなる大型学術代表団の訪日が実現したの

は、1964年秋のことであった。運動を起こしてからじつに3年半を要したが、代表団の構成は、団長の張友漁中国科学院哲学社会科学部副部長兼法学研究所所長はじめ、中国文学・語学・哲学・歴史学などの中国学にとどまらず、教育学、法学、物理学、数学などをも含む総合的なもので、第一級の学者をそろえていた。おそらく新中国成立後に中国が外国に送り出した学術代表団のなかでも、その総合性、レベル、ともにトップクラスにランクされる代表団であった。

この招請運動と並んで、べつに交換条件というわけではないが、若手中国研究者の三箇月自費滞在の受け入れをも合わせて、機会あるごとに申し入れてきた。

こうした経緯をへて、1965年に入って中国科学院から、返礼として京都学術代表団10名を招待したいとの招請状とともに、青年中国研究者代表団4名の3箇月自費滞在を受け入れたいとの意向が伝えられたのである。

それを承けて、かつての招請運動を主催した3団体——日中学術交流京都懇談会、日中経済学交流会、日中友好協会京都府連合会が両代表団構成の協議にはいったが、青年中国研究者については公募を経て選考された。その結果、以下の4名が青年中国研究者代表団に決まった。

　　団長　吉田富夫（中国文学　立命館大学非常勤講師）
　　団員　興膳　宏（中国文学　京都大学大学院博士課程）
　　同　　狭間直樹（中国史　京都大学大学院博士課程）
　　同　　佐竹靖彦（中国史　京都大学大学院博士課程）

ところが、中国政府からの招待はいただいたものの、日本政府がパスポートをなかなか出してくれない。当時は「共産圏渡航趣意書」なるものを外務大臣宛に提出することをもとめられたが、それでもなかなか許可が下りず、出発予定の2日前にわざわざ外務省の窓口まで呼びつけられた（当時、普通は都道府県庁の旅券窓口で受領）。

次の問題は交通手段である。当時は日中間の往来には香港ルートが使われたが、これだと飛行機で高くつき、定職のないぼくらには負担がきつい。それに、これも若気というか、香港など通らず、直接行きたいという気分も濃かった。

かくして残された道は貨物船しかない。ぼくらが選んだのは新日本汽船の玄海丸という3千トンの貨客船であった。この船はもっぱら北朝鮮や中国大陸との間

を往復しており、その前の年には東京で亡命騒ぎに巻き込まれた中国人通訳を秘密裡に中国に送りとどけたことで、ちょっと有名にもなっていた。

　ともかく、その３千トンの貨客船に乗って神戸港を出発したのが1965年10月26日であった。ちなみに旅費は一人当たり５千円で、４人分２万円を日中旅行社を通じて振り込んだ。以後三箇月間の記録が以下の日記（抄）である。もともと個人の覚え書きのための不完全なもので、発表することなど、てんから考えもしなかったものだが、ことが歴史の彼方に消えて行きそうになったいま、メモとして残しておくことにもなにかの意味があるかと考えて、この機会を借りることとした。空白の日もあるし、その日の天気の書き込みもあったりなかったりするが、むろんもとのままとする。

1965年

10月26日（火）　　快晴。

　7時間の睡眠ののち、京都から神戸へ。駅で聶さん［京都華僑総会の人で、中国語を習った］が見送ってくださり、感激。

　午後4時50分乗船。税関はノーチェック。荷積みの扱いは乱暴。見送りは多満子［妻］、道利［長男］、たつ［義母］。狭間君の見送りは、本人とお嫁さんの両家かららしく、大勢。期待が分かる。5時15分出航。見送りの遊覧船（？）が見る間に遅れる。

　夕食後、団の打ち合わせ。11時15分、新居浜着。ウイスキー半分なくなる。手紙5通。

10月28日（木）　　快晴。

　早朝。現在、船は関門海峡を通過中。昨夜は飲み過ぎて、日記なし。

　昨日、新居浜にて下船。買い物少々。人口15万の新居浜、住友のコンビナートのほかは、さしたる活気なし。町の電報局で上海の筧夫妻［日本語教師として滞在中］宛に「青年代表団乗玄海丸予定三十日達上海」と漢字電碼電報。局員もこっちも不慣れで、自信がない。今日は一日、積み荷仕事か、いつまでもトンカンやっている。

　朝食後。関門をすでに過ぎ、玄界灘に向かう。海の色が濃さを増してきた。まったくの凪だ。

　夜11時。船がややローリングを始めた。五島列島沖か。今日は一日中、天気快晴。玄界灘は油を流したように平穏。船は湖を行くがごとく、いささか期待はずれ。疲れが出たのか、疲労感が体中にあり。腕に身が入ったのは、神戸で荷物を船積みしたせいか。情けない。午後2時、第1回の団会議招集。8ミリを4分の1、撮る。夕食は最高。船の中で男の手で、これだけ美味い物が作れるとは驚きだ。北京の科学院へ漢字電碼電報。船から無電でトントンツーツーで打って、はたして着くものかどうか。上海到着は予想より早く、30日正午の予定。いよいよ本番だ。夜、パーサー、サロンボーイ氏と飲む。サロン氏、なかなかの人物と見

受けられるが、話が面白くて、抱腹絶倒。なかでも"金日成事件"——北朝鮮の港で向こうの船員と交流の際、船員の誰かが金日成万歳と甲板に書いたら、相手は喜んだ。そのすぐ後で、やっこさん、それを足で消した……

10月29日（金）

　すでに時計の針を30分ずつ進ませること2回。船室の外に出てニュースを聞くつもりでトランジスタラジオのスイッチを入れると、中波も短波も聞こえるのは中国語と朝鮮語ばかり。異国へ来たことを実感する。午後から海の色が浅緑に変わる。大陸へ近づくにつれ、これが黄色く変わる由。船の揺れ方がやや激しい。キャプテンはこんなもの揺れのうちに入らぬと言うが、すこし気分がわるい。

　午後、団会議。すこし、互いの気分がほぐれかけたか。

　夕食はほとんど喉を通らず。

　翌日早朝、中国のパイロットが乗り込んでくるという。どうなるか、度胸を据える以外にない。船は入港準備か、トンカンと音がやかましい。

　昨日あたりからわかったが、どうやら別に同行者が3、4人ほどいるらしい。ぼくらより数年若い、高校生のようだ。自転車まで積み込んでいる。あまり接触したがらないし、こっちもその気がないが、狭間君によれば、共産党の幹部の子弟らしい。へえ、と思う。

10月30日（土）

　6時起床。海は一面に茶褐色だ。ラジオはすべて中国語。夜中の急な汽笛で起こされたが、ジャンクと危うく衝突しそうになったとのこと。パイロットと港湾監督が乗船してきて、港湾監督が君らの荷物は検疫免除にするという意味のことを言うが、なまりがつよくて、かろうじて聞き取れる。前途多難。黄甫江の両岸は収穫後の積み藁が見事に整頓されていて、美しい。軍艦と玄海丸が旗で挨拶しあう。ほぼ一日かかって、やっと上海の波止場が見え、暮れかけた中に数人が手を振っているので、出迎えがあったとほっとする。午後5時、上海着。出迎えは王道乾（上海文学研究所）、許本怡（上海社会科学院）の両氏に通訳、職員、および筧夫妻。王氏はいささか近寄り難い感じ。波止場から錦江飯店へ。ぼくの部屋は応接間付きのスイートルーム。夕食はあまりすすまず。緊張からか。窓から眺める夜の上海は、一方が工場地帯、黄浦江の向こうは農村地帯。よく整頓され、し

かも活気がある。明日の飛行機で北京に向かうことになる。

10月31日（日）

　朝7時に上海を発って、空路北京に向かう。20人乗りほどの小型機で、座席の半分をぼくらの荷物が占め、ぼくらが半分を占める。ほかに乗客なし。一種の専用機。高度は低く、窓から乾いた褐色の大地と、ぽつぽつと池と思えるダムが見える。合肥で給油。ついで済南で給油、昼食。

　昼食は食堂の一角で取る。一人2元というのは、こっちの市民生活では高いだろう。食べ切れず、残す。小雨が降った後らしく、空気は澄んで涼しく、土の匂いがする。ここは、聶さんの出身地のはず。食後に空港の建物の周りを歩いていたら、警備の若い兵隊に中にいなさいと言われる。

　合肥から農村の幹部らしい素朴な人が乗ってきたが、握手した手は柔らかだった。

　午後2時、北京空港に到着。いきなり大きな花束を差し出されて戸惑う。出迎えは社会科学部外事弁公室の宋守礼、北京大学の陳慶華（歴史系）、麻子英（外事弁公室）、陳耐軒（同）などの諸氏。宋守礼氏のことは、かねて島田慶次先生からその"大人"ぶりを聞かされていたが、なるほどどっしりと大きくて、物言いが柔らかい。民族飯店に入る。4階422号室。

　午後4時、京都学術代表団（団長は芦田譲治京都大学教授、日本植物生理学会会長）11名の出迎えにふたたび空港へ。ノンストップで45分。両側の並木が美しい。出迎えは約40人。ついこの間京都でお迎えした馴染みの学者の顔も見える。午後8時から、学術代表団といっしょに歓迎夕食会。すぐ近くに馮至氏の顔が見えた。小野信爾さん（日中友好協会京都府連事務局長代行、中国近代史）がニコニコしながら代表団の世話をしているのを横目で見て、やたら緊張しているらしい自分に気がつく。

11月1日（月）

　午前中、学術代表団とともに北京市内を車で大きく一周し、天安門広場や人民英雄記念碑などを参観。なにしろすべてが大きくて距離感が鈍り、人民大会堂もさして大きく感じないが、側に寄ってみて、柱の太さに驚く。

　午後、自由時間。学術代表団の世話で、中国側も手がまわりかねるのであろう。

向って左から郭沫若院長、通訳蘇琦女史、芦田譲治団長、吉田

この機にと日本への手紙5通。
　夜、映画『東方紅』を見る。北京電影技術学院でわれわれ2つの代表団だけのための特別上映。歌と踊りと朗誦でつづるこの出し物のことは知っていたが、こうして記録映画で見ると、迫力が違う。よく知っていて自分でも歌える歌もあって、その分、余計に感激。

11月2日（火）

　午前中、歴史博物館見学。解説員の呂瑞珍さんは高級中学卒業後6年目だという。澄んだ高い声で感情をこめて解説してくれるが、聞き取れるのは5分の1くらいか。学術代表団についた通訳の人の日本語や解説パネルなどで懸命に追っかけるが、なにしろ基本知識の不足を痛感する。ここには古代からアヘン戦争までの歴史が階級闘争の流れとしてきれいに整理されていて、その規模の巨大さに圧倒されるが、こうしたことと、町で見かける人々の質素だが清潔な姿や、傷んだ道路がすみずみまで掃除されていることなどとがいっしょになって、"人民の国"だなと思わせる。
　午後、天壇へ。なにしろ広い。梅原龍三郎の絵だけでなく、写真やなにかで何度も見たものだが、この広さは、とても想像のおよぶところではない。疲れもたまっていて、へとへとになる。

夜、人民大会堂で郭沫若科学院院長による招宴。はじめに会見があるが、芦田先生とともに、ぼくも団長扱いで、二人で郭沫若氏と並ぶようにして正面に座らせられ、緊張する。中国側の出席者の紹介で、すでに馴染みの学者たちのほかに、「潘梓年先生」という声にはっとする。ああ、これが丁玲とともに国民党特務に逮捕されたあの人か。小柄な人であった。宴席には何其芳、林林両氏の顔も見えた。ただ、緊張から食事の味はあまり分からず。終わって館内を見学。各省ごとの部屋は、それぞれその省の超一級品で装飾されているとのことだが、規模といい、贅沢さといい、ことばがない。ホテルに帰ってラジオを聞くと、ニュースで宴会のことが流れていた。

11月3日（水）

午前中、革命歴史博物館見学。学術代表団の通訳を務めている尹敬文さん（朝鮮族）は、昨夜部屋に来て抗日戦争期に両親を失ったと語ってくれたが、その彼が抗日戦争の展示のところで、解説員のことばを通訳しながら、声を詰まらせた。昨夜の話を思い出して、思わず涙が出た。革命家が命を奪われる中で作られた歴史が、生の物で示される――李太釗が殺された絞首台、劉胡蘭の首を切った押し切り、血染めのシャツ……

午後、ホテルのすぐ側の民族文化宮を見学。ここの10階屋上からは北京市が一望できる。少数民族の全体としての構成の説明を受けた後で、チベット館を見学。ここでも刑具、人皮、子供のミイラ、切られた手首など、残酷な"物"が貴族の外国製ラジオ、装身具などと並べて展示されている。

夜は4人で歩いて王府井へ。天安門を経て約45分。通りは暗いが、人の出は思ったよりある。帰りはバスに乗る。かなり混んでいるが、行き先を怒鳴って金を前の人に渡すと、手から手を経て、切符とおつりがもどってくるらしい。それをまねてやってみると、うまくいったので、感心する。

ホテルに帰ると、宋守礼氏が待っていた。歩いて王府井まで行ってきたというと、「歩いて？」と声を上げた。どうやら日程の説明のために待っておられたらしく、地方訪問は学術代表団とは別行動のようだ。そのほうが気楽だが、責任も重くなる。

11月4日（木）

今日から学術代表団は、それぞれに別れて講演。午前は魯迅博物館見学。学術代表団の碓井恒丸（京大教授、建築工学）、里井陸郎（同大教授、日本文学）両氏も同行。博物館への両側の壁は灰色と黒に塗り分けられ、幾本か細い胡同が抜けている。歩道は舗装されていない。これにほろをまとった人力車夫、老人や子供、物売り、灰色の空などを重ねてみれば、あの時代の魯迅の姿がわずかに揺曳するようだ。博物館の陳列は1920年代後半からの"マルクス主義者"としての魯迅が強調されている。小林多喜二の獄死に際して中国の作家の行ったカンパ活動と、それに応えたナップ（議長は江口渙）の答礼とが印象的だった。
　魯迅が1924年から２年余りを過ごした西三条胡同の家は、質素なたたずまいを見せていた。『野草』が書かれ、女子師範大学事件があり、許広平を知った家だ。床は石畳で、空気はひんやりとしていた。粗末な調度にランプ。15センチくらいの額に入った藤野先生の写真。写真そのものは意外と小さい。
　夜、天橋の大衆劇場で評劇『阮文追』を鑑賞。南ベトナム民族解放戦線の英雄グエン・バンチューを描いた現代物。荒削りだが、歌う芝居"戯"ならではの迫力はある。これを会話劇でやっては、見るに堪えまい。楽屋を訪ねて多少歓談。

11月5日（金）

　午前中、４人だけでふたたび民族文化宮を訪ねる。雲南館では何日華という昆明の少数民族（なに族か、訊き忘れた）の女性が説明。原始的な耕作用具や粗末な食器や衣類。こうした原始的経済基礎の上に封建制と帝国主義が乗っかっていたというわけだ。最後に館のしかるべき責任の地位にあるらしい人から、少数民族政策の説明を受ける。その五つの要点は①民族平等、②民族自治、③民主改革、④土地改革、⑤社会主義革命。
　午後は、自然博物館。数億年前からの陳列出土品のほとんどは中国の物だという。まさに"地大物博"。恐竜の骨が圧巻。
　夜７時から〈首都各界人民が偉大な十月社会主義革命四十八周年を慶祝する大会〉に招かれ、芦田譲治、松井清（学術代表団幹事、京大教授、経済学）の両氏とともに３人で故宮の懐仁堂へ。案内は宋守礼氏。2500人くらい入る部屋に多少の空席があった。司会は郭沫若氏。大会挨拶は劉寧一総工会主席とソ連代表団団長（名前は聞き取れない）。ソ連側の挨拶は自分らがいかに豊かになったかを誇るもの

だったが、中国人の出席者は誰も拍手せず、会場右手に陣取ったソ連赤軍歌舞団だけが一段ごとに拍子を取って、わざとらしく拍手する。中ソ対立の現実。出し物も、ソ連赤軍のはやたらとボリュームを誇る風で、これも拍手なし。バラライカの独奏はすばらしく、これには拍手あり。中国側の出し物は合唱から独唱まで強弱・変化があって受けた。帰着は11時。

11月6日（土）

　午前、革命軍事博物館を見学。朝鮮戦争の部分のみを駆け足で見るが、作戦地図の中国語の説明がまったく読めずお手上げ。参観者のほとんどは解放軍兵士。

　午後、東交民巷の国際クラブで勇竜桂氏（経済学者）から中国経済の問題について講話を聞く。満々たる自信に満ちた口調で語られたのは、当今の農村における二つの路線の闘争の厳しさであった。農民の二面性――小所有者の側面と労働人民の側面――を見つめて指導するというのは、文献では読んでいたが、直接中国の人から聞くと実感がある。

　夜、芦田、松井、里井の各氏に同行して王府井へ買い物に。中へ入ると店は多く、人出もかなりのものだ。

11月7日（日）

　8時半出発で、八達嶺に向かう。北京を出て1時間もすると、1本の木もない茶褐色の山が見えはじめる。舗装道路の両側は定間隔で植えられたポプラ並木。始めて目にする長城は、その巨大さよりも、それに注ぎ込まれた労働力のおびただしさが驚異である。あちこちに植林の試みが見られるが、基本的には岩山にどれほど根付くものか。

　居庸関を経て十三陵ダムへ。堤防がコンクリートではなく、石積みなのが素朴な印象を与える。が、渇水期のせいか、水は底溜まりほどだった。国際クラブで持参の弁当を食う。ちょっとしたピクニック気分。

　そこから、明の成祖の長陵を経て、万暦帝の定陵の地下宮殿を見る。当時の国家財政の2年分（？）をつぎこんだという説明で、聞きしに勝る巨大さだが、まずこうなるとあまりにばかばかしく、人間の欲望のいびつな吹き出し口を目にするようで、こっちの胃袋ではとても受け付けない。権力の持つ魔力と言うべきか。本来は皇帝の部屋の左右のやや小さめの部屋に入れる予定が、大きく作りすぎて

皇帝の部屋に担ぎ込んだとかいう皇后の棺は発掘時腐っていたというが、どのようにしても所詮人は死を迎え、そして死はどれほど飾り立てても変わりはしないのに。発掘品の陳列は意外と少ないが、宝冠をかぶった頭蓋骨の写真や、たぶん死骸が身につけていたと思える金襴の衣など、へえと思うだけだ。

ホテルに帰り着いたのは6時過ぎだが、長城と十三陵と、胸ぶくれする思いあり。

夜、秦力生科学院秘書長の招宴が前門外の全聚徳で。これも学術代表団のおこぼれ。

11月8日（月）

午前中、学術代表団と北京大学を訪問。建物は思ったより古めかしく建てられている。正式挨拶を交わした平屋の建物は、かつてスチュアートが燕京大学学長時代に住んでいた臨湖軒だと、宋守礼氏から教わる。学内は学生の姿がほんのちらほら。下放しているらしい。日本語科2年生の女子学生の頑張りに感心。

香山公園で昼食ののち、碧雲寺へ。孫文の棺が一時置かれていた場所ということで、小野さんや狭間君は興味津々だが、残念ながらぼくにはほとんど知識がない。そこからさらに頤和園へ。入り口から奥まで、長い回廊がつづく。途中の仏香閣に登って、昆明湖を見る。かつてこの地に留学された田中謙二氏（京大人文研助教授、中国文学）は懐かしそうである。回廊の終点に海軍創設費を注ぎ込んで西太后が作らせたという巨大な石船がある。汚職とかなんとかのレベルでなく、やることがどうも桁はずれでぴんとこない。今日は風が冷たかった。

11月9日（火）

午前は学術代表団とともに東郊の中阿人民公社を訪ねる。人民公社といっても特別な施設があるわけではないが、整理された耕地や広大な果樹園の広がりに集団化の力のようなものを感じる。人口25000人、5400戸、28自然村。乳牛や豚、アヒルなどを飼っている農場は清潔で、乳牛までがほぼ並んで寝ていて、これぞ社会主義の乳牛と誰かが笑わせる。アヒルの喉を搾ってむりやり口を開けさせ、そこに餌を詰め込むいわゆる"塡鴨子"も見る。社長の柯克戈氏は40歳、色あくまで黒い精悍な顔。もと貧農の模範社員の家を訪問。3×4メートルくらいの庭の奥に3間の平屋。中年の夫婦で、子供が3人。上の子は北京市内に勤めている

という。このあたりは都市郊外だから、豊かなのだろうが、夫婦の満足げな顔が印象的だった。

午後は学術代表団の松井幹事、小野信爾秘書とともに中日友好協会を訪問、趙安博、林林、郭労為諸氏の接待を受ける。通訳の尹さんがひどく緊張していた。林林さんは、ＡＡ作家会議東京緊急会議（62年）以来、何度か各種の代表団で京都に来られてお会いしているが、声が小さくて、聞き取りにくい。ついで、南ベトナム解放民族戦線代表部を訪問。中年の小さな男性と中国語の分かる30歳前後の人が出迎え。アメリカ帝国主義に対する彼らの闘争への支持を表明すると、中年の男性がかすかな声で謝意を述べたが、その瞳は燃えるようであった。

夜は王府井の広東酒家で廖承志中日友好協会会長招宴。廖氏の挨拶は日韓会談に触れたおだやかな中にも厳しい内容だった。蛇の肝（？）をグラスにいれ、目の前で透明な酒を注ぐと一瞬で緑色にかわる蛇酒が出た。興味津々で飲んだが、べつに腥くはなかった。

11月10日（水）

午前は国営第二綿紡績工場を見学。職場のいたるところにスローガンや労働英雄顕彰の壁新聞が貼られている。スローガンは「比学趕幇超」「向王傑同志学習」などが目立つ。社員住宅のどこでもどうぞというので、手近なところに入ると、奥さんは昼食の支度で大忙し。訊くと、夫婦に子供が５人で、働き手はご主人１人。そのご主人は朝鮮義勇軍の運転手だったとか。暮らしは楽ではなさそうだが、家賃や水道、光熱費、教育費、医療費などがうんと安いか公費なので、困っているようではない。このあたりの子供の服装は、中阿人民公社あたりよりは明らかによい。

午後は農業展覧会を参観。いま「農業は大寨に学ぼう」の大キャンペーン中で、ラジオもしきりに「学大寨，趕大寨」とその歌を流している。各省にいくつかそうした典型があるらしいが、展示だけではいまひとつぴんとこない。会場はばかでかい。

夜は前門外の民主劇場で京劇第二団の現代物『打銅鑼』『借牛』を観る。農村の二つの道の路線闘争を描いたものだが、終始ゲラゲラ笑わせる。中味もさることながら、京劇の基礎技術がしっかりしているからであろう。

11月11日（木）

　午前は北京焦化廠を見学。北京市内へガスを一手に送っているらしいが、技術的なことはさっぱり分からなかった。

　午後は人民大学を訪ねる。北京大学とは雰囲気がまるで違うのに驚く。延安時代からの伝統を受け継ぐらしいこの大学は、マルクス・レーニン主義の階級教育を全面に推し出している点で、アカデミックな北大とは決定的に違っているようだ。説明で強調されたのは、毛沢東思想を深く身につけ、生産労働と結合した人材の養成ということで、教科書もマルクス、レーニン、毛沢東の著作の関連部分が中心にされるという。

　外国からの留学生は200人余りで、いちばん多いのはベトナム。付属託児所は全託と日託に別れるが、この大学のすべての勤務者の子弟が入る仕組み。訪ねると、ちょうど夕食の最中で、みなお行儀がまことによい。子供はどこでも可愛らしい。

　夜、学術代表団主催の招宴。通訳はじめ、直接接待された人だけを呼んだ内輪の会で、気楽に飲んだ。ただ、宋守礼氏の御母堂が亡くなられたことを聞いて、この次にお会いしたときどう挨拶したものかと思う。

11月12日（金）　　　小雨。

　北京図書館を訪問。室内はいくらか暗い感じがする。ひとわたり参観したのち、田中、小野、狭間、吉田の4人が残り、これまでも日中友好協会京都府連や京大人文研と当図書館の間で文献交流があったことをふまえ、今後の文献交流について話し合う。片言の中国語でなんとか意志は通じたが、こちらの要望に熱心に耳を傾けてはくれるものの、決定的なことは絶対に言わない（約束しない）ことに気がつく。その件は検討してみます、というほどのことすら言わない。相手はいわば窓口の事務係なので無理もないが、責任者に話してみますくらいは言ってもいいではないかと思う。

　夜は張友漁氏主催の学術代表団送別会にお相伴（前門外の豊沢園）。北京学会の主立った人の顔が見える。ぼくの隣の席は文学研究所の朱寨氏。44歳と言うから、一回り年上。論文から想像するより若々しく、延安時代に魯迅芸術学院学生だったという。筧夫妻のことも覚えていた。宋守礼氏は見えたが、酒好きの人なのに、

一滴も口にしなかった。日韓条約通過のことが張友漁氏の口から出て、国内の状況の厳しさを知る。

夜11時頃、翌日の学術代表団の飛行機が天候のせいで取り消しになったことを知る。

11月13日（土）　快晴。

松井、船山信一（立命大教授、哲学）、中島章夫（京大教授、高分子化学）、小野の４氏とともに再度革命軍事博物館へ。つい最近中国に撃墜されたアメリカのＵ２型機の残骸を見る。意外に小さく、翼長は40メートル、胴体長40メートルほどかと思える。それに、あまり毀れてなくて、原型をとどめている。よほど精巧なミサイルを使ったのか。やはり撃墜された無人飛行機もあったが、こっちは前半部がかなりバラバラである。それが２機。ほかに台湾から"起義"して飛んできた飛行機もある。

午後は景山公園から少年文化宮へ。少年文化宮には大人の姿がほとんどなくて、少年先鋒隊の自治活動に任されているような感じだ。遊んでいる子供は、それなりに秩序を作っている。

夜、宋守礼氏が部屋へこられて、今後の日程を説明される。それによれば、予想を大幅にこえて、西は西安から南は広州まで、約３週間にわたる参観旅行の末に北京大学に移るという。こいつは大変だぞという思いが、まずきた。が、腹を括るよりほかはない。

11月14日（日）　快晴。

午前８時過ぎ、京都学術代表団が北京を発って西安に向かうのを首都空港で見送る。

11時から４時にかけて、宋守礼氏に伴われて臥仏寺から八大処を散策。心なしか宋氏に悲しみの陰のような雰囲気が感じられる。臥仏堂での弁当は、朝食抜きだったので美味かった。八大処のどこであったか、あきらかに流しの芸人と見える男が弦楽器をかき鳴らしながらなにやら歌っているのを目にする。あたりに聴衆はいなかったが、どういう人なのだろう。

夜、東方書店からきて国際書店で働いている山本君から突然電話をもらう。懐かしい声を聞いて、元気が出る。

明日は北京飯店へ引っ越すので、荷物の整理。このホテルの前の通り（つまり長安街）では日中青年大交流の準備が進められている。

11月15日（月）　　晴れ、午後風強し。

　午前、北京飯店に引っ越し。6階638号室。学術代表団から委託されていた部分がなくなっても、荷物はさして減っていない。このホテルは重みがあるが、民族飯店のほうが気楽だ。

　午後から風が強くなり、晴れているのに、霧がかかったようで見通しがきかず、故宮から景山公園のあたりもかすんでいる。これが黄砂か。二重窓を通して細かい砂が入ってきて、机の上にうっすらと広がる。風がピューッとうなっている。

　夕食で始めてメニューで食事を取る。

　夜、宋守礼氏に伴われて同じホテルに宿泊中の安藤彦太郎氏に会う。初対面だが、思ったより若い感じだ。安藤氏も科学院の客らしいが、どういう関係か、よくは分からない。

11月16日（火）　　快晴。

　午前、侯外盧氏を自宅に訪ねる。東単近くの幅3メートルほどの胡同を100メートルばかり入った北側にその四合院はあった。50歳くらいの婦人が顔を見せ、ついで3歳くらいの男の子が手を引いて案内してくれる。侯氏は京都でお会いしたときより元気そうだが、ことばは聞き取りにくく、なかば以上は宋守礼氏の"通訳"に頼ることになる。「学問には哲学が必要だ」といった話が、いつの間にかアメリカ帝国主義だの原爆と修正主義だのという話になっているが、脈絡ははっきりしない。孫と見える男の子はしきりに宋氏にあまえていたが、大人の話に嫌気がさしたか、いつの間にかいなくなる。書斎も見せてもらう。骨董が多いが、貴重な物は歴史博物館に渡したという。書庫は意外と質素であった。11時頃に辞去。

　午後は故宮参観。『我的前半生』を思い出しながら、午門から入って行く。大和殿はじめ、大きすぎてカメラに入らない。皇帝居室部分はあまり手が加えられていないとみえ、あちこち剥げかかっているが、ガラス窓越しの中は整頓されている。どこもかしこも金細工と玉。ぐるっと回って、宝物陳列室へ。参観者がかなりある。故宮の専業職員は約300人との説明。また、台湾に約2000点持ち去ら

向かって左から佐竹君、狭間君、侯外廬氏、吉田、興膳君

れたとも。それにしても、高さ2メートル、幅1メートル、重さ170キロの黄金の仏塔などというものには、とても歯が立たない。

　4時近く、外に出ると、はや暮れなずむ故宮の空にはカラスの群れが4、50羽舞い、風は冷たかった。

　夕食後、歩いて王府井へ約5分。古書店を見る。雑誌『処女地』のバックナンバーセットを買う。30元。

　テレビで日中青年大交流一万人集会のニュースを見る。

11月17日（水）　　晴れ。ややかすみ。

　午前、革命博物館へ。この前は駆け足だったので、今度は解説員の説明をできるだけ聞いて、丁寧に見る。清末から中華民国初期まで。基礎勉強のつもり。

　午後は美術館へ。建国十周年十大建築の一つ。景徳鎮瓷器展、絵画、版画、年画、宣伝画などを見る。景徳鎮の瓷器はすべて日用品に供せられる物ばかりで、種類は多いが、値段は安い。日本の美術館ではこうした物は置かない。陳列も奇をてらわず、ぞろぞろと置いてある。気楽でよろしい。

　夕方、王府井の食堂で4人で食事。肉炒めと焼きそばとワンタンで一人7角。安いし、美味いし、これにかぎる。

夜は首都劇場で映画『北京農業的大躍進』を見る。谷間の岩と砂の荒れ地を２本の手で小さいながらもちゃんとした畑に変えて行くさまが描かれる。この前の農業展覧会より、目で見えるだけ、迫力があり、分かりやすい。コメントの中心は毛沢東思想、貧農・下層中農、党支部書記などで、これらのものがいまの中国農村を動かしていると分かる。

11月18日（木）　晴れ。

　午前中は革命博物館。これで３度目。今日は1920年代末から30年代をゆっくり見る。写真はこれまで見たことのないものが多くて、興味深いが、こっちの勉強不足を痛感。

　午後、前門の広和劇場で劇映画『秘密図紙』を見る。アメリカと国民党の特務を女性公安員が追い詰める白黒映画。あまり出来はよくない。午後３時半からの上映分で、９分の入り。大人が９割か。

　観劇の後で、両替した現金千元を人民銀行に預金。

　夜は７時半から人民大会堂大宴会場で日中青年大交流参加の日本青年代表団に対する彭真市長の招宴に参加。２人だけ顔見知りに会う。

11月19日（金）　晴れ。

　朝になって、急に午後３時の列車で西安に発つことが決まる。あらためて神戸を出て早くも１ヶ月ちかく経ったことが思われる。この間、なにをしてきたというのだろう。

　午後３時10分発の特急列車で出発。北京→西安→成都→重慶と行くらしい。同行は宋守礼氏。たった５人に、４ベッドのコンパートメントが２つも取ってある。保定を過ぎても、まだ陽がある。

　車中で宋氏を囲んで話す。かなり馴染みになったので、宋氏もくつろいで談論風発。アメリカ、ベトナム、原爆など、水を向けるととどまるところを知らない。義務労働の話が面白い。

11月20日（土）

　熟睡の後、７時起床。列車はすでに潼関に近づいているらしく、両側に褐色の大地が広がる。至る所に鋭く切れ込む谷間。数十戸の集落。

　西安に近づくと、車窓の風景は次第に変わり、一望きちんと整理された畑に麦、

綿のほか、ネギや青物がつづく。あちこちで4、50人ずつ固まって、綿の取り入れが行われている。こんな農村風景は日本にはない。

朝も昼も食事は四川料理で、美味いが、物凄く辛く、延髄に応えて頭がくらくらする。

午後1時半、西安駅着。出迎えは郭縄武（陝西省哲学社会科学研究所歴史研究室主任、西北大学副校長、歴史系主任）、楊力（陝西省哲学社会科学研究所弁公室主任）、景生哲（西北大学中文系主任）などの諸氏。いささかまごつく。

宿泊は人民大厦。かつてのソ連技術者のための長期滞在ホテル。

30分ほど休憩したのち、西安八路軍弁事処を訪ねる。抗日戦争中、多くの知識人がここを経て延安に向かったはずだ。説明に当たってくれたのは"老八路"ということで、農民とかわらない素朴さで一生懸命に説明してくれるが、強い地方なまりでほとんど分からない。無電機を隠したという穴は小さかった。

ついで大雁塔へ。7階のてっぺんまで上がると、東西南北が遙かに見渡せるが、終南山のあたりはかすんで定かには見えない。境内に人影はほとんどない。

夜、ホテルのすぐ裏でチチハルから来たサーカスを見る。観客は3000人ほどか。7時半から9時過ぎまで休みなし。観客はほとんど拍手しない。

部屋のデスクは、子供が大人の机に向かったようで、高すぎて使えない。

11月21日（日）　晴れ。

飛行機の予定が30分繰り上がったとかで、朝食抜きで飛行場へ。8時半に飛び立ち、延安に向かう。30分後には、眼下に見事に整地された正方形の畑がつづく。大茘を過ぎて急に山が増える。鋭く切れ込んだ断崖。南泥湾と覚しきあたりは、山が幾層もの段をなして、皮を剥かれている。

10時過ぎ延安着。思ったより暖かく、澄んだ空からの強い日差しに汗ばむほど。それでいて、日陰の地面は凍っている。窰洞に案内され、10分休憩ののち、宝塔山の中腹の八路軍司令部、日本人工農学校、毛沢東・朱徳・野坂参三などの窰洞跡を見学。午後は棗園に行き、最終期に毛沢東はじめ、多くの指導者が住んでいた窰洞を見る。いまは整理・修復されているせいもあろうが、およそ何もない。夜は延安国際交流処長張氏の招宴。この地方の料理で、張氏はお世辞も言わない素朴な人。すんでから、延安時代の闘争の記録映画を見る。

乙巳・丙午三箇月〈留学〉日記抄　1965年10月——66年1月　　23

延安の毛沢東の窰洞前の庭で。左から佐竹君、吉田、興膳君、狭間君

11月22日（月）　　晴れ。

　窰洞の一夜はぐっすり。朝は予想より寒くない。

　午前中は楊家嶺と梯田へ。楊家嶺の中央大礼堂は中共第七回党大会が開かれたところだが、ここでもすべては貧しく、椅子は荒削りで、記録用の背もたれの横板は幅10センチしかない。しかし、ここには貧しさの産む力があったのだ。ここでの毛沢東の窰洞は大礼堂の裏手横の小高いところにあり（いくつかの窰洞が並んだ端っこに、小道を隔てて一つだけ孤立している）、そこから50メートル余り離れた10坪ほどの広場にある石机が、毛沢東とストロングの対話が行われたところだという。崖に面しており、真下20メートルくらいに谷間の道があり、道沿いに貧しい畑がある。毛沢東はかつてあれを耕したのだろうか。右は礼堂の屋根をかすめて視野が広がり、棗園につながっているらしい。ここから延河は見えない。文芸座談会の行われた建物は礼堂の裏側、中共中央書記処の置かれた建物。会議室は3間×4間ほどで、入り口に150人ほどの参加者の写った写真や、ほかにも何枚か、無造作に掛けられている。

　延安の町に引き返して、西へソ連製ジープで梯田へ向かう。小道をうねうねと登ると、山が剥ぎ取られ、幾層もの梯畑に形成されている。畦の高さは垂直に1.5

メートルほど。水はどうするのだろうと思うが、粟の取り入れが終わった跡に蒔かれた麦は青々と育っている。小高いところから見渡すと、渦巻き状の梯畑の山がどこまでもつづく。地元の政府機関の幹部が先頭に立って昨年これを作ったという。これが社会主義かと、圧倒される。

午後2時5分、延安を離陸、西安へ引き返す。南泥湾あたりまでは覚えているが、気がつくと、飛行機は西安空港の滑走路を走っていた。3時過ぎ到着、その足で交通大学へ。建国後に上海から移ってきた工科系大学。自分たちで機械や設備を作ってきたという気概が溢れている。はじめて労働に参加しながら学ぶ"半工半読"制度のことを聞く。

夜、人民大厦食堂で映画『アメ公は日本から出て失せろ！』『抗日戦争勝利万歳』の2本を見る。総評学習活動家代表団といっしょに。

11月23日（火）　　晴れ。

午前中は陝西省歴史博物館を参観。六朝時代を民族融和期としているのが興味深く、かつ疑問も残る。人影はほとんどない。碑林の石碑の数には驚くが、残念ながらこっちに知識がまるでない。

昼寝の時間を盗んで、4人で鐘楼まで歩く。通りは人影まばら。午後の出発直前に帰って平然としていたが、随行の宋守礼氏は気がついていたかどうか。

午後2時過ぎ、西北大学訪問。西安で唯一の文理系総合大学。いきなり郭縄武副校長から大学の沿革について1時間半にわたって説明を受ける。"マージャン大学"から出発して、とにもかくにも9専攻、1900人の学生を有する現況までわずか十数年でいかにしてたどりついたか、その"自力更生"の過程の説明は、よく納得がいった。郭氏のほかに、景生哲中文系副主任も同席。終わって、図書館、文物陳列室などを参観。始めて中国の大学に接した実感があり、時間の不足が悔やまれた。

夜は西安文芸界合同演出による出し物を鑑賞。2000人収容可能なホテルの講堂。日中青年大交流のリハーサル。すべてアマチュアだが、それなりに上手い。ここは人口150万の都市、京都よりすこしだけ大きいが、京都ではとてもこれだけの出し物は出来まい。

11月24日（水）　　晴れ。

午前中に再度歴史博物館へ。水曜日は休館日なのに、ぼくら4人のためにわざわざ開けてもらったらしく、恐縮してしまう。解説は昨日とおなじ人。唐、宋以後の部分と碑林の残りを見て、売店で唐三彩の小さな壺を買う。
　午後2時出発で、半坡邨古代母系社会遺跡へ。ぼくにはなんの知識もないが、発掘現場を巨大なドームですっぽり覆うというやり方に驚く。ここも今日は閉館日なのに、わざわざ開けてもらったのだった。
　そこからまた30分ほど車を走らせて、華清池へ。道は舗装され、ここでも並木が美しい。解説員は30歳くらいのやさしそうな男性だが、華清池の由来や西安事件を優雅な調子で語ってくれる。窓に銃弾の跡のある蒋介石の寝室は質素な部屋だが、そこから高さ3メートルはありそうな塀を乗り越えて岩山の中腹まで寝間着でよじ登ったというのは、現場で見るとそう簡単なこととも思えない。宋守礼氏によれば、「蒋介石怕死，所以跑得那麼遠」ということになる。帰り際に誘われて、大理石の風呂に入る。外ははや薄暗く、湯はぬるかった。入り口で見ると、一般の入浴料は一人3角。
　夜、郭縄武氏の招宴。宴席では団長として謝辞を述べねばならず、頭が痛い。
　10時から3時間眠る。深夜2時過ぎの夜行列車で南京へ向かう。見送りは楊力、左鳳岐、李志忠の各氏。頭に白いものの目立つ楊力氏は終始ぼくらに付き添ってくださったが、ゆっくりお話する時間もなかった。心に残る人だった。

11月25日（木）　　晴れ。

　終日列車で、西安→洛陽→鄭州を経て南京へ。一部屋4寝台のコンパートメントはかなりゆとりがある。鄭州までくると、車窓から緑が多くなる。鄭州でプラットホームに下りて歩く。名物だとかいう鶏の丸焼きや包子などを売っている。空気はかなり冷たく、気持ちがよい。
　鄭州から南に向かうにつれて、次第に水が多くなる。車窓の畑は一面平らだが、ところどころにでこぼこの畑も残されている。

11月26日（金）

　目覚めると、列車が停まり、しばらくしてゴトゴトと音がして、車両ごとふわふわと動く感じがした。長江を列車ごとフェリーで渡ったのだと後で知る。
　深夜2時、南京駅に到着。江蘇省哲学社会科学研究所弁公室主任林申、同歴史

室組長姜志良、江蘇省文化局処長楊正吾などの諸氏の出迎えを受け、南京飯店に入る。

　朝、ホテルの庭は一面の霜。

　午前中、中山陵、霊谷寺、明孝陵などを参観。孝陵は修復はされているが、荒廃の有様は明らかだ。較べて、すぐ近くの中山陵は瑠璃瓦と白壁が美しく、写真で見るよりはるかに規模が大きい。興味深いことに、遺体安置の前堂に蒋介石はじめ、譚延闓、胡漢民らの書いた書がそこら中に残されている。孫文の像は、建物の巨大さのせいか、小さく、静かだった。石段は392段あった。

　南京市街は西安などとはまるで違った厳しさを感じさせるが、南京大虐殺の過去へのこちらの思いのせいであろうか。昼の休み（本来は昼寝の時間）に4人でまたも書店まで歩いて往復したが、ある一瞬、刺すような視線を感じたと思って振り向くと、通りの反対側を車を牽いた老人がいた。あれは気のせいだったろうか。背広姿の僕らは、日本人とすぐ分かるはずだ。

　午後は南京大学を訪問。市街地のこじんまりとした感じのキャンパス。校庭では西日を浴びて高校生のように見える女子学生がバドミントンに興じていた。卒業後2、3年の人たちが作ったという電子計算機や無音室に案内される。性能のことはさっぱり分からないが、こういう物を製作しようとする精神の躍動のようなものを感じる。歴史と文学に別れてそれぞれ学科を訪問。文学系は教員3人、学生6人だったが、双方ぎこちなく、カリキュラムなどの説明を聞く。終わって系図書室見学で、呉晗『海瑞罷官』をめぐる討論のコーナーが特別にあるのを見る。

　夜は江蘇省哲学社会学部の招宴。

11月27日（土）　　朝霜。寒さややきびし。

　8時出発。太平天国展覧館参観。太平天国の中心であっただけに、陳列物は豊富。ついで江蘇省博物館を見学。博物館は六朝の文物や宋・元・明の書画に富んでいる印象。

　午後は南京光学機器工場、孫文総統府を見学。

　夜、映画『日中青年大交流』を見る。姜氏と"四史"について懇談。

11月28日（日）　　晴れ。気温ややゆるむ。

8時出発。午前中、南京雨花台に登る。三国時代からの古い歴史を持つ場所だが、ぼくには1927年からここが国民党の処刑場だったことが心に重い。予想より大きな陵園で、登って行く途中で紙銭を燃やして哭しているお婆さんを見る。革命烈士紀年館参観ののち、烈士記念塔に献花。殺された烈士の血に染まったとまでは説明される五色の小石を記念に買う。終わって、梅園新村の中共代表団弁公室を参観。ここは1946年5月から翌47年2月にかけて周恩来や董必武などが駐在したところだが、解説の女性が芝居がかりで生き生きと説明してくれて、印象的。

　12時8分の列車で上海へ。

　16時33分に上海着。上海科学院学術秘書室の許本怡氏ら4人に出迎えられて、上海大厦へ。ここに暮らしている筧夫妻と再会。

11月29日（月）　　　晴れ。

　出発前に上海大厦の屋上から上海を眺望、8ミリを回す。白渡橋（ガーデンブリッジ）からバンド、黄浦江、蘇州河が一望の下にある。茅盾『子夜』の冒頭が頭に浮かぶ。市街は赤っ茶けた屋根がつらなり、すこし霧。

　午前中は魯迅紀年館を参観。上海作家協会の蕭岱氏が同行。1951年に魯迅旧居（たぶん大陸新村）に開設、56年にここ虹口公園に移設。1961年に毛沢東の魯迅評価を中心に、27年以降を重点（90パーセント）にすることにしたとの説明。公園北隅の墓は1956年に万国公墓から移してきたもので、花崗岩の墓石の「魯迅先生之墓」の六文字は毛沢東の書。終わって、山陰路大陸新村の魯迅故居を参観。3階建てだが、1階が食堂兼客間、2階が書斎と寝室、3階が子供部屋だが、写真で見慣れた文物はいずれも質素。ただ、子供部屋のベッドは特大で、写真ではこ
こまでとはわからない。

　午後、楊樹浦発電所参観。1944年からここで働いているという顧寿雄氏ほか3人の接待をうけ、1913年創設以来、52年12月に人民政府に接収されるまでの闘争史を聞く。1930年代には党の指導はなく、中共の地下組織ができたのはようやく1939年のことで、1200人の労働者の中でわずか3人だったという説明に驚く。46年にようやく労働組合が成立したが、ときに党員は60人だったという。ぼくらが書物でいだく"解放闘争"のイメージと違って、実情がよほどに困難だったこと

を知る。

夜、大衆劇場で上海越劇院公演『火椰村』を観る。南ベトナムの女性を主とした解放戦争を描いたもの。

11月30日（火）　晴れ。

午前中、復旦大学訪問。現在の規模は学部学生（五年制）5000人、研究生（三年制）150人、教員1200人で、いかに社会主義の大学にするかを模索中との総括説明のあと、文学と歴史に分かれて実情を聞く。文学は章培恒（古典文学）、翁世栄（現代文学）、杜月村（古代漢語）の3氏。中文系の学生450人というのはやはり多いが、研究生25人は意外と少ない。教員は70余人というが、教授は14人、副教授3人、講師18人となると、その他はどういう待遇か、確かめそこねた。ここで始めて魯迅、茅盾、『創業史』などについて具体的教学情況を聞けた。現実といかに結合するかを通じて、反修正主義の道を模索しているとの印象を強くする。

午後、作家協会上海分会を訪問、孔羅蓀党書記から現況を聞く。興味深かったのは、胡万春、費礼文、唐克新などを例に挙げ、労働者から作家を育ててきた経験で、現在のところここ上海分会は300余人のアマチュア作家と連絡があり、うち2、30人は有望だという。最近の優れた作品としては『紅灯記』（京劇現代物）、『江姐』（歌劇）、『欧陽海之歌』（長編小説）などを例に上げた。毛沢東の書の複製を贈られる。終了後、古書店で本を買う。

夜、上海社会科学院副院長姚耐氏の招宴。終わって8時28分の列車（上海→広州）で杭州へ。見送りは許本怡、蕭岱両氏ら。

11時28分、杭州着。杭州飯店に入る。

12月1日（水）　晴れ。

杭州飯店は目の前が西湖で、朝靄が美しい。

午前中西湖畔から、霊隠寺、岳飛廟を遊覧。西湖の眺めは柔らかく、琵琶湖畔を思わせるが、湖は思ったより小さい。霊隠寺で始めて中国のお坊さんの姿を見る。黄色い衣が引き立って見える。グレーの衣の若い坊さんも見える。岳飛廟では秦檜夫婦の鉄（？）の像にいまも物が投げつけられている。滑稽でもあるが、生々し過ぎるようでもある。

午後は西湖に船を浮かべ、ペーロン式の競艇のマネもし、三潭印月で金魚を観

る。終わって、都錦生絲綢廠を参観。解放前40人余りだった工場は、いまや1700余人の大工場に発展し、傘下に小学校をはじめとして100を超える各種学校を抱えているという。平均月給は72元というから、そう豊かなわけではないが、各種の社会保障があって、暮らしは安定しているように見える。刺繍など精巧な製品は、僕らにはそれこそネコに小判。

夜、浙江省哲学社会科学研究所王文彬氏の招宴。お酒の経験が少なかったのであろうか、浙江大学の若い教員の人が倒れた。さいわい、すぐ回復。ここは杭州、料理は超一級に相違ないが、緊張と、高級中国料理を食べつけていないのとで、味の記憶はほとんどない。

12月2日（木）　　晴れ。

朝は昨日より暖かく、霜もない。杭州大学訪問。ホテルのある山の背中側らしく、車で約5分。1956年より文理系総合大学として発展してきて、いまや11の系を有するにいたった概況の説明を受けたあとで、興膳君と2人で中文系の話を聞く。説明に当たられたのは、蔣祖怡系副主任ほか、陸堅、鄭択魁、袁豊俊の諸氏。五年制の学生445人、教員59人という数は復旦とほぼ同じ。話の端々に毛沢東思想を教学の中で貫くことに苦心しているさまがうかがえたが、蔣氏ほか、みなさん素朴で、ほかとは違う好印象を得た。

午後は車を飛ばして西湖人民公社梅家塢大隊を訪問。ロンジン茶の産地。両側の晩稲の稲刈り風景は日本と変わりない。元は地主の倉庫だったという建物で、解放前は文盲だったという陳午雲生産大隊長から話をきいたが、中国で始めて本物の農民に会った。託児所で子供らが歓迎。歌ってくれたのは、宋守礼氏によればなんと越劇。村の娘さんの茶摘みの実演。あれなら、ぼくも小さい頃にやらされたことがある。「今度は茶摘み時にきなされ。賑やかじゃでのう」と、陳おばさんの別れのことば。

帰途、六和塔に上り、銭塘江大橋を眺望。折から陽は西に沈みかかり、船を浮かべた銭塘江の流れは絶景。その暮れなずむ中を、汽車が大橋を渡って行く。

塔を下りて、車で大橋の中央まで。ついで、西湖にもどり、一周して中山公園へ。石段を登って高みに出ると、半月が中天にかかり、湖が光っていた。そこから下に下り、有名な西泠印社を訪ねる。閉店間際のところを、慌ただしく筆や印

泥を買う。最上級の印泥には60元を使う。6時15分にホテル帰着。

　8時12分の列車で南昌にむかう。見送り5人。

12月3日（金）　　曇り、のち雨。

　9時5分、南昌着。江西省社会科学研究所の郭皓氏、作家協会江西省分会の汪自強氏らの出迎えを受ける。ここの湿度が躰に馴染む。

　午前中、南昌の町を車で回り、本日休業の景徳鎮陶器店に立ち寄る。北京の展覧会と違って、ここのは200元の物もあって高い。パイプを3角で買う。店を出ると、黒山の人だかり。たぶん乗ってきた乗用車のせいで大物の一行と思われたか。こそこそと立ち去る。

　ホテルで日程の説明。4日かけて井岡山へ往復するという。大変な旅になりそうだ。

　午後、八・一記念館参観。南昌蜂起総司令部のあった場所は、現在の江西大旅社。いまは人口70万の南昌だが、当時の人口は27万の田舎町。そこが革命史に消えない名を刻んだのかと、感慨を覚える。

　夜、江西省社会科学研究所副所長李桂生氏の招宴。ここの料理は豆腐に独特の風味がある。終わって、江西省話劇団による『紅石鐘声』を観る。東北農村の二つの路線の闘争を描いた芝居。荒削りだが、熱演が伝わってくる。外に出ると、雨。何日ぶりだろう。冷たくはない。

12月4日（土）　　曇り、のち小雨。やや肌寒い。

　午前中、共産主義労働大学を訪問。南昌郊外の八一大橋を渡って20分。土は完全な赤土だ。広大な土地を持つこの大学は完全な半農半読の大学で、いわゆる大学のイメージを超えている。日本の農協職員みたいな周校長の話の中心は、要するにいかにして社会主義の大学を作るかということ、労働を大学の中心にすえ、肉体労働と頭脳労働の両面を備えた新しいタイプの農民幹部をどうやって育てるかということだ。こうした試みは、たとえば宮沢賢治の羅須地人協会のように小さな規模では日本でもなされたことがあるが、国家権力を握った情況の下で共産主義という理論に導かれてこれが進められるとすれば、まったく新しい世界が開かれるに違いないと、衝撃を受ける。校長の話の後で、女子学生の宿舎を見せてもらったが、一部屋10人で、質素そのもの。果樹園では、熟練した農民らしいひ

とが20人ばかりの学生に囲まれて剪定鋏を手に熱演中であった。校長もその農民とさほど見分けがつかない。

　午後1時、南昌を車で出発し、吉安へ向かう。山も水も稲作の小さな田んぼも、日本と変わりない。贛江をフェリーで渡り、6時5分吉安着。

　夕食後に町の映画館で集団歌舞劇の記録映画『革命賛歌』を観る。集団の踊りには迫力がある。終わって出ると、映画館前は黒山の人だかり。ここでもたぶんぼくらの乗ってきた乗用車が原因だろう。吉安は人口12万（解放前は7万）。ホテルはすべてキングサイズで、ベッドは幅3メートルはある。

12月5日（日）　　小雨。

　朝8時10分、小雨の中を井岡山へ向かう。雨は時折激しくフロントガラスを叩く。道は舗装はしてないが、手入れは行き届いている。2、3キロごとに集落。家々の壁にスローガン。10時半頃から山区の登りにかかり、俄然樹木が多くなる。松、檜、それに竹。雨と霧で見通しゼロ。井岡山の"五大哨口"の一つ桐木を過ぎてしばらく登ると、にわかに視界が開け、眼下に盆地が現れた。そこが井岡山の中心、茨坪であった。11時35分、井岡山賓館に到着。

　静かな盆地の村。部屋の窓から数百メートル向こうに革命烈士紀年塔が見える。このホテルのほかに、井岡山飯店もあり、さらに巨大な建築物も2、3見える。

　午後3時から、賓館で専区長の周氏から井岡山の闘争史を聞く。不十分な中から自分の手で条件を創造しつつ毛沢東思想が形成されて行く過程が、時期とテーマをはっきりさせつつ、明確に語られ、記録は小型ノートに二十数ページにわたった。

　夜、劇場兼講堂のような場所でベトナム映画『在十七度線上』を観る。南北に隔てられたベトナム人民の複雑な思いをアメリカの傀儡警官に焦点を当てて描いたものだが、敵と味方の明確でない内容は、宋守礼氏などにはつまらなかったらしく、終わると珍しく「やれやれ、済んだ」という意味のことばを小声でもらされた。

12月6日（月）　　小雨。霧深く、見通しゼロ。

　午前は井岡山革命博物館参観。予想を上回る規模だ。17、8歳に見える少女が説明係。ややなまりのあることばに、大きな目が印象的。昨日の周氏の説明を受け

た後なので、流れは分かりやすい。序幕、当時の国内情勢、根拠地創設、根拠地発展、根拠地新発展、結尾と六部分に整然と展開されている。あちこちに当時歌われた俗謡が収録してある。普通の書物には見られないものだが、なかなか筆記が追いつかない。

　午後は茨坪を散策、毛沢東時代からここにいたというお婆さんなどのいる敬老院を訪ねる。ここにはこうした"老革命"が32人いるという。お婆さんは当時の体験を語ってくれるが、一言も聞き取れず、随行の人の"通訳"が頼り。終わりにお婆さんは「全人類の解放」を口にした（むろん"通訳"つきで）。そこから紅軍弁事室（昨年復元）、百貨店、革命烈士紀年塔へと回るが、すべては雲の中。帰着は4時。

　夜、賓館の中で中国映画『党的児女』を観る。

12月7日（火）　　小雨。霧深し。

　8時、車で出発。帰着までのコースは次のとおり。茨坪→黄洋界→茅坪→礱市（寧岡県）で昼食→大井→黄洋界→茨坪で、帰着は午後4時。

　まず茨坪から黄洋界をかすめて茅坪へ。ここは毛沢東が中共湘贛辺区第一次代表大会を主宰した同族廟のあるところ。廟の中は5間四方くらい。天井は高い。その隣が毛沢東が一時期住んでいた2階屋。その当時（というのは1927年から28年頃）赤衛隊長だったという謝槐福さん（68歳）の話を聞く。これもほとんどは聞き取れないが、わしの話はこの目で見たことじゃと力をいれたのはよくわかったし、信じられた。ここは耕地の少ない谷間の村だが、それでも土豪が数人いたと聞こえた。

　寧岡県の礱市はちょっとした田舎町で、市も立つという。ここにも毛沢東や朱徳の故居がある。かつて中共寧岡県委員会弁公室が置かれた（1928〜29）家は劉徳盛という土豪のものだったというが、かなり豪華な建物。町の外れに小さな広場があり、その側を流れる小さな橋のあたりで朱徳軍と毛沢東軍の合流が行われたという。この町で昼食。田舎料理は素朴で旨い。

　午後1時に同じ道を引き返し、2時半頃に再び黄洋界へ。毛沢東の「黄洋界上礮声隆」の詩句で名高いここ黄洋界は海抜1400メートル、最高部は1800メートルに達し、井岡山の山波が海洋のごとくに見えるというが、無情の霧にすべて隠れ

た。ただ、粗末な歩兵銃を主とする当時の戦争で、ここが天然の要害であったろうことはわかった。

　そこからさらに引き返して、大井へそれる。ここにも毛沢東の旧居がある。出迎えはその旧居の管理をしている鄭文楷さん。この人も68歳で、昔の民兵隊長。色あくまで黒く、目鼻立ち整って塑像のように美しい。旧居の庭に、毛沢東がよく考え事をしていたという石がある。そこからは、こじんまりとした村のたたずまいと、霧に煙って紫と濃い青を搗き混ぜたような山が眺められる。家の裏には2本の大木。かつて国民党に焼かれたが、紅軍が帰ってくると再び芽吹いたという。伝説と言ってしまえばそれまでだが、伝説にはそれの産まれる根拠があろう。
　夜は井岡山管理局長宋氏の招宴。宋氏はあっさりした人で、幾分気が楽だった。8時から賓館の映画室で映画『南海丹心』を観る。海南島開放の映画だが、トーキーの不良でほとんど聞き取れず。

12月8日（水）　　朝曇り、のち晴れ。

　8時前に井岡山賓館を出発、茨坪から桐木を経て平野部へ。晩稲らしい束を担いだ人の列にしきりに会う。こざっぱりした服装で、仕事に励んでいるのが分かる。吉安で昼食。ここで、吉安から井岡山回りを世話してくれた可愛らしい少年（名前を訊くのを忘れた）とお別れ。南昌帰着は5時15分。往復千キロの大変な旅だった。江西省交際処泊。

　夜、南昌人民劇場で白黒映画『山村会計』を観る。農村の資本主義勢力との闘いを描いたものだが、新しいだけによく聞き取れる。

　ここ数日同行の郭氏に親しみがわいてきた。どうやら東北における抗日の闘士だったらしく、日本語もかなり出来るとにらんだが、ずけずけ訊くわけにもいかない。

12月9日（木）　　雨。

　9時20分、南昌発の列車で長沙へ向かう。一日車中。中国将棋の基本を覚える。

　5時15分、株州着。湖南省哲学社会科学研究所の曹忠琨氏ら出迎え。車で長沙へ。雨の道を1時間。6時半、湖南省国際処着。

12月10日（金）　　雨、のち薄曇り。

　8時発、車で韶山沖に毛沢東主席の生家を訪ねる。長沙から車で約2時間、両

側は赤土の丘と水田がつづく。小型ダムがみられる。湘潭（人口二十数万）を経て湘江大橋を渡る。生家は谷間にひっそりとあり、前が直径30メートルほどの池であるのは各種文献が伝えるとおり。韶山沖管理局の王局長、毛主席旧居陳列館の馬館長らが出迎え、概況の説明を聞く。家の半分が毛家で、残りはほかの人のものだったという。裏は竹藪で、谷間の向こうにぽつぽつと人家。ほかに見学者の姿もなく、ひっそりとしている。中の農具は、ぼくの郷里の広島の農家のものとほとんど変わりはない。1963年に開設されたという陳列室は毛沢東がこの地方で成長した時期が3室、その他が4室という構成。壁にかかっていた母親文氏の顔は、大きめの目といい、やや下ぶくれの顔といい、毛沢東にそっくりだった。

　午後は韶山沖博物館を見学。今日は狭間君が体調やや不良。

　夜は湖南省の地方劇花鼓戯『打銅鑼』を観る。農村を舞台に私心との葛藤を描いた物だが、たぶんそれが持ち味の滑稽で軽い味がよい。観客もくつろいで観ている。

12月11日（土）　　晴れ。

　午前、湖南第一師範大学を訪問、校長みずから毛沢東がここに在学した当時の活動を解説。こうした機会が多いのであろう、要を得た明快な説明だった。構内には陳列室が二つ。それに毛沢東が水浴びしたという井戸。水は温んでいた。

　そこから、清水塘革命記念館へ回る。1921年冬から23年春にかけて毛沢東が住んでいた平屋で、当時の中共湘区委員会の所在地。部屋は五つで、その一つに二人の子供を抱いた楊開慧の写真が飾られていたのが印象的。陳列室があり、安源労働者が作ったとされる「老工記」なる歌があったりする。「有個能人毛潤芝，打従湖南来安源」うんぬん。

　午後は湖南省労働局技工学校を参観。玄関に「中日両国人民的戦闘的友誼万歳！」ほかのスローガンが掛けられていたのは、たぶん日中青年大交流の名残り。中等技術学校だが、〈自力更生〉の気概が強い。そこからさらに、軽工業連社湘繡廠へ回る。従業員230人の小さな刺繡工場だが、両面刺繡の動物や風景など、版画とは違った輝きがある。大作は6000元からするが、芸術品であって、売る物ではないという。

　夜は湖南省社会科学研究所副所長王氏の招宴。終わって、ホテルの食堂で映画

『烈火中永生』を観る、小説『紅岩』の映画化。夜、映像がちらついて、よく眠れない。

12月12日（日）　朝濃霧、のち晴れ。

　午前中、橘子洲から岳麓山に遊ぶ。橘子州は湘江のかなり大きな中洲。中洲へはフェリーで渡り、そこから浮き橋を渡って対岸へ。今日は晴れの日曜日、岸辺では女性の洗濯姿。流れには独特の木造船から五、六百トンくらいの船が多い。

　岳麓山は紅葉の盛りで、まさに絵に描いたように美しい。中腹に西晉期創建という麓山寺があり、湖南第一道場と称する。本殿は日本軍に焼かれ、いまは観音閣、前山閣などがある。ほかに、蔡鄂、黄興はじめ、辛亥革命期の烈士の墓が多いことも、一見優しいこの地の秘める激しさを示す。

　長沙は、平凡だが暖かい田舎町だった。

　午後2時半、曹氏らに見送られて、広州行きの飛行機で発つ。曹氏は穏やかなひとだったが、1951年から55年にかけては土地改革で農村にいたという。

　午後4時51分、広州着。暖かい。京都ならさしずめ9月末の気候。中山大学や暨南大学の先生が6人も出迎えていただいたのに、すっかり恐縮してしまう。飛行場から宿泊先の羊城賓館まで約20分。

　夕食後、文化公園へ。解放後に作られた旧上海の新世界式の娯楽場。菊の展覧会中で、菊が電光に映えて美しい。1本の菊から数百個から千個を超える花が付いたものもある。大変な人出で、子供を背中におんぶした姿が懐かしい。ほかの土地で見かけなかったので、訊くと、この地方独特だという。

12月13日（月）　晴れ、のち曇り。

　午前中は農民運動講習所参観。かなり大きな孔子廟の中にある。講習所管理室の李さんから概況の説明をうけるが、それによれば1926年6月から9月まで維持し、318人の卒業生を出したという。当時の困難な情況は、教務所の調度や毛沢東の事務室の粗末さにも窺われる。むろん、現在のものは1953年に旧跡を復元したもの。陳列室が2室あり、当時の農民運動の情況が毛沢東思想との関連で説明されているが、たとえば1926年8月、広東全省で3分の2に農民協会が組織され、62万人の会員がいたとある。

　そこから紅花崗の広州起義烈士陵園へ。今年は広東コミューン38周年で、今日

はコミューン3日目とのこと、この3日間は参観無料。出迎えの陵園長は18歳でコミューンに加わったという物静かな人。黙禱を捧げる。

　午後は広州博物館参観。博物館は鎮海楼の五層の建物の中にあるが、疲労が澱のように沈んでいて、古代のあたりは感性がまるで働かない。それでも、『血路』『血債』などのかつての学生運動が産んだ雑誌には目がいった。

　夜は日中バレー試合。中国四川選抜対日本選抜（？）。日本チームがどのクラスかわからない。試合は男女とも3対0で四川選抜の勝ち。こういう際は文句なく日本チームに手を叩く自分の心の動きが面白い。

12月14日（火）　　　晴れ。

　午前、中山大学訪問。歴史の古さからか、雰囲気はどこか北大に似ている。かなり広大な校地のいたるところに芝生と並木。濃い桃色の紫荊花（ハナズオウ）が美しい。概況を紹介される。文理総合大学だが、理7割、文3割といった構成のようだ。学生4200人に教員700人というのは、ほかでも似たようなものだが、あらためて日本との違いに驚く。魯迅陳列室と孫中山紀念陳列室を参観。

　午後、中山図書館訪問。いきなり「なにか見たい物があればどうぞ」と言われて、まごつく。ぼくは日本では見られない茅盾主編『文芸陣地』を出してもらう。抗日戦争期に日本文学界の情況がかなり正確に報告されていたのが意外だった。

　夜は中山紀年堂で歌舞劇『東方紅』を観る。映画化された物は北京で見たが、これは地元のアマチュア劇団複数の集団出演で、7月いらい、日曜を除いてつづいているという。総出演者は千人とか。社会主義という体制でなければ、とてもこうはいくまい。

12月15日（水）　　　晴れ、のち小雨。午後気温やや下がる。

　午前中、南海県平州人民公社訪問。途中の車内で、案内の杜桐氏から、明日暨南大学訪問の際に日本青年の反米闘争を話して欲しいと言われ、途端に気が重くなる。

　人民公社ではバナナをご馳走になりながら、話を聞く。水利問題がネックらしい。外は水牛を使った田起こしの真っ最中。農業科学実験学校に案内される。一年制で、生徒は生産隊からの推薦らしい。なにしろなんでも自力でやってやれという意気込みがある。

午後は陶芸と手芸で名高い仏山鎮を訪ねる。手作りの陶器工場を観る。女性が中心と見え、「文芸講話」のことばがあちこちに貼ってある。手芸陳列館では、紙と漁骨の細工、とりわけ前者が中心。じっくり見ると、随分と手間暇かかった細工だと分かる。日本では、こうした民間工芸の保護はどうなっているのだろうと思う。独特の割れ模様の湯飲みを3つ買う。

帰途は雨で、気温急激に下降。

夜、暨南大学副校長黄友漢氏招宴。黄氏は三高―京大に学んだ人で、京都生活7年、1936年帰国で、日本語は自在、京都弁まで分かるという。出席は地元6人、宋守礼氏。

夜、翌日の話の用意をするが、はかどらない。外は激しい風。

12月16日（木）　　　曇り。風強く、寒い。

午前、暨南大学を訪問。応接室らしい部屋に中文系の学生が40人ほど、それに教員が10人ほどで出迎えられる。まずは日本の青年学生の反米闘争を紹介せよとのことで、①総括報告、②原水禁世界大会に参加して、③京大東南アジア研究センター反対闘争。④東洋文庫を通じての中国研究者に対するアジア・フォード財団からの資金供与反対闘争の順に4人で20分くらいずつ話す。根本は中国語の表現力の不足だが、なにしろ資料もなにもなくうろ覚えなので具体性がとぼしく、まったく汗をかく。それでも、中にはノートを取った学生もいたので、気慰めにはなった。

この学校は1958年の創設。80パーセントが帰国華僑の学生。学生数は3000人で五年制。3年生はいま下放中という。ぼくらにああしたテーマで話をさせたのには、学校のこうした背景とかかわりがあろう。終わって構内を案内するのに、学生たちはついて来てくれ、最後は『東京―北京』をいっしょに歌って分かれた。構内には教師の講義に対する批判を書いた告知板も見られた。海外からの帰国華僑の子弟ともなると、対応にも苦心があると見える。

午後3時発の飛行機で北京に飛ぶ予定が6時半に延びて、市内の百貨店と書店へ。

それがさらに延びて、7時半に発つ。見送りは中山大、暨南大の6人の先生。

ところが、北京の天候不良で、杭州に降り、杭州飯店に入る。零下3度。木々

の枝や西湖畔の雪が電光に輝いて、美しい。西湖の雪景色など、滅多に見られぬと興奮する。

12月17日（金）　　杭州は雪。北京は風。

　5時半起床。外は寒さが骨を刺す。こちらの防寒はレインコートのみ。

　7時半、予定どおり発つ。眼下は雪の畑や模型のような川。約1時間後、南京上空に来ると、もう雪はない。うとうとして、目を開けると、機は高度を下げ始めていた。

　10時前、北京首都空港着。北京は数日前は零下15度まで下がったと聞かされる。空気は乾いている。北京飯店に入る。

　ホテルで多満子や小野さんからの手紙を受け取る。日本が急に近くなった。チビは元気らしいが、"おませ"とあるのはなんだろう。

　昼、団会議で、旅行の総括の分担などを決める。

　午後2時半から、人民政治協商会議会場で南ベトナム解放民族戦線成立五周年記念招待映画会を観る。解放戦線の記録映画の迫力は凄まじい。ぼけていた頭が、いっぺんに日本の現実にもどった。もう1本は八一映画製作所の劇映画で、やはり解放民族戦線の戦いを描いた三部作（題名を失念）。

12月18日（土）　　晴れ。風少々。

　午前中、宋守礼氏とちょっとした打ち合わせ。4週間も北京を留守にしていた宋氏は忙しそうだ。頭がすこし痛む。風邪か。溜まった日誌を整理する。

　午後3時、宋氏来訪、5時過ぎまで雑談。土曜日で、午後は空いていたのか。

　7時半、張友漁氏来訪。75歳とは思えぬ元気。雑談の中で、ぼくらの今後について、①短い滞在故、各自重点を決める、②資料は選択して、いいものを読み込む、③日本の現実と結びつけるように努力する、などが出されたように思えた。

12月19日（日）　　晴れ。やや暖かい。

　午前中、中国各地の訪問先への礼状を書く。

　午後2時より、首都各界人民慶祝越南南方解放民族陣線成立五周年記念大会に招かれて参加。周恩来総理が姿を見せると、自然と拍手が起こる。頭には白いものが目立ち、顔は青白く見える。彭真北京市長、ベトナム代表団団長、ベトナム代理大使、アメリカ代表と演説がつづく。そのあとに歌や踊りの出し物。『椰林

怒火』の群舞が素晴らしい。

　夜、張友漁氏招宴。侯外廬氏や何其芳氏らの顔が見える。安藤彦太郎氏が同席。何其芳氏はその文章から予想していたより気さくな人にみえるが、四川なまりは難物だ。

12月20日（月）　　晴れ。

　明日、北大へ移るということなので、一日中落ち着かない。

　夜、宋守礼氏に伴われて前門の劇場に相声を聞きに行く。かつては最大規模を誇ったというが、500人収容か。相声に快板児で、出し物はベトナム戦争物。聞き取れたとはとても言えないが、まあ見当はついた。

　ホテルへ帰着したところで、もうじきお別れだからと宋氏から大きな手を差し出されて、はっとする——北大へ移れば、この人の手を放れるわけか。1ヶ月の間にすっかり馴染んでいたと、あらためて気がつく。

12月21日（火）　　晴れ。

　朝9時、北大へ向かう。乗用車3台に大量の荷物を積み込む。宋守礼氏は何か気になるもののように、なかなか立ち去ろうとされない。やがて、ではと手を差し出し、いつまでも手を振って見送られた。

　北大の部屋は二十八斎1階で、ベトナム留学生といっしょ。食堂は留学生専用で、宿舎に近い。あらかじめ金券を買い込んで、その都度それで精算する方式。

　午後、留学生弁公室の陳耐軒女史に構内を案内してもらう。陳女史は2人の子持ち（上の男の子が小2、下の女の子が4つ）の小柄な人で、ご主人は市内の機関に勤めていて、土曜日しか帰らないという。構内はひっそりと人影もなく、池には氷が張り、スケート姿がちらほら。

12月22日（水）　　晴れ。寒気きびし。

　6時15分起床。外は暗く、樹氷。朝食はおかゆ。夕べのシャワーで冷えたか、喉がすこし痛む。

　10時半頃、北大留学生弁公室主任の麻子英氏が来訪。十数歳で解放軍の小鬼になったというひとで、1958年からこの仕事をしているという。35歳。約1時間、ここの留学生事情を聞く。ではと立ち上がったところ、かなり背が高い。

　午後は興膳君と2人で文学系へ。系主任の楊晦、副主任の張仲純、索振羽、厳

北京大学二十八斎前にて。向って左から吉田、厳家炎氏、
張少康氏（興膳君の指導教員）、狭間君、興膳君

家炎、徐天振などの諸先生と懇談。どうやらぼくら一人一人に指導教員がつくらしい。

12月23日（木）　　晴れ。風強し。

　7時15分起床。8時の食堂はがらんとして、服務員さんが食事をしている。極まりがわるい。それにしても耳が千切れそうな冷たく激しい風だ。

　ベトナムの同学がよく話しかけてくる。まあ当たり障りのない範囲を出ないが、人なつっこい感じだ。頭と喉が痛い。風邪は本物か。午後、陳女史が来て、雑談。朝鮮戦争のときは解放軍の軍事訓練班に入っていて、前線に行く気だったという。夜、映画『紅旗譜』を観る。京都でぼくらが祇園会館で自主上映した映画だが、今夜はトーキーがさっぱりダメ。

12月24日（金）　　晴れ。風なく暖か。

　6時45分起床。風の落ちた校庭は意外と暖かだが、それでも零下5、6度か。

　午前中、読書。興膳君は近くに住んでいる指導教員のところに行く。

　午後、昼寝1時間。その間に陳女史が来ていて、夜の招宴を通知。宋守礼氏に電話。声が懐かしい。明日の午後来るという。

夜6時半、臨湖軒で招宴。北大側出席は、崔雄崑教務長、張仲純（前出）、陳慶華歴史系副教授、麻子英、陳耐軒の諸氏。どこかから料理人を呼んで来るらしい。気楽な雰囲気だが、崔、張、麻の3氏は延安組らしい。終わって、9時から催促されている学習計画を文字どおりでっち上げる。

12月25日（土）　　　晴れ。

7時15分起床。ぐずぐずしていて食堂行きは止め。

10時、厳家炎氏が来訪。彼がぼくの指導教員だと陳女史から聞いていた。今学期担当するという当代文学史の講義概要を訊いてみる。厳氏は1933年の上海産まれだから、ぼくより2歳上。革命活動に参加の後、50年代半ばに北大の大学院にいきなり入学したある種の苦学生だと、これも陳女史から聞いたこと。なまりはないが、甲高い声で話す。講義は全般にわたっているが、とくに反修正主義のところに力が入る。今後の指導重点を左連期に置くよう、希望を出す。

5時過ぎから運動のため燕京大学時代の水塔あたりまで走る、息切れ。未名湖ではスケートが盛ん。夕食後、洗濯。

12月26日（日）　　　晴れ。

午前中、陳女史の案内で美術館へ四川大邑地主庄園収租院泥塑群像を観に行く。入り口には200メートルほどの行列があったが、それをかき分けて特別扱いで入る。搾取される農民の怒りの表情が、泥塑であるゆえに凄まじい。ぼくの中の農民の血が熱くなる。終わって王府井の日本料理屋和風へ回って、天ぷらを食う。陳女史はいくらか有り難迷惑そう。高い。ついで、東安市場で古書をあさり、帰りはバスで、帰着は4時。

夜、中国各地へ出す団としての正式礼状の原稿を書く。

12月27日（月）　　　晴れ。

朝食後、団会議1時間。

午前中、厳家炎氏来訪。『中国現代文学史参考資料』を持参し、革命文学論争、文芸講話、反右派闘争の三つの"分化"について話を聞く。終わって厳氏を送って出たところで、歴史系学生につかまって、四方山話を40分。昼飯をあきらめ、リンゴを齧る。

午後は読書。つい、うとうとしてしまう。

夕食後、バスで王府井へ現代物京劇『紅灯記』を観に行く。外国留学生のための特別上演が約3時間。途中、絶唱の場面では何度も拍手が鳴る。帰途、バスの前の席のソ連留学生と話す。かなりな年輩だが、中国語は達者で、個人の業績に関心を集中しているのが分かった。11時近く帰着。月の冴えた空は刺すように寒い。

12月28日（火）　　晴れ。

　午前中は厳氏から借りた資料を読む。昼食後、海淀の書店をのぞく。賀年片に学生がたかっている。

　5時半からバスを連ねて北京市学生与在京外国留学生新年聯歓晩会に参加。人民大会堂宴会場。人民大会堂はこれで4度目。ぼくらは舞台に一番近い上席と思えるテーブルに案内されたが、何かの手違いでもあったか、学連主席などといっしょになり、どこかでもめているようだった。酒はなく、果物やジュースにケーキ。舞台では各大学留学生の出し物。コンゴ留学生の剣舞は、独特の太鼓の乱打に裸の躰が迫力満点。会場周辺では、輪投げ、射的などのゲーム。ぼくも3つほどやったが、すべて失敗。陳女史から景品のちいさな金魚の焼き物をもらう。帰途の車中で、日本語学習中のベトナム留学生と隣りになる。ゆっくりとだが、正確なことばを使った。

12月29日（水）　　晴れ。

　7時半起床。海苔玉でお粥をかきこむ。使った食券はわずか2分。

　午前中、文学研究所を訪ね、何其芳氏の話を聞く。四川なまりには手を焼くが、気さくな人柄で、延安時代の自己改造の体験談は、かくべつ新しいことではないが、納得する思い。著書『文学芸術的春天』のサイン本をいただいて、11時半に辞去する。

　午後2時半から京劇俳優袁世海氏の講演。留学生に中文系教師が混じって50人ばかり。1時間遅れて、3時半から。先日鑑賞した『紅灯記』をめぐって、解放後の一時期人民から見放されていた京劇が現代物で蘇った経験を実演を交えつつ、雄弁に、かつ謙虚に語った。名優にじかに触れて、感激。

　夜、シャワーの湯がぬるくて、躰が冷える。

12月30日（木）　　晴れ。

朝食後、部屋の掃除。その後、革命文学論戦を読み、メモを取る。

　午後、うたた寝。以後、千客万来。宋守礼氏に電話するが、話がうまく通ぜず、後で行くとのこと。陳女史来る。狭間君がこっちで撮った写真を持ってきて、それをねたにおしゃべり。そこへ厳家炎氏来訪。二つのスローガンをめぐる問題の話を聞き、資料を渡されるが、手書きの物もあって、恐縮する。厳氏が帰ると、宋氏が来訪。巨体が懐かしい。明日、張友漁氏の昼食会への招待。

　7時半から北大中外学生新年聯歓会。会場の北大講堂はさして大きくない。北大学生や中央民族歌舞団の出し物。アルバニア留学生と中国学生の相声が受けていた。

12月31日（金）　　？

　風邪気味、頭が痛く、鼻水が出る。午前中、与えられた資料に取り組むが、進まない。

　11時、迎えの車で前門外の全聚徳烤鴨店へ。ここは学術代表団いらい2度目。張友漁、宋守礼両氏など顔見知りのほかに、何人か哲学社会科学部の先生らしい顔がみえる。客はぼくらのほかにインドネシアやベトナムの人、それに安藤氏の顔も見える。つまり学部の招待者のお呼ばれというわけだ。インドネシアの人はよく飲む。日本人もよく飲む。中国側やベトナムの人は飲まない。

　2時半帰着後、2時間眠る。風邪は相変わらず。

　夕食後、洗濯。外では学生の歌声や花火らしい音もするが、出て行く気にはなれない。今日は大晦日だと思うが、実感はない。

1966年

1月1日（土）　　？

　8時起床。風邪は相変わらず。朝食後、片付けをすませて、さてと思っているところへ、思いがけず宋守礼氏。「西山へ行きましょう」そこへ陳女史が来て、ひとしきりおしゃべり。彼女が引き上げて、車で西山へ。機関に赤旗や元旦のスローガンは見られるが、普段と変わりはない。

　西山は人影もまばら。宋氏から、昨日の昼食会でインドネシアの人がご機嫌だっ

たのは、帰国後政府の要職に就職が決まったからだと聞かされる。枯れきった西山を登って下ること約2時間、香山公園で昼食。ひと月前に学術代表団と食事を共にし、ある先生が酔っぱらったレストランだった。豪勢な食事を口にしながら、自費の建前がこれでいいのか知らんと思う。2時半帰着。

4時過ぎ、経済系の学生が来訪。湖北の人で、家の都合で入学が遅れたとか。はにかみ屋だ。

夕食後、ベトナムの留学生が2人来訪。中国語は三箇月目だというが、たどたどしくとも熱心に話す。1人は8つをかしらに3人の子持ちで45歳。いま1人は、家族はすべて南方にいて音信不通、抗仏戦争の時期から革命にかかわってきたという。ぼくらには想像もつかぬ世界に彼らは住んでいる。

今日も外は賑やかだ。

1月2日（日）　　晴れ。

日曜なので、ベトナム留学生も寝坊のもよう。風邪はよくならないが、朝食を抜くと、空腹を覚える。革命文学論戦のつづきを整理。

昼食後、国内宛に年賀状を書くが、今日は郵便局は休みと気がつく。陳女史が来て、4時過ぎまで話し込む。卒業後、いまのポストに配置されて、落ち込んだこともあったとか。

夜、3階の中国人教師を訪ねる。28歳で、幼子と夫人は武漢にいるという。どうやら勉強中を不意打ちしたようで、早々に引き上げる。その後、洗濯。風邪は峠をこえたか。

1月3日（月）　　晴れ。

7時15分起床。海苔と海苔玉で朝ご飯。3日ともなれば、普段とおなじ。学内の郵便局で年賀状を投函。

読書中に陳女史がやってきて、昨夜キューバやヨーロッパの留学生のパーティー（たぶん自主的なそれ）があり、酒を飲みダンスをして騒ぎ、あげくは喧嘩を始めた、という。留学生係の彼女は職責上その場にいたのだろうが、恐くて恐くて、という。その様子に、解放されたこの社会が過保護な一面をもつらしいと感じたが、むろん口にはしなかった。風邪は上向きだ。

午後、車の迎えで近代史研究所へ。黎澍副所長ほか5人の接待を受ける。話の

中心は"四史"のこと。家、村、人民公社、工場の歴史を書くことは50年代後半にはじまったが、黎澍氏はしきりに四史の「科学性」を強調した。よくは分からないが、いまや歴史学が新たな段階を迎えつつあるような気がした。

6時から臨湖軒で北大副校長黄一然氏の招宴。同席は中文系が楊晦、張仲純両氏、歴史系が旺籛、陳慶華の両氏、それに留弁の麻子英、陳耐軒の両氏。軍人出身だという黄氏は58歳というが、まだ若々しく、北大七十周年を記念して毛沢東詩詞のマルクス・レーニン主義の立場からする整った注釈を出してはどうか、などと意気軒昂。それと直接関係はないが、なんとなくタバコを止めようかという気になる。

1月4日（火）　晴れ。

7時起床。梅干しとお粥の朝食。昨夜のつづきで、タバコは止めることにする。後頭部に軽いしびれがあり、いらいらとタバコのことを考える。やむなく、ドロップ、塩昆布などを口にしては、番茶をがぶ飲みする。タバコはわざと洋服ダンスの上の見えるところに置いてあるので辛いが、ここが辛抱。午前、午後、資料をめくるが、ほとんど頭に入らない。

4時過ぎ、会議帰りだと陳女史が来て四方山話。ソ連留学生の一群が"修正主義的"結束を誇っていて、その中心は、一時京大にもいたことのあるあのリフチンさんだという。なるほど、と思う。

夜中、珍しく隣の話し声が高い。たしか45歳のベトナム留学生のはず。

1月5日（水）　晴れ。夜風つよし。

7時半起床。タバコを止めたせいか、朝食が旨い。おかゆに大きなマントウをひとつ。

洗濯と部屋の掃除。水気を吸った埃の匂いがする。

午前中、読書。タバコの禁断症状か、頭が痛く、それに目眩に似た現象で、眠くなる。なにしろ中学1年から始めたタバコだ。そう簡単には止められぬか。

午後はややましになる。すごく暖かい。未名湖の湖面がびしょびしょに解けている。午後から風が強くなったが、生ぬるい感じだ。

夜になって風は唸り声をあげ、宿舎の玄関ドアがしきりにバタンバタンと音を立てる。

興膳君が発熱39度4分。風邪だろうが、朝まで様子を見ることとし、8時から狭間君と交替で冷やす。10時にぐっしょり汗をかいて着替えたので、ひとまず大丈夫だろう。

1月6日（木）　　晴れ。

　7時前起床。起き抜けに空腹を覚える。洗濯。

　午前中、資料を読む。やっと左連のあたりへ進んだが、頼んでおいた当時の雑誌が来なければ、なんともならない。昨日ほど眠気に襲われることもなく、タバコのことを忘れている時間も長くなった。ただし、頭はどこか痛む。

　昼食後、国内と中国内へ手紙を数通。

　2時半、厳家炎氏来訪。左連期の文学理論上の問題を聞く。作家の世界観の問題が鍵だったことが見えてくる。茅盾に対する評価は、かなり辛そうだ。解放後の作品をめぐる会話のほうが、こっちもよく知っているので活発になる。『創業史』の梁生宝父子の評価など、共感するところも少なくない。どこでどうなったか、この次から毛主席詩詞を読もうかということになった。

　夕食は3皿も取って、大食。久しぶりに入浴。セーターを洗う。汚れが酷い。

　夜、厳氏に借りた当代文学史の講義案（タイププリントの仮綴じ本）を読む。かなり急ぎの仕事らしく、荒っぽい。写真に撮ることを禁じられたはずだ。

1月7日（金）　　晴れ。やや寒し。

　朝食はお粥にマントウが決まりになった。

　興膳君、熱は下がったものの、後頭部の痛みを訴えるので、意を決して陳女史に電話し、構内の診療所へ。ちびの陳女史が窓口でつま先立ってなにやら言うと、診察室へ通される。ぼそぼそとやりとりがあって、さして診察もせず、処方箋をもらう。薬の効き目か、午前中でかなりよくなったようだが、顔色はまだよくない。

　昼食後、狭間君と2人で海淀の書店へ。2度目だが、買いたい本はまだある。15元ほど買うと、厚みが15センチほどになる。

　午後、1時間仮眠後、広州と上海へ手紙。

　4時過ぎ、陳女史がふらっと現れて、歌舞劇『東方紅』の歌集をもらう。この前、老舎『宝船』の拙訳（劇団京芸のためのタイプ仮綴じ本）を日本語の練習用に

とさしあげたお礼のつもりだろう。

夕食後、団会議。その後、閲覧室で新聞を読む。『海瑞罷官』への批判が激しい。

1月8日（土）　　晴れ。

7時前起床。昨夜寝つき悪く、5時前目が醒めたりして、頭重し。

9時過ぎ、陳女史が来て、申し出た図書がそろったから、図書館へ見に行こうという。彼女、寒さを間違えて薄着したとみえ、寒そう。頼んでおいた左連関係の雑誌がほぼそろえられている。喉から手が出るほど見たかった雑誌が十数種類、いささか呆然。今日はざっと全体を見渡して、これからの方針を決めることにする。

午後、狭間君と2人で町へ古書を買いに行く。王府井から前門、瑠璃廠、西単。やはり豊富で、ぼくらのように現代文学専攻者には雑誌のバックナンバーが素晴らしい。瑠璃廠で夕食。バスは混んでいる。7時過ぎ帰着。

土曜の夜はベトナム留学生も11時過ぎまで楽器や歌声を響かせている。ベトナムの歌は哀調を帯びている。

1月9日（日）　　晴れ。

7時半起床。よく寝た。朝食後、洗濯。

9時過ぎ、宋守礼氏が柿を持参で来訪。柿はいわゆる熟し柿で、夜窓の外に吊して冷やすと旨いという。『海瑞罷官』についての呉晗の自己批判のことを話題にすると、いや、呉先生はなかなか屈服してはいませんなあと宋氏は笑った。かつて、京都の劇団人間座のために訳した戯曲『戈爾丹大叔』の作者・趙克図納仁が蒙古族の劇作家だと分かったので、ガリ版刷りの翻訳台本と舞台写真を託す。[それから二十数年後の改革開放期のはじめ、突然趙克図納仁氏から京都大学中国文学研究室気付けで礼状と舞台写真が欲しいとの便りがとどいた]ついでに、老舎の『宝船』の訳本も託す。

昼食後、小野信爾さんに手紙。

夕食後、狭間君と雑談中に、左連期のことについて、なんでもない資料集にかなりなことが載っているのを発見、勉強不足を痛感。

夜中、2時半頃に目が醒める、外は風が荒れている。一時間ばかり眠れず、朝また6時過ぎ目が醒める。

1月10日（月）　　晴れ。

昨夜の不眠のせいで、頭の芯が痛い。

8時から狭間君と2人で再び西単へ古書をあさりに出かける。出勤ピーク過ぎたこの時間でも、バスは意外と混んでいる。西単の雑誌専門の書店で、『文芸報』『延河』など、十種類ばかりの雑誌のバックナンバーを北大の宿舎の電話を告げて後からカネを払うということで予約する。全部で3メートル近くになる。タクシーでも奮発せねばなるまい。昼食をと小さな食堂に入って、糧票がなければダメだと追い出され、やむなくちょっとした料理屋で食べる。2人で2元余りで、ぼくらにとってはなかなかのご馳走にありつけた。

2時前に帰着。図書館で左連期の雑誌を読む。小さな小部屋で、特別扱い。係の人はかなりの年輩の男の人で、時間がきて、返却に行くと、「不看了？」と物言いが優しい。

夜は昨夜に懲りて、滅多に使わないトランキライザーを飲んで、ベッドに潜り込む。

1月11日（火）　　曇り、のち一時晴れ。

7時20分起床。かなりよく眠れた。

9時から図書館へ。『萌芽』『拓荒者』など、左連期の雑誌の主要なものを写真に撮るべく、細かくメモを取る。あれもこれもと切りがないが、11時で時間。

昼食後、すこし昼寝。2時から再度図書館へ。やはり左連期の雑誌でも『文学導報』『前哨』『北斗』など何種類かは全部写真に撮って持ち帰りたい。同専攻の人たちには大変なおみやげになるはずだ。5時過ぎ、独りで小部屋にいると、館員の人が電話ですよ、という。出ると、陳女史で、宋先生が宿舎で待っているという。慌てて帰ってみると、ほかの3人はスケートに出かけて留守。宋氏は近代史研究所の本を届けにきて下さったのだった。中国のラジオ放送を放送局で録音したテープを手に入れてもらえないか、頼んでみる。中国語教育の教材にするためだ。

夕食後、入浴。その後で、日中友好協会京都府連からの派遣の形で北京に来ているある人を友誼賓館に訪ねる。その人の滞在予定の2年はもうじき切れるのだが、延長を京都府連で検討して欲しいらしい。ぼくにどうこう出来る権限もなに

もなく、そもそも初めからの約束が2年だったではないかと、不愉快になって帰る。

1月12日（水）　？

7時過ぎ起床。大学は今日から春節休みのはず。

9時前に図書館へ出かけるが、閉館。どうやら、学内で集会があるらしい。

午前中、狭間君とともに宿舎で文献写真を撮ってみる。なにしろはじめてのこととて悪戦苦闘すること1時間半、うまくいったかどうか、現像してみないことにはわからない。ぼくのカメラはミノルタの一眼レフの高級品、多満子が会社の同僚から借りてきてくれたもの。

午後、昼寝の後で構内の床屋さんで散髪、30分でできた。

4時半、厳家炎氏来訪。抜き刷りと当代文学史の講義案（タイプ印刷の仮綴じ本）をいただく。ただし、公表しないで欲しいとの注文つき。話はあれこれ飛んだが、革命的リアリズムと革命的ロマンチシズムの結合の話が、ここで聞くと、なるほど現実のほうが先に進んでいるのかと面白い。

厳氏が6時までいたので、夕食抜き。マントウを囓って、芝居へ行く。評判の**越劇**『山郷風雲』。ことばが広東語なので、はじめちょっと笑いが出たが、じきに観衆は劇の中に引き込まれた。歌、台詞（ともに舞台脇に字幕が出る）、音楽や所作、すべてが柔らかい。脚本の出来は『紅灯記』を凌ぐのではないか。

帰りはバスがなかなか来ないので、歩く。北大までバスで一駅かそこらだが、粗い砂混じりの風が真っ向から吹きつけてきて、口の中を砂だらけにして、11時半に帰着。

1月13日（木）　　晴れ。

7時過ぎ起床。朝食後、洗濯。

8時頃、宿舎二十八斎の玄関のあたりで、いきなり銅鑼や太鼓が鳴り響く。何事かと出てみると、歴史系2年生の学生たちが十三陵ダムのあたりに半工半読の学校基地を作る調査で下放するのを見送るらしい。顔見知りの学生の一人に聞くと、現実と結びつかない学問など意味ないですからね、と笑った。トラックが去るのをなんとなく見送る。共産主義労働大学のことが頭に浮かぶ。何かが始まったか。

9時前から昼まで、図書館で雑誌『北斗』をめくる。
　昼食後、王府井へ出かけミニコピーフイルムの現像をたのみ、ついで前門、新街口と回って古書をあさる。『中国現代出版資料』を見つけたのが収穫。
　入浴後、団会議。
　帰国まであとわずか、なにが出来るか、思いがまとまらない。
1月14日（金）　晴れ。
　7時15分起床。忙しい一日。
　8時半から図書館で『巴爾底山』『十字街頭』『大衆文芸』など、左連期の雑誌をめくる。文献写真のことで係の劉さんと話すと、1枚5分で撮ってやるとのこと。ほかの団員とも相談せねばならない。帰りに構内の書店で毛主席の"四論"を買う。『巴爾底山』などは自分で撮るつもりで、借り出す。
　昼食後、科学院から午後歴史研究所訪問との電話が入る。午後は厳家炎氏と毛沢東詩詞を読むことになっているし、夜は"四論"の講義を聴く予定で、そのにわか勉強もある。困ったが、中文系の索振羽氏との相談で、厳家炎氏にはメモを残して、歴史研究所へ。
　研究所では尹達副所長ほか、計4人が出迎え。佐竹君から研究所の組織について質問。それに対して、約150人いる研究員を中心にした組織をひとわたり紹介したのち、資本主義の遺物である研究生その他の制度はすっかり改める方針だという点を繰り返し強調した。帰途、昨日預けたミニコピーを引き上げてみたが、出来はよくない。
　夜は張文波講師から"四論"、とくに「関于正確処理人民内部矛盾的問題」について講義を受ける。"人民内部の矛盾"を様々な実例を挙げながら説くこと3時間、分かりやすい解説であった。よほど何度も経験しているのであろう。終わったのは11時前。張氏は帽子を忘れて行った。
1月15日（土）　晴れ。
　7時起床。空が低い。
　8時半から図書館で『文芸新聞』を読む。1930～31年あたりの上海文芸界の事情がよく分かる。
　午後、30分眠る。厳氏にいただいた当代文学史を読む。

頭が痛むので、入浴は控える。歴史系の学生張君を訪ねて話す。28歳の幹部出身で、解放戦争の最後のあたりで児童団員だったという。なるほど、建国16年とはこういうことか。
　小野信爾さんから手紙で、ぼくらの滞在期間は延長可能なら遠慮しないように、などとあるが、どうしたものか。

1月16日（日）　　　晴れ。
　7時半起床。部屋を片づけ、10時半から借りてきた雑誌の写真の接写を始める。三脚を立てて机の上に一眼レフをセットし、狭間君から借りた横眼鏡（？）でのぞいてピントを合わせ、シャッターを押す。雑誌のページを一枚めくるたびにこれをくり返すわけで、能率がわるく、目も腰も痛い。借り物一眼レフのシャッターがカシャッと大きな音を立てるたびに、命が縮む思い。昼食をはさんで撮りつづけたが、なにかと故障つづきで、しまいに狭間君から借りたひも状のシャッター押しが動かなくなって、中止。
　その後、厳家炎氏からもらった抜き刷りを読む。現代文学史を鳥瞰したような内容だが、表現は難しい。午後から風邪気味だ。
　日中友好協会の機関紙への記事を書く。
　夕食後、団会議。北大図書館へ依頼する資料写真の打ち合わせ。4人で、約3000枚ほどになりそうだ。薬を飲んで、早く寝る。

1月17日（月）　　　？
　7時起床。狭間君が歯痛激しく、陳女史に頼んで診療所に行く。歯科には女医さんが2人いて、1人は日本語がかなりに分かるらしい。歯茎に注射するとき、「不怕麼？」と言ったのが、なんとなく可笑しかった。
　その後、図書館で『文芸新聞』のつづきをメモに取る。手書きでは、はかどらない。
　帰室すると、宋守礼氏が来られたらしく、狭間君の部屋に置き手紙。翌日、郭沫若氏の招宴があるらしい。
　午後は引き続き写真をとるが、狭間君の横覗き眼鏡やシャッターは使えないので、自分で机の上に上がり、上から覗き込んでピントを合わせ、手でシャッターを押すという、およそ文献複写としては原始的この上ないスタイル。疲れ果てる。

夜9時頃、中国の学生が2人訪ねてくる。喉の調子が悪い。

1月18日（火）　？

　7時起床。狭間君と診療所へ。その後、図書館で『文芸新聞』のつづき。躰の節々が痛く、熱も出てきたらしい。はやく寝るとよいのだが、そうもいかない。

　11時半、迎えの車で郭沫若院長の招宴のため、前門外の全聚徳へ。科学院が招待している外国学者が約30人。ベトナム、朝鮮、アルバニア、それにわれわれ。この前のインドネシアの学者の姿はなかった。何人か見知った科学院関係の人の姿が見えたが、ぼくの隣は何其芳氏だった。初め中国語だった郭氏が上着を脱ぎ、キッコーマンの醬油で刺身が食いたい旨のことを日本語で叫んだあたりから歌が所望される。ベトナムの歌が力強い。ぼくらは「沖縄を返せ」を歌う。2時半散会しての帰途、夜は中日友好協会の林林氏の招宴と聞いて、まいる。熱は次第に上がっている。

　帰室後、ぶっ倒れて2時間ほど眠る。

　6時、迎えの車で前門外の豊沢園へ。ここは2度目だ。林林氏のほか、郭労為、蔡子民、宋守礼の諸氏に、思いがけなく近代史研究所の劉太年氏。酒はほとんど飲まないが、林氏と劉氏がしゃべりまくる。安藤彦太郎氏も同席。

　夜熱が酷く、喉が痛い。毎年何度かやる扁桃腺炎だから、心配はない。

1月19日（水）　？

　7時起床。薬のせいか、熱はやや下がった。

　留学生弁公室へ陳女史を訪ね、25日に話劇を観ることに決める。そこから図書館に回るが、悪寒がしきり。行ってみると、どこでどうなったのか、文献写真は自分で撮ってくれとのこと。気分も悪く、10時半頃引き上げ、昼食をはさんで3時間ほど眠る。

　4時過ぎ、厳家炎氏来訪。4日つづきの会議の後だという。毛沢東の詩詞を読み始めるが、5時半頃にはっと気がつき、厳氏に断って着替え、留学生食堂へ。黄一然副校長主催の留学生春節パーティーに参加。300人はいたろうか。例によって酒なしの1時間半。

　7時半から大礼堂で映画。アマチュア劇団の出し物を撮った2本。帰途は寒気がしきり。すぐ寝るが、熱は39度に近い。

乙巳・丙午三箇月〈留学〉日記抄　1965年10月——66年1月　　53

北京大学二十八斎前で。向って左から吉田、陳耐軒女史、狭間君。

1月20日（木）　　軽い薄雪が構内を覆う。

　7時頃目覚めるが、そのまま8時過ぎまで眠る。このまま寝ていたいところだが、図書館が明日から休みとあってはそうもいかず、9時過ぎから狭間君に手伝ってもらって、文献写真を撮る。2時間で6本。なかなかはかどらないが、いくらかは進んだので気分はよい。熱は相変わらず高いが、うっかり言うと大騒ぎされるに違いないから、誰にも言わないと決める。

　昼食後、眠る。2時半に起床。3時半、厳氏来訪。昨日のつづきで、毛沢東の詩を読む。かなり新しい解釈もあるようで、これからが楽しみだが、時間がない。5時半、厳氏帰る。

　夕食後、寝ていると、ドアにノック。開けると、陳女史。このまま寝ていては大病扱いされるから、さりげなく起きる。彼女としては、折角の春節だからと、慰めに来てくれたものらしい。彼女は解放前の上海をいくらか知っているようだが、それでも日本の今の現状はなかなか理解を超えるもののよう。

　陳女史が引き上げて間もなく、ベトナム留学生が爆竹を鳴らすやらラジオのボリュームをあげるやら、大騒ぎ。春節除夜のお祝いだ。祖国の放送にベトナム留学生の歓声。

夜中、極度の発熱に水で冷やす。ただ、この手の扁桃腺炎は年中行事だ。

1月21日（金）　晴れ。

春節初一。春節の雰囲気を吸い取りに町に出たいところだが、熱と悪寒と筋肉痛の躰ではなんともならない。8時半頃起きてマントウを囓ってみるが、味がしない。そのまま、ごろごろしている。

3時頃、宋守礼氏が来訪。意外な知らせで、27、8日頃に天津発日本行きの船があるという。それ以後、2月中は船の予定はない。急なことで、即答できない。なんならひと月延ばしなさいとは言ってくださるが、そう甘える訳にもいかない。

4時頃、車で北京ホテルへ。安藤氏とともに、火鍋をご馳走になる。味はしないが、無理に食べる。途中で躰がぼーっとなり、熱が急に上がったのがわかる。便所の鏡で覗いた顔は真っ赤。

ホテルを出て、京劇を観るべく、王府井を歩いて北上。7時から10時半まで、現代物京劇の小品集を観る。北京京劇団と同二団の連合公演。現代物が京劇にすっかり定着したのがよくわかる。観劇の途中で、館内の暑さのせいか、さきほどの火鍋のせいか、汗をびっしょりかく。経験で、これで扁桃腺炎が峠をこえたのが分かった。昨夜飲んだサルファ剤も効いたのか。

帰りの車は寒く、凍てついた空に月が美しかった。

1月22日（土）　晴れ。

昨夜の発汗のせいで、治りかけたことが経験で分かる。ただ、喉の痛みはまだ。洗濯。

午前団会議1時間。帰国の件について、できれば延長という空気。ただし、どうしてもというほどではない。

10時半ころから独りで文献写真を撮る。シャッターを切って、気がつけば雑誌のページをめくり忘れといったぐあいだが、それでも昼食をはさんで計4本。

午後から夜にかけて、帰国に腹を決める。体調ももどった。

ほかの3人も、やや落ち着きがなくなった。

夜、電灯の光を工夫して、部屋で文献写真。これでどうか。

1月23日（日）　晴れ、のち薄曇り。

7時15分起床。久しぶりに朝食を取る。

午前中、団会議。異議なく帰国に決定。これで、みんなすっきりと準備できる。その決定をもって、バスで北京飯店の宋守礼氏のもとへ。ちょうど昼食中。科学院の指図どおり帰国する旨を部屋で伝えると、まあ仕方ないねといった感じ。飯を食っていけと言われて、独りで久しぶりに北京飯店の旨い飯を食い、ふたたび部屋にもどって、南京豆の皮を剥きながら、これからの交流のことなどを話す。車を出してもらって、2時過ぎに辞去。

帰着後、留弁に陳女史を訪ね、帰国のことを伝えると、いささか意外そう。ここ2日ばかり、車やなにやら、無理をお願いする。いとまを告げたところへ、彼女のご主人の洛為竜氏が現れて紹介される。背の高い人だった。

夕食後は片づけをして過ごす。客もなく、早めに眠る。

1月24日（月）　　雪、のち曇り。

朝食後、シーツと枕カバーを洗濯。

そうこうするうち、雪。さらさらの小粒の雪が塩をまくようにささーっと降り、1時間もすると銀世界に変わる。

なんとなくせき立てられる感じ。午前中、日中友好協会、多満子、筧夫妻へ手紙。

午後2時、佐竹君と2人で図書館へ。空は暗い。休日のところを開けてもらって、約2時間、文献写真を撮る。カメラは快調だが、自信はない。この間、厳家炎氏来訪の可能性あり。図書館の人の話で、最初に提出したリストの大部分はすでに撮ってあるとのこと。この前の話と違うが、なにしろ嬉しい。

夕食後は、部屋の電灯の明かりで文献写真を撮る。

今日で出発前の心得ができた。船の予定は明日分かるはず。

1月25日（火）　　晴れ。

昨夜雪が降り直したらしく、一面の銀世界。

午前中、游国恩氏を訪ねる。構内にある二階建ての家。63年に京都でお迎えしたときの記憶ではことばがわかりにくかったはずだが、そうではなかった。しきりに京都で会われた人の名前を挙げながら、話がはずむ。ひと月ほど外地に出かけていたというのは、ある種の下放か。11時前、記念写真を撮って辞去する。

昼食後、海淀で本を買い、網袋を買う。2時から図書館へ出かけるが、借りて

きた一眼レフのシャッターが動かなくなる。その後は、本の荷造り。
　夜、天橋の劇場で解放軍文工隊の『紅軍不怕遠征難』を観る。ベトナム留学生が多数来ている。内容は『東方紅』の解放軍版といったところ。この手の歌舞劇に一つのスタイルが出来つつあるようだ。定着すれば、中国の舞台芸術に新しい様式美を産むかも知れない。

1月26日（水）　晴れ。

　7時起床。鼻が詰まる。
　朝団会議で、出発準備点検。だいたい進んでいる。10時過ぎから構内で8ミリを回す。
　昼過ぎに宋守礼氏から電話。通話の調子がわるく、要領を得ない。2時半頃、科学院の李女史がやってきて、船の切符を買うべく、王府井の銀行でドルを元に換金しましょうと言ったので、宋氏の電話の意味がやっと判明とは、なんとも情けない。来月2日、天津で乗船ということだ。銀行での換金後、買い物をして帰る。
　夜、本を読む。中国の学生来訪し、雑談。多満子から手紙。

1月27日（木）　晴れ。

　7時15分起床。昨夜から鼻水。
　9時頃、陳女史来訪。出発前に市内へ移動するかどうか、なにか希望はないか、など。移動はしないし、とくに希望もないと答える。話中に厳家炎氏来訪。これまで2度すっぽかしたらしく。申し訳ない。午後、早めに来ますということなる。
　昼食後の団会議で、宋守礼氏らとのお別れ食事会を決める。
　午後2時過ぎ、ふたたび厳家炎氏来訪。ソ連文学の影響、とくにラップのそれについて話してもらう。後半は毛沢東詩詞。この前に較べて、目新しい解釈は出なかった。なんとなく、これで終わったという感じ。話し中に、麻子英氏と陳女史が現れ、英雄牌万年筆とバッヂをいただく。
　夕食後、狭間君と文献写真を撮るが、彼のカメラも調子がわるい。

1月28日（金）　？

　7時半起床。鼻詰まり変わらず。
　8時半から狭間君と2人でバスで市内へ出る。天安門前で写真を撮りまくり、

歴史博物館へ。広場はかすかにもやっている。11時過ぎ、博物館を出て、北京飯店前から王府井へと歩き、写真館で現像を依頼したフイルムと、先に修理を依頼しておいたミノルタカメラを受け取る。修理代は12元。

　昼、長く北京にいる狭間君の知り合いに和風ですき焼きをご馳走になる。終わって、お別れ食事会の予約をしてから北京飯店に向かい、宋守礼氏に会う。氏の案内で中央人民放送局に向かい、頼んでおいた録音テープを受け取る。台本付きで、随分手間をかけたらしく、申し訳なく思う。宋氏と別れて、友誼商店や東四の古書店などを回り、大衆食堂で食事、糧票の件は大目にみてもらう。帰着は8時半。現像した写真を調べて、まったく酷いのが分かって愕然となる。そいつは狭間君のカメラで撮ったもの。それではと、修理したミノルタで撮ってみるが、シャッターを切るたびにピントがぼやける。はたして修理はうまくいったのか、自信がなくなる。

1月29日（土）　　晴れ。春めいた暖かさ。

　7時過ぎ起床。慌ただしい一日。

　8時半、図書館で撮ってもらったフイルムを持った陳女史が来訪、興膳君の頼んだ分はまだ積んだままになっているという。慌てて同君と2人、カメラを手に行ってみると、大部分は日本でも見られるものだったので、ひと安心。すると、再び現れた陳女史が、明日の北大出発と、今夜の張友漁氏招宴を告げる。

　11時、北大関係者への心ばかりのお土産を持って留学生弁公室へ出向くと、今日中に手持ちの元をドルに替えておけという。陳女史が慌てて銀行へ電話すると、あいにく今日は土曜日。それでも、午後なんとかしましょうと言ってくれたらしい。

　午後、陳女史と車で銀行へ。わずか千元ばかしのことでわざわざ門を開けさせるというのがすまない。4人分で1時間。帰途、西単の古書店で、かねて予約しておいた『文芸報』『新建設』などの雑誌を受け取る。大きな包みが4個で、369元。書店のご主人はまったく古本屋のご主人然として、親切だった。帰着は3時半。

　間もなく厳家炎氏来訪。今日も毛沢東詩詞のつづき。とくに修正主義批判の部分を強調して、詩詞の言外の意味を解説してくれる。4時から6時過ぎまで。途

中で陳女史が姿を見せ、明日の出発は明後日に延期だと告げたので、ほっとする。

　6時45分出発、張友漁氏招宴で西単の四川菜館へ向かう。出席者を見て仰天する——張友漁、侯外廬、黄一然、何其芳、劉太年、黎澍、王慎之、陳慶華、宋守礼、麻子英、陳耐軒、李女史。挨拶も何もない気楽な宴席。何其芳氏から、「この前さしあげようと思って見つからなかったのが、やっと見つかりました」ということばとともに、『関于現実主義』のサイン本をいただく。別れ際に張、宋両氏から、今後の京都の交流希望は直接手紙で知らせてくれと言われる。東京のしかるべき筋を通さなくてよいとの意思表示と受け取る。9時半頃辞去。

　帰室後、これが最後と文献写真を撮る。12時就寝。

1月30日（日）　　晴れ。

　慌ただしく過ぎた最後の一日。7時半起床。朝食の後、荷造り。10時半頃には終わる。やるべきことはやったような、やり残したことばかりのような、複雑な気分だ。

　1時半頃、事務室から締め出されたと、陳女史が現れ、3時過ぎまでおしゃべり。3時過ぎ、今夜の食事会のことで宋守礼氏に電話するが、宋氏はいささか迷惑そう。

　4時過ぎ、友誼賓館で極東書店の山本君に40元借り、車を出してもらって北京飯店へ宋守礼氏を訪ねる。このところ会議ばかりでと、宋氏はこぼし気味。科学院関係へのお土産を渡すが、夕食会は本当に迷惑だったかも知れない。そこから王府井の和風へ予約の確認。ついで、王府井をぶらつく。日曜日で、人出は多い。

　6時45分、宋守礼、麻子英、陳耐軒の3氏とぼくら4人がそろったところで、天ぷらと牛すき焼きの食事をする。せめてものお礼のつもりだったが、ぼくのこしらえた京都風すき焼きが口に合ったかどうか。気楽な会は9時過ぎ散会。

　帰着後、留学生弁公室の解君から『毛選』をもらう。となりの興膳君のところにはリフチン氏が来訪。

1月31日（月）　　晴れ。

　7時過ぎ起床。7時45分頃、麻主任来訪。その後から陳女史、解君、索振羽氏、教員の人が十数人、ベトナム留学生など、入れ替わり立ち替わり。荷物はたちまち運び出される。厳家炎氏や陳慶華氏に挨拶する。陳女史がこっそりパンダの縫

いぐるみをくれる。ベトナム留学生の党書記、共青団書記、留学生団団長に始めて正式に紹介される。

車が3台（うち荷物用ジープが1台）、8時45分に到着。9時40分に出発。手を振ってのあっけない別れだった。

車に同乗は宋守礼氏、陳女史、李女史。陳さんは車に弱いらしい。途中ジープが危うく事故を起こしかけたりして、塘沽到着は1時半、予定を2時間も遅れていた。慌ただしく通関手続きを済ませ、2時頃中国の貨客船建設号（8000トン）に乗り込み、ただちに出航。名残を惜しむ暇もない慌ただしさだ。岸壁に3人並んで見送ってくださる。向かって右が長身の宋守礼氏、真ん中がチビの陳耐軒女史、左がややきつい顔立ちの李女史。氷のかけらの浮いた海面を船はゆっくりと離れる。もう一度あの手を握りたい、そう思ったら涙が溢れた。

船はゆっくりと回転して方向を定め、やがてスピードを上げて走り出す。宋氏が両手を高く挙げる。陳女史が紅いマフラーを振る。小さな影はいつまでも立ち尽くして、やがて見えなくなった。

2時半、遅い昼食の後で、1時間半も眠った。

5時、船長やパーサーと夕食。船乗りらしく、率直な人で、「我没有文化」と言って笑う。船はローリングを始める。食後に入浴。2週間ぶりで、すごい垢が出た。

8時半から団会議。下船が門司になりそうなので、すこし面倒だ。

2月1日（火）　　晴れ。

快晴、風波なし。目立たぬ程度のローリングだが、軽い船酔いらしい。一日中何も見えず。船は山東半島の沖を上海に向けて走っているはずで、海水がやや濁りを帯びてきたようだ。

京都の小野信爾さんに「五日門司にて人のみ下船吉田」と電報を打つ。パーサーは船長と相談の上、電報料金は受け取らないという。押し問答するも、降伏。

昼、船酔いの薬を呑んだせいで、やたらと眠い。うつらうつらしながら、中国での出来事が時折頭をよぎる。あの人たちに再び会えるのはいつのことだろう。

2月2日（水）　　（船上、記録なし）

2月3日（木）　　（船上、記録なし）

2月4日（金）　（午後、門司港着、記録なし）

［追　　記］

　帰国船上の最後の3日間は日誌記録がない。これには、気のゆるみもあったことだろうが、上海沖を出てから海が荒れ、船酔いで食事もろくに取れなかったせいでもある。門司に着いて、税関でパスポート検査をされたが、中国でのぼくらの入国査証はパスポートにクリップで止め、天津出国時に抜かれていたため、パスポートにはなんの記載もない。中国船に乗って帰ったのだから中国からの帰国に間違いないのに、どこへ行ってきたのか、東南アジアで宝石でも買ってきたのではないかなどとしつこく嫌味を聞かされ、数時間も下船を許されなかったことなど、余話としてここに記しておこう。なお、乗船した建設号の船賃は一人25元だった。

　いまひとつ、この日誌にある文献写真のことだが、ぼくの直接かかわった現代文学関係で左連期の雑誌については、のちに『中国現代文学史資料』全12巻（1968年　大安刊）にすべて収めて、みんなの共有資料とすることができた。あの中には北大図書館が撮ってくださったものもあるし、ぼくが宿舎の部屋で撮ったものもある。一部にピント呆けがあるのは、素人のぼくの手になるからである。

　また、『延河』『処女地』などをはじめ大量に買い込んだ建国後の文学雑誌のバックナンバーは、すべて京都大学文学部図書館（現京都大学大学院文学研究科図書館）に寄贈した。

吉田先生について

莫　言

　吉田先生と初めてお会いしたのが何年の何月だったか、既に忘れてしまった。今までに何度お会いしたかも忘れてしまった。まったく失敬だし、ふざけた話だが仕方ない、わたしの記憶は時間や数字のことになるととたんにサボりだす。ならばわたしは吉田先生について何を覚えているのか。

　わたしは、吉田先生が翻訳した最初のわたしの本は、中国で論争と曲解の的となった『豊乳肥臀』だったことを覚えている。

　この本は長いばかりか、内容も錯綜しているし、登場人物も多く、言語も標準的ではない、味噌も糞も一緒といったものであり、欧米の翻訳家はみな訳しにくいと言っていた。しかし吉田先生は仕事の合間を縫って、二年の時間を費やしてこの本を完訳した。日本語のわかる友人たちは、この翻訳がとても優れたものだとわたしに教えてくれた。実は吉田先生はきっと優れた翻訳をなさるだろうと、わたしは早くから感じていた。彼は農民の出で、わたしが小説のなかで描いた生活を我が身のこととして理解できるからだ。わたしは自分の出世作『透明なにんじん』で、鍛冶屋の竈で鞴を引く黒孩子（出生届が出されていない、戸籍を持たない子供）のことを書いた。この黒孩子は静かで寡黙、夢想好きだった。多くの人が、わたしがこの黒孩子だと言ったが、わたしもこれに同意する。吉田先生は、自分もこの黒孩子だ、鍛冶屋の黒孩子だとおっしゃった。吉田先生の実家は歴代の鍛冶屋で、子供のころから父母が鉄を鍛える手伝いをしておられた。『豊乳肥臀』の中の上官家も鍛冶屋の家柄だ。わたしは、上官家の女がやっとこを握って鉄を打つところを描いたが、これはわたしの虚構であって、中国の現実生活のなかではあり得ないことだった。わたしは、世界中どこでも女がやっとこを握って鉄を打つなどということはあり得ないと思っていた。しかし、吉田先生の母堂はやっとこを握って鉄を打っておられたという。彼は十幾つの時から、鉄を打つ母親の

助手をしていた。そして、吉田少年が母親と一緒に鉄を打つ情景が、いきいきとわたしの面前に出現した。この情景はわたしを感動させた。わたしは運がいい、『豊乳肥臀』の日本語訳は、恐らく吉田先生をおいてはほかに適した人はいないのだ、ということを知った。

　わたしはさらに覚えている。わたしが小説の中に描いた教会堂の様子をはっきりさせるため、また小説中に描かれた不可思議きわまる「高密東北郷」を見るために、ある春の日に吉田先生が、わざわざ高密県の視察に来られたときの情景を。それは冬よりも寒い数日間だった。吉田先生はカメラをもって、写真を撮りまくり、大笑いし続けていた。彼は、わたしが小説のなかで何度も描写した高粱を見ることはできなかった。やはり小説のなかで描いた沙梁、葦や蘆、滔々たる大河ももちろん見ることはできなかった。ほんとうの高密東北郷は、見渡すかぎりの平原で、小説の中の高密東北郷は、基本的にわたしの想像である。吉田先生は当時まだ佛教大学の副学長で、このような地位は中国にあってはきわめて高官で、どこに行ったとしてもお付きの者が多くいるはずだが、私たちは親しい友人を接待するように簡単な接待しかしなかった。先生の素朴さと気安さは、教育関係に勤めているわたしの何人かの友人をずいぶん感嘆させたものだった。

　わたしはまた日本で『豊乳肥臀』の日本語版出版記念式典に参加したときの情景も覚えている。吉田先生はわたしのこの訪日のために、ずいぶん骨を折ってくださった。わたしに日本の尺八の演奏を聴かせてくださり、日本の民間の様子を深く理解させてくださった。とても狭い白樺というバーで、そこの若い経営者が、純粋な読者だったが、『豊乳肥臀』を読んだ感想を聞かせてくれた。この若い人の読解にわたしは大きな感動を覚えた。その後の数日間、吉田先生はわたしと一緒に、自転車に跨って京都の町のあちこちを案内してくださった。わたしは汗だくになって息もあがったが、吉田先生はまったく軽快だった。恐らく身体的な資質が違うのだろう。たぶん日々の鍛錬と関係しているだろうし、子供の時から鉄を鍛えていたこととも関係するのだろう。

　わたしは『白檀の刑』日本語版出版のための訪日の情景を覚えている。日本のある財団の理事長とある映画評論家と一緒に食事をしたとき、話が『白檀の刑』におよんだ。評論家が、これは音が聞こえる本だ、しかもその音は耳の中から聞

こえる、と言い、理事長も、自分も音を聞いた、か細く絶え間なく聞こえる子猫の鳴き声のようだ、と応えた。彼らの読後感が、吉田先生の翻訳の成功をわたしに知らしめた。この本が翻訳され始めたとき、わたしの最大の憂慮は、いかにして小説の戯曲的要素を日本語に転換してもらえるかということだったが、吉田先生はその故郷の芝居を助けとして、対応する翻訳を実現したとのことだった。

わたしは吉田先生に連れられて、広島の南、山深い先生の故郷に行ったことも覚えている（実際は広島市の東、現東広島市）。先生の生家は、大きな山に抱かれてあり、門の前にはさらさらと流れる川がある。中国の風水学に照らせば、山を背負い水に面するのは非常に良い風水だ。吉田先生の弟君は、わたしの故郷で農業をやっている二番目の兄と同様よく日に焼けた農民で、がっしりした体軀、性格も豪壮だった。彼は焼き魚を出してくれた。黒い皮の魚で、たぶん鯛だろう、中国では黒加吉魚という魚だが、なんの調味料も加えていないけれどもすばらしく美味しかった。今まで食べた魚のうちでもっとも美味しい魚だった。

わたしはもちろん吉田先生がわたしの二冊の中短編小説集を訳してくださったのを覚えている。ひとつは『至福の時』、もう一つは『白い犬とブランコ』である。

わたしはもちろん吉田先生がわたしの『四十一炮』を訳してくださったときのあの一貫した誠実な責任感を覚えている。いま『四十一炮』はすでに出版され、吉田先生は再びわたしの四九万字にもおよぶ長編新作『生死疲労』の翻訳を始められた。

そして忘れることができないのは、二度にわたって泊めていただいた先生のご自宅で、奥さまとお義母さまの、心のこもった歓迎を受けたことだ。卒寿を超えたお義母さまは、子ずから作ってくださった独特の風味の小魚と海苔のお菜を、綺麗な瓶に装ってくださり、北京に持ち帰ってわたしの娘にも食べさせるよう持たせてくださった。

現在吉田先生は、教師としての職をめでたく退休されるけれども、その翻訳の仕事とご自身の研究の仕事は止まることはない。

先生は勤勉でまじめな労働者であり、清廉公明な君子である。先生はわたしの師であり、わたしの友人であり、何よりもわたしが学ぶべき模範なのだ。

(浅野純一訳)

太田川の清らかな波
―――わたしと吉田先生とのおつきあい

葉　広　芩

　わたしは広島に十年住んでいた。住まいは太田川の西にある鈴が峰の上にあって、玄関からは広大な太平洋につながる美しい瀬戸内海をのぞむことができた。山のふもとは広島を流れる美しい太田川である。川幅の広い太田川は川底が見えるほど澄んでいて、両岸の土手には緑がいっぱいで、アヒルや水鳥が遊び、おだやかな風がわたる。わたしはこの風景が気に入っていた。夕日が沈むころ、きらきらと輝く波には小山の上の宝塔が映じ、青草のなかをぶらぶら歩きながら、お寺のゆったりとした晩鐘を聞いていると、心が川の水とともに遠くへ遠くへと流れていきそうだった。

　1945年8月、原爆が広島に落とされた。太田川はその真っ只中にあり、焦土と化して、折り重なる死体のために流れが阻まれた。わたしには当時の光景を想像することができないし、煉獄のような状況と傷ましくも美しい太田川とを結びつけるすべもない。しかし、それは確かな事実であって、閃光と巨大な爆発音のあとに14万の死者を出した。こうした話題は扱うのが難しいが、作家として、わたしは歴史が残したものを捕らえようと試み、体験者をつうじて晩鐘と波の輝きの背後に隠されたものを知ろうとした。

　しかしそのことはかなわなかった。わたしの知り合いはほとんどが戦後に転入した人で、提供してもらった資料も一次資料でなく、もどかしく感じるばかりだった。

　1999年の冬、わたしは、京都のある文学会で、関西大学の萩野脩二先生に紹介されて吉田富夫先生を知った。その日、わたしは文学についての講演をすることになっていた。来場者はほとんどが中国文学の専門家で、著名な学者である竹内実先生もおられ、毛沢東に関する著書をいただいた。わたしはそれまで日本に友

人がなく、文化界とも交流をもたなかったので、この会で一度にたくさんの同仁にお目にかかれて、とてもうれしかった。散会ののちも興なお尽きず、つれだって喫茶店でお茶を飲んだ。

　吉田先生を知ったのはこの席でだった。吉田先生は頭脳明晰にして行動力のある方で、背は高くないけれど、眼光は鋭く、話し方もてきぱきとしておられた。また中国語も流暢で最高のレベルに達しておられて、在日の華僑ではあるまいかと錯覚したほどだった。先生は、ぼくは正真正銘日本人で、郷里は広島、空港からそう遠くないところだと言われた。そこでわたしは、さっそく大田川のことを話題にし、素朴で落ち着いていて田園気分あふれるその名がとても好きだというと、先生も同感だと言われた。

　こうして「同郷」のよしみが生まれ、また賈平凹の『廃都』や莫言の『豊乳肥臀』がみな先生の手によって日本の読者に紹介されたことを知って、いよいよ尊敬の念を強くした。わたしが、賈平凹はわたしと同じ職場で、いつも顔を合わせている同僚ですと申し上げると、先生はたいへん驚いておられた。先生は、あなたの作品や話し方から北京生まれに違いないと思っていたと言われたので、わたしは、北京生まれですが西安で仕事をしています。西北に赴いたのは運命で、長安の人びとが大きな度量で受け入れてくれたおかげで、そこで根を張ることができたのですと申し上げた。吉田先生は、かつて北京大学で勉強したことがあって、いまはよく西安に出かけていますが、こうして京都でお会いできたのもご縁ですねと言われた。

　ごく普通の出会いからお付き合いがはじまったのは、まさに吉田先生が言われた「縁」なのだ。

　それからまもなく、吉田先生と夫人が広島にいらっしゃった。高齢のお母様を見舞いに来られたのだった。お会いすると、吉田先生がわたしの長編小説『採桑子』を翻訳したいと言われたので驚いた。この長編は古い北京の貴族の生活を描いたもので、風俗や風水、建築、戯曲、漢方、陶磁など中国の伝統文化をたくさん含んでいる。国内の読者から「難しすぎる」との意見も寄せられているので、日本人の吉田先生が翻訳しようとするのは、おそらく「騎虎の勢い」というものではなかろうかと思った。日本人に昔の北京の東直門外にあった「驢窩子」が理

解できるのか、「二鬼　山を担う」という『易経』の八卦が訳出できるのか、京劇『鎖麟嚢』の「春秋亭外　風雨驟かなり」の境地が表現できるのか、また元代の「枢府」の磁器の由来が説明できるのか、わたしには想像できなかった。しかも方言俗語も使ってあり難しいことこのうえないのだ。

わたしがこうした懸念を口にしてみたところ、先生はたしかに難しいがやってみましょうと言われた。その筋の通った、落ち着きのある態度をみて、これは並みの翻訳者でなないと思った。

吉田夫人は、京都生まれで京言葉を話され、品があって清楚で、文化の蓄積と魅力とを感じさせる方だった。わたしは夫人にわたしの小説に登場する金家の女性たちの面影を何となく感じて、中国の文化と日本の文化とは相通じるものであることを、このとき確信した。

桜の季節になって、わたしは京都に出かけた。吉田先生はわたしにユニークな京都の旅を経験させてくださった。それは本当の文化の旅であり、古きよき京都と賑やかな京都をたずねる旅だった。わたしたちは百年前の京都の写真集を手にして出かけ、それを見ながら同じ場所の異なる景観をながめて、歴史の名残を尋ね求め、時代の変遷を味わった。吉田先生が説明してくださっていると、わたしたちの後ろに何人も人がついてくるほどで、興味深いこの旅のおかげで、京都に対するわたしの理解はいっそう深まり、日本文化をさらに遡って探求することができた。京都と西安は友好都市で、このふたつの古都は歴史への思いを共有しているはずである。文化人の歴史への思い、都市への思いは、広島の太田川に対する理解と同様に、隔たりのないものなのだ。

吉田先生は毎年、学生を引率して西安にしばらく滞在されている。先生の大学と西北大学との間に交流関係があるからだが、京都を離れてもまた長安でお会いできるので、わたしたちの話題はいつも豊富で尽きることがなく、地域や時空を越えたものとなった。ただ、惜しいことに、わたしは西安で百年前の写真集を見つけることができず、先生を案内し西安の街をあちこち歩き回ることはかなわなかった。

2003年に吉田先生訳の『採桑子』が『貴門胤裔』というタイトルで出版された。わたしは興味深く頁を繰ってみた。わたしのおぼつかない日本語の能力では理解

することができなかったけれど、文化に対する吉田先生の造詣が並みの翻訳者とは比べものにならないことはわかった。しばらくして、先生の訳に基づいた点字本も出て、この小説が日本の読者に受け入れられ、喜ばれたことがわかって、心から先生に感謝している。

　わたしと吉田先生とは交差するところがたくさんあるといつも思う。先生の郷里の広島はわたしが住んでいたところだし、先生が留学された北京はわたしの生まれ故郷で、先生が勤めておられる京都は、わたしが仕事をしている西安と友好都市だ。これは運命のさだめ、先生の言われる「縁」なのだろう。

　広島出身の先生からは、もちろん1945年原爆投下のときの吉田家の様子を何度もうかがうことができた。それは先生ご自身が体験されたことで、とても淡々と話してくださった。平淡にして優雅な文章は物書きの理想とするところであるが、文章には書く人の人となりが表れるものだ。人となりが平淡にして温和であれば、文章も至高の境地に、そして人もまた至高の境地に達するのだ。

　何年も太田川を見続けてきたが、流れはゆるやかで、静かに、穏やかに、いつものように船や水鳥や青い空、白い雲を載せていく。太田川の情景にふれて、わたしは生命のべつの一面を理解した。わたしの知っている被爆体験をもつ広島のおばあさんたちは、一度は「死んだ」身だが、ひょうひょうと生きていて、不平を口にしたりはしない。このことは人生の大きな命題である。災難の呪縛を乗りこえて、観念の狭小さを脱し、運命に囚われずに、人を自然へと、高みへと向かわせるものなのだ。

　わたしは吉田先生を知ったことを誇りに思う。

（中　裕史訳）

今ではそうであること──吉田富夫教授と私

毛　丹　青

　ここ数年、吉田富夫先生とはしょっちゅう顔を合わせている。初めて日本にやってきた20年前と比べると、お会いする回数もいっしょに飲酒談笑することも格段に増えた。

　お会いする回数は増えたけれど、会うことの楽しさ自体は、今も昔もおおむね同じなのだ。いや、思い返してみると、かつてお会いしたころの方が面白かったかもしれない。あのころ、金がないため留学の継続を諦めたちょうどそのころ、指導教官の清水正之先生は私を理解してくれていて、「君のような人が、日本社会をよく理解してくれることこそ、すばらしいことだよ」と言ってくれた。

　そこで私は三重大学を退学して、エビと魚を扱う会社に転身した。3年の間、毎日真夜中に起き出して、菰野町湯の山温泉から名古屋の魚市場に車を走らせた。車を停めるころ、空はやっと魚の腹のように白んでくる。魚屋というのはなかなか刺激的な仕事で、冬に外一面雪が降っていたら、すぐにウマヅラハギが売れると予測できる。寒いと多くの人が鍋を食べたくなる、だから、ウマヅラハギさえ確保できれば、飛ぶように売れること間違いなかった。

　そのころ、三重大学の多くの教授は京都から来ておられた。私は彼らの学問の話を聞くのが好きで、ちょっと高雅なことだと思っていた。魚市場のセリ声に慣れた身には、茶を啜りながらとりとめのない話を聞くのは、とても楽しく感じられた。ただ楽しいだけにとどまらず、教授たちの京都の自宅にもおじゃましたものだ。吉田先生と面識を得たのもこのころのことだった。先生は私がお訪ねした教授方の友人だったのである。

　ある年の元旦、私は小型トラックを運転してわざわざ京都まで行って、先生方の家に一軒一軒魚を届けたことがある。魚は大きなマナガツオ、というのは、この極めて美味なる天然魚は年々少なくなっていたからだ。教授先生方に、私がい

つまでもただの聴講生ではないと分かってもらうために、機会をとらえて自分の本領を示しておくのは、当然のことだった。もとより当時の私の本領は、エビや魚以外に、全く何もなかったのだが。

　両手に、氷で冷やした大きなマナガツオの箱を抱えて、私は初めて吉田先生宅を訪ねた。家にはいると本だらけで本棚は天井まで届いている、なにか異様な雰囲気だった。一人は魚やエビを売っている私、一人は学問をしている吉田先生、この二人がいっしょにいることは、ちょっとした滑稽だった。

　酒を腹に収めながら、吉田先生はずっと私の話を聞いていた。魚屋商売の奥深さ、未明に仕事にでて9時頃にはもう熱燗で一杯やって、それから後かたづけをしたらもう仕事は終わり、そんな話だ。こんなことを話していると、まるで別の人種のようで、とりわけ吉田先生にしてみれば、当時の私はたぶん世間の生活を知らない北京の若造に過ぎなかっただろう。もちろん生活とは、日本のそれだが。

　それから日が経ち、私は水産会社を辞めて、ある商社に勤めた。家も四日市から神戸に引っ越した。いうまでもなく吉田先生の京都にも近くなった。

　この間に大小さまざまな理由で、私たちは毎年会う機会が増え、さらに私が商売から文筆に転身したので、話題もだんだんとエビや魚から吉田先生が研究しておられる中国文学へと変わり始め、ついに私の得意話だったエビや魚も、文学にその地位を譲ったのだ。熱燗を一杯やると、吉田先生は滔々と話し始める。魯迅の研究と郭沫若から話し始め、銭鍾書が先生に宛てた私信を持ち出して見せてくれたり、とにかく中国について話し始めると、酒はいよいよ杯を重ねるのだった。吉田先生は大部の中国当代小説を何冊も翻訳しておられる。この十年余りの間に、『廃都』『土門』『白檀の刑』『四十一砲』などが日本で出版されたが、積み上げれば随分の高さになるだろう。

　いま思い返してみると、私が商売から身を引いて中国語と日本語の著述に力を注げるようになったことに対して、吉田先生の影響が那辺にあるかはっきり言えない。具体的にどういう方面か、これも分からない。しかし、中国文学について話が及ぶたびに、いつも興趣旺然、日本の読書市場に中国文学の分野を確立しなければならない、という先生の情熱は、しばしば私を感動さえさせるのだった。

　吉田先生や先生と同じような中国文学者の努力を通じて、日本読書界の中国文

学に対する需要は大幅に増え、かつて非主流に属していたその販路も随分と面目を新たにしてきた。

その他にも書き留めておきたいのは、ここ数年、吉田先生といっしょに中国へ行って、莫言、史鉄生、さらに余華などと何度も直接会って交流したことだ。どの会見もいつも心温まるものだった。去年（06年）の末、私は先生に李鋭の小説『太平風物』を推薦した。李鋭本人と東京の出版社とも連絡を取り、吉田先生にご出馬願ってこの作品を翻訳されるようにお願いした。一週間もしないうちに電話を頂いた。「毛君、これは私がやるよ。」

いま、先生の了解を得て李鋭に当てた先生の手紙の一部を写しておこう。「私たちは農民の生活をしたことがあります。汗を垂らして田植えをしたことがあります。これこそ私どもの縁でしょう。あの鎌も斧も鍬の刃も、40年前の私が自ら手に持ったことのあるものと全く同じです。しかし現在の日本の農村では基本的に消滅しました。」

吉田先生はそういう人だ。広島県の農村で育ち、いまに至るも、中国文学について話をするときは、いつでも郷土の息吹が濃厚に漂っている。この点は他の中国文学者からはなかなか見いだせないものだ。何年か前、私は莫言といっしょに広島の先生の実家に行ったことがある。先生の弟さんは農民である。私たちと別れるときに、彼はトラクターの傍らに立ってひとことも言葉は発しなかったが、ただずっと私たちに向かって微笑んでおられた。

聞くところによれば、中国であれ日本であれ、現在ではあの大きなマナガツオを捕るのはとてもむずかしくなっているそうだ。しかしもしまた手に入るなら、私は再び一箱を抱えて京都の吉田先生のお宅におじゃまして、熱燗を頂きながら中国の文学について存分に語り合いたいものだ。

（浅野純一訳）

吉田先生のこと

狭間　直樹

　人生には、奇遇というものがある。昨年（2006年）3月22日、北京での講学の合間に、京都の姉妹都市の西安へと脚をのばした。飛行機の切符は北京大学の学内売店で買ったのだが、西安行きはいくらも有ったから、午前中に着けばよいといった軽い気持ちで便を決めた。宿舎は自分で選んだのではなく、これもある偶然から西北大学の外国人宿舎になった。昼前にチェックインし、しばしあって隣の留学生食堂へ行った。

　食堂の入り口はわりあいに瀟洒な構えで、中は小さな体育館くらいの広さである。テーブルは大小いろいろ、昼時だからほぼ満席にちかい。足を踏みいれると、よく知った顔の方が数メートル前に坐っておられる。なんとよく似た方がおられるものだとぼんやり意識しながら進むと、向こうでもこちらを見て、いささか怪訝な思いが顔に浮かんだようにみえた。その間、一、二秒。「やー」と声をかけ、かけられた相手が吉田先生だった。気がつけば、周囲には李冬木さんたち、よく知った方々が居られるではないか。先生がたはもう食事を済ませておられたから、食堂行きがもう少しおくれていたら、なにも知らぬままに終わったにちがいない。聞けば、先生は西北大学の名誉博士号をお受けになり、その授与式に来られたとのことである。佛教大学と西北大学との関係はふかく、交流に尽力された先生の永年の功労をたたえてのことだという。

　実は、西北大学は40年以上も前、1965年11月23日に吉田先生とともに訪れた学校なのである。メンバーは先生を団長に、興膳宏、佐竹靖彦両氏と私の四人、「京都青年中国研究者訪中団」を名のっていた。その日のことが一瞬にして蘇ってきた。

　もちろん当時は普通の研究者が訪中することはいたって難しかった。にもかかわらず、そのような機会があたえられたのは、小野信爾先生が提唱された中国学

術代表団招請運動の成功があったからである。後から分かったことだが、破天荒ともいうべきその訪華が実現したのは、当時、中国の政治状況がいささか硬直化を脱しつつあったればこそのことだった。

1963年12月に来日した中国学術代表団の顔ぶれは、団長が張友漁、考古学夏鼐、文学游国恩、語学李格非、古代史侯外廬、近代史劉大年に自然科学（物理学・気象学）者二名と、堂々たる編成のものだった。日本政府からすれば存在していないことになっている中華人民共和国からの団としては、1955年の所謂郭沫若ミッション以来のことで、8年ぶりのことである。「礼尚往来」、その返礼として日本から学術代表団にくわえて青年中国研究者が招かれることとなった。後者の期間は3ヶ月（1965年11月1日から翌年1月31日）、だから「3ヶ月滞在」と言ったりもした。招待の単位は中国科学院で、その「哲学・社会科学部」（1978年に中国社会科学院となる）が万般の世話をしてくださった。最初の2週間ほど北京を見学、それから約4週間かけて全国を参観、帰京後しばらくしてから40日ばかりは北京大学に預けられた。

全国参観の旅の最初の訪問地が西安で、西北大学はその時に訪問した大学だったのである。食堂で吉田先生に会うや、初々しい緊張につつまれて構内を歩んだ40年前のことが脳裏にうかんできた。その日の天候は覚えてないが、薄曇りの圧迫感をともなう心象風景として、それはある。

緊張はなによりも、毛沢東に導かれて抗日戦争に勝利し、さらには人民革命を成功させた「社会主義」中国を訪れたことに発するものであった。その感覚は、かつての侵略戦争にたいする反省といまの敵視政策への反発によって、私の心の中で増幅されていた。しかも、西安に着いたわれわれはまず延安に飛んで、「革命の聖地」の見学を済ませていたのである。延安を訪れたことにより、私の緊張はいっそう高められていた。黄土高原のせまい谷間にわずかに列なる小さな町並み、それはスノーやスメドレーの書物から想像していたものより、いろいろな意味ではるかに厳しい風景だった。中国の革命家たちがこのような僻地に在って、中国、さらには世界の命運を構想し、実践したことにたいして、沸々と湧いてきた崇敬の念は、今にあざやかなのである。

「社会主義」の中国は貧しいけれども清潔で、人びとは一定の規範に則って生

活を律しているようだった。そのような社会環境にあって、われわれもいくらか格式ばらざるをえず、食事のさいの飲み物にビールを注文することはなかった。値段はお茶と同額であるにもかかわらず、である。後半の北京大学では4人それぞれに指導教官がつき、先生によって教授方法にちがいはあっても、どなたもきわめて親切に指導してくださった。本も自由に買うことができたのだが、あまり露骨な買い漁りにならないようにと、みな自制したくらいである。そのようであったから、私にとっての中国は、この時の訪問を経て、海をへだてた単なる研究の対象から、足でその地をふみ人との繋がりをもつ、皮膚感覚を媒介にした存在へと大きく変容したのだった。この経験を積むにあたり、吉田先生のすぐれた語学力にどれほど助けていただいたかを思いだすと、感謝にたえない。

　いわゆる「社会主義」体制が崩壊した現在では、理性賛美の啓蒙思想のおめでたさを批判する声がたかく、プロレタリアートが「善なる人間性」を実現して理想社会を建設するというマルクス主義の人間観は完全に否定されたかのようにみえる。しかしこの「3ヶ月滞在」の経験により、私は人と人の繋がりの重要さをしっかりと体得させられ、侵略戦争によって踏みにじられた人間同士の信頼関係の回復につとめなければならないという信念をつよめさせられた。

　帰国後ややあって、プロレタリア文化大革命が勃発した。交流はそれなりにつづいたが、かなり特別な様相を帯びたものとしてしか行われなかった。しかし、その文革中にニクソン訪中という衝撃的な事件がおこり、1972年秋に急遽、日中国交正常化が実現した。そして文革が収束させられ、1978年8月の日中平和条約調印をまって本格的な交流の時代が到来した。そのような時代の動きに応じて、京都では1978年4月に「京都日中学術交流懇談会」が誕生した。懇談会は、吉川幸次郎・貝塚茂樹先生等を顧問に、井上清先生を代表世話人として、清水茂先生、小野信爾先生、吉田先生や私も参加したきわめて緩やかな組織で、人文・社会科学、自然科学の多くの分野を網羅したものであった。

　吉田先生は文革中も日中友好運動にかなりの寄与をされたが、懇談会創立後の活躍は、まことに文字どおり八面六臂と言ってよいものだった。学術・文化交流において大事なのは、言うまでもなく専門的な研究水準を咀嚼し伝達する通訳の役割であるが、先生はその卓越した語学力を駆使して、ほとんど全ての分野にお

ける交流の成果実現に寄与されたのである。

　その主なものを挙げると、井上清先生の北京大学における特別講義に同行してその通訳を担当し、講義を精彩あらしめられた。日本近代史ならまだしも楽であるが、仏教界の交流という難事にも敢然といどまれ、大事な交流の場には必ず吉田先生の姿が見られるというような時期が長くつづいた。くわえて、華道や茶道などの文化方面での交流でも顕著な役割をはたされたと聴いている。

　そしてさらなる難事は自然科学の諸分野の交流である。当時の自然科学分野の研究者で、中国語のできる方は居られなかった。もちろん、自然科学の研究者には英語という共通語があるのだが、やはり中国語を介しての意思疎通が必要な場面も多い。その際、理学・工学・農学などどの分野のことも、怯むことなくこなしてくださったのが吉田先生だった。その方面の事務局メンバーとして多くの仕事をしてくださった香川晴男先生によれば、専門的な問題でもほとんど完璧にちかい通訳ぶりだったとのことである。そうするために、能うかぎりの準備をして臨まれたから出来たことであるが、それを支える「乃公出ずんば」の使命感が「3ヶ月滞在」の経験有ってのものであることは言うまでもなかろう。その活躍ぶりを中国の研究者や通訳から「超級翻訳」との尊称を奉られたのであるが、まことに「名副其実」ものであった。

　日中平和友好条約から30年、今ではどの分野でもそれぞれに中国語のできる研究者も育っているのだろうが、「京都日中学術交流懇談会」が挙げることのできた学術交流の成果は、吉田先生に負うところがきわめて多いのである。そのことは恩恵にあずかった関係者の胸に深く刻み込まれているはずで、学術文化交流におけるその功労は口碑として伝えられるべきものである、と私は確信している。

　西北大学により授与された名誉博士号は、吉田先生の中国文学研究にたいする栄誉であると同時に、学術文化交流に尽くされた貢献にたいし、姉妹校がいわば中国側を代表する形で贈ってくださった"功労賞"である。その授与式という記念すべき日に、西北大学において先生にお会いするという御縁を持ちえたことを私はうれしく思う。

吉田さん、もう少し待ってて下さい

後 藤 多 聞

　吉田富夫さんは筆者にとって京都大学文学部中国語学文学研究科の大先輩である。が、茫々四十年、日記をつけるなどという習慣をついに持たなかった私には、いつどういう形で吉田富夫さんにお会いしたのか、もはや定かではない。昭和四十年に学部に入ったころの中文のコンパであったかもしれない。当時、コンパの顔ぶれは吉川幸次郎、小川環樹両主任教授はじめ、清水助教授など錚々たる諸先生方、さらに大学院生やオーバードクターの諸兄姉など多士済々であった。三回生で中文に進んだ学生は三名であったから、会場の隅で小さくなっているしかなく、とてもそれぞれの先輩を正確に認識する余裕などなかった。ただ、中国から戻られた先生の土産として貴州茅台酒をいただいて、これが中国の味か、とその強烈さに圧倒された記憶だけが鮮明に残っているだけである。田中角栄首相の訪中により日中平和条約が締結され、乾杯の酒として茅台酒が有名になり、高価になる七年ほど前の話である。
　二年の放埒な生活の終点が見え始めたころ、最初の難関が訪れた。卒論である。もともと明確な目標を持って選択した学科ではなかっただけに、諸先生方のすぐれた論考が山のごとくある世界に近づく勇気はとてもなく、しかも古典にはまるでついていけずという情況で、やむなく選択したのが1920年代文学であった。
　吉田さんは小生より10歳ほど年上であったから、すでにどこかに奉職されていたのであろうが、それさえも定かではない。ただ三回生の後半になって卒業論文のテーマを決めるころに、数少ない現代文学の先輩としての吉田さんにお知恵を拝借した。お宅に伺って同じ中文の先輩で、当時朝日放送に勤務されていた多満子夫人の手料理をいただいたこともあった。
　先日、大学を出てから初めて卒業論文を開いてみた。表紙には吉川・小川両教授、清水助教授、今鷹助手の朱印が押されている。最後の謝辞にも吉田さんの名

前もあった。

　ロクな学生ではなかったが、就職する気はさらさらなく、修士課程に進んだのは昭和42年であった。おそらく、この年に吉田さんは中文の助手として研究生たちの面倒を見ることになったはずだ。高橋和巳さんが助教授として戻ってきた年でもあった。平穏な一年が過ぎ、修士論文の構想を先生方の前で説明した記憶がぼんやりとある。しかし、修士の二年目には大学全体が狂気の巷と化した。全共闘運動が本格化したのである。最初のうちこそ、毛沢東指導部によって『海瑞罷官』が批判されたとか、『三家邨札記』の著者たちが批判されたなどという情報が対岸のこととして研究室で話題になった程度であった。が、紅衛兵が「造反有理」を叫んで集団暴行を繰り返し始めたころから、京都だけでなく全国の大学で雰囲気が変わってきた。「学問とは何か」という根本的な、あるいはきわめて内省的な運動であったと理解していたのであったが、学外のデモ、やがてゲバ棒が登場し、闘争が暴力化した。文学部もバリケード封鎖により授業どころではなくなった。イスラエルのロッド空港での赤軍派による無差別殺戮の時には、西部講堂の大屋根に一夜にして金色の星印が出現したこともあった。吉田さんが、この事件に絡んでいるという噂もあった。なにしろ、研究室も閑散として、たれが何をしているのかほとんどわからない状態であったから、たまに吉田さんとも吉田山山腹のバーで偶然お会いするくらいであった。外で酒を飲めば、運動を批判する見も知らない工学部や民青の学生たちとの論争が、たやすく乱闘に発展した。

　このまま大学に留まるべきではない、と思ったのは昭和43年秋ごろであった。修士論文は提出したが、今回は先生方の印はまったくない。修了証書さえ教務部で事務的に受け取った。さいわい就職が決まって吉田さんはじめ何人かの方には連絡を取った。和巳さんには、居酒屋で別れの酒をご馳走になった。俺も受けたけど落ちた、などという昔話を聞かせていただいた記憶がある。雑誌『人間として』発刊を前にした、お忙しい時期であったはずである。

　昭和44年、以降30余年におよぶＮＨＫでのデイレクター生活が始まった。赴任地の新潟でローカル番組の制作をしているときに、中国文学を思い出すことはなかった。それでも時に吉田さんから『原典中国文学史』（岩波書店刊）などご労作を送っていただくと、「忘れるなよ」というお説教を受けているような思いがし

たものであった。
　東京に異動した昭和54年ころから、担当の番組はほとんど海外取材番組となった。モンゴル、タイ、スリランカ、ビルマ、ネパール、ブータン、インドネシア——ネパールのカトマンドウ郊外でエベレストを遠望できる峠にたった時、まるで中国を取り囲むようにして海外をさまよってきたことに突然気がついた。中国に取材に行ってみるか、という気になったのである。
　昭和58年、初めて中国に入った。目的地は、雲南省の未開放地域であった納西族の自治県・麗江。玉龍雪山という高山への日本の登山隊に同行するという形で実現した企画であった。まだ、北京の町には一人っ子政策と交通事故防止のスローガンしか見られず、人びとの服装も薄緑の人民服一色であった。しかし、鄧小平は復活し、農村でも人民公社が廃止され、昔の郷や鎮の名が復活し、人々の表情にも明るさが戻っていた。
　これをきっかけとして、平成12年に退職するまで、デイレクター人生の後半をほとんど中国取材で過ごすこととなった。初めての大型企画は、昭和61年度放送のＮＨＫ特集『大黄河』であった。鄧小平による改革開放政策が始まって数年、中国の心ある若者が「中国は資本主義を通り越して拝金主義になってしまった。日本で働きたいが、なんとかならないか」と密かに相談にくるような時代であった。こんなときほど、会話の授業をまともに出ていれば、と後悔したことはない。
　このころから吉田さんの仕事が新しい展開を見せ始めた。翻訳である。莫言はじめ、次々と中国の作家の翻訳を手がけられ、送っていただくたびに元気なものだなと感心した。
　私のほうも、すっかり「中国屋」になっており、番組がＮＨＫスペシャルと名を改めたのちには『秦始皇帝』、そして最後に担当したのが『故宮』であった。これには準備段階から６年の歳月を要した。中国の文物関係の取材交渉もさることながら、最難関は台北の故宮博物院との交渉であった。「国立故宮博物院」という正式名称を使えというのである。ふたつの中国を認めろ、ということで、これだけは受けられない。私自身が直接交渉を始めて二年目、作家の司馬遼太郎さんや陳舜臣さんの支援を得て、秦孝儀院長（当時）から「北京・台北」という地名表記でいい、という返事をもらった。この時の宴会では院長ご自慢の湖南料理

がふるまわれ、前後不覚になるまで茅台を飲んだ。
　やがてシリーズの放送が始まって、これでデイレクター人生もそろそろ終わりかと実感したことを覚えている。
　最後の職場となった衛星放送でも『シルクロード悠々』と銘打った海外からの長時間生中継シリーズで、敦煌莫高窟と新疆のトルファン、カシュガルを結んでの三次元中継を実現できた。新疆の西端、ウィグル族の町カシュガルからの生中継の実現には、新疆・ウィグル族自治区の外事処と文物局の旧知の友人たちから積極的な協力があったし、敦煌の石窟内部からの中継も、画家の平山郁夫さんと樊錦詩敦煌研究院院長の支援のおかげで許可されたもので、本来なら実現不可能な机上プランで終わりかねない企画であった。
　振り返ってみると、中国の放送や文物関係者との交渉も、最初に入った雲南での経験に比べると、もちろん時代の差はあるが、きわめてやりやすくなった。確かに、初期にはすべてが金であった。しかし、現状はむしろ中国側が金を持っている。たとえば中央電視台はコマーシャル解禁以降、金よりも権利を押さえようとするし、文物関係も似たような状況になっている。
　ところで、吉田さんとのお付き合いが復活したのは平成12年、NHKを定年退職し、関連会社のNHK出版に職を得て以降である。北京で友人から一冊の本を勧められた。『你所不知道的劉少奇』、劉少奇夫人王光美や子どもたちが、文革で失脚した国家主席劉少奇の思い出をまとめたものであった。ホテルでパラパラ読んでいるうち、ぜひ翻訳したいと思った。帰国後、早速吉田さんに翻訳のお願いをした。結果、これも先輩の萩野脩二さんとの共訳という形で実現した。邦訳タイトルは劉少奇の長男劉源の了解を得て『消された国家主席　劉少奇』とした。
　その後、知り合いの映画プロデユーサーから来た作家莫言の初期短編集（『白い犬とブランコ』）翻訳の話も、北京駐在の若手記者がすすめてくれた、湖北の農村党書記が国家主席に農村の現状を直訴した手記、『我向総理説実話』（邦訳タイトル『中国農村崩壊』）などの翻訳も吉田さんにお願いすることとなった。なかでも莫言の幻想的な世界を扱った短篇集は、書評子から高い評価を得た。二人とも農村出身で、莫言の世界が吉田さんにとって近しいものであったのであろう。
　この間、打ち合わせという名目でよく酒を飲んだ。そこで、吉田さんがカラオ

ケ好きで、あるバーでは自分専用のカラオケ・タイトル集まで作らせているなどという実態を初めて目にした。時には、止まり木から一人でふらりと消える。戻ってきたところで、何処へいっていたのかとうかがって啞然とした。他の店で歌ってきたというのである。年を忘れたような酒の飲み方を、うらやましく思うしかなかった。

　私も07年3月にNHK関連会社を定年退職してフリーとなった。しかし、いまだに心残りの企画が一つある。4年前、文革の生き残りの女性に手記を依頼した。完成したら吉田さんにまず見ていただくつもりであった。しかし、中国国内の情況が厳しく、原稿はまだ届かない。それを最後の仕事として、「文革」そして中国との40年になんなんとするお付き合いの締めくくりとするつもりであったのだが……。

　吉田さん、もう少し待っててください。

完

第 2 部

東アジア創世神話における
「配偶神」神話成立時期の研究について

　　　　　　　　　　　　　　　　　　厳　　紹　璗

　神話研究において、神話の「Time-Platform」（タイム・プラットフォーム）を打ち建てるということには、とても重要な意義があると思います。神話は、非常に永い歴史の人類文明の process（プロセス）の中で少しずつ少しずつ層を成して形成されてきたものです。各段階の神話間の時間的な割りは、当然非常に大きいと思われています。神話研究を始めるにあたっては、まず、神話生成の時期を明らかにし、同時期に成立した神話を一つの類型にまとめ、それらに相当する「Time-Platform」を打ち建てる必要があります。その「Time-Platform」の上でこそ、神話の真実の姿がやっとはっきりと現れてくるのだと思います。拙文では、東アジア三国が保存してきた神話文献を研究テキストとし、「創世神話」の歴史時代の座標を定め、そこから東アジア三国「創世神話」の system の成立時期を推定し、ならびに東アジア三国の神話すべての研究に適応し得る「Time-Platform」の打ち建てを試みてみようと思います。

　創世神話の類型について

　私なりの考えでは、一般的に言って、世界における創世の神話はだいたい二つの段階に分けることができると思われています。すなわち、それは独身の神の神話と配偶神をもつ神の神話です。
　いわゆる独身の神という神話が、世界の万物は一人の神によって創世られたという点で、もっとも原始的な神話だということができます。たとえば、Graecia（ギリシャ）の神話には Prometheus（プロメテウス）神話がありますし、エジプトの神話には蓮の花の神話、つまり、La（ラー）という神の神話がありますし、バ

ビロンニアの Ennuma-Ellis（エヌマ-エリス）の神話には、Marduk（マルドック）という神話がありますし、中国の神話には、盤古の神話や、また女媧の神話もあります。日本の神話には、伽具土（かぐち）の神の神話やイザナキの「禊ぎ祓い」の神話などがあります。これらの神話は、皆、一人神の神話ということができます。こうしたそれぞれの神話は世界の創世としての形態をとっているが、いずれも一人の神のそれ自身の活動、あるいは自身の分裂、もしくは分身という形をとっており、sex の活動といったような process を見ることはできません。これは一人神の神話の特性で、神話形態のもっとも古い形態です。

　ところが、創世神話にはまた第二の形態が、つまり配偶神をもつ神の神話（略して「配偶神の神話」）というものがあります。中国語で「偶生神神話」といわれますが、これは、世界万物は、すべて男女の sex によって、生まれてくるという神話形態です。配偶神の神話の成立は人類の意識が大きく進歩したことを現しています。ここにおける「性の営み」とは、人類が「生殖」ということを意識したのを意味しています。つまり、人類が「生殖」を「創造」という意味において理解していたと言えるでしょう。ところが、文化人類学から考察すると、「生殖」に対する人類の認識は非常に長い時間をかけ発展してきたものだと思われています。ここで、東アジアにおける「配偶神の神話」の生成の時期について、わたしなりの考えを述べさせていただきたいとおもいます。

神話の生成時期に関する考察の基準について

　東アジア神話の生成時期を考察するには、まず、その基準を定めなければならない。「配偶神の神話」の根本は、「sex」つまり「生殖」に対する意味の表明ということにあります。従って「神話」が人間の「生殖意識」を表現するにあたって、いくつかの発展段階があるのです。そして、また、この過程は人間における婚姻形態と実際におよそ一致すると思われます。

　十九世紀アメリカの人類学者 Lewis・Herry, Morgan（モーガン）は人類の婚姻形態の発展を五つの段階に定めました：

　　一氏族内集団婚姻→一氏族外集団婚姻→対偶婚姻→一夫多妻婚姻→

一夫一妻婚姻

　第一の段階は一氏族集団内の婚姻形態で、一氏族集団婚姻とはつまり一つの氏族のうちに同輩男女の間で行われる婚姻という意味です。第二の段階は一氏族集団外の婚姻形態で、つまり一つの氏族という「枠」を超越した sex 形態です。第三の段階は対偶婚という婚姻形態で、すなわち sex の対象あるいは sex の連れ合いは、比較的に相対的に安定した婚姻形態です。第四の段階は一夫多妻の婚姻形態です。第五の段階は一夫一妻の婚姻形態です。

　私は、六十年代の中期において、中国の雲南省に住むいくつかの少数民族を訪問したことがあります。訪問中、彼らの婚姻形態も調査しました。その調査により Morgan の学説が正しいことが証明されましたが、しかしながら、なお多くの補充が必要だということもわかってきました。私は東アジア地区における「両性の関係」の形式の軌跡について、つぎの発展段階に構成されると考えています。

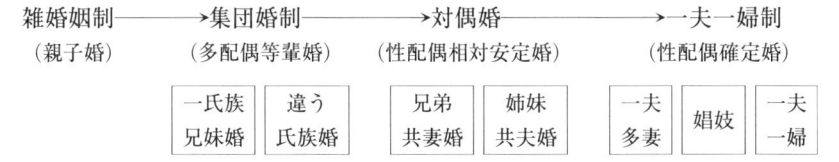

雑婚姻制　――→　集団婚制　――→　対偶婚　――→　一夫一婦制
（親子婚）　　　（多配偶等輩婚）　（性配偶相対安定婚）　　（性配偶確定婚）

一氏族兄妹婚	違う氏族婚	兄弟共妻婚	姉妹共夫婚	一夫多妻	娼妓	一夫一婦

　第一の段階は、Morgan の「一氏族内の婚姻」の前に存在していた「雑婚姻」(promiscuity marriage) という婚姻形態を指しています。つまり親と子の間で自由的な婚姻形態です。第二の段階は、Morgan の「一氏族内婚姻」(consanguine marriage) と「一氏族外婚姻」(punaluan marriage) という二つの形態を一括して、「集団婚姻」(group marriage) という形態を現しています。いわゆる「集団婚姻」とは，つまり「多配偶の等輩の婚姻」という意味です。この「集団婚姻制度」という形態は、まず同輩男女の間で自由に行われる婚姻として現れ、その後、違う氏族の男女間の自由な婚姻になってきました。第三の段階は、「対偶婚姻」(pairing marriage) の形態です。いわゆる「対偶婚姻」とは、つまり「性配偶相對安定婚姻」という意味です。その「対偶婚姻」には二つの形態が含まれています。ひとつは「兄弟共婦婚姻」(faternal polyandry) で、つまり兄弟が同じ妻を共有するものです。もう一つは「姉妹共夫婚姻」(sororal polyandry) で、つまり姉妹が同じ夫（主人）を共有するものです。第四の段階は、「一夫一婦の婚姻」ですが、し

かし、この形態は、同時にまた「妻妾」さらに「娼妓」などをみずからの補充形態としてなりたっています。

東アジアの「配偶神」の神話 system における「雑婚姻」神話について

ギリシャには、Erebus（エデップス）の神話があります。Erebus は、父親 Chaos（チャース）を追い出して母親を取って妻にしました。その結果、母親は一個の玉子を生んだわけですが、この玉子が生長して Eros（エロス）と言う神になりました。この神話の中心となる展開は、母親と息子の間に事実上の「性の営み」が存在するということです。これは「雑婚姻」のもっとも典型的な形態に違いない。このような神話は、「配偶神の神話」の system の中の「雑婚姻の神話」に相当すると思われています。一般的にいって、東アジアの創世神話の中には、これに相当する程典型的な「雑婚姻形態」の神話は見当たらないといわれますが、しかし、中国と日本と朝鮮という三国の神話の system の中にも「雑婚姻形態」の痕跡がありまして、確かに存在していたことが確定できるのです。

まず、日本の「記紀神話」の中の「雑婚姻形態」について話します。日本の「記紀神話」は再編纂された「新神話」だと思われています。これは、この system の「一人神」の神話が「配偶神の神話」の中に挟みこまれ、さらに「配偶神の神話」system の「雑婚姻形態」の神話も集団婚姻の「兄弟姉妹の婚姻」の神話の中には挟みこまれていることを表しています。このような神話の「雑婚姻形態」は多くの集団婚姻や対偶婚姻の中に入り込み、入り交じってしまっていますが、われわれはこの無秩序の状態の中からその創世神話の歴史の process をきちんとならべることができます。ここで、二つの例を挙げて見ましょう。

A、祖父母の世代と孫の世代の婚姻神話について

これは、「古事記」の速須佐之男命の神話です。速須佐之男命は、出雲国の肥の河の「トリカミ」というところで十拳剣でヤマタのオロチを退治した後、大山津見の神の孫娘櫛名田姫（くしなだひめ）を妻にして、八島士奴美（やしまじぬく）が生まれた。その後、この子は大山津見の娘（つまり、血のつながりのある祖母）の木花知流姫（このはなちるひめ）と夫婦になって一

子をもうけました。疑いなく、この神話は「雑婚姻」の神話形態を意味しているといえましょう。

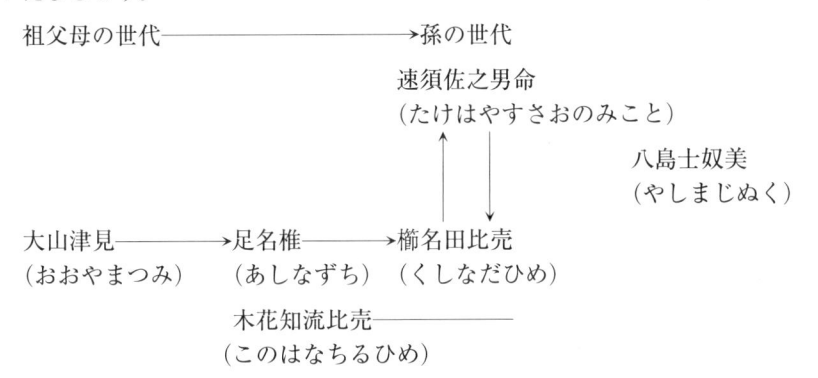

```
祖父母の世代――――――――→孫の世代
                        速須佐之男命
                        (たけはやすさおのみこと)
                            ↑↓                    八島士奴美
                                                  (やしまじぬく)
大山津見――――→足名椎―――→櫛名田比売
(おおやまつみ)  (あしなずち) (くしなだひめ)
              木花知流比売――――
              (このはなちるひめ)
```

B、父母の世代と息子の世代の婚姻神話について

「古事記」には、日本の伝説の中での第一代天皇、すなわち、神武天皇の祖先三代のことが記録されていますが、これも「雑婚姻形態」の神話であることが伺えるでしょう。神武天皇の父親の天津日高日子限建鵜葺草葺不合命という神は、日の神の子孫の火遠理命と海の鰐の娘の豊玉姫命との間に生まれた息子です。天津日高日子限建鵜葺草葺不合命の父親が妻がむすこを生む様子をのぞいたため、母親は非常に怒り、そこから立ち去ってしまった。そこで天津日高日子限建鵜葺草葺不合命という神はかれの叔母の玉依姫に世話をうけ、大きくなった後、この叔母をとって豊御毛沼命をもうけた。彼のまたの名を神倭伊波礼毘古ともいい、すなわち日本伝説の第一の天皇神武天皇です。

```
父母の世代 ――――――→子の世代

火遠理命
(ほおりのみこと)

   ↑↓                    天津日高日子波限建鵜
豊玉毘売命                葺草葺不合命
(とよたまびめのみこと)   (かやふきあえずのみこと)

玉依毘売命                                豊御毛沼命(神武天皇)
(たまよりびめのみこと)                    (とよみけぬのみこと)
```

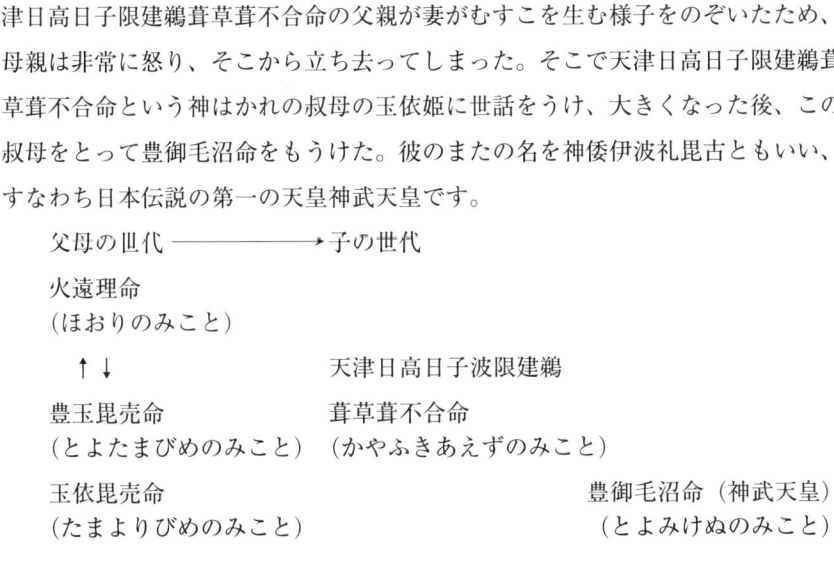

このような記載は、「雑婚姻形態」からいうとすべて「配偶神の神話」の中のもっとも早い時期の記録です。このような神話は、疑うまでもなく人類の歴史文明における旧石器時代の後期や新石器時代の初期とか中期に相当すると考えられています。現在に至る東アジア神話の中でも、もっとも原始的な「配偶神の神話」の創世形態が残されていると言えるでしょう。

つぎは、中国における神話についてお話しておきたいと思います。中国の古代文献の中には「雑婚姻」の記録も残されています。

①、『禮記・曲禮』曰：

「夫禽獸無禮，故父子娶麀。自故聖人做禮而教人，使人有禮，知自別於禽獸。」

②、『呂氏春秋・恃君覽』曰：

「其民聚生群處，知母不知父，無親戚，兄弟，夫妻，男女之別，無上下長幼之道。」

これらの記録はすべて、中国もかって男女間の世代を考慮しないセックスが持たれていた時代を経てきたということを表しています。しかし、今日まで残された中国の神話の中には、「雑婚姻」の形態の記録はすでに見えません。これらの神話はきっと、後世の儒家者によってほとんど完全に消去されてしまったのでしょう。

東アジアの「配偶神」の神話 system における「兄妹婚姻」形態の神話について

人類は、永い雑婚姻の時代を経てきた後に、「性の営み」に対するある程度の覚醒を得ることになりました。すなわち、世代を超越する sex、たとえば父母の世代と息子とか娘の世代間の婚姻は、人類自身にとって危害があることを意識しはじめました。この目覚めが道徳上、倫理上に起こったわけではなく、生理上に生じたにしても、それが人類を進歩させ、発展させるということはいうまでもありません。そうして、男女の「性の営み」はその範囲が制限されはじめ、同世代間のみの行為となりました。それは根本的には、父母の世代と息子とか娘の世代

間の「性の営み」を排斥して、「一氏族」内の「兄弟」と「姉妹」婚姻の段階に入っていくことを意味します。その時代は、多分、人類の歴史の文明における新石器時代の後期と青銅器時代に相当すると考えられています。

ギリシャのZeus（ゼウス）神話systemの主役Olympus（オリンポス）の王、万物の主Zeusと彼の妻Hera（ヘラ）とは、Zeusが弟でHeraが姉という関係なので、「兄弟姉妹の婚姻」は略称で「兄妹婚姻」と言われています。同様に東アジア創世神話systemは、「雑婚姻」の形態を経過したあと、諸諸の神の活動舞台にもこのような「兄弟姉妹の婚姻」の形態が出演されるようになりました。

中国における「兄妹婚姻」の神話systemで、「伏羲・女媧の神話」systemという、規模のすこぶる大きな群系があります。これは中国の漢族、苗族、瑤族、彝族、壯族などの民族間に共存している創世systemで、相当な広い地域と人種に亙って言い伝えられているという特性をもっています。

①、一世紀（漢代）高誘『淮南子注』

「女媧，陰帝，佐伏羲治者。」

②、一世紀（漢代）應劭『風俗通義』

「女媧，伏羲之妹，禱神祀，置婚姻，合夫婦。」

③、七世紀（唐代）李冗『獨異志』

「昔者，宇宙初劈之時，只有女媧兄妹二人，在昆侖山下，議以爲夫妻。」

④、一世紀（漢代）の文物「武梁祠石画像」

この石像の画面の左側にあるのは男神伏羲で、上半身は人の形、下半身は蛇の形です。蛇身は左から右に巻いています。右側は女媧で、上半身は人の形、下半身はやはり蛇の形です。蛇身は右から左に巻いていて、両蛇身が交わっています。

⑤、二、三世紀（漢末至西晉）の「吐魯番帛画」三幅

この三枚の帛画は構図がほぼ同じです。左側は男神の伏羲で、人首蛇身です。右側は女神の女媧で、人首蛇身です。両蛇身は交わっています。この三枚の「吐魯番帛画」は1912年大谷探検隊が西域で第三回目の考古学調査をした際、吉川小一郎により中国の二堡で発見されたものです。実物は現在日本の龍谷大学に保存されています。

⑥、苗族の古い伝説『盤王書』の中にある『葫蘆曉歌』

「天は大雨降らし、人は誰もいなくなってしまって、ただ伏羲と女媧の兄妹二人だけになってしまった。そこで、伏羲は女媧と夫婦になることを欲するが、女媧は兄妹であるため、夫婦になるのを望まない。しかし、伏羲の求めを断わることもできずに困った。そこで、一案を講じて伏羲にこう言う、『もし、あなたが私に追いつくことができたら、夫婦になりましょう。』そう言い終わると、女媧は大きな木の廻りを走り出し、伏羲はそれを追いかける。しかし、伏羲はどうしても女媧に追いつくことができない。そこで伏羲も一計を講じて、廻っていた方向を逆にはしり、女媧を前から捕らえ、女媧は伏羲の胸に抱かれた。こうして二人は夫婦として子を生み、子孫を作ってきた。」

中国の瑤族や彞族などの創世神話にも「伏羲—女媧の神話」があります。これらの神話のあらすじもこの苗族の神話とまったく同じです。

以上の資料をそれぞれ組み合わせた中国多民族の「伏羲—女媧の神話」は、つまり典型的な一氏族内の「兄妹の婚姻」の形態の神話 system です。

次に、日本「記紀神話」system における「兄弟姉妹の婚姻」形態の神話が、いったい存在していたかどうかについて検討してみましょう。日本の「記紀神話」のはじまりは原始の混沌時代で、第七代目の天つ神のイザナキとイザナミは命を受けて大地に降り立ち、日本創造をはじめるというものですが、この神話は「二神の創世神話」の構成をとっています。二神はもともと「無性神」でしたが、大地に降り立った後、兄と妹の二神となり、そして夫婦になります。これは疑うまでもなく一氏族内の「兄妹の婚姻」の本質的な特性です。

『古事記』上巻：

（イザナギのみこととイザナミのみことは）「其の島に天降り坐して、天の御柱を見立て、八尋殿を見立てたまひき。是に其の妹イザナミのみことに問曰ひたまきはく、『汝が身は如何か成れる』ととひたまへば、『吾が身は成り成りて成り合はざる處一處あり』と答へたまひき。爾にイザナギのみこと詔りたまはく、『我が身は、成り成りて成り餘れる處一處あり。故、此の吾が身の成餘れる處を以ちて、汝が身の成り合はざる處に刺し塞ぎて、國土を生み

成さむと以爲ふ、生むこと奈何』とのりたまへば、イザナミのみこと、『然善けむ』と答曰へたまひき。爾にイザナギのみこと詔りたまひしく、『然らば吾と汝と是の天の御柱を行き廻り逢ひて，美斗能麻具波比爲む』如此期りて、乃ち『汝は右より廻り逢へ，我は左より廻り逢はむ』と詔りたまひ、約り竟へて廻る時、イザナミのみこと、先に『阿那邇夜志愛，袁登古袁』と言ひ、後にイザナぎのみこと、『阿那邇夜志愛，袁登古袁』と言ひ……然れども久美度邇興して生めるは水蛭子。……

是に二柱の神、議りていひけらく、『今、吾が生める子良からず、猶天つ神の御所に白すべし』といひて、即ち共に參上りて、天つ神の命を請ひき、爾に天つ神の命以ちて、布斗麻邇爾，卜相ひて，詔りたまひしく、『女先に言へるに因りて良からず、亦還り降りて改め言へ』とのりたまひき。姑爾に反り降りて、更に其の天の御柱を先の如く往き廻りぎ、是にイザナギのみこと、先に『阿那邇夜志愛，袁登古袁』と言ひ、後にイザナミのみこと、『阿那邇夜志愛，袁登古袁』と言ひき、如此言ひ竟へて御合して、生める子は……（大八島國を言う）。」

(『日本古典文学大系』巻一、倉野憲司・武田祐吉校注、岩波書店刊、昭和46年版)

イザナギとイザナミという二人の神は高天原にいた時には「無性神」でしたが、大地に降り立った時に「性」が備わり、「兄妹」の関係をもつにいたりました。神話の創作者は、これをこの時の人間世界で唯一の「両性的関係」としています。それは日本古代の先住民がはじめて「sex」の意識に目覚めていたことを表していて、万物創造の最も原始的な心理状態において鮮明な日本民族的特性をもっています。

アジア神話における「一氏族外の婚姻」の形態の神話について

一氏族外の婚姻とは、人類が永い「兄弟姉妹の婚姻」の段階を経て、男女の「性的関係」が少しずつ少しずつ一氏族の範囲を越え他の氏族間に発展していき、ならびに年齢や地域の制限をも越え、違う氏族どうしの男女が互いに「性の連れ合い」となる状況が形成されていたことを指します。われわれは、これらの婚姻

形態を「一氏族外の集団婚姻」と呼んでいます。男女の性的関係の上での変革は、人類の文明の歴史の process において一つの道しるべだといえるでしょう。この時期は、多分青銅器時代から鉄器時代の前期までに相当すると考えています。ここで、まず中国の創世神話における「一氏族外の集団婚姻」の形態の神話をお話したいと思います。

　中国の創世神話 system の中では、中国の歴史における「氏族」と「部落」の創世神話が多く残っています。これらの神話は「氏族」と「部落」の創世を描いたものですし、つねに「氏族」または「部落」の伝説の leader の誕生を主な内容としています。たとえば、中国の神話 system 中の「殷氏族」と「周氏族」の創世神話では、伝説中の leader である「殷氏族」の「契」と「周氏族」の「棄」のそれぞれの誕生をもっとも重要で根本的な内容としています。「殷氏族」の「契」(Chi) の誕生について、中国の古代文献の『史記・殷本紀』につぎの記録があります。

　　「殷契母曰簡狄，有娀氏之女，爲帝嚳次妃。三人行浴，見玄鳥墮其卵，簡狄取吞之，因孕生契。契長而佐禹治水有功……封于商。」

「周氏族」の「棄」の誕生については、中国の古代文献に記載が多くあります。

　①、『詩經・大雅・生民』曰：

　　「厥初生民，時維姜嫄；生民如何，克禋克祀；

　　以弗無子，履帝武敏歆。

　　攸介攸止，載震載夙；載生載育，時維後稷。」

　②、『史記・周本紀』曰：

　　「周後稷，名棄。其母有邰氏女，曰姜原。姜原爲帝嚳原妃。姜原出野，見巨人迹，心忻然悦，欲踐之。踐之而身動如孕者，居期而生子。以爲不祥，棄之隘巷，馬牛過者皆辟不踐；徙置之林中，適會山林多人，遷之；而棄渠中冰上，飛鳥以其翼覆薦之。姜原以爲神，遂收養長之。初欲棄之，因名曰棄。」

　③、『論衡・吉驗篇』：

　　「後稷之時，履大人迹；或言衣帝嚳之服，坐息帝嚳之處，妊身。怪而棄之隘巷，牛馬不敢踐之；置之冰上，鳥以翼複之。慶集其身，母知其神怪，乃

収而養之。」

　これらの中で、「殷氏族」の祖先「契」と「周氏族」の祖先「棄」は、主人公である女神とある「ひみつの力」とがお互いに感応し合って創世された「人」であるという構成を使っています。たとえば、「殷氏族」の祖先「契」は女神が大きな鳥の玉子を呑みこんでから生まれ、周氏族の祖先「棄」は女神が巨人の足跡を踏んだ後に生まれたのです。私は、事実上神話はこのような「創世」に対して、以下のような二つの点で重要なことを提示していると思います。第一に、彼らは皆、女性が作り出したもので、これは人類の正常な生育形態だといえます。第二に、これらの生産する女性はすべてある「ひみつの力」と感応し合った後に身ごもりました。「大鳥の玉子を呑みこんだ」ということは、すなわち「大鳥」と感応し合って身ごもったわけですし、「巨人の足跡を踏んだ」ということは「巨人」と感応しあって身ごもったということです。「大鳥」と「巨人」とは、すなわちこれらの氏族の totem（トーテム）だと思われます。これらの神話がここで表したいことは、まさにこの氏族の祖母と氏族の totem（あるいは totem 変体）が互いに交わり合うことでこの氏族が創生されたということなのです。このような「大鳥神話」と「巨人神話」は、「配偶神の神話」system に属していて、「一人神の神話」ではないと思います。ということで、これらの創生は一氏族という枠を超越した状態のもとで、男女の二人の神の「性の営み」によって発生されたものなのです。

　最後に、朝鮮半島における神話のことをお話したいと思います。朝鮮の神話研究者は、つねに朝鮮における創世神話を「建国神話」と名付けています。これはもっともなことで、ここでいわれる「建国神話」とはすなわち朝鮮における「氏族」と「部落」の起こりの神話という意味です。東アジアの神話の歴史的年代の研究において、これらの朝鮮「建国神話」は基本的に「一氏族以外の婚姻形態の神話」system に属するべきだと思われます。朝鮮における「建国神話」で、「氏族」とか「部落」の leader の誕生についての神話は、二つの神話が最も重要だと思われています。一つは「朱蒙（東明）」という神話で、もう一つは「檀君」という神話です。まず、朱蒙という神話についてです。

　金富軾『三國史記・高句麗本紀』：

「始祖東明聖王，姓高氏，諱朱蒙。先是，扶餘王解夫婁老無子，祭山川求嗣，其所御馬至鯤淵，見大石相對流淚，王怪之，使人轉其石，有小兒，金色蛙形。王喜曰『此乃天賚我令胤乎！』乃收而養之，名曰金蛙……及解夫婁薨，金蛙即位。於是時，得女子于太白山南優渤水，問之，曰『我是河伯之女，名柳花，與諸弟子出遊，有一男子，自言天帝子解慕漱，誘我于熊心山下鴨綠邊室中私之，即往不返。父母責我無媒而從人，遂謫居優渤水。』金蛙異之，幽閉於室中家、日所照，引身避之，日影又逐而照之，因而有孕。生一卵，大如五升許。王棄之與犬豕，皆不食；又棄之路中，牛馬避之；後棄之野，鳥覆翼之。王欲剖之，不能破，遂還其母。以物裹之，置於暖處，有一男，破殼而出，骨表英奇。年甫七歲，嶷然異常，自作弓矢，射之，百發百中。扶餘俗語善射爲『朱蒙』，故以名之。」

この後、多くの朝鮮文献が『三國史記』の記載をもとに記録を加えていきます。その中に主な文献として一然『三國遺事』卷一「紀異」第一「高句麗」と李奎報「東國李相國集・東明王篇」などがあります。東明王朱蒙は高句麗伝説中の始祖ですが、その創世神話は中国漢の時代のtextから来ています。

①、紀元一世紀王充『論衡・吉驗篇』：

「北夷橐離國王，侍婢有娠，王欲殺之。婢對曰：有氣大如雞子，從天而降，我故有娠。後產子，捐於豬溷中，豬以口氣噓之，不死；複徙之馬欄中，欲使馬藉殺之，馬復以口氣噓之，不死。王疑以爲天子，令其母收取奴畜之，名東明。」

②、陳壽『三國志』卷三十「魏書・東夷傳」「扶餘」

「高句麗在遼東之東千里……東夷舊語以爲扶餘別種。言語諸事，多與扶餘同。（下有注引魚豢「魏略」文，有如下的記：舊志又言，昔北方有高離之國者，其王侍婢有身，王欲殺之。婢曰：「有氣如雞子來下，我故有身。」後生子，王捐之於溷中，豬以喙噓之；徙之馬欄，馬以氣噓之。不死，王疑以爲天子也，乃令其母收畜之，名曰東明。）」

朝鮮『三國史記』に記載されている東明神話に関して言えば、その基本な筋は前述の中国のtextの流れを汲んでいると思われています。この一組の神話systemから考察すると、神話の創世形態は明らかに「違う血族」の「有性生殖」になっ

たのです。また、神話に現わされた totem 意識から見れば、東明の母親が「天帝の子解慕漱」と熊心山の麓で交わった後、「日影」に照らされて身ごもったとしています。すなわち、そうして神秘な気を意のままに扱って女体に達し、彼女に生命を宿らせ、東明を出産させたと記述していました。ここで、「日影」という神秘な気とは、実は「太陽神崇拝」の symbol（シンボル）です。東アジアの文化史において、すべての「太陽神の崇拝」は、皆「鳥崇拝」の拡張ということです。この神話は、東明の父親が「鳥」を totem としている氏族から来ていることを暗示しているといえるでしょう。当然、朝鮮の text は中国文献の記載に敷衍と拡張を行ないました。始祖神東明が「一氏族外の婚姻」で生まれたということを証明するためではなく、東明が「神身分」を持つという特性をさらに明らかにしている女神と天帝とのこのような「関係」、すなわち「性の営み」を通して、東明は「天神」の跡継ぎと「河神」の跡継ぎという二重身分を負ったことを表明しています。このような身分は、まさに十二、三世紀に記載された「東明神話」と「檀君神話」が互いに交わり合うことで作り出され、そうして「天神民族の神話」が創造されたのです。

　　十三世紀（朝鮮）一然著『三國遺事』卷一「紀異」第二：

　　「魏書曰，乃往二千載有檀君王儉，立都阿斯達，開國號朝鮮。……古記曰，昔有桓因（謂帝釋也），庶子桓雄，數意天下，貪求人世。父知其意下視三危太伯可以弘益人間，乃授天符印三個，遣往理之。雄率徒三千，降於太白山頂（即太白今妙香山）神檀樹下，謂之神市，是謂桓雄天王也。……時有一熊一虎，同穴而居，常祈於神雄，願化爲人。時神遺靈艾一炷（柱）、蒜二十枚，曰：爾輩食之，不見日光百日，便得人形。熊虎得而食之，忌三七日，熊得女身，虎不能忌，而不得人身。熊女者無以爲婚，故每于檀樹下，咒願有孕。雄乃假化而婚之，孕生子，號曰檀君王儉。」

　この後、多くの朝鮮文献が『三國遺事』をもとに記載を加えていきました。主な文献として以下のものがあります：

　　李承休『帝王韻記』卷下「東國君王開國年代」；

　　『世宗実録』卷第一百五十四「地理志」；

　　『高麗史』卷五十八「地理志」（三）；

『新増東國輿地勝覽』巻之五十一；

『東國通鑒・外紀』「檀君朝鮮」

　これらの神話は、時代区分においては「一氏族外の婚姻」の形態に属するべきですが、さほど問題の無いことだと思われています。生成年代から考察すれば、朝鮮における「建国神話」の原始的な材料は、おそらく、青銅器時代から鉄器時代の前期までに相当すると考えられています。現在の問題としては、神話の「歴史化」を「檀君王倹」という神話の時代推定に適応させ、しっかりと向き合って挑戦すべきでしょう。

　1993年10月2日、朝鮮民主主義共和国社会科学院は檀君陵の発掘の調査の結果を発表しました。その報告によれば、平壌市郊外の江東郡の「檀君陵」で男女一組の遺骨86枚を発見して、測定の結果、この遺骨の年代は紀元前5011年で、すなわち、いままで7000年経ったことになりました。男性の遺骨は檀君で、女性の遺骨は檀君の妻のものだということです。この「発掘の報告」に基づいて、朝鮮民主主義共和国社会科学院の歴史研究所の姜仁淑博士は中国の新華通信社の記者高浩栄先生に、この発掘は朝鮮民族が古来単一民族であること、そして檀君王倹が紀元前5011年に朝鮮歴史上初めて国家を建立したということを証明できると話したそうです。この発掘報告と姜仁淑博士の談話は、現代の自然科学と人文科学の知識をもつ神話研究者にとって、腑に落ちない大きな問題が少なくとも四つあるとおもいます。

　第一に、平壌市郊外の江東郡の「陵」で調べられた上古時代の遺骨を「檀君王倹」だと推定しましたが、どうしてそれを明確に証明できるのだろうか。（これは、生命科学に関する問題です。）第二に、人類の男女の両性関係の歴史上で、一男一女の「一夫一婦」の婚姻の形態に入っていくのは、各民族がともに金属工具を使用し始めた鉄器時代に入ってからのものです。紀元前5000年代の朝鮮半島（もちろん、平壌市郊外の江東郡を含んでいます）は、当時まだ「石器時代」だったと思いますが、この「発掘報告」の「一男一女」の「一夫一婦」の陵の存在についてどのように考えられるのであろうか。（これは、文化人類学に関する問題です。）第三に、7000年前にはどの世界もまだ未開の太古時期で、この文化背景の下でどうして朝鮮半島にすでに檀君の起こした初めての国家が存在したといえるのでしょう

か。(これは、国家起源の学説に関する問題です。)第四に、この神話では天の神の子は「檀の木」の下で出生したことから「檀君」と名付けられました。「檀の木」は実際には熱帯か亜熱帯の植物で、北緯28度の地域まで生息するはずがないのです。朝鮮半島の最南端の済洲島でさえ、北緯32度より北に位置しているので、当然生息するはずはありません。それでは、どうして朝鮮の創世神話の中に紀元前5000年代に「檀の木」が出現したのでしょうか。(これは、植物学に関する問題です。)

ともあれ、以上の話から、東アジア神話研究の「Time-Platform」の確立について、私たちはすでに初歩的な研究のベースを築いたといってもよいでしょう。

最後に概略的に申し上げると、東アジア神話は、生き生きとして豊富な神話の生成やその表現の内容において、四つの時期に帰結できると思われています。

第一の時期は、「一人神の神話」の時期、すなわち人類の歴史文明における石器時代です。

第二の時期は、「雑婚姻の神話」の時期、すなわち旧石器時代の後期や新石器時代の初期とか中期です。

第三の時期は、「兄妹婚姻の神話」の時期、すなわち多分新石器時代後期と青銅器時代です。

第四の時期は、「一氏族以外の集団婚姻の神話」の時期、すなわち多分青銅器時代から鉄器時代の前期です。

これらは、まさに人類の文明の歴史の process の歩みとまったく一致しています。これは逆に言えば、これらの神話にそれぞれに描かれている内容は、人類の文明の歴史の process の歩みをそのまま反映していると、私たちは認めることができるのではないでしょうか。

【付記】

佛教大学の吉田富夫先生の記念論集の出版に際して、拙文一篇を捧げて先生への畏敬の念を表わします。吉田先生は私の特に親しい友人です。40年前、先生が京都大学文学部の少壮の助手でいらしたとき、北京大学中文系に留学されました。私もちょうど北京大学の助手でした。若い私たちは同輩であり興味を同じくすることから、出会うとすぐに親しくなり、今に至るまで交流を続けています。すでに40年です！ その間に世界は大きく変わり、

私たちも今では老人です。しかしその間、時間という制約を乗り超え、私たちは人生の歩みのなかでさらに深く親密に理解し合うようになったのです。直接お会いしてもまた電話でも、吉田先生の人生を心から楽しむ積極性に接すると、私の人生におけるさまざまな挑戦をつねに励まされているように感じます。先生はいかに困難な状況にあっても未来を信じていらっしゃり、そのことは、世界には「人の真心」を征服できるような如何なる力も存在しないのだと、いっそう私に確信させるのです。私たちは今では「年老いた」とはいえ、「生命は永遠」なのです。

吉田富夫先生の記念論集の出版を記念して。

わが六経——吉田富夫教授退休記念文集によせて

　　　　　　　　　　　　　　　　　　　劉　　再　　復

　昨年 (2005) の秋、私は台湾中央大学の滞在研究者、客員教授であったが、今年の前半にはまた東海大学で講義をうけもった。この時の台湾行きは何よりも中央大学学長の劉全生教授からの招請によるものだ。彼は以前アメリカのメアリランド大学の副学長であり、1996年に同校で教えている娘（剣梅）を私が訪れたおりに知り合い、たちまち旧知の間柄のように親しくなった。

　彼は物理学者だが、人文科学にも深い関心をもっていた。話をするうちに、私は教育事業に全身全霊をささげる彼の熱い思いを感じとった。彼はこういった。「大統領だったジェファソンは息をひきとる間際に、もしも自分を記念してくれるなら、墓碑には（大統領という偉大な名称でなく）独立宣言の起草者であり、バージニア大学の創設者であったと書いてほしい、と言い残した。」これはアメリカの自由思想の礎を築いた天才指導者の価値観であり、また同時に劉全生先生の価値観でもあった。この価値観はたちまち私の心の中に深く入り込んできた。こうして私たちは親しい友となったのだった。私が彼の招きに応じたのは、友人の呼びかけに応えるためであり、また心の発した命令に従ったものでもあった。

　中央大学での仕事がまだ終わらないうちに、劉先生は私を東海大学の程海東学長に紹介してくれた。この二人の学長は気質がとても似通っていて、しかもともにアメリカで自然科学の研究で成果をあげた後に教育に転じたわけだが、程海東学長が敬虔なプロテスタントである点が異なっている。東海大学にはベンジャミンの設計になる教会があって、私はそこで程先生が説教をするのを聞いたが、その声の純粋なことは、さながら天の音楽を聴いているかのようで、私が台湾で耳にした政治の騒音を溶かしてくれた。

　劉先生はとても謙虚な方で、私と妻が台湾に着いた日には自ら桃園空港まで出迎えてくれた。車に乗り込むと、彼は、中央大学は中国の人文科学の伝統をきわ

めて重視しており、1年生はみな四書五経を朗誦しているといった。台湾は、大陸のように一切を破壊した文化大革命を経験しておらず、伝統的な人文精神の火は消されたことがなかった。キャンパスの外はいつでも騒がしいが、内側では「子曰く、詩に云う……」を忘れたことがなかったのだ。彼がそういうのを聞いて、私はすぐに応じた。「中国文化の総体には、人の動脈と静脈のように二つの大きな血脈があります。一つは秩序や人倫、教化を重んじるものであり、孔孟を魂とする四書五経とその後の程、朱の理学から曾国藩までずっとつながっています。もう一つは自然や自由、個体の生命を重んじるものであり、老荘や禅を魂として、上は『山海経』に、下は『紅楼夢』や五四新文化運動につながっています。私は台湾では第二の血脈について多く話そうと思います。そうすれば、現在のカリキュラムに沿うだけでなく、それを補うことにもなるでしょう。」 彼はこれを聞いて喜び、第二の血脈が加われば、中国文化に対する認識がより完全になるでしょうといった。

　中国文化の二大血脈はどちらも中身が豊かで、一方だけをとりあげても一学期の間に話し終えることはたいへん難しい。そこで、私はアメリカで今回の講義の準備をしたときに、第二の血脈に関しては「わが六経」の話をしようと考えていた。私はありきたりの考え方を踏襲するのは好きではないので、六経というのも、自分で選択し定めたものである。この六経とは、『山海経』、『道徳経』、『南華経』（荘子）、『六祖壇経』、『金剛経』と文学における私の経典『紅楼夢』である。

　このうち、『金剛経』だけは大乗般若体系に属していてインドで書かれたものであるが、402年に鳩摩羅什によって漢訳されてから1600年このかた広く中国に流伝していて、中国化したというより、中国の心となっているものであり、すっかり中国の精神文化の血肉の一部となっている。禅宗の最も偉大な思想家である慧能は、『金剛経』の「応無所住而生其心」を他の者が誦しているのを聞いて翕然として悟りを開き、弘忍のもとに投じたのちも『金剛経』を精神の基点として禅の思想を頂点にまで押し上げた。こうして中国の社会や人心に深い影響力をもつ『六祖壇経』が成ったのである。一千年来このかた、中国における仏教著作はたくさんあるが、「経」と尊ばれているのは、『六祖壇経』だけである。この『六祖壇経』を理解することはすなわち「儒・仏・道」のうちの一つを理解すること

であり、もしさらに経のなかの経、典のなかの典である『金剛経』を理解できれば、「仏」にとても近づくことになるのだ。

　これまでの禅宗研究者は、みな慧能を宗教改革家だとみているが、わたしの友人の高行健は彼を完全に思想家だとみなしている。彼は慧能が思想の新しい可能性を創造したことに気づいている。それは論理を必要とせず、実証を必要とせず、分析を必要としないものであって、感悟を通じて真理に到達する可能性なのである。また、彼は慧能が中国の智者のために偉大な典範を樹立したことにも気づいている。それは自性自覚を通じて生命の本真の把握にいたる典範なのである。高行健の戯曲の代表作のひとつ『八月の雪』の主人公は慧能である。慧能は宗教指導者でありながら、いかなる偶像崇拝も拒絶した。その名声が天下に知られた後、唐の中宗や武則天が彼を「大師」として招いたが、彼は拒絶した。慧能は立派な人物で、政治のいかなる枠組みのなかに入ることも、権力のいかなる遊戯に参与することも拒絶した。彼のくもりのない意識が、ひとたび入っていけば人の世で最も大切な思想と表現の自由を失ってしまうと彼に告げたからである。慧能の人格の力は「造反」にでなく「拒絶」に表れている。その金剛にも比べられるほどの力強い拒絶は、生命の自由を過去に前例をみないほどしっかりと把握しているからできることなのだ。『八月の雪』が表現したのは、人がいかにして大自由、大自在を得るかという真理である。

　わたしは講義で『金剛経』と『六祖壇経』について話した。この両者はそれによって個体の生命が大自在を得る経典であるとみなしたからである。これは、宗教家や考証家の解釈とまったく異なる見方である。わたしのみるところ、『金剛経』と『六祖壇経』にはそれぞれ大きな発見がある。『金剛経』は身体が人の終極地獄であることを発見し、『六祖壇経』は言葉（概念）が人のもうひとつの終極地獄であることを発見した。身体に欲望が生じ、欲望が生じると、さまざまな煩悩や妄念が生じて、「我相」、「人相」、「衆生相」、「寿者相」などの媚俗の相が生じる。「空」とは、欲望やそれから派生したさまざまな妄念や俗相を捨て去って、生命の本真状態に回帰することである。空にたいする最大の誤解は、空を空虚であるとして、「空」がすなわち欲望を拒絶する内在力の充溢であることを知らないことである。慧能はこの基礎の上にたって、人の智慧は人びとが知悉する

文字の概念でないことをも発見した。実際には、多くの大概念はみな大きな陥穽であり、語障や心障を生じさせて慧根や善根を消滅させてしまうものである。「本来、一物なし」とは、生命はもともと概念のないものであることをいう。概念が生じると、塵埃が生じ、毒素が生じ、遮蔽と閉塞が生じる。わたしは学生にいった。わたしとわたしの同世代の者は、まさにこの概念に包囲されて方向を見失った世代であり、青春時代にはみな「継続革命」、「階級闘争」、「全面独裁」といった概念の地獄のなかをくぐりぬけてきた。もしもこういった心に深く刻み付けられた彷徨と地獄の体験がなければ、概念の苦果苦汁を嘗め尽くしていなければ、『壇経』を理解することも、慧能という「不立文字」を主張した天才を認めることもできなかっただろう。

　『道徳経』と『南華経』にたいする理解も、じつは概念の苦汁を嘗め尽くした後に得たものだった。台湾の国学者たちは老荘を深く研究している。わたしのいた東海大学にも傑出した研究者である徐復観先生がおられて、その名著『中国芸術精神』のなかの荘子の解釈は精彩をはなっている。『逍遙遊』のなかの「遊」の字に注目し、荘子の逍遙自在な遊世態度をきわめて明快に説いている。人の一生は、この世にやってきてひとたび遊ぶというにすぎない。地球の運行はある意味では「地獄の行」ということもできる。名利の世界も、権力の世界も、政治闘争の世界も、どれが地獄でないといえようか。地獄に臨んでは、ただ眺めてまわるのがよく、立ち入るべきでない。徐復観先生にはご自身の経験もおありであろうが、概念の苦果を嘗め尽くすということでいえば、その体験はわたしたちほど深刻なものではないだろう。

　肌を切る痛みのゆえか、わたしは『道徳経』のなかに重要なある文字、精神の核を見出した。それは「反」の字である。「反は、道の動くなり。」反とはあらゆる事物の運動の根本規律である。「反」がこれほど重要であるなら、それはどのような意味であろうか。いくつもある意味のなかで、主要な意味は「相反し相成る」の「反」であるのか、それとも「返る」の「反」であるのか。あえてきっぱりと答えよう。それは「返る」の「反」であり、「復帰する」の「反」である。『道徳経』の主題は帰還であり、復帰である。樸に復帰し、嬰児に復帰し、無極に復帰する。人為を揚棄し、自然に回帰し、赤子の状態に回帰し、質朴に回帰し

て、質朴な生活を維持するだけでなく、質朴な心を維持しなければならない。人についていえば、財産や権力、名声を有して後もなお質朴な心を維持し、生まれたばかりの嬰児の純真さを維持することはもっともむずかしい。生命の本真を守るところに、詩意が存在するのだ。ハイデッガーが晩年に老子を崇めたのは、人がどのように詩意をもって地球上に住むべきかを老子が教えたからだった。いかに詩意をもって住むべきかという大きな問題について、老耼という名の老子はハイデッガーの愛するヘルダーリンよりも明確に、しかも二千年も早く答えているのだ。わたしが老子に本当に感謝しているのは、まさにこの「反」の字が、中年以降のわたしを生命の大方向に向かわせてくれたからである。「五十にして天命を知る」というが、わたしにしてみれば、この「反」の字を知ることがそれだった。だから、わたしは童心に返ることをこの世の最大の凱旋だと考えている。

　生命の本真に帰る道で本当の障碍とは何か、老子と荘子の答えは同じだ。障碍とは、すなわち人為的に作り出した兵器や戦車だけでなく、知識や概念およびそれから派生した巧知、心機、権謀でもある。『南華経』は人生と歴史の悲劇を語りつくしているが、悲劇の根本は、人が自分の作り出したものに主宰され、統治され、滅ぼされることである。「絶聖棄智」の命題は、反文明というよりむしろ反野蛮だといえる。知識による人間性の歪曲や抹殺に反対し、神聖な概念の覆いの下の血なまぐさい戦争に反対し、「鉤を盗む者は誅せられ、国を盗む者は侯たり」という歴史事実によってなされる知識をまとったあらゆる詭弁に反対し、人びとが生命の本真に近づこうとするのを阻止する理念と理由とに反対するのだ。わたしは荘子に感謝する。その名を思うたびに坐臥往来が自然になるだけでなく、苦労や流浪も自然になるからだ。

　台湾の教授や学生にとって、わたしが『山海経』を六経のひとつに数えたり、『紅楼夢』をも経と称するとは予想外だっただろう。『紅楼夢』は冒頭で大荒山を語り、「女媧、天を補う」の故事を語っているが、これは『山海経』を直接うけたものである。じっさい、『山海経』は『紅楼夢』の美的原型であるだけでなく、『荘子』や『楚辞』など中国文学のあまたの経典に美的原型を提供しているのだ。『山海経』は神話であって、歴史ではないが、それは中国で最も根本的な精神史であり、最も根本的な精神文化である。ギリシア、ヘブライの神話とくらべると、

『山海経』は薄っぺらにみえる。しかし、中国の原始神話は数は少ないけれどたいへん気宇壮大である。「女媧、天を補う」、「精衛、海を填める」、「夸父、日を逐う」など、すべて天地にかかわる壮大なものである。ゆえに、それは美的原型であると同時に、中華民族の精神的原動力でもある。

　中華民族は無数の苦難を経験してきたが、なぜ滅亡しなかったか。この問題については、銭穆たち歴史学者が精細な研究を重ねているが、いずれもおおもとの原因を挙げてはいない。それはつまり中華民族が幼年時代からすでにもっていた偉大な精神であり、「その為すべからざるを知りてこれを為す」の精神である。天を補修したり、海を填めたり、太陽を逐ったりするのはどれも不可能なことだ。しかし、不可能を可能にする不撓不屈の精神のおかげで、中華民族は困難な運命に倒されることなく、数千年にわたって神の肩にすがらず、自らの肩によって暗黒への閘門を押さえ、歴史の重荷を担って、21世紀の今日まで歩んできた。

　わたしは、禅宗がなければ『紅楼夢』もないといったことがあるが、じっさい、『山海経』がなければ『紅楼夢』もないだろう。すくなくとも天地開闢につながる壮大さはないし、余計な石という不思議な想像もあるまい。わたしが、『紅楼夢』を文学の経典とみなすのは、ひとつにはそれが中国文学と人類の文学の経典作品であるからで、ホメロスの歴史詩やダンテの『神曲』、シェークスピアの『ハムレット』、トルストイの『戦争と平和』と同じく人類の精神の水準を反映する座標であるからだ。またふたつには、物語の大枠が『聖書』と同じ構造だからである。主人公の賈宝玉と林黛玉は、人間世界にくる前にエデンの園にいたことがあって、つまりは中国のアダムとイブなのだ。しかし、曹雪芹は彼らに神瑛侍者、絳珠仙草という綺麗な名を与えている。エデンの園の上方には、やはり人をつくる創世記の神がいるが、これは上帝ではなく、女媧と呼ばれる。さらに重要なことに、『紅楼夢』のなかにも悟りを開いていないキリストがいる。このキリストこそ賈宝玉なのだ。彼はすべての人間を愛し、赦す。敵も、恨みも、嫉妬も、妄念も、偏見も、貪欲も、功名心も、打算も、術策も、報復の念も何もない、詩意にみちた生命なのだ。このような詩意にみちた生命は、賈宝玉のほかにも、混濁した世界の彼岸にたつ少女たちにみられるが、彼女たちは仙界から降りてきた天使であり、人の性質と神の性質を併せもっている。『紅楼夢』は天使への挽歌

であり、千古に卓絶した詩意にみちた生命への挽歌である。

『紅楼夢』を基準にすると、あらゆる文学作品の高低深浅をはっきりと看て取ることができる。このような偉大な作品が文学の聖書でなくて何であろうか。わたしは自分が『紅楼夢』のあとに生まれたことをずっと幸せに思ってきた。もし早く生まれていて、人生に賈宝玉や林黛玉、晴雯、鴛鴦らの友がなかったら、きっと味気ない日々になることだろう。

教室で討論しているとき、わたしは学生に言った。君たちは四書五経に加えてこの六経を熟読しなさい。そうすれば魂に「張力の場」が生じるだけでなく、生命がより充実し、考えることと書くことにより深みが増すだろうと。

『紅楼夢』においては、薛宝釵に四書五経文化が投影され、林黛玉には「わが六経」の文化が投影されているが、これには相応の理由がある。林、薛の争いは、曹雪芹の魂の葛藤とみることができる。「釵黛分離」の説は正しいし、「釵黛合一」の説も誤りではない。曹雪芹の心が黛玉のほうに傾いているだけなのだ。わたし自身はより絳珠仙草のほうに心ひかれ、薛宝釵に近づくのを拒んでいる。

わたしの文章を読んだことのある人なら知っているだろう。わたしは出国以前を第一の人生、出国後を第二の人生と考えている。それでいつも友人と冗談をいいあっている。第一の人生では、毎日「老三篇」（毛沢東の「愚公、山を移す」、「人民に奉仕せよ」、「ベチューンを記念する」）を読み、第二の人生では、毎日「老三経」（『山海経』、『道徳経』、『六祖壇経』）を、いや「老六経」を読むのだと。

毎日読んでいると、六経は自分のなかに溶け込んできて、生きているという感覚自体がまったく異なるものとなり、食べたり眠ったりする感覚も違ってくるようになった。現在では、わたしと六経は不可分となり、荘周が夢で胡蝶になったのか、胡蝶が夢で荘周になったのかはっきりしないように、わたしが六経を解釈するのか、六経がわたしを解釈するのかわからなくなっている。いま、わたしが六経について書いているのは、わたしが六経を解釈しているかのようだが、筆をおけば、衣食住であれ、書物を読んだりものを考えたりすることであれ、六経がわたしを解釈しているのである。

王船山は「六経、我を責めて生面をひらかしむ」（王の六経とわたしの六経は異なる）といったものだが、わたしも同じことを感じている。自然や自由、個体の生

命を重んじる六経が心の奥底に入ってくると、わたしは解脱を感じ、喜悦を感じ、新たな活力が朝日のように昇ってくるのを感じる。奇妙なことだが、故国の地を遠く離れれば離れるほど、故国の古典文化の魅力をいっそう感じるのだ。

ここ数年、わたしと李沢厚先生は『革命よさらば』を共著して以来、ともにしばしば「古典に帰れ」と叫んできた。この古典とは、おもに故国古代の人文の経典をいうが、李先生の重点は、第一に孔子、第二に荘子にあり、私のほうはまず「六経」に立ち戻り、それから四書五経を参照せよというものだ。いいかえれば、「六経」を重んじ、五経を軽んぜずして、中国と西洋双方の文化の血脈が通じるよう努力すること、これが今日のわたしの精神の道なのだ。

昨年5月、わたしは吉田富夫教授のお招きをうけて、京都の佛教大学を訪問し、吉田教授と嵐山、金閣寺に遊んだ。そのおり、中国古典文化について大いに語り合った。いま、その当時の話題にすこしく加筆して、この一篇を書き上げた。吉田教授と日本の友人たちへ遙かに馳せる思いをこの一篇に託すことができるだろうと思う。

2006年9月13日
アメリカ　コロラド州にて

（中　裕史　訳）

異文化間対話の中で形成される「東亜の魯迅」

張　夢　陽

　異文化間対話とは、異質な文化間の衝突と交流である。この衝突と交流は非常に重要なもので、もしある文化がまったく異質な文化との対話をもたず均質なまま栄えていっても、それは近親交配と同様、停滞し退化に転じて自家中毒に落ちいってしまうだろう。

　魯迅研究について、異文化間対話をすすめるとすれば、中日韓三国の魯迅研究学者間の対話、すなわち東アジアの学術討論が、もっとも簡便で直接的なやり方である。なんとなれば、中日韓はお互い緊密な関係にある隣邦で、魯迅が東アジア地域でもっとも代表的な作家であることは共通認識となっており、かつこの三国では長い魯迅研究の歴史と優れた魯迅研究の人材がそろっていると同時に、それぞれの研究背景、環境、雰囲気には大きな差異、すなわち強烈な異質性を兼ね持っているからにほかならない。この魯迅研究領域の異質性こそ、衝突と交流のための最良の条件であり、異なる性質の研究課題、研究方向、研究方法、研究の結論を持ち寄って切磋琢磨することを通して、より高次元の知的成果へと昇華することができるのだ。事実、この20年間のたゆまぬ努力を経て、中日韓三国では「東亜の魯迅」という斬新な魯迅像がすでに形成されている。

　したがって、「東亜の魯迅」の形成過程とその成因を探求し、さらに「東亜の魯迅」の内包と外延、及び実質的な特徴を、論理性を持った科学として画定し、以てこれをさらに成熟させることが、中日韓三国の魯迅研究学者が目下迫られている喫緊の課題なのである。

一

　魯迅は中国に生まれ育った。その大部分の業績も祖国で積まれたものである。

もとより中国の魯迅研究が最も長い歴史を持ち、最も深く展開され、規模もいちばん大きく、成果も最も豊富である。今や一つの成熟した独立の人文学、すなわち魯迅学へと発展した。

中国の魯迅学には以下のような特徴がある。

第一に、非常に強い社会性と政治性を帯びていること。いま中国の魯迅研究界や思想界では、毛沢東の魯迅論、及び毛に先立つ中国共産党の指導者で理論家であった瞿秋白の魯迅観に対して、否定的な態度をとる人がかなりある。私はこれに完全に同意するわけではなく、この問題に対しては分析的な態度を取るべきだと思っている。中国社会の政治的な土壌に深く根を下ろして、巨視的な歴史の高みから魯迅の価値を指摘したことが、毛沢東や瞿秋白の魯迅論の最大の特徴であり、長所である。もし中国の社会、中国の政治、中国の歴史を離れて、抽象的に魯迅の精神を論じたら、あるいは単なる文学者、古典文学研究者として魯迅を論じたら、本来の魯迅と合致する魯迅像を見いだすことができるであろうか。中華民族の魯迅に対する認識は、向上するのかそれとも後退するのか。魯迅が「五四」文学革命の主将、後には左翼作家聯盟の盟主として、多方面からマルクス主義を受容してきた所以は、中国社会の当時の具体的な国情と歴史的言語環境と密接に関係しており、また時世を憂え、侮辱され害を被り圧迫された群衆のために吶喊疾呼し、正義と良心を固持した彼の本性とも不可分であり、さらに日本から吸収した欧化された東方文明という背景も関係している。これらの問題に対しては、歴史的科学的な分析を具体的に深くすすめなければならず、簡単に否定してはならない。われわれは歴史を裁断し、先人を否定することに熱中するのではなく、歴史に立脚してかつ不断に歴史を乗り越えなければならないのだ。

もちろん毛沢東や瞿秋白の魯迅論自体には限界もある。その一つは、ある政治集団の立場から為された判定だということである。もちろんこの判定は、優れた知恵であり、戦略的観点に富んだもので、魯迅という大きな旗を中国共産党の手中に収めたことが実践によって証明されている。これはきわめて有利なことであり、きわめて賢明であった。それに比べて、魯迅を攻撃し、貶めた当時の若い共産党員の見識はやはり浅はかだった。しかし、結局これは一つの立場のある種功利的な戦略からでたもので、全人類の発展過程から出発してグローバルな認識を

作り出したわけではない。したがって、「人間学」の観点から魯迅を認識することはできないばかりか、魯迅が「個の自覚」「奴隷になることの峻拒」という人類精神の解放過程にあたえた深い影響と大きな貢献を認識することを阻害しかねないのだ。

　二つ目は、毛沢東や瞿秋白の魯迅論と、後の凡庸な研究者たちによる毛瞿の祖述や解釈、粗末な模倣は別物だということである。毛沢東や瞿秋白の魯迅論は限界があったとはいえ、新生面を開いたという歴史的功績は無視できない。しかるに後の多くの研究者は、ただ彼らの観点を祖述し解釈し「防衛」することしか知らず、あえて雷池を越えず、一定の範囲に収まって、中国の魯迅研究を一時期停滞させ悪循環に陥らせた。その主要な責任は毛沢東や瞿秋白の魯迅論自体にあるのではなく、こうした研究者たちの凡庸さと硬直化にあるのであり、さらにその淵源を尋ねるならば、中国の長期にわたる儒教の影響、すなわち述べて作らず、創新を求めず、に行き着くのである。

　中国魯迅研究の第二の特徴は、魯迅の著作の集録、校勘、注釈、編集と魯迅が中国にいた時期の日常的な史実の発掘と考証分析は、ほとんど精確詳細厳密の極致にまでいたっていることである。魯迅が中国の作家であるからにはこのような作業は当然中国によって為されなければならず、他の国が取って代わることはできない。中国の魯迅学界では、極左的傾向が猖獗をきわめた「文革」の時代でさえ、この種の基礎的な作業は決して疎かにされることなかった。だから、中国の魯迅著作の編集者校勘者と魯迅の史実研究者たちは、「魯迅研究の領域で最も堅実で最も科学的で最も信頼できる学者群であり、彼らの魯迅研究に対する貢献は卓越しており、不滅である」と、私はいうのだ。最近、新版『魯迅全集』十八巻が人民文学出版社から大々的に出版された。出版後いくばくも経たないうちに幾つかの錯誤やミスが発見されたけれども、やはり以前より優れた版本であり、中国のみならず、世界中の古典的作家の全集と比べてみても、稀に見る精確完備さであるといわねばなるまい。

　第三の特徴は、魯迅の著作の解読と研究が、非常に緻密で深いところまで到達していることである。幾つかの作品研究、たとえば小説集『吶喊』『彷徨』の総合研究や『野草』研究、『阿Q正伝』研究、雑文研究、『故事新編』研究などは、

すでに魯迅学の中の分科学となっている。一人の作家の作品に対する研究が、ここまで精密深化している例は世界でも稀に見るものであろう。

　第四は、魯迅の思想と作品における中国文化の素養と背景に対する研究が、非常に深化し、系統化されていることである。特にこの二十年来の成就は卓越している。たとえば林非先生の『魯迅和中国文化』は、中国の魯迅学者が持つ中国文化の学殖と中国文化に対する独自の理解をよく示している。恐らく中国以外の研究者には、善くすることのないものであろう。

　第五に、魯迅の「立人」思想に対する研究と理解が、新時期の思想解放運動の展開に伴って深化し、魯迅学のそれぞれの分野に深く浸透してきたことである。これについては、中日韓三国の魯迅研究の衝突と合流のところで詳しく論じる。

　第六は、魯迅研究の学術史に対する再認識と研究がかなり成熟していることであり、何冊もの魯迅研究学術史の著作が出版され、何人かの少壮学者が見るべき文章を発表しているが、これも一つの学問分野の成熟と自覚を示している。同時に、魯迅学と二十世紀中国精神史は密接な関係があるので、その中から中国の精神解放の歴史の軌跡を伺うことができるし、それが中国の魯迅学史の研究に特殊な意義を与え、また中国魯迅研究自体の特徴もとりわけこの点に表現されていることに、ことさらな注意を払わなければならない。ここでさらに取り上げなければならないのは、中国社会科学院文学研究所魯迅研究室が編纂した全五巻一分冊一千万字の大型資料書籍『1913—1983魯迅研究学術論著資料彙編』である。これは今や世界の大図書館の必蔵書、各大学の中国文学学科魯迅研究専攻の基礎的な必読資料となっている。これは他のいかなる国家の魯迅研究専攻においても、他のいかなる作家研究の領域においてもあり得なかったことだ。さらに貴重なのは、中国社会科学院文学研究所が収蔵しているこれらの原資料は、八十年代に中国の大図書館から影印、複写、写真によって集めた原資料であるということだ。非常に善く揃えられており、当時の刊行物に載せられた魯迅研究の原文が集録されているのみならず、その雑誌の表紙や目次、裏表紙なども複写されている。現在これを行うことは、どれほど予算をつぎ込んでも不可能になっている。それらの刊行物のかなりはすでに毀損したりなくなったりしているものもあり、この時複写されたものが今や唯一の記録となっているので、より貴重さを増している。適切

に保存しなければならず、国内外の学者に閲読と調査の機会を提供し、原資料として大いに役立て、けっして粗末に扱って傷つけてはならないのだ。

　中国の魯迅学には他にも幾つか特徴はあるが、とりあえず以上を挙げておこう。

二

　日本の魯迅研究の歴史も長い。日本の魯迅学者藤井省三先生の考証によれば、1909年5月1日発行の『日本及日本人』五〇八号の「文芸雑事」欄に周氏兄弟が翻訳出版した『域外小説集』の消息と評価が載せられているそうだ。

　この一世紀の間、日本の魯迅学界の最も重要な業績は竹内好が1943年に書いた『魯迅』である。1940年代以降の日本の魯迅研究はほとんどこの本を出発点としている。1986年、浙江文芸出版社が中訳本を出して、「竹内魯迅」本体が直接中国に輸入される端緒となった。2005年3月、中国の生活読書新知三聯書店が、李冬木先生のより完全な中訳本を出版し、広く注目された。同年12月26，27両日、北京・上海などの重点大学と研究機関および海外の学者や大学院生百十余名が集まって、「魯迅と竹内好」という議題をめぐって国際的な大規模討論会が開催された。中国の国内メディアも関連論文を次々と掲載した。

　考えなければならないのは、慌ただしく書かれてしかも技術的な誤りが少なくない竹内好のこの小さな本が、後の日本の魯迅研究にこのように大きな影響を与えたのはなぜか、ということである。さらに半世紀後、中国の魯迅学界や思想界にも高い関心を持たれたのはなぜか、ということである。

　管見によれば、鍵は、これが思想家の魯迅論すなわち「思想的な方法から変革を行い始めた」魯迅論だという点にある。思考方式の方面から魯迅研究に変革をもたらし、魯迅思想の核心である「抗拒為奴〔奴隷となることを拒否する〕」をつかみ取ったこと、人々の魯迅認識をさらに深いレベルに導いたことにあるのである。

　竹内好は戦後日本の魯迅学界の起点となり、日本の多くの魯迅学者は自らが竹内好から出発していると認めている。中でも、竹内好の「抗拒為奴」の思想を最も徹底して闡明し、その過誤に合理的な調整を加えたのは、蓋し故伊藤虎丸先生

であろう。

伊藤先生の魯迅思想に対する精緻な理解は以下の五つの面に表現されている。

第一に、しっかりと「人間」をつかみ取り、より科学的な西洋近代の「個」という命題を用いて、魯迅の思想と精神の発展史を概括し闡明した。

第二に、「個」の思想から出発して、竹内好の「抗拒為奴」の観点をいっそう発展させて、「真の人間」と奴隷や奴隷主を厳格に区別した。

第三は、これによって魯迅に対してもより深刻で的確な批評分析を行った。

第四、伊藤先生自身も魯迅研究の態度を、これによって改めた。日本の近代が、西欧近代思想を権威とし教条として受容した教訓を汲み取る必要はあるが、だからといって封建意識を以て魯迅を学んではならないと考えたのだ。魯迅に対して「神格化」や「戯画化」、あるいは「俗化」する態度を取ることは、とりもなおさず奴隷性の表現であり、主体性と独立性の欠如を説明している、ということをわれわれに認識するよう啓発しているのだ。

第五は、伊藤先生は竹内好を継承発展させただけでなく、その過ちを幾つかただしている。たとえば竹内は「魯迅は直感があるが、構成はない」と見なしたが、伊藤先生は魯迅の小説には「高度な構造性がある」と認めている。また竹内は『故事新編』は「余計」だと見なしたが、彼は『故事新編』は「きわめて重要」と考え、『不周山』の女媧、『非攻』の墨子、『理水』の大禹に対して卓越した分析をすすめ、「魯迅はニーチェ（進化論）から、マルクスへと思想的に「発展」したことが分かる」とみなしたのである。

竹内好と伊藤虎丸が魯迅の「抗拒為奴」「個の自覚」思想を透徹し闡明したほかにも、日本の魯迅学界が最も誇りうるのは、きわめて厳密、堅実な科学的実証である。中でも丸山昇と北岡正子は二大実証学者である。丸山昇先生は常に「事実から法則を導き出す鋭い視点と、その背後の問題意識」を持っていた。北岡正子教授は魯迅の文化的淵源の発掘と考証に尽力した。

日本の魯迅学界が実証を重視するからといって、彼らが理論的思惟を軽視していることを意味するものではない。実は重視しているのであって、木山英雄先生はその卓越した代表である。彼は詩人哲学者であり、その魯迅研究の著作は、詩人と哲学者の精神を備えた創作である。

日本の魯迅学界で特筆に値いするもう一つの特徴は、研究にすばらしい切り口を見つけ出すのに長けていることだ。独自の視点に立つ、個性と想像力にあふれた思弁方法、読書の興味を喚起する叙述によって、新生面を切り開く魯迅研究の論著が不断に現れている。

例えば、藤井省三著・董炳月訳『魯迅「故郷」閲読史——近代中国的文学空間』は、独特の文学史だ。「小題もて大いに作り、傍より敲き側より撃つ」、魯迅の小説『故郷』が1921年に発表されてからの閲読と評論の変遷状況だけから、20世紀現代中国の文学空間を展開して見せた。それまで言及されることの少なかった文学史の領域にも言及した。まさに「柔よく剛を制す」である。

丸尾常喜の『魯迅「人」と「鬼」の葛藤』は、「鬼」——「国民性の鬼」と「民俗の鬼」という二本の補助線を持って考察し、理想的な「人」を基準として、魯迅筆下の孔乙己、阿Q、祥林嫂の三人を分析を通して、国民性改造という思想の本質が「鬼」を「人」に変えることであることを闡明し、これが中国現代文学の基本的主題であると考えた。

吉田富夫の『魯迅点景』も見事な切り口を見いだしている。魯迅の生涯の著作の中の典型的な場面や難解な問題の考察を通して、新生面を切り開いた学術的な著作である。

日本の研究でとりわけ貴重なのは、潜在力が大きく、時間を経てその価値がわかることである。近年も新著が続けざまにでており、仕事盛りの在日中国人学者、佛教大学の李冬木先生とか、名古屋大学国際言語文化研究科教授中井政喜博士などは、その代表である。

三

韓国の知識界でも、魯迅は早くに受け入れられた。魯迅の文学と思想の中から、封建意識から覚醒させるための資源と反封建闘争の精神的武器を見いだした。さらに、帝国主義の圧迫とファシズム権力と闘争するための鋭利な思想的武器を見いだした。半世紀余りの間に多くの魯迅に関する論文が世に問われ、精神哲学の深遠な意味が含蓄された。韓国人の魯迅への視線は、被植民地化の記憶を帯びて

いる。奴隷であることに反抗する自由な心が、おのずと魯迅の伝統に呼応するのだ。

　このような歴史的背景と精神的要因から、韓国の魯迅研究は長い歴史と、大きな成果、深い理解を持ち合わせた。1920年、韓国の学者梁白華が、日本の中国学者青木正児の「胡適を中心として渦巻く文学革命」を韓国語に訳して、魯迅という名前とその作品『狂人日記』を韓国に紹介したのは、すでに八五年前である。1925年春、中国に亡命していた韓国知識人柳樹人が、魯迅の同意を得て、『狂人日記』を韓国語に訳し、1927年8月ソウルの雑誌『東光』に発表した。これは外国人の手によって初めて翻訳され、海外で発表された魯迅の作品で、1929年ソ連のワシリーによる『阿Q正伝』の翻訳出版よりも二年早い。これ以降、韓国の魯迅研究は朴宰雨先生が「韓国魯迅研究的歴史与現状」〔『韓国魯迅研究論文集』（魯博文叢）所収〕の中で帰納したように、「黎明期」「暗黒期」「一時的出現期」「潜伏期」「新開拓期」「急速成長期」「成熟発展期」の七期に分けられ、見るべき成果があり、かなり成熟した魯迅学という学問分野としての規模が形成されている。

　魯迅は韓国で、なぜこのようの大きな影響を生み出すことができたのか。それは、中国の現代化の必要性に対して、魯迅ほど鋭利に、正確に透徹して見極めた人がいなかったからである。魯迅の偉大さは中国の偉大さであり、その偉大さは、日本帝国主義に対する中国の闘争と深く関わっている。そしてまさにそのために、韓中の近代文学は、魯迅を中心として密接な関係を生み出したのだ。この関係が始まったのは早く、今でも魯迅は植民地の庶民によって希望の所在として受け入れられている。魯迅は「抵抗文人」という彼本来の形象の上に植民地からの独立という願望と結合して、彼の新たな形象が形成されたのだ。

　韓国には、中国や日本と違って、調査して考証できるような魯迅の生活史跡はないので、論文著作による理論的思惟のレベルにのみ学問分野の成熟度が表れる。困難な努力の結果、韓国の魯迅学者は、学術性の高い論文を幾つも生み出した。全炯俊「魯迅的現実主義理論」、申正浩「魯迅"叙事"的"現代主義"性質」、李珠魯「重読魯迅的『狂人日記』——以意思溝通結構為中心」、任佑卿「民族叙事与遺忘的政治——従性別研究角度重読魯迅的『傷逝』」、金彦河「魯迅『野草』的

詩世界——極端対立与荒誕美学」〔以上『韓国魯迅研究論文集』所収〕などで、質量ともに韓国魯迅研究の水準を国際的な魯迅研究の第一線にまで高めた。

これらから、私は韓国の魯迅研究に対して以下のような印象をもった。

一、韓国の魯迅研究は、植民地の知識人による帝国主義の侵略への反抗という視点から、魯迅を「抵抗文人」の精神的模範として受け入れたのだ。したがって、韓国の魯迅研究はその当初から強い精神性を具有していた。

二、韓国の魯迅研究は充分な精神的な深みに達した。理論性が強く、魯迅精神に対しても深い理解がある。幾つかの論文は国際的な魯迅研究をリードする位置にある。

三、このような先進的な位置にある論文の著者は若く、中には三十代の者もいる。これは、韓国の魯迅研究が強力な発展的形勢を保ち、輝かしい未来が約束されていることを表している。

四、不足の所と言えば、このような優れた論文が占める論題の領域が狭いことである。例えば魯迅の雑文研究は比較的薄いのだが、魯迅の多くの深刻な思想は雑文の中にこそ有るのだ。もし研究課題の幅を広げ、系統立てることができれば、韓国の魯迅研究は必ずや東亜魯迅学の中に新たな力強い隊列が出現することになるだろう。その他にも深い思想を備えた論文もあるが、中国語では充分に表現できていないので、今一歩の前進を期待したい。

四

それでは、「東亜の魯迅」の形成過程と成因をどのように見なせばよいか。

「東亜の魯迅」が形成されうる所以は、まず魯迅が中日韓三国で東アジアを最も代表する作家だと公認されていることにあると、私は考える。しかも魯迅の自己への反省と奴隷性への反抗という内的本質が、中日韓知識人の内的な需要と合致している。

中国の近代は長期にわたって帝国主義の侵略と封建主義の圧迫を受けてきたので、さし迫って反抗しなければならないという状況の中で、最も必要なのは奴隷性への反対であった。だから「魯迅の骨は非常に硬く、奴隷根性や諂いが些かも

ない。これは植民地半植民地の人民にとって最も貴重な性格だ」〔『新民主主義論』12〕と毛沢東が言うのは、まさに的確な指摘なのだ。しかしこのような言い方も留保が必要で、「これ自体が一種の外部規定（権威の欽定）であり、しかも「奴隷主」打倒を目的とする政治行動から出た解釈の中で用いられる。したがって、魯迅自体からする原理的な説明に欠けていることが多い。魯迅の「革命」とは、主奴関係の転覆にあるのではなく、「主」と「奴」の外に「人」――主体精神――を確立することにあるのだ」と、李冬木先生がいう通りなのである。中国の魯迅学家は、前世紀の最後の二十年の思想解放運動以来、この欠点を補ってきたのだ。

韓国も中国と同様、帝国主義の侵略と圧迫の中にあったので、奴隷性への反抗から出発して魯迅を受け入れた。違うのは、権威や官製の欽定ではなく、完全に内的需要から魯迅を受け入れた点である。そこで、初めから内発的な「奴隷となることを拒否する」という要求と理性的思弁が表現されているのだ。

日本は中韓とは反対に侵略されたことがないばかりか、他国を侵略する立場に立ったことがある。にもかかわらず、魯迅を受容した竹内好とそれ以降の魯迅学家の心理の深層は、反省と反抗という姿勢を保っている。竹内好の『魯迅』は1943年末徴兵されて兵役に就く前に書かれたので、彼にとっては「遺書」であった。竹内好とそれ以降の日本の魯迅学家は、実質的に魯迅を中国の「近代」と見なすことによって、日本の近代を批判したのだ。

しかし、前世紀の七十年代末には、このような図式に逆転が生じた。この間に日本は経済大国となり、中国は文革の失敗に遭遇した。中国の知識人は「文革」の惨憺たる教訓によって目覚め、中国を反省し、歴史を反省し、自己を反省し始めた。ちょうどこうした時期に、中国の魯迅学界は日本の魯迅学界と対話を始めた。

八十年代末から九十年代初めになると、新鋭の魯迅学家汪暉が竹内好の『魯迅』と対話を始めて、「絶望への反抗」という主題の核心を見いだして、既成となった中国の魯迅学界の思惟方式を転換させようとした。汪暉は後に、この日本の思想家が自分の研究と思考方法に重要な啓発を与えたことを率直に認めている。

同時期、新時期以来中国の魯迅学家たちも魯迅の「立人」思想に「こだわって」その深いところに向かって歩み始めた。魯迅の生涯は、人間の個人精神の自由に

対する一切の抑圧への反抗であった、つまりあらゆる面でのあらゆる形式の奴隷化（特に精神的なそれ）は、須く魯迅の反対したものであった、と現在の中国の魯迅学家は広く認めている。彼の譲れぬ一線は「奴隷になることはできない！」であった。重ねて確認するが、魯迅の著作の中で強調されているのは「個」であり「類」ではない、「己」であり「衆」ではない。もし「個」と「己」を「大衆」と「人民」に置き換えるなら、魯迅が強調した「一人ひとり」の具体的な生命「個体」の意義と価値、魯迅の思想の出発点から離れてしまうだろう。

　韓国の魯迅学家も「奴隷となることを拒否する」、「個」の自覚という魯迅の思想的精髄を探求し続けて、理論的思弁の能力を不断に高めている。

　マックス・ウェーバーの見解によれば、教師が教室で自分の与する観点だけ教えていたのでは、これは怠慢と資質の欠如の表現でしかない、教師は自分の与しない観点も教え、さらに真偽を判断する権利を学生に帰すという義務がある〔『職業としての学問』〕。同様に学術の発展も自分の一方的な観点のみを持ち続けるなら、やはり怠慢と資質の欠如の表現でしかない。それぞれが反対する側の観点を提供し、同時にその真偽を判断する権利を学界に帰す義務があるのだ。まさに中日韓三国の魯迅学界は、賛否両論、さらに多方面の異文化間対話の中で「東亜の魯迅」を形成するのだ。

五

　それでは、どのようにして「東亜の魯迅」の内包と外延、およびその実質的な特徴を画定すればよいのか。

　一、中日韓三国の魯迅学界が構成する「東亜の魯迅」は、冷静、深刻、かつ理性的な「奴隷となることを拒否する」という抵抗をその基礎とする。この抵抗は実際の具体的社会歴史環境の中における奴隷現象と鋭く対峙し、また自らの奴隷性への拒否でもある。これは魯迅そのものの精髄であり、長年にわたって魯迅学家が人類全体の発展過程から出発して創り出したグローバルな認識であり、「人の学」の視点から魯迅を認識して得られた真の知でもあるのだ。

　二、「奴隷となることを拒否する」という精髄の形成は、「個」の思想、「個の

自覚」を前提とするものである。

　三、「個の自覚」は自我の反省と省察の中から生み出されるものである。内省がなければ自覚もない、本能的に奴隷や奴隷主状態に身を置こうとする奴隷性の人は、自覚的な「真の人」へと上ることはできないのだ。これは人間性の発展のためには避けることのできない道筋であり、奴隷が奴隷主に成り上がり、弱者が強者に成り代わるという歴史の反復を打破するための唯一の道筋なのだ。「東亜の魯迅」は、東アジア地域の人間性の発展の尺度であり、模範である。その内実たる「個の自覚」「奴隷となることを拒否する」という精髄は、人類は精神解放の過程の中で、深い影響力と大きな作用を発揮しているのだ。

　「東亜の魯迅」の核心としての「人の学」という思想は、その大部分は日本留学中に魯迅が日本から吸収したものであり、日本も欧米から訳出してきたものだ。ならば、いま欧米の視線で「東亜の魯迅」を見るならどうであろうか。世界的視野の中での「東亜の魯迅」は、非常の興味深い研究課題となるだろう。グローバルな視野と世界文化の源流という角度から改めて魯迅とその思想・著作とその背景の時代を見ることは、将来の魯迅学の発展の趨勢となることだろう。

　商品が大量にあふれる社会、時流に媚び虚偽に満ちた言行が世に横行する中で、人々はいよいよ金銭や、虚勢、肩書き、物欲などに隷従し、新たな奴隷となっている現在、「東亜の魯迅」はいよいよ貴重に見える。まさに前世紀の初めに魯迅が呼びかけた「精神界の戦士」の、現代的な体現である。中日韓三国の思想界の重要な精神的資源であり精神的エネルギーであるのだ。

（浅野純一　訳）

王羲之の北伐に対する態度とその人物評価

祁　小　春

はじめに

　西暦351年から355年まで、王羲之（303—361）は会稽内史の任にあったが、これは彼の生涯における最後の出仕であった。この時期、東晋政権は殷浩（？—356）の率いる大規模な北伐戦争、すなわち北方異民族に対する戦いを開始した。この間、王羲之は消極的な立場に立ち、北伐をやめるよう忠告している。王羲之の取ったこの態度に対して、後世の評価は様々であった。このことは王羲之の政治思想、人生観などと密接に関わるため、王羲之という人物を公正に評価し得るか否かという問題にも関係してくる。

　そこで本論では、王羲之の北伐に対する態度や立場、そしてその理由について、基礎的な考察を試みる。そして彼を東晋の門閥貴族社会の名族の中に置き、その生活環境、政治的な主張、思想、処世態度などの多方面から検討を加え、王羲之という歴史上の人物についての理解をいっそう深めたいと思う。

　王羲之の北伐に対する主張には主に以下の3点が表明されている。

　一、客観的な条件が整っていない。北伐は国力を挙げて行う長期に渡る大規模な戦いである。そのためには大量の人や物を準備して、軍事的な徴用に備えなければならない。しかし時の東晋の国力には、そのような大戦争を行える条件は備わっていない。もし北伐を強行するなら、必然的に江南各地のあらゆる賦役を大幅に重くしなければならない。いくつかの、そもそも状況があまりよくない地域（例えば当時東晋の「食糧庫」であった会稽地方は災害や飢饉に相次いで見舞われていた）では、人民が租税の負担を受け入れられるはずがない。

　二、「国家之安在於内外和」（『晋書』王羲之伝）。強大な敵を前にして全力を出さねばならない肝心のときに、何よりも優先すべきは内外の団結であり、そうする

ことによってのみ、敵に勝利することができる。しかし今回の北伐は、殷浩対桓温（312—373）の権力争いを背景として出来したのであり、その決定も、充分な準備が少しもできていない状況のもと、慌ただしく出されたものである。よって勝利の可能性は大きくない。

三、北伐を率いる者がその器ではない。王羲之は庾翼（305—354）や桓温の北伐を支持している。しかし殷浩については桓温のような軍事的才能や軍を統率する力が備わっていないと考えていた。

王羲之の北伐問題に対する態度や立場を論評する際には、往々にして次のようなことがらの影響を受けがちである。すなわち殷浩や桓温の北伐、および東晋政権の内治外政をどのように見るかということである。これらの問題は、実は東晋の名族たち特有の人生観および当時の社会の政治や経済の状況と密接に関係している。たとえば、王羲之の北伐問題に対する態度は、それを何から何まで全面的に否定し続けていたわけではなく、統率する人物によりけりであった。すなわち殷浩、謝万（320—361）による北伐には反対し、庾翼、桓温のそれは肯定したのである。つまり北伐問題をめぐって、王羲之をどのように評価するかということは、桓温や殷浩を、そして東晋政権の北伐戦略をどのように見るかという問題にも関わって来る。かくも複雑な問題であるがゆえに、我々は一層深く分析と考察を行わなければならないのである。

一、王羲之の北伐問題に対する立場をいかに評価するか

（1） 肯定と否定それぞれの評価

王羲之の生涯における多くの政治的な主張の中で、最も議論を呼んでいるのは、おそらく殷浩の北伐に反対したこと、およびその際に彼が提出した「苟且偏安」（中原を放棄して江南に甘んじて目先の安逸を貪る）の主張であろう。この問題については、後世、明らかに異なる二種類の評価が存在する。一つは、歯牙にもかけず全面的に否定するものであり、もう一つは善として肯定するものである。面白いのは、歴史的な立場から東晋時代を研究している人々つまり歴史学者には否定派が多く、文化芸術（書法）の角度から王羲之を研究している人々、とりわけ芸術

史の研究家や書法の評論家の多くが肯定派であることである。
　肯定派の基本的な見方は次のようなものである。王羲之の書法芸術の偉大さを全面的に賞賛して肯定するという前提のもとに、それ以外の彼の言行についてもあまねく受容する態度をとる。例えば唐の太宗による王書の評価は、多く「尽善尽美」であるとある。殷浩の北伐問題についても概ね肯定的な態度を取っている。肯定派の見方については、すでに関連する各種の文化、芸術、書道史の研究に多く見られるので、いちいちここに挙げない。ここでは主に以下のような否定派の見方を紹介する。否定派の着眼点は往々にして王羲之個人の範疇を超えて、歴史的、階級的、民族的な立場からこの問題を見る。ゆえに殷浩の北伐をめぐる王羲之の言行に対しては、多く批判的な態度をとる。中でもっとも代表的なのは、清初の著名な思想家王夫之（1619―1692）である。彼は『読通鑑論』巻十三において、次のように述べる。
(1)

　　羲之言曰、区区江左、天下寒心、固已久矣。業已成乎区区之勢、為天下寒心、而更以陵廟邱墟臣民左衽為分外之求、昌言於廷曾無疚媿、何弗自投南海速死、以延羯胡而進之乎。宋人削地称臣、面縛乞活、皆師此意、以為不競之上術、閉門塞牖、幸盗賊之不我窺、未有得免者也。

　　若晋則蔡謨・孫綽・王羲之皆当代名流、非有懐姦誤国之心也、乃其侈敵之威、量己之弱、創胸縮退阻之説、以坐困江南、而当時服為定論、史氏侈為訏謨、是非之舛錯亦至此哉。

　　嗚呼、天下之大防、人禽之大弁、五帝三王之大統、即令桓温功成而簒、猶賢於戴異類以為中国主、況僅王導之与庾亮争権勢而分水火哉。則晋之所謂賢、宋之所謂姦、不必深察其情、而縄之以古今之人義、則一也。蔡謨・孫綽・王羲之悪得不与汪・黄・秦・湯同受名教之誅乎。

　王夫之の見方は次のようなものである。王羲之らが北の異民族を恐れて江南の保全を求めた「偏安」の考え方は、まさしく後世の「乞活苟安」の先例を開き、南宋の「偏安」にも、寄りかかるべき理論的根拠を提供した。ゆえにこれを秦檜（1090―1155）になぞらえてその同類とみなし、歯牙にもかけず、言葉も非常に手厳しいのである。このような考え方が強烈な民族主義的色彩を帯びていることは極めて明白である。王夫之の、異民族が中原を支配することは容認できず、それ

くらいならむしろ桓温が晋の帝位を篡奪するのを願う、という見方は極めて典型的である。王夫之は、東晋が北伐に勝利しうる力をもっていたに違いないと判断したので、かくも過激な論陣を張ったのである。彼が残念がったのは、東晋政権がこれについて成すところがなく、再三北伐の戦機を逃し、「苟安」すなわち目先の安逸を貪る方策に満足してしまったことである。しかし王夫之は、北伐を巡って、それを行うべきか否かという問題と、北伐で勝利しうるか否かという、性質の異なる二つの問題を混同してしまっている。そして彼は万一北伐に敗れれば、異民族がどっと押し寄せ、ついには東晋全土が支配されるであろうことは、全く考慮していない。

　このような可能性は、全くないわけではなく、実は王羲之が案じていたのもまさにこの点なのである。ゆえに、東晋が北伐に必ず勝利するという仮定を前提として、王羲之の態度や主張を否定する王夫之の見方は、客観的な公平性を欠いている。後世の歴史学者、例えば近代の呂思勉、王仲犖などもまた王夫之の見方を継承しており、とりわけ呂思勉が最も手厳しい。呂思勉は王羲之のことを「本性怯愞之尤、殊不足論」と斥け、彼が殷浩に桓温との和解を勧めたことも「苟安」の計に他ならないとする。そして桓温が殷浩と和解することは、実際にはもはやありえなかったのだから、殷浩が王羲之の忠告に従わなかったのを咎めることはできないと述べる。
(2)

（２）　王羲之が北伐に反対した理由を探る

　筆者は、王羲之が北伐に対してとった態度には、社会的な理由ばかりでなく個人的な理由もあったと考える。

　まず社会的な理由について述べよう。東晋の北伐が何度も失敗したことには、より深い理があったように思う。歴史学者の陳寅恪はそれを分析して、「南朝の北伐はなぜ成功しなかったのか」についての理由を４つ挙げた。一、物質的な力において南は北に及ばなかった。二、武力も南は北に及ばなかった。三、輸送が困難だった。四、南方人は北伐に熱心ではなく、北方人も南方人が北を奪還することに期待しなかった。第一、第二の点はまさに、王羲之が殷浩の北伐に反対した理由でもあった。第三点もその範疇に入る。第四点は、言うなれば、王羲之ら
(3)

南渡した北方士族の心中には、確かにこのような気持があったであろう。

陳寅恪は「南渡した人たちの北伐に対する態度は、王羲之が代表的なものといえる」といい、そして王羲之の「須根立勢挙、謀之未晩（根本が固まり気勢が挙るのを待って、事を謀っても遅くはない）という考え方は、南渡した北方人の、北伐に対する一般的な見方を代表する」（同上）ともしている。つまり王羲之らは決して北伐に全面的に反対しているのではなく、時期尚早だと考えていたというのである。このことは、この後王羲之が桓温による北伐を支持した態度からも証明できる。

もちろん、王羲之ら南渡した北方士族が、南渡以後基本的には安定した環境にあり、現状を保つことを願う「苟安」の念を抱いていたことも否定はできない。王羲之自身にそのような考えがあったか否かを知ることはできないし、それは重要でもない。当事者として彼の心中にそうした考えがあったとしても不思議ではなく、民族的大儀という高みに昇って彼を譴責すべきではないのである。当時の実際の状況から見れば、南方貴族の生活環境は、戦乱が頻発していた北方よりも、確かにずっと豊かで安定していた。名門士族の多くは北の奪還を望まなかったことには、このような客観的な理由があったのである。陳寅恪は当時の南北社会の差異を論じるとき、経済生活、社会習俗など各分野ごとに、「南北各朝には進んでいるか遅れているか、レベルが上か下か、の差異があり、南朝は北朝よりも進んでいた」（同書第二十二篇「南北社会的差異与学術的溝通」）という事実を論証している。東晋は渡江後ひとまず安定していたが、永和期（345—356）には、社会の各方面、とりわけ経済的な面ではかなり安定して豊かになり、南渡した北方の名門たちも、特にそうであった。『晋書』王羲之伝に、王羲之が謝万にあてた書簡を載せて次のように述べている。

> 比当与安石東遊山海、並行田視地利、頤養間暇。衣食之余、欲与親知時共歓宴、雖不能興言高詠、銜杯引満、語田里所行、故以為撫掌之資、其為得意、可勝言邪。

これはまさに、王羲之ら南渡したもと北方士族たちの、「楽不思蜀」「楽しみて蜀を思はず」という生活についての真実の描写である。北伐問題で、王羲之は殷浩の北伐には反対したが桓温のそれは支持したから、殷・桓各々が北伐で行った

こととその結果も、当然後世の王羲之に対する評価に影響を与えた。一般には、殷浩は王羲之の諫止に従わず北伐を強行し、その結果敗北したから、王羲之の意見は正しかったと見る。この点は確かに否定することはできないが、勝利か敗北かという結果によって人や物事を評価するのは避けなければならない。

　東晋の北伐では軍を統率する者が適任であったか否かは、重要な要因ではあったが、しかし北伐の勝敗を分けた唯一の理由ではない。この非常に大規模な戦いの過程から見れば、それ以外の少なからざる要因が存在し、極めて偶然の要素さえも戦局および結末を左右したのである。例えば指揮官たちの人間関係が、指揮の効力を失わせ裏切りを招いたり、またいくつかの戦術的な誤りが全戦局の潰滅をもたらしたりした。それ以外にも桓温と殷浩が不和であったため、前者はひとまず北伐を傍観し、それが後者の軍事力の相対的不足を引き起こした。これらもみな敗北の要因の一つである。呂思勉も次のように客観的な意見を述べている。「殷浩之敗、実敗于兵力不足」、「知姚襄等之不足恃而用之者、乃不得已也」（殷浩が敗れたのは、実は兵力が足りないので敗れたのであり）（姚襄らが恃むにたりないのを知っていながら、それを用いるのも、やむを得ないことであった）（同上）。要するに、北伐の失敗は、決して殷浩の無能によってのみ引き起こされたのではなく、桓と殷、両者の北伐における勝敗の結果をもって、王羲之の主張の是非と功罪を決めつけるのも、妥当ではない。

　次に、個人的な要因について述べよう。王羲之はもともと政治に関心がなく、その気持ちは朝廷の内外の者がみな知っており、彼は権力の中心から外側へと遊離した、一風変わった人物であったといえる。したがって、彼の意見を東晋の権力者たちは、はたしてどの程度重視したであろうか。東晋政権の最終的な決定に対してどれほどの影響を及ぼしえたであろうか。このような問題も考慮しないわけにはゆくまい。

　換言すれば、王羲之が結局どのような種類の人物であったかを明らかにすることが、非常に重要である。王羲之と、当時の国政を掌る人々との、個人的な関係は極めて密接であったが、彼の影響力はかなり限られていた。その理由は彼の個人的な要因によるものであった。王羲之について客観的に評価しようとするならば、単純に人によって事を論じたり、事によって人を論じたりすべきではなく、

東晋の、とりわけ永和年間の風潮と、王羲之という人物の特徴、特色を関連付けて、総合的に論評しなければならない、と筆者は考える。

　田余慶は永和という時代とこの時期の名士について、次のように論じる。「永和以来の長期にわたる安定した政局が、この時期に浮き沈みした士族名士たちに、次第に悠悠自適の生活を可能にした。彼らは互いに人物を品評し、道理を解き明かし、後世まで残された逸聞逸事は、比較的この東晋時代に集中しており、永和年間の大きな特徴となっている。」(『東晋門閥政治』「永和政局与永和人物」前出)。またこの時期の士族名士の特徴について、田余慶は次のようにまとめている。「隠遁思想はもっていないが、一般に恬淡を重んじ、実務と功名を軽んじ、積極的に世渡りする態度はみられない。」(同上)　実際、田が述べたように、東晋の名士の間で恬淡を重んじ実務と功名を軽んじる気風は、最も普遍的で最も代表的なものであり、それは当時の士族名士たちが共有する人生観であり価値観であった。永和の政界において、簡文帝、殷浩、謝万ら当局者は、名士階層中の衆望を集めた指導者であり、同時に恬淡を重んじ実務と功名を軽んじる、清談好きな名士集団中の代表的な人物でもあった。また一方で、庾翼、桓温、謝尚らを代表とする文武兼ね備えた人材もあり、彼らの処世観は、恬淡を重んじ実務と功名を軽んじる王羲之や謝万らとはいささか異なり、その特徴は、風流玄談を重んじるものの、また功名への思いも捨てないのである。この二種類の名士たちは、違いがあるとはいえ、相互に排斥し合うわけではなかった。なぜなら士族の間で主流を占める価値観は、双方に受け入れられており、いわゆる違いとは各々が重んじる度合いの差にのみ存在したのである。田余慶は「東晋当局者たちは一般にみなレベルの異なる玄学の素養がある。さもなければ士族名士間の付き合いをすることは難しい。」(同上)と述べており、これは実情に合致している。類別すれば、王羲之は恬淡を重んじ実務と功名を軽んじる名士の一群に属する。彼は玄談に長けていたわけではなく、これを批判したことさえあるが、否定したことはなく、ときには清談を大いに敬慕したことも事実である。重要なのは、功名には全く興味のない王羲之の人生観が、彼と、国を動かし世を救わんという大志をもった実務家たちとの、本質的な違いを形づくったことである。

二、王羲之という人物をいかに評価するか

　呂思勉は王羲之を「本性怯懦」の軟弱者として退けたが、これはその人物評価とも大いに関わっている。王羲之の政治的な主張は、その思想および処世哲学と関係している。つまり王羲之を客観的に評価しようとすれば、必ずその人物に対して必要な分析を行わなければならない。東晋の名士たちの中で、王羲之はいったいどのようなタイプに属するのか。

　これまでの考察を通して、同じ士族名士であっても、その思想やものの見方、理想や抱負、そして世界観や人生観などの面では、互いに大きく異なっていたことがわかった。我々はこれら士族をいくつかのタイプに分けることができるのである。一般的に言えば、以下の四種に分けられる。すなわち慕道（道教を慕う）、清玄（清談玄学）、事功（実務と功名）、学術。王羲之は、総じて言えば「慕道」に類別すべきであろう。古くは南朝梁の陶弘景（456—536）が王羲之を「頗亦慕道」（頗ぶる亦た道を慕う）と述べたが（『真誥』巻十六・闡幽微の王羲之の条の注）、この評は比較的客観的である。また顔之推の『顔氏家訓』も「王逸少は風流の才士、蕭散たる名人」（同書巻七・雑芸篇十九）と評しており、この評もまた味わう価値がある。「蕭散」（気まま）は、「事功」と最も矛盾するものであり、学術や学問とも相容れない。「蕭散の人」は大体道教を尊ぶ人であり、このタイプの名士は、人生の価値観を一般的に思いのままに心地よく生きることにのみ置く。彼らは、世を経め国を救う偉業を成し遂げうる能力、地位、条件、機会をもっていながら、そのために力を注ぎたいとは思わないのである。実際、隠遁に憧れ仙道を敬い求めるような人生観は、老荘思想の強い影響下にあった当時の豪族貴族の間にかなり流行していた。隠遁を実践することは、彼らが現実世界を超越し、神仙世界に向かう筋道であり手段であった。神仙世界の彼岸に到達することこそが、彼らの究極の目的であった。「蕭散慕道」を実践する名士たちは、自らの人生や信仰について、相当の優越感をもっており、普通の人々をうらやましがらせた。「蕭散慕道」を求める名士の志向が、その極致にまで発展すると、「事功」を卑俗とみる気風をもたらし、本業を捨てる者さえいた。例えば政治の実務的な面で、王羲

之はその在任期間に職責をよく全うしたが、息子の王徽之は、在任中全く任務を捨て仕事をする気がなかった。
(8)

　永和年間には、「蕭散風流」が一種の風潮として士族名士の間で「玄言を吐く」ことが流行した。しかし門閥政治という制度のもとでは、一族中必ず誰かが官途について家族の利益を保障しなければならない。庾翼、桓温、謝尚 (308—357)、そして王氏一族中の俊傑たちは、みな出色の実務家であり、政治において重要な役割を果した。そして会稽王司馬昱 (320—372)、殷浩、謝万らは、風流玄談では名高かったが、政治的にはあまり大きな貢献はできなかった。それは事実であるが、後世の人々は多く、「経世致用」(世の中で役に立ったかどうか) という儒家的な価値観で永和の人物を評定するので、賞賛に値する人物は十人のうち一人二人もいない。後世の人のいう「人材莫衰於晋」(人材は晋より衰へたるは莫し) という(9)見方はこのような意識の表れであり、呂思勉が王羲之をけなした論評は、まさにこの伝統的な価値観が大いに発揮されたものである。

　しかし当時の士族名士たちの文化環境に視点をあてて考察をすれば、比較的公平で妥当な結論が得られるかもしれない。まず、当時の名士たちにとって主流の文化とは何か、ということに注意を払わなければならない。渦中の名士たちはそこでどのような役割を演じたのか、彼ら同士の関係はどうだったのか。その答えはこれまで述べてきたとおりである。当時の名士たちの文化主流は、玄談を好み気ままに風流を楽しむことであった。

　では当時の名士たちの具体的な情況はどうであったか。これは仔細に検討しなければならない。実のところ、当時の名士のうち、世の中を動かす能力がある者も、玄談を好まないわけではなく、玄談の得意な者も、世の中を動かす才幹がないわけではなかった。玄談を尊ぶことは当時の士族名士階層の主流文化であり、功名を重んじないことは、名士の一般的な考え方であり、殷浩もこのタイプであって、しかも彼は当時の名士たちから玄談の領袖として崇められてさえいた。庾翼・桓温は、「寧済宇宙」(世を救う) を自負し、殷浩について「宜束之高閣」(高みの見物をきめこむことしか能がない) と誹謗した。殷浩の敗北は、庾の言が間違っ(10)ていなかったことを証明したが、ここにはまさに庾、桓らの殷浩に対するコンプレックスの深さが表われている。己の長所によって他人の短所を攻撃することはよく

あることだが、庾翼がこのような暴言を吐いたことは、当時の名士たちの文化的背景を考えれば、殷浩には及ばないと、自ら恥じる気持ちがあったに違いないことを物語っている。
(11)

　国を動かすという実務の面では、殷浩は確かに庾・桓の才覚に敵わず、この点について、歴史はとうに結論を出しており、後世の人は多く成否によって人を評価するので、総合的な考察において欠けている。

　王羲之は平素から殷浩を尊敬しており、彼を「思致淵富」（心ばえ奥深い）であると称賛し、敬服していたのはやはり殷浩の弁論であって、それは主流文化を敬慕する心理の表れである。もし殷浩が本当に無能の徒であれば、王羲之はその人を見る目の鋭さゆえに、避けて遠ざかったはずで、どうしてこのように互いに意気投合することがあろうか。人にはそれぞれの志があるが、魏晋時代はとりわけそうであり、そこに国家的民族的大儀などという価値観で律する必要はないのである。この時期、士族たちの中には、世の中を動かすことを志す者もいれば、遁世を願う者もおり、政治に熱中する者もいれば、悠悠自適に憧れる者もいた。名士の中ではこうした二つのタイプの人生観は決して互いに排斥し合うものではなく、しばしばそれらを兼ね持っていて、違いはただ能力の高低のみであった。

　王羲之は人や世の中を見る目が鋭く、政界において、彼は殷浩の派閥に属していたが、殷浩が国政を担う器ではなく、桓温の敵ではないことも見通していた。彼は、朝廷が殷浩に北伐の重責を委ねて、桓温に対抗しようとしたことは、政権自ら敗北を招くに等しいと考えたので、たびたび忠告したのである。王羲之と殷浩はその本質からいえば、同じタイプに属する名士同士であり、いずれも世の危難を救う国家の重鎮ではなく、異なるのは、王羲之には自分を知る賢明さがあったが、殷浩にはそれがなかった点である。しかし逆にこうも言える。殷浩にはそれでも世の中を動かそうという志があったが、王羲之はそもそも政治に関わる人材ではなかったのであり、そのことは、殷浩が王羲之に書簡を送って、国家や国民のために力を尽くすよう出仕を懇請したのに対して、王羲之がそれを拒んだ返書から見てとれる。その意味で、世の中を動かし民を救うという願望や才覚についていえば、王羲之は殷浩よりいささか弱く、ましてや庾翼、桓温、そして王氏一族の王允之（303—342）、王彪之（304—377）らとも同列に語れるはずもない。

田余慶はこれを評して「王羲之は事功という点に関しては、王允之と異なり、国政に携わる器ではない」(同上) と言っており、この論評は妥当である。毛漢光は『中古大族之個案研究——瑯琊王氏』(13)において、政治的行動を基準に、王氏一族の人物を三つのタイプに分けている。すなわち (一) 無為型、(二) 積極型、(三) 因循型である。王羲之父子四人のうち、羲之と献之は因循型に入り、徽之と凝之は無為型である。毛氏は、因循型を解釈して、「このタイプの士人は、政務は真面目にコツコツとやり、功は求めないが、過ちのないことを願い、流れに身を任せ、讒言や中傷を嫌う。決して少しも仕事をしないわけではなく、ときにはするが、ほとんど先世の古い習慣を踏襲因循して、変ることがない」という。毛氏は、この三つのタイプは、王氏一族の現実社会に対する三とおりの反応であると見なしている。毛氏が提示した因循型は、大いに王羲之にこそあてはまるものである。王羲之は政治を好まなかったが、政治に携わる才能が全くなかったのではなく、彼が消極的であったのは、その人生観がしからしめたのである。後世の人がこのような人生観をどう見ようが、少なくとも当時の名士たちの間では、この種の人生観は羨ましがられるものであり、悠遊自適の隠逸生活は、他の士人たちが官途について「寧済宇宙」の偉業を成し遂げることを望むのと同じく、彼が人生に求めるものであった。

　総じて、当時の士族名士がどのような人生観をもち、それぞれどのようなタイプに属する人物であるかなどについて理解し分析することは、王羲之を客観的に評価する基礎となるのである。

終わりに

　以上、王羲之の北伐における立場、および彼がそのような立場をとったより深い理由などについて検討を試みた。本論では、王羲之という人物の特性を分析することに重点をおき、彼自身および彼が身を置いた歴史的環境、ならびにそれによって形づくられた独特の人生観などについて、必要な考察を行った。

　以上の考察を通して、王羲之をいっそう具体的に理解することができ、それをもとに、彼に対してより客観的な評価を行うことができたかと思う。

注
（1） 清の王夫之『読通鑑論』。中華書局1975年。
（2） 例えば王仲犖は『魏晋南北朝史』第五章第一節「北方世家大族的南渡与東晋王朝的建立」において、殷浩の北伐失敗について、以下のように述べる。「東晋の名門一族はそもそも北伐を主張してはいなかった。北伐が挫折すると、大地主である琅邪の王羲之（王導の従弟の子）は、河南は放棄すべきであり、そのうえ、『保淮之志、也非復所及、莫過還保長江』であると主張した」と（上海人民出版社、1979年）。呂思勉は以下のように指摘している。「殷浩之敗也、王羲之遽欲棄淮守江、羲之本性怯愞之尤、殊不足論、其与殷浩書謂当時『割剝遺黎、刑徒竟路、殆同秦政。』又与会稽王箋、謂今『転運供継、西輸許洛、北入黄河、雖秦政之弊、未至於此、而十室之憂、便以交至、今運無還期、徵求日重、以区区呉越経緯天下十分之九、不亡何待。』亦近深文周納、危辞聳聴。」「王羲之密説浩・羨、令与桓温和同、浩不従、温与朝廷是時已成無可調和之勢、晋朝欲振飭紀綱、自不得不為自強之計。羲之性最怯愞、其説浩・羨与温和同、亦不過是苟安目前之計、然亦未能必温之聴従也。而世或以不能和温為浩罪則瞀矣。」（『両晋南北朝史』第五章第六節「殷浩桓温北伐」）。また以下のようにも述べる。「当時不欲出師者、大抵養尊処優、優遊逸予、徒能言事之不可為、而莫肯出身以任事、聞浩之風、能無愧乎。」（同上。上海古籍出版社、1983年）これらはみな、王羲之を貶す論評である。
（3） 『陳寅恪魏晋南北朝史講演録』第十四篇「南北対立形勢分析」第三節「南朝北伐何以不能成功」（黄山書社、1987年）による。
（4） 東晋の永和年間に、なぜ比較的安定した情勢の出現が可能であったのかについて、田余慶は次のように説明する。後趙の石氏は盛極まって衰え、南方に対する圧力も大幅に減った、これが外的な要因である。庾氏の勢力が衰えて桓氏が盛んになる趨勢であったが、桓はまだ完全には庾にかわって力を行使することができず、士族名門同士の競争は対峙した膠着状態にあり、にわかには優劣がつきにくかった、これが内的な要因である。田氏はさらに次のように指摘する。「求める声が極めて高かった北伐すら、このような膠着状態の政局に牽制されて、ひととおりでない複雑な様相を呈していた。」（田著『東晋門閥政治』「永和政局与永和人物」。北京大学出版社，1989年）「膠着状態」ということばで、永和の政局の相対的な安定を喩えることは、極めて適切である。
（5） 『世説新語』文学篇三十六、支道林が王羲之に『荘子』「逍遙遊」について「小語」

（少し語る）した。王はそれを聞いて感心し、「才藻新奇、花爛映発」「遂披襟解帯、留連不能已」と言った。また同書の雅量篇十九劉注は『中興書』中の、謝安と王羲之が共に遊び、談説し文章を綴ったことを引く。王羲之は談説を切り捨ててはいないのである。

（６）　胡道静『道蔵要籍選刊』第四冊所収。上海古籍出版社、1989年。

（７）　王利器『顔氏家訓集解』。中華書局刊『新編諸子集成』、1993年。

（８）　王徽之も道教を信じる人であった。『真誥』巻二十「翼真検」二「真冑世譜」許邁伝は次のように述べる。「与王右軍父子周旋、子猷（徽之）乃修在三之敬。」王羲之の息子たちのなかで、父に倣って道教を信奉したのは凝之、献之だけではなく、徽之もまた同類であった。『世説新語』簡傲篇十一は次のように述べる。「王子猷作桓車騎騎兵参軍、桓問曰『卿何署』答曰『不知何署、時見牽馬来、似是馬曹』。（劉注）『中興書』曰「桓沖引徽之為参軍、蓬首散帯、不綜知其府事。」また同篇十三はこう記す。「王子猷作桓車騎参軍。桓謂王曰『卿在府久、比当相料理。』初不答、直高視、以手版拄頬云『西山朝来、致有爽気。』」。『晋書』王羲之伝に付された「徽之伝」もまたこのことを載せている。王徽之は桓沖の幕下で任にあったとき、「蓬首散帯、不綜府事」という状態であった。桓沖は徽之を批判して、久しく役所にいるのだから少しはまともに仕事をするべきだ、と言った。徽之はこれを聞いても尊大に構えて答えず、後でわけのわからないことを一言言って話を終わりにした。当時の人であっても、王徽之の「雅性放誕、好声色」という傲岸な態度は、完全には受け入れ難いものであり、「欽其才而穢其行」というべきものであった。（『晋書』王羲之伝付徽之伝）これらのことから、道教を崇拝し仕事をしない、という程度の甚だしさがわかる。

（９）　清の李慈銘『越縵堂読書記』「晋書」の項。上海書店。2000年。

（10）　『世説新語』豪爽篇七「庾稚恭既常有中原之志」劉注『漢晋春秋』「（庾）翼風儀美劭、才能豊贍、少有経緯大略。及継兄亮居方州之任、有匡維内外、掃蕩群凶之志。」是時、杜乂・殷浩諸人盛名冠世、翼未之貴也。常曰『此輩宜束之高閣、俟天下清定、然後議其所任耳。』」庾翼の気概はこのようなものであった。桓温とは親しく、ともに「寧済宇宙」ことを語り合った。初め、庾翼は大量の部下や車馬を統率し、大軍を率いて沔に入り「将謀伐狄、遂次于襄陽。」庾翼『別伝』は次のように述べる。「翼為荊州、雅有正志。毎以門地威重、兄弟寵授、不陳力竭誠、何以報国。雖蜀阻険塞、胡負凶力、然皆無道酷虐、易可乗滅。当此時、不能掃除二寇、以復王業、非丈夫也。於是徴役三州、悉其帑実、成衆五万、兼率荒付、治戎大挙、直指魏・趙、軍

次襄陽、耀威漢北也。」

(11) 庾翼は殷浩のことを「宜東之高閣」と評したが、殷浩を羨む気持ちがないと言い切ることはできなかった。例えば『晋書』殷浩伝に庾翼が殷浩を羨むエピソードもある。

(12) 『世説新語』文学篇三十六の劉注に引く『語林』。

(13) 毛漢光「中古大氏族之個案研究――琅邪王氏」『中国中古社会史論』所収。聯経出版事業公司、1988年。

廬山慧遠の「沙門不敬王者論」について

鵜飼　光昌

一　はじめに

　廬山の慧遠(334—416)は、沙門が王者を礼拝すべきかどうかという問題に関して、桓玄の問いに答え、ついで「沙門不敬王者論」を著した(1)。そこでは、沙門の拝礼王者の問題、さらには中国における王法と仏法の関係が論じられている。そこで桓玄の動静とその主張にも注意をはらいつつ、慧遠の書簡と「沙門不敬王者論」(2)とを中心にして考えてみたい。

二　東　晋

　この問題は、すでに東晋第三代の成帝(在位325—42)、第四代康帝(342—44)の時代に政治を担当した、車騎将軍の庾冰によって提起されている(3)。

　成帝在世の前半に政治を担当した王導が、寛大温厚を旨として貴族豪族の連合体ともいうべき東晋をまとめようとしたのに対し、後期に政治を担当した庾冰は、「頗る威刑に任じ」(『晋書』庾冰伝)、中央集権の強力な体制の確立をめざした。庾冰は仏教教団に対しても、その統制を行う必要から、沙門は王者を敬礼すべきことを説いた。尚書令の何充らは、仏教擁護の立場からそれに反駁して、沙門はかならずしも王者を敬礼する必要はないと説いたが、結局その論争は決着をみることはなかった。

　そして東晋第十代安帝(在位396—418)の時、この問題をふたたび持ち出したのが、桓玄であった。桓玄は、大司馬桓温の子である。

　桓玄の父、桓温(312—73)は、英雄の才があり、またその知略も人に過ぎたものがあって、東晋の西の要害である荊楚の地をおさえることにおいてはその右に

でるものはなかった。桓温の対抗馬ともいうべき殷浩が北伐に失敗し、反対に桓温が蜀を平らげるにおよんで、朝野の大権はいつに桓温に帰した。桓温はさらに長安東方の藍田で前秦の苻健を討って、転戦して灞上にまで至った。付近の民は、酒食を携えて道の両側で桓温の軍を迎えた。古老たちも「今日ふたたび官軍を見ようとは」と喜びのあまり涙した。桓温はのちに都、建康に入って、思うままに天子を替え、さらに帝位を自分に譲らせる寸前まで事を運んだが、謝安、王坦之にそれを故意に引き延ばされているうちに病にかかり、憂憤のうちに死んだ。

桓玄（369—404）は、父桓温をついで7歳で南郡（江陵）公となった。桓玄はあるとき従兄弟たちといっしょに鷲鳥を飼ってけんかをさせたが、桓玄の鷲鳥はいつも負けた。それに腹を立てた桓玄は夜のうちに従兄弟たちの鷲鳥をすべて殺してしまった。家のものは妖怪変化のしわざかと怪しんだが、叔父が訊ねてみると、やはり桓玄のしわざであることがわかった（『世説新語』「忿狷」篇）という。

桓玄はその才能、門地をたのんで、みずからは英雄豪傑をもって任じていたにもかかわらず、太子洗馬のつぎについた官が義興の太守であったため、「父親は九州の旗頭、むすこは五湖の長官か」といって官をやめ、根拠地の江陵に帰ってしまった。

桓玄の父親、桓温亡きあと、幼い孝武帝（在位372—96）を助けて建康の政治を担当したのは謝安であった。そのころ北中国では、前秦苻堅の勢力が絶頂に達し、百万になんなんとする南進軍をひきいた苻堅は、淝水をはさんで東晋を攻めた（383年）。しかし精鋭の北府軍をひきいた謝玄、劉牢之の奮戦により、烏合の衆ともいうべき前秦軍はさんざんに破れ、苻堅も流れ矢に当って傷つき、北に逃げ帰り、やがて反乱の混乱のなかに自殺した。捷報が届いたとき、謝安は友人と碁を打っていた。碁が終って、その手紙はなにかと客が問うと、「なに若い者たちが敵を打ち破ったということです」とこともなげに答えた。しかし客が帰ると、喜びのあまり、謝安は敷居にけつまずいてげたの歯を折ってしまったという。

謝安が死んで、孝武帝は親政をはじめたが、すぐにそれに飽き、酒色にふけるようになった。すると一族の会稽王・司馬道子が実権をにぎり、東晋の政治は乱れた。後宮で一番の寵愛を誇っていた張貴人は30歳になろうとしていたが、孝武帝は酔ってたわむれに、おまえは年だから廃してもっと若いものに替えねばなら

ん、といって深く恨まれ、侍女に布団蒸にされて殺された (396年)。

つづいて安帝 (在位396—418) が立つと、司馬道子、元顕父子による政治はますます乱れ、それに乗じて道教系宗教結社天師道の領袖、孫恩の乱が起った (399)。孫恩は征東将軍と称して、会稽をはじめ東南地方の諸郡をつぎつぎと陥れ、数十万といわれる衆をひきいて、沿岸各地をあらしまわった。孫恩の一党はみずからを「長生人」と呼んだ。その教えに惑わされた母親は、子どもが行軍についていけないとみると、「おまえは先に仙堂に登りなさい。わたしもきっと後で行くからね」といい、足手まといになる子を川に投げ込んでしまったという。孫恩の力は当時このように非常に盛んなものがあった。

朝廷では孫恩の討伐を、北府軍を統括する劉牢之に委ねた。劉牢之軍の奮闘はすさまじく、孫恩は押しもどされてひとたび海上の島に逃れた。しかしふたたび島から出て、江蘇地方を席巻し、都、建康に迫る情勢となったが、劉牢之の将・劉裕 (のちの宋の武帝) の奮戦で撃退された (隆安5年、401)。
このころ桓玄は、慧遠に対して還俗して自分に仕えるよう求めているが、慧遠はその要請に答えていない。[4]

三 桓 玄

元興元年 (402)、桓玄は、この孫恩の乱討伐を口実にして、江陵から水軍で降り、都、建康をめざした。桓玄はそのとき荊・司・雍・秦・梁・益・寧・江の八州の都督、荊州江州刺史となっていた。そこで司馬元顕は劉牢之を派遣して桓玄に対抗させようとした。しかしもともと元顕と不仲であった劉牢之が桓玄に寝返ったために、桓玄はすこしの抵抗を受けることもなく建康に入り、市で司馬道子らを斬り、ついで元顕を殺した。

一方寝返った劉牢之は、実権をにぎった桓玄から、より高い官職につけられると思っていたにもかかわらず、実際に命ぜられた官職は会稽内史であった。劉牢之はそれでは北府軍の兵権を奪われることになるため、叛乱の軍をあげた。しかし息子の劉敬宣が決起の約束の期日に現れず、劉牢之は事がもれたと落胆して北に走り、まもなく首をくくって死んだ。それを知った息子の劉敬宣は哭するいと

まもなく、江を渡って北に逃れた。部下たちは劉牢之の柩を京口に運んだが、桓玄はその柩を開いて遺骸を引きずり出して首をはね、市にさらした。それにつづいて北府の旧将たちもつぎつぎと殺された。

4月、桓玄は、都を出て、都に近い姑孰に駐屯した。桓玄は姦佞を退け、俊賢を抜擢した。戦禍混乱に苦しめられていた都のひとびとはそれを喜び、新しい権力者の到来を歓迎したのであったが、しばらくすると桓玄は豪奢をほこり、放逸に流れ、政令常なく、朋党たがいに起り、天子はないがしろにされて、衣食にもことかくありさまとなった。民心はたちまち離れた。

元興2年（403）9月、桓玄は相国となり、楚王に封ぜられて、九錫を加えられ、さらに帝に迫って位を譲らせようとした。

慧遠が桓玄から沙門の礼敬問題についての見解を求められ、それに答えたのはこのころのことである。（後述）

桓玄が建康の西郊の石頭に入ろうとしたとき、梁王・司馬珍之が叛いて尋陽に逃げた。そのとき桓玄の王位篡奪の形勢はすでにかたまっていたが、高楼のついた船からおりしも葦笛や鼓の合奏の音が聞えてきたので、桓玄はすぐさま声高らかに、

　　　簫管、遺音有り、梁王は安くに在りや。

と吟詠した（『世説新語』「豪爽」篇）。この句は、阮籍の「詠懐詩　其三十一」（中華書局、陳伯君校注『阮籍集』の配列による）の一節である。これは『戦国策』「魏策」に見える梁王・魏嬰（恵王）のことを歌ったもので、梁王が范台で楽しんだ葦笛や鼓の音は、まだ昨日のように耳に残っているけれども、今は秦に滅ぼされてその姿を見るすべもないことをいう。桓玄は、これを東晋の梁王・司馬珍之にかけている。桓玄は、戦争の途中ではあっても阮籍の「詠懐詩」の句を思いうかべ、それを高々と朗詠できるような人物でもあった。

同年12月3日、桓玄はついに姑孰で帝位につき、国号を楚とした。その同じ日に、桓玄は、さきの慧遠の書簡の影響もあったのか、沙門に対する拝礼王者の命令を撤回している（「桓楚許道人不致礼詔」、『弘明集』巻12）（『大正蔵』52巻84頁中）。

桓玄が都、建康の宮殿に入ったところ、天子の御座がすこしく陥没し、群臣は色を失った。しかし殷仲文が、すかさず「天子の聖徳があまりに深く重いので、

厚い地面もそれを支えることができないものと思われます」と追従を言ったので、桓玄は機嫌を直しておおいに喜び、群臣も胸をなでおろした。しかし実際に桓玄が政治を行ってみると、部下の過ちは毛筋ほどのわずかなものであってもけっして許さず、政令は一貫性を欠き、綱紀は乱れ、奏上は滞った。それにもかかわらずみずからは狩猟を好み、車馬の列を盛大に繰りだし、五、六十里にもわたって旗ざしものが沼沢をおおうというありさまであった。また宮室を営繕し、不必要な土木工事や新たな建物の造営を行い、しかも民に対する督促は苛烈きわまりなかった。朝野は騒然として、ひとびとはふたたび乱の勃発を思わずにはいられない情勢となった。

　元興 3 年 (404) 2 月、劉裕を盟主として、劉毅、何無忌、孟昶、檀憑之、また劉裕の弟・劉道規らによって桓玄打倒の計画が立てられ、京口と広陵の二箇所で同時に兵が挙げられた。決起は成功して、都は奪還され、桓玄は小船で建康から逃げさった。西に落ちのびる途中、尋陽に幽閉されていた東晋の安帝を道連れにして、桓玄は根拠地・江陵に帰ったが、劉毅、何無忌、劉道規らの追討軍に攻められて敗北し、ついに憑遷に斬られた。桓玄は、天子の冠をとめるための玉でできた簪を憑遷にあたえて、「おまえは何者か。なぜあえて天子を殺すのか」といったが、憑遷は、「おれは天子を殺すのではない。逆賊を殺すのだ」と答えたという。こうして桓玄の首級は劉毅らによって都に送られ、朱雀門の南、浮橋の朱雀航にさらされた (同年 5 月)。

　慧遠の「沙門不敬王者論」が書かれたのは、この元興 3 年のころであり、まさに政治の激動のさなかに論が執筆されたことになる。(後述)

　翌年 (405) 正月、大赦が行われて年号も義熙と改まり、同年 3 月、何無忌らに守られて安帝は都に帰った。

四　沙門の淘汰

　桓玄が江陵から攻め上って、都を制圧したのち、都に近い姑孰に駐屯していたことはさきに記した (元興 2 年、403、12 月)。

　東晋期、仏教は社会の上下に深く浸透し、仏教の堂塔伽藍は、朝廷といわず、

都市といわず、いたるところに営まれるようになった。それとともに、本来資格のないものが、国家の賦役を逃れるために、僧侶になることがしばしば行われた。そのため資格のない僧侶を還俗させるいわゆる沙門の沙汰は、国家の財政と軍事の両面から、避けてとおることのできない重要な課題となっていた。このころ桓玄は僚属に教令をあたえて、沙門の淘汰を実行している。（ただし廬山だけは仏道を求める大徳のいるところであるから、として淘汰の範囲から除外している。）

　慧遠はそれに対して、「桓大尉に与えて沙門を料簡するを論ずるの書」（『弘明集』巻12）（『大正蔵』52巻85頁中）を書く。それによれば、慧遠は、（1）禅定によって真理を体得するもの、（2）経典を味読するもの、（3）仏像堂塔を建立して福業とするものについては、沙門淘汰の対象からはずすべきであるとの主張がなされてはいるものの、しかしながら全体的に見れば慧遠はむしろ沙門の淘汰に賛成の立場をとっている。慧遠はつぎのように述べる。

　　檀越の諸道人を澄清するの教えを見るに、実に其の本心に応ず。夫れ淫は渭を以て分たるれば、則ち清濁、流れを殊にし、枉がれるに正直を以てすれば、則ち不仁、自ずから遠ざかる。

桓玄の沙門を淘汰しようとする教令をみると、まことに私（慧遠）の本来の気持と一致する。いったいに（濁流である）淫水が、（清流である）渭水によって分たれれば、清と濁とが流れを殊にし、枉がったものが正直なものに正されたならば、不仁のやからは自ずから遠ざかるものだ。

　慧遠はこのようにいって、本来僧侶となるべき資格を備えていないものを濁流・邪枉にたとえ、十分な資格を備えた僧侶を清流・正直にたとえている。

　そうして桓玄の沙門淘汰が実行されれば、正邪清濁がこのように分たれることになって、仏教教団の綱紀は正される。そして最終的には、

　　道と世と交ごも興りて、三宝復た茲に隆んとならん。

という状態になるであろうという。仏道が世俗を興隆させ、興隆された世俗がさらに仏法を興隆させて、仏・法・僧の三宝がふたたびここに盛んとなるであろう、というのである。

　為政者にとって、財政と軍事とは、ゆるがせにすることのできない重大事である。慧遠はそのことをよく理解して、桓玄の政策に表立っての反対はしていない。

経典を読むことすらできないもの、国家の賦役を逃れようとするもの、逃亡・流浪を常とするものが多数仏教教団に入ってくることは、教団の質を低下させる。そしてそれは国家の賦役に応じない人間を多数つくることになるから、国家が疲弊し、ひいては将来の為政者の仏教の弾圧すらまねきかねない。慧遠の危惧はそこにあった。

　また沙門の沙汰の問題とともに、桓玄は、当時の国政の最高機関であった「八座」に書簡をあたえて、僧侶が王者を礼拝しないことの是非を論じさせている。つづいて桓玄は八座のひとり、領軍将軍・吏部尚書の王謐と数次にわたる論難を行っている。しかしなお決着がつかないために八座にあたえた書をさらに廬山に送り、論争を最終的に決着させるために慧遠の回答を求めた。慧遠はそれに回答して桓玄に書簡を送り、のちにその論点を整理して、「沙門不敬王者論」を書いた。つぎにはその問題を取りあげる。

五　桓玄の主張

　慧遠は、桓玄にあたえた書簡（「遠法師答」、『弘明集』巻12）（『大正蔵』52巻83頁下）の冒頭、自己の論を述べる前に、沙門は王者を礼拝すべきであるという桓玄の主張をつぎのように要約している。それにしたがってまず桓玄の主張をみることにする。

　　（桓玄は）老子を徴引し、王侯を三大に同じうす。「資生」「通運」の道を以てして、宜しく其の神器を重んずべきを設く。

桓玄はまず『老子』を引用して、王侯を道・天・地と同様に尊いものとする。それは『老子』二十五章に「物有り、混成し、天地に先だちて生ず。……吾れその名を知らず。之に字して道と曰う。……道は大、天は大、地は大、王も亦た大なり。域中に四大有りて、王は其の一に居る」と述べるのに基づいている。そこでは「混じりあってできた物が、天地に先だって生じた。……わたくしはその名を知らないけれども、それに仮の呼び名をあたえて道という。……この道は大であり、天は大であり、地は大であり、王者もまた大である。世界にはこの四つの大があって、王者はその四大のうちの一大をしめている」と述べる。王者を道・天・

地の三者と同様の重みをもつものとするところが『老子』の著しい特徴である。『老子』は無を説き、自然を説きつつ一方で政治に対する関心を失わない。そのように天地をよりどころ（「資」）として万物を「生」ぜしめ（「資生」は『易』「坤卦」「象伝」の語）、天地の運行を通びく（「通運」）（「通運」は『荘子』「天道」篇の語）君主の道によるからこそ、その神器であるところの帝王の位は重んぜられなければならないというのである。桓玄は続ける。

　故に宜しく其の徳を受けて其の礼を遺て、其の恵みに沾いて其の敬を廃すべからず。

それゆえ、万物をつぎつぎと生ぜしめる天地の大きな働きをとどこおりなからしめ、かつそのはたらきによりつつ万物を治める王者の「徳」を身に受けていながら、礼を棄てて拝礼せず、その恵みにうるおいながら、敬をいたさない態度を沙門がとることは許されない、と。

　桓玄は道・天・地とともに、王者をも重視する『老子』を引いて、王者の尊貴性を確認し、そしてその当然の帰結として沙門が王者を拝することを主張している。

　慧遠はこの桓玄の主張に対して、「出家」と「在家」というふたつの方向から論を進める。

六　慧遠の答え――「在家」

　在家のひとびとの特徴とはなにか。慧遠はそれを「沙門不敬王者論」「在家第一」（『弘明集』巻5）（『大正蔵』52巻30頁上）においてつぎのように述べる。

　　家に在りて法を奉ずるは、則ち是れ化に順うの民にして、情は未だ俗を変ぜず、迹も方内に同じ。故に天属の愛、主を奉ずるの礼有り。

家に在って仏法を奉ずるひとびとは、帝王の教化にしたがうひとびとであって、その気持は世俗と異ならず、その生活も方内のひとびとと同じである。それゆえ、つぎのことが必要になる。

　　親に因りて以て愛を教え、民をして自然の恩有るを知らしめ、厳に因りて以て敬を教え、民をして自然の重有るを知らしむ。

(『孝経』にいうように）親しむことによって愛を教えて、民に自然の恩があることを知らしめ、厳しさによって敬を教えて、民にどうしても重んじなければならないことがあることを知らしめる。前者の「愛」は父と子との関係、後者の「敬」は君と臣との関係をいう。

　釈迦の風を悦ぶ者は、輒ち先ず親を奉じて君を敬い、俗を変じ簪を投ぐる者は、必ず命を待ちて順動す。(6)

そのため在家で釈迦の教えを悦ぶものは、もっぱらまず親を奉じ、君主を敬うのであって、世俗の生活を変え、冠の簪を投げ捨てて剃髪し、出家する場合においても、かならず父や君主の命令をまって行動をする。だから桓玄のいうように、

　其の徳を受けて其の礼を遺て、其の恵みに沾いて其の敬を廃すべからず。

となるのであって、在家にある場合においては、王者の徳を受け、その恵みにうるおされながら、王者を拝礼せず、敬意を示さないことがあってはならない。在家のものが王者を礼拝すべきであるという点においては、たしかにさきに桓玄がいうとおりである。

　慧遠は、「在家」の場合には、このように王者を礼拝する必要があることを認める。

七　慧遠の答え──「出家」

それに対して、出家はどうか。出家は在家とは異なる。「沙門不敬王者論」「出家第二」（『大正蔵』52巻30頁中）に慧遠はこう述べる。

　出家は則ち方外の賓にして、迹は物に絶す。……生生は化を稟くるに由るを知るも、化に従わずして以て宗を求む。

出家はいわゆる『荘子』にいうところの「方外の賓」であって、その生活は世俗のひとびとから隔絶している。……万物がたえず生じていくこと（「生生」）は、変化を稟けること（「稟化」）によって行われることを知るものではあるけれども、沙門はその変化に従わずに究極の道を求めるものである。

　宗を求むるは化に順うに由らざれば、則ち運通の資を重んぜず。此れ……道の俗と反する者なり。

究極の道（「宗」）を求めることは、天地の化育をみちびく王者の教化に順うことによってはえられないから、天地の運行を通達せしめる王者の政治の資け（「運通の資」）を重んずることはない。これが仏道の世俗と異なるところである。ここにいう「宗」とは、「沙門不敬王者論」「求宗不順化第三」にいう、情によって生をわずらわせることなく、生によって神をわずらわせることなく、貪愛によって生死を繰り返す輪廻の長い流れから脱したところの、「泥洹」（涅槃）の境地に到達することを指す。

> 斯くの若きの人は、自ら誓うに簪を落つるより始め、志を立てて服を変ずるに形わす。

こういったひとであるからこそ、みずから誓って簪を落として剃髪し、志を立てて世俗の服を改めて僧服を着ることにより、その決意を現すのである。

> 是の故に凡そ出家に在るは、皆な世を遯れて以て其の志を求め、俗を変じて以て其の道を達せしむ。……夫れ然るが故に、能く溺俗を沈流より拯い、幽根を重劫より抜き、遠く三乗の津に通じ、広く天人の路を開く。

それゆえ出家たるものは、いずれもみな世を逃れて志を追求し、俗なる生活を変えて道を完成しようとする。……そうするからこそ、煩悩に溺れる世俗のひとびとを輪廻の流れに沈むことから救い、ほの暗い業根をはるかな過去世から抜け出させ、遠く三乗にいたる津に導き、広く天上界や人間界に生れる道を開くことができる。

> 如令、一夫、徳を全うすれば、則ち道は六親に洽ねく、沢は天下に流る。……是の故に、内に天属の重きに乖けども、其の孝に違わず、外に奉主の恭を闕けども、其の敬を失わず。

もしもひとりの沙門が、仏道を求める徳を完成すれば、その道は、一族すべてにゆきわたり、その恵みは天下に流れいたる。……このゆえに、沙門は、内には天によってあたえられた血族のつながりに背いてはいても、孝のこころを踏みはずさず、外には君主を奉じて拝礼する恭しい態度を欠くことはあっても、敬意を失うことはない。

> 此れ従りして観るに……豈に夫の化に順がうの民・尸禄の賢と、其の孝敬を同じうする者に況えんや。

この点から見るならば、沙門の不拝は、君主の教化に従順にしたがう世間一般の人間や、ただいたずらに君主の俸祿を食む礼教世界の賢者たちの「孝敬」と、同列に論ずることができないことは明白である。

慧遠はこう述べて「沙不敬王者論」「出家第二」を締めくくっている。

沙門は方外の賓であるから、王の教化の内にいるものではない。それゆえ君主を拝さない。しかし世俗のやり方とはちがう方法によって沙門はひとびとを救うのであり、沙門がその徳を完成すれば、恵みは天下にゆきわたる。それゆえ肉親を捨てて出家し、君主を拝礼しなくとも非難するにはあたらない。ひとびとに対する貢献は、かならずしも礼教世界に住むひとびと同じ方法によって行われねばならない、というわけではないであろう。儒教とは異なる別の方法があってよい。それが仏教の出家の活動である。慧遠はそのように主張する。

八　むすび

桓玄は、「震主の威」をもって慧遠に還俗して仕えることを請い、実際に沙門を淘汰し、また沙門が王者に礼拝することを求めた。

それに対して慧遠は、桓玄に対して書簡を書き、またのちにその内容を「沙門不敬王者論」にまとめている。慧遠の桓玄に対する対応ならびに主張は、つぎのようにまとめることができる。

一、還俗して仕えるようにとの桓玄の求めに対しては、慧遠はそれを拒絶している。六朝時代は貴族の時代であるから、門閥貴族の出身者以外のものが政治上また学術の上において活躍することは難しい。そのため優秀な人材が多く仏教界に流れた。為政者とすれば、優秀な人材を僧侶のままで仕えさせることはできないから、これはといった人物には還俗を求めることになる。桓玄の要請はこの考えに沿ったものであった。しかし慧遠は「震主の威」を恐れてはいない。慧遠の態度は、桓玄のライバル殷仲堪、孫恩の妹婿の盧循、東晋を簒奪した武帝劉裕といった人物に対しても変ることはない。いずれもその時の政治・軍事の情勢にかかわることなく、他のひとと同様に平等に接している。むしろこれらのひとびとの慧遠に対する敬意の方がより厚いようにさえ感じられる。

二、桓玄の沙門の淘汰に関しては、慧遠はむしろそれに賛成している。資格のない僧侶を教団から排除することは、教団のレベルを上げることになる。また還俗させて徭役に応じる人間を増やすことにより、軍事・政治上の安定をもたらし、さらには権力者の仏教に対する干渉、弾圧を避けることにつなげようという意図がおそらくはあったものと思われる。

三、在家のものは、仏教信者ではあっても「方内」の民であるから、帝王の教化に従い、親を奉じ、君を敬し、君主に礼を尽くすことが必要である。したがって君主を拝礼しなければならない。

四、出家は、『荘子』にいうところのいわゆる「方外の賓」であって、世俗を超越した境地にいるものである。それゆえかならずしも世俗の服装制度を順守する必要はない。沙門を「方外の賓」と規定することは、清談を貴び、隠逸の士を遇した六朝期の精神と関係が深い。

五、究極の涅槃の境地は、天地自然の化育を導く王者の教化によってえられるものではない。それゆえ王者に敬をいたし、拝礼する必要をみとめない。しかしながら沙門が仏道を求めて徳を完成すれば、その恵みは天下のひとびとに広く行き渡るのであるから、表面上、親を奉ぜず、君主に拝礼せず、敬をいたさないからといって、親や君主に敬意を抱いていないということではけっしてない。なぜなら方内のひとびととは別の方法によって、世俗の世界におおきな貢献をしているからである。

バラモンが社会の最上層に属し、出家修行者を特別に尊敬するインドの社会とは異なり、中国においては基本的に仏法が王法の上に置かれたことはなかった。しかしながら、この六朝の時代は仏教がはじめて社会の上下すみずみにまで浸透して、社会的また文化的にきわめて大きな影響をあたえた時代である。王族貴族たるとまた一般人士たるとを問わず、仏教に対する尊崇の念もまた深いものがあった。慧遠が「沙門不敬王者論」を発表しえたのも、この時代の趨勢、思潮と深い関係がある。

この沙門が王者を礼拝するかどうかという問題は、のちに唐代までその議論が続けられるけれども、宋代以降は、沙門の敬拝王者は当然とみなされ、皇帝に対して僧侶自身が「臣」と称するようになる。皇帝を中心とする統一的な中央集権

の国家において、絶対王権に対する服従は、あらゆるひとびとに要求され、沙門ももはや「方外」に在ることは不可能になる。沙門がみずからを中華の礼制を守る「方内」の臣と位置づけざるをえなくなったことは、抗うことのできない時代の要請であったということができよう。

注

（1） 板野長八「東晋に於ける仏徒の礼敬問題」（『東方学報　東京』第11冊之2、1940年）、ならびに島田虔次「桓玄―慧遠の礼敬問題」（木村英一編『慧遠研究　研究篇』427頁、創文社、1971年再版）を参照。また小林正美著『六朝仏教思想の研究』第2章「廬山慧遠の仏教思想」のうち、「Ⅱ　『沙門不敬王者論』の思想」（64―107頁、創文社、1993年）を参照した。

（2） 慧遠の桓玄に対する書簡（「遠法師答」）・慧遠「沙門不敬王者論」については、木村英一編『慧遠研究　遺文篇』（363―381頁、創文社、1981年再版）の詳細な訳注に非常に多くを教えられた。本稿においてもこの訳注に拠る場合が多い。ただし本稿では、原文については、『慧遠研究』のものによらず、『大正蔵経』52巻所収高麗本『弘明集』（「遠法師答」は同巻83頁中、「沙門不敬王者論」は同巻29頁下）に拠っている。

（3） 以下、本稿の「三　桓玄」「四　沙門の淘汰」まで、つぎの諸氏の論考を参照した。岡崎文夫著『魏晋南北朝通史』二章五節「東晋の衰亡」（208―229頁、弘文堂書房、1936年再版）、塚本善隆著『唐とインド』「江南の貴族政治―東晋」（49―94頁、中央公論社、1961年）。特に、吉川忠夫著『劉裕』（11―73頁、人物往来社、1966年）に導かれた部分が多い。

（4） 慧遠の伝記・年譜については、塚本善隆「中国初期仏教史上における慧遠」（『慧遠研究　研究篇』1頁）、竺沙雅章編「廬山慧遠年譜」（『同書』535頁）によっている。

（5） 森三樹三郎訳『世説新語』（247頁、平凡社中国古典文学大系『世説新語　顔氏家訓』、1969年）によった。

（6） 「輒先奉親而敬君」。『大正蔵』は、「輒先奉親而献君」（52巻30頁上）。同頁下欄注記（15）の宋・元・明・宮本との対校により、「敬君」に改める。

唐代士大夫の科挙に対する意識
——岑参の場合——

岡本　洋之介

はじめに

　科挙は唐建国の数年後に始まった。将来の高級官僚を確保するため行われる試験であり、唐代を通じて長く維持された。ところが、応試する当の士大夫が科挙に起因する事柄を詩に詠むようになったのは意外に遅い。

　清の徐松『登科記考』別録下に、科挙に関連する内容の詩が152首収められている。その中で玄宗即位以前のものと言えるのは、科挙に赴く知人に寄せて詠んだ劉希夷の「餞李秀才赴挙」のみである。(1) 主題別に分類編纂された『唐詩類苑』でも同様の傾向が見える。巻百四十三〜百四十六の儒部に採録された科挙に関わりのある詩は、のべ415首。(2) そのうち、初唐のものと言えるのは、みずからの落第をうたった陳子昂の「落第西還別劉祭酒高明府」しかない。(3)

　数が増えてくるのは開元年間である。ただしまだなお少ない。作者を特定できてなおかつある程度繋年をしぼりこめるものとしては、

　　王維「送綦毋潜落第還郷」
　　　　綦毋潜は開元十四年（726）の進士なのでそれ以前の作
　　王昌齢「送劉眘虚帰取宏詞解」
　　　　劉眘虚は開元年間に博学宏詞科に及第
　　常建「落第長安」
　　　　常建は開元十五年（727）の進士なのでそれ以前の作
　　劉長卿「早春贈別趙居士還江左時長卿下第帰嵩陽旧居」
　　　　劉長卿は開元二十一年（733）の進士なのでそれ以前の作
　　盧象「郷試後自鞏還田家因謝鄰友見過之作」

盧象は開元年間の進士なのでそれ以前の作
　蕭穎士「送張翬下第帰江東」
　　　張翬は開元二十三年（735）の進士なのでそれ以前の作
　孟浩然「送丁大鳳進士赴挙呈張九齢」「送張子容進士赴挙」「送張参明経挙兼向涇州覲省」「送従弟邕下第後尋会稽」「送洗然弟進士挙」
　　　孟浩然は開元二十八年（740）に没するのでそれ以前の作
があげられる。繋年を定めがたいものの天宝の終わりまでには詠まれていたであろう例まで含めると、
　王維「送丘為落第帰江東」「送厳秀才還蜀」(4)
　銭起「送張参及第還家」「長安落第作」「長安落第」「送鄔三落第還郷」
　李白「魯中送二従弟赴挙之西京」「送楊少府赴選」「送于十八応四子挙落第還嵩山」「同呉王送杜秀芝赴挙入京」
　劉長卿「送孫瑩京監擢第帰蜀覲省」「落第贈楊侍御兼拝員外仍充安大夫判官赴范陽」
といった詩もあげてよいであろう。そしてこれらとは別に岑参が一人で16首残している。この類の詩が詠まれはじめた開元から天宝あたりに限って言えば、非常に多作である。多作であると同時に目をひく点がある。及第者へ贈った詩6首に「戦勝」という言葉がくりかえし見える点である。

　本論では、岑参の詩に見える「戦勝」について検討し、何を言わんとした表現であったかを論じる。そして、当時の士大夫が科挙をどのようなものとしてとらえていたか、その意識の一例を提示しておきたい。なお、岑参の詩は『四部叢刊』所収の『岑嘉州詩』を底本とし、その他取りあげた唐代の詩は中華書局『全唐詩』に拠った。

1

　科挙に起因する事柄をうたった岑参の詩は以下の16首である。本論で特に取りあげるものには※をつけた。
　「送許子擢第帰江寧拝親因寄王大昌齢」

※「送魏升卿擢第帰東都因懐魏校書陸渾喬潭」
「送魏四落第還郷」
「送韓巽入都覲省便赴挙」
※「送王伯倫応制授正字帰」
「送孟孺卿落第帰済陽」
「送胡象落第帰王屋別業」
「送杜佐下第帰陸渾別業」
※「送厳詵擢第帰蜀」
「送周子下第遊京南」
※「送薛彦偉擢第東都覲省」
※「送蒲秀才擢第帰蜀」
「送滕亢擢第帰蘇州拝覲」
※「送薛播擢第帰河東」
「送厳維下第還江東」
「送陶鋭棄挙荊南覲省」（『岑嘉州詩』未収。参照『文苑英華』巻二八四）

　これらはみな、及第した、落第した、制挙に応じた、応試を放棄した、などの事情により別れることとなった知人への送別詩である。開元から天宝にかけて、科挙に起因する詩、科挙によって身の上に起こった何らかの変化に触れた詩が徐々に詠まれるようになる。その傾向の中で、岑参は他者に比べ数を残している。この種の出来事を詩の題材として意図的にとりあげたと言えよう。

　注目に値するのは「戦勝」という言葉である。この語は、詩題の左に※印をつけた６首に見える。岑参が同じ言葉や構成の似た句を繰り返し用いる詩人であったことは、新免恵子氏の論に詳しい(5)。岑参に同一表現を好む傾向があったのは間違いない。とはいえ、科挙及第に際して詠まれた９首のうち６首に同一の表現が集中している理由を、岑参の好み、で終わらせるのはさすがにためらわれる。岑参は科挙に関わることを詩の題材としつつ、何らかの意識を投影して「戦勝」とうたったのではないか。

　岑参による「戦勝」を検討する前に、まず、この言葉について確認しておこう。「戦」が戦闘を、「勝」が勝利をあらわすことは言を俟たない。ただ、「戦勝」

と組み合わさった時には典故を背負う語として使われることもある。もとづくところは『韓非子』喩老篇に見える次の逸話である。

　　子夏見曾子。曾子曰、何肥也。対曰、戰勝。故肥也。曾子曰、何謂也。子夏曰、吾入見先王之義則栄之、出見富貴之楽又栄之。両者戰於胸中、未知勝負、故臞。今先王之義勝。故肥。

　曾子が子夏に対して太った理由を尋ねると、戦いに勝ったので太った、と子夏は答えた。そして、聖人君子のなすべきことと富貴の楽しみとが胸中で戦い勝負がつかなかった、しかし今は前者が勝ったので気に病むことがなくなり太った、と解説してみせた。すなわち、心中での葛藤を「戰」、その葛藤の望ましい方向での決着を「勝」と表現したのである。この内容を下敷きとして、内的な苦悩とその解決を指し「戰勝」と言うようになった。

　たとえば六朝の謝霊運は「初去郡」で、

　　戰勝臞者肥、止監流帰停。（『文選』巻二十六）

「戦いに勝ち臞者肥え、止むるに監み流るるは停まるに帰す」とうたった。戦いに勝ったので痩せていた自分は太り、動かない水に自分を映し心の動きは停止状態にもどった、とみずからの姿を描写する。この二句に対して、李善は前述の韓非子から一部を引く。呂延済も「幽居の道も亦た之を欲し、富貴の楽しみも亦た之を欲す。二者胷中に於いて戦い而して幽居の道勝つ。故に痩者肥ゆるなり」と注する。つまり謝霊運は韓非子の逸話になぞらえ、幽居の道か富貴の楽しみかの選択が前者で定まった胸中の動きを「戰勝」と言ったのである。

　唐代ではどうであったか。岑参より少し早い時期の人、王維の例をあげよう。「胡居士と与に皆な病む　此の詩を寄せ兼ねて学人に示す二首」の一首目に「戰勝」の語が見える。この詩は王維の仏教観をまじえ胡居士の病について思いをめぐらしたものである。その中で、

　　戰勝不謀食、理斉甘負薪。

「戦いに勝ちて食を謀らず、理は斉しく薪を負うを甘んず」とうたう。胡居士は戦いに勝ち食事を気にかけることがない、仏教を修めることも隠棲することもその理屈はどちらも同質のもので、俗世からの離脱をよしとする。人であれば食をどうにかしようと手だてを講じるものであろう。しかし胡居士はそれをしない。

王維はその理由を「戦勝」のゆえと見ている。それは武力による勝利ではなく、人として当然持つはずの食への欲、さらには食欲に代表される人としての欲を超越した点を「戦勝」と換言しているのである。

　岑参とほぼ同時代、盛唐の終わりから中唐にかけて詩壇にあった僧皎然の詩にも「戦勝」の語が見える。「報徳寺の清幽上人の西峰に題す」では、
　　　双塔寒林外、三陵暮雨間。
　　　此中難戦勝、君独啓禅関。
「双塔　寒林の外、三陵　暮雨の間。此の中戦勝し難きも、君独り禅関を啓けり」と、並んだ塔や寒々とした木立の向こう、目に入る三つの陵、暮れ時の雨の頃、といった報徳寺の様子を描く。戦いに勝つのは難しいことなのに、そういう浄域において清幽上人あなたは一人で禅関をつまり悟りの境地をものにした、と続け、「戦勝」したがゆえに上人が悟りを得られた点をうたう。ここでの「戦勝」も、心中の葛藤が望ましい方向で落ち着いたことを示す言葉として使われている。

　岑参没後の人である白居易に、老いた我が身を妻が案じてくれたことを詠んだ「老去」という詩がある。その後半で、
　　　戦勝心還壮、斎勤体校羸。
「戦いに勝たば心は還た壮たるも、斎に勤むれば体は校や羸れん」とうたう。このくだりは白居易の妻が夫へ向かってかけた言葉の一部である。戦いに勝たば心はまた盛んになるでしょう、ですがそのための斎戒に力を注ぐと体が疲れますよ、と夫に声をかけている場面である。「戦勝」し心気の充実を得ようと白居易は心身の清めに取り組む。だが妻から見れば、度が過ぎるのも身体によくない。そう展開する話の流れの中で、「戦勝」という言葉が何を指すか。斎戒中に起こる胸の内での波立ちと鎮まりを表現していると見る以外にないであろう。

　以上、「戦勝」とは、『韓非子』の逸話を典故とし、心中の葛藤があるべき方向で決着する意味であることを確認した。「戦勝」とは物理的ないわゆる戦闘とその勝利だけを言うのではなく、心理的葛藤を比喩する言葉でもあった。その方向で使われた例は六朝の頃にも見える。唐代に入っても王維、皎然、白居易と、岑参の以前以後を問わずその方向で使われている。これらを踏まえた上で、岑参による「戦勝」を見ていこう。

2

※印を付けた前掲の6首を制作年順にとりあげる。

まず、「薛彦偉の第に擢せられ東に帰るを送る」は、遅くとも天宝八載（749）には詠まれている。科挙に及第して一時帰省する薛彦偉へ贈る詩である。

　　時輩似君稀、青春戦勝帰。
　　名登郄詵第、身著老莱衣。

「時輩君に似るは稀なり、青春戦い勝ちて帰る。名は郄詵の第に登り、身は老莱の衣を著たり」と、岑参は薛彦偉をたたえる。人士の中でも君のようにすぐれた者はめったにおらず、年若くして戦いに勝ち故郷へ帰る。その名は郄詵の第に掲示され、その身には老莱子と同じ衣を着る。「郄詵の第」とは、西晋の郄詵が賢良対策に挙げられたことにちなみ科挙及第を指す(6)。また「老莱子の衣」とは五色の衣のことである。それを着て親を笑わせようとする孝行話をもととする(7)。当時は科挙に及第すると親元へ報告に一時帰省するのが通例であった。岑参はそのことをうたっているのである。そのような詩で登場する「戦勝」が、武器を手にしての戦闘とその勝利、と結びつくであろうか。また、年若くして心中の葛藤に決着がついて親孝行しに帰る、と解釈するなら、科挙及第に言及した意図が不明になる。つまりここでの「戦勝」は、科挙を「戦」、及第を「勝」になぞらえて表現した言葉であると見る以外にない。

「蒲秀才の第に擢せられ蜀に帰るを送る」は繋年がわからない。前掲の詩と同じ表現が見えるので、ここでついでに見ておく。

　　去馬疾如飛、看君戦勝帰。
　　新登郄詵第、更着老莱衣。

「去馬　疾きこと飛ぶが如く、君の戦い勝ちて帰るを看る。新たに郄詵の第に登り、更に老莱の衣を着たり」と、帰省する蒲秀才の姿を描写する。行く馬の速さときたら飛ぶかのよう、君が戦いに勝って帰っていくのを目の当たりにする。このたび郄詵の第に登り、そのうえ老莱子の衣をまとう。詩の内容は前掲の詩とほぼ同じである。ここでの「戦勝」も科挙及第を指す。

薛彦偉の従兄弟である薛播も天宝十一載（753）に及第を果たした。岑参は帰省する薛播に「薛播の第に擢せられ河東に帰るを送る」を贈っている。

　　帰去新戦勝、成名人共聞。

「帰り去るに新たに戦いに勝ち、名を成し　人　共に聞く」と、帰省する薛播がこのたび戦いに勝ち、人々はその名を耳にしていることをたたえる。そして後半で、

　　夫子能好学、聖朝全用文。
　　弟兄負世誉、詞賦超人群。

「夫子　能く学を好み、聖朝　全く文を用う。弟兄　世誉を負い、詞賦　人群を超ゆ」と、薛播が学問好きであること、朝廷は文治を行っていることをあげ、薛播を含めた兄弟は代々誉れを背にしており詩文の出来は抜群であると称揚する。当時、薛播の兄弟はみな及第を果たしたことで名を知られていた。薛播も「戦勝」しその列に加わったことを強調せんがため、岑参は兄弟ともどもその文才を引き合いに出したのである。ここでの「戦勝」もやはり科挙及第を比喩した表現である。

「王伯倫の制に応じ正字を授けられ帰るを送る」は天宝九載（750）以前に詠まれたものである。

　　当年最称意、数子不如君。
　　戦勝時偏許、名高人総聞。

「当年　最も意に称う、数子　君に如かず。戦いに勝ちて　時　偏えに許さん、名高く　人　総じて聞けり」と詩を贈る相手の王伯倫をほめる。働き盛りの君は願いをかなえた、付き合いのある何人かの内でいえば君に及ぶ者はいない、戦いに勝ち世間はこぞって君を受け入れ、名が知れ渡って人々はみな耳にしている、と。詩題にある「応制」とは、ここでは皇帝の命により行われる臨時の科挙「制科」に応じたことを指す。たとえば「（開元）十年、応制し文藻宏麗科に登り、左拾遺を拝す」と『旧唐書』巻百九十中の孫逖伝が伝えるように、制科には採用したい人材を形容した科目名がつけられる。そして及第した者にはただちに官職が与えられる。王伯倫の場合は、制科に応じ、「戦勝」し、秘書正字の官を授けられた。となると、その「戦勝」とは制科に及第したことを指すと解釈する以外

にない。

　天宝十二載（753）に詠まれた「魏升卿の第に擢せられ東都に帰るを送る　因りて魏校書の陸渾の喬潭を懐う」では、魏升卿が故郷へ帰る姿を冒頭でうたう。
　　井上梧桐雨、灞亭巻秋風。
　　故人適戦勝、匹馬帰山東。
「井上　梧桐の雨、灞亭　秋風を巻く。故人　適に戦い勝ち、匹馬　山東に帰る」と、梧桐の葉が雨のごとく落ち秋風起つ灞亭の描写に次いで、魏升卿が戦いに勝ったことを言う。
　　問君今年三十幾、能使香名満人耳。
　　君不見三峰直上五千仭、見君文章亦如此。
すぐ後ろに「君に問う　今年三十幾ばくなる、能く香名をして人の耳を満たしむ」と続くのは、戦いに勝った結果、三十数歳にして人々に名を知らしめたことへの賛辞である。さらに「君見ずや三峰直上五千仭、君の文章も亦た此くの如くなるを見る」と、屹立する高峰と魏升卿の文章のすばらしさとを同一視する。これも文章でもって「擢第」を獲得した魏升卿の文才をほめたくだりである。勝ちを収めみずからの名で人々の耳をいっぱいにした事柄とは、科挙及第を指すと見る以外にない。
　同様のことは「厳詵の第に擢せられ蜀に帰るを送る」でも言われる。この詩の繋年はわからない。
　　戦勝真才子、名高動世人。
「戦いに勝ちし真の才子、名高く世人を動かす」と、厳詵が戦いに勝った真の才子であり、世の人々を揺るがすほど名高くなったことをたたえる。そしてその「戦勝」が何であるのかということを詩の後半でうたう。
　　工文能似舅、擢第去栄親。
　　十月天官待、応須早赴秦。
「文に工みにして能く舅に似たり、第に擢せられ去りて親に栄す。十月　天官待つ、応に須く早く秦に赴くべし」と、厳詵がその舅に似て文章に巧みであること、及第して故郷の親元へ報告しに帰る身であることに言及する。そして、十月には吏部での採用試験が控えているので帰省しても早く長安へ戻るように、とし

めくくる。この詩の「戦勝」とは、詩題でも詩中でも触れる科挙及第に他ならない。

　以上見てきたように、岑参が「戦勝」と言う時はすべて科挙及第を意味する。「戦勝」とは典故を背負って使われる言葉でもある。唐代に入ってもなおその方向で使われていることは前段で確認した。だが岑参はその意味で用いることはない。「戦勝」が典故を背景に持ちどういう事柄を指すのかすでに共通理解を有する言葉であっても、岑参は及第を「戦勝」とうたう必要があったのである。くわえて、科挙及第をこのように表現することは、少なくとも詩においては過去に例を見ない。科挙は「戦」、及第は「勝」を意味する「戦勝」には、岑参なりの科挙観が反映されていると見なければなるまい。

3

　岑参が科挙及第を「戦勝」としたのは、科挙に対するとらえ方のあらわれである。典故を背負った言葉として使われていても「戦勝」と形容するほど、この言葉に強いこだわりを見せた。その背景にあるものは何か。

　岑参が科挙及第を詩に詠む際には、「戦勝」と言うほかにもう一つ注目しておきたい事柄がある。及第することによって人々からの称賛を受けること、及第者が名高くなることに言及する点である。

　「名を成し　人　共に聞く」（送薛播擢第帰河東）

　「名高く　人　総べて聞く」（送王伯倫応制授正字帰）

　「能く香名をして人の耳を満たしむ」（送魏升卿擢第帰東都因懐魏校書陸渾喬潭）

　「名高く世人を動かす」「擢第し去きて親に栄す」（送厳読擢第帰蜀）

　「意に称い　人　皆羨む」（送薛彦偉擢第東帰覲省）

　「青春　甲科に登り、地を動もして香名を聞く」「家に到りて親に拝せし時、門に入るに光栄有り」「郷人尽く来たりて賀し、酒を置き相い邀迎す」（送許子擢第帰江寧拝親因寄王大昌齢）

　最後の「許子の擢第し江寧に帰り親に拝するを送る　因りて王大昌齢に寄す」は、「戦勝」の語こそ見えないものの、及第を果たした知人へ贈った詩である。

及第することにより名が高くなる。人々に知れわたる。親に対して栄光に胸をはる。人はうらやむ。帰省すれば、土地の者がこぞって集まり賀を述べ酒宴し迎えてくれる。及第とは類まれな誉れであり、たたえられるべきことであった。そういった場面を詩に盛り込むのは、詩を贈る相手への敬意と心遣いをあらわしたものである。そして同時に、科挙を「士大夫が及第を得ることで自らの名を高からしめる場」とみなす見方が投影された表現でもある。科挙及第によって名高くなることを強調するのは、科挙とは士大夫が功名を得る手段、という意識のあらわれと考えてよいであろう。

また、岑参は功名を獲得することに対して敏感であった。傾いた家勢の挽回や栄達を強く願っていた人物であることは、すでに先行研究に詳しい。[8]天宝三年 (744) に及第を果たしたものの、昇進は順調ではなかった。及第から五年後の天宝八年 (749)、中央の微官から幕職官である安西節度使掌書記へと転じ、西域へ赴く。天宝十一年 (751) のうちに長安へ戻り、しばし無位無官の日々を送った後、天宝十三年 (754)、北庭節度使判官として再び西域へ赴いた。一度目の西域行において残した「日没賀延磧作」では、

　　悔向万里来、功名是何物。

「万里に向いて来たるを悔ゆ、功名　是れ何物ぞ」と、内地を離れはるか遠くまで来たことを後悔している。功名が一体なんだというのか、との嘆きを裏返せば、後悔するまでは功名へ目が向いていたということであり、西域へ赴いたのは功名獲得が目的であったことを端的にあらわしている。岑参は辺境で功を樹てることにより出世しない現状を打開しようとしていた。

それは「李副使の磧石の官軍に赴くを送る」でもより強い言葉であらわしている。

　　功名秖向馬上取、真是英雄一丈夫。

「功名　秖だ馬上に向いて取れ、真に是れ英雄一丈夫」と李副使に向けてうたう。功名とは馬上すなわち戦場において取るもの、戦って手にするもの、と言う。むろんこれは相手への激励をこめた表現である。しかし岑参の信ずるところの発露でもある。功名はいくさ場で獲得するもの、という意識が岑参の中にあった。

戦いによって功名を獲得する、と自身の思いを詩の中で吐露する。一方で、科

挙は功名を獲得する場である、との考えに沿って及第者をたたえた詩も詠む。戦場での功名獲得と及第により名高くなることとは、そもそもの性質が異なるであろう。前者は武事であり後者は文事である。しかし、辺境にて従軍し戦闘に関与するのも、科挙の場にて経学や文学の力でもって設題に解答するのも、その先に功名が待っているという結果に差異はない。士大夫として果たすべきことを果たして功名栄達を獲得するのは、時には戦闘の場であり時には科挙の場である、と岑参は考えていた。であるからこそ、詩の題材として科挙を積極的にとりあげたし、その中で科挙を「戦」、及第を「勝」になぞらえたのである。典故を背景にした「戦勝」という言葉がすでに存在していても科挙及第を指して「戦勝」とし繰り返した点が、その意識の凝縮を何より強く物語る。科挙及第を「戦勝」とうたった詩は、岑参が西域へ赴く以前から詠まれている。西域で実際の戦いをより身近に見聞して考えが変わったわけではない。早くから科挙を「戦」と見ていたのではないか。

岑参が詩でうたう「戦勝」とは、科挙及第を意味する。士大夫にとって功名をあげる場であることに着目し、同じく功名獲得の場である戦闘になぞらえた表現である。岑参の目に映った士大夫にとっての科挙とは、功名を獲得するための「戦」であった。

終わりに

科挙を戦いに擬し、及第を勝ちとみなす。その意識が目に見える形となるまでには科挙の実施から百年以上の熟成期間が必要であった。それはまた、士大夫にとっての功名獲得の場が実際の戦場から科挙の試験場へと移行していく時間であったかもしれない。そうして登場した岑参は、科挙に関する事柄を意識的に詩に詠む中で、科挙及第を「戦勝」と表現するに到った。及第を士大夫にとっての功績とみなし、名を高からしめることと戦場での功績とを重ねた。「戦勝」と表現するゆえんである。

中唐以降、科挙に起因する事柄を題材として詩に詠むことは常態化する。そしてその中には、科挙を戦いととらえた表現がいくつもある。韋応物は「章八元秀

才の擢第し上都へ往き制に応ずるを送る」で「決勝文場戦已酣、行応辟命復才堪」（勝を文場に決し　戦　已に酣たり、行きて辟命に応ずるに復た才は堪えん）と、姚合は「韓湘に答う」で「子在名場中、屢戦還屢北」（子は名場中に在り、屢しば戦い還た屢しば北る）と、白居易は「酔後　筆を走らせ劉五主薄の長句の贈らるるに酬い兼ねて張大賈二十四先輩昆季に簡す」で「斉入文場同苦戦、五人十載九登科」（斉しく文場に入り同に苦戦し、五人　十載　九登科）と、方干は「喩坦之の下第し江東に還るを送る」で「文戦偶未勝、無令移壮心」（文戦　偶たま未だ勝たず、壮心を移しむる無かれ）とうたった。岑参によって開拓された科挙及第を「戦勝」とする表現は、士大夫間に拡がっていったのである。となれば、ことは一人岑参のみに終わる問題ではない。唐代を通じて科挙制度の変遷を確認しつつ、士大夫の科挙に対する意識の変化を追う必要が出てくる。この大きな課題はいずれまた別稿で論じたい。

注釈

（1）　この点は山之内正彦氏の論ですでに指摘されている。「桂——唐詩におけるその〈意味〉」『東洋文化研究所紀要』88　1981年。

（2）　項目は、秀才、文学、文士、宏詞、有道、孝廉、明経、貢士、赴挙、御試、放榜、落第、擢第、及第、座主、先輩、同年。

（3）　「落第西還別魏四懍」も該当する。しかし『唐詩類苑』は採録していない。

（4）　丘為の下第を詠んだ詩は祖詠「送丘為下第」、厳維「送丘為下第帰蘇州」もある。ただしこの二首は詩句が重複している。《全唐詩重出誤収考》（佟培基編撰　陝西人民教育出版社　1996）は祖詠の作とする。また、王維には「裴秀才迪」と詩題に見える詩がある。しかし内容は科挙に関するものとは言えない。この「秀才」の例は裴迪の肩書きと判断し除外した。

（5）　「岑参の詩について——同一表現の多用」新免恵子　日本中国学会報33　p.214～231　1981年。

（6）　郤詵は試験に首席で合格した。転任の際、武帝に自己評価を問われ、桂林の一枝、崑崙山の片玉にみずからをたとえた。参照『晋書』巻五十二。

（7）　老萊子が七十にして赤子のまねをし、五色の衣を着て親を楽しませた逸話。参照『芸文類聚』巻二十所引『列女伝』。

（8）　専論としては李道英〈浅論岑参辺塞詩中的功名心〉が特に詳しい。《唐代唐代辺塞

詩研究論文選粋》(甘粛教育出版社　1988) 所収。後に《京師論衡》(北京師範大学出版社　2002) に再録。筆者は前者未見。

宋代の華林書院詩について

中尾　弥継

はじめに

　宋代初期において、書院と呼ばれる私設学校が徐々に注目されるようになる。書院については、陳元暉『中国古代的書院制度』（上海教育出版社、1981年）、陳谷嘉・鄧洪波主編『中国書院史資料』（浙江教育出版社、1998年）、鄧洪波『中国書院史』（国立台湾大学出版中心、2005年）など研究が進んでいるが、日本ではあまり注目されない分野である。宋代には、潭州（湖南省長沙市）の岳麓書院・江州（江西省九江市）の白鹿洞書院・南京（河南省商丘市）の応天府書院・嵩山（河南省登封県）の嵩陽書院などが有名で、他にも大小様々な書院が存在していた。その中でも華林書院は、宋代初期に多くの文人の注目を集め詩を詠じられているが、こうした現象は実は宋代においてあまり見られない事である。本稿では華林書院がいかなる存在であり、文人たちがいかに注目して詩に詠じたのかについて述べる。

一

　まず華林書院がどのようなものであったかについて、触れておきたい。宋・王象之『輿地紀勝』(1)巻二十六・江南西路・隆興府には、

　　華林読書堂　淳化中、朝之名士皆有詩。王禹偁為序：「南昌胡氏、一門守義、四世不析、其別業華林山斎、聚書万巻、大設廚廩、以延生徒、其林泉乃豫章之甲也。」

　　（華林読書堂　淳化中、朝の名士皆詩有り。王禹偁序を為す：「南昌の胡氏、一門義を守り、四世析れず、其の別業華林の山斎、書を聚めること万巻、大いに廚廩を設け、以て生徒を延く、其の林泉乃ち豫章の甲なり。」）

とあり、華林読書堂がすなわち華林書院を指す。宋の淳化年間（990—1001）に、王朝の名士たちがこれを詠じ、王禹偁（954—1001）が序文を作ったと言う。その序に言う所では、南昌（今の江西省南昌市）の胡氏の一族は「一門守義」と大変義を重んじており、また華林山に設けられた別荘には、万巻を数えるほどの書籍や十分な食料の蓄えがあり、学生を招いていた。「其林泉乃豫章之甲也」というからには、その山野の景勝はこの地でも最も素晴らしいものであったことだろう。

また『奉新県志』（『中国地方志集成』本）巻二学校志・書院には、

　　華林書院在華林山。宋史「雍熙中、邑人胡仲堯構学舎於華林別墅、萃万巻、大設廚廩、以延四方遊学之士」、即其地也。

　　（華林書院　華林山に在り。『宋史』に「雍熙中　邑人の胡仲堯　学舎を華林別墅に構え、万巻を萃め、大いに廚廩を設け、以て四方の遊学の士を延く」と、即ち其の地なり。）

とあり、『宋史』孝義伝に載せる胡仲堯の伝を引く。つまり華林書院とは、宋の胡仲堯が代々一族が住み慣れた南昌奉新県の華林山に私的に開いていた私塾であり、膨大な書籍と豊富な食料を備え、環境も整った大変勉学するにふさわしい所であったと言えよう。

また、宋・徐鉉（916—991）の『徐公文集』（四部叢刊本）巻二十八にも「洪州華山胡氏書堂記」という一文があり、華林書院の当時の様子を示す資料といえる。

　　乃即別墅華林山陽玄秀峯下、構書堂焉。築室百区、聚書五千巻。子弟及遠方之士肄学者、常数十人、歳時討論、講席無絶。

　　（乃ち別墅華林山陽の玄秀峯の下に即きて、書堂を構う。室を築くこと百区、書を聚めること五千巻。子弟及び遠方の士の学を肄う者、常に数十人、歳時に討論し、講席は絶うる無し。）

書院の広大さや書物の豊富さはすでに知るところであるが、子弟や遠方からの生徒が常に数十人と書院に集まっており、議論が盛んで講義の席には人が絶えなかったという。さらには、

　　又以為学者常存神間曠之地、游目清虚之境、然後粋和内充、道徳来応。于是列植松竹、間以葩華、涌泉清池環流于其間、虚亭菌閣鼎峙于其上。処者無斁、游者忘帰、蘭亭石室、不能加也。

（又た以て学者の常に間曠に存神するの地、清虚に游目するの境と為して、然る後に粹和内充し、道徳来応す。是に于いて松竹を列植し、間うるに葩華を以てし、涌泉清池は其の間を環流し、虚亭蘭閣は其の上に鼎峙す。処る者は斁う無く、游ぶ者は帰るを忘れ、蘭亭石室も、加うる能わざるなり。）

と述べ、学ぶ者にとっては心をゆったりと落ち着かせて清らかな心を保たせることができ、周囲には松や竹が植えられ、泉や池がその間をめぐって流れている。亭閣が三方から向かい合って立ち、そこにおる者は飽きることがなく、そこに遊ぶ者は帰るのも忘れてしまう、ここにはかの蘭亭の石室でさえもかなわない、とこの地がいかに清らかで優れた所であるのかを述べて褒めたたえている。華林書院の存在は、宋代の初期には知られており、その評価はすでに高いものであったと言えよう。

それではその華林書院を開いた胡仲堯とはいかなる人物であったのか、今少し詳しく知る必要があるだろう。『奉新県志』が引く『宋史』の伝をさらに詳しく見ると、次のような逸話が見える。

　　雍熙二年、詔旌其門閭。仲堯詣闕謝恩、賜白金器二百両。淳化中、州境旱歉、仲堯発廩減市直以振饑民、又以私財造南津橋。太宗嘉之、除本州助教、許毎歳以香稲時果貢于内東門。

　　（雍熙二年、詔して其の門閭を旌わす。仲堯詣闕して恩に謝し、白金器二百両を賜う。淳化中、州境旱歉す、仲堯廩を発きて市直を減じ以て饑民に振し、又た私財を以て南津橋を造る。太宗之を嘉し、本州の助教に除し、毎歳香稲時果を以て内東門に貢ぐことを許す。）

雍熙二年（985）太宗の治世に、胡仲堯は詔を賜って一門を称えられ、直接朝廷において太宗に謝意を表している。また淳化年間においては、州内が饑饉に遭ったことを受けて、自ら倉庫を開放し食料を民衆に施して市価の高騰を押さえたり、あるいは私財を投じて村のために南津橋という橋を建造した。これにより太宗はその行いを褒め、胡仲堯に洪州助教の位を授け、その上毎年州の産物を朝廷に献上することを許した。これらのことは、胡仲堯がいかに太宗の信任を厚くし、民衆のために尽くしていたかを示すものであり、彼が確かに「一門守義」の意に違わぬ人物であったことが分かる。

二

　さて、華林書院の概要と胡仲堯の為人を見た上で、さらに『輿地紀勝』が述べる所の「淳化中、朝の名士皆詩有り」という点について、詳しく見ておきたい。

　『輿地紀勝』に言う「王禹偁為序」というのは、彼の別集である『王黄州小畜集』(四部叢刊本) 巻十九に収める「諸朝賢寄題洪州義門胡氏華林書斎序」が、それに当たると考えられ、序末には「時淳化五年十月十五日序」とある。その序中に、

　　今歳寿寧節、胡氏子有献華封之祝者、上益嘉之、制授試秘書省校書郎、面賜袍笏、労而遣焉、且頒御書、以光私第。

　　(今歳寿寧節、胡氏の子の華封の祝を献ずる者有り、上　益々之を嘉し、制授して秘書省校書郎に試い、面えて袍笏を賜い、労いて遣る、且つ御書を頒い、以て私第を光かす。)

と淳化五年 (994) 胡氏の子弟が太宗の誕生日である寿寧節を祝い、太宗は秘書省校書郎を授けてこれに報い、加えて御書を賜ったことを受けて、胡氏の家はさらに栄誉を与えられたのである。実はこの時太宗とまみえ校書郎を賜ったのは、『宋史』孝義伝に、

　　五年、遣弟仲容来賀寿寧節。召見仲容、特授試校書郎、賜袍笏犀帯、又以御書賜之。

　　(五年、弟の仲容を遣わし来たりて寿寧節を賀す。仲容を召見し、特授されて校書郎に試いられ、袍笏犀帯を賜い、又た御書を以て之を賜う。)

とあるように、胡仲堯ではなく、弟の胡仲容であった。王序は以下のように続く。

　　由有其位于朝、有名于時者、校書皆刺謁之、且盛言其別業有華林山斎、聚書万巻、大設廚廩、以延生徒、樹石林泉、豫章之甲也、願得詩什、夸大其事。自旧相司空而下、作者三十有幾人、詮次官紀、爛然成編、再拝授予、懇請為序。

　　(由りて其の位を朝に有し、名を時に有する者、校書は皆之に刺謁し、且つ盛んに其の別業に華林山斎有り、書を聚むること万巻、大いに廚廩を設け、

以て生徒を延き、樹石林泉は、豫章の甲なるを言いて、詩什を得て、其の事を夸大せんと願う。旧相司空自り而下、作る者三十有幾人、官紀を詮次し、爛然として編を成す、再拝して予に授け、序を為さんと懇請す。)

胡仲容は朝廷の著名な高官たちを訪ね、華林書院の蔵書の豊富さや華林山の勝景の素晴らしさを盛んに言い、書院のために詩を作っていただき名を広めたい、という願いによって、三十名以上もの人々がこれに応じて詩を作り、仲容が彼らの官位によって詩の順序を整えて編纂し、それを王禹偁の元に持参して序文を書いてくれるよう、請願したというのである。胡仲堯の人柄はすでに朝廷においても知られ、彼の開いた華林書院もまた学問を修めるのに優れた場であるのは疑いないことであるが、多くの高官たちが華林書院のために詩を詠んだのは、胡仲堯の人徳や華林書院の素晴らしさに引かれて進んで行ったというよりも、その実仲堯の弟である仲容の、高官たちへの働きかけによって実現したわけである。いわば弟仲容の営業力の賜物と言えよう。

そうした経緯を経て詩が作られたわけであるが、果たしてこの三十数名が誰であったのか、実の所それを明確に示す資料は見当たらない。またこの時に編じられたとされる詩集も、管見の限りでは伝わっておらず、王禹偁の序文のみが伝わるだけである。『宋史』芸文志に「華林義門書堂詩集一巻」とあり、また『通志』(2) 巻七十・芸文略第八・詩総集の項には「華林書堂詩一巻」という記述があることから、あるいはこれらが相当するのかも知れないが、現在ではすでに散佚してしまったようである。

そこで『全宋詩』(3)を見ると、確かに華林書院について詠じた詩が多く見られる。今その作者を詩題ごとに挙げてみよう。

「題義門胡氏華林書院」四十名

宋琪・許堅・李昉・朱昂・阮思道・梁周翰・王綸・趙赳・姚秘・賈宜・張孝隆・王禎・師禎・柳直・鄴雍・牧湜・孫邁・舒雅・宋白・何蒙・刁衎・李建中・李至・呉淑・呂祐之・曾致堯・向敏中・宋湜・呂文仲（三首）・和幪・李巽・劉鍇・張素・李虚己（三首）・馮起・陳堯叟・陳象輿・劉筠・趙惟和・宋綬

「詠華林書院」十一名

楽史・黄夷簡・陳靖・銭若水・孫何・王欽若・朱台符・李宗諤・高紳・銭易・楊億⁽⁴⁾

「題華林書院」二名

　　賈黄中・陳従易

「豫章胡氏華林書堂」一名

　　張斎賢

「寄題義門胡氏華林書院」一名

　　王禹偁

と、五十五名を挙げることができる⁽⁵⁾。これは王禹偁が序に言う「作者三十有幾人」を随分超過することになるが、もちろんすべてが同時期に詠じているわけではなく、例えば宋琪が至道二年（996）に卒し、宋綬が慶暦元年（1041）に卒しているというように、それぞれが活躍した時期に幅があり、中には王禹偁が序した詩集に含まれない詩も当然あるだろうが、先に挙げたように王禹偁の序の最後に「時淳化五年十月十五日序」とあることからも、詩集に含まれる作品はその前後に作られたものであろう事は想像されよう。ただその事については論旨の中心ではないので、議論することはひとまず置くこととするが、ここで特筆すべきは、書院というものに対してこれほどの人数が題詠したことそれ自体が極めて異例である、という事である。私の知る限りでは他の書院に関しては、こうした事例はまず見られない。

三

　それでは華林書院を題にして詠まれた詩について、具体的な例を挙げながらその特徴を見ていきたい。それぞれの詩の詩形は、五言詩であったり七言詩であったり、絶句や律詩あるいは排律であったりと、特に一定しているわけではない。すべてを見ることはできないが、まず『全宋詩』において最も早く現れる華林書院詩は、宋琪（917―996）が詠じたものである。

　　題義門胡氏華林書院

　　賢良肆業文方盛　　賢良　業に肆（つと）めて　文方（まさ）に盛んにして

孝友伝家族更豪	孝友 家に伝えて 族更に豪たり
旌表特恩門第貴	旌表 特に恩み 門第は貴く
御書新賜姓名高	御書 新たに賜い 姓名は高し
謀孫有後栄非数	孫を謀りて後有り 栄 数うるに非ず
待士無疎衆豈労	士を待すに疎無し 衆 豈に労れんや
我想華林終未到	我れ華林を想えど 終に未だ到らず
只因気概属仙曹	只だ気概に因りて 仙曹に属するのみ

　最初の二句は胡仲尭が賢く善良であることで書院の文名が盛んになり、孝行で友愛な人柄が家に伝わり一族が更に栄えることを褒め、次の二句では大宗から賜った恩によって家柄は貴く名は高く知られていると言い、五六句では子孫の繁栄と人に対するにもてなしの篤いことを述べる。最後の二句ではどうやら宋琪自身は華林書院を訪れたことがなく、ただ自身の気概に頼んで仙曹に属す、つまり官僚として朝廷に属しているだけである、とくくっている。詩の内容としては題から考えても当然ではあるが、全体的に胡仲尭とその一族の名声と家風を称える内容となっている。最後に自らの心情を詠み込むかどうかと言う点については作者によって異なる部分はあるが、華林書院を詠じた詩の基本的な方向はすでに伺えると言えよう。

　『太平御覧』の勅撰者でもある李昉（925―996）にも詩がある。

　　題義門胡氏華林書院

孝義冠郷閭	孝義 郷閭に冠たりて
門多長者車	門に長者の車多し
歳収千頃稲	歳に千頃の稲を収め
家貯一楼書	家に一楼の書を貯う
待客開新酒	客を待すに新酒を開き
留僧煮嫩蔬	僧を留むるに嫩蔬を煮る
三公老且病	三公 老い且つ病む
無暇訪山居	山居を訪れるに暇無し

　最初の二句は胡氏の孝義の志がこの一帯に備わっていることで高貴な客も多く訪れることを述べ、三四句には毎年蔵には豊富な食物を収め、家には楼閣を埋め

るほどの書物を所有していることを言う。五六句目で来客に新しい酒を振る舞い僧侶に若い芽の野菜を煮て出すというのは、そのもてなしの篤さを言うと共に生活の豊かさをも表している。尾聯で言う三公とは、『宋史』李昉伝に「明年、昉年七十、以特進、司空致事。」とあり、明年とはここでは淳化五年を指すから、この年に司空の官位で致仕している彼自身を指すのであろうし、王禹偁の序にいう「旧相司空」も李昉のことかもしれない。そういう自分はこの書院に訪れる機会がないことを残念に思う、とくくっている。先に挙げた宋琪の詩と同様に、胡氏一族や華林書院を称えており、李昉自身もやはりこの書院を訪れた事がなかった。

さらに序文を書いた王禹偁自身も詩を詠じている。

　　　寄題義門胡氏華林書院
　水閣山斎架碧虚　　水閣山斎　碧虚に架し
　亭亭華表映門閭　　亭亭たる華表　門閭に映ゆ
　力田歳取千箱稲　　力田　歳に千箱の稲を取り
　好事家蔵万巻書　　好事　家に万巻の書を蔵す
　旋対杯盤焼野筍　　旋ち杯盤に対して野筍を焼き
　別開池沼養渓魚　　別に池沼を開きて渓魚を養う
　吾生未有林泉計　　吾が生　未だ林泉の計有らず
　空愧妨賢臥直廬　　空しく賢を妨げ直廬に臥すを愧ず

前半の四句は青空を背に構えられた水際の楼閣や山奥の書斎、高々と掲げられる旌表は村里に映え、農業に勤めて食料は豊富であり、好事によって多くの書物を蔵していると、他の詩と同じように、華林書院に対する賛辞を述べていると言える。後半の四句では転じて、酒と料理を前にして野に生える筍を焼いて食し、池や沼を別に作って谷に住む魚を飼うというなど、世俗を離れた田園生活ともいえる様子を詩に詠み、特に最後の二句では自分の人生には隠棲するような考えもなく、無駄に賢人を退けて朝廷に居すわっていることを恥じるといった、自らの思いを詠んでいる。そしておそらく王禹偁も華林書院を訪れたことはないだろう。

例に挙げた詩の作者がことごとく華林書院を訪れないままに詩を詠じているのは、そのきっかけがすでに述べたように胡仲容の朝廷での働きかけによるもので

あって、場合によっては作者自身にはそれほど華林書院に対して思い入れがあるわけではないだろう。思うに大半の者が同様の立場であったのではないかと考えるのであるが、中にはどうもそうではない者もいるようである。例えば舒雅（？―1009）の詩では、いささか述べる所が異なるように思う。

　　題義門胡氏華林書院
　　江外力為儒　　　江外 力めて儒を為し
　　栄華表里閭　　　栄華 里閭に表わる
　　後生多折桂　　　後生 多く桂を折り
　　数世必同居　　　数世 必ず居を同じうす
　　築室寒留穀　　　室を築きて 寒に穀を留め
　　穿池夏養魚　　　池を穿ちて 夏に魚を養う
　　買山添勝境　　　山を買いて 勝境を添え
　　移席講新書　　　席を移して 新書を講ず
　　竹鳥隣僧利　　　竹鳥は僧利に隣し
　　渓亭入野蔬　　　渓亭は野蔬に入る
　　姓名喧魏闕　　　姓名は魏闕に喧（かまびす）しく
　　行止到公車　　　行止は公車に到る
　　顧我曾遊此　　　顧る 我れ曾て此に遊ぶ
　　多年尚憶諸　　　多年 尚お諸を憶う
　　未能重得去　　　未だ重ねて去るを得る能わず
　　寄詠一躊躇　　　寄せて詠じて一たび躊躇す

注目すべきは末四句である。「顧我曾遊此」というからには、舒雅が以前に華林書院を訪れているのは明らかであろう。書院を去ってからもなお当時の事を覚えているものの、以来再び訪れることもかなわず、その思いを詠み込んだことが知れる。華林書院を詩に詠むきっかけが胡仲容の呼びかけにあったのかそうでなかったのか、断定はできないものの、舒雅にとって華林書院は思い入れのあった場所だったに違いない。

李虚己（太平興国二年進士）は『北宋経撫年表』巻四によれば、真宗の天禧五年（1021）に知洪州となっており、胡仲堯や華林書院の事はすでに知っていたであ

ろうし、書院について詠んだ詩は三首連作を残しており、思い入れは他の作者よりも強かったのではないかということが想像される。その二首目を引いてみると、

　　　題義門胡氏華林書院　其二
　　緑池寒竹繞書斎　　　緑池　寒竹　書斎を繞り
　　鼓篋横経任往廻　　　鼓篋　横経　往廻に任す
　　積善原従千里応　　　善を積みて　原は千里従り応じ
　　表門恩自九天来　　　門を表して　恩は九天自り来たる
　　文章巻裏蟾枝秀　　　文章の巻裏　蟾枝秀で
　　礼義郷中棣萼開　　　礼義の郷中　棣萼開く
　　記得浮雲深処景　　　記し得たり　浮雲深き処の景を
　　巌深応長棟梁材　　　巌深くして　応に棟梁の材を長ずべし

と詠じており、六句目までは華林書院の景勝や学識の高さを称えているが、最後の二句では「記得」と言う以上、以前に訪れた華林書院を覚えており、それを思い浮かべているに相違ない。李虚己にとっての華林書院がどの程度のものであったのかをこの詩から判断することは難しいが、ただ胡仲容の呼びかけに応じて詠じている詩とは一線を画した内容であることは分かる。

　こうして華林書院について詠じた詩を眺めてみると、胡仲堯と胡氏一族が、太宗の恩寵を受けて繁栄していること、書斎である華林書院の存する環境の美しさ、そこが幽深で静寂な空間であり、膨大な蔵書量を誇り四方から学ぶ者が集まり勉学に励む高尚な学舎であったという、非常に胡氏一族を称える内容が伺える。ただ大半の作者はおそらく実際には華林書院を訪れ自身で体感したことを詠じたわけではなく、これまで耳にしたことがあろう胡仲堯や華林書院の評判、あるいは仲堯の弟である胡仲容から聞き及んで想像した事をもとにして、詩を詠じていたのではないかと考えられる。しかし中にはやはり実際の華林書院を知っており、作者が個々に思い入れを持って詠まれたであろう華林書院詩も存在する。

　宋代初期においては、洪州の胡氏一族は非常に力があり、殊に胡仲堯の開いた書堂が太宗から称えられたことで名を馳せ、また彼は孝義の人で郷里の民に対しては自身の財産を分け与えるほどであり、そういった評判は当時の朝廷においてもすでに既知の事実であっただろう。しかし多くの高官たちがそれを以て華林書

院を称えて自ら詩作に及んだとは思えない。その背景には太宗の寿寧節を祝うために都に上った胡仲容の働きかけが、非常に大きな役割を担っており、それによって宋詩全体においてもたいへん希有な側面を生み出したのである。

おわりに

ここで気になるのは、華林書院を『輿地紀勝』では「華林読書堂」といい、徐鉉は「洪州華山胡氏書堂記」とし、王禹偁の序も「諸朝賢寄題洪州義門胡氏華林書斎序」としており、さらに『宋史』芸文志の「華林義門書堂詩集一巻」や『通志』の「華林書堂詩一巻」と言うように、それらの資料はいずれも「華林書院」とは言わず、「華林読書堂」「華林書斎」と言った呼び方をしている点である。

『全宋詩』に収められている華林書院を詠じた詩は、清朝の宣統年間に編纂されたという『甘竹胡氏十修族譜』を元にして集められている。『甘竹胡氏十修族譜』は私の知る限りでは日本で所蔵する機関もなく、容易には閲覧できない。しかし収録される詩の題のほとんどが「華林書院」と呼称しており、先に述べた宋人の資料で「華林読書堂」「華林書斎」と言った呼び方をしているものとを比べると、いささか違和感を覚える。つまり宋代以後に多く見られるいわゆる「書院」と呼ばれるものがまだ確立していない、五代から宋初におけるあくまで私的な書斎であったものが、多少規模を広げて四方から生徒を受け入れて修学の場とした、というような「書院」が成立するまでの過渡期における存在だったのではないか、と思えるのである。そのため呼称においても必ずしも一致しておらず、王禹偁などは序で「華林書斎」と言いつつも、自らの詩の題には「華林書院」と言うし、他にも楊億の「南康軍建昌県義居洪氏雷塘書院記」には「豫章胡氏有華林書院」と述べており、あるいは曾致堯の詩句の中に「華林書院集群英、講誦興来里巷栄」というし、当時の文人の資料でも統一を見ない。華林書院詩が詠じられるようになった経緯を思えば、大半の作者は伝聞によってイメージを作り上げたであろうから、実際の華林書院の規模も明らかではないままであったのだろう。

詩題についてさらに言えば、後世に編纂された『甘竹胡氏十修族譜』が載せる詩群の題に「書院」と呼称しているのは、そもそも宋代からその通りの題名であっ

たのかも実は疑わしく、孫何の詩の題が注（4）で示すように一説には「華林胡氏読書堂」とするものもあり、宣統年間に編纂された際に手を加えられた可能性も否定はできないであろう。ただし他に参照できる版本も発見することはできないので、この点については現状ではこれ以上追究することは難しい。本稿では華林書院について詠じた詩を論じるのが中心であり、華林書院の成立過程そのものに関わる考察については、後日を期したい。

【注】
（1）　中華書局、1992年。
（2）　台北新興書局、1963年。
（3）　中華書局、1991年～1998年。
（4）　『輿地紀勝』は題を「華林胡氏読書堂」に作る。
（5）　この他『奉新県志』（奉新県地方志編纂委員会編、南海出版公司、1991年）は近人の編集で全て簡体字によって書かれており、その中に晏殊と蘇軾の詩も載せるが、出処を明らかにしていない。晏殊の詩は『全宋詩』は「過華夫書屋」の題で収録し、蘇軾に至っては別集にも見えない。よって本論ではひとまず取り扱わないが、以下に書体を改め全文を引いておく。

　　　晏殊　華林書院
　　西斎輝赫亙山隅、嘉致清風世莫如。郷党名流依絳帳、煙夢幽境似仙居。趨庭子弟皆攀桂、弾鋏賓朋総食魚。汗簡伝経亜鄒魯、粉牌留詠尽厳徐。杯盤互進先生饌、門巷応多長者車。墳籍豈惟精四部、弦歌常見習三余。玳簪朱履延豪士、縹帙牙籤列賜書。碧沼暮涼浮菡萏、紗窓秋静漏蟾蜍。閑庭瀟洒移泉石、華表崢嶸冠里閭。我恨羈游在芸閣、不陪諸彦曳長裾。

　　　蘇軾　華林書院
　　曾過華林書院来、芙蓉洞口荔枝階。蔵書閣俯瀠紆水、洗硯池辺滑潓苔。凭遠楼中朝対鶴、挹清館内夜銜杯。八方亭外五株桂、歳歳秋風一度開。

（6）　『武夷新集』（四庫全書本）巻六。

中原音韻序と葉宋英自度曲譜序

中 原 健 二

はじめに

　元代仁宗朝から文宗朝にかけて文臣として重きをなした虞集（1272—1348）に、周德清『中原音韻』の序があるのは周知のことであろうが、この「中原音韻序」は虞集の文集には見えず、『中原音韻』巻頭に付載されて伝わる。一方、虞集の文集には「葉宋英自度曲譜序」なる一文が見え、その一部は実は「中原音韻序」の一部とほとんど同文なのである。小稿では、この「中原音韻序」と「葉宋英自度曲譜序」をめぐって、いささか考えるところを述べてみたい。

（一）

　まずは、「中原音韻序」の内容を（A）（B）（C）の三つの段落に分けて確認しておこう。以下の引用は、訥菴本（中華書局影印、1978年）に拠る。[1]

　（A）楽府作而声律盛、自漢以来然矣。魏晉隋唐、体製不一、音調亦異、往往於文雖工、於律則弊。宋代作者、如蘇子瞻変化不測之才、猶不免製詞如詩之誚、若周邦彦姜堯章輩、自製譜曲、稍称遁律、而詞気又不無卑弱之憾。辛幼安自北而南、元裕之在金末国初、雖詞多慷慨、而音節則為中州之正、学者取之。我朝混一以来、朔南曁声教、士大夫歌詠、必求正声、凡所製作、皆足以鳴国家気化之盛。自是北楽府出、一洗東南習俗之陋。大抵雅楽之不作、声音之学不伝也久矣、五方言語、又復不類。呉楚傷於軽浮、燕冀失於重濁、秦隴去声為入、梁益平声似去、河北河東取韻尤遠。呉人呼饒為堯、読武為姥、説如近魚、切珍為丁心之類、正音豈不誤哉。

　虞集は始めに、楽府（歌辞文芸）の歴史を大雑把に通観する。それは、歌詞の

楽曲との整合性という観点（「往往於文雖工、於律則弊」）からするもので、漢の楽府から説き起こして、宋詞に至り、最終的に北曲（虞集の言に従えば「北楽府」）の詞に対する優越を主張する（この後にある「一洗東南習俗之陋」とはその表れだろう）。ただし、この議論にはやや奇異に思われるところがある。「辛幼安自北而南、元裕之在金末国初、雖詞多慷慨、而音節則為中州之正、学者取之」というのは、辛棄疾、元好問という二人の著名な詞人を挙げているわけだが、詞について「音節則為中州之正」というのは、歌詞の内容が「中州之正」だというならともかく、「音節」の面で、入声の消滅している北曲とそうではない詞とを同列に論じていることになる。これを承けた「我朝混一以来」以下の議論は、やや強引に進められているといえる。虞集は意識的にこの強引さを用いたのかも知れぬが、あるいは虞集においては詞と北曲は明確な区別をされるものではなかったのかも知れない。なお、「呉楚傷於軽浮」から「河北河東取韻尤遠」までは、『切韻』序の語を用いる。

（B）高安周徳清、工楽府、善音律。自著中州音韻一帙、分若干部、以為正語之本、変雅之端。其法以声之清濁、定字為陰陽、如高声従陽、低声従陰、使用字者随声高下、措字為詞、各有攸当、則清濁得宜、而無凌犯之患矣。以声之上下、分韻為平仄、如入声直促、難諧音調、成韻之入声、悉派三声、誌以黒白、使用韻者随字陰陽、置韻成文、各有所協、則上下中律、而無拘拗之病矣。是書既行、於楽府之士、豈無補哉。又自製楽府若干調、随時体製、不失法度。属律必厳、比事必切、審律必当、択字必精、是以和於宮商、合於節奏、而無宿昔声律之弊矣。

次いで虞集は、『中原音韻』の眼目である「陰陽二種類の平声」と「入声派入三声」を取り上げ、かつ周徳清自作の楽府を高く評価する。ただし、最後の「無宿昔声律之弊矣」も、入声の消滅という音韻的変化の存在を考慮せずに、詞と曲を単純に結びつけている。

（C）余昔在朝、以文字為職、楽律之事、毎与聞之。嘗恨世之儒者、薄其事而不究心、俗工執其芸而不知理、由是文律二者、不能兼美。毎朝会大合楽、楽署必以其譜来翰苑請楽章。唯呉興趙公承旨、時以属官所撰不協、自撰以進、并言其故、為延祐天子嘉賞焉。及余備員、亦稍為檃括、終為楽工所哂、不能

如呉興時也。当是時、苟得徳清之為人、引之禁林、相与討論斯事、豈無一日起余之助乎。惜哉。余還山中、眊且廃矣。徳清留滞江南、又無有賞其音者。方今天下治平、朝廷将必有大製、作興楽府以協律、如漢武宣之世。然則頌清廟、歌郊祀、擅和平正大之音、以揄揚今日之盛者、其不在於諸君子乎。徳清勉之。前奎章閣侍書学士虞集書。

　最後の段落は、周徳清の才能を称賛するために虞集自身の経験を引き合いに出す。文中の「呉興趙公承旨」とは、かの趙孟頫のこと。宋の宗室に連なる彼は元に仕え、官は翰林学士承旨に至っている。「延祐天子」とは仁宗のことで、在位は1311—20年。虞集は実際、趙孟頫の後、文臣中の重鎮として活躍したのだが、音楽的才能は趙孟頫には及ばず、楽工に笑われたと言い、当時、周徳清を知っていたら呼び寄せたものを、と言うのである。「余還山中、眊且廃矣」とあるので、この序は虞集が郷里の撫州崇仁（江西）に完全に帰田した元統二年（1334）以降のものと考えられ、おそらく帰田した虞集に周徳清あるいはその縁故者から序を依頼したものであろう。

　この序で言われる、歌詞の洗練とそのメロディーへの合致の困難という問題は、すでに詞において繰り返し取りざたされてきたものである。同じ歌辞文芸である北曲もやはり同じ問題を抱えざるを得ないのだが、虞集は、詞と北曲の間にある懸隔をいとも簡単に飛び越えて議論しているようである。虞集には、やはり詞と曲を截然と区別するという意識はなかったのではないかと疑われる。

（二）

　次に、「葉宋英自度曲譜序」であるが、まず、葉宋英とはいかなる人物であるか。実はわずかな資料しか残っておらず、詳しい閲歴は分からない。葉宋英の名は、虞集の序のほかに、まず元、張翥（1287—1368）の詞の小題に見える（『全金元詞』下冊1019頁）。

　　虞美人　題臨川葉宋英千林白雪、多自度腔、宋英自号峰居（虞美人　臨川の葉宋英の千林白雪に題す。自度の腔多し。宋英は自ら峰居と号す）

　　千林白雪花間譜　　　千林白雪　花間の譜

価重黄金縷　　　　　価は黄金の縷より重し
尊前自聴断腸詞　　　尊前　自ら聴く　断腸の詞
正是江南風景落花時　正に是れ江南の風景　落花の時

紅楼翠舫西湖路　　　紅楼　翠舫　西湖の路
好写新声去　　　　　好し　新声を写し去れ
為憑宮羽教歌児　　　為に宮羽に憑りて歌児に教うるも
不道峰居才子鬢如糸　道わざりき　峰居の才子　鬢は糸の如し

　張翥は、字を仲挙といい、元代後期を代表する詞人である。山西の人であるが、長く江南の地にあり、宋末元初の詩人で、詞人としても著名な仇遠に学んだ。なお、虞集との直接的交流の跡は見つからない。この詞からは、葉宋英には『千林白雪』という詞集があって、それには彼の自作曲（自度腔）が含まれていたことが知れる。したがって、『葉宋英自度曲譜』とは、その自作曲を集めて旁譜を施したものと思われる。また、葉宋英は江西臨川の人で、峰居と号したという（宋英はおそらく字であろう）。宋の淳祐10年（1250）の進士で、同じく江西（分寧）の人である陳杰（字は寿夫、号は自堂）に「和葉宋英三絶句」（『自堂存藁』巻4）があるので、陳杰と同様に南宋末から元初にかけての人であると考えられる。さらに、後述の虞集の序に、虞集が在朝の時、亡くなって久しかったというからには、1320年前後にはすでに世を去っていたのではなかろうか。

　次に、「葉宋英自度曲譜序」に移るが、虞集の文集には大別して二種類の版本がある。一つは『道園学古録』（以下『学古録』という）と名付けられ、一つは『道園類稿』（以下『類稿』という）と名付けられている。両者は同じく五十巻本であるが、収録作品に出入りがあり、同一作品でもときに本文に異同がある。「葉宋英自度曲譜序」は『学古録』巻32と『類稿』巻19に収められている。異同が多いので、両者を対比しつつ、「中原音韻序」の場合にならって（A）（B）（C）3段落に分けて示す。

（A）
　詩三百篇、皆可被之絃歌。或曰、雅頌施之宗廟朝廷、関雎麟趾為房中之楽、則是矣。桑間濮上之音、将何所用之哉。噫、歌永言、声依永、律和声、蓋未

有出乎六律五音七均、而可以成声者。古者子生師出、皆吹律以占之。蓋其進
反之間、疏数之節、細微之弁、君子審之。是故鄭衛之音、特其発於情、措諸
辞有不善爾。声必依律而後和、則無以異也。後世雅楽、黄鍾之寸、卒無定説。
今之俗楽、視夫以夾鍾為律本者、其声之哀怨淫蕩、又当何如哉。近世士大夫、
号称能楽府者、皆依約旧譜、倣其平仄、綴緝成章、徒諧俚耳則可。乃若文章
之高者、又皆率意為之、不可叶諸律不顧也。太常楽工知以管定譜、而撰詞実
腔、又皆鄙俚、亦無足取。求如三百篇之皆可弦歌、其可得乎。

『学古録』

或曰、三百篇皆可絃歌。則桑間濮上之音、将安所施乎。曰、鄭衛不善矣。淫
声逸志、誠不可取、然出乎六律五声七均、則亦不可以成声。故曰皆可絃歌云
耳。黄鍾九寸之管、既無定論、不過随所置律、而上下損益以為声、均存而律
不可弁矣。然以夾鍾為律本者、亦不知何当。但知其愈高急、則愈哀怨耳。今
民俗之声楽、自朝廷官府皆用之、士大夫或依声而為之辞、善聴者或愕然不知
其帰也。前朝文士、或依旧曲譜而新其文、往往不協於律、歌者委曲融化而後
可聴焉。楽府之工、稍以鄙文実其譜、於歌則協矣、而下俚不足観也。識者常
両病之。

『類稿』

(B)
臨川葉宋英、予少年時識之。観其所自度曲、皆有伝授。音節諧婉、而其詞華
則有周邦彦姜夔之流風余韻、心甚愛之。蓋未及与之講也。

『学古録』

臨川葉宋英、天性妙悟、能自製譜。而其文華、乃在周美成姜堯章之次、発乎
情而不至於蕩、宣其文而不至於靡、有爾雅之風焉。

『類稿』

(C)
及忝在朝列、与聞制作之事。思得宋英其人、本雅以訓俗、而去世久矣、不可
復得。老帰臨川之上、因其子得見其遺書十数篇、皆有可観者焉。俯仰疇昔、
為之増慨、序其故而帰之。

『学古録』

予後在朝、以文字為職、楽律之事、毎与聞之。俗工執其芸而不知理、儒者薄其事而不究心、是以終莫之合。毎朝会大合楽、楽署以其譜来翰苑請楽章。唯呉興趙公承旨、時以属官所撰不協、自撰以進、拝言其故、延祐天子嘉賞焉。及予備員、亦稍為礬括、不至大劣、為工所哂耳、不能如呉興時也。当是時、深懐宋英之為人、而引之禁林、必有所裨助、問諸郡人之在京者、則曰宋英之歿久矣。惜哉。予還山中、従其子邦用得所自度曲譜及楽律遺書一二巻読之、歎惋不能去手。天下治平、朝廷必将有制作之事、而衰朽既帰、不復有所事於此。姑書其後而帰之。

『類稿』

『学古録』と『類稿』との間には一見してかなりの字句の異同がある。しかし、全篇を通じた趣旨は同じと言える。ただ、(C)については、『類稿』は『学古録』の3倍以上の長さを持ち、詳細に書かれている点が(A)や(B)と大いに異なる。

さて、これを「中原音韻序」と比べてみよう。まず、制作時期であるが、「老帰臨川之上、因其子得見其遺書十数篇、皆有可観者焉。俯仰疇昔、為之増慨、序其故而帰之」(『学古録』)、あるいは「予還山中、従其子邦用得所自度曲譜及楽律遺書一二巻読之、歎惋不能去手。……姑書其後而帰之」(『類稿』)というところからして、「中原音韻序」と同様に、虞集が完全に帰田してから後の作であろう。つまり、「葉宋英自度曲譜序」は「中原音韻序」とほぼ同じ時期に書かれたと思われる。また、全文の構成を見てみると、これも同一であると言ってよく、(A)さらに(B)において、歌詞の洗練とそのメロディーへの合致の困難という問題に言及するのも同様である。しかも、両者の類似はこれに止まるものではない。「葉宋英自度曲譜序」(C)は、「中原音韻序」(C)と同趣旨のことを述べているばかりでなく、『類稿』の方はなんと「中原音韻序」と瓜二つなのである。それは両者を並べれば一目瞭然であろう。

「葉宋英自度曲譜序」
予後在朝、以文字為職、楽律之事、毎与聞之。(a)
俗工執其芸而不知理、儒者薄其事而不究心、是以終莫之合。(b)
毎朝会大合楽、楽署以其譜来翰苑請楽章。唯呉興趙公承旨、時以属官所撰不

協、自撰以進、拝言其故、延祐天子嘉賞焉。(c)
及予備員、亦稍為檃括、不至大劣、為工所哂耳、不能如呉興時也。(d)
当是時、深懐宋英之為人、而引之禁林、必有所裨助、問諸郡人之在京者、則曰宋英之歿久矣。(e)
惜哉。予還山中(f)、従其子邦用得所自度曲譜及楽律遺書一二巻読之、歎惋不能去手。
天下治平、朝廷必将有制作之事(g)、而衰朽既帰、不復有所事於此。姑書其後而帰之。

「中原音韻序」

余昔在朝、以文字為職、楽律之事、毎与聞之(a)。
嘗恨世之儒者、薄其事而不究心、俗工執其芸而不知理、由是文律二者、不能兼美(b)。
毎朝会大合楽、楽署必以其譜来翰苑請楽章。唯呉興趙公承旨、時以属官所撰不協、自撰以進、幷言其故、為延祐天子嘉賞焉(c)。
及余備員、亦稍為檃括、終為楽工所哂、不能如呉興時也(d)。
当是時、苟得徳清之為人、引之禁林、相与討論斯事、豈無一日起余之助乎(e)。
惜哉。余還山中、眊且廃矣(f)。徳清留滞江南、又無有賞其音者。
方今天下治平、朝廷将必有大製、作興楽府以協律、如漢武宣之世(g)。然則頌清廟、歌郊祀、攄和平正大之音、以揄揚今日之盛者、其不在於諸君子乎。
徳清勉之。

　下線部(a)～(g)は、実によく対応している。(a)～(d)はほとんど同じと言ってよく、(e)～(g)もかなりの語彙が共通する。これは一体どのように理解すればよいのであろうか。「中原音韻序」と「葉宋英自度曲譜序」は、どちらかが一方に拠って偽作されたのであろうか。その場合、文集に見えないことを考慮すれば、「中原音韻序」の方が偽作の可能性が高いとは言えそうである。しかし、たとえば『元史』虞集伝に、「平生為文万篇、藁存者十二三(平生文を為ること万篇、藁の存する者は十に二、三なり)」というように、虞集は大量の詩文を作ったが、そのかなりの部分は早くから散佚していた。したがって、文集に収められ

ぬ詩文も多かったらしく、文集に見えないからといって偽作であるとは言いにくい。とすれば、あるいは次のようなことであったろうか。虞集は序文等を依頼されると片端からそれに応じた。その際、旧稿の一部を使い回して依頼に応えることもあったろう。「中原音韻序」と「葉宋英自度曲譜序」の場合、どちらが旧稿に当たるかは分からないが、虞集の文集に残っている点を重視すれば、「葉宋英自度曲譜序」が旧稿であったかも知れない。また、意図するしないに関わらず、似通った文を作ってしまう場合もあり得るだろう。しかし、これもまた憶測に止まる。

いずれにしても、片や北曲の韻書のために書かれ、片や詞の楽譜集のために書かれながら、「中原音韻序」と「葉宋英自度曲譜序」は何故にかくも似ているのであろうか。小稿の（一）において「中原音韻序」の内容を確認した際、虞集が詞と北曲との違いを意識していない可能性に言及したが、「中原音韻序」と「葉宋英自度曲譜序」の類似も、そのことを示唆しているように思われるのである。虞集においては、詞と北曲は音楽的に異質のものとは捉えられておらず、「陰陽二種類の平声」と「入声派入三声」以外には両者を明確に区別する指標はなかったのではなかろうか。

おわりに

これまで、『中原音韻』の研究、とくにその成立等について考える場合に、虞集の「中原音韻序」は無条件に受け入れられてきた。しかし、「葉宋英自度曲譜序」の存在はそれに一定の慎重さを求めていると言える。また、このことは、詞と北曲の関係を考えるに際して色々と示唆を与えてくれそうでもある。小稿では両序の内容の細部には立ち入らなかったが、たとえば、「葉宋英自度曲譜序」に「近世士大夫、号称能楽府者、皆依約旧譜、倣其平仄、綴緝成章、徒諧俚耳則可」（『学古録』）とあるのは、詞楽の伝承の絶えたことを示すものとしてしばしば引かれるが、果たしてそうなのか。検討すべきことは少なくないと思われる。

〈注〉
（1） 虞集の「中原音韻序」には、早くに佐々木猛「『中原音韻』「正語作詞起例」訳註〜『中原音韻』の新研究・其一」（『均社論叢』第6号、1978）の中に訳注がある。
（2） 元、趙汸「邵庵先生虞公行状」（四庫全書本『東山存稿』巻6）に、「今上皇帝（順帝）入纂大統、被旨赴上都、秋以病謁告、帰田里、元統二年（1334）、有旨召還禁林、従使者至、即疾作、不能行而帰」という。
（3） たとえば、一つだけ例を挙げれば、沈義父『楽府指迷』の「豪放与叶律」の条に「近世作詞者不暁音律、乃故為豪放不羈之語、遂借東坡稼軒諸賢自誘」という。
（4） 『元史』本伝に、「其父為吏、従征江南、調饒州安仁県典史、又為杭州鈔庫副使、翥少時負其才雋、豪放不羈、好蹴鞠、喜音楽、不以家業屑其意、……乃謝客、閉門読書、昼夜不暫輟、因受業於李存先生、存家安仁、江東大儒也、其学伝於陸九淵氏、翥従之游、道徳性命之説、多所研究、未幾、留杭、又従仇遠先生学、遠於詩最高、翥学之、尽得其音律之奥、於是翥遂以詩文知名一時」という。また、張翥は江西の各地に足跡を残しており、臨川には長く滞在したようであるので、葉宋英と交流があったかも知れない。施常州「元代詩詞大家張翥生平考証」（『西華師範大学学報（哲社版）』2004年第6期）を参照。
（5） 『道園学古録』は四部叢刊に収められ、現在はこれが通行している。一方、『道園類稿』は元人文集珍本叢刊（新文豊出版公司、1985）に収められ、潘柏澄氏の「叙録」には、「「道園学古録」為集幼子翁帰与門人李本等編次、至正元年閩海廉訪使幹玉倫徒鋟梓於建安、凡五十巻、……明清両代迭経翻刻、盛行於世、亦収入清四庫全書。而「道園類稿」於至正五年由集門人江西廉訪使劉沙剌班刻於撫州路学後、即罕見流伝、学者全个能挙其名。殊不知「類稿」内篇章多「学古録」所失収、極富参考価値、編次亦較佳。……二書雖同為五十巻、珠玉紛陳、或此有彼無、或文字出入、正不妨相輔相成、並存不廃」という。
（6） 「其子邦用」については、元の李存に「贈臨川葉以清入京并呈其兄邦用」（四庫全書本『俟菴集』巻3）なる詩がある。
　　　　江城六月暑、来此幽人廬。沈沈千竹林、炯炯双玉株。伯氏清不槁、季子通有余。
　　　　為言秋風起、近将遊帝都。秋風万里長、吹子舟与車。堯舜相揖譲、皋夔協謀謨。
　　　　孰云百代下、而不回古初。人生於此時、誰能守丘隅。況子富且美、行哉莫蹰躇。
詩題によれば葉氏兄弟は臨川の人であり、詩中の「千竹林」は葉氏の園林を指しているらしい。張翥によれば、葉宋英の詞集は『千林白雪』というが、「千竹林」はこれに通ずるようだ。この序の葉邦用と同一人物と見てよいだろう。なお、李存（1281—

1354）は、字は明遠、饒州安仁すなわち江西の人で、危素（1303—1372、字は太樸、臨川の人）の「李存墓志銘」（『俟菴集』巻首）に、元末に「俄兵興、門人何琛迎養于臨川、居二年而卒」とあるので、この詩は臨川に居たときの作と思われる。

（7）『学古録』巻末の李本の跋に、「蓋先生在朝時、為文多不存藁、固已十遺六七。帰田之藁、間亦放軼。今特就其所有者而録之、所謂泰山一豪芒也（蓋し先生朝に在りし時、文を為りて多く藁を存せず、固より已に十に六七を遣つ。帰田の藁も、間亦た放軼せり。今特だ其の有する所の者に就きてこれを録すも、所謂泰山の一豪芒なり）」という。「泰（太）山一豪芒」は韓愈の「調張籍」の句。

（8）虞集の序跋類の真偽は、たとえば、『西遊証道書』の序、五代の画家石恪の作と伝えられる「二祖調心図」に付された跋のように、しばしば我々を悩ます。なお、前者については、磯部彰「「元本西遊記」をめぐる問題――『西遊証道書』所載虞集撰「原序」と丘処機の伝記――」（『文化』42巻第3・4号、1979）、後者については、角井博「二祖調心図〈伝石恪画・重要文化財〉に付属する虞集跋の問題」（『MUSEUM』第400号、1984）を参照されたい。

（9）虞集は詞も北曲も作ったらしく、詞31首（『全金元詞』下冊861頁）、北曲1首（『全元散曲』上冊693頁）を今に伝えている。なお、北曲（「折桂令」）は、元、陶宗儀『輟耕録』巻4によって伝えられるもので、虞集が大都に在ったときの作だという。

（10）たとえば、陶然「論元詞衰落的音楽背景」（『文学遺産』2001年第1期）、丁放「論詞楽亡于元初及其原因」（『南京師範大学文学院学報』2002年第2期）を参照。なお、この問題については、別稿「元代江南における詞楽の伝承」（『中国文学報』第73冊、2007）のなかで論じた。

（付記）
小稿の内容は、第59回大阪市立大学中国学会（2006年12月9日）における「元明における詞楽の伝承をめぐって」と題する発表の一部に基づく。また、種々の索引類（電子索引を含む）を利用したが、とりわけ王德毅等編『元人伝記資料索引』には多大の恩恵を被った。特に記しておきたい。

なお、小稿は平成19年度佛教大学教育職員研修の成果の一部である。

読み物の誕生
——初期演劇テキストの刊行要因について——

小松　謙

　演劇とは目で観、耳で聴くものであって、文字の形で受容すべきものではない。実際、今日でもテレビドラマや映画の脚本を文字で読もうという欲求が生まれることはまれであろう。では、出版がはるかに困難であったはずの元明期に、なぜ芝居の脚本つまり戯曲が文字の形で刊行されえたのか。その点を解明することは、演劇テキストについて考える上で不可欠の作業ではあるが、もとより出版者や読者の意図についての資料は皆無に近い。我々に残されている手段は、テキストそれ自体を考察することである。本論では、初期戯曲刊本の内容に考察を加えることにより、その出版意図について考えてみたい。

一

　現存最古の戯曲刊本は、元代末期に杭州で刊行されたものと思われる『元刊雑劇三十種』である。これより以前に成立したであろう首尾を備えた演劇テキストは一つも残されていない。これは、さきにも述べたように演劇テキストは外部に公にするような性格のものではなかったことの反映であろう。ではなぜ『元刊雑劇』は刊行されたのか。
　この点については別に論じたことがあるが(1)、要するに知識人の間で曲が流行したことがそのきっかけとなったものと思われる。元代高級知識人の間では、詞に代わるものとして散曲が盛んに制作されていた。そこから、おそらくはより俗なものと見なされていたであろう雑劇の曲辞への関心が生じた結果、雑劇テキストの刊行が利益を期待しうる事業となったのではないか。『元刊雑劇』の多くがセリフをごくわずかしか載せず、中にはセリフとト書きが一切ない曲辞のみのもの

すらあることはそのあらわれであろうし、明代に刊行された『盛世新声』『詞林摘艶』『雍熙楽府』といった曲選が、雑劇についても一折分の曲辞のみを収録するという散曲と全く同じ掲載の仕方をしていることは、こうした流れがより洗練された形にまとめられた結果と考えれば理解しやすい。

　そして、わずかに記録されているセリフもほとんどが正末・正旦のものであること、それ以外の役柄の動きについては「等～……了（～が……してから）」と記されていることは、これらのテキストが正末・正旦のためのものであることを示していよう。もとより当時のセリフがどこまで固定されていたかは疑問であり、アドリブにゆだねられる要素が多かったであろうから、そもそも正末・正旦以外の役者のセリフが文字の形で記録されていたかも疑わしい。つまり、正末・正旦以外の役者については動きのみしか指定していないものが唯一の文字化されたテキストであったのではないかと思われるのである。

　ところが、『元刊雑劇』の中には、正末・正旦以外のセリフをも記しているテキストが存在する。「三奪槊」「紫雲庭」「鉄拐李」「竹葉舟」「替殺妻」「焚児救母」の六篇である。このうち「三奪槊」は、冒頭の一箇所に浄のセリフがあるのみであり、状況説明として意図的に入れた可能性がある。「紫雲庭」は短い一箇所のみであって、たまたま何かのミスで正旦以外のセリフが入り込んでしまったものと思われる。「替殺妻」も旦のセリフが一回出てくるのみであるから、問題とするに足りるほど多くのセリフが入り込んでいるのは残りの三篇ということになる。そして興味深いことに、「竹葉舟」を例外として、あとの二篇は、「替殺妻」とともに『元刊雑劇』の中でも特殊なグループに属しているのである。

　『元刊雑劇』は雑多な出自のテキストの集成と思われるが、中でも右の三篇に「范張鶏黍」を加えた四篇は他とは全く異なる版面を持つ。他のテキストが半葉24～27行、一行の字数が14～16字であるのに対し、この四篇は半葉19～23行、一行の字数が10字、つまり他に比べると格段に字が大きく、半葉あたりの字数は半分あまりしかないことになる。しかも、このグループは誤字・当て字が他よりも多く、全体に作りが雑という印象を受ける。これは、これらのテキストが他の作品よりもよりレベルの低い刊行物であることを示していよう。そして、作品の内容もそれに見合ったものと言ってよい。

四篇のうち、「替殺妻」「焚児救母」については作者不明で、特に後者は『録鬼簿』『録鬼簿続編』『太和正音譜』などにも著録されていない。また「鉄拐李」については、作者岳伯川の名は『録鬼簿』『太和正音譜』に見えるものの、具体的記述はない。そして、「替殺妻」「焚児救母」はいずれも庶民、それも屠戸という当時白眼視されていた人間を主人公に庶民の世界を描き、「鉄拐李」は胥吏から屠戸に転生する人物を主人公に胥吏と屠戸の世界の実態を赤裸々に描く。しかも曲辞はいずれも白話を多用した素朴なもので、ほとんど典故は踏まえない。つまり、いずれも元雑劇中でも最も庶民的性格の強い作品なのである。以上の事実を総合すると、これらの大字本は、他のテキストよりも文化レベルの低い読者層を想定して刊行されたものであるように思われる。ただし、非常に文雅な作品として知られる「范張鶏黍」が同じグループに入っていることが問題になるが、これはこの雑劇が人気作であったことに起因するものであろう。(3) これらのテキストを刊行した書坊は、内容に関わりなく売れる作品を選んで刊行したのではないかと思われるのである。

　では、これら大字本が想定していた読者層はどのような人々なのか。「范張鶏黍」以外の作品の曲辞が文雅とはほど遠いものである以上、知識人の曲鑑賞の欲求にこたえることを狙ったものではありえまい。ここで問題となるのが、「范張鶏黍」以外の三篇には正末以外の白が記録されているという事実である。正末のセリフしか記されていない場合、当然のことながら劇の内容を追うことは困難になる。たとえば「鉄拐李」のはじめの部分、【油葫蘆】の前で正末は「我分開這人看他、他叫我做无頭鬼、張千、這廝好生无礼（人をかき分けて〔？〕そいつを見てみれば、そいつはおれを首なし幽霊と呼びおる。張千、こいつ何とも無礼な奴じゃ）」とあるが、これだけでは「他」がどのような人物かわからない。しかしこのテキストでは、その前に外末（張千であろう）の「我来到門首看一个先生大笑三声、大哭三声、罵俺嫂嫂是寡婦、罵俺福童孩兒一无爹的業種（戸口まで行って見てみれば、一人の道士が大声で三度笑い、大声で三度泣いて、うちの嫂さんを未亡人、うちの福童ちゃんを父なし子と罵りおる）」というセリフがあるので、理解は容易である。つまり、正末以外の人物のセリフがあることは、雑劇のストーリーを追うためには、換言すればこのテキストの内容を物語として追うためには、

非常に有効なのである。ただし、これらの諸本においては、テキストの杜撰さが結果的には理解の足をひっぱっている。たとえば、先に引用した二つのセリフは、途中で話者が変わるにもかかわらずト書きなしで一続きに書かれているために、結局誰のセリフかわかりにくい。これは「鉄拐李」全体にいえることであり、セリフの話者の表示がひどくいい加減であるため、理解困難の箇所が多数生じている。これはもとよりテキストの作りが杜撰であることに由来しようが、しかし逆に考えると、まだ正末以外の役柄のセリフを表記するという習慣があまりなかった段階で行われた作業であるがゆえに生じたミスであるようにも思える。

「焚児救母」においては「末将米二升到家（正末が二升の米を持って家に着く）」「員外与仮朱砂（員外がにせの朱砂を与える）」「母親将包袱与張屠看、張屠認得是神急脚李能的繋腰科（母が風呂敷を張屠に見せ、張屠は飛脚神の李能の帯だと見分けるしぐさ）」といった他に例の少ない詳細なト書きが付されており、これも読んでストーリーを理解しやすくするための工夫とも考えられよう。「替殺妻」には、正末以外のセリフは一箇所しか記されていないが、やはりかなり詳細なト書きを持つ。

以上の諸点と、これらが大字本、つまり今日の幼児用の書籍と同様に、字を読みつけない人間にもなじみやすい体裁をとることを重ね合わせると、これらのテキストの性格が見えてくる。「范張鶏黍」以外の大字本は、雑劇を読み物として受容しようとする人々を対象とするのではないか。「范張鶏黍」には、最初の部分を除けばセリフ・ト書きともに少数しか記されていない。さきにもふれたように、この雑劇が文雅な曲辞を持ち、当時知識人の間で重んじられていた点からすると、これだけは他の書坊が出していた売れ筋商品を拝借して刊行されたのかもしれない。一方で「竹葉舟」は、この種の書坊が出していた読み物向けのテキストを、たまたまより高級な書坊が借用した事例なのかもしれない。

このように考える場合、大衆的な書物には通常付されている挿絵がないことが問題になる。これは、おそらく最初期の試みとして、当時の雑劇刊本の一般的形式に従ったことに由来しよう。曲辞鑑賞用と思われる「范張鶏黍」と他の三篇が同じ体裁を取っていることはそのあらわれであろう。演劇テキストを読み物として享受することが定着すると、当然そこには挿絵が加わることになる。

二

　明代前期は出版が低調であったといわれる。事実、白話文学についてもこの時期の刊行物はわずかしか残っていない。しかし幸いなことに、戯曲については二種類の貴重な刊本が残されている。一つは明の太祖朱元璋の孫に当たる周憲王朱有燉が宣徳・正統年間に自作の雑劇三十一種を刊行したいわゆる『周憲王楽府』であり、もう一つは宣徳十年（1425）の序を持つ劉東生の雑劇（ただし二篇の雑劇により一つの物語が構成されるという形式を取る）『金童玉女嬌紅記』である。後者には序の後に「金陵楽安新刊積徳堂刊行」と記されており、南京の書坊が刊行したものであることがわかる。

　右に述べた事実からも看て取れるように、この二種類のテキストは対照的な性格を持つ。『周憲王楽府』が、王の身分にある作者自身により、採算を度外視して刊行されたテキストであるのに対し、『嬌紅記』は書坊が営利目的で刊行した書物である。両者の体裁はこうした違いに見合ったものといってよい。『周憲王楽府』が比較的美しい版面を持ち、挿絵を伴わないのに対し、『嬌紅記』は毎葉ごとに半葉分（上図下文ではなく、前半葉全体を一枚の挿絵に当てる）の挿絵を持ち、本文には誤字・当て字が多く、脱落も散見される。これは、やはり両者の読者層が異なっていたことを示していよう。では内容はどうなのか。

　『周憲王楽府』は「全賓」と銘打つ。これは「すべてのセリフ入り」という意味であり、ようやく雑劇を演劇として把握しようとする動きが出現したかと思わせるものである。しかし、本文を詳しく見ると、確かに正末・正旦以外のセリフも収められてはいるものの、それは骨格のみからなるような非常に簡略なものであることに気づく。これは、かつて筆者が論じたように[4]、当時にあっては作者はあくまで曲辞の作者であり、セリフについては簡略に内容を記すに止まっていたことに由来するのではないかと思われる。同じ周憲王の雑劇でも、明の宮廷用と思われる実演用テキストにおいては、セリフの大幅な増補・改変が行われている。つまりこのテキストは、周憲王が作成した原本をそのまま刊行したものであり、実演用台本の基礎を提供するとともに、『雍熙楽府』などに周憲王の作が大量に

収録されていることから考えて、曲辞を鑑賞する読者をも対象とするものと思われる。

　ところが、同時代の刊本でありながら、『嬌紅記』は全く様相を異にするのである。セリフの量は多く、内容も詳細にわたり、更に『周憲王楽府』では省略されているのではないかと推定される説唱と関わるであろう四六文調の美文的部分ももれなく収められている。しかもそのセリフ、更にはト書きにも非常に特徴的な要素が含まれている。上巻第二折から例を引いてみよう。旦が詞をとなえる後のくだりである。

　　　念未畢、小慧云、夫人来了。末旦驚倶下。末上云……旦上云、恰纔申哥出去了。我旦至書房里走一遭。至書房科。驚云、呀。它出去了。怎麼開着門里。我試看咱。做看科云、此出去了。

　　となえ終わらぬうちに、小慧（小間使いの名）がいう。奥方さまがお越しです。末と旦はともに驚いて退場。末が登場していう。……（詞を書斎に貼り付けて退場）旦が登場していう。さっき申兄様は出て行かれた。書斎に行ってみましょう。書斎に着くしぐさ。驚いていう。あれ。出て行かれたのにどうして戸が開いているのかしら。見てみましょう。見るしぐさをしていう。出かけたんだわ。

　まず、セリフが極度に説明的であることに驚かされる。もとより中国の古典演劇は幕・小道具・背景などを全く使用しないため、ある程度セリフが説明的になることは免れがたいのだが、ここまで極端な例はあまりない。そしてもう一つ、ト書きに「念未畢、小慧云」とあることである。これは芝居のト書きというよりは説明と見なすべきものであろう。

　こうした例は随所に見受けられる。更に特徴的なのは、しばしば登場人物（多くは正末）による長い語りが入れられていることである。たとえば第三折の後に、正末が延々と詩詞を交えつつ（一々「念科（となえるしぐさ）」というト書きがつく）、主人公たちが相手を裏切らないと誓いを立てたというストーリー上非常に重要な展開を語ったと思うと、突然「末与旦相別科（末が旦と別れるしぐさ）」というト書きが来て、その後わずかなせりふとト書きで正末の旅を示した後、「末做別叔回到嬌娘宅上科（末は叔父と別れて嬌娘〔旦の名〕の家にもどるしぐさ）」とい

うやはり非常に不自然なト書きが続き、更に正末の語りと詞があって、やっと第四折のうたに入る。これも演劇としては非常に不自然であろう。この種の場面も何ヶ所もあり、極端な場合には数葉にわたって語りと詩詞が続くことすらある。また不自然といえば、詩詞が非常に多数挿入され、登場人物が何の必然性もなく詩詞を詠む場面が多いことも目に付く。これらは何に由来するのであろうか。

　これらの詩詞は、『嬌紅記』の粉本である元の宋遠の作とされる文言小説『嬌紅記』(5)、随所に詩詞をはさむ歌物語とも呼ぶべき性格を持つこの作品に見えるものばかりなのである。つまり雑劇は、文言小説にあった要素をあまさず収録しようとしたことになる。そして全八折のみでは扱いうる場面に限りがあるせいか、雑劇の場面としては採用されなかったにもかかわらず原作で詩詞が詠まれる場面については、正末などが物語のつなぎとして講釈師のように語る形をとっているのである（文言の原文が、ここではかなり巧妙に白話に書き換えられていることは注目に値しよう）。しかし、これらの場面は、曲辞だけを鑑賞するためには全く不必要であろう。実際の上演に当たっても、このような手法が用いられたとは考えがたい。そして全葉の半分は挿絵からなる。積徳堂なる書坊が刊行した雑劇『嬌紅記』は、ストーリーを追いつつ、曲と詩詞を楽しむための書物なのである。

　ここに、不特定多数を対象とする、完全に娯楽を目的とする書物の刊行が確認される。この事実は大きな意味を持つ。これに先立つ白話文学のテキストは、『全相平話』は歴史教養書としての性格が強く、『大唐三蔵取経詩話』は宗教的パンフレットに属する可能性が高く、『元刊雑劇三十種』は、大字本については疑問があるものの、全体としては曲辞を鑑賞することを目的とする刊行物であった。つまりはいずれも娯楽というよりは何らかの「有益な」「役に立つ」目的を持って刊行されたものであり、その点では四部の書と選ぶところがない。また『遊仙窟』や唐代伝奇以来の文言小説は、娯楽目的ではあろうが、一部の知識人のサークルで回覧される、読者の顔が作者に見えるものであったに違いない。雑劇『嬌紅記』は異なる。この書物は、不特定多数の読者が物語を追いつつ楽しむために、営利目的で刊行されたものなのである。利益が期待できるということは、この種の書物を要求する読者層が出現しつつあったことを意味する。では、それはどのような人々なのか。

具体的なことは知るよしもないが、毎葉の半分が挿絵であることは一つの手がかりとなろう。この事実は、読者の中に非識字層が含まれていたことを示唆する。字を読めないことと読者であることは矛盾するようであるが、ここでいう読者とは、必ずしも自分で文字を追って読む者を意味しない。前近代における読書においては音読が普通であったことは、世界各国について指摘されるところであり、中国ももとより例外ではなかった。誰か字の読める人間が音読すれば、字の読めない者も耳で聞いて物語を味わうことが可能であろう。極端な挿絵の多さは、こうした受容形態の存在を示唆するようである。

　ではそのような書物の受容の仕方をする場としては、どのようなところが考えられるであろうか。物語や詩・詞・曲に興味があり、これだけの長さを持った多数の挿絵入りのテキストを購入するだけの経済力があり、しかも識字者が必ずしも多いとはいえない集団。ここで想定されるのは裕福な商人や高級官僚の家庭、更にいえばその妻妾の世界であろう。

　富豪にして高級武官である人物の家庭を描写したものと思われる『金瓶梅詞話』においては、主人公西門慶の六人の夫人のうち字が読めるのは潘金蓮一人である。しかし夫人たちはみな『西廂記』などの曲辞はそらんじている。また男性である西門慶や陳経済は、字は読めるが十分な教養はなく、難しい文となると音を上げてしまうが、詞曲には興味がある。小説の叙述ではあるが、これはある程度実態を反映していると考えてよかろう。

　そして『嬌紅記』の内容も、特に女性たちに歓迎されやすい要素を含んでいる。正末こそ申純という男性だが、強い意志を持つヒロイン王嬌娘が事実上の主役であり、正末のうたは基本的に彼女を讃える内容に終始する。また侍女でありながら権勢を握る飛紅との微妙な関係など、上流家庭の女性たちの様相が活写されていることも、同じ立場にいる女性たちの共感を得やすい要素だったであろう。そして刊行地は金陵、つまり南京である。宣徳年間の南京は、最近まで首都であった副都として大量の官僚を抱えていた。この書物は、そうした高級官僚の家庭向けに刊行されたものかもしれない。

三

　『嬌紅記』は、明らかに読み物として刊行された書物であった。それは、詩・詞・曲を大量に含んだ物語の書物として刊行され、受容されたのであって、決して演劇テキストという意識のもとに出されたわけではなく、読み手も舞台面を想像しながら読むということはなかったであろう。もとよりこのテキストをもとに『嬌紅記』雑劇が上演されたとは考えられない。このようなものが例外的に出現するとは思えない点から考えて、おそらく残っていないだけで、同類の書物は多数刊行されていたのであろう。

　『嬌紅記』に近い性格を持つ刊行物として次にあげるべきは、『成化説唱詞話』であろう。1967年、上海郊外嘉定の宣氏という明代士大夫の夫婦合葬墓から発見されたこのテキスト群は、十一種の「説唱詞話」と南曲『白兎記』からなり、その多くに成化七年（1471）から十四年（1478）の間に刊行された旨の刊記が入っている。刊行者は北京の永順堂という書坊である。もとより題名にうたうように、十一種は説唱である。しかしここでも、読者がこれを芸能と直結したものとして読んできたとは考えにくい。最も大部な「花関索伝」が上図下文形式であることをはじめとして、多くの挿絵が挿入されていることは、やはりこれらの書物も『嬌紅記』同様のやり方で受容されていたことを示すもののように思われる。内容的にも、基本的に女性を排除する三国志の世界を背景としながら、「花関索伝」には鮑三娘以下三人の女山賊がみな花関索に敗れて妻になるという設定があり、また包拯ものの「張文貴伝」でも、女山賊が美少年張文貴に恋してその命を救い、後に妻となるといった、後世の弾詞などの女性向け芸能と共通する設定が認められる。

　そして、言語的に南方の特徴が認められるにもかかわらず、その刊行地は北京である。当時出版の中心地は南方の南京・蘇州・建陽であった。しかも「花関索伝」は建陽刊本の特徴である上図下文形式を取るにもかかわらず、他はいずれも南京・蘇州刊本に一般的な半葉分の挿絵という形式であることは、南方で刊行されたテキストを集めて北京の書坊が覆刻したものであることを思わせる。以上の

諸点と、出土したのが官僚の夫婦合葬墓であったことを考え合わせると、これもまた政治都市北京で官僚向けに営業していた書坊が、高級官僚の家庭向けに刊行した書物なのではないかと思われる。

中に含まれる唯一の戯曲である『白兎記』は、もはや『嬌紅記』のような極端に不自然なセリフやト書きは持たないが、少数ながら挿絵を伴うこと、多数のセリフを収録すること、そして他の説唱詞話と同じ書坊から一連のシリーズとして刊行されていることから考えて、やはり同様の性格を持つものである可能性が高かろう。

続いて弘治十一年（1498）に刊行された弘治本『西廂記』が登場する。この書物は上図下文形式（ただし建陽のものより画の比率がはるかに高く、版面のほとんど半分近くに及ぶ）をとり、多数の付録をつけ、難解語や難字には「釈義」と称する解説を加えた上に、注釈ずみの語には「詳見第～折……」とその箇所を明示する（ただししばしば誤っている）という入念なテキストである。しかも刊刻の状態は挿絵も含めて非常に美しく、白話文学において前例のないレベルに達しているといってよい。版型も大きい。要するに非常な豪華本なのである。そして刊行者は「金臺岳家」、つまりやはり北京の書坊である。これまで述べてきたことから考えれば、この書物が想定していた読者層はおのずから明らかであろう。高価なこと、挿絵が大量に入っていること、そして恋を中心として女性が活躍するその内容、刊行地、すべてが高級官僚の家庭を対象としていることを示している。

この書物の巻末に付された刊記の末尾にいう。「使寓於客邸、行於舟中、閑遊坐客、得此一覽、始終歌唱、了然爽人心意（旅館にお泊まりのとき、船旅の道中、お出かけの折などにこの本を御覧になり、始めから終わりまで唱われたなら、すっきりといい気分になりましょう）」。「始終歌唱」とはいうが、旅のお供に最適というのだから、もとより上演を前提とするものではなく、歌を口ずさみつつ「一覽」するということであろう。つまり、ここからもこの書物が曲入りの読み物として受容されていたことが看て取れる。

そして以後、戯曲テキストはより読みやすい方向を追究していくことになるのである。[8]

四

　『盛世新声』『詞林摘艶』『雍熙楽府』という演劇の曲辞のみを取り出して韻文として鑑賞するためのテキストの刊行に先だって、このように読み物として味わうための、セリフを完備した刊本が出版されていた。『嬌紅記』が示しているように、これらは実演とは無関係であった。実演用テキストにすべてのセリフが入っていた可能性は低かろう。

　そして読者の受容のありようは、戯曲・説唱・いわゆる小説（男性向け教養書から展開したであろう正統的歴史小説は除く）のいずれにおいても大きな違いがあったは思えない。実際、題名に自らが説唱の一形式である詞話であるとうたう『大唐秦王詞話』が、多くの説唱的部分を含みつつも、長い地の文は小説と大差なく、『大唐秦王演義』という歴史小説風の題名でも呼ばれていたこと、四大奇書のうち『水滸伝』『西遊記』『金瓶梅』の三種の初期刊本はいずれも大量の説唱的要素を抱えており、わけても『金瓶梅』は書名自体『金瓶梅詞話』であること、[8]『六十家小説』と題名に「小説」をうたっていたいわゆる『清平山堂話本』に「快嘴李翠蓮記」「刎頸鴛鴦會」「張子房慕道記」のような明らかに説唱のテキストと思われる作品が含まれていることは、当時の読者にとって小説と説唱は、ともに韻文と白話文を積み重ねることによって面白い物語を語っていく娯楽読み物というにすぎず、両者の間に明確な区分がなかったことを示している。戯曲テキストだけが例外ということはありえまい。形こそ登場人物のセリフという形を取ってはいても、当時の読者はうた入りの読み物として享受していたのではないか。さればこそセリフが必要になる。

　今日我々は、中国古典文学の世界において小説・戯曲といったジャンル区分を当然のように使用している。しかしこうした区分は近代西欧文学のジャンル意識に基づくものであり、西欧の影響を受ける以前の中国人がこのような観念を持っていたとは思えない。たとえば、今日では文言小説と白話小説は同じ「小説」というジャンルに属するものと意識されているが、前近代にあっては、多少の例外こそあるものの、文言小説が知識人の正統的営為の中に位置づけられていたのに

対し、白話小説は不特定多数の読者を対象として書坊の手で制作されるのものであった。従って制作者・読者いずれの側においても、両者が同一のジャンルであるという認識は存在しなかったに違いない。唐代伝奇を嗣ぐものとして白話小説を持ち出すのは、近代的な目を通した「小説」史の再構成に過ぎないのである。

　前近代の人々の意識にあったであろう区分としてむしろ有効なのは、白話と文言という分け方であろう。我々は小説・戯曲・説唱を別個のジャンルとして把握しているが、当時の中国の人々は文字で読む際にこれらを明確に区別していたとは考えがたい。特にその出版の初期段階にあっては、知識人を対象とする四部の書や、非知識人をもある程度対象して出回っていたであろう実用書、それに受験参考書といったいわば真面目な刊行物以外の、娯楽という新たな目的をもって、高級知識人以外の人々（女性や子供を含む）を主たる対象として刊行されたジャンルとして漠然とまとめて認識されていたのではあるまいか。そこから新たな読者が生まれ、そして不特定多数を対象として、利益を得るためにひたすら面白さを追求するという、従来とは全く異なる作品制作・出版のいわば近代的な手法が出現する。これこそ、明末から生じる白話文学の急激な展開を導いたものであろう。

〔注〕
（1）　赤松紀彦他『元刊雑劇の研究』（汲古書院2007年）「解説」（小松執筆）。
（2）　金文京「『元刊雑劇三十種』序説」（『未名』3号〔1983年1月〕）参照。
（3）　明の高濂の『百川書志』巻六「外史」に「㑇梅香」「両世姻縁」「范張鶏黍」「王粲登楼」をあげ、「即四段錦」と注する。『四段錦』という書物の存在か、この四篇が並称されていたことを意味するのか不明だが、ともあれ当時人気があったことを示そう。
（4）　拙著『中国古典演劇研究』（汲古書院2001）Ⅱの第一章「明本の性格」。
（5）　趙景深「『嬌紅記』与『嬌紅伝』」（『中国戯曲初考』〔中州書画社1983〕所収）・『今古奇観下　嬌紅記』（中国古典文学大系38　平凡社1973）「解説」（伊藤漱平執筆）。
（6）　拙著『中国歴史小説研究』（汲古書院2001）「序章」参照。
（7）　古屋昭弘「説唱詞話『花関索伝』と明代の方言」（井上泰山他『花関索伝の研究』〔汲古書院1989〕所収）。
（8）　この点については、土屋育子「戯曲テキストの読み物化に関する一考察──汲古

閣本『白兎記』を中心に──」(『日本中国学会報』第58集〔2006年10月〕) 参照。
（９）『中国歴史小説研究』第七章「詞話系小説考」参照。

（附記）　本稿の内容には、2007年８月、台湾中央研究院中国文哲研究所主催の国際シンポジウム「記伝・記遊・記事──明清叙事理論と叙事文学の展開」において行った発表「白話小説的情景描寫與白話文學出版的關係」と重なる部分がある。

沙悟浄とカメ

氏岡　真士

一、様々な深沙神

『西遊記』の沙悟浄は、『大唐三蔵取経詩話』の深沙神に由来する。その深沙神と玄奘三蔵との関係は、たびたび指摘されるように、『常暁和尚請来目録』の次の記述まで遡る。"深沙神王像一軀。右唐代玄奘三蔵遠渉五天，感得此神。此是北方多聞天王化身也。今唐国人総重此神救災成益，其験現前，無有一人不依行者。寺裏人家皆在此神，自見霊験，実不思議。具事如記文。請来如件"（『大正蔵』五十五1070ｃ）。

常暁は空海の弟子で、承和六年（839）に唐への留学を終えて、この目録を朝廷に呈上した。わざわざ"唐代の"玄奘と断るのは、少し前（『大日本仏教全書』では前項）にある"大聖迦毘羅神王像一軀"の条で、"秦代羅什三蔵昔周五天，感得此神，相随送来。今見唐中皆貴此神……"と記すのに対応するであろう。秦は後秦を指す。だが鳩摩羅什が仏像を伝えたことは、『出三蔵記集』『高僧伝』など初期の伝記には見えない。迦毘羅神王像の重要性を説くために、こういう話が付会されたのではないか（ちなみに十二世紀前半の『今昔物語集』巻六「鳩摩羅炎奉盗仏伝震旦語」第五などが伝える、羅什の父親が仏像を将来した話は、ここに由来するかも知れない。なお『法苑珠林』巻十四「敬仏篇」参照）。

いっぽう玄奘三蔵がインドへの旅で深沙神を感得したことは、これも多くの指摘どおり、垂拱四年（688）の序をもつ『大慈恩寺三蔵法師伝』巻一の記述に基づくであろう。法顕以来の難所である沙河こと莫賀延磧で、玄奘三蔵は水を失って独り彷徨を続け、五日目の夜を迎えた。"即於睡中，夢一大神，長数丈。執戟麾曰「何不強行而更臥也」法師驚寤進発，行可十里……又到一池水，甘澄鏡澈，即而就飲……計此応非旧水草，固是菩薩慈悲為生，其至誠通神皆此類也"（『大正

蔵』五十224c)。

　もっとも、この神が深沙神であるとは書いていない。しかも文中の菩薩とは観音菩薩を指す。もしや深沙神王像が玄奘三蔵に由来するというのも、迦毘羅神王像と鳩摩羅什の関係に似たところが無いだろうか。

　『常暁和尚請来目録』には、「深沙神記幷念誦法」一巻という文献の名も見える。その前半に相当するのは、嘉保四年（1097？）に台密の僧である永範が抄出した『成菩提集』所収の、「大聖深沙神記」だと思われる（巻四之三。『大正蔵』図像部八144 b）。十二世紀後半の東密の図像集『覚禅抄』「深沙大将」の項は「深沙神記幷念誦法」について"勧修寺経蔵本題云「深沙大将幷儀軌要」一巻……或人此書小栗栖（＝常暁）請来"と記し（『大正蔵』図像部五560 c）、『成菩提集』でも「大聖深沙神記」に続き「深沙大将儀軌」を収める（なお『大正蔵』二十一376 b参照）。

　この「大聖深沙神記」は次のように始まる。"深沙神者，浮丘神也。按大集経云，是西方自在天神所化，亦多聞天王為降伏四天下行毒気鬼神"。つぎに「唐三蔵記」を引いて、深沙神は流砂で三蔵に水と食事を与えた天神であると述べる。その後、また別の話を紹介する。むかし蜀の"浮丘山寺"に志操堅固な僧がいて、十年『華厳経』を持して寺を出なかったため深沙神を感得したという。すなわち深沙神は行者となって身のまわりの世話をした。すると満願ののち、"但聞空中云「昔時行者，非是常人，是北方神佐，主領夜叉……」……遂即見本夜叉身"ということが起こった。そこで像を造って供養し、伽藍の守護神としたが、霊験あらたかで蜀の人々に信仰されるに至った。大和三年（829）に蜀の女性商人が船で江陵へ向かうとき、大聖深沙神王を念じて水難を免れたので、江陵の開覚寺にその像を造り、これがまた信仰を集めた、云々。

　「大聖深沙神記」によれば、深沙神は玄奘三蔵を助けた神である前に、まず"浮丘神"でもあり、シヴァ神の化身でもあり、多聞天が四方で毒気を撒き散らす夜叉どもを調伏するため（の化身？）でもあった。"浮丘神"とは、蜀の浮丘山の寺で祀られた神で、北方神の部下で夜叉を率いており、自らも夜叉の姿をしていたという。この山の名前からは、浮丘公という仙人（『陔餘叢考』巻三十四「安期生浮邱伯」）のことも想起され、必ずしも仏教的ではない。蜀では若き日の玄奘三蔵が具足戒を受けているが、それは当時の唯識学者たちが隋煬帝の死後の混乱を

避けて疎開していたことによる。玄奘のおかげで初めて蜀に仏教が栄えたわけではない。

　『成菩提集』や『覚禅抄』など密教系の図像集（『大正蔵』図像部所収）には、深沙神について様々な伝承が記される。そこには後世の、あるいは日本での、付会も含まれているであろう。だが、そのすべてが玄奘との関わりから派生したのであろうか。方向が逆のように思われる。『望月仏教大辞典』が深沙大将の項で、"要するに此神は外道の神が仏教に入りて尚ほ元の痕跡の鮮かなるものなり"と断ずるように、その詳しい来歴は不明である。おそらく唐の段階で深沙神については様々な理解が為されており、玄奘三蔵との関係はその一つに過ぎなかったが、やがてそこに収束して今日に至るのであろう。

　深沙神は多聞天の化身としても理解されていた。これは唐代の毘沙門天信仰（宮崎市定「毘沙門天信仰の東漸について」、『中国文明論集』岩波文庫、1995年。また柳存仁「毘沙門天王父子与中国小説之関係」、『和風堂文集』中、上海古籍出版社、1991年）に連動する。毘沙門天も多聞天も Vaiśravaṇa の訳語で、四天王のうち北方の神である。なお毘沙門天は、国王の姓 Vijaya を尉遅と漢訳される于闐の守護神でもあった。ちなみに深沙という言葉からも、莫賀延磧のみならず砂漠一般ひいては西域が連想されよう。

　さて中国では、四神のうち北方の神が玄武である。玄武は、のちに玄武神あるいは真武神また玄帝などと呼ばれるようになるが、そのとき"被髪黒衣、剣に仗りて亀蛇を踏む"（『雲麓漫鈔』巻九）武将の姿とされたのも、毘沙門天の相貌をまねた結果であろうことを、前掲の宮崎論文は指摘している。また唐の李靖将軍が、字を薬師ということもあってか、夜叉を従える毘沙門天と混同されていった（柳存仁前掲書。また中野美代子『西遊記の秘密』Ⅲ 3、岩波現代文庫、2003年）点とも関わるであろう。もっとも真武神ないし玄帝の人格神化には、酆都の北帝神が六天を統べるという『真誥』以来の信仰が働いている（二階堂善弘「玄天上帝の変容──数種の経典間の相互関係をめぐって──」、『東方宗教』第九十一号、1998年）。とはいえ玄武と北帝神が、宋代に結合する過程において、唐代の毘沙門天信仰が影響を及ぼしていても不思議は無い。北帝神は妖魔討伐の機能が真武に引き継がれ、高位神としての機能が紫微大帝に引き継がれたというが、これは深沙神が、多聞

天の化身とも配下とも言われる点に一脈通ずるように思う。

　それ以前の玄武は、亀と蛇が絡み合った姿とされた。ただし重点は蛇より亀にある。たとえば『礼記』「曲礼」の"行、前朱鳥而後玄武、左青龍而右白虎"という一節に、孔穎達の疏は"玄武、亀也。亀有甲、能禦侮用也"と説明を加えている。黄兆漢「玄天上帝考」(『中国神仙研究』台湾学生書局、2001年)によれば、多くの用例からみて前漢中葉までの玄武は北宮七宿ないしは亀の意味だったが、それ以降は後者が亀と蛇の合わさった姿の意味に変わってゆく。なお『楚辞』の王褒「九懐・思忠」に"玄武歩兮水母"とあり、王逸は"天亀水神、侍送余也。天一作大"と注するが、玄武のみならず水母もカメのイメージを帯びていることは氏岡真士「東方朔から孫悟空へ」(『中国文学報』第七十冊、2005年)参照。

　いっぽうの深沙神は、前出の『成菩提集』所収「大聖深沙神記」によれば、"如有人要画神者，衣服者須深赤鮮潔為上，画頭髪須赤。拳虬足踏石。左手把青蛇。有人夢見把蛇趁者，皆得此神擁護之相也"という姿である。手に蛇を持っているのは、深沙神の水神的性格を象徴しているであろう。前述のように、この「大聖深沙神記」には深沙神が玄奘三蔵に水などを提供したり、あるいは船を水難から救ったことなどが記してあった。密教図像における深沙神の姿については、中野玄三「『玄奘三蔵絵』概説」(『玄奘三蔵絵・下』、中央公論社『続日本絵巻大成』九、1982年)に詳しい。それによれば、片手に蛇を持つ姿の他に、両手で鉢または鉾を捧げ、首には蛇を巻きつけている場合も多い。これまた蛇とともに描かれている。そして水神的要素といえば、五行思想で水が北に配当されることも想起されよう。蛇を従えて造形される深沙神は、玄武から蛇を除けば亀が残るように、やはりカメのイメージを帯びていたのではないか。

二、深沙神と猴行者

　『大唐三蔵取経詩話』において、玄奘たちは何度も川を渡る。その含意については氏岡真士「大頭仙人と『西遊記』」(信州大学『人文科学論集〈文化コミュニケーション学科編〉』第三十九号、2005年)に譲るが、渡河を妨げるものとして深沙神が登場する。全十七「処」のうち、「入九龍池処」第七と「入鬼子母国〔処〕」第九

に挟まれた第八「処」においてだが（缺葉のため正確なタイトルは不明）、現存部分は、以下の対話から始まる。"〔深沙神云「……」一物否」答曰「不識」深沙云「項下是和尚，両度被我喫你，袋得枯骨在此」和尚曰「你最無知，此回若不改過，教你一門滅絶」"（『大倉文化財団蔵 宋版 大唐三蔵取経詩話』汲古書院、1997年）。

深沙神が（おそらく骸骨を示しながら）前世の玄奘を二度も食い殺したと告げるのに対し、玄奘は今度そんなことをしたら一族郎党を滅ぼすと説教している。すると深沙神は巨大化して"一道金橋，両辺銀線"を両手で支え、玄奘一行を向こう岸へ渡したという。

これまで二度も玄奘を殺した深沙神が、なぜ今回は協力的なのか。缺葉はあるが、一定の推理は可能であろう。この話の最後で深沙神は、"一墮深沙五百春，渾家眷属受災殃。金橋手托従師過，乞薦幽神化却身"という詩を詠む。深沙神は五百年前に何らかの罪を得て、一族郎党（渾家は全ての意）ともども、現在の境遇に身を落としてしまったらしい。しかし今や玄奘三蔵の口ぞえで、罪を許される望みが出てきたことが窺える。

以前の玄奘三蔵には深沙神に貸すだけの力が無かったようである。それで二度も食い殺されてしまった。はじめ「行程遇猴行者処」第二で猴行者は、玄奘に対してこう語っている。"和尚生前両迴去取経，中路遭難。此迴若去，千死万死……我今来助和尚取経。此去百万程途，経過三十六国，多有禍難之処"。

ここで猴行者は、玄奘が前世で二度も取経に失敗したことを告げている。当然その失敗が深沙神に起因することも知っていたはずである。その彼が、自分が同行しなければ今度も失敗すると言うのは、この時点で玄奘と深沙神との力関係は前世のままであることを暗示する。だからこそ、つづく「入大梵大王宮〔処〕」第三で、猴行者は言葉巧みに玄奘を毘沙門天王のもとにいざない、天王に仕える羅漢から、深沙神のことを玄奘に説明してもらう。また深沙神にどう対処したらよいか天王に教えを請うて、三つの道具を授かる。隠形帽と錫杖、それに鉢盂である。"羅漢曰「師曾両迴往西天取経，為仏法未全，常被深沙神作孽，損害性命。今日幸赴此宮，可近前告取天王，乞示仏法，前去免（？）得多難」法師与猴行者近前咨告請法。天王賜得隠形帽一事，金鐶錫杖一条，鉢盂一隻"。

この三つの道具を深沙神に対して使ったか否かは、缺葉の為わからない。しか

し三つの道具すべてを使って、九条虬頭鼉龍を倒し、その背筋を抜いて玄奘に渡したことが「入九龍池処」第七に描かれている。"行次前過九龍池……九条虬頭鼉龍……被猴行者隠形帽化作遮天陣，鉢盂盛却万里之水，金鐶錫杖化作一条鉄龍……被猴行者騎定虬龍，要抽背脊筋一条，与我法師結条子。九龍咸伏，被抽背脊筋了……猴行者拘得背筋，結条子与法師繋腰。法師纔繋，行歩如飛，跳迴有難之処"。

　これは九条虬頭鼉龍と深沙神の密接な関係を示すであろう。だからこそ九条虬頭鼉龍に対して、深沙神対策のための三つの道具が駆使されたのである。猴行者は、のちの孫悟空ほど武闘派ではないが、それでも他に「過長坑大蛇嶺処」第六で白虎精と戦っている。だがこのときは金鐶杖を夜叉に変えたあと、白虎精の腹中にサルを入り込ませ、それを（？）最後には大きな岩に膨らませて白虎精を破裂させた。つまり三つの道具のうち一つしか使っていない。のみならず九条虬頭鼉龍は九龍池にいるのだから、一種の水怪である。すると九条虬頭鼉龍は、最強の水怪たる深沙神の一族郎党に当たるのではないか。深沙神は夜叉を率いるという記述や、蛇を身につけた姿の描写があることは、すでに紹介した。なお鼉龍については、さらに後述する。

　この「入九龍池処」第七の最後から第八「処」の前半にかけては缺葉だが、深沙神が屈服した背景は窺うに足るであろう。一族郎党が敗れ、それにより玄奘三像は龍の筋を得て従来より能力を高めた。しかも猴行者や毘沙門天に守られており、したがって武力闘争は不利だと判断したのである。

　それにしても毘沙門天の化身あるいは配下であったはずの、そして玄奘三蔵の危機を救ったはずの深沙神が、なぜ『大唐三蔵取経詩話』では西天取経の最大の難関として設定されているのか。それは猴行者の登場にともない、玄奘三蔵の援護者としての地位を追い落とされ、敵役に回されたのだと筆者は考えている。

　ここで深沙神がカメのイメージを帯びていると考えれば、猴行者と深沙神のあいだに、東方朔と巨霊神以来の関係を見出すことが可能であろう。カメのイメージを帯びた巨霊神は、また東方朔のライバルの小人や小鳥としても描かれる。それは西王母の桃にまつわる話においてであり、孫悟空像の形成にも大きな意味を持っていることは前掲氏岡「東方朔から孫悟空へ」で述べた（そこで辿った巨霊伝承の系譜は、後述する無支祁と孫悟空の関係が通説より複雑なことを説くため、単純化し

また『今昔物語集』巻五「亀、猿の為に謀られたる語」第二十五に見えるモチーフとも関わるであろう。亀が猿を背中に乗せて海を渡ってやると言い、その肝を取ろうとする。だが猿は肝を陸地に置いてきたから取りに戻ろうと言って、難を免れるのである。この話は康僧会訳の『六度集経』巻四（第三十六話、『大正蔵』三19ｂ）や竺法護訳の『生経』巻一「仏説鼈獼猴経」第十（『大正蔵』三76ｂ）などに遡りうる（今野達校注『今昔物語集』一、岩波書店『新日本古典文学大系』三十三、1999年）。丁乃通（Nai-tung Ting）は『中国民間故事類型索引（*A Type of Chinese Folktales*）』（中国民間文芸出版社、1986年）で、このモチーフの民話をＡＴ（Aarne-Thompson）分類の第九十一番に当てるが、猿に敗れるのは必ずしも亀ではないから、巨視的には「猿と水神」（石田英一郎『新版河童駒引考』岩波文庫、1994年）のカテゴリーに入るものであり、そのような力関係も、猴行者と深沙神のあいだに働いていると考えられる。

　さらに宋末元初の周密の『癸辛雑識』続集上「西征異聞」に以下の記述があり、深沙神の金橋との類似が、中野美代子氏によって指摘されている（『孫悟空の誕生』Ⅲ３、岩波現代文庫、2002年）。"陳剛中云……西域有沙海、正拠要津、其水熱如湯、不可向近。此天之所限華夷也、終古未嘗通中国。忽一夕、有巨獣浮水至。其骨長数十里、横於両涘如津梁、然骨中有髄竅、可容並馬、於是西域之地始通中国……"。ここには、盛唐の辺塞詩人岑参が「熱海行、送崔侍御還京」七古（『岑参集校注』上海古籍出版社、1981年）で"西頭熱海水如煮""中有鯉魚長且肥（注。海中有赤鯉）"などと描く、現キルギス領イシシック（クル）湖のイメージが混入しているであろうことも中野氏は指摘している。しかも熱海についての中国人の知見は、玄奘の『大唐西域記』巻一に由来する（『大正蔵』五十一871a）。この難所を越える橋が、赤鯉ならぬ巨獣によってもたらされたという話もまた、唐代に遡りうるのではないか。

　この話は、水中の巨獣が突然現れて何かを残すというモチーフである。それが"正に要津に拠り……此れ天之華夷を限る所也"という辺境に持ち込まれ、化け物が死んで華夷の橋渡しをした、という筋書になったのであろう。このモチーフは、唐代伝奇の無支祁の話にも見られる。それは孫悟空の原型とも言われるが、水中に潜む金牛が出現して鎖を残すという志怪のパターンを用いた創作であり、

遡れば、カメが水中で陸地を支えるという神話的イメージに行き着く（前掲氏岡「東方朔から孫悟空へ」参照）。

また鼉や黿が梁をかけたという話もある（たとえば『楚辞』「離騒」"麾蛟龍使梁津兮"の王逸注"似周穆王之越海，比鼉黿以為梁也"）。鼉はヨウスコウワニだが、スッポンのイメージをも帯びていたようである（前掲中野美代子『西遊記の秘密』Ⅰ4・Ⅲ4）。黿はオオスッポンともアオウミガメとも言うが、大きなカメ（スッポン科は爬虫綱カメ目）であることは間違いない。この話は西征伝説で有名な周穆王にまつわるものであり、その点も含めて、やはり『大唐三蔵取経詩話』に影響を与えたであろう。

三、通天河のカメ

さて明刊本『西遊記』（上海古籍出版社、1994年）第四十九回で、玄奘たちは通天河をわたる。通天河は"東土大唐到我這裏，有五万四千里路"に位置していた（第四十七回）。唐から天竺までの道のりが十万八千里であることは、第十二回以降たびたび言及されるから、通天河はちょうど中間点に相当する設定である。通天河の川幅は八百里あり、おまけに南海観音の蓮池から逃げ出した金魚が霊感大王となって、行く手を阻む。けれども孫悟空の活躍で霊感大王は退治され、玄奘たちは昔から川底に住む黿（前述）の背中に乗って、西岸へわたしてもらう。この大きなカメは、かわりに"我在此間整修行了一千三百餘年……万望老師父到西天，与我問仏祖一声，看我幾時得脱本殻，可得一個人身"と頼んでいる。

さて玄奘は第九十八回で天竺に到着し、凌雲渡で丸木橋から落ちて水浸しになるなど悶着は続くが、ついには如来から経典を授かる。そして第九十九回、天竺からの帰り道である。玄奘たちは如来の思し召しで雲に乗って帰るはずが、後述の理由のため途中で地上に落とされた。そこは通天河の西岸で、例の大きなカメが待っていて、再び玄奘たちを背中に乗せて東岸へ向かう。途中でカメは"我向年曾央，到西方見我仏如来，与我問声帰着之事，還有多少年寿，可曾問否"と尋ねる。ところが玄奘はすっかり忘れていたので、絶句してしまった。その様子で察したカメは身を震わせて、玄奘たちを河に落とす。これは観音菩薩のはからい

であったという。つまり玄奘は前世で金蟬子という如来の弟子だったが、説法のとき居眠りをして俗世に身を落とされた。それを第一難とすれば、今回が第八十一難となり、めでたく"九九もて真に帰す"という次第であった。

　ここに明刊本の、数へのこだわりの一端が見られることは、中野美代子氏に指摘がある（「『西遊記』西天取経故事の構成——シンメトリーの原理——」、『東方学会創立五十周年記念東方学論集』東方学会、1997年）。たとえば第九十九回に第八十一難を迎えるのは $9 \times 9 = 81$ の掛け算である。また第四十九回で唐と天竺の中間点を越えて、第九十八回で天竺に達しているのは $98 \div 2 = 49$ だからである。もっとも玄奘が長安を出発したのは第十三回ゆえ、じつは第五十五回こそが半分になる計算で、世徳堂本ではこの第五十五回を最重要の中心軸として、故事が対称的に配置されていると中野氏は説く。とはいえ第四十九回の通天河を挿んで、第四十三回と第五十三回に黒水河と子母河の話がやはりシンメトリーを成すことも指摘されている。

　その背景を、中野氏は現実の黒水河（雲南に発しトンキン湾に注ぐ）や長江源流に対する明代の認識に求めた。また大塚秀高氏は、通天河とは天竺の霊山に通ずる河の意味であり、それが唐と天竺の中間に設定されるのは、かつて描かれていた天竺から唐への復路が、やがて往路の後半に組みかえられたことの痕跡だと説く（「通天河はどこに通じていたのか——『西遊記』成立史の一齣——」、『埼玉大学紀要（教養学部）』第三十八巻第二号、2002年）。筆者であるが、黒水河から通天河をはさんで子母河へ至るという構造が、『大唐三蔵取経詩話』と一脈通ずるように思う。つまり『大唐三蔵取経詩話』の「入九龍池処」第七から深沙神を描く第八「処」を へて「入鬼子母国処」第九さらに「経過女人国処」第十へと続く構成が、明刊本において利用されたのではないだろうか。

　『大唐三蔵取経詩話』の「入九龍池処」第七については前述した。明刊本第四十三回の黒水河では、そこを渡ろうとした玄奘が、鼉潔によって川底に引きずり込まれる。この鼉潔は、西海龍王の甥の鼉龍（前述）で、九人兄弟の末っ子だった。ここには「入九龍池処」第七における、深沙神の一族郎党であろう九条虬頭鼉龍とのアナロジーが見られる。そして第四十三回の最後には、鼉潔に黒水河を奪われた本当の河神が出てきて、お礼に河をせき止めて玄奘たちを向こう岸へ渡

す。この点は第四十九回と同工異曲であり、両者の関連性がしのばれる。

　また『大唐三蔵取経詩話』「入鬼子母国処」第九の玄奘たちは、大人がおらず三歳の子供ばかりいる鬼子母国で供養を受ける。つぎの「経過女人国処」第十では、川をわたるなどしたあと、男がいない女だらけの女人之国で女王から求婚されるが何とか断る。そのあとに「入王母池之処」第十一が続くのも興味深い（なお鬼子母国と女人之国の関係については、大塚秀高「然我七人、只是対鬼説話？——鬼国説話と西遊記物語——」、『集刊東洋学』第五十九号、1988年参照）。いっぽう明刊本では、第五十三回で玄奘と猪八戒が子母河の水を飲んで妊娠（！）し、第五十四・五十五回では西梁女人国の女王や、さらには琵琶洞の女怪に求婚されて難儀する。これら鬼子母国・女人之国と子母河・西梁女人国との間には、すでに一定の関連性が指摘されている（太田辰夫「『大唐三蔵取経詩話』考」、『西遊記の研究』研文出版、1984年）。

　さて『大唐三蔵取経詩話』第八「処」では深沙神が玄奘たちを向こう岸に渡したのに対して、明刊本第四十九回ではカメが彼らを向こう岸に渡す。一体この明刊本で唐と天竺の中間は、なぜ通天河なる水域に設定され、なぜカメが玄奘たちの渡し守として登場するのか。ここで『大唐三蔵取経詩話』における、西天取経に占めた深沙神の重要性を想起したい。前述のように、玄奘が前世で二度も取経に失敗したのは、深沙神に阻まれたからだとされていた。その深沙神は、第八「処」で登場する他にも、三つの場面で言及される。そのうち「入大梵天王宮［処］」第三は既にみた。「入竺国度海之処」第十五でも、玄奘たちが経典を得て天竺を去るさいの詩において"深沙幽暗并神衆，乗此因縁出業津"とある。さらに「到陝西王長者妻殺児処」第十七では、取経を果たして帰国した玄奘と唐の皇帝とのあいだで、"法師曰「取経歴尽魔難，只為東土衆生。所有深沙神，蒙佗恩力，且為還因，寺中追救」皇王白法師委付「可塑於七身仏前護殿」"という会話がなされている。

　このように再三、今回の西天取経成功は深沙神のおかげであると言明される。つまり『大唐三蔵取経詩話』において意味上の中心軸は深沙神にあり、それを換骨奪胎して、明刊本は中心としての通天河を設定したのであろう。そして深沙神の名残で、カメが渡し守になったのである。明刊本で黒水河と通天河および子母

河の話のあいだに、車遅国の話や独角兕大王との戦いが描かれるのは、『大唐三蔵取経詩話』の構成を利用しつつ、後からはめ込まれたものであろう。

最後に『大唐三蔵取経詩話』と明刊本の時期の開きについて考えておこう。両者の中間段階（磯部彰「『元本西遊記』の形態について」、『「西遊記」形成史の研究』創文社、1993年参照）では、深沙神ではなく沙和尚が登場する。名前しか出てこない資料もあり、その描き方は必ずしもはっきりしないが、物語全体における位置づけは軽くなっていたようである。

唯一詳しい雑劇（『楊東莱先生批評西遊記』斯文会、1928年）では、第十齣「収孫演呪」の末尾で流沙河の妖怪として存在が予告される。登場するのは第十一齣「行者除妖」の前半で、初め沙和尚は"小聖生為水怪，長作河神。不奉玉皇詔旨，不依釈老禅規。怒則風生，愁則雨到，喜則駕霧騰雲，閑則般沙弄水。人骨若高山，人血如河水，人命若流沙，人魂若餓鬼。有一僧人，発願要去西天取経。你怎麼能勾過得我這沙河去。那厮九世為僧，被我吃他九遭，九箇骷髏尚在我的脖項上。我的願心，只求得道的人，我吃一百個，諸神不能及。恰吃得九個，少我的多哩"と威勢がいい。しかし孫行者を食べようとして文字通り（銅筋鉄骨に）歯が立たず、取り押さえられると"小聖非是妖怪，乃玉皇殿前捲簾大将軍，帯酒思凡，罰在此河，推沙受罪。今日見師父，度脱弟子咱。"と豹変する。本当に捲簾大将軍だったのか、疑わしくさえなる変わり身の速さだが、ここには新旧の伝承が混在しているのであろう。第十一齣の後半は別の話となり、やがて第二十二齣「参仏取経」で、沙和尚は孫行者や猪八戒とともに天竺に留まり正果を得る。彼に割かれる紙幅は以上である。孫行者はもちろん、登場から改心まで巻之四（第十三～十六齣）でじっくり描かれる新参者の猪八戒と比べても少ない。そのぶん明刊本に近づいたとも言えるだろう。

勿論それは直線的な変化ではあるまい。『朴通事諺解』所引の『西遊記』や『銷釈真空宝巻』などは西天取経の経由地を羅列するが、上述のような対応関係は無さそうである。とはいえ明刊本の製作者たちは、『大唐三蔵取経詩話』のような話を知っていたはずで、それはたとえば『大宋宣和遺事』と元明の水滸戯および明刊本『水滸伝』の関係を想起すれば首肯されよう。

なお西孝二郎『「西遊記」の構造』（新風舎、1997年）は、沙悟浄と猪八戒のあい

だに『周易』「説卦伝」にもとづく関係を見出すことによって、沙悟浄の正体は亀であろうと推理しておられる。猪八戒の出現は、おそらく『大唐三蔵取経詩話』の深沙神より遅いのだが、明刊本の製作者たちは、そのような理屈付けをしたのかも知れない。

崇禎本「金瓶梅」に於ける補筆について

荒木　猛

はじめに

　万暦丁巳(45)年の弄珠客の序のある「金瓶梅詞話」(以下、これを「詞話本」と称する)は、明末までに一度ある人物によって書き改められたと推測される。それが「新刻繡像批評金瓶梅」(以下、これを「崇禎本」と称する)である。この書き改めた人物は今もって不明だが、本稿では以下これを補筆者と称することとする。

　そこでまず関心のもたれることは、この補筆者が「詞話本」をどう改めて「崇禎本」にしたかであろう。幸いこの点に関しては、すでに小野忍氏によってその主なる点が次のように総括されている(1)。

　まず、部分的な変更点としては、

(一)、第一回を改めた。「詞話本」一回は、武松の虎退治から話が始まるのに対して、「崇禎本」一回は、この小説の主役の西門慶がその取り巻き連中と義兄弟の契りを結ぶということから始めることに話を変えている。

(二)、第五十三回と第五十四の両回を大幅に変えた。

(三)、「詞話本」八十四回には、呉月娘が泰山に焼香に行った帰り清風寨で拉致され王英に乱暴されそうになるが、そこに居合わせた宋江によって救われるという「水滸伝」三十二回からの借用と思われる一段があるが、「崇禎本」ではこの部分を削った。

また、作品全体の亙る変更点としては、

(四)、各回の表題及び各回冒頭の詩詞を変えた。

(五)、「詞話本」に多く見られた山東方言を削った。

(六)、概して「詞話本」に多く見られた、長い上奏文や道士の祈禱文、食事や着物についての丁寧な説明文、多数の唄の歌詞や芝居の情景等を描写した文

等々、小説の筋とは直接関係のない文章を極力削った。

(七)、「詞話本」の随所で見られた誤字・当て字、脱文・衍文等を改め、読みやすくした。

小野忍氏による総括は以上であるが、筆者は最近、このうちの(二)の五十三と五十四の両回で、「崇禎本」では「詞話本」がどう書き改められたかについて、いささか詳しく自分なりの考えをまとめて発表した。そこで本稿では、(六)の点について深く考えてみたいと思う。尚、本稿で使用したテキストは、「詞話本」は1932年中国山西省介休県で発見されたテキストの影印本に、「崇禎本」は日本国立公文書館内閣文庫本に、それぞれ依ったことを予めおことわりしておきたい。

「崇禎本」は、「詞話本」のいわば刪節本であるということは、この両種のテキストを比較してみるとすぐわかることである。

例えば、次の七回における「詞話本」の文章は、呉服屋の未亡人で後に西門慶の第三夫人に納まる孟玉楼が初めて作中に登場する時の様子を描写した部分である。

只聞環珮叮咚、蘭麝馥郁、婦人出來。(1上穿翠藍麒麟補子粧花紗衫。大紅粧花寬欄、頭上珠翠堆盈。鳳釵半卸。)西門慶睜眼觀看那婦人、但見

長挑身材、粉粧玉琢、模樣兒不肥不瘦。(身段兒不短不長。)面上稀稀有幾點微麻、生的天然俏麗。裙下映一對金蓮小脚。果然周正堪憐。二珠金環、耳邊低挂、雙頭鸞釵、髻後斜插。但行動、胸前搖响玉玲瓏。坐下時、一陣麝蘭香噴鼻。恰似嫦娥離月殿、猶如神女下瑤階。

西門慶一見、滿心歡喜。(薛嫂忙去掀開簾子。)婦人出來、望上不端不正、道了個萬福、就在對面椅上坐下。西門慶把眼上下不轉睛看了一回。婦人把頭低了。西門慶開言說、「小人妻亡已久、欲娶娘子、(入門爲正、)管理家事。未知意下如何？」那婦人問道「官人貴庚？ 沒了娘子多少時了？」西門慶道「小人虛度二十八歲、(2七月二十八日子時建生。)不幸先妻沒了、一年有餘。不敢請問娘子青春多少？」婦人道「奴家（青春）是三十歲。」西門慶道「原來長我二歲。」薛嫂在傍插口道「妻大兩、黃金日日長。妻大三、黃金積如山。」說着、只見小丫鬟拏了三盞蜜餞金橙子泡茶、(3銀鑲雕漆茶鐘、銀杏葉茶匙。)

婦人起身、先取頭一盞、用繊手抹去盞邊水漬、遞與西門慶、(忙用手接了。)
道了萬福。　　　　　　　　　　　　　　　　　195～197
(4)

　引用文中、括弧でくくった部分は、すべて「崇禎本」では削られている。つまり、1のような登場人物の身形や服装に関する詳しい描写や、3のような事物に関する詳しい描写は、いずれも省かれる。また2のように、省いても文意の通ずる部分は極力省かれている。このように、「崇禎本」は「詞話本」に基づきつつも、補筆者が削ってもよいと思った箇所を往々削っており、この現象は、今挙げた引用箇所にかぎらずほぼ百回全体にわたって認められる所である。

　ところで、思い込みというものは恐ろしいもので、以上のことから筆者はこれまで、「崇禎本」とは、「詞話本」における一回と、五十三・五十四の両回、それに八十四回の一部を書き改めた他は、もっぱら文意に直接かかわらない部分を削るのみの、いわば「詞話本」の刪節本であるとばかり思い込んできた。ところが今回、この「詞話本」と「崇禎本」を仔細に比較してみたところ、意外にも「崇禎本」において「詞話本」の文を大幅に書き改めたり、さらには新たに書き加えたりしている部分のあることが判明した。では、それはどのような補筆であり、その補筆には何か傾向が認められるかどうか、これより考察してみたい。

　実際に「詞話本」と「崇禎本」を比較して、「崇禎本」における補筆例を具体的に調査してみると、一字や二字といった小さな補筆例は無数にあり、もしそれらを一々挙げると説明が煩瑣になる上、紙面上の制限を超える恐れがあるので、今回は以下のように、「崇禎本」における補筆のうち顕著な例のみあげたことをまずお断りしておきたい。

　一、まず四回で西門慶が人妻潘金蓮を誘惑する場面。西門慶が王婆より授けられたくどきの計略を実行してゆき、この計の一番最後の仕上げにかかる箇所は、「詞話本」では、次のように描かれている。

　　婆子一面把門拽上、用索兒拴了、倒關他二人在屋裏。當路坐了、一頭績着
　　鎖。却説西門慶在房裏、把眼看那婦人、雲鬢半嚲、酥胸微露、粉面上顯出紅
　　白來。一徑把壺來斟酒、勸那婦人酒。一回推害熱、脱了身上綠紗褶子、「央
　　煩娘子、替我搭在乾娘護炕上。」那婦人連忙用手接了過去、搭放停當。這西

門慶故意把袖子在卓上一拂、將那雙筯拂落在地下來。一來也是緣法湊巧、那雙筯正落在婦人脚邊。這西門慶連忙將身下去拾筯、只見婦人尖尖趫趫剛三寸、恰半扠一對小小金蓮、正趫在筯邊。西門慶且不拾筯、便去他繡花鞋頭上、只一捏。那婦人笑將起來、說道「官人休要囉唣、你有心、奴亦有意、你眞個勾搭我。」西門慶使雙膝跪下、說道「娘子作成小人則個。」那婦人便把西門慶摟將起來、說「只怕乾娘來撞見。」西門慶道「不妨、乾娘知道。」當下兩個就在王婆房裡脫衣解帶、共枕同歡。　　　　　　　　　　　136〜137

　このあと、西門慶と潘金蓮の二人は、所謂「雲雨」に及ぶわけだが、実は、同じ場面が「水滸伝」二十四回にも見える。ここでは敢えて「水滸伝」の当該部分は引用しないが、この両者を比べてみると、互いの文章が相当近いことが判る。恐らく、「詞話本」は「水滸伝」に基づいて作られたのであろう。
　だが「崇禎本」では、「詞話本」に基づき次のように書き換えられている。

這婦人見王婆去了、倒把椅兒扯開一邊坐着、却只偸眼睃看。西門慶坐在對面、一徑把那雙涎瞪瞪的眼睛看着他、便又問道「却纔到忘了問娘子尊姓？」婦人便低着頭帶笑的回道「姓武。」西門慶故做不聽得、說道「姓堵？」那婦人却把頭又別轉着、笑着低聲道「你耳朶又不聾。」西門慶笑道「呸、忘了。正是姓武。只是俺清河縣姓武的却少、只有縣前一箇賣炊餅的三寸丁姓武、叫做武大郎。敢是娘子一族麽？」婦人聽得此言、便把臉通紅了、一面低着頭微笑道「便是奴的丈夫。」西門慶聽了、半日不做聲、呆了臉、假意失聲道屈。婦人一面笑着、又斜瞅他一眼、低聲說道「你又沒冤枉事、怎的叫屈？」西門慶道「我替娘子叫屈哩。」却說西門慶口裡娘子長、娘子短。只顧白嘈。這婦人一面低着頭弄裙兒、又一回咬着衫袖口兒、咬得袖口兒格格駁駁的响、要便斜溜他一眼兒。只見這西門慶推害熱、脫了上面綠紗褶子道「央煩娘子替我搭在乾娘護炕上。」這婦人只顧咬着袖兒、別轉着不接他的、低聲笑道「自手又不折、怎的支使人。」西門慶笑着道「娘子不與小人安放、小人偏要自己安放。」一面伸手隔桌子搭到床炕上去、却故意把桌上一拂、拂落一隻筯來。却也是姻緣湊着、那隻筯兒剛落在金蓮裙下。西門慶一面斟酒勸那婦人、婦人笑着不理他。他却又待拿筯子起來、讓他吃荣兒。尋來尋去不見了一隻。這金蓮一面低着頭、把脚尖兒踢着、笑道「這不是你的筯兒？」西門慶聽說、走過金

蓮這邊來道「原來在此。」蹲下身去。且不拾筋、便去他綉花鞋頭上只一捏。那婦人笑將起來、說道「怎這的囉唕、我要叫起來哩。」西門慶便雙膝跪下說道「娘子可憐小人則箇。」一面說着、一面便摸他褲子。婦人又開手道「你這歪厮纒人、我却要大耳刮子打的呢。」西門慶笑道「娘子打死了小人、也得箇好處。」于是不繇分說、抱到王婆床炕上、脱衣解帶、共枕同歡。

(一) 一42b～43b⁽⁵⁾

では、この部分における「詞話本」と「崇禎本」の相違は何かと言えば、次の二点にまとめられる。

1）、まず西門慶が潘金蓮を口説き落とす経過が、「崇禎本」における描写の方が「詞話本」のそれよりも、遙かにリアルで自然なものになっていることをまず挙げられよう。「詞話本」では、西門慶が上着を脱いで金蓮にそれを炕のヘリに掛けてもらう際、わざと袖でテーブルを払ってテーブルの上にあった箸を下におとしてしまうという風にいささか不自然かつ強引な描写がなされているのに対して、「崇禎本」では、西門慶が上着を炕のヘリに掛けようとして、これを金蓮に頼むのだが断られたので、自分でテーブル越しに無理に掛けようとした為、思わずテーブルの上にあった箸の片方を誤って落としてしまったという風にしている。「崇禎本」で描かれたようなこのような展開は、大いにありうることで、しかも落ちたのは箸の片方であって、後でおかずをつまもうと箸に手を伸ばすもその片方が見えずオロオロするというのもリアルで自然な描写と言えよう。

2）、更に、夫に背いてこれから不義の密通に及ぼうとする人妻潘金蓮に関する描写が、「崇禎本」では「詞話本」に比べて遙かに詳しくかつリアルになっていることが挙げられる。「詞話本」では、床に落ちた箸を拾わずに自分の足に手を伸ばす西門慶に対して、金蓮は、「旦那、いたずらしないで、魚心あれば水心よ、あなた本当に私を誘惑するおつもり。」と言うのみであるが、「崇禎本」における彼女は、始め西門慶から夫の名前を尋ねられて恥かしそうに下を俯いていたのが、男の下心を察するや、次第に男に拗ねたり、男を焦らしたりした挙句、箸の片方を探す西門慶にむかって、「これ、あなたの箸じゃなくって。」と、足で落ちている箸を蹴って大胆に男を誘惑するとい

う風に著しくその態度を変える。このように女性の態度の変化さえも描き出している。

二、二十六回では、来旺が西門慶の計略にかかって強盗にされてしまう一段がある。この話の着想は、恐らく「水滸伝」七回や、李開先の戯曲「宝剣記」十一出などにおいて見られる高俅が計略によって林冲を陥れる話から得たものであることはほぼ間違いないと思われるが、ここでは、「金瓶梅」が何から着想を得て、それをどう加工したかを論ずるのが目的ではないので、この点についてはこれ以上触れず、以下に本稿の目的である「詞話本」と比較してこの段において「崇禎本」ではどう書き改められているかを考えてみよう。

まず、そもそもの事の発端は、西門慶が来旺を杭州に派遣している間に彼の妻の宋恵蓮に手を出し、彼女と不義の関係になったことに始まる。ところが、やがて杭州から戻ってきた来旺に孫雪娥（西門慶の第四夫人）が留守中のことをすっかり話してしまう。これを聞いて心中穏やかでない来旺は、ある日酒に酔った勢いで主人たる西門慶のことを大声できこおろす。一方、西門慶は来旺に密通のことを悟られたことを知り彼をなんとか始末せねばと決意する。そして次の二十六回の段になる。ここの所先ず「詞話本」では、次のように描かれている。

　　　也是合當有事。剛睡下沒多大回、約一更多天氣、將人纔初靜時分、只聽得後邊一片聲叫趕賊。老婆推忙睡醒來旺兒、酒還未醒、撈撈睜睜扒起來、就去取床前防身梢棒、要往後邊趕賊。婦人道「夜晚了、須看個動靜、你不可輕易就進去。」來旺兒道「養軍千日、用在一時、豈可聽見家有賊、怎不行趕。」于是拖着梢棒、大扠走入儀門裡面。只見玉筲在廳堂臺上站立、大叫「一個賊往花園中去了。」這來旺兒徑往花園中趕來。赶到廂房中角門首、不防黑影拋出一條橙子來、把來旺兒絆倒了一交。只見啊嗨了一聲、一把刀子落地。左右閃過四五個小厮、大叫「捉賊。」　　　　　　　　　　664～665

これに対して、「崇禎本」では、次のように書き換えられている。

　　　老婆打發他睡了、就被玉簫走來、叫到後邊去了。來旺兒睡了一覺、約一更天氣、酒還未醒、正朦朦朧朧睡着、忽聽的窗外隱隱有人叫他道「來旺哥、還不起來看看、你的媳婦子又被那沒廉恥的勾引到花園後邊、幹那營生去了。虧你到睡的放心。」來旺兒猛可驚醒、睜開眼看看、不見老婆在房裡、只認是雪

娥看見甚動靜來遞信與他、不覺怒從心上起、道「我在前面就弄鬼兒。」忙跳起身來、開了房門、遙撲到花園中來。剛到廂房中角門首、不防黒影裏拋出一條橙子來、把來旺兒絆了一交、只見響噯一聲、一把刀子落地。左右閃過四五箇小廝、大叫「有賊。」　　　　　　　　　　　　（六）―2b

つまり「詞話本」では、来旺は夜中に「泥棒だ！」という声に驚き、妻が「もっと様子を見てからしたらいかが。」と言うのも聴かずに棒を持って裏の花園に駆け付けるのに対し、「崇禎本」では、夜中に「奥さんがまた浮気に出かけた。」という誰かの声で目を覚ますと、傍で寝ているはずの妻の姿がない。さてはまた主人西門慶が人妻を寝取るつもりで誘ったかと怒って外に飛び出ることにしている。さらにこの直前には、西門慶は予め来旺が寝入るのを見計らってから、玉簪を使って宋恵蓮を誘い出させている。

　ここで視点を変えて、来旺を罠にはめようとした西門慶の立場に立ってこの場の状況を考えてみると、「詞話本」のような展開だと、単に人を使って夜中に「泥棒だ！」と叫ばせたとしても、必ずしも来旺が具合よく花園まで駆け付けて来て罠にはまってくれるとは限らないおそれがあったのに対して、「崇禎本」のような展開だと、来旺はこの時正に妻と主人との関係を大いに疑っていた最中だったので、これはこの来旺の心理を巧みに利用した罠だったと言える。読者としても、これなら来旺が前後の見境もなく裏の花園に走って罠にはまってしまったのも無理のない所だと納得できるであろう。

　以上、四回と二十六回の二例を挙げたが、この両回に共通するのは何だったかと言えば、「詞話本」と比較して「崇禎本」では、筋の運びがより自然に、登場人物の心理・行動に関する描写ではより合理的なものに書き換えられていることであった。

　次に、「詞話本」では、登場人物の回を超えての記述に前後撞着している例がまま見られるが、「崇禎本」では、このような遺漏の彌縫に努めていることが二・三認められる。例えば、七十七回に見える楚雲の例がこれである。

　三、六十七回で、西門慶は番頭や下男の韓道国・崔本・来保・栄海・胡秀の五人に命じて、江南に品物の買い付けに出発させている。韓道国らの一行は、その後湖州で絹物を仕入れ、次に揚州に行き苗青の家にしばらく逗留する。七十七回

では、そのうちの崔本と栄海の二人が一足先に清河に戻り、西門慶には、揚州の苗青がかつて西門慶から受けた恩義に報いるべくいずれ慶に贈るつもりの楚雲という娘を一人用意していることを報告する。

さて、崔本と栄海の二人が清河に戻ったあと揚州に残った韓道国ら三人はどうしたか。

このことは、回が飛んで八十一回に記されている。まず「詞話本」では、ここの所が次のように書かれている。

　　到于揚州去處、抓尋苗青家内宿歇、苗青見了西門慶手札、想他活命之恩、儘力趨奉、他兩個（韓道國と來保の二人を指す。筆者注）成日尋花問柳、飲酒取樂。一日初冬天氣、（中略）于是二人連忙將銀往各處、置了布疋、裝在揚州苗青家安下、待貨物買完起身。　　　　　　　　　　　2473～2474

と、不思議なことに、苗青の口からは崔本と栄海とが西門慶に報告した楚雲のことが一言も出てこない。流石に「崇禎本」の補筆者は、この点が気になったと見えて、この部分を特に次のように書き改めている。

　　到于揚州、抓尋苗青家内宿歇。苗青見了西門慶手札、想他活命之恩、盡力趨奉、又討了一箇女子、名喚楚雲、養在家裡、要送與西門慶、以報其恩。韓道國與來保兩箇、且不置貨、成日尋花問柳、飲酒宿婦。只到初冬天氣。（中略）方纔將銀往各處買置布疋、裝在揚州苗青家安下、待貨物買完起身。（中略）有日貨物置完、打包裝載上船。不想苗青討了送西門慶的那女子楚雲、忽生起病來、動身不得。苗青說「等他病好了、我再差人送了來罷。」

　　　　　　　　　　　　　　　　　　（十七）―1a～2b

と、つまり苗青は西門慶に贈る楚雲という娘を用意していたが、韓道国らが清河にむけて出発するという日になってその娘が発病し、結局同伴することができなかったということにしているのである。

さて、同回ではこのあと韓道国らが買い付けた品物を船に積んで帰途につくが、途中韓道国は臨江の水門あたりで、向かいから来た船に乗っていた近所の人から、双方の船が擦違いざまに主人西門慶の死を知らされ、それで清河県に戻るや妻の王六児とともにこっそりと売上げ金を着服して娘のいる都東京に逃げるという展開となる。つまり、韓道国は、六十七回より八十一回まではずっと江南に品物の

買付けに出ていたことになる。ところが、これもまた不思議なことに「詞話本」七十六回では、江南に出かけているはずの韓道国と崔本の二人が、いつも間にか清河県の西門家に戻っているかのように書かれている。

　四、それは「金瓶梅」七十六回においてである。この回には西門家の向かいに住む喬洪という金持が、当局への献金により義官となる一段がある。この時西門慶はこれを祝って大々的に祝いの品を、次に引くように呉大舅らに配る。その中に、本来ここに居るはずのない韓道国と崔本の名前も見えるのである。

　　（西門慶）一面使玳安送兩盒胙肉與喬大戸家、（中略）又分送與呉大舅・溫秀才・應伯爵・謝希大・傅夥計・甘夥計・韓道國・賁地傳・崔本、毎人都是一盒。　　　　　　　　　　　　　　　　　　　　　　　　　　　2261

ここの所は、あるいは応伯爵から崔本までの家にそれぞれ一箱ずつ祝いの肉をお裾分けしたと取れなくもない。もしそれなら、かならずしも韓道国と崔本の二人がこの時清河県に居なくてもよいわけだが、平心にこの部分を読めば、やはりそうではなく、ここは「詞話本」の筆者が韓道国と崔本の二人がまだ江南に出張中であることを失念して書いたと見るほかはないだろう。では、「崇禎本」の同個所はどうなっているかを見てみると、次のように書き改められ、この二人の名前を巧みに消してある。

　　（西門慶）一面使玳安送兩盒胙肉與喬大戸家、（中略）又分送與呉大舅・溫秀才・應伯爵・謝希大幷衆夥計、毎人都是一盒。　　　　（十六）―8a

このように書いてあれば、韓道国と崔本に関する限り、前後撞着することはない。

　五、九十七回における周秀に関しても、「崇禎本」の補筆者はいささか筆を加えている。これを説明する前に、周秀と陳経済と春梅の三人について少し紹介すると、まず陳経済は、西門慶の娘西門大姐の夫で、西門慶の生存中より潘金蓮や春梅と不義の関係にあったが、西門慶の死後に西門家より追放され、乞食となったり道士となったりする。一方春梅は、西門慶の死後、八十六回で守備の周秀に買い取られる。その後遅くとも九十四回までには守備に気に入られ正室に納まる。九十四回で晏公廟の道士となっていた陳経済は、その頃昵懇にしていた一人の女郎をめぐって土地のならず者と争い、守備府に捕らえられて周秀の裁きを受ける。

この裁きを偶然目にした春梅は、夫周秀に対し、かの道士は自分の母方の従弟だと言って彼を釈放させる。釈放された後陳経済はしばらく行方不明であったが、ひたすら彼の身の上を案ずる春梅は、守備府の下男達に命じて彼を捜させ、行方が判明すると守備府に連れて来させ、夫周秀に母方の従弟がやって来たと嘘を言う。この時陳経済に対し「詞話本」九十七回で、周秀は次のように言っている。

　　「向日不知是賢弟、被下人隱瞞、有悮衝撞、賢弟休恠。(中略) 自従賢弟那
　　日去後、你令姐晝夜憂心、常時啾啾唧唧不安、直到如今。一向使人尋找賢弟
　　不着、不期今日相會、實乃三生有縁。」　　　　　　　　　2869～2870

これでは、周秀は陳経済とはまるっきり面識がなかったかのような言い方である。だがこの周秀という人は、西門慶が三十回で提刑所理刑に就任してより、ともに同県の同僚としてしばしば西門家に来ていた人なのである。西門慶が生存中について見るならば、作中周秀が陳経済と直接会話をかわす場面こそないものの、少なくとも、西門慶が提刑所の役人になった三十一回と、西門慶の誕生祝いのあった五十八回、更には西門慶が昇任した七十二回にそれぞれそれらを祝いに周秀が西門家を訪れているので、そのいずれかの折に、西門家の娘婿の陳経済と顔を合わさぬことは考えにくいのである。かく見てくるとやはり、この九十七回で周秀が陳経済と一面識もなかったとするのはいささか合理性に欠けるように思われる。「崇禎本」の補筆者もそのように判断したのであろう、ここで次のような一文を書き加えて弁解している。

　　看官聽説、若論周守備與西門慶相交、也該認得陳敬濟。原來守備爲人老成
　　正氣、舊時雖然來往、並不留心管他家閒事。就是時常宴會、皆同的是荊都監、
　　夏提刑一班官長、并未與敬濟見面。況前日又做了道士一番、那裡還想的到西
　　門慶家女婿、所以被他二人瞞過、只認是春梅姑表兄弟。
　　　　　　　　　　　　　　　　　　　　　　　　　　　　(二十) —12a

つまりここで補筆者はわざわざ、周秀は確かに西門慶と交際はあり西門家に招かれたことも再三あったが、実際にそこで陳敬濟と顔を合わせたことはなかったのだとし、また周秀という人は他人の家の家族構成に興味を示す性格の人でもなかったなどと弁明の一文を添えている。尚、陳経済のことを「崇禎本」ではなぜか陳敬濟と表記している。

以上見てきたところに依れば、「詞話本」では、登場人物のうち楚雲、韓道国・崔本、周秀・春梅・陳経済に関し、回を超えての彼等の記述に前後撞着したり脈絡の欠けている面が認められた。しかし、ここで「詞話本」の為に一言弁ずるならば、そもそも前後百回よりなる「金瓶梅」のような長編小説で、登場人物も優に六百名を超える大作にあっては、けっして望ましいことではないが、このような遺漏はままありうることである。しかし、これに筆を加えた「崇禎本」の補筆者は以上の遺漏を見逃さず、ある時は一文を添えたり、またある時は登場人物名を省いたりして極力これの彌縫に努めていることが以上から認められた。

まとめ

「崇禎本」の補筆者が「詞話本」に手を加えて「崇禎本」を作った時の方針は、一体何であったか。これには既に指摘されているように、一に、話の筋とは直接関係のない詞曲や描写に大鉈を振るって削った。二に、誤字・当て字を改めた等々の他に、実は今見てきたように加筆した部分があった。では次に、この加筆に何らかの傾向というものが見られるかどうかを考えてみると、「崇禎本」では、まず西門慶が人妻の潘金蓮をくどく段や、来旺が西門慶の罠にかかる段などに見られたように、話の展開をより自然なものにしようとする傾向が見られた。また登場人物のうち楚雲・韓道国・周秀らについては、回を超えての彼等の記述に一貫性をもたせようと書き改めている傾向も見られた。

かつて小川環樹氏は、「三国演義」が「平話」から「演義」へと発展する際の傾向として合理化という方向性が見られると指摘されたことがあるが、(6)「金瓶梅」における「詞話本」から「崇禎本」への方向性も、同じく合理化という言葉で総括できるのではないかと筆者は考えるものである。

註
（１）　平凡社刊、中国古典文学大系「金瓶梅」上に見える小野忍氏の解説。
（２）　拙稿「繍像本『金瓶梅』における五十三回より五十七回までについて」（「中国古典小説研究」第十一号　平成18年7月刊）を参照されたい。

（3）　これは、1957年文学古籍刊行社より内部資料として刊行された影印本である。
（4）　前掲註（3）の影印本につけられた頁数を示す。「詞話本」の引用に関しては、以下同じ。
（5）　この引用文は、国立公文書館蔵「崇禎本」のうちの一巻の四十二葉裏から四十三葉裏にかけての引用であることを示す。「崇禎本」の引用文に関しては、以下同じ。
（6）　小川環樹「中国小説史の研究」昭和43年11月岩波書店刊　11頁参照のこと。

（付記）
　本稿は、平成18年11月18日に開催された第十二回佛教大学中国言語文化研究会で口頭発表したものに基づいている。この際、多くの先生方から貴重なご意見をいただきました。この場を借りて厚くお礼申し上げます。
　尚、本論文は、平成18年佛教大学教育職員研修の成果の一部である。

『申報』の文学圏──『瀛寰瑣紀』創刊前後

齋 藤 希 史

はじめに

　1872年に上海で創刊された日刊紙『申報』は、上海では初の、中国全体から見てもごく早い商業紙であった。オーナーは英国商人メイジャー兄弟、ただし編集は中国人に委ね、「華人の耳目となる」旨を標榜した。当時上海では宣教師系の『上海新報』が先行していたが、『申報』はたちまちそれを凌駕し、廃刊に追いこんだ。新聞だけでなく、申報館は出版事業にも手を拡げ、点石斎石印書局を付設して古典籍の大量印刷を行う。時事画報『点石斎画報』が一世を風靡したことも、よく知られているだろう。

　けれども、初期の紙面において『申報』が外国小説の移入に大きな役割を果たしたこと、また、その紙面が伝統から近代へ変貌を遂げていく〈文学〉のありかたを考える上で大きな材料になることは、あまり注意されていない。本稿は、創刊時の『申報』紙面において〈文学〉がどのように扱われていたか、そしてその副刊『瀛寰瑣紀』とはどのような雑誌であったのか、さらに『瀛寰瑣紀』に連載された英国小説『昕夕閒談』の翻訳がどのようなものであったのかを検証し、清朝末期の知識層を基盤として形成されていた〈文学〉の圏域──流通という面でもジャンルという面でも──が、新聞雑誌というメディアを得てどのように変貌しどのように拡大していったかを探るものである。

『申報』の創刊

　同治十一年三月二十三日（1872年4月30日）、創刊された『申報』の冒頭に掲げられた「本館告白」は、新聞の役割をあたかも経史子集にならぶ書籍のジャンル

として定義するかのごときものであった。まず、「今天下可伝之事甚多矣、而湮没不彰者、比比皆是、其故何歟」、現今の世界には伝えるべきことがらが多いにも関わらず伝えられていない、なぜか、と切り出して、「蓋無好事者為之紀載、遂使奇聞逸事闃然無称、殊可嘆惜也」、それは伝えようとする者がいないからで、そのために「奇聞逸事」も埋もれてしまっている、惜しい、と云う。さらに、中華における言説の歴史と現状を語って、こう述べる。

 溯自古今以来、史記百家、載籍極博、山経地志、紀述綦詳、然所載皆前代之遺聞、已往之故事、且篇幅浩繁、文辞高古、非薦紳先生不能有也、非文人学士不能観也。至於稗官小説、代有伝書、若張華志博物、干宝記捜神、斉諧為志怪之書、虞初為文章之選、凡茲諸類、均可流観、雖其事或荒誕無稽、其文皆典贍有則、是僅能助儒者之清談、未必為雅俗所共賞。求其紀述当今時事、文則質而不俚、事則簡而能詳、上而学士大夫、下及農工商賈、皆能通暁者、則莫如新聞紙之然矣。

「史記百家」「山経地志」は、記述は広範で詳細だが古いことがらしか載せず、大部な書物で文章は典雅、高官でなければ所有できず学者でなければ読めない。「稗官小説」は古くから読まれているが、荒唐無稽にわたりがちで、修辞も凝らされている、「儒者之清談」には役立っても、上下問わず広く受け入れられるものとは言えない。こう前置きをした上で、現代の時事を記すには、文は実質を主としながら卑俗でなく、事柄は簡明でありながら詳細に説くこともでき、上は「学士大夫」から下は「農工商賈」までが読めるもの、となれば、それは「新聞紙」しかない、と云う。つまり、歴史を遡る知識ではなく世界に広がる知識を、読者を択ばぬ文章で提供する、それが新聞の使命だとするのである。史部の書と説部の書との比較のうちに自らの位置を見定めようとする姿勢は、それらへの優位を語るためであると同時に、それらの伝統を受け継ぐことを宣言していると見てよい。なお、「稗官小説」として『博物志』『捜神記』『斉諧記』『虞初周説』を列挙するように、白話小説はひとまず視野から除かれている。

 注意すべきは、「今天下可伝之事甚多矣」の書き出しであろう。洋務運動のさかんであったこの時期、西方からの知識を吸収するのは何よりも急務であった。「本館告白」において、それは例えば次のようなことばによって語られもする。

且夫天下至広也、其事亦至繁也、而其人又散処不能相見也。夫誰能広覧而周知哉。自新聞紙出、而凡可伝之事、無不遍播於天下矣。自新聞紙出、而世之覧者、亦皆不出戸庭而知天下矣。豈不善哉。

「天下至広」というのは、中国大陸のみを指す天下では、すでにない。アヘン戦争の敗北による南京条約締結から30年を閲し、前年には新たに日清修好条規も結ばれていた。中国の耳目は世界に開かれていたのである。そしてその拡大する天下に見合って、史部や説部の書に替わって登場するメディアが、「新聞紙」、すなわち newspaper だったのである。

そのように「新聞紙」を定義し、さらに具体的な販売方法や広告料などを「本館条例」で示す中で、『申報』はつぎのように呼びかけた。

　一、如有騒人韻士、有願以短什長篇恵教者、如天下各名区竹枝詞及長歌紀事之類、概不取値。
　二、如有名言讜論、実有係乎国計民生地利水源之類者、上　皇朝経済之需、下知民稼穡之苦、附登斯、概不取酬。

詩文と論説の投稿には掲載料を取らないと云うことからも、『申報』にとってそれが積極的な募集であったことがわかるが、このように『申報』が最初から詩文と論説に紙面を空ける用意のあったことは、注意されてよい。新知識の伝達を謳い、「学士大夫」から「農工商賈」に至る読者への提供を宣言したとはいえ、商業紙が読者の対象として択んだのは、上海の知識層と新興商人であった。

上海で最初の商業紙としては、例えば船の出港であるとか商品の広告であるとか、すなわち上海という港湾商業都市に不可欠の情報こそ伝えるべきまず第一の情報であり、その提供から利益を得ようとするのは当然のことであった。と同時に、文字メディアとして読者を獲得するために、リテラシーの担い手であった知識層、とりわけ国外の状況に高い関心を持つ知識層をターゲットにしない手はなかった。この知識層は、つまり科挙受験者層──生員（秀才）クラス──であり、彼らは伝統的な教育を受ける中で知的成育を遂げつつ、時代の変化に反応して国外にも広く知識を求めつつあったのだが、上海という都市にあっては、将来の官僚を夢見て勉学に励んでいる彼らが貿易商の仕事にかかわることで生活の糧を得る場合も少なくなかったから、こうした知識層と新興商人の結び付きは決して唐

突なものではない。科挙に見切りをつけて外国資本に身を寄せ「買弁」となることもあったわけだが、考えてみれば、『申報』というメディア自体がいわば「買弁」的存在なのであった。もちろん、ここで言う「買弁」という語には「売国奴」的含意はない。中国近代史において「買弁」の果たした役割は公平に評価されるべきだし、経済面のみならず文化面においても、こうした「買弁」的存在は軽視できない。

さて、詩文と論説が、科挙受験者たる知識層にとって必須の課業であり、よく馴染んだものであったことは言を俟たない。また、それらが彼らの日常において交際の用を為していた、つまりその流通圏が彼らの交際範囲でもあったことは、伝統詩文のありかたからすれば当然のことであった。とくに詩作を目的にすれば「詩社」を結ぶこととともなろうが、そうでなくとも、定期的に詩を競い合い、あるときには科挙の採点官を招いて評点を下してもらうのは、彼らの日常であった。『申報』が詩文と論説の投稿を呼びかけたのは、すでにこうした基盤があったからである。そして知識層たちがせいぜい書簡の範囲で拡げていた詩文と論説の流通圏は、新聞によって上海という都市空間を獲得していく。

その一方で、耳目を拡げることを旨とする新聞にとって読者の興味を引くためにも書かせない記事が、異聞奇談の類、つまりは小説の流れを汲むものであった。創刊号にも「完人夫婦得善報」なる筆記小説仕立ての一文が載せられているように、こうした読み物は新聞にとって欠くべからざるものであった。筆記小説の見聞録的世界もまた、新聞の一つの基盤となっていたのである。言及したように、文言を主とする紙面において白話小説の混入する可能性は低かったが、詩文と論説と文言小説について言えば、新聞はそれらを混在させて一つの紙面上に提供することを躊躇しない。そして西方の情報や知識が翻訳されて紙面に載るのであれば、外国文学の翻訳がやがて現れるのも不思議ではない。そしてそれは意外に早かったのである。

「談瀛小録」

同治十一年四月十五日、創刊して半月余り経った『申報』18号紙面に「談瀛小

録」と題した記事が掲載された。それはこう始められていた。

　昨有友人送一稿至本館、所伝之事最為新異、但其書為何人之筆、其事為何時之事、則友人均未周知。蓋従一旧族書籍中検出、観其紙墨霉敗、幾三百余年物也。今節改録之、以広異聞云爾。

誰が書いたか、いつの時代かわからない、おそらく数百年は昔の鈔本が届けられた、それをいま手直しして載せる、と云う。「広異聞」というのはたしかに『申報』の目指すところであったし、現にさまざまな「奇聞」が紙上を賑わせていた。続きを読もう。

　某家籍隷甬東、家世以懋遷為業。父生四子、予乃三。索所得者、幼曾学書、至将冠時、父挈之賈游、毎附海舶、抵澎湖厦門等埠、貿易貨貝。数年父病没。生意日漸蕭条、貲産亦漸銷耗、正無可為計。適有一富号、業沙船走閩広者、延司舶中会計交易事、遂僕被登舟。

書き手は「甬東」すなわち寧波に本籍があり、家業の貿易に従事して澎湖や厦門に出かける。父の死によって家業が傾き、雇われてまた航海に出る。示された世界は上海の住人にとって、さほど遠いものではないだろう。

結局この舟は難破してしまい、ようやくある島にたどり着いたところで疲労困憊、浜辺にぐっすり寝入ってしまう。さて——。

　至次早醒時、則已仰天臥、正欲欠身起立、而分毫不能展動。審之、蓋四肢繋地、身上徧用細縄絪縛、即頭髪亦被纏結牢固、已直挺如僵尸矣。

ここまで読めば、これはどこかで聞いた話だと思い出されるかも知れない。もう少し先を——。

　嗣覚有一物蠕蠕出左足上漸趨胸腹至頸旁、予乃啓目流盼、見一細小之人、高僅四五寸、戎服兜牟、手挟弓矢、腰佩箭壺剣室、須臾之間、紛至沓来叢集予身、幾有四五十人之多。驚怪間大声呼叫、衆尽辟易駭走、紛紛落地。不久復来有一大胆者、逕登予面、失声呼刻気拿大根五字。衆従而和之。

そう、つまりは『ガリバー旅行記』なのであった。この箇所に該当する原文を挙げておこう。

　In a little time I felt something alive moving on my left leg, which, advancing gently forward over my breast, came almost up to my chin; when, bending my eyes downward as much as I could, I perceived it to be a human creature not six inches high, with a bow and arrow in his hands, and a quiver at his back. In the mean time, I felt at least forty more of the same kind (as I conjectured) following the first. I was in the utmost astonishment, and roared so loud, that they all ran back in a fright; and some of them, as I was afterwards told, were hurt with the falls they got by leaping from my sides upon the ground. However, they soon returned, and one of them, who ventured so far as to get a full sight of my face, lifting up his hands and eyes by way of admiration, cried out in a shrill but distinct voice, *Hekinah degul!* the others repeated the same words several times, but then I knew not what they meant.[4]

　主人公の出自など、最初の枠組みが原書とは遠く隔たったものであるのに対し、ここは原文に比較的忠実だと言ってよい。もちろん、"as I was afterwards told" で示されるような回想の語りに伴う叙述は排除されているが、これは臨場感を重視するからこそとも言えるし、"so far as to get a full sight of my face" を「逕登予面」とするのは精確さを欠く訳に見えるが、直訳ではかえってわかりにくくなる恐れもあろう。訳出にあたってなされた縮約の手腕は、なかなかのものだ。

　この日の紙面は、最初に新聞の価格、ついで「本館告白」、「擬請禁止野鶏設立夫頭議」、「談瀛小録」、「博物院」、「漢口異聞」、「兵船試水」、「附録香港新報」、「三月二十六日京報」と続く。「擬請禁止野鶏設立夫頭議」は埠頭にたむろするもぐりの担ぎ屋を禁止して人夫の管理をせよというもの、「博物院」は日本の博物館の紹介、「漢口異聞」は近ごろ漢口で石がめが掘り出されて中に二千石あまりの米が入っていたが同じところには三国時代の魯子敬の碑がある、となるとこの米は三国の米なるや否や、というもの。つまりこういうなかに『ガリバー旅行記』が並べられ、「昨有友人送一稿至本館」と始められるのであるから、西洋小説の翻訳であることを読み手が察知するのはむしろ難しい。

　ついでに言えば、原稿云々というのも、もともと『ガリバー旅行記』にあった枠組み、すなわちリチャード・シンプソンなる人物の名で書かれた "THE PUBLISHER TO THE READER." と題された序があって、それには、シンプソンが

ガリバーから直接受けとった原稿がこの書物のもとになっているという経緯が記されている。もちろん実録を装うこうした枠組みを、訳者が知らないはずはないであろうし、むしろこうした実録仕立てを学んだ成果が、「昨有友人送一稿至本館」にあらわれていると見てよい。
(5)

また、この「談瀛小録」が新聞紙上における翻訳小説の最初であると同時に、連載小説の最初であったことも注意に値する。四月十五日付では「談瀛小録」の標題の下に「此稿未完」とあり、翌日掲載された続きは「接談瀛小録」と標され、また「此稿未完」と結ばれる。新聞における連載という形式が確立していなかった中で、結局、僅々四日間で連載は終了し、「此録甚繁、今節刊之如左。其中尚有妙文、容俟下期続佈」と締めくくられてしまうのではあるが、新聞連載小説の先蹤たる意義は小さくない。

内容も、読者を楽しませる奇聞であると同時に、その国は「国家法律十分厳而治、誣控之罪則尤甚峻」であると紹介されるように経世にも示唆を与えるもので、まさに「新聞紙」にふさわしいものとなっていた。掲載の眼目が西洋小説の紹介にあったのでなく、紙面にふさわしい記事を探して、おのずと西洋小説の翻訳に至ったのであり、さればこそ、紙面によく馴染むように翻訳掲載されたのであった。「談瀛小録」に継いで訳出されたワシントン・アーヴィングの『リップ・ヴァン・ウィンクル』(訳題は「一睡七十年」)についても、同様である。

こうして『申報』の紙面にはさまざまな読み物が登場するのだが、ほどなくそれが独立して別の紙面を構成することになる。月刊誌『瀛寰瑣紀』の発刊である。

『瀛寰瑣紀』

同治十一年十月 (1872年11月)、すなわち『申報』創刊から半年余りのち、申報館より『瀛寰瑣紀』が刊行された。それに先立ち、『申報』紙上には「刊行瀛寰瑣紀自叙」としてその広告が九月十日付より掲載されていた。この広告が「新聞紙之流布寰区也、香港則間日呈奇峙佳名於三秀、滬瀆則毎晨抽秘鬥彩筆於両家」と始められるのは、新聞が香港では隔日、上海では毎日発行されていることを云うのであって、せわしない締め切りのために記事に十全を期しがたく、「奈日力

之有限、致篇幅之無多、花類折枝、僅悦一時之目、玉非全璧、誰知千古之心」といった具合、そこで、「特勤加捜討、遍訪知交。積三十日之斷錦零繽、居然成幅、合四大洲之隋珠和璧、用示奇珍、擬為瀛寰瑣紀一書」と相成った。最後に「所願　文壇健者　儒林丈人恵贈瑤章、共襄盛挙」と云って投稿を呼びかけるのは『申報』と同様で、『瀛寰瑣紀』をじっさいに読んでみれば、さまざまな書き手が稿を寄せていることがわかる。

　創刊号は十月一日に発行される予定だったが、一旬遅れて十一日になった。全十八葉の冊子、大きさは縦二三cm×横一四・五cm、すべて四号活字で組まれ、句読は施されていない。(6)　巻頭には蠢勺居士による「瀛寰瑣紀叙」が掲げられ、「其体例大約仿中西聞見録、而更拡充之、積一月之所得成書一巻、漸而積之、則一歳之中成書十二巻矣」とする。『中西聞見録』は総理衙門総教習マーティンがエドキンスらとともに1868年に北京で発刊した雑誌、主に西洋思想と科学の普及を目的としていた。たしかに『瀛寰瑣紀』創刊号にも「開闢討源論」や「天中日星地月各球総論」のような科学ものが載せられているが、巻末には詩社の唱和詩が二十四首、「白桃花吟社倡和詩」と題されて掲載、より伝統的な知識層を読者にとりこもうとしていることが見てとれ、これもまた『申報』の性格を受けついだものだとしてよい。翌月発行の第二巻には「長崎島游記」として十月十日から二十日までの長崎旅行の見聞が記されてまさに耳目を拡げている一方で、「申江花史二則」として「沈愛林小伝」「黄雲卿小伝」と妓女の伝記を載せるなど、とにかくこの時期の上海の知識層が日常に読み書きするものを雑多に詰めこんだといった趣である。

　また、掲載された文章にはしばしば評が付され、これもまたごくお馴染みのやりかたであった。「長崎島游記」に付された評を見てみよう。

　　古今記遊之文、以柳子厚為最擅場、然其文特紀山水之奇勝、泉石之清幽耳。徐霞客各游記則於名山大川、洞天福地、無不遍迷。然亦従未有以遊記而記及域外之観者。此作殆合柳州遊記、高麗図経、異域風土志之筆墨而成焉者也。可謂創格、可謂奇聞。

　実際、この游記はいま読んでもなかなか興味深いもので、日本人が裸体をいとわず男女混浴もごく普通であることに驚き、いぶかり、しまいには納得してしま

うさまなどは、たしかに従来の通り一遍の風俗志でないことは言える。付された評が過褒であるかはともかく、世界の拡大に伴って文筆にも変化が生じていることはまちがいない。そして新聞や雑誌というメディアが存在してるからこそ、帰ってからひと月にもならない旅行の紀行文を読者は手にすることができ、リアルな世界を共有していくことができる。

『瀛寰瑣紀』は、一般に中国最初の文学雑誌と言われるが、枠組みとしてはむしろ総合雑誌としたほうがよい。ただ、雑誌を支えているのが伝統的な文章世界に馴染んだ知識層であったがゆえに、今日の眼からすると〈文学〉に見えてしまうのである。注意すべきは、こうした混淆した文章の世界において、〈文学〉の近代が胚胎したことであろう。

さて、「長崎島游記」の書き手として名を載せる小吉羅庵主は、『瀛寰瑣紀』中にも多くの文章を載せるほか、中国最初の翻訳長篇小説としてよく知られた『昕夕閒談』に評語を付してもいる。『昕夕閒談』は『瀛寰瑣紀』第三巻から連載を開始し、以降、第二十八巻すなわち『瀛寰瑣紀』の終刊まで毎巻掲載された。文体は文言に近い白話文、「這女子雖不生在世家大族、却也奇怪、情性聡明、姿質艶麗、竟是個天生的尤物」というようなもので、この雑誌の他の文章とは明らかに一線を画している。全体を三巻五十五節に分かち（上巻十八節、次巻十三節、三巻二十四節）、それぞれに対句の標目があり（例えば第一節であれば「山橋村排士遇友　礼拝堂非利成親」といった具合。ただし第二節を「俏佳人心懽聯妙偶　苦教師情極害相思」とするように、対句の字数は一定しない）、節を「後事如何、下回続談」と結ぶなど、明らかに白話章回小説のスタイルを踏襲しており、回が進むにつれて各節も「話説」「却説」で始められることが多くなり、より章回小説らしくなる。なお、この小説にはしばしば書簡が引かれるが、これは文言で記される。

『昕夕閒談』には訳者の蠡勺居士による序が付されており、「壬申臘月八日」つまり同治十一年十二月八日の日付が記されている。また、「英国小説題詞」として七言絶句十篇が記され、その一は例えば「此是欧州絶妙詞　描摹情態出鬚眉　誰知海外驚奇客　即是長安游侠児」といったもので、以下、小説の内容を詩に詠みこんでいくという次第である。

蠡勺居士の序は、つとに阿英編『晩清文学叢鈔　小説戯曲研究巻』にも採録さ

れ、近代における小説観の転換を示すものとしてしばしば引かれるが、小説が経書や史書などよりもずっと人心に訴える力の強いことを強調して「誰謂小説為小道哉」と云い、しかしながらこれまで小説が貶視されてきたのはその内容が拙劣であったからで、ここには改良の余地がある、「今西国名士撰成此書、務使富者不得沽名、善者不必釣誉、真君子神彩如生、偽君子神情畢露」、そこで「因逐節繙訳之、成為華字小説書、名昕夕閒談、陸続附刊」と云うものである。この小説は従来の小説と違って西国の名士が作ったもの、そしてそれこそ世道に有益な真の小説、というわけだが、裏返せば、西洋の小説に見合うようなものとして中国の小説の流れを捉え直し、価値を高めようとする論法とも言える。そして、「所以広中土之見聞、所以記欧州之風俗者、猶其浅焉者也」と云って、ただたんに耳目を拡げるに止まるものではないことを強調するのも、人心を変えるのにこそ小説は有効だとする前半の議論と呼応し、小説の価値を高いところに置こうとするものと見なせる。

けれども、そればかりに目を向けて、言わば文学批評史の枠内でのみこの文章を捉えてしまうと、当を失することになる。『申報』であれ『瀛寰瑣紀』であれ、期刊というメディア自体が啓蒙の方向性を強く持っていた以上、それとの連続があってこそ小説の位置が確保されたことを忘れるわけにはいかない。のち、光緒二十三年（1897）の天津『国聞報』上に厳復と夏曾佑によって草された「国聞報附印説部縁起」にせよ、その翌年、『清議報』に載せられた梁啓超「訳印政治小説序」にせよ、小説を宣揚する舞台が常に新聞雑誌メディアであったことは、それらの原型とも言うべき「昕夕閒談序」においても共通する。「所以広中土之見聞、所以記欧州之風俗者、猶其浅焉者也」と云うのは、むしろ入り口としては耳目を拡げる益のあることを強調するに等しく、同じ冊子に盛り込まれた他の記事との連続を語っているのである。

『昕夕閒談』の翻訳は申報社としても力の入ったことであったようで、これで『瀛寰瑣紀』の売り上げを伸ばそうという魂胆もあったかに見える。十二月十五日付『申報』は「本月分瀛寰瑣紀目録」の前に「新訳英国小説」と題した一文を載せ、以下のように云う。

今擬於瀛寰瑣紀中、訳刊英国小説一種、其書名昕夕閒談、毎出瑣紀約刊三四

章、計一年則可畢矣。所冀者各賜顧観看之士君子努必逐月購閲、庶不失此書之綱領、而可得此書之意味耳。拠西人云伊之小説大足以怡悦性情、懲勧風俗、今閲之而可知其言之確否。

　毎号買わなければ筋がわからなくなりますよ、と云うことからも、継続的な売り上げのために小説の連載が目論まれたことは明らかだろう。となれば、小説の内容も波乱万丈型となるのは自然なこと、その筋立ては以下のようなものであった。

　貴族の家に生まれた「非利」が商人の娘「愛格」と愛し合って出奔し、「愛格」は「康吉」を生む。のちに「非利」は家産を継承して大富豪となるが、乗馬中に事故に遇い亡くなってしまう。弟の「羅把」はこれを奇として家産を独り占めにし、「康吉」は零落の身となる。その後「康吉」はロンドンそしてパリへと遍歴を重ね、最後に「美費児」夫人と出会い、二人の将来を予想させるところで小説は幕を閉じる。

　残念ながら、原作はいまのところ不明で、したがって翻訳の詳細な分析は他日を期すしかないけれども、ヴィクトリア期の小説のうちにこうした筋のものがあったとして不思議ではない。通俗的な小説ではあるが、定型の集積で成り立っていた小説に馴染んでいた中国の読者にとって、その描写や展開はやはり新奇に感じられたであろう。

　その一方で章回小説の枠組みを採るのは、長篇であれば白話章回というのが通例であり、連載という形式にもはまりやすく、その枠組みを借りることでより読者に馴染みやすくできたからとするのが穏当だろうが、もう一歩進めて言うこともできる。つまり、小説という器はすぐれているのに中身が拙劣であったのだとして小説の改良を目指す立場からすれば、むしろ器は変えない方が望ましいのである。章回小説に評語を付して見どころを説くのは伝統的な手法だが、これを翻訳小説に応用して読み方の指南をすれば、よりいっそう小説の真価を知らしめることが可能となる。小吉羅庵主の評語は最初の四節にしか付されていないが、それで導入としての役割を終えたということなのでもあろう。これは小説による啓蒙であると同時に、小説というジャンルへの啓蒙なのでもあった。

　また、章回小説の場合は「看官」の一言で語り手を読者の前に登場させること

が自由にでき、例えばそれは「鎗戦」（決闘）の語が出てきたところで、「看官、佩道什麽叫鎗戦。原来西国従前有一悪俗。若両人有争競不合之事、以為受辱、乃相対戦、用勝負決是非、以雪恥報仇。這種鎗戦事多起於女」（第一巻十五節）のように口を挟んで解説を加えるごときものである。翻訳小説を読む益の一つに、西洋の事物に対する知識の増進もあるとするなら、こうした解説は喜ばれるはずだ。これもまた、新時代の器として小説がいかに使えるかを示すことになる。

そして、西洋の長編小説を中国の章回小説に対応するものとして捉えたことで、いまは拙劣に見える中国の小説も本質的にはすぐれたものになりうるという議論が成立する根拠が得られる。小説は東西普遍の存在であり、彼我にはその落差があるだけと捉えれば、あとは「改良」に励むのみであろう。

おわりに

清末に登場した「新聞紙」というメディアは、器としてはまさしく西洋から運んできたものであったが、『申報』はそれを中国にもとからあったような器として機能させた。そしてその器において〈文学〉の占める位置が大きかったのは、初期の『申報』が従来の知識層の読み書きの枠組みを用いながら独自の場を形成しようとしていたからであった。詩文も論説も文言小説も、相互に読み書きされるものとしてすでに流通していたし、さらに流通の範囲を拡げるポテンシャルを有していた。普遍の器としての新聞がそこに場を与え、これまでにない大きさの圏域を作り上げたところに、近代文学の始点がある。詩文も随筆も奇談も游記も同じ活字で組まれ、さらに翻訳小説の連載が加わることで、新しい時代のエクリチュールの枠組みが作られていく。申報館は、『瀛寰瑣紀』に次いで『四溟瑣紀』『寰宇瑣紀』を続刊する。〈文学〉の近代は、そうした紙面のうちにこそ準備されていったのであった。[9]

注

(1) 以下、『申報』の概略については、徐載平・徐瑞芳『清末四十年申報史料』（新華出版社、1988）を参照した。

（2） 武禧「晩清小説的時限——晩清小説雑談33」（『清末小説から』第72号、2004・1・1）は、晩清小説の起点を『申報』創刊の年である1872年とし、小説観念、題材、体裁、出版形式等において『申報』の果たした役割の大きさを強調する。その主張に賛同しつつ、本稿は、伝統詩文も含めた〈文学〉という圏域の変容を『申報』とその副刊に見いだすことを主眼とする。
（3） 上海書店影印版『申報』に拠り、句読は私に施した。以下同。
（4） *Travels into several remote Nations of the World By Lemuel Gulliver*（London: Hayward & Moore, 1840）に拠る。
（5） ただし、『ガリバー旅行記』は19世紀後半にはすでに多くのエディションが流布しており、この序を省いたものも少なくない。したがって、訳者が独自にこうした枠組みを設けた可能性もある。なお、前掲の1840年版にはこの序が載録されている。
（6） 『瀛寰瑣紀』の国内所蔵機関として東京都立図書館実藤文庫（1・2号）、東京大学附属総合図書館（2・3・4号）、東洋文庫（1・4・9号）を確認した。全号の目録は『中国近代文学大系・資料索引集一』（上海書店、1996）所収の「中国近代文芸報刊概覧」を参照した。なお、『申報』と同様、私に句読を施して引用する。
（7） 小吉羅庵主を『昕夕閒談』の訳者でもある蠢勺居士の別名とし、蒋子襄という人物に比定する説もある。郭延礼「中国近代翻訳文学史的分期及其主要特点」（『清末小説』第18号、1995・12・1）参照。
（8） 同治十三年に申報館から三巻の単行本として出版された。引用は前記『瀛寰瑣紀』及び東京大学附属総合図書館所蔵単行本に拠る。
（9） 本稿は、2004年1月10日に東京大学駒場キャンパスで開催された「日台国際シンポジウム　異文化の異化と同化——日本と台湾」（主催：東京大学比較文学比較文化研究室）における報告「《申報》の文学圏——清末の新聞と文学」にもとづく。

年画師・呉友如について

若 杉 邦 子

はじめに——その影響力について——

呉友如(?—1893、本名は嘉猷、江蘇省元和県(蘇州)出身)は『点石斎画報』(1884.5.8創刊—1898.8停刊)(1)の主編画師を務めた事績において、今日その名を知られる清末の人物である。とは言え、彼が『点石斎画報』に関与したのは該報の創刊から数えて六年余の長からぬ期間(1884—1890)に限定され、しかも新聞画の数から言っても、同報に載った四千数百点の絵のうちの一割程度を提供したに過ぎなかった。(2)

ただ、このような事柄はもちろん、『点石斎画報』に対する呉友如の影響力を否定する根拠にはまるでなり得ない。該報の起ち上げに際し、『申報』(1872.4.30—1949.5)を経営していたイギリス人茶商のメイジャーは、特に呉友如の存在に着目し、点石斎書画室(後に点石斎石印書局と改名)の絵画主幹という要職に抜擢したのであったが、それは当時すでに画師・呉友如が『点石斎画報』の看板を背負って立つに相応しいだけの名声と実績を兼ね備えていたからに相違なかろう。また事実上、該報における記事の内容や絵画の風格はともに、呉友如が主筆の座を離れた1890年以降もほとんど変化することがなく、停刊に至るまで同様の調子で保持された。したがってここに『点石斎画報』における彼の牽引力の揺るぎない強さが認められるのだ。さらに付け加えるならば、画報の事業において呉友如から影響を受けたのは、点石斎のみには止まらなかった。『点石斎画報』から身を引いた後の呉友如が、今度は自分の手で、自身の意に沿う形で刊行した『飛影閣画報』(1890—1894?)や『飛影閣画冊』(1893—1895?)の浸透力も相俟って、以後、清末の中国には『詞林書画報』(1888—?)『飛雲館画報』『飛雲館画冊』(1895—?)『舞墨楼古今画報』(1895—?)『求是斎画報』(1900—?)『新世界画冊』(1909—

といった画報が陸続と誕生した。それらはどれもみな『点石斎画報』『飛影閣画報』『飛影閣画冊』の示した絵や文（記事）、もしくは経営の方向性に、基本上、追随する形で制作されたものばかりだったという(3)。

かかる具合に強力な影響力を誇った呉友如ではあるが、そうした彼の事跡についてはいまだ不明な点も多い。それは彼が民間の画匠であり、公の場に詳しい伝を残さなかったことにもよるであろう。小論としても一次資料の少なさに悩む部分が大いにあるが、しかし周辺資料の活用に努め、可能な限りその実像に迫ってみたい。

さて、今回筆者が注目しようとする呉友如の属性とは「年画師」としての一面、これについてである。従来あまり取り上げられることのなかった本方面に少々こだわることにより、呉友如像にまた違った角度から一筋の光を当ててみたい。

第1章　"年画師"兼"新聞画師"

「はじめに」で述べたとおり、報刊（特に画報）界に対して強い影響力を有し、しかも彼の主編に成る『点石斎画報』自体が読者の興味を掻き立てずにはおかない、珍奇で新鮮な新聞記事と、インパクトの強い中西折衷の新聞画等から構成された媒体であったがゆえに、今日呉友如と言えば、ニュースの取材元や記事の傾向性、あるいは新聞画の特徴といったジャーナリスティックな視点から想起・分析されるケースが多い。また、そうした分野においてはすでに優れた業績（紹介と研究）が複数冊上梓されている(4)。

ただ思うに、如上の見方はむろん適切なものではあるけれども、しかし彼の一生の軌跡を追うための視座としては十全を欠く危険性もあり、やはり他の角度からの補完を必要とするであろう。なぜならば、彼はそもそも年画師であり(5)、かつ、報刊事業者として名を上げた後も一貫してそれ（年画師）であり続けたように思われるからである。

ここで、彼の生涯を通覧するために、民国期のジャーナリスト鄭逸梅（1895—1992）の記した「呉友如伝」の内容を確認しておきたい(6)。

呉友如（友如はあざな）は本名を嘉猷と言い、江蘇省元和県（蘇州）の出身で

あった。幼い日、太平天国の乱を避けて上海に逃れ、そこで絵を描くことを覚えた。当時は毎日無我夢中で書画の名家の手跡を研究したが、ほどなくして一旦故郷に戻り、雲藍（蘭？）閣裱画店という、表装や年画等の売買を取り扱う店に職を得た。そこは高雅な品を遣り取りするような上級の職場ではなかったが、呉自身は描画の基礎を確実に身に付けたことと、張志瀛という優れた師に恵まれたことを大きな強みとし、画技において目覚しい成長を遂げた。数ヶ月もたたないうちに描けないものは無いほどにまで上達し、なかでも特に人物画や仕女図を巧みにこなした。そうなると、しぜん彼目当ての客が増してゆき、いつしか士大夫たちのあいだでもその画力がもてはやされるようになり、呉友如の名は広く世間に知れ渡ることとなった。やがて彼の評判は両江総督曾国筌の耳に入り、ある日曾によって朝廷への推挙を得るに至った。この仕事のために、呉は時間と気力、労力を費やして「金陵功臣戦績図」を制作し、清廷に献上せねばならなかった。数ヶ月後、ようやくその仕事が終わり、故郷に帰る道すがら上海に立ち寄った。その折、メイジャー兄弟に請われ今度は『点石斎画報』の主筆を引き受けることとなった。その後、理由をつけて点石斎石印書局を辞め、自ら『飛影閣画報』を創刊した。

以上、鄭逸梅の記したところからもわかるとおり、彼はそもそも年画舗で修行し、そこで技術を身につけて腕一本で名を成した年画師であったのだ。民間の画舗のことであるから、年画ばかりを描いていたわけではなく、山水、人物、美女、花卉、花鳥、風俗、歴史、屏風絵、小説の挿絵等々、それこそありとあらゆるものを描いたのである。(7)また何にでも対応できるというのが人気画師たるものの条件であったから、上記の略伝にしてもやはり「呉友如には書けないものが無かった」点を強調している。

引き続き鄭逸梅の録した伝を見ていこう。これによると、年画師としての評判が地元で高まった後、曾国筌によって推挙される機会を得て、一層の名声を獲得するに至ったらしい。そしてその大業がきっかけとなり、上海の点石斎にスカウトされ、西洋文化、なかでもとりわけ画報や西洋絵画に日常的に触れ得る立場を手に入れた。おのれの画業に新たな一面を開く大きなチャンスがめぐってきたのである。それはすなわち"新聞画師"呉友如誕生の瞬間でもあった。その時、先

述の「何でも描ける」という彼の強みは、新聞画の執筆という、中国人画師にとっては未曾有の挑戦を、十分に支える力となりえたであろう。

ところで、この「何でも描ける」という特長の一端は、彼の画集『呉友如画宝』[8]の内容にも確かに反映されているようだ。今、手元にある『呉友如画宝』のリプリント版によってその中身を俯瞰してみると

第一集：古今人物図（100図）、第二集：古今百美図（100図）、

第三集：海上百艶図（100図）、第四集：中外百獣図（100図）、

第五集：中外百鳥図（100図）、

第六集：海国叢談図（新聞画、100図）、

第七集：山海志奇図（新聞画、100図）、

第八〜九集：古今談叢図（新聞画、200図）、

第十〜十一集：風俗志図説（新聞画、200図）、

第十二集：名勝（新聞画、30図）・花卉（70図）、

第十三集：満清将臣図補遺（48図）、画宝補遺（人物画、48図）

という内訳となっているが、これによれば確かに「何でも書けた」ようである。そして大いに留意したいのは、そこでの新聞画の占める割合に対してである。『呉友如画宝』は全部で1296図から編成されているが、そのうち、われわれが「呉友如の絵」としてよく知るところの新聞画は、下線を施した630図がそれにあたるが（第六集〜第十二集の一部）、全体のほぼ半分の割合を占めるに過ぎない。つまり、新聞画は言うまでもなく彼の画作における主要なジャンルであったものの、しかし彼の遺稿の約半分を形成するのは、新聞画に属さない、その他複数のジャンルにまたがる作品群であったということだ。それら（新聞画ではない）もろもろの画片をうち眺めるに、程度の差こそあれ、多くの作品は、画題の選択という面から言っても、人物美人画、花鳥動物画等々といった所謂「中国絵画のオーソドキシイ」に立脚している。また、先述の鄭逸梅「呉友如伝」をふりかえってみても、そこには「呉友如は仕女図を得意とした」などという記述が認められたではないか（仕女図は清末の画壇で大流行した）[9]。そうした現象を踏まえ、誤解を恐れずに敢えて言うならば、呉友如の新聞画には確かに奇妙で個性的な作品が多かったものの、しかしそれ以外のジャンルでの制作に関しては、別に彼一人だけが妙

に浮いていたというわけでもなさそうだ、との推測が成立するのである（例えば呉友如の書いた美人画の風格は、その方面の名手として名高かった費丹旭（1801―1850）のそれによく似ている）。今一度確認するに、呉友如の画業の全体像を鳥瞰する時、そこから受けるおおまかな印象は、必ずしも『点石斎画報』から受ける興味本位（商業主義）で奇天烈なそれとは一致しない。これは看過しがたい事実である。

　要するに、かかる作品の印象の違いは、結局、それが「年画師呉友如」によって描かれたものなのか、それとも「新聞画師呉友如」によって描かれたものなのか、という一点において決まってくるであろう。前者（年画師〜）は比較的おとなしく、伝統や時代傾向を無視しない（とはいっても革新的な個性を特徴とする"海派"に属する以上、決して保守的ではない）画作を行うが、後者（新聞画師〜）は画報の売り上げを狙い、新奇で目を引く制作に精を出したのであった（だからしばしば西洋画風の斬新な新聞画が登場した）。ちなみに前者と後者の趨勢であるが、呉友如における新聞画制作の後年、すなわち『点石斎画報』から離れて『飛影閣画報』を創刊した頃には、新聞画といっても内容のインパクトは少々抑え目になっていたようである。また、その三年後に出版された『飛影閣画冊』は記事を載せない、いわゆる画譜であった。こうした事実から、前者（年画師呉友如）の勢いが後者（新聞画師呉友如）のそれより徐々に強まっていったとの可能性もあるいは疑えるかもしれない。いずれにせよ、呉友如の作品には大別すると、こうした二つの表情があって、実際のところ両種は並存していたのだ。しかし、今日人々の記憶裡に圧倒的に強く留まっているのは後者、すなわち「新聞画師呉友如」の個性に富んだ画業の方であるということだ。

第2章　呉友如が年画から得たもの

　前章において「年画師であること」は終生変わらない彼の基本的なスタンスであったと述べたが、年画が、またこの職業が、それほどまでに彼を捉えて離さなかったという事実に接する時、まずは驚きを禁じ得ない。年画師というのは、たとえ民衆からの人気があったとしても、地位的には極めて低いとされる職業であったからだ。呉友如の伝記は、彼が「大官曾国筌の推挙によって朝廷に召されて絵

を描き、大いに賞賛された（＝如意館に選入されるチャンスもありえた）」というエピソードを取り上げるが、それは、この手の話が画師にとっては極めて名誉な出来事であったからに他ならない。しかし、呉友如は結局、そちらの上等な誘いには乗らず、本来の年画師稼業を続けるために蘇州への帰路に就いたのであった（ただし途中の上海でメイジャーに請われて点石斎の仕事を引き受けた。しかし、点石斎でも彼は年画の発行に取り組んだのである。これについては後述したい）。ここにも、呉友如の年画にかける強い思いを見ることができよう。またそもそも、小論においては画師の中の二つの側面を象徴的に説明したいとの配慮から「年画師」と「新聞画師」という二つの呼称を区別して用いているが、第１章でも述べたとおり、年画師の仕事というのは実に幅広く、「ありとあらゆるものを描く」のがその一つのアピールポイントだったわけであるから、新聞画も広い意味では年画師の仕事の範疇に収まるものであったと言えよう。つまり『点石斎画報』への取り組みを決断した一事とて、彼が「年画」から「他の何か」へと心変わりしたことを意味するエピソードでは決してないのだ。

　思うに、呉友如はたくさんのものを「年画」から与えられた人であった。生きるための絵画の技術も、金銭も民間の名声も自由も、彼はそれら全ての契機を「年画」から授かったと言って良い。そのあたりの深い事情は、彼が「年画」にこだわった理由のひとつとして確かに有力だと見なせよう。

　さて、絵画の技術と言えば、呉友如においてはその「洋画技法の摂取」が顕著な特徴として必ず取り上げられる。彼の作品に見える透視画法や陰影法が時代の先端を行くものであったがゆえに、「（申報館と関わりを持ち）西洋の事物に触れる機会の多かった呉友如なれば」とのニュアンスでよく論じられているようだ。むろん、小論もそこに異を唱える気持ちなど持たないが、しかし、呉友如における洋画技法の吸収は、上海で西洋の事物に触れて以降、はじめて開始されたものでもなかっただろうとは考えている。その理由とは実に単純で、すなわち彼が「蘇州・桃花塢出身の年画師であったから」である。言うまでもないが、桃花塢の年画は、清の雍正～乾隆年間より透視法や陰影法といった洋画表現を積極的に採り入れていた事実において非常に有名である。ゆえに、呉友如も土地柄と商売柄、その先端的で独特な画風に（太平天国による混乱のため年画もずいぶん失われていたと

はいうものの)多少はふれて育ったはずだと推量するのだ。それが証拠に、今、筆者の手元には呉友如の絵刻に成る『三国志演義全図』（光緒九年五月（1883年6月）初版、すなわち『点石斎画報』に従事する前の作品）があるが、該書を捲ると、衣服等の陰影法はいまだ用いられてはいないものの、床のタイルや板における「短縮遠近法（透視投影法）……遠くのものを短く描き距離を表す」の使用例はすでに見えており、他の挿図本で一般的に見られる「平行投影法……全視線が平行になっている投影法、短縮の遠近表現はない」とは一線を画している。こうした事実にも拠り、呉友如が作品の中に洋画技法を持ち込んだ、その遠景を考慮する際には、西洋の絵画や画報による啓発という事柄を取り上げる以前に、まずは出身地である桃花塢年画からの影響という点を考慮してみるのが妥当ではないかと考える次第である（むろん、洋画技法は上海に出て以後、不完全ながらも彼なりの形で洗練されていくので、ここで述べているのはあくまでも端緒についての話である）。

　本章の終わりとして一旦結論するならば、呉友如は人生の多くのものを「年画」から授かったが、その画作の大きな特徴とされる「洋画表現」の"はじまり"もまた、故郷の年画から吸収したものではなかったか、ということである。

第3章　年画に対する呉友如の貢献

　さて、中国文学や中国歴史学の世界では画報業に従事したことでジャーナリスティックな印象を留める呉友如であるが、一方、中国美術の分野においては、小論が強調するまでもなく、彼は実は「年画史」や「海派美術史」の中のある程度重要な人物である。よって、今日流通する「年画史」「版画史」「美術史」の類をひもとくと、蘇州・桃花塢が輩出した名匠の一人として、その名前はかなりの確率で取り上げられているようだ。ただしそこで挙げられているのは彼の名前（と詳しい場合は作品タイトル）のみであり、創作や販売の実態などへの言及が見られるわけではない。よって、小論としては報刊史と美術史の間に見られる「断絶」部分を繋ぎ、実態を少しでも明らめるべく、一考を試みる所存である。

　最初に結論から言ってしまえば、彼は『点石斎画報』の主筆に就任した後も、（新聞画のみならず）年画を描いたり売ったりしてその普及に貢献し続けたと思し

い。しかもその"販売ルート"として画報を利用したと考えられる。左記の事跡については、たとえば、阿英の記した「漫談初期報刊的年画和日暦」という文章などからも明白に窺うことができそうだ。

　　　最も早く年画を附録として読者に届け始めたのは画報社であった。たとえば、1884年に創刊した『点石斎画報』（※呉友如主編…筆者注）が新年の附録として送付してきた一枚ものの大年画を私はまだ保存しているが、それは任伯年の『歳朝清供図』であり"賀春王正月、楽天子万年"と題されている。…（中略）…『飛影閣報』が刊行されると、さらに進歩して色付きの重ね刷り作品になった。1891年に送られてきた『梅占花魁図』や、1892年に送られてきた『春色飲郷延年立軸』、1893年の『瑞集庭階図』、1894年の『独占江春画屏』などもみな色付きであった。1895年には『飛影閣画冊』も着色の『酒献居蘇掛屏』を、『点石斎画報』も『着色歳朝図』を送ってきた。1896年、『点石斎画報』はまた『昇官全図』を付けてきた。…（中略）…新年の時期の画報もみな、新年をことほぎ、風俗を反映する内容が印刷された画幅であった。1891年の『飛影閣画報』新年号には『妙手揄元図』（即ち『擲骰図』）が刷られ、1892年には『佩解迎年図』、『天女図』が、1893年には『気象万千図』が附録されており、これらはすべて呉友如が描いたものであったが、1894年に刷られたものは周慕橋の『百華灯樹図』であった。特殊なのは1895年の『飛影閣画冊』だ。これは『新年十二景』の専号であって、以下の画題を含んでいた（以下略）。⁽¹⁸⁾

以上を一読する時、呉友如が自分の立場をうまく活かして、年画でもって画報に魅力を添えると同時に、画報の販売によって年画の販路拡大にも貢献しようと狙っていた図式が明視される（阿英によれば『点石斎画報』の親新聞とも言える『申報』もまた、年画を重要視しはじめたようである。1891年新年号の『申報』の第一版には呉友如の師匠である張志瀛の『元辰祈穀図』が刷りこまれていたそうだ）⁽¹⁹⁾。つまり、画報も年画も印刷物である点においては一致しており、刷って発行するという基本の形には差異がないため、両者間の壁や溝はほとんど存在しなかったのである。したがって年画が附録にされたり、あるいは画報そのものが年画の特集号として編まれたりしたのであろう。また、上記の引用文によれば、呉友如はかねてより交

遊のあった大物画家の任頤（あざなは伯年、1840—1896）に下絵を提供してもらったり、着色された年画を附録として付けたり、自身も絵を描いたり……と、あらゆる工夫を惜しまなかったものと見える（ちなみに、呉友如の他の年画では（蘇州桃花塢）『豫園把戯図』『法人求和図』『楊貴妃百花亭酔酒』（天津楊柳青）『豊年吉慶』『争奪富貴』『子孫拝相』『余蔭貴子』『歓天喜地』『争名奪利』『群争富貴』等が流行したらしい）。畢竟、彼は「年画を使って画報の売り上げを伸ばそうとする」反面、「画報を活用して年画の宣伝にも努めた」ものと推測できる。さらに一言付記するならば、こうした呉友如の腐心の甲斐あって、以後は多くの報刊が年のあらたまる時期になると「年画」や「新年を祝う文章、詩詞」を載せ始めたという。阿英の記録によると『笑林報』や1902年の『世界繁華報』なども、呉友如の先例に倣ってこうした趣向を採用し始めたようだ。小論の冒頭で指摘した彼の"影響力"は、こうした年画のプロデュースという方面においても遺憾なく発揮されていたとみえる。

　以上の事柄を総合するに、呉友如は『点石斎画報』や『飛影閣画報』『飛影閣画冊』の主編を担当している間も、従前とかわらず、否、むしろ報刊業――すなわち印刷業に就いているおのれの立場を上手く利用して、年画と密接に関わり続けたのであった。王伯敏の『中国絵画史事典』（541―542頁）には「桃花塢の年画の作者の大部分は無名の画師であったが、名の知られた者としては…（中略）…平素は点石斎画報のために働いていた呉友如も、光緒年間に入ってからいくつかの年画を制作した。…（中略）…桃花塢の年画はアヘン戦争以後大きな変化が生じたが、西欧資本主義者が石版印刷を売りさばいたことからその影響を受けたのである。当時の石版印刷は値段が手ごろであったため年画の価格もそれに応じて安くなった」との記述があるが、ここで、本草における考察に基づいて今一歩の推論を進めるならば、「石版印刷の年画を巧みに売りさばいた」のも、結果的に（石版の普及のために）「年画の価格の引き下げという事態を招来した」のも（そのために木版画の売れ行きが低下してしまった）、それらの事象の影の仕掛け人とは、他でもない呉友如その人だったというふうに考えられるであろう。

　繰り返すが、呉友如は報刊事業に勤しんでいた間も、本来の彼の職業である年画師の立場を強く意識し続けていたわけである。それはあるいは、太平天国軍の襲撃を受けた後、蘇州の年画が昔日の活気を失ってしまったのを惜しんで、その

復興と発展を期すべく、販路拡大の道を模索し続けたためであったかもしれない（呉友如自身は太平天国の間、上海に避難していた）。ともあれ、呉友如のこうした「敏腕年画プロデューサー」ぶりは、そもそも彼における点石斎への就職自体、一つにはそうした目的のために行われたものではなかったか、との推測さえ抱かせるに十分なほどの熱い様相を呈しており、注目に値する。いずれにせよここに於いて我々は、石印報刊という新たな仲介者を得た結果、民間美術たる年画が、近代画報の誕生・成長と密接に関わり合うに至った事実と、それが報刊界、さらには文芸界へと見事に融け込んでいったその様子とを、直視する形となるのだ。

おわりに

当時の年画界には「画店は大金を惜しまず画師を招いた。版木を彫る職人や画作する者はすべて「能手（名匠）」といわれた。年画の盛行のときに「能手」はつぶさに民間の広範な大衆の称賛を受けた」との事情があったというが、それならば『点石斎画報』や『飛影閣画報』とはまさに、呉友如をはじめとする「能手」たちが、その筆力をたっぷりと見せ付け合うために存在した媒体、すなわち「豪華な競演の場」であったと考えられる。同時代人の楊逸によれば、呉友如は能手どころか「聖手」とまで称されたというが、その彼は器用に時代の新しい波に乗り、訪れたチャンスを巧みに利用し、様々な事柄……すなわち報刊経営を成功させることや、自作を発表して画師としての更なる名声を獲得することや、新旧東西の絵画技術を吸収し、それを独自に発展させることや、年画を制作して売りさばくこと等々……を実に要領よくやってのけたようである。そうこうするうちにやがて、画師呉友如の営為は報刊界や年画界のみならず、文芸、ひいては思想界にまで影響を拡大していった。新鮮な絵画という視覚的な驚きが、報刊事業を通じて多数の読者に提供されたその結果、次代を切り拓くために必要な発想の数々をインスパイアする一助となりえたことは想像に難くない。

小論においては彼の「年画師としての意識」に注目することにより、上記のごとき結論を一応得たが、しかし、彼の意識に迫るためにはやはり、実作品そのものに即して分析を行うことが必須である。ただし今は余白が無いので、画作を用

いての具体的な検討作業は後日稿を改めて行いたい。

注
（１） 石暁軍氏『《点石斎画報》に見る明治日本』（東方書店2004年2月）によると『点石斎画報』の停刊時期については①1894年説（旧説）②1896年末説（現在最も普及している説）③1898年8月説（陳平原氏の説）の3説が存在するという。筆者は陳平原氏の説を確認した結果、石氏と同様③の1898年8月停刊説に同意するものである。
（２） 武田雅哉「ゾウを想え――清末人の『世界図鑑』を読むために」18頁（中野美代子・武田雅哉『世紀末中国のかわら版　絵入新聞『点石斎画報』の世界』福武書店1989年2月）
（３） 阿英「晩清画報誌」176―180頁（『阿英美術論文集』人民美術出版社1982年8月）
（４） 前掲『世紀末中国のかわら版　絵入新聞『点石斎画報』の世界』、武田雅哉『清朝画師呉友如の事件帖』（叢書メラヴィリア⑤作品社1998年8月）『〈鬼子〉たちの肖像　中国人が描いた日本人』（中公新書2005年9月）などのほか、注（１）に挙げた石暁軍の『《点石斎画報》に見る明治日本』や Ye Xiaoqing『THE DIANSHIZHAI PICTORIAL　Shanghai Urban Life, 1884-1898』（Center for Chinese Studies The University of Michigan 2003年）等々がある。
（５） 年画の定義について確認しておく。三山陵「中国年画の世界」14頁（『月刊しにか』1998年2月号第9巻第2号所収）や平凡社『アジア歴史事典』「項目：年画」引田春海（第7巻、1961年5月、282頁）によると、年画とは「室内に飾る版画（※一部肉筆画もある……筆者注）で、装飾、鑑賞を主とするもの」であり、「図柄は、花鳥画、芝居絵、吉祥画、美人画など」の多岐に亙り、「正月に民家の内部、門に飾られる」ことが多いので新年の画という意味合いでそう呼ばれるようになったという。
（６） 鄭逸梅は「点石斎石印書局和呉友如其人」（『鄭逸梅選集』第一巻、黒竜江人民出版社1991年5月、821―822頁）「呉友如和『点石斎画報』」（『鄭逸梅選集』第二巻、黒竜江人民出版社1991年6月、299―300頁）「晩清社会風俗百図・序」（1992年初夏写）（『晩清社会風俗百図』孫継林編、学林出版社1996年1月）などといった、呉友如に関する複数の文章を書き残している。紙幅の関係上、本稿にはそれらの内容をまとめて記すに止めた。他にも同時代人である楊逸（1864―1929）の書いた短い伝記がある。以下にその全文を示す。「呉嘉猷、字友如、元和人。幼習丹青、擅長工筆画。人物、仕女、山水、花卉、鳥獣、虫魚、靡不精能。曾忠襄延絵『克復金陵功臣

戦績図』、上聞于朝、遂著声誉。光緒甲申、応点石斎書局之聘、専絵画報、写風俗記事画、妙肖精美、人称聖手。旋又自創『飛影閣画報』、画出嘉獣一手、推行甚広。今書肆滙其遺稿重印、名曰『呉友如画宝』。同時金桂蟾香、張淇志瀛、田英志琳、符節艮心、周権慕橋、何元俊明甫、葛尊龍芝、金鼎耐青、戴信子謙、馬子明、顧月洲、賈醒卿、呉子美、李煥垚、沈海坡、王釗、管劭安、金庸伯、倶絵『点石斎画報』、均有時名。」楊逸『海上墨林』(1919)(『上海灘与上海人　海上墨林　広方言館全案　粉墨叢談』楊逸等著　上海古籍出版社、1989年5月)

(7) 民間の絵画の「品物は充分にある」と示しているのは画の内容が豊富であることで…（中略）…すなわち「人間の三百六十種の職業人を画きたい」「神仙、美女と将官、宰相を画きたい」「花木、龍、鳳凰と魚虫を画きたい」「山水、故事と天文を画きたい」ということである。(『中国絵画史事典』「第六節　清代の民間絵画」王伯敏著、遠藤光一訳、雄山閣出版株式会社、平成8年8月、532頁)

(8) 彼の死後、掻き集められた遺稿の中から精粋を選りすぐり、ジャンルごとに分類する形で編纂された作品集であり、1908年に上海の文瑞楼書局から石版印刷で上梓されたもの。個々の作品は『点石斎画報』『飛影閣画報』『申江名勝図説』等の中に別々に収録されていた。コンプリートな全集ではない。筆者が所有するのは2002年1月に世紀出版集団・上海書店出版社より刊行されたリプリント版（4冊組、洋装）である。

(9) この時期の目立った特徴は、仕女図（美人画）の大流行である。……そうした宮中や、あるいは自由な雰囲気に包まれた揚州大商人たちの間での愛好が、その後体制の崩壊とともに、外部の一般大衆にまで広まった観がある。西上実「清代の絵画」146頁(『世界美術大全集　東洋編』第9巻「清」所収、中野徹、西上実責任編集、小学館、1998年4月初版)

(10) 当時の多くの画家は、既成の画法を墨守する復古派に反対し、陳腐で新鮮味のない保守派に反対するために立ち上がったこれらの画家たちには陳淳、徐渭、陳洪綬、八大山人、石濤それに「揚州八怪」らの芸術に対して深い敬服の意を表した。ここに鋭意進歩を求め大胆に革新する趨勢を生み、嘉靖・道光以来の画壇の消沈零落した局面を突き破って新しく興った「海上画派（海派）」を出現させるに至った。この画派は趙之謙から起り、任頤、呉昌碩の時代に最盛期を迎え、近代100年の絵画の発展に比較的大きな影響を与えた画派である。この時期に「三任」と称された任熊、任薫と任頤および…（中略）…そのほか…（中略）…呉友如…（中略）…などもみな世に顔を出して名を知られるという一端の長があった。(「第八節　清末の絵画」

同注（7）、549―550頁）
(11) 影響略次于"点石斎"的、是『飛影閣画報』、也是呉友如所主持。光緒十六年（1890）九月印行、月三期、期十頁、一如"点石斎"。但"飛影閣"究不如"点石斎"、其主要岐異点、在前者強調時事紀載、而後者則着意刻画仕女人物、新聞則止于一般社会現象。間印"風俗画"、如数羅漢、走百病之類、然不多。"歴史画"亦以友如所作為最佳。長編刊有『金盒記伝奇』、期印一対頁。（阿英「中国画報発展之経過――為『良友』一百五十期紀念号作」、同注（3）、77―78頁）
(12) 同注（7）、529頁
(13) 清代の画工は…（中略）…各地方に名人が出るにおよんでしばしば宮廷に召されて師匠となり、個別に如意館に選入されて宮廷の「画画人」となったのである。（同注（7）、529頁）
(14) 姑蘇版とも言われる蘇州版画は、蘇州の桃花塢という印刷工房が集まっている場所で生産された一枚刷の版画を言う。…（中略）…加えて特筆すべきは、西洋銅版画から得たイメージを的確にとらえ、伝統的な中国画のモチーフの中に取り入れ、自然なかたちで洋風表現を表している作品群として、蘇州版画の中にあって、別個の独立した作品として世に普及し、新しい物に興味を示す人々の支持を得たからに他ならない。…（中略）…このような洋風表現のある風景画は、雍正年間より乾隆年間にかけて広く製作されていたようである。…（中略）…洋風表現の内容は薄い、陰影の部分のみに銅版画のハッチング技法を用いた人物像が多量に製作されていることも忘れてはならない。（『《中国の洋風画》展　明末から清時代の絵画・版画・挿絵本』376頁「蘇州版画」、青木茂・小林宏光監修、町田市立国際版画美術館・河野実編集、1995年10月、町田市立国際版画美術館発行）
(15) 清代末年、太平天国革命軍与清軍作戦、蘇州清軍倉皇逃走、乗機焼掠、戦争中虎丘山塘一帯遭到破壊、年画舗的版片付之一炬、只有幾家後来又在閶門内及桃花塢一帯開業、然已失去昔日之盛況。（王樹村主編『中国年画発展史』天津人民美術出版社、2005年1月、176頁）
(16) 黒竜江美術出版社、2001年7月
(17) 同注（15）、388―392頁、王伯敏著『中国版画史』蘭亭書店出版、1986年、177頁、同注（10）等々。
(18) 同注（3）『阿英美術論文集』168―169頁
(19) 同注（18）
(20) 同注（10）

(21) 同注（15)、389—390頁。なお、阿英「清末的反帝年画」(前掲『阿英美術論文集』171頁）によれば、この『法人求和図』は反帝愛国の作品として人々の絶大なる支持を集めたらしい。『点石斎画報』はそもそも中法戦争の勃発を受けて創刊された画報であったが、この年画が『点石斎画報』に載せられた一連の中法戦争シリーズの記事と呼応するものであっただろうことは容易に想像がつく。

(22) 同注（18）

(23) 同注（7）「木版年画」

(24) 同注（6）

(25) 同注（7）「木版年画」541頁

(26) 同注（6）

國語普及の一方策
——教育部管轄「國語講習所」の場合（続）

藤　田　一　乘

　『中國言語文化研究』第七号掲載の「國語普及の一方策——教育部管轄「國語講習所」の場合」(1)（以下「國語普及の一方策」と略す）で、民国初期に教育部が設立した國語講習所について論じたが、その後新たに資料を得たので、それを基に前論文を補完したい。

　「國語普及の一方策」では國語講習所の開閉校日、入卒業者の数、教科内容及びその担当者を明らかにした。その内容を以下に示す。

a．国語講習所の開閉校日、入卒業者の数、募集対象

	開校日時	入学人数	卒業人数	募集対象
第一回國語講習所	1920年4月1／3日―5月28日。翌29日、30日試験	172人	161人	各省の中学、師範学校の卒業生か現役の小学校教員
第二回國語講習所	1920年4月22日、教育部が第二回國語講習所開校の指示。6月1日開校。閉校日7月下旬	不明	124人	各省の師範学校の学生
第三回國語講習所	1921年11月1日開校。閉校日は不明。学期は3ヶ月程度	募集人数は120人	101人	大学の文系、高師の卒業者、師範・中学の卒業者で國語の研究に従事している者、教員で上記の二項と同様の能力がある者
第四回國語講習所	1922年12月	不明	54人	不明
			計440人	

b．授業内容と担当者

授業内容	担当者
注音字母及び発音学	汪怡（第一回から第四回）

国音沿革	銭玄同（第二回）
国語文法	沈采山、黎邵西（第二回）
国語教授法	陳斐然（第二回）
言語学概論及び国語練習	不明
会話	王璞（第一回、第二回）
作文	不明
講演	胡適（「國語文学史」第一回、第二回。「國語運動與文学」第三回と第四回） 蔡元培（「在國語講習所演説詞」第二回）

1．卒業人数とその内訳

「國語普及の一方策」で、総卒業人数は、第一回は161人、第二回は124人、第三回は101人、第四回は54人の計440人と結論を出したが、このことについて新たな資料を見つけることができた。その資料は《國語週刊》である。この雑誌は民国20年（1931）9月5日に発刊し、民国25年（1936）9月26日、総260期で終わったものである。この《國語週刊》は題名からわかるように国語の普及を推し進め、国語についての様々な問題を提起し続けた雑誌である。

この《國語週刊》の廃刊間近の民国25年8月8日、第253期に「前國語講習所畢業学員人数的分省統計」がある。ここでは、

　　　國語運動史綱頁124、125：「教育部開辦國語講習所凡四次
　　第一次，各省區教育廳選送學員；
　　第二次，各省區師範學校選送學員；
　　第三次，大學或高師畢業，或現任教員；
　　第四次，考取學員。」
　　　依據各期「同學録」中的籍貫一項，分省記其人數如下：

第	一	二	三	四期	總數
福　建	8	9	1	12	30
遼　寧	－	22	1	1	24
甘　肅	4	2	－	－	6

國語普及の一方策──教育部管轄「國語講習所」の場合（続）　　253

貴　州	－	9	1	8	18(2)

〔『國語運動史綱』124、125ページ：「教育部は國語講習所を4回開校した。

　　第一回、各省区の教育庁が受講生を選抜して派遣する；

　　第二回、各省区の師範学校が受講生を選抜して派遣する；

　　第三回、大学或は高師の卒業生、或は現役の教員；

　　第四回、受講生を試験で選ぶ。」

　各回の「同学録」の本籍の項目に基づいて、省ごとにその人数を以下のように記す。（表の訳文は省略）〕

と、省別の卒業人数が出ている。そしてこの次の週の《國語週刊》第254期でも「前國語講習所畢業學員人數的分省統計（續）」がある。ここではより詳しく省別で記載されている。

廣　東	－	1	4	3	8
廣　西	3	－	－	－	3
河　北	16	19	40	14	89
河　南	5	2	1	3	11
黒龍江	4	－	4	2	10
湖　北	17	19	2	1	39
湖　南	18	6	5	5	34
吉　林	5	1	－	－	6
江　西	6	9	－	－	15
江　蘇	59	15	6	4	84
浙　江	4	12	6	4	26
察哈爾	2	－	－	－	2
山　東	10	3	12	3	28
山　西	3	－	1	4	8
陝　西	3	3	3	1	10
熱　河	4	1	－	－	5

四　川	3	1	－	1	5
綏　遠	5	－	－	－	5
安　徽	3	2	2	2	9
雲　南	5	2	－	－	7
（日本）	－	－	－	1	1

共549人

（〜略〜）

更正：上期福建省人數應改第三期11，第四期8。

〔（表の訳文は省略）

訂正：前回の福建省の人数は、第三回は11、第四回は8と改める〕

　以上のように省別に人数が記せられており、その総計は549人となっているが、計算してみると合計人数は483人、或は福建省の人数を改めた第三期11人、第四期8人、総数36人で計算しても、489人であり、総人数549人とは合わない。誤植か単なる計算間違いなのであろうか、疑問は残る。しかし今これを基に第一回から第四回の卒業人数を表にしてみると、

	第一回	第二回	第三回	第四回
卒業人数	187人	138人	89人（福建省が11人なら合計は99人）	69人（福建省が8人なら合計は65人）

「國語普及の一方策」で出した結論が、第一回が161人、第二回が124人、第三回が101人、第四回が54人の卒業人数だったので、第三回を除いて人数は増加している。

　この数字のどちらが正しいのか。「國語普及の一方策」で出した結論は黎錦熙の『國語運動史綱』と《教育雑誌》を基礎として出したものである。そして今回見つけた「前國語講習所畢業學員人數的分省統計」は國語文獻館の史料を基にしている。この國語文獻館というのは國語統一籌備會の下部組織で、国語の史料の調査、資料の収集、整理などを行なったようで、信憑性があるようだが、「前國語講習所畢業學員人數的分省統計」の卒業人数の総計が合わないなど、問題も見受けられ、どちらが正しいのかは軽々に判断できない。

また「前國語講習所畢業學員人數的分省統計（續）」に依ると河北の人間が最も多い。それは國語講習所があった北京の人間の多さを物語っている。しかしそれと同じくらい江蘇が多く、しかも第一回目は59人と群を抜いている。國語講習所開校を上海や南京という大都市で宣傳したためであろうか、疑問が残る。また第二回以降、卒業人数が低調になっていくのは、上海で中華書局の國語專修學校、商務印書館の國語講習所が設立され、そちらに人材が流れた爲であろうか。これも未解決の問題である。

2．卒業した人物

「國語普及の一方策」で卒業した人物の氏名を、王璞の『王璞的國語會話』等を使って明らかにしたが、そこに示した人物の仔細は今もって明らかにできなかったが、先ほど触れた《國語週刊》「前國語講習所畢業學員人數的分省統計（續）」で新たな卒業者の名があった。そこには以下のようにある。

　　二三兩期都讀了的，有河北兩人，就是白滌洲、王向辰先生（～略～）

　　〔二、三回の両方を受講していたのは、河北の二人で、それは白滌洲、王向辰先生である〕

では、この白滌洲、王向辰とは如何なる人物だったのか。

（1）白滌洲（1900年5月5日―1934年10月12日）は、北京師範学校を卒業して、國音字母講習所の教員になる等、逝去する直前まで国語の問題に携わり、《國語週刊》等に論文も数多く発表している。[3] 白滌洲について書かれたものは、1934年12月《人間世》第十七期の老舎「哭白滌洲」、1934年10月20日《國語週刊》第160期に掲載されている黎錦熙「悼忠勇篤實的白滌洲先生」や錢玄同「哀青年同志白滌洲先生」等がある。「悼忠勇篤實的白滌洲先生」では、

　　我和他第一次見面是民國九年（1920）四月三日上午十時，在教育部國語講習所；

　　〔私が彼（白滌洲を指す。筆者注）と初めて会ったのは、民国9年（1920）4月3日の午前10時で、それは教育部の國語講習所であった；〕

とあり、「哀青年同志白滌洲先生」では、

我和滁洲相識，應該在民國九年（一九二〇），那時教育部國語統一籌備會開辦國語講習所，他來報名聽講，我在所中擔任「國音沿革」一科的講述；但那時我實在不認識他，他也沒有來跟我說過話。大概是過了一年之後（也許是兩年），我友馬季明約我到通縣潞河中學去演講，我到了那邊，就看見一位高高的身材和黑黑的臉的少年，季明說，「這位白先生現在在這兒擔任國音的功課；他是你的學生。」

〔私が滁洲と知り合ったのは、民国9年（1920）で、その時教育部の國語統一籌備會が國語講習所を開校し、彼は申し込み聴講した。私はそこで「國音沿革」の講義を担当した；しかしその時私は彼を知らず、彼も私と話したことはなかった。恐らく一年過ぎた後（或は二年かもしれない）、私の友人である馬季明が私を招き、通県の潞河中学に行き講演をすることになった、私はそこに到着すると、一人の背の高い身体で黒々とした顔の青年と会った、季明がこう言った、「こちらの白先生は現在ここで国音の授業を担当しています；彼はあなたの学生です」と。〕

とある。その当時黎錦熙、錢玄同は國語講習所で教鞭をとっており（「國語普及の一方策」でも言及箇所有り）、その講義を聴いていた学生の一人が、白滁洲であった。その後、錢玄同は通県の潞河中学で白滁洲と再会している。ここで興味深いことは、白滁洲は國語講習所を卒業した後、潞河中学で国音の授業を教えていたことである。國語講習所から実際の教育現場に赴いたことが確認できたのは初めてである。

（2）王向辰についての詳細は不明である。ただ1934年4月21日《國語週刊》第134期に「不必要的國語教材（轉載《鄉村教育》第一期）」の論文と同年11月3日《國語週刊》第162期の「白滁洲先生追悼會通啓」の発起人の一人として署名がある。また先ほど言及した黎錦熙の「悼忠勇篤實的白滁洲先生」に、

他本來是事務才，他從前的志願也就在把『國語運動』宣傳到民間去。第一個力勸他進求高深學術的是他的朋友王向辰先生，（〜略〜）

〔彼（白滁洲を指す。筆者注）は本来事務の才能があり、彼の以前からの希望は、『国語運動』を民間に宣伝しに行くことであった。努めて彼に高等な学術を求めるよう勧めたのは、彼の友人である王向辰先生であった。〕

とあり、白滌洲の友人だったことはわかるが、それ以外は不明である。ただ民国時期に活躍した通俗文学の三老の一人・老向がこの王向辰の可能性がある。老向(1901―1958)の本名は王向辰で、白滌洲同様、北京師範学校を卒業している。1925以降、《現代評論》《人間世》で多くの作品を発表しているが、白滌洲のように国語に関する発言は見ることはできない。その為、老向が本稿で述べた王向辰であるとの確証は持てない。

しかし老舎、白滌洲と老向が一緒に写った写真も多数あり、白滌洲と老向は友人であったのは間違いない。

3．授業内容

第一回國語教習所の「國語講習所章程」には〈國語練習〉の一つとして〈作文(課餘作)〉があった。この〈作文(課餘作)〉が如何なる科目であったのかは、「國語普及の一方策」でも疑問として残った一つであった。しかし、今回新たに以下の資料によりその一端を窺うことができる資料を見つけることができた。

それは民国11年8月20日の《國語月刊・漢字改革號》である。
その中の「複音詞類構成表的説明書」〈(一) 歸納的方法〉に以下のようにある。

　這表是就一篇新小説―葉紹鈞低能兒的第一節（凡四段）中所有複音詞類用歸納的方法製成的。其手續：
　　ㄅ．於教育部第四屆國語講習所的第二次作文練習，出了一個題目：
　　把│下面│這│一大段│語體文, 用│直綫│分開│詞類――就│像這│題目│的│樣子；並且│加上│完全的│新式│標點, 符號, 並且│分成│幾個│小段落。若是│遇著│疑難的│或│應│説明│的│地方, 可以│提出來│寫│在│另紙上, 加以│説明│和│質問。
〔この表は新小説―葉紹鈞の「低能兒」の第一節（全部で四段落）の全ての多音節語を帰納的な方法で規定する。その方法は：
　　ㄅ．教育部第四回國語講習所の第二回作文演習で、一つの問題を出した：下のこの語体文を直線で品詞を分けよ――この問題のように；さらに完全な新式標点、符号を加え、幾つかの小段落に分けよ。もしわからない、或

葉紹鈞の「低能兒」(8)の最初の部分を直線で品詞を分け、新式標点、符号を書き加え、小段落に分割する。更に難解な箇所、説明すべき箇所があった時は、別紙に書き、説明、質問を加えるというものであった。

この課題の結果の処理の仕方は、

　ㄆ．集合50個學員所作的卷子，作了十幾個統計表。（～略～）

　ㄇ．把普通的疑點提出來，討論，解決。

　ㄈ．再把各個複音詞類分析，看構成這詞的各個單字本來是何種詞品，把牠們結合的公式（如名＋名……）分出類來；再把同類的名詞比較一下，看還有些甚麼異點；（～略～）

〔ㄆ．50枚の受講生の書いた答案を集め、十数枚の統計表を作る。

　ㄇ．一般的な疑問点を出し、討論し解決する。

　ㄈ．さらに各多音節語を分析し、この単語を構成しているそれぞれの単音文字が本来はどのような品詞かを考え、それらの結合の公式（例えば名詞＋名詞のように……）を分類する；その上、同類の名詞を比較し、どのような異なる点があるかを考える；〕

50人の答案を集め、問題点を出して、討論し解決する。更に多音節の品詞を分析し、その結合構成を明らかにしようとすることであった。

その当時から国語の問題として浮き彫りになってきた、品詞、段落分け、標点符号等、最新の知識を生徒に習得させようとしたのであろう。

上記で「國語普及の一方策」では不明だった点を、少しではあるが明らかにしてきた。第一回の卒業者の最大は漠然と北京のある河北であろうと推測していたが、江蘇であったのは意外であった。この江蘇の卒業生が故郷に帰って、国語の普及にどれ程尽力したのであろうか。

また白滌洲という若い学者が、国語改革の最前線で活躍していたことから考えると、國語講習所の成果はある程度は評価できるであろう。白滌洲以外の國語講習所の卒業者の仔細は、今後の課題にする。

注釈

（1） 『中國言語文化研究』第七号　2007年7月1日、佛教大学　中国言語文化研究会。

（2） 黎錦熙『國語運動史綱』とこの引用部分は若干の異同がある。『國語運動史綱』第三期（三）國語統一籌備會では、

　　教育部開辦國語講習所凡四次：

　　　第一次（民九――一九二〇）各省區教育廳選送學員；
　　　第二次（民九――一九二〇）各省區師範學校選送學員：兩次畢業共計二百八十五人。
　　　第三次（民十一――一九二二）各省區大學或高師畢業或現任教員，畢業一百零一人。
　　　第四次（民十一――一九二二）考取學員畢業五十四人。

とある。

　また、遼寧の総数を24人としたが、「前國語講習所畢業學員人數的文省統計」では32とある。しかし第二回22、第三回1、第四回1は明確に記載されているので、誤植と判断し24と表記した。しかし「前國語講習所畢業學員人數的文省統計」と「前國語講習所畢業學員人數的分省統計（續）」は印刷不明瞭な箇所が多く、数字の見間違いがある可能性も捨てきれない。

（3） 白滌洲の論文は、「介紹國語運動的急先鋒――盧戇章――」《國語週刊》第十期―第十二期、「關於〈石〉和〈千〉的討論」《國語週刊》第十四期等がある。

（4） 現在の北京市通州区。

（5） 三老の残り二人は老舎（1899―1966）と老談（何容1903―1990）。

（6） 『老舎』（舒済、舒乙、金宏編著、北京燕山出版社、1997.1）57、66、67ページには、老舎、白滌洲、王向辰が写った写真が掲載されている。

（7） 《國語月刊・漢字改革號》民國十一年八月二十日、中華民國國語研究會、中華書局。

（8） 葉紹鈞「低能兒」は民国10年2月10日《小説月報》第12巻第2号に掲載されている。1958年に「阿菊」と改題。

参考文献

《國語月刊・漢字改革號》民国11年8月20日。中華民國國語研究會、中華書局。
《國語週刊》中華民國六十四年四月影印初版、台湾中華文物出版社。
《小説月報》第十二巻第二号、中華民国十年二月十日、上海商務印書館
『葉聖陶年譜長編』商金林撰著、人民教育出版社、2004年10月

「老向的創作與年表」田青、中国現代文学研究会、中国現代文学館合編、作家出版社、『中國現代文学研究叢刊』1998年第一期（総第74期）。

＃七枚の戯単

赤松　紀彦

一、崑劇伝習所

　2001年5月、日本の能楽とともに、中国の崑曲（崑劇）がいわゆる世界無形文化遺産に登録された。崑劇芸術節と銘打って、全国の七つの崑劇団が作品を持ち寄って上演するという催しの第一回が、蘇州で開催されたのはその前年のことであったが、この頃から、崑曲はいわば新しい時代を迎えたといえる。これまでかろうじて伝えられてきた伝統的な演目の保存が提唱されるとともに、各劇団が相競うように、古い作品を新たに改編した芝居を舞台にかけはじめたのである。永嘉崑劇伝習所の『張協状元』（2000）、蘇州崑劇院の『長生殿　上中下三本』（2004）、『青春版牡丹亭』（2004）、江蘇省崑劇院の『1699・桃花扇』（2006）、上海崑劇団の『全本　長生殿』（2007）などは、そうした試みが成功した例として挙げられるであろう。

　このように、少なくとも表面的にはなかなかの活況を呈しているといえるのだが、その発祥地といえる江南の地にあって、解放後この古い演劇を支えてきた人々、すなわち1920年代に蘇州の崑劇伝習所で学んだいわゆる「伝字輩」の俳優たちはすでに相次いで世を去り(1)、その次の世代といってよい、50年代におもに彼らから学び、文革をはさんで活躍してきた、江蘇省崑劇院に在っては張継青などの「継字輩」、上海崑劇団に在っては蔡正仁などの「崑大班」とよばれる世代の俳優たちも徐々に舞台から遠ざかりつつあって、伝統の継承という点では、むしろ危機的な状態にあるといってよい。

　そもそも、崑曲は、現存する伝統劇種のうちでも、最も古いとされる明代以来の歴史をもつことから中国で最初の世界無形文化遺産とされたのだが、実際には、清代後期には衰退の道をたどり、二十世紀初頭には、舞台の上での演劇としての

生命をほとんど絶たれようとしていた。道光七年（1827）、清の宮廷演劇を取りしきった南府が昇平署に改められたのを契機に、それまで宮廷での崑曲の上演を担ってきた蘇州出身の俳優たちがすべて退去を命じられて蘇州に帰り、芝居を糧に生活することを余儀なくされることとなった。彼らが組織した大章、大雅、鴻福、全福の劇団は、姑蘇四大崑班と呼ばれ、咸豊十年（1860）太平天国軍の侵攻によって蘇州が混乱に陥ったのちは、上海を中心にして、崑曲を演じることとなる。以後半世紀にわたって、細々とその命脈が受け継がれ、最後まで残った全福班がその活動にピリオドを打つのは、民国十二年（1923）のことであった。清末における崑曲の状況をユーモラスに描写するものとして、陳無我『老上海三十年見聞録』七・「粉墨春秋」に、「車前子」と題した次のような記述が見える。ちなみに「車前子」とは和名オオバコ、利尿剤として用いられた薬草である。

　　北京の戯園では、1階のホールを「池子」と呼んだ。長桌、長凳がずらりと並べられ、観客は粗末な衣服で、みな車引きの類の人々であり、一人としてまっとうなものはいない。いっぽう二階の「包廂」（ボックス席）は「官座」と呼ばれ、上流の人々はみなその中に座った。四大名班のうちただ四喜班だけは、毎日必ず崑曲を一、二幕演じたが、俳優が舞台に現れるや、観客はみな示し合わせたかのように、一斉に外へ小便に出るため、客席が空になるということが毎日のように繰り返された。ある人が冗談めかして崑曲のことを「車前子」と呼んだが、小便を出やすくするという意味である。この言葉は、韓家潭あたりの「相公」たちの寓所で、笑い話としてさかんに喧伝された。こうしたことも、北方人は粗野であるから、一向に不思議ではない。ところが、光緒の頃になると、上海の各戯園でも崑曲が演じられるようになったが、秦腔、京調が終わると、観客はあっという間にいなくなり、座中の蘇・浙人たちさえもまたそれに追随するかのように、ぞろぞろと席を立ってしまう、といったありさまであった。ああ、曲高くして和するもの少なく、知音の士はまことに少ない。嘆くべきことである[2]。

「百戯之祖」などと称される崑曲ではあるが、舞台の上の芝居としては全く人気がなく、まさに気息奄々たる状態であった。そもそも崑曲は、舞台の上での芝居としての要素を重んじる「戯工」と、ことばと旋律、文学的表現と音楽の結び

つきを重視する「清工」との二つの流れに分けられてきた。前者は俳優の芸、いっぽう後者は「清曲」「清唱」とも呼ばれて、業余ないし「清客」と呼ばれたいわばセミプロたちのものであり、本来は身段、つまりしぐさには重きを置かず、もっぱら歌を楽しむものであった。こうした中でとりわけ歌唱にすぐれた人々は「曲家」と呼ばれることとなった。しかも、特に知識人の間では、後者が重んじられる傾向にあり、俳優たちの演じる芝居をむしろ軽蔑すべきものと考える見方をも生むこととなる。例えば龔自珍（1792—1841）「書金伶」（『定盦続集』巻四）に、

　　およそ江南の歌には二種類あり、一つが清曲で、一つが劇曲である。清曲は雅宴にふさわしく、劇は猥らな遊びにふさわしい。この二つは厳然と区別すべきである。[3]

などというのがそれである。もちろん、こうした見方は、崑曲が極めて高い音楽性、文学性を持っているからこそ生まれたものであり、同時にそれが、誰もが楽しめる芝居としての魅力を往々にして失わせることとなったといえよう。

　さて、こうした清末民初の崑曲の衰退をまのあたりにして、その復興を目ざし、蘇州の文化人たちによって1921年に創設されたのが崑劇伝習所であった。創設者は、張紫東（1881—1951）、貝晋眉（1887—1968）、徐鏡清（1891—1939）の三人、いずれも名だたる曲家であり、著名な戯曲研究家、呉梅（1884—1939）など十二人が董事として名を連ね、沈月泉（1865—1936）ら先に名を挙げた全福班の俳優たちが教師となった。彼らが目ざしたのは、一言で言えば、「清工」と「戯工」を結合させ、古い科班ではなく、近代的なシステムにより俳優を養成するということにあった。ただ、経済的には極めて緊迫した状態にあったため、半年後、上海の実業家であり、同時に曲家でもあった穆藕初（1876—1943）が資金を提供することにより、ようやくその運営が軌道にのることなる。

　崑劇伝習所の俳優たちは、三年ばかり芸を学んだ後、正式に舞台に登場しはじめる。1924年1月2日に上海の徐園、すなわち当時有名な曲家であった徐凌雲の邸宅での内部上演がその最初であり、同5月23日から、広西路汕頭路口にあった笑舞台で、正式な公演がはじまったという。以後も笑舞台、徐園、そして南京路の新世界で公演を続けたが、穆藕初が事業に失敗、経済的に行き詰まったこともあって、1927年10月にその歴史を閉じた。その後は、崑劇伝習所出身の俳優たち

により崑曲を専門に演じる劇団として「新楽府」(1927—1931)、「仙霓社」(1931—1942) が組織されることとなるが、これについては、本論との関係がないので、ここでは述べない。

二、青木正児博士と崑曲

さて、崑劇伝習所の名義で崑曲を演じたのは三年間ばかりとごく短い期間であったが、その当時、彼らが演じる崑曲を熱心に見た日本人がいた。他ならぬ青木正児博士 (1887—1964) である。

『支那近世戯曲史』(1930) 自序に見える、王国維とのやりとりはよく知られているが、そこで博士は「元曲は活文学なり、明清の曲は死文学なり」という王国維の言葉をうけて、

> 噫、明清の曲は先生の唾棄する所、然れども戯曲を談ずる者豈之を欠きて可ならんや。況や今歌場に於て元曲は既に滅び、明清の曲は尚ほ行はる、則ち元曲は却て死劇にして明清曲は活劇なるをや。

と、舞台上での生命を保ち続けている明清の戯曲作品に大きな価値を与えた上で、

> 大正十四年北京に游学するに及び、之を機として戯劇の実演を観、以て机上の空想に根拠を与へんと志せり。然れども余が究めんと欲する古典的なる崑曲は此時既に遺響を北地に絶ちて殆ど聴く可からず、皮黄梆子激越俚鄙の音独り都城を動かすのみ。乃ち崑曲の衰亡を歎じ、「崑曲より皮黄調への推移」一文を草す。旋つて江南に游ぶに及び、上海に滞在すること前後両次、暇有るごと輒ち徐園に至り、蘇州崑劇伝習所の僮伶が演ずる所の崑曲を聴きて聊か生平の渇を医するを得たり。今専ら崑曲を演ずるは国中此の一班あるのみ。

と、文部省の在外研究員として中国に滞在中の大正十五年 (1926) に、上海において、崑劇伝習所の演じる崑曲を見たことを記している。その年譜 (『青木正児全集』第十巻所収) によれば、この年の3月18日に北京よりいったん帰国の後、4月6日再び中国へ向かい、上海に上陸、その後、江南各地を巡っているが、その折りのことであった。

元明清三代にわたっての中国古典戯曲の真髄を舞台の上に求めるとすれば、それは崑曲にしかないという博士の深い思いは他の著作でも随所に見られる。その代表的なものが、「辻聴花先生の思ひ出」(1956、『青木正児全集』第七巻所収)であろう。辻聴花は、当時北京に在住し、京劇通として自他共に許した人物であり、博士は大正十四年 (1925年) 春に辻を訪ねている。そもそもこの文章はその発表時には「聴花語るに足らず」と題されており、そこには京劇に対してばかりか、京劇に精通した辻聴花に対しての強い反発が窺われよう。その文章の末尾には次のようにいう。

　崑曲の本場は蘇州である。私は北京へ遊ぶ数年前、江南春遊を試みた際、蘇州で崑劇を観たいと望んだが、折悪しく唯一の劇団たる崑劇伝習所は上海に行つてゐるとかで観られなかつた。南京・揚州と遊んで江を遡り、廬山に登つて上海に帰つて見れば、崑劇団は蘇州へ帰つた後であつた。一夕観に行つた欧陽予倩の演ずる新作物に崑曲一齣が有つたので纔に渇を医し、且つ崑曲追求の念を一層強くしたのであつた。かういふ頭で後年北京に於て聴花先生にぶつつかつたのであるから、話の合はうはずはない。其の翌年春南下して上海に至るや、今度はうまい具合に崑劇伝習所が或る劇場で演じてゐた。喜んで観に行くと観客は前の方に四、五十人居るばかりで、劇場はガラ空きである。是では立行くまいと慨嘆之を久しうした次第である。崑劇も見たいが、江南の春は見のがせない。普陀山を振り出しに浙東浙西を経て江蘇に廻り、蘇州・常熟を最後にして再び上海に還つて来ると、伝習所は徐園と云ふ小公園の一亭に座を移してゐた。小さな舞台を備へた茶館である。客は三十人ばかり、茶を飲みながら曲譜を片手に観てゐる人も少くない。好きな人ばかり気持の良い集りである。私は滞在中殆ど毎日のやうに、せつせと通つた。舞台に立つのは童伶ばかりで無論喰ひ足りないものであるが、やはり典型が有つて愉快であつた。そして其れは後日私が「支那近世戯曲史」を編する上に裏付けとして役立つた。それよりも大いに私に元気を付けてくれた。

「北京へ遊ぶ数年前、江南春遊を試みた際」とあるのは、大正十一年 (1922) の春のことであり、この時の遊記が『江南春』(1931、『青木正児全集』第七巻所収) である。この時期、崑劇伝習所は成立してまだ半年ばかりの頃であり、まだ正式

な公演は行われていなかったはずである。この頃は全福班の最後の時期で、上海での公演も行われていたから、ここでいう崑劇伝習所というのは、あるいは全福班を指しているのかも知れない。いっぽう「其の翌年春南下して上海に至るや、今度はうまい具合に崑劇伝習所が或る劇場で演じてゐた」とあるのは、既にふれたとおり1926年のことであり、ここで「或る劇場」というのは、笑舞台に他ならない。「舞台に立つのは童伶ばかりで」とある通り、俳優たちはいずれもまだ二十歳にも満たない少年であり、崑曲を学び始めてようやく五年目であった。

　崑劇伝習所が演じた演目やそれを見た感想について、具体的な記述はこの文章にはないが、注目すべき記述として、1928年、韓世昌の来日公演を記念して記した『崑曲劇と韓世昌』（1928、『青木正児全集』第七巻所収）に次のような部分がある。

　　後、南方に往つてから上海で蘇州の崑劇伝習所の憧伶、張伝芳の鬧学を看
　　たが、さすがに本場仕込の芸とあって憧伶ながら伝統の正しさを思はしめた。

「鬧学」とは、「学堂」とも呼ばれる、すなわち『牡丹亭』の第七齣「閨塾」であり、劇全体の主人公杜麗娘の召使いである春香が主役となるコミカルな一幕である。崑劇伝習所の俳優について、実際にその名を挙げて論評しているのは、この一箇所のみであるが、博士をうならせた張伝芳とはどのような俳優であったのであろうか。

　張伝芳は1911年生まれ、女形のうち、主に六旦、すなわち『牡丹亭』の春香、『西廂記』の紅娘といった召使いに代表される若い女性役として、この頃には既になかなか人気があったという。また女形の代表的役柄である五旦としても、小生の周伝瑛と組んで、『漁家楽』『玉簪記』などの作品を得意とした。この『漁家楽』について、博士は『支那近世戯曲史』において、わざわざ「余最も『漁家楽』を好む、嘗て其の両三齣を散演するを観て、野趣と雅趣と渾然として別に一種の風格を備うるを嘆賞せり」と論評している。当時わずか十六歳であったこの俳優の技量の程をみごとに見抜いていたというべきであろう。彼は1942年に仙霓社が解散した後も、上海にとどまり、崑曲愛好者を指導することにより生計をたてた。著名な戯曲研究家であった復旦大学の趙景深教授も、彼から崑曲を十年あまり学んだという。解放後は、上海市戯曲学校崑劇班の教師となり、上海崑劇団の梁谷

音など優れた俳優を育て、1983年に世を去っている。

三、七枚の戯単

　博士がこの「鬧学」を見たのは、1926年5月3日、徐園に於いてのことであり、有名な「遊園・驚夢」とともに、柳夢梅役顧伝玠、杜麗娘役朱伝茗、そして春香役張伝芳という、当時の崑劇伝習所を代表する俳優により上演されている。実は、こうしたことを示す貴重な資料が、名古屋大学付属図書館に所蔵されている。博士自らにより「戯単」と題され、台紙に一枚ずつ丁寧に貼った上で綴じられた、当時のプログラムである。

　筆者は、1980年頃に名古屋大学を訪れ、当時は文学部に所蔵されていたこの「戯単」を目にした記憶があるが、その重要性に気付こうはずもなく、最近になって永澄憲史氏の「陶然自楽 青木正児の世界」24、崑曲下（京都新聞連載、2004）により、改めてその存在を教えられた。博士が1925年から翌年にかけて、北京と江南に滞在した際に、極めて精力的に観劇したことを何よりも示すものであって、筆者の調査によれば、計二十九種、その内訳は北京での京劇十八種、上海での京劇二種、旅先での杭州と嘉興でのもの二種、そして七種が崑劇伝習所のものである。さらに最後に韓世昌の京都での公演（1928）のプログラムが附されている。

　以下、その内容を転載しておく。この時の観劇に基づくと考えられる『支那近世戯曲史』中の記述については、それぞれ注に記した。

一、1926年4月11日　徐園
『長生殿』「疑讖」、「驚変」　　姚伝湄、沈伝錕、趙伝鈞、顧伝琳、劉伝蘅
「養子」　　　　　　　　　　　沈伝芷、王自淞
「盗甲」　　　　　　　　　　　華伝浩、華伝銓、屈伝鐘、薛伝鋼
『翠屏山』「交帳」、「送礼」　　周伝瑛、張伝芳、王自淞、姚伝薌、周伝錚
『人獣関』「演官」、「幻騙」、「悪夢」　邵伝鏞、趙伝鈞、周伝滄、沈伝芷、施伝鎮
「下山」　　　　　　　　　　　姚伝湄、華伝萃
「対刀歩戦」　　　　　　　　　汪伝鈴、周伝瑛、衆武行

二、1926年4月12日　笑舞台
『荊釵記』「議親」、「繡房」　　　　　顧伝琳、馬伝菁、施伝鎮、姚伝薌、周伝滄
『一文銭』「焼香」、「羅夢」　　　　　沈伝芷、趙伝鈞、華伝銓、顧伝瀾、袁伝蕃、
　　　　　　　　　　　　　　　　　　周伝滄
『浣紗記』「越寿」、「回営」、「養馬」、「打囲」、「進美」、「採蓮」
　　　　　　　　　　　　　　　　　　顧伝琳、龔伝華、倪伝鉞、王伝淞、鄭伝鑑、
　　　　　　　　　　　　　　　　　　邵伝鏞、劉伝蘅、姚伝湄、華伝浩、施伝鎮、
　　　　　　　　　　　　　　　　　　張伝蓉、華伝銓、汪伝鈴、包伝鐸、華伝萃、
　　　　　　　　　　　　　　　　　　王伝蕖、屈伝鐘、周伝滄、袁伝蕃、薛伝鋼
『玉簪記』「姑阻」、「失約」　　　　　張伝芳、周伝瑛、龔伝華

三、1926年5月2日　　徐園
『長生殿』「酒楼」、「驚変」、「聞鈴」　趙伝鈞、顧伝琳、施伝鎮、姚伝湄、周伝滄、
　　　　　　　　　　　　　　　　　　薛伝鋼、王伝蕖、姚伝薌、華伝萃
『双珠記』「売子」、「投淵」、「天打」(4)　邵伝鏞、倪伝鉞、沈伝芷、王伝蕖、屈伝鐘、
　　　　　　　　　　　　　　　　　　周伝滄、包伝鐸、姚伝湄、華伝浩、姚伝薌
「下山」　　　　　　　　　　　　　　張伝芳、華伝浩
「蘆花蕩」　　　　　　　　　　　　　周伝瑛、沈伝芷
「刺虎」　　　　　　　　　　　　　　劉伝蘅、王伝淞
『義俠記』「戯叔」、「別兄」(5)　　　　施伝鎮、朱伝茗、姚伝湄

四、1926年5月3日　　徐園
『琵琶記』「墜馬」、「賞荷」、「拐児」　施伝鎮、顧伝琳、姚伝湄、趙伝鈞、邵伝鏞、
　　　　　　　　　　　　　　　　　　劉伝蘅、周伝滄、顧伝瀾、包伝鐸、王伝蕖、
　　　　　　　　　　　　　　　　　　華伝銓、張伝蓉、姚伝薌、方伝芸
『白兔記』「養子」、「送子」、「出猟」、「回猟」
　　　　　　　　　　　　　　　　　　沈伝芷、施伝鎮、周伝瑛、沈伝芷、王伝蕖、
　　　　　　　　　　　　　　　　　　周伝滄、王伝淞、顧伝瀾

七枚の戯単　　　　　　　　　　　　　　　　269

『鸞釵記』「抜眉」、「探監」　　　邵伝鏞、姚伝薌、王伝蕖、馬伝菁、周伝滄
『牡丹亭』「学堂」、「遊園」、「堆花」、「驚夢」
　　　　　　　　　　　　　　　顧伝玠、朱伝茗、張伝芳、王伝淞、鄭伝鑑、
　　　　　　　　　　　　　　　馬伝菁、周伝瑛、華伝萃

五、1926年5月4日　　徐園

「弾詞」　　　　　　　　　　　鄭伝鑑、顧伝琳
「繡房」　　　　　　　　　　　姚伝薌、華伝浩
「馬前潑水」　　　　　　　　　沈伝芷、包伝鐸
「古城相会」　　　　　　　　　邵伝鏞、趙伝鈞、王伝淞、汪伝鈴、劉伝蘅、
　　　　　　　　　　　　　　　華伝萃、華伝浩
『西川図』「敗惇」、「交令」、「負荊」　沈伝琪、周伝滄、施伝鎮、倪伝鉞、周伝錚、
　　　　　　　　　　　　　　　鄭伝鑑
『漁家楽』「漁銭」、「端陽」、「蔵舟」(6)　張伝芳、周伝瑛、邵伝鏞、姚伝湄、顧伝瀾、
　　　　　　　　　　　　　　　王伝淞、趙伝鈞、華伝銓
「孫悟空三調芭蕉扇」　　　　　汪伝鈴、劉伝蘅
『西廂記』「寄柬」、「佳期」、「長亭」、「分別」
　　　　　　　　　　　　　　　顧伝玠、朱伝茗、華伝萃、張伝芳、劉伝蘅、
　　　　　　　　　　　　　　　方伝芸、周伝滄

六、1926年5月5日　　徐園

「弥陀寺」　　　　　　　　　　沈伝芷、周伝錚、鄭伝鑑、周伝滄
『慈悲願』「北餞」、「胖姑」　　邵伝鏞、方伝芸、袁伝蕃、包伝鐸、華伝浩、
　　　　　　　　　　　　　　　馬伝菁、趙伝鈞、沈伝琪、顧伝瀾
『風箏誤』「前親」、「後親」　　王伝淞、姚伝湄、沈伝芷、顧伝琳、馬伝菁、
　　　　　　　　　　　　　　　華伝萃、周伝滄、王伝蕖、華伝銓
『金鎖記』「説窮」、「羊肚」　　華伝浩、姚伝薌、顧伝瀾、馬伝菁
『玉簪記』「茶叙」、「問病」　　張伝芳、周伝瑛、周伝滄、龔伝華、薛伝鋼、
　　　　　　　　　　　　　　　華伝萃

『販馬記』「哭監」、「写状」、「三拉」、「団円」

　　　　　　　　　　　　　王伝淞、倪伝鉞、顧伝玠、朱伝茗、周伝瑛、
　　　　　　　　　　　　　周伝滄、華伝浩、華伝萃、施伝鎮、王伝蕖、
　　　　　　　　　　　　　趙伝鈞、汪伝鈴、姚伝湄

七、1926年5月6日　　徐園

『紫玉釵』「折柳」、「陽関」　　顧伝琳、華伝萃、姚伝薌、邵伝鏞、周伝滄、
　　　　　　　　　　　　　鄭伝鑑、包伝鐸

『鳴鳳記』「辞閣」、「吃茶」、「夏駅」、「写本」、「斬楊」

　　　　　　　　　　　　　趙伝鈞、施伝鎮、沈伝芷、馬伝菁、倪伝鉞、
　　　　　　　　　　　　　沈伝芷、鄭伝鑑、王伝淞、沈伝琪、王伝蕖、
　　　　　　　　　　　　　顧伝瀾、包伝鐸、華伝銓、顧伝琳、薛伝鋼、
　　　　　　　　　　　　　周伝滄

「三擋」　　　　　　　　　汪伝鈴、趙伝鈞、華伝浩、顧伝瀾

『繡襦記』「墜鞭」、「入院」　　張伝芳、華伝萃、周伝瑛、周伝錚、馬伝菁、
　　　　　　　　　　　　　姚伝湄

『獅吼記』「梳粧」、「跪池」　　顧伝玠、朱伝茗、倪伝鉞、王伝淞

　こうしたプログラムは、芝居が終われば反古同然のものとしてうち捨てられるのが通例であるから、その貴重なことは言うまでもない。中国においても、のちの新楽府、仙霓社時代の戯単は現存しているが、筆者が確かめ得た限りでは、崑劇伝習所として活動していたこの時期のものは、一枚も残っていないようである。この時の観劇について、「支那近世戯曲史を編する上に裏付けとして役立つた。それよりも大いに私に元気を付けてくれた」という感想を残した博士が、実際に目にしたのはどのような演目であったかを我々に教えてくれるばかりでなく、当時の崑劇伝習所の演目、陣容を具体的に示すものとして極めて注目すべき資料だといえよう。最後となったが、こうした貴重な資料の閲覧ならびに複写を許可された名古屋大学付属図書館に、心からのお礼を申し上げたい。

〈注〉
（1） 桑毓喜『崑劇伝字輩』（『江蘇文史資料』編輯部、2000）に拠れば、崑劇伝習所に学んだいわゆる伝字輩は、総計四十三名、そのうち解放後も上海、杭州、南京、蘇州などで舞台に立ち、また後進の育成にあたった俳優は、周伝瑛（1912—1988）、王伝淞（1906—1987）、朱伝茗（1909—1974）、張伝芳（1911—1983）、沈伝芷（1906—1994）、鄭伝鑑（1910—1996）など二十数名にも及ぶ。そのうち、倪伝鉞（1908—）と、1926年に伝字輩に加わった呂伝洪（1917—）が今も存命であり、2007年4月には、倪伝鉞の数え年百歳を記念しての公演が上海戯曲学校、上海崑劇団の主宰により行われた。なお、伝字輩とともに、二十世紀における崑曲の伝承の上で非常に大きな存在であったのが、俞振飛（1902—1993）である。俞振飛は、当代随一の曲家として「江南曲聖」とまでに称された父俞粟廬に学び、幼少から頭角を表して、1920年代には小生として舞台に立ったが、あくまでも「串客」すなわちアマチュアとしてであった。1930年に、程硯秋の紹介で、北京の小生程継先に入門（「拝師」、役者としての籍に入ることを意味する）し、以後正式な役者となった。のちに上海戯曲学校校長、上海崑劇団団長などをつとめた。

（2）「京都戯園、正庁名曰池子、長桌、長凳挨次横列、看客布衣短褐、皆趕車之流、無一正経体面人。包廂呼為官座、名公巨卿悉坐其中。四大名班、惟四喜日必有崑戯一二出、只掀簾出場、若輩不約而同、一斉出外小解、座為之空、毎日皆然。有人戯名崑腔為車前子、言其利小便也、韓家潭一帯相公下処、伝為笑談。北人粗鹵、不足為奇。而上海各戯園光緒間亦加演崑曲、毎値秦腔、京調甫完、客幫即一哄倶散、座中蘇浙人亦随声附和、魚貫而出。噫、曲高和寡、知音者希、洵可慨已。」引用は、民国資料叢刊所収『老上海三十年見聞録』（上海書店出版社、1997）による。なお、「四大名班」とは乾隆末年より、清末にかけて北京で活躍したいわゆる「四大徽班」をさす。京劇がさまざまな地方劇の長所を取り込みつつ成立してゆく上で大きな役割を果たしたが、そのうち四喜班は、崑曲を得意としたことで知られる。「相公」とは、旧時いわゆる「かげま」を兼ねた女形の俳優をいう。また、「秦腔、京調」とは、梆子、京劇を指す。

（3）「凡江左歌者有二。一曰清曲、一曰劇曲。清曲為雅讌、劇為狎游。至厳不相犯。」

（4） 第廿一「真武霊応」今「投淵」と云ふ。「綴白裘」には此後に「天打」一齣を増出す。余が嘗て崑劇に観し所も亦かくの如し。（全集本248頁、「双珠記」）

（5） 金蓮が武松に戯むるゝ一段の如きは、「水滸」に在りては最も濃艶の処にして金蓮が徐々に狎れて媚を呈し之を挑発せんとするの状、写し得て句々霊動す。而も此の

記に至りては単刀直入、匆々一過して興味索然たり。是れ啻に案頭之を読みて然か覚ゆるのみならず、嘗て之を場上に観るも亦此くの如し。然れども金蓮の事は事其れ自身甚だ艶にして趣有るを以て、戯場今に至りて此を演ずることを絶たず。(同187頁、「義俠記」)

(6) 余最も「漁家楽」を好む、嘗て其の両三齣を散演するを観て、野趣と雅趣と渾然として別に一種の風格を備うるを嘆賞せり。(同315頁、「漁家楽」)

魯迅はどのように〈阿金〉を「見た」のか？

李　冬　木

一．序　論

　1934年12月21日、魯迅は「阿金」を書いて『漫画生活』雑誌社に送った。しかしこの文は『漫画生活』にはすぐに掲載されず、翌年の1936年2月20日に上海の『海燕』月刊に初めて公開された(1)。続いて魯迅が生前に編集し、死後出版した『且介亭雑文』中の一篇となり、今日のテキスト形態をなしている(2)。
　魯迅は「阿金」を「随筆」或いは「漫談（雑話）」と自称している(3)。『且介亭雑文』という名称に由来しているからか、研究者はこれを常に「雑文」の類に入れている。私は故錫金氏の「魯迅の小説創作のなかで、最後の雑文化された小説である」という意見に同感で、むしろ「阿金」を一篇の作品と考える(4)。「阿金」は〈阿金〉という人物を描いている。この人物像について言えば魯迅の他の作品に比して、少しの遜色もなく小説らしく描かれている。1937年日本の改造社による日本語版『大魯迅全集』七巻本は、魯迅自ら「創作」と認めた「五種」(5)のなかのすべての作品を第一巻と第二巻に分けて収めている。その第一巻は『吶喊』、『彷徨』以外に、更に「阿金」を「他二篇」の一つとして（もう一つは「私の種痘」）を追加しているところに、私は編集者の見識がよく現れていると思う(6)。
　「阿金」のあらすじは次のようにまとめられるだろう。阿金は外国人に雇われている娘姨（ニャンイー）で、女友達が多く、愛人も多く、常に「阿金、阿金」と呼びに来る。そのやかましさはしつこくて「わたし」であろうと、「近所の外国人」であろうと誰も止められなく、ついに「荒物店の老婆」とけんかすることによって、彼女の雇い主の外国人主人に辞めさせられた。彼女がいなくなったのを補ったべつの女の回りは「また一群の男たち女たちが集まってきた。阿金の愛人さえ内にいた。いつなんどき市街戦がまた発生するか、保証の限りではなかっ

た。

さて、阿金は誰か。またどのような人物像なのだろうか。これは実は「阿金」の読書史および研究史における、一つの問題である。これまで「阿金」をテーマとする論文は少なく、研究の重心は「阿金」の人物像についての解読であった。この意味において、竹内実氏の「阿金考」(1968) は、多く見られぬ「阿金」論の中で代表的な位置を有している。これは「阿金」研究の最も細やかな一篇の論文である。前世紀七十年代の中期、薛綏之氏はすでにこの論文に注目し、それを馮雪峰氏に伝えているが、近年になりやっと中国語訳が出てきたのである。本稿では、阿金について新しい視点を提出してみたい。なお、以下に引用する魯迅の文章は、学習研究社『魯迅全集』による。

二.「大陸新邨」と「留青小築」は〈阿金〉の舞台なのか

一昨年（2005）12月末と去年（2006）3月末に、私は前後二度上海魯迅記念館を訪問し、現在上海市虹口区山陰路132弄9号にある魯迅の旧居を見学した。上海魯迅記念館、特に副館長の王錫栄氏のご援助とご指導をお受けしたことをここに謹んで感謝する。

これまでの研究にはどれも一つの漠然とした前提がある。それは「阿金」の中の「わたし」は魯迅で、だから「わたし」の「見る」も魯迅が「見る」ということである。——もしこの考えに基づくと、魯迅が〈阿金〉を観察し、〈阿金〉を描いたという問題は単純で、作品中の「わたし」と〈阿金〉との位置を確認しさえすれば事は済むわけである。

例えて言えば、「わたし」と〈阿金〉の主人は隣同士で、「彼女の主人の家の裏口は、私が家の表の門の筋向かうにあった。」この位置関係を現実の中に戻して来ると、明らかに今の虹口区山陰路132弄9号の魯迅の旧居と前のあの家屋との関係である。魯迅居住時の住所名は「施高塔路130号大陸新邨9号」である。1933年4月11日に引越しして来て、1936年10月19日にここで生を終えた。魯迅はこの場所に三年半暮らした。ここは魯迅の上海生活における最後の住まいである。合わせて6列のレンガと木造の三階建てである。魯迅の居住した9号は、南向き第

一列西より二番目の区画で、建築面積は222.72平方メートルである。この場所は魯迅の旧居として、1951年1月7日に対外開放し、1952年5月より内部公開に変え、1989年3月よりもう一度対外開放を開始した。旧居の物理的資料は、現在書物や新聞や雑誌などで比較的簡単に入手できる。私がここに特記しておきたいのは、現地参観以外に、去年3月にはさらに王錫栄氏のところより1960年制作の魯迅旧居の平面図のコピー（A3サイズ5枚）を戴いた。これにより魯迅の住居の空間について更に詳細に知ることができる。

　問題は〈阿金〉の住居で、厳密に言えば、〈阿金〉の雇い主の家の様子である。大陸新邨九号南面に、同じ家屋が六列並び、魯迅はある手紙で、受取人に彼の家の道案内をする時、この六列の家屋のことに触れ、「留青小築」だと書いている。

　　大陸新邨は書店から遠くありません。施高塔路を入りますと、新建築の建物が数棟並んでおり、「留青小築」で、この「小築」が終わると、新邨第一弄であります。[12]

　「留青小築」に関して、かつて王錫栄氏に手紙を書き、御返事を戴いたが、その要点は次のようである。当時住民は、中高級勤め人で、記者、作家などの文化人のほか商人もいたが、その中には、日本人も少なくなかった。しかしそれほど高級な住宅区でもなく、本当に富裕な人はごく少数であった。また建築の構えは、大体一階に前「客間」があり、後方は台所と洗面所で、1階から2階への階段の曲がり角に洗面所があり、2階にも前客間、後客間がある。2階と3階の曲がり角は「亭子間」である。「留青小築」はいわゆる「2階半」で、3階はなく、2階と「亭子間」だけである。――作品中で言っている「阿金の部屋の窓」は大方この「亭子間」の窓であろう。

　魯迅の旧居を見学した時、自然に「留青小築」より南へ向かい合ったあの家屋も見えた。あの家屋には確かに多くの裏口があり、旧居の辺りにと向かい合っている。「我が家の表の門の筋向う」方向より見ると、「留青小築」あたりに三つの裏口が有り、魯迅の旧居と斜め向かいになっている。左前方、即ち南東方面に現在門標41号の裏口がある。右前方、即ち西南方面にも裏口が二つあって、現在の門標はそれぞれ42と43号である。「阿金」は結局どの「裏口」から出入りしたのか、やはり断定しにくい。しかし私は去年3月幸いにも41号裏口より「留青小築」

に入り、かつそこの1階を見学した。主人は画家で、仕事を止めて我々一行を接待して下さった。1階は「裏口」、即ち家の北側より入ると台所兼通路で、台所を通り抜けると一筋の短くて狭い廊下がある。廊下の右側は壁で、左側は階段である。廊下を歩いてゆくと部屋の入り口があり、左側より階段に上れる。部屋の入口を入ると、約15、16平方メートルの部屋がある。南壁は家の入口と相対し、左側に入口右側に窓があるのみである。部屋の入口の右手に北に向かって広がっている5、6平方メートルの空間がある。別の一間というより、むしろこの部屋の一部分といえるだろう。しかし「阿金」がたとえ1階へ行くとしても、この空間も彼女のものではないはずだ。「阿金」の居れる場所は台所であろう。彼女は階段の上から歩いて来て、台所へ行って働いたか、或いは台所から裏口を開けて大陸新邨と間を隔てた弄堂へ行って、他家の使用人に「「情夫（まぶ）がいなけりゃ、上海へ何しに来たんだい」」と「自分の意見を宣言した」。──もちろん、これは作品による想像である。

　「阿金」の内容によって実地踏査をした後、「阿金」と「わたし」は大方このような位置関係であると分かった。もし「阿金」が事実そのままの記録ならば、「留青小築」も「舞台」のバックをなしていることは疑いない。しかし、こうなると明らかに蛇足になる。〈阿金〉と魯迅との位置関係がはっきりした以上、後者がどのように前者を「見た」かという問題はなお存在するであろうか。すべてはっきりと「見」ているのではないか。

　私はこのように思うが、やはり釈然としない所もある。なぜなら先に述べた推測には一つの基本となる前提がある。それは魯迅が実際に存在する〈阿金〉を描いているということだ。しかし、果して真に〈阿金〉という人物がいたかどうか。かりにこの前提が成立しないとすれば、〈阿金〉の「舞台」、「わたし」が「見た」こと、及び「わたし」が毎日大陸新邨9号2階の南窓の真中に置いた事務机に寄り掛かって著作や翻訳に携わったあの魯迅であったか否か、これらすべてをあらためて問題にしなければならない。

三．〈阿金〉は確かにいたか

　現在〈阿金〉は存在しなかったと断言はできないが、しかし〈阿金〉が実際存在したという如何なる証拠もまた探し出すことはできない。先ず、魯迅のテキストには「阿金」に関する記述は三ヶ所あり、すべてこの作品の創作と発表について言っているが、〈阿金〉は確かにその人だという記録はない。[13]

　次に、〈阿金〉その人に関わった追憶も見えない。もし「わたし」が魯迅であれば、魯迅を煩わせいらいらしてどうして良いか分らなくさせ、或る時はなんと原稿に「金」の一字を書かせ、彼の「三十年来の信念と主張と動揺させた」〈阿金〉は「事件」を引き起こした人物と言える。たとえ魯迅が覚えていなくても、身辺の人の追憶の中に僅かでも跡形が残るはずだが、それが無い。許広平は馮雪峰の質問に答えたとき、この「横丁の女子労働者の生活を描いた小文」を持ち出したが、その文が検査当局に「抜き出された」[14]と述べただけで、現実に〈阿金〉がいたかどうかには触れていない。

　第三に、上記の紹介に基づくと、魯迅一家は1933年4月11日「大陸新邨9号」に引越して来た時、まだ前方の「留青小築」は無かった。というのは、後者は、半年以後の1933年10月18日に建て始められたからだ。「魯迅が最初にここへ引越して来た時、建物の前は空き地で、雨後の蛙が烈しく鳴き、田舎にいるようで、2階の窓より眺めると、南面の遠くない所に内山書店と内山の住まいが見えた……」という。[15]

　つまり、魯迅が引越して来て後、少なくとも半年の間は彼の窓の前はまだ一面の空き地であった。もし180日の工事期間をも計算に入れるならば、「留青小築」と「大陸新邨」が向かい合って建ったのは、彼が引越して来て一年後の1934年4月中旬であるはずで、たとえ本当に〈阿金〉のような人がいても、この後から12月中旬までの半年余りの間に現れ得るに過ぎぬ。残った問題は想像に任せるしかないが、次々と「留青小築」に引越すそれらの「中流」社会に属する外国人の家庭で、〈阿金〉のような一日中騒いで周りを落ち着かせぬ「娘姨（ニヤンイー）」を雇う人がいただろうか。

もう一点、「大陸新邨」と「留青小築」は当時一体どのような環境であったか。「阿金」を創作した三日前、1934年12月19日の晩、魯迅は梁園豫菜館に客を招いた。招待されて来た者に蕭軍と蕭紅が居り、これは同年11月30日に初めて二蕭に会った後最初に彼らを招待したのである。おおよそ一年後の1935年11月6日、つまり魯迅が「阿金」を含む『且介亭雑文』の編集に着手しようとしたあの時期に蕭軍と蕭紅が初めて魯迅の家を訪問した。やがて、彼らも魯迅家の近所に引越し、この年の半年余りの間に、彼らは「大陸新邨九号」の常客になった。この交際は蕭紅により彼女特有の細やかな筆で、『回憶魯迅先生』（生活書店、民国37 [1939] 年8月）に記録されている。

魯迅先生の住まいは大陸新邨九号である。

小道に入ると、大きな方形のセメントがいっぱい敷かれていて、庭には何のざわめきも無く、この庭より出入りするのは、あるときは外国人で、外国人の子供が庭でちらほら遊んでいるのも見られる。

魯迅先生の隣家に大きな立て札が掛かっていて、上に「茶」の字が書いてある。

一九三五年十月一日にて。

魯迅先生の客間に長テーブルが並べられている。長テーブルは黒色で、あまり新しくはないが、壊れてもいない。テーブルの上には特にテーブルクロスも敷いていない。長テーブルの真中にブンドウ豆色の花瓶が置いてある。花瓶の中に数本の万年青の葉がいけてある。長テーブルを囲んで七八脚の椅子がある。特に夜は何の音も聞こえない（24〜25頁）。

すべての建物はひっそりとして、窓外も少しの音もない。魯迅先生は立ち上がって事務机の側に坐り、あの緑色の電気スタンドの下文章を書き始めた（19頁）。

台所は家庭で最も賑やかなところである。三階の建物すべて静かで、女中の呼ぶ声は無く、階段を走って来たり走って行ったりする音もない（29〜30頁）。

ただ台所が比較的賑やかなだけで、水道水がざあざあと流れ、ほうろうのボールがセメントの流しで、ちょっと引きずると擦れてざっざっと音を立て、米を洗う音もざっざとした（30頁）。

階上も階下もみな静かである。海嬰が友達と遊ぶ楽しそうな騒ぎ声だけが、太陽の陰で飛び跳ねている（50頁）。

　以上は抜粋である。あらゆる魯迅の回顧に関するものの中で、魯迅の住居の描写について、蕭紅より詳細な文章は恐らくないであろう。「1935年11月1日」この彼らが初めて訪問した期日がすでに訂正された以外、事実として受けざるを得ない。上記引用文には、相互に関連性は無いが、それらを通して与えられる魯迅住居の印象を一字で総括するとすれば、それは「静」という一字ではないだろうか。

　蕭紅が描いた「大陸新邨九号」の「静」は魯迅の「阿金」の中の「大声で呼ぶ」、「わめきたてる」ひいては「市街戦」により構成された「騒動」とは食い違っている。ここに明らかに、現実の世界と作品の世界との違いがある。これより推測すると、後者のいわゆる「騒がしい」世界は、実は現実中の「静か」な環境の下で作り上げられた一つの空想の世界、作品の世界と見るべきではあるまいか。まさに魯迅が「窮愁著書（貧乏でなければ本を著すことができぬ）」を信じず、「文学はとにかく一種のゆとりの産物[16]」だと考えていたように、本当に彼の身辺に大声でわめきたてる〈阿金〉がいたなら、作品中の〈阿金〉はいなくなったかも知れぬのである。私は〈阿金〉は想像の産物であり、フィクションであると考える。[17]

四．作品に入っている現実の要素

　〈阿金〉は想像であり、フィクションである以上、先に討論した「大陸新邨九号」の魯迅の旧居と向かいの「留青小築」などは、作品の内容にとってまったく無意味なのか。そうではない。私は、この二ヶ所の建物を含む魯迅身辺の多くの事がらが、皆要素として作品に入っており、作者魯迅は目の前のさまざまなものを借りて、想像した〈阿金〉のために一つのフィクションの「舞台」を組み立てたと思う。

　魯迅の周辺には確かに外国人が住んでいた。これは先に引用した蕭紅の目撃から確認を得ることができる。まさに前に「留青小築」を紹介した時に言ったように、位置関係について言えば、作品と現実世界とは完全に一致するし、「わたし」

の側の「2階の窓」は、大陸新邨九号2階の南窓に置き換えることもできる。
——ところが、私の現場実測によると、たとえば立ち上がっても下が見えるとは限らないのである。なぜなら、窓枠が高すぎ、下部のガラスも透明ではなく、まして机に隔てられている。ほかに孔海珠著『痛別魯迅』(2004)に収められている二枚の写真によると、[18]2階南窓のガラスは現在見るのと違うが、下部のガラスが不透明なのと、窓の前に物がいっぱい積んであるためにガラス戸が容易に開かず、かりに開けても外が見にくいという点は現在と同じである。まして蕭紅によれば、魯迅は仕事をする時窓を閉める習慣があり、たとえ「部屋の中が蒸し風呂のように暑く」ても開けようとしないと証言している（前出書27〜28頁）。こうした点から言えば、夜外の呼び声を聞いて、「すぐさま、立ち上がって、窓をおしてあけ」る「わたし」は、作者魯迅であるとは限らない。錫金氏の指摘する「〈わたし〉も一人の人物と見なしてもよい」はこの意味において成立する。

　もう一点は、「阿金」社会の登場人物としての「娘姨（ニヤンイー）」の身分である。前にすでに述べたが、魯迅の身辺に本当の〈阿金〉の原型が存在していたとは想像し難いが、「娘姨」又は「阿媽」は当時至るところで見られたようだ。上海へ移った後、魯迅と許広平がいったいお手伝いを何人雇ったかということについていまだに研究されていないようだが、上海魯迅記念館はこれからこの課題に取り組もうとしているそうである。現在わかっているところでは、魯迅と許広平は景雲里23号にいた時に雇ったお手伝いを、後に18号に引越す時に柔石と魏金枝に残した。[19]ついでに言えば、中国語版「阿金考」にある「魯迅搬家的時候，魏金枝和柔石有一个女佣，人們都叫她阿金（魯迅が引越す時、魏金枝と柔石には女中が一人おり、人々は皆彼女を阿金と呼んだ）」は誤訳のようで、日本語の原文は「魯迅は引越しするとき魏金枝と柔石のために女中をおいていった。すなわち、普通名詞としての阿金である」である。後に海嬰を世話した「王阿花」という人がいて、魯迅は彼女のために訴訟すらした。[20]「大陸新邨9号」で、蕭紅は魯迅家に「娘姨」が二人おり、一人が食事係り、一人が海嬰の子守をしているのを目撃し、彼女たちのことを記している（前出書14頁）。つまり「娘姨」も魯迅の生活の一部であったのだ。大陸新邨の台所は1階の北側で、そこは「娘姨」の仕事場であり、ここと前の「留青小築」の台所の位置は同じで、この位置も「阿金」に描かれている。

ただ実際生活では、「他人の家の台所と比べる」と魯迅家の台所は「大そうひっそりしていて、おかずをいためたり、お米を研いだり、流しをごしごし洗ったりする音が聞こえるだけである。」(前出書30頁)

では、〈阿金〉のような魯迅の身辺に存在しない「娘姨」を登場させたのは、魯迅が「静中取鬧」、いわば「静」のなかに「鬧（騒々しい）」を取ったのか。確かにそういう傾向があり、少なくとも大陸新邨の環境について言えばそのようである。しかし、この「騒ぎ立てる」・「市街戦」と「騒動」も別にいい加減に作ったり他人のことを取ったのではなく、実は魯迅自身の生活経験の一部でもあった。ただそれはたぶん〈阿金〉を創作した当時の経験でなくて、それ以前の記憶を呼び覚ましたということであった可能性がある。許広平はかつて魯迅が景雲里にいた時の「まだ安らかに暮らせぬ」状況を記録している。

　　景雲里2弄末尾23号にいた時、隣は大興坊、北側は宝山路が真っ直ぐに通り、夜通し通行人あり、京劇を歌う者あり、口喧嘩する者もある。声やかましくざわざわと賑やかで、それらに大そう苦しめられていた。その上隣の家庭は、常に麻雀を擦る音がし、調子が好い時は牌を何度もマホガニーの机に叩き付けていた。静かな夜深く考えている時、思いもよらぬ拍子木を叩くような音と声高く辺り構わぬ笑いに悩まされる。魯迅は筆を抛ってお手上げだと嘆いた。特に嫌なのは夏で、この辺りの御立派なお隣は涼を求め、かつ麻雀の楽しさも増し、早速机を石庫門（中庭）に運んだ。魯迅は夜通し彼らの打つ音を聞かされ、本当に耐えられなかった。[21]

その上「人攫い」と警察の銃撃戦、及び腕白小僧の投石放火が加わり、許広平の言う如く、一つの「悲惨な思い出」[22]と言える。

実際の状況から言うと魯迅の何回かの宿替えは、景雲里からラモスアパートへ、また大陸新邨へと、殆んど乱を避け静を求める逃避過程だった[23]。最終的に相対的に静かで落ち着いた住宅環境を得たわけだが、上記のようなそれまでの経験が作品「阿金」の中にあのように復活したと考えることができるのではないか。「阿金」の中の賑わいは、まったく許広平の記憶する景雲里のそれと重ねることが出来るではないか。

環境があり、登場人物があり、「賑やかな」雰囲気もあって、ここまでで大体

もう「阿金」という作品の包含する現実の基本要素はほぼ明らかになった。しかし、未だ答えられぬ基本問題が一つある。それは魯迅がどのような意識で、これらの要素を一篇の作品として構成し、〈阿金〉という人物を作ったかである。換言すれば、〈阿金〉を通して「わたし」の「見る」が展開するが、では魯迅はまたどのようにしてこの「見る」を構成したのか？

五．「異人館」のコック――「阿金」の種本か

私はここで『支那人気質』の描写の一段を想起する。この本はアメリカの伝道師アサー・エチ・スミス（Arthur. H. Smith 1845-1932）が著わした Chinese Characteristics の日本語訳本である。原書は1894年アメリカニューヨークフラミングから出版され、日本語訳は 2 年後の1896年（明治29年）12月に、東京博文館より出版された。訳者の署名は「羽化渋江保」である。魯迅は日本に留学した時に読んで、ずっと死に臨む前まで忘れられず、誰かが翻訳して中国人に読ませることが出来るのを希望していた。詳しいことは私のそれに関する研究を参照されたい。[24]

「阿金」に描かれているのは明らかに外国人に雇われた女中のやかましく騒ぐことの繰り返しである。「わたし」は〈阿金〉の雇い主がこの建物の隣に住んでいるという関係で不幸にも巻き込まれたに過ぎぬ。が、かりに〈阿金〉の雇い主の身になって考えれば、その様子はどのようになるだろうか。しかしこれはもう「阿金」という作品の描写視点を越えているから、作品自体からは答えは得られず、もしこの問題に答えようとするならば、視点を変えるしかない。そこで渋江保訳本を探すと、その問題を解明するにぴったりの一節が見つかる。

　　在支那異人舘に傭使せらるゝ諸の従僕の中に於て、家内の平和を掌握するは、庖人の右に出づる者なかるべし。初め庖人が其の家に傭はるゝや、細君は、彼れに向て望む所と、望まざる所とを述ぶるに、彼れは始終天輿の（習ひ得たるとはいはず）誠心誠意［外観上］を以て謹聴す。例へば、細君より、「前の庖人は、麵包の未だ沸騰せざるに、之を竈に入るゝの悪習あり。是れ彼れが妾の気に入らずして遂に暇を出されたる一因なりと述ぶれば、新庖人は笑坪に入りて答へて曰く。「僕固より過失多きを免かれざるべし。左れど決し

て頑固にあらざることは、堅く保證する所なり。豈奶奶（おくさま）の厭は
る〻所を強て爲すが如きことあるべけや。」細君又「犬、懶惰漢及ひ烟草の
三者を庖廚に入る〻は妾の堪えざる所なり」と述ぶれば、答へて曰く。「僕
性甚だ犬を嫌忌し、未だ喫烟を解せず。元来他國の人なるを以て、府内に於
て、只僅に一二の友あるのみ。而かも一人の懶惰漢なし」と。遂に其の家に
傭はる〻ことは爲りぬ。然るに未だ數日ならざるに、彼れの麵包の拵へ方に
於て、恰かも前庖人の『兄弟分』（ブラット、ブラザー）たるの實を現はし、
友人の庖廚に出入するもの無數殊に犬を携ふるもの少なからず。喫烟の香
（かおり）は、絶ゆる間なし。之を詰問するに答へて曰く。「麵包の出来なる
ことは、僕實に之を許す。左れど、決して、溲ね方の不充分が爲にあらず。
友人も亦庖廚に入りたるに相違なし。左れど彼れ等は、僕の友人にあらず。
確かに日傭取［今此の家に傭はれ居る］の仲間なり。然れども一切犬を携へ
ず。且つ既に歸り去りて一人も残らず。盖し再ひ来らざるべし。但し明日に
至れば、復た来るならん。我れ等從僕は、一人も烟を喫するものなし。其家
の從僕等は、非常の喫烟家輩なれば、顧ふに其の烟の塀を超え来りて我が家
に来れるならん。僕は真に家法を守れり。左れど其の他の人々をして悉く之
を守らしむること能はず」と。
(25)

　これは日本語訳本中に表されたスミスの中国人の「特別な気質」の叙述であっ
て、「柔弱的強硬　Flexible inflexibility」に挙げた一例である。「庖人」は主人の
話を聞かず、主人に対し「面従腹背」でまた暇な男を集め、雇い主の家に「出入
する」という点で「阿金」の描写と非常によく似ている。そして欠員を補充した
後任のボーイが前任と同じ行為を繰り返し、少しも改めようとしていない点など、
「阿金」のケースとそれこそ瓜二つではないか。こうした点から考えると、魯迅
が「阿金」を創作した時、『支那人気質』という「種本」が少なくとも頭にあっ
て、自分の作品を展開したと言ってもかならずしも牽強付会ではないだろう。

　「阿金」の創作問題において、魯迅と『支那人気質』との関係は、決して以上
の素材処理方式の借用だけではない。私がかつて指摘した「従僕」と「ボーイ」
は「召使い」の概念の表示として、渋江保の日本語訳『支那人気質』の中で、ス
ミスが打ち立てた中国人の「気質」を観察する一視点を表している。スミスが見

たところ、「従僕」或いは「ボーイ」は「支那人全体の撮要」で、「支那人の一標本」である。彼はこれより一般の支那人を推察する。この一「職業」の視点も魯迅は参考にし、中国人の国民性を振り返って見るのに用いた。それに対応するキーワードが「西崽(ボーイ)」である。違っているのは「西崽」という職業を「西崽像」に普遍化し、それを「主人と奴隷の境界線」に行ったり来たりする奴隷の特徴としてはっきり表した点である。以上の点から、私はここで〈阿金〉という人物の創作の基本がスミスの「従僕」、「ボーイ」より魯迅自身の「西崽」「西崽像」への発想の延長線上にあるとの観点を提起したい。

六．結　論

最後に、本稿の結論をまとめておこう。

第一、「阿金」は基本的には一篇の創作で、〈阿金〉と「わたし」は基本的には虚構と思うべきである。それ故に、「わたし」の「見る」は魯迅の見ると同一視できず、前者は魯迅の叙述手段と見なしたほうがよい。

第二、場面設定と人物構成は眼前の事物と自身の経験に基づいており、また想像の中で、真実味ある「下女」たちが占領したかまびすしい市井の世界を構成した。

第三、魯迅が生涯忘れられぬ『支那人気質』の「庸人」の段落と「従僕」に関する観察視点が、魯迅の眼前の事実や経験の中の素材に有効なモデルを提供し、これが遂に作品を形成させた。逆に言えば、この作品には魯迅が常に抱いていた「国民性」に関する問題意識が強く浸透している。この点でも、魯迅と『支那人気質』との関連性に動かせぬ実例を提供している。

第四、「阿金」は三千字に足りぬ小品だが、そこには魯迅の留学以来の人生体験の多くの要素が入っている点で、彼の長く豊かな人生体験の支えの下で出来たと言える。この事情は、「阿Q正伝」を書いた時の「阿Qのイメージは、我の胸の中に何年も前からあり続けた」[26]という下準備のプロセスとよく似ている。そういう意味で、一見軽く描かれたように見えるこの作品にも、「魯迅文学」の特徴やその可能性はすべて備わっていると言えるのではなかろうか。

注

（1） 魯迅日記1934年12月21日に「曇。……午後、随筆一篇、二千余字を書く、『漫画生活』に送る」（『魯迅全集』第19巻78頁。学習研究社、昭和56年、以下同じ）と記するが、これは「阿金」を指す。また、『魯迅全集』第8巻235頁「阿金」の原注〔1〕を参照。

（2） 『且介亭雑文・附録』を参照。『魯迅全集』第8巻、昭和59年。

（3） 注釈（1）（2）と同じ。

（4） 錫金「魯迅的雑文」、『長春』創刊号、1956年10月。

（5） 『南腔北調集・〈自選集〉自序』。『魯迅全集』第6巻288頁、昭和64年。

（6） 『大魯迅全集』第1巻、改造社、昭和12年2月、訳者は井上紅梅・松枝茂夫・山上正義・増田渉・佐藤春夫である。第2巻、同改造社、昭和11年4月、訳者は山上正義・鹿地亘以外第1巻と同じ。

（7） 『且介亭雑文・阿金』を参照。『魯迅全集』第8巻、昭和59年。

（8） 北京魯迅博物館編『魯迅研究月刊』は1980年から2007年第3期現在まで「阿金」をテーマにする論文なし。張夢陽著『中国魯迅学通史』（上中下・広東教育出版社2002年）にその索引巻の目録に、孟超「談〈阿金〉像──魯迅作品研究外編」（桂林：『野草』月刊3巻2期、1941年1月15日）、黄楽琴「阿Q和阿金──病態人格的両面鏡子」（『上海魯迅研究』第4輯、1991年6月）という2篇がある。私がこの他に見た論文に、鄭朝宗「読『阿金』」（『福建文芸』1979年第10期、後に鄭朝宗著『護花小集』、福建人民出版社1983年に収められた）、黄楣「談『阿金』」（『中国現代文学研究叢刊』第3期・1982年）、何満子「阿Q和阿金」（『上海灘』1996年第2期）がある。

（9） 佐佐木基一、竹内実編『魯迅と現代』、勁草書房、1968年7月、150〜180頁。

（10） 『馮雪峰致薛綏之的信（1973年9月〜1975年10月）』、『新文学資料』第5集、1979年11月、222頁。

（11） 竹内実著・程麻訳『竹内実文集二巻・中国現代評説』、中国文聯出版社、2002年。

（12） 1934年5月24日姚克宛。『魯迅全集』第15巻369頁。

（13） 注釈（1）と（2）によるもの以外、また1935年1月29日楊霽雲宛ての手紙がある。

（14） 許広平「研究魯迅文学遺産的幾個問題」（『欣慰的記念』、人民文学出版社、1951年初版）。本文の引用は魯迅博物館・魯迅研究室・魯迅研究月刊編『魯迅回憶録・専著・上冊』（北京出版社、1999年）315頁による。

(15) 魯迅博物館『魯迅文献図伝』、大象出版社、1998年、194頁。魯迅の旧居を見学した時にも解説員が同じ解説をした。しかし出所は未詳。王錫栄氏に伺ったところ、許広平来館の折の口述内容であるようだ。

(16) 『華蓋集・「壁にぶつかった」の後』、『魯迅全集』第4巻82頁、昭和59年。

(17) 『而已集・革命時代の文学』、『魯迅全集』第5巻31頁、昭和60年。

(18) 孔海珠著『痛別魯迅』(上海社会科学院出版社、2003年)。二枚の写真はそれぞれこの書の1頁「魯迅逝去の日に撮った本棚」と21頁「魯迅逝去の日のデスク」である。

(19) 魏金枝「和柔石相処的一段時光」(『文芸月報』1957年3月号),同作者「左聯雑憶」(『文学評論』1960年2期),『柔石伝略』(中国現代文学資料叢書甲種、丁景唐・瞿光熙編『左聯五烈士研究資料編目』、上海文芸出版社、1962年) を参照。筆者が見た資料には、このことについて魏金枝だけが絶えず持ち出している、たとえば、「私たちに食事を用意してくれた年長のお手伝いさんはこの消息を聞くとぽたぽたと涙を落とした……」とか、「ここに魯迅先生がかつて住んでいた。戸籍にはまだ周豫材と明記している。女中も、魯迅先生の家で働いた」とか、「用いられた女中すら、もともと魯迅先生の家においてである」とかいう。

(20) このことは魯迅日記1929年10月31日、1930年1月9日、6月21日と1929年11月8日章延謙宛ての手紙に見える。

(21) 許広平「景雲深処是我家」、『上海文彙報』、1962年11月21日初掲載。本文の引用は魯迅博物館・魯迅研究室・魯迅研究月刊編『魯迅回憶録(散篇・中冊)』(北京出版社、1999年) 959-960頁による。

(22) 注(21)に同じ、960頁。

(23) 魯迅研究室・魯迅研究月刊編『魯迅年譜』(人民文学出版社、1984年) によると、魯迅と許広平は1927年10月8日共和旅館より景雲里23号へ引越し、1928年9月9日景雲里18号へ移る。1929年2月21日景雲里17号へ移る。1930年5月12日北四川路拉摩斯公寓(ラモスアパート)へ移る。1933年4月11日大陸新邨9号へ引越す。

(24) 「渋江保訳『支那人気質』與魯迅──魯迅與日本書之一 (上・下)」(『関西外国語大学研究論集』第67号、1998年2月、第68号、1998年8月)、「『支那人気質』與魯迅文本初探」(上と同じく第69号、1999年2月)、「〈乞食者〉と〈乞食〉──魯迅與『支那人気質』関係的一項考察」(佛教大学『文学部論集』第89号、2005年3月)、「〈従僕〉、〈包依〉與〈西崽〉──魯迅與『支那人気質』関係的一項考察」(佛教大学『文学部論集』第90号、2006年3月)。

(25) 羽化渋江保訳『支那人気質』「第9章 柔軟な強硬さ」、90〜91頁、博文館明治29年（1896）。
(26) 『華蓋集続編・「阿Q正伝」の成立ち』、『魯迅全集』第4巻422頁、昭和59年。

魯迅『傷逝』小論——一身上の近代

浅 野 純 一

　『傷逝』は、魯迅の小説の中で比較的よく読まれ、また研究者にもよく言及されている小説である。中国では、『阿Q正伝』『狂人日記』に次いで研究論文が多い。[1]

　竹内好『魯迅』[2]は『傷逝』を評して、「彼の作品の中でも、ことに虚構の多い小説だと私は感ずる。一人称で書かれていて、些末な点に彼自身の日常生活を描写していると思われるだけに、全体の構成、ことに主題になっている失恋は、嘘であろうと思う。私は作品から嘘を感ずるが、その嘘と魯迅がどんな関係にあるか、……私は疑問である。」(p.36)といい、したがって「『傷逝』を私は悪作と思う。……『酒楼にて』を秀作に入れるのである」(p.102)といい、その理由は「私が悪作と呼ぶのは、大抵は何ほどか文章のそのようなわかりにくさに関係している。たとえば、建物を組み立てた後で、そっくり他の場所へ引きずっていったような工合である。建物そのものは完全であるが、組み立てられた場所との距離は説明されていない。」(p.107)

　同様の感想は、「特に重要だと考えるということではなく……そもそもこの作品で魯迅は何を言いたかったのか、について、完全に納得がゆく気がしなかった」(丸山昇)、「読後……承伏できぬ不快を覚えるのに、彼らを導く摂理には、抗いがたいものを感じる」(北岡正子)、「難解さ」に加えて「重圧の感」を強調(大田進)[3]する。

　しかし、竹内氏は後に『傷逝』を解説して「これも『孤独者』と同系列の、魯迅特有の原罪観念を扱った小説ではないかと思われる[4]」と評価を変えた。保留付きではあるが、『傷逝』も『酒楼にて』『孤独者』とならんで「重く見」られたのである。

　筆者の『傷逝』読後感は、「承伏できぬ不快を覚える」とともに、涓生は私だ、

と呟く魯迅が目に浮ぶのだ。「ボヴァリー夫人は私だ」と法廷で証言するように、ではなく、深夜のほの暗い書斎で一人、あるいは許広平を側に置いて低い声で呟く魯迅が、である。

　この小説に許広平との恋愛が大きく影響していることは、論を俟たない。ただ、それがどの程度小説の主題と関係するか、で論者の意見は分かれる。
　極端な例では、弟の周作人が「『傷逝』という小説は、非常にわかりにくい。……普通の恋愛小説ではなく、男女の死亡を借りて兄弟の恩情の断絶を悼んだものである」といい、この小説の書かれたより九日前の『京報副刊』に掲載された丙丁（周作人）の訳詩『傷逝』を挙げて、これを支持する論もある。周作人が「これを『弟兄』と合わせ読み」、会館時代の二人に引きつけて解釈をすることは無理からぬことではあろうが、そして誰を涓生に擬したのか興味のあるところではあるが、他の読者がこれを主題として読むことは難しい。もちろん、小説を書きながら魯迅がまま弟との断絶について思いを馳せ、それが行間ににじんでいるのを、周作人が敏感に感じ取ったことはありうるし、『傷逝』という題名もなるほど周作人の訳詩からとったものであろう。だからこそ、この小説を書き終えて二週間のうちに『弟兄』も書いたのであろう。それに続く『離婚』も、あるいは弟から弟の妻に連想が及んだものとも思えるのだが、今は措く。
　しかし魯迅にとって、この小説が書かれた時期（1925年10月、八道湾の家を出て２年）、最大の関心事はやはり許広平のことであったに違いない。
　1925年８月以降、二人の間の手紙の往復は絶え、魯迅の日記から許広平の名前が消えるが、それは恐らく手紙を書く必要がない、いつでも口頭で意思疎通ができる状態にあった、許広平が小説中の子君のようにほぼ毎日通っていたか、魯迅宅に断続的に起居していた、と思われる。26年３月６日の日記に、いきなり「旧暦正月二十二日也、夜為害馬剪去鬃毛」という記述があり、南雲氏はこれを二人が肉体的にも結びついたことと解している。さらに南雲氏は、魯迅が北京大学や女子師範大学の講師を引き受けた動機は経済的なものであること、それから女師大の紛争に関わったのも正義感からだけではなく許広平への思いがあったことを指摘している。

そんな中で書かれた恋愛小説なのである。

　そういう目で見れば、「えくぼを浮かべた白い丸顔、白いほっそりした腕、ストライプの木綿のブラウス、黒いスカート」、「私は私自身のものです。あの人たちの誰も、私に干渉する権利はないわ」と「毅然とした、落ちついた口調で、はっきりと言」う、「交際を始めて半年」の頃の子君は、まさに許広平であり、会館の一室で足音に耳を澄ませて待つ涓生は、若い頃の自分に託した魯迅自身である。(8)小説の中で、涓生は子君の叔父を怖がって自分の方から訪ねていかないけれど、魯迅もまた許広平の宿舎に私的に行くことは立場上たぶんなかっただろう。

　「専制家族制度の話、旧い習慣を打破する話、男女平等の話、イプセンの話、タゴールの話、シェリーの話」も、かつて魯迅が話したり書いたりした話であった。

　しばしば魯迅宅を一人で訪ねる許広平を意地悪な好奇心を持って見る近隣の人があったかもしれない。

　吉兆胡同の家を探す様子も、魯迅自身の体験に基づいている。小説に先立つ6年前、弟一家と母親と同居するために八道湾に家を買う時も、当時住んでいた西三条の家を購う際にも同様にあちこち奔走した。どちらの場合も、そこを終の棲家にするつもりであったと思われる。(9)

　鶏を飼い、狆（阿随）を飼うのは、『吶喊』所収の『兎と猫』『家鴨の喜劇』を思い起こさせる。八道湾で周作人一家と同居していた頃のものである。ただ、狆については後に『「フェアプレイ」急ぐべからず』（『墳』所収、1925.12.25筆）の「三　ことに狆は、水に打ち落としてさらに追い打ちを掛けねばならぬこと」を書いて嫌悪感を顕わにしていることは覚えておいてもいいだろう。

　さらに小説の中では、涓生が失業するが、魯迅もこの時期教育部を免職（25年8月）されて、復職の裁判中であった（翌26年1月勝訴復職）。魯迅は、「私は「飯の種」が惜しいわけではなかったのだ。章士釗と裁判をしたのは、ただ正義のために一がんばりしただけだ」と内輪には強がっていたようだが、で、それはその通りであったろうが、一方で魯迅の経済状態は、教育部の俸給がなければやはり心許ないものでもあった。(11)復職がかなわないなら、「筆耕か、教師か、あるいは

苦労は大きいが翻訳をやって」稼がなければならない状況に間違いなくあった。涓生の免職通知が、コピーを貼り付けたように目立っているのも、自身のそれをそのまま写して当局への当て付けとしたのかもしれない。

　しかし、以上はいわば状況証拠でしかない。
　小説の分析に、なにか気の利いた西洋の理論があればいいのだが浅学の身にはそれもかなわぬので、本邦の批評家の枠組みを借りて些か分析じみたことを試みる。
　斉藤美奈子『妊娠小説』（筑摩書房1994、以下頁数は文庫版）は、明治以降の小説のうち（望まれない）妊娠が出てくる小説を一つのジャンルとして分析した論である。斉藤氏の扱う小説（の場面）は、多くの場合第三者（恋敵とか、親とか）の干渉しない一対の男女だけの葛藤である点、阿随を胎児と見なせばその点、『傷逝』の分析にも役に立つのではないかという目論見である。『傷逝』を論じるときしばしば引き合いに出される鷗外の『舞姫』を「妊娠小説の父」とするところも心強い。
　斉藤氏は妊娠小説のフル装備として、「出会い→（接近）→初性交→（性交の定着）→妊娠＝受胎告知→（亀裂の発生）→中絶→（離反）→別れ」（p.148）を挙げるが、これを『傷逝』に当てはめてみると、まず出会いが描かれない。
　（接近）＝愛の告白は「映画で見たことのあるやり方」で「僕が涙ぐみながら彼女の手を握り、片方の膝を突いて」なされた。そして何度もこれを復習させられる。
　性愛については描かれないが、同居した後「僕はしだいに彼女のからだ、彼女の魂をはっきりと読んでいった」というのが、初性交→（性交の定着）を一応、暗示している。
　続けて、「彼女は花が好きではなく、僕が縁日で買ってきた二鉢の草花を、四日も水をやらずに、部屋の隅で枯れさせてしまった」が、「一月もせぬうちに」「四羽のコーチンの雛が」「さらにぶちの狆を一匹」「子君は新しく名前を阿随と付けた。僕も阿随と呼んだが、この名前は好きではなかった」、盛り上がりには欠けるが、妊娠＝受胎告知と男の動揺である。この場面が実際の（子君の、或い

は許広平の）妊娠を暗示しているのではない、物語の構造としてそういう場面に相当するのだ、と蛇足を付しておく。

　そして（亀裂の発生）。「平和と幸福は凝固しようとするもの」で、「料理は子君の得手ではなかったが、彼女はそれに全力を傾けた」「彼女の日夜の気苦労を見ていると、僕もいっしょに気苦労せずにおれなくなった。それが甘苦をともにするということだと思っていた」「僕は食べなくてもいいんだから、そんなに骨を折っちゃあいけない」「彼女はちらと僕を見ただけで黙っていた。表情もどこやらさびしげだった。僕もやむなく黙った。そして彼女は相変わらず骨折り続けた。」欺瞞である。

　涓生の失業によって亀裂は深まり、鶏は順次食卓に供せられる（誰が手を下してつぶしたのだろう）。ついに阿随は「頭から風呂敷をかぶせて、僕が西郊に連れて行って置き去りにした。ついて来ようとするのを、あまり深くない穴に突き落とした」、中絶（の男による強制）である。子君の「痛ましい表情に、ぞっとするような冷ややかさが加わった」のは妊娠小説の常道である。

　二人は、むなしい笑顔を交わして惰性で暮らすが、涓生は家にいるのが居たたまれなくて通俗図書館に通う。そして手前勝手な理屈で「……それに、君はもう、気兼ねなくまっすぐ自分の目的に向かって進んでいけるんだ、君は正直に言えと言ったね。そうだ、人間に虚偽があってはいけない。正直に言おう、なぜなら、なぜなら、僕はもう君を愛していないんだ」と、別れを子君の自立として、つまり子君の責任において要求するのである。子君は打ちのめされる。涓生の一方的な（離反）である。すでに卑怯だ。

　「ようやく耐え難い冬を、この北京の冬を越した」ある日、子君は父に連れられて故郷に帰る。言うまでもなく別れである。ただ、旧弊で強権的な父親が力ずくで子君を連れ帰った、のではない。二人の同棲の初め頃、「彼女の叔父とは、彼女はとっくに喧嘩別れになっていた、腹を立てた叔父は、もう姪とは思わんとまで言明していた」のであるから、当然子君の父親にも話は伝わっていたはずだ。あるいは彼女が呼んだか、心配して訪ねてきた父親に説得されたか、とにかく子君は自らの意思で涓生のもとを去ったはずである。

　であるから、「いま彼女は、自分にのこされているのが、自分の父親――子女

の債権者——の烈日のような峻厳と、氷層よりも冷たい世人の目でしかないことを知ったのだ」「しかもこの道の終点は——墓碑さえもない土墳なのだ」と子君を旧社会の犠牲者に祭り上げ、挙げ句の果てに「僕は彼女の死を思った……」、涓生が自覚するとおり、卑怯者である。

子君の死も、「空虚の重荷を負い、峻厳と冷眼に身をさらしながら、いわゆる人生の道を歩いていく」違もあらばこそ、「それさえももうできない」のは、自殺であれ心神耗弱のためであれ、涓生が原因なのである。「子女の債権者」に罪をなすりつけることはできない。祥林嫂とは違うのだ。

涓生の卑怯は、他にもある。子君の叔父との対決は、巧妙に避けている。二人で堂々と歩くことさえ主導しない。「忠告面をする友人たちとつぎつぎ絶交した」くせに、いざ職を失うと友人に、子君が去った後には己ひとりの糊口のためだけに、父の知人で叔父の少年時代の同窓の抜貢＝旧社会の実力者にまで泣きつく。

半死半生で帰ってきた阿随（胎児とその母の亡霊）は再び捨てられただろう。

最後の最後に「僕は新生の道に向かって第一歩を踏み出そう。真実を心の傷に深く秘め、黙々と前へ進もう。忘却と虚言を僕の先導にして……」、なに調子こいてんねん！

こじつけついでだが、斉藤氏はこのような物語を「メンズ系青年打撃譚」と分類し、「恋人の妊娠中絶と引き替えに、彼もまたなにかを失ったり何らかの代償やダメージを強いられる」が「主人公の男の子には、自分ではなにもしないでぐったらぐったらひたすら思い悩む、という共通点が見られる」(p.194)と分析する。

とりあえず、（日本の）戦後になって最盛期を迎えたとされる妊娠小説の枠を大きく踏み出るものではない、また「なんじゃかんじゃいっても男のパワーの方が女のパワーより強い」(p.210)ことを、ここでは押さえておく。

妊娠小説のクライマックスとされる「受胎告知」が全然盛り上がらないという決定的な欠点がありながらも、筆者がこれにこじつける理由はこの小説では出会いと共に結婚が巧妙に排除されているからでもある。子君の死が涓生に告げられる場面では、「僕たちのことを全部知って」いる父の知人に「君のあの、何というか、君の友だちだな、子君、知っているか、あの娘は死んだぞ」と念押しがあ

るほどなのだ（「友だち」なら、故郷に帰った子君は都会帰りではあっても寡婦ではなかったはずだ）。

　幸福な家庭に小説のネタはないというトルストイ的な要請はさておき、若い二人が結婚しない理由は、なにもない。新旧の結婚制度について批判じみた言説も小説の中にない。にもかかわらず、二人の結びつきを形式的にでも祝う者、理解を示す友人さえいない。

　そもそも、会館で一人暮らしの、上級とはいえない官吏がどのようにして女学生（と思われる）子君と出会うことができたのか。なぞである。

　もし涓生を魯迅に擬するなら、そして小説の最初の読者が許広平であることを魯迅が意識していたなら、すでに自明である出会いは描かれる必要はないし（まさか中年の大学教師が教え子と、などと書くわけにもいくまい）、朱安の存在（彼女は魯迅にとって母親と不可分であった）を考慮すれば、結婚の可能性は端から排除される、そう考えても不自然ではない。俞芳の回想によれば、おそらくこの小説執筆と前後するころ魯迅の周囲には、朱安を実家に返すことを勧めるする友人、教え子がいたが、魯迅はそれを拒んでいる。(14)

　竹内氏のいう「組み立てられた場所との距離」は、おそらくここらにある。現実の魯迅と許広平の関係は公になれば確かにスキャンダラスであり、そのことを「忠告」する友人もあって不思議はない。

　魯迅は若い世代に対して、常に旧い側に属する者として発言してきた。
　『狂人日記』からして、旧社会において自分も「人肉を喰らった」ものとしての自己告発であった。だから叫んだのだ、「子供を救え」と。
　「私自身としても、自分が苦しんでいる寂寞を、自分の若いころ同様に、美しい夢を見ている青年に感染させたくはなかった」（『吶喊』自序1922.12.3）
　「女性の方には、もともと罪はなく、現在は旧い習慣の犠牲になっているのだ。……となれば、犠牲者である彼女らの相伴をして、自らの一生を犠牲にすることによって、四千年の旧い帳簿の締めくくりをつけるしかないのだ」（『熱風』「随感録四十」1919年）
　「あなたの反抗は光明の到来を希うからでしょう。必ずそうだと思います。だ

が、私の反抗は暗黒を擾乱するに過ぎません」「仕事をするのは、ときにはたしかに他人のためであったり、ときには自分のための遊びであったり、ときにはついに生命を速やかに磨りへらすために故意に懸命になってやったりするのです」
(『両地書』二四、1925.5.30)

　挙げればきりがないが、旧社会の側に居ながら旧社会を糾弾する内部告発の立場であり、己の罪も旧社会に背負わされた罪として背負っていけばよかった。自分もまた被害者なのだ。そして、旧社会の諸々を道連れに、自分もろとも葬ってやろう、それが若い世代に対する自らの使命、と考えていた。女子師大事件への関与も当初はそうしたスタンスからのはずだった。
　したがって、自身の「近代的」な「自由恋愛」「自主結婚」など想像のうちにはなかったはずである。ところが、このたびは、この一身上の近代とでもいうべき事態を突きつけられたのである。さて、どう対処したものか……。
　魯迅の伝記を読むかぎり、恋愛体験はない。彼にとってもっとも身近な「自由恋愛」「自主結婚」は、周作人夫婦であり、その顛末も脳裏をよぎるだろう。
　われわれ読者は後の顛末を知っているが、この時の魯迅は知る由もなかった。

　ところで、『吶喊』『彷徨』所収のあわせて25篇の小説のうち、『孤独者』『傷逝』2篇だけは、初出誌がない。しかもこの2篇は、1925年10月17日、21日と立て続けに書かれたものである。さらに他の小説に比べてかなり長い。端から発表する予定がなかったのか、書き上げて発表を憚ったのか、とにかく要請されて書いたものではない。もっといえば、魯迅自身の内的な要請によって書かれたものではないのか。
　そうであれば、この2篇の内的関連というものをいちおう検討する必要があるだろう。
　魏連殳は、間違いなく魯迅の分身である。これは魯迅自身も認めている。それを前提に本論と関わる点をいくつか挙げてみよう。
　まず、魏連殳は祖母の葬式を周囲の心配（期待？）をよそに、一滴の涙もこぼすことなく型どおり挙行したあとで、一人号泣して30分におよぶ。祖母とその他の「われから求めて孤独をつくり出し、その孤独を噛みしめて生きてきた人の一

生」のために。その中には当然魏連殳が、つまり魯迅が含まれる。儀式としての哭泣ではなく、内在的な理由による号泣である。近代人の涙だ。

　次に、魏連殳が結婚しない男であること。「私は、彼がどうしてまだ独身なのか訊いてみたかったが、それほど親しいわけでもないので、口に出せなかった」「「君はまだ結婚してないじゃないか」「彼らは僕が結婚する気のないことを知ってるのだ」」「「君はどうしていつまでも結婚しないのだ」……前から訊きたいと思っていたことでもあり、いまがいちばんいい機会だと思った。／彼はいぶかしげに私を見ていたが、やがて視線を自分の膝に落とし、煙草をふかしながら、何も答えなかった。」結婚はここでも隠蔽される。

　それから、魏連殳の子供観の変化。「なんといったって子供はいい。実に天真爛漫で……」、子供にも悪の種があることを「私」が言うと、「連殳はむっとなった。じろりと私をにらむと、それきり黙ってしまった」「この時のしこりは三ヶ月もつづいて」、子供観は変わる。「大人一人に子供が一人だが、どちらもまるで人でなしだ」「彼が出ていくと子供たちの声がはたと止んだ。しかもみな逃げていく気配だ。……「僕がくれてやるものまで食べたがらん」」、そして「子供たちが物をねだると、犬のまねをさせたり、コツンと叩頭させたり」、涓生の卑怯にまさる堕落である。近代人の堕落である。

　今ひとつ、何のために生きるか、という根本的な問である。「ああ、死んだあとに誰にも泣かれぬような生き方をすることは、むずかしいことだ」「もう生きる必要がなくなった。それなのに生き続けようとする」「僕にもうしばらく生きてほしいと願った人は、自分は生きられなかった」、狂人も阿Ｑも孔乙己も高先生も悩まなかった、悩むことのできなかった悩みである。近代人の宿痾である。

　結論を急ぐが、許広平との恋愛が魯迅に近代人たること（の自覚）を強いたのである。面白くもない結論だが、魯迅にしてみれば、とりあえずいま現在の自分の立ち位置を確かめる必要があったのだ。小説は近代人の男を見舞った一身上の近代への自己考察、近代人（の男）として生きていくことの不安と戸惑いに起因する悲観的なシミュレーションであった。だから「嘘であろう」。そのように、『傷逝』は（たぶん『孤独者』も）書かれたのだ。

もし、許広平を最初の読者として想定していたなら、あるいは私はかくも酷薄で虚偽に満ちた男だ、あなたの愛を裏切ってあなたを朱安の様な立場に貶めてしまうかもしれない、であるからにはこれ以上私に近づいてはならないというメッセージ、メタメッセージとして、それでもいいのだね、ということになるやもしれぬ。ただ、こののち北京を去るのに１年近く、許広平と同居するまではなお２年近くを要していること、厦門から広州行きに及んでなお些か躊躇していること(17)などから推しても、この小説に朱安との決別と許広平との愛に生きることの決意を託していた、とまで言うのは無理がある。北京を離れる決意はやはり翌年3.18惨案後であり、経済的なことも考えると林語堂の誘いがあって始めて決意したことであろう。許広平と同居の決意はさらに後のことである。

　また、一方で若い教え子と、本邦今様のことばで言えばフリン関係でありながら、一方で若い世代に対して「自由恋愛」の脆弱を説く、というのであればさすがに厚顔も甚だしい。だから、涓生が誰かという「読み」は読者にゆだねられるとしても、一義的には露悪的に戯画化された近代人（の男）魯迅の自画像でなければなるまい。

　筆者は、己もまた近代人（の男）としての原罪を背負って生きていく他はない、という魯迅の決意、あるいは諦念を読みとるのである。やれやれ、做人真愈做愈難了！(18)

　女子師大の事件にしたところで、魯迅や学生が戦った相手は旧時代を代表する悪であるかのように表象されるが、現代評論派の人々にしろ章士釗や楊蔭楡にしろ、その実「国民国家」という共同幻想を具現化しようとした、とにかく近代主義者であった。(19)

　「旧社会を暴露する」のでなく、「近代」との苦闘が魯迅先生の課題となったのである。

　　注
（１）　張夢陽『中国魯迅学通史』索引巻（広東教育出版社2002）p.547以下によると、阿Ｑ正伝研究論文250篇、狂人日記研究100篇、傷逝研究45篇、他はみな20篇に満たない。

（2） 竹内好『魯迅』（未来社1961）。執筆は1943年。
（3） 丸山昇「『傷逝』札記」（『中哲文學報』第六号、1981.6）、および北岡正子「虚言世界への「イニシエーション」――「傷逝」の物語内容――」（『お茶の水女子大学中国文学会報』第6号、1987.4）、大田進「『傷逝』試論」（『人文学』（同志社大学）94号、1967）。
（4） 『魯迅選集』第2巻（岩波書店1956）巻末の解説。ちなみに『孤独者』については、「『酒楼にて』の流れを一つの頂点へ登りつめた作品と見られる」と述べている。
（5） 周作人『知堂回憶録』「不弁解説（下）」。清水賢一郎「もう一つの『傷逝』――周作人秩文の発見から――」（『しにか』1993.5大修館）。清水氏の論をさらに展開したものに、黄嫒玲「真事隠、仮語存――魯迅『傷逝』小論」（『興膳教授退官記念中国文学論集』2000年汲古書院）がある。
（6） 南雲智『『魯迅日記』の謎』（ＴＢＳブリタニカ1996）「第四章 翼を求めて」。また中井政喜「魯迅『傷逝』に関する覚書」（『言語文化論集』（名古屋大学）第9巻第1号1987）第4章はこの点に関して多くの典拠を引いて詳しくまとめてある。他に李国棟「『傷逝』のモチーフ――魯迅と妻と愛人」（『広島大学文学部紀要』52号1992）など。
（7） 南雲同上。害馬は許広平のこと。ちなみにこの前後1年間、日記の中で許広平に触れた記述は、1925年8月14日「許広平来」、9月7日「得許広平信並稿」、11月8日「許広平、陸秀珍来」、翌26年2月3日「得広平兄信」、3月6日（本文所引）、4月18日「下午広平来」、6月21日「午後托広平往北新局取『語絲』、往未名社取『窮人』」のみ。
（8） 子君と許広平の類似は前出諸家が指摘していて、自明と言ってよいだろう。周作人『魯迅小説里的人物』には、涓生の住んだ会館がかつて周兄弟の住んだ「南半截胡同の紹興県館」であると証言されている。これに続けて『弟兄』は実在のことだ、と1917年の日記をひもといて述べている。
　　引用の訳文は『魯迅全集』（学習研究社1984、『彷徨』は丸尾常喜訳）を用いた。以下も同じ。
（9） 俞芳『我記憶中的魯迅先生』（浙江人民出版社1981、いま『回望魯迅我記憶中的魯迅先生』（河北教育出版社2001）による）「第一次到魯迅先生的新屋作客」には、新居の庭に植える木や、末弟の肖像（旧居には飾られなかった）、書斎を虎の尻尾と名づけることなどの記述が見られ、新居に対する並々ならぬ愛着が伺える。子君は「花が好きではなく」というのと呼応があるかもしれない。

(10) 同上、「跟楊蔭楡之流的鬭争」
(11) 竹内実『周樹人の役人生活――五四と魯迅・その一面』(京都大学人文科学研究所共同研究報告『五四運動の研究』第三函8、同朋舎1985) p.130-133
(12) 外国（たぶんハリウッド）映画であろう（思平『魯迅与電影』中国電影出版社1981）
(13) この一文は筆者の拙訳。人民文学出版社『魯迅全集』第2巻p.116の原文は、「対於她的日夜的操心，使我也不能不一同操心，来算作分甘共苦」。丸尾氏訳（p.323上段）は「彼女の日夜の苦心に対して、僕も甘苦をともにする者として、いっしょに苦心しないわけにはいかなかった」、竹内好（ちくま文庫『魯迅文集』1 p.346）訳「彼女の休みない心労ぶりを見ていると、私も心労を共にし、それによって苦楽をともにするほかなくなる」。下文から分かるが、「我」は、飯ぐらいなら炊くが、汗まみれにもならず手も荒れず阿随や鶏の世話もせず、ただ「操心」するだけなのだ。
(14) 注（9）に同じ「封建婚姻的犠牲者――魯迅先生和朱夫人」に、「特に孫伏園、章川島、常維鈞などは……こう勧めました。「彼女に思い入れはないのだから、実家に送り返して生活費を負担するのが、礼にも理にもかなう〔很客気也很合理〕やり方で、なにも自分を苦しめてまで彼女といっしょに封建的な結婚の犠牲者になる必要はないでしょう。」大先生（魯迅）は、「紹興の習俗では、一たび嫁いだ女がもし実家に戻ったら、それは夫の家から「暇」を出されたと見なされます。家族の蔑視、輿論の譴責が彼女を容赦なく襲い、……性格の軟弱な女なら普通は耐えきれないから、中には自殺を図って一生を終える者もいるのです」」とある。許広平との関係を前提にしなければこのような会話はないだろう。
(15) 「自由恋愛」「自主結婚」は近代人たる条件であった。いま、清水賢一郎「革命と恋愛のユートピア」（『中国研究月報』537号1995年）、坂元ひろ子「恋愛神聖と民族改良の『科学』」（『思想』894号1998.12岩波書店）など参照。また、許羨蘇をめぐる「自由恋愛」の「妄想」はあったかもしれない。前出注（6）南雲氏「第3章日記を消せ」参照。
(16) 胡風「魯迅先生」（『新文学史料』1993年第1期人民文学出版社、いま代田智明『魯迅を読み解く』東京大学出版会2006 p.161による）
(17) 『両地書』には、許広平が魯迅に広州へ来ることをしきりに懇請し、かつ具体化しつつあった時期にも「（広州行きは）しかもちょっと忍びない点もあります」（七三、26.11.15、この一文は編集時に付け加えられたもので、案ずるに下に引く許広平の文と呼応させるためと思われる。当時の気持ちの事後解説である）といい、「（廈門を）去ることに決めました。……どこへ行くかについては、すぐには決めにくいが、

……」（七五、11.18）と愚図んでいるが、許広平に「赤の他人として側から批評しますと……旧社会はあなたに苦痛な遺産（朱安のこと）を残しましたが、あなたはこの遺産に反対なさりながら、一方またこれを遺棄しようとはなさいません」「誰も私たちだけを苦しい目にあわせる権利はありませんし、私たちも苦しみを受けなければならない義務もありません」（八二、11.22）と反論されている。

(18)「我還聴到一種伝説，説『傷逝』是我自己的事，因為没有経験，是写不出這様的小説的。哈哈，做人真愈做愈難了。」（1926年12月29日付「致韋素園」信）

(19) 陳姃湲『双書ジェンダー分析12　東アジアの良妻賢母』（勁草書房2006）など参照。楊蔭楡については姪の楊絳の『お茶をどうぞ』（中島みどり訳、平凡社1998）所収「叔母の思い出」（p.183）が参考になる。

補記1：本論は、立命館大学文学部2005年度秋学期「中国文学特講」で、受講者との精読を機に執筆した。受講者は、文学部中文専攻の伊藤那菜、坂本一穂、同英文専攻の牛江麻貴子、法学部の堀川勤嗣。上記諸君との議論や雑談から得たアイデアもある。記して、謝意を表す。

補記2：いま一つ訳文について。原文「我将在孽風和毒焔中擁抱子君，乞她寛容，或者使她快意……。」（p.130）、丸尾訳「僕は罪障の風と毒火の中で、子君をかき抱き、彼女の寛恕を乞うだろう。あるいは彼女の気のすむようにさせるだろう……。」（p.338下）、李国棟（注6）既出）訳「（略）彼女の寛恕を乞い、あるいは快感を覚えさせようとする……。」、丸山訳（注3）既出）「（略）彼女の寛容を乞うか、あるいは彼女を楽しませるだろう」とするが、文章の繋がりを考えれば「僕が（略）彼女の寛恕を乞えば、あるいは彼女も気がすむかもしれない……。」とでも訳すべきである。（ちくま文庫版竹内好訳は「（略）寛容を乞えば、いくらかでも心なぐさんでくれるのでは……。」）

沈従文の日記体小説「篁君日記」における「恋愛」

黄　媛　玲

はじめに

　1927年の北京で沈従文は「恋愛」を扱った一連の作品を書いた。作者自身が晩年に校訂、加筆を行った『沈従文文集』（1982〜1985年香港三聯書店・花城出版社刊行）には、それらの作品の多くは採録されなかった。『晨報副刊』『現代評論』に発表した後、『蜜柑』『老実人』『長夏』などの単行本に収め刊行したことのある作品をわざわざ外したことには、晩年の作家自身がそれらを好まなかった理由があったのに違いない。

　それらは、「看愛人去」「乾生的愛」「怯漢」「長夏」「這個男人和那個女人」などである。確かに、これらの作品について文学的鑑賞に値するかどうかと問えば、否定的な評価が下されるであろう。それらの作品の共通点として、程度の差こそあれ、取り上げられている題材に異常性・不健全性が感じられることがまず言える。そのことが『沈従文文集』の選に漏れた理由の一つであるかもしれない。たとえば、神経衰弱の若者を主人公とした「怯漢」と「這個男人和那個女人」には、主人公の女性に対する病的幻想が描かれ、その暴力性に沈従文の作品をよく知る読者は奇異感さえ覚えるほどである。

　これらの実験的な作品の創作には、友人のアドバイスが得られたのかもしれない。出版事業の上海移転に伴い、1928年1月に北京から離れ、生活の場を求めて上海に初めて着いた沈従文は一連の手紙を家族と友人に出しているが、その最初の手紙は、夏斧心と樊海珊の二人に宛てたもので、彼らとの親交が伺える。夏は心理学、樊は医学の学生だったのである(1)。なお、補足して言うならば、1925年作の「用A字記下来的事」で沈従文はすでにアルツィバーシェフ『工人綏恵略夫』（『小説月報』第12巻第7〜12期　1921年7〜12月）を擬した病的幻想を使っており、

作品の中に「下意識」（潜在意識）という言葉を使っているところから判断すれば、沈従文はすでに精神分析について関心を持ち、それを自分の読書と創作に応用していたことが分かる。しかし、その作品では『工人綏恵略夫』からの連想を明言しているために、読者にはパロディーとして理解され、作品から受ける奇異感が和らげられる。そのような説明的部分を省いた1927年の創作は、従って、誤読を招きやすい難解さがあるように思われる。[2]

　本論文で取り上げようとしている「篁君日記」（ただし、ここでは1927年に発表した部分、単行本『篁君日記』の「記五月三日晩上」以前の部分のみ研究対象とする。[3]）は、「恋愛」をテーマとしている点では、上記の作品と同じ系列に属するものであるが、『沈従文文集』にも収められており、作家自身にとってより満足のいった作品と言えよう。本論文は、この作品がどのような文壇状況のもとに生まれたものなのか、作家の真の意図がどこにあるのか、この作品をどのように読むべきか、これらを明らかにすると共に、沈従文が創作初期にどのような思考過程を辿って、後のより完成された作品を生むに至ったか、一つの合理的な見方を示すことができればと考える。

一　「松子君」——読者への戒め

　「篁君日記」（1927年7月～9月『晨報副刊』刊行）がどのような状況の下で書かれたものなのかについて説明するとき、まずこの作品と関連のある別の作品、沈従文がその前の年に書いた「松子君」（1926年11月6日作）という作品に目を向けてみることにしよう。J. Kinkley 氏は、「松子君」について次のように分析をしている。

　　　沈の「松子君」は（「灯」〔1929年作〕と同じく）、実は一種の戒めに近いものだ。それは、見かけ上実話小説であるものが全部作り事である可能性がある、という戒めなのだ。松子君は、語り手（沈従文その人と思われるお馴染みの登場人物）に対して、彼の友人周君についての好奇心を刺激する。周君はいとこの若くて美人の第二夫人を政略結婚から解放しようとしている。彼としてはその英雄的な純愛は彼女の解放を目的としたものだったが、不幸

にも、この第二夫人は忠実な周君を裏切り、他の人たちとも同じように密通をするのだ。続いて、松子君はこの一部始終を周君の日記の形で小説に仕立てることになった。それは明らかに、友人周君への（精神的な）償いを提供しようとするものであり、また、この純真な献身と裏切りの出来事を通して社会に警告を与えようとするものだ。彼は最後に語り手にその小説を手渡した。そして、日記からの長い抜粋が続く。余りにも長いので、なぜ沈従文がこんなにも長いスペースをこれに当てるのかと、その判断を問いたくなるほどだ。（それは埋め草か、三角恋愛公式の騙しの手口であろうか）しまいに語り手はこの悲喜劇にはまってしまって、周君に会いたいと言い出し、そこで松子君は小説全体が自分の創作だと認める。もちろん、結局のところ、この作品は一人称小説を自伝であることから排除することよりも、創作過程の秘密に対するより深い関心を読者に喚起することに力点をおいているのだ。[4]

細かい所の読み違いはあるものの、ユーモアと風刺をない交ぜにした「松子君」という作品の巧みな構成と意図をよく分析している。しかし、筆者が注目したいのはむしろ、Kinkley氏が不思議に感じた長い日記の引用部分であり、それは、「松子君」という作品の意図する所——フィクションを真実と誤認しないようにという読者への戒めのために、是非とも必要な「嘘の小説」の例示なのである。では、松子君が創作した「一個奶奶」の日記の引用を少しだけ見てみよう。

「恋し続け、恋し続け、たとえ、この愛情が全部相手の白い肉体の上に築かれたものであっても、それは大した罪とはならない。

「僕は非常にみすぼらしく、非常に無気力、非常にびくびくしている。でも、彼女のために、僕は力が増し、思想が大きく広がり、夢が深くなり、すべてが以前に比べて何倍も膨らんだ。僕の義侠心、博愛心、犠牲心、とりわけ、女性への神様に対するような真摯な愛情、これらは役所の事務机の前では消えうせてしまっていたが、彼女の前に来ると、忽ち蘇るのだ。

「僕は恐れる。この恐れは僕の弱さの現れだ。この世の礼法に対する敗北の服従だ。今や僕はこれに反抗するのだ。これは恐れてはいけないことだ。

「老いぼれの女たらしが女性を独り占めにする帝国主義を打倒せよ！

「僕は今火の中に飛び込もうとしている。これが一つの火鉢としたら、僕は

燃えて灰になっても後悔しはしない。……」

この小説は若い読者の共感を得られるような道具立てを揃えている。——不幸な結婚の犠牲者（第二夫人）、年齢不相応な結婚、世間の既成の道徳概念への反抗、若者に必要な闘争心など。しかし、これらの道具立ては、読者の作家に対する信頼を取り付け、作家が小説の中に忍び込ませている言説、たとえば、「肉欲のみに築かれた恋愛であってもたいした罪ではない」というような言説、その真否を問う思考力を弱めるために使われている。作家は日記体という便利な表現方法を使って、素性や互いの関係の分かりにくい人物を忽然と登場させ、読者を納得させるだけの出来事も描かないまま、場合によっては、まるで別世界のような話でも、真実であるかのように暗示してしまう。そして、誇大化された心情告白のみによって書き手の熱意を装う。このような小説の「嘘」に騙されてはいけない、といのが沈従文の読者への戒めなのである。

では、「松子君」は具体的にどの作品に対する批判として書かれたものなのか。まず、作中の語り手「私」（沈従文）がはっきりと非難しているものに、『情書二巻』『回郷』『性史』の3つがある。『回郷』はどの作品なのか特定できないので、論じることは控えておく。『情書二巻』はもちろん、当時売れに売れているという『情書一束』（章衣萍著　1926年5月、北京北新書局刊行）を指している。作中の「私」は、次のようにこの本を批判している。

> 粗悪でいい加減な手紙の連続で、複雑に見えて実はしごく単純な描写。作者は、あらゆる面に拡大して感情の誇張を必死に行っているけれども、お笑いものになってしまっている。「正確で忠実な心理の描写をここに見ることができる」と、誰かが、あるいは作者自身が序跋でそのように言っていたようだが、本当は実にお笑いものだ。輪郭、うっすらとした煙のような輪郭が見えるだけだ。……本の中の人間は人間ではなく、ただそれらの人間に似たような影を描いているだけだ。日記が収められているが、あるいは作者が自分の奥さんの日記から取って、少年読者たちの性欲についての連想を助ける言葉を付け加えて仕立てたものだろう。……

今、筆者が目にすることのできた『情書一束』は8篇の作品からなり、うち「第一個恋人」「愛麗」「従你走後」「你教我怎麼辦呢」の4篇は『語絲』に掲載され

たものと全く同じである。「第一個恋人」は語り手「私」の恋を描くというより
は、丁稚の男と洗濯女の「恋愛」を書いている。ここでは、洗濯女の夫は博打好
きで女を虐待していると言うことも言及されるが、実は動物的な性欲中心の「郷
下人」(田舎者)の「恋愛」を描いていて、いわば、「阿Q」系列の小説である。
「愛麗」は卑猥な多角「恋愛」。「従你走後」は、恋人との一時的な別れの寂しさ
を述べる小品文だが、「超人」風の言論が突如として食べることへの連想に切り
替わる脈絡のない作品。「你教我怎麼辦呢」は、女性による日記の形式で書かれ、
友達のままで「恋愛」関係を維持したいカップルが、親に早く結婚しろと迫られ
て困っているという話。他の4篇「桃色的衣裳」「紅迹」「阿蓮」「松蘿山下」は
『語絲』に載った4篇に比べて一層表現の卑猥さが増しているが、その卑猥な動
作描写も一種の幼稚な誇張表現と見なせばよいのであろう。沈従文の『情書一束』
についての批判は主に書信体と日記体で書かれている「桃色的衣裳」と「紅迹」
について書いたものと思われる。その2作品から卑猥さと関係ない誇張表現の例
を少し挙げてみよう。

　　おう、何か彼女の体を良くすることができるものがあれば、僕は僕の血、
　僕の肉、僕の心、僕の肺、僕の肝、僕の体の中のすべてのすべてを、彼女の
　栄養補給の薬としてもよい。

　　あなたからきた手紙はどうしてこんなに多くの濡れた跡があるの？　あな
　たは右手で手紙を書き、左手で涙を拭いているのではないのですか。――も
　しかしたら、あなたの手の汗だったのでしょうか？　愛する人よ！　私の涙が
　あなたのものと合流しているのよ。

　　私は思った。この頃いとしい彼は精神的にしばしば疲れていて、顔色も相
　変わらず青白い。本当に心配だわ。私は自分の真っ赤な血を彼の頬に塗りつ
　けるといいと心底思った。

このような誇張した書き方は作者の創作力の問題ではなく、故意に大げさな書き
方をして悪ふざけをしているに過ぎない。「桃色的衣裳」は多角恋愛の構図をもっ
ているが、文章の随所に上記引用文のような自己破綻的な表現を入れ、多角恋愛
を描くだけの誠実ささえも感じさせない。つまり、元々文学創作が目的ではなかっ
たのである。

この『情書一束』の作者章衣萍は、『語絲』において川島（章廷謙）と並んでほとんど周作人と魯迅に次ぐ地位を与えられていた。さらに、『語絲』において、『情書一束』の広告を兼ねた記事を多く載せたことも本の売れ行きに左右したのであろう。(9) そして、『語絲』において、『性史』『情書一束』を学生が読むことを禁止したということを捉えて、南開大学当局に対して大々的な非難を行ったことからは、これらの本の出版に政治的目的が絡んでいることを窺わせる。(10) 実際に、章衣萍は『情書一束』の序文で、「私は文学者ではない」と得意げに言い放っている。

　このような文壇状況を理解すれば、「松子君」の中で松子が「一個奶奶」を『話片雑誌』に発表するとよいと言った意味が分かる。『話片雑誌』は『語絲』の暗喩である。そして、『情書一束』を読んだ後に「松子君」を読めば、沈従文がいかに効果的に素材を扱い、自然な形で作品の中にそれを溶け込ませることができるかがよく分かる。松子君が一度に10個もの大きなりんごを次々と食べるのは、読者が試しに「松子君」という作品の中で嘘探しをしてみた時に見つけられる楽しい嘘の一つであるが、それは、食べる動作を小説のコンテクストと関係なく頻繁に入れる『情書一束』に対する風刺と批判のために取り入れた題材である。『情書一束』においては、食べることの描写は単なる枚数稼ぎの「補白」（埋め草）にすぎないのである。

二　「篁君日記」──読者への問いかけ

　ところが、沈従文は「松子君」の中で示している「嘘の小説」の道具立て（第二夫人、大家族、アヘン中毒の夫）をほぼそのまま使って「篁君日記」を書いている。

　「松子君」を読者に対する戒めだと理解したKinkley氏は、何故か「篁君日記」を「官僚の愚昧と退屈な生活を風刺した作品」と理解し、沈従文が本当に自分の親戚の実話に基づいて書いたものと考えている。(11)「篁君日記」の最初に付けられた璇若（沈従文の筆名）の序文の内容からしてあり得ない話なのである。日記を読み終わってからこの序文を読み返した時に、役所勤めとは名ばかりの、現代の

賈宝玉よろしく家の中にこもって少女たちと戯れることしか知らない中年の男がわずか半年で1400人もの部下を率いる山賊の王様になるなどと考えられるのだろうか。読者がどれほどフィクションとして書かれていることへの理性的判断ができないかということ、とりわけ、信頼し切っている作家に対してそうであるということを承知のうえで、沈従文はわざと序文をつけたのである。

「松子君」の中の「一個奶奶」と同じく、「篁君日記」もまた「自由恋愛」に対する批判として書かれたものであり、「篁君日記」の中で語り手の男が「これは恋愛なのか」と自問自答するその問いかけは、作者沈従文の読者に対する問いかけでもある。

ここで言う「自由恋愛」とは、1924年3月と4月の『婦女雑誌』で紹介された倉田百三の「自由恋愛論」における恋愛である。その主たる考えは、恋愛は人間の欲望であり、人格と同等に尊重されるべきもので、純粋な恋愛であれば、それを束縛する権利を持つものは何もない。さらに、恋愛は永久不変のものではないし、恋愛をするかしないかはその人間の意思によって決められるものではない。だから、未婚の人については勿論、たとえ結婚した場合でも、社会規範や法律によってその欲望を束縛することはできない。恋愛の対象も1対1でなくても良く、同時に1対複数、複数対複数でも非難されるべきものではない、というものである。[12] さらに、『婦女雑誌』1925年1月に組まれた「新性道徳」特集号では、周建人と章錫琛は共に、古来の女性のみが強制される貞操観念や女性を財産と見なす結婚制度や社会的に許容されている売春制度よりも、人間の自然な欲求を肯定する「新性道徳」のほうがより人道的であり、また、「新性道徳」に基づく男女の結合のほうがより幸福な家庭を築くことができ、優秀な子孫を残し民族の生き残りを図るためにも、「新性道徳」が極めて重大な思想であるとしている。同特集号で沈雁冰は、生産様式の変化に伴い家庭制度や女性の経済権にも変化が生じ、古い性道徳観が「新性道徳」によって淘汰されつつある現状を説く。しかし、沈雁冰は「新性道徳論」に対する、「多角恋愛」のような男女間の紛糾が生ずる可能性があるという批判を認めているが、一方、周と章は「新性道徳」の下での多夫多妻の形式もありうるとしている。「篁君日記」の主人公は、まさに欲望の赴くままの「自由恋愛」をしているのである。

「篁君日記」という作品を論じる時、避けて通ることのできない、もう一つの作品がある。それは、「松子君」の中で言及されている「蘭生弟日記」という作品である。「松子君」の中で、語り手「私」はただこの本が友人達の間で評判が良いとしか言っていない。しかし、松子君に「蘭生弟日記」を持ってくるように頼んだはずなのに、松子君は周君の話を持ち出し、そして周君の日記に基づいて書いたという「一個奶奶」を「私」に読ませる。つまり、沈従文は松子君を介して「蘭生弟日記」を「一個奶奶」と同じ性質のものとして読者に示している。

さて、今ではほとんど現代文学史に名前を見ない「蘭生弟日記」という作品は、『駱駝』という雑誌に発表された後、単行本としても刊行されている（1926年7月）。[13]「蘭生弟日記」発表後、早速『現代評論』において郁達夫が、『沈鐘』において陳煒謨が、それに『語絲』において石評梅が相次いで書評を書いている。[14]郁達夫は、批判的な表現を控え目に使いながら、人物像の不鮮明さ、文体の堅さや時間の複雑な倒置や内容の一貫性の欠如など、この小説の欠点を的確に挙げているが、しかし、次のように言っている。

　　「蘭生弟日記」は誠実で率直な記録であり、徐君の全人格的表現であり、作者の血肉精霊によって書かれた作品である。この作品は技巧の上で失敗してはいるが、もしも誠実で率直な態度をもって文芸作品のレベルを測ることができるならば、この本の価値は、一般の作品の遙か上にあるべきであろう。

陳煒謨の書評は反語を多用し、論旨が明瞭でないのだが、やはりこの作品を作者の言う通りに「内面生活の動揺を通して人生から体験した悲哀」を表現するもの、「内面生活から脱皮」したものであると書いている。恐らく、様々な事実を取り入れたこの小説を作家の誠実な告白として捉えたこの友人たちの言論が沈従文の「松子君」の執筆を促したのであろう。

さらに、石評梅の「再読「蘭生弟日記」」は次のように言っている。

　　文学者の小説を誠実なものであると信じ込んではいけないと皆は言う。だから、最も率直でありのままに自身を表現できるものは、やはり日記や書簡の中に求めなければならない。この蘭生の日記は告白録の体裁となっていて、これは近代のもっとも流行するものである。内容は非常に簡単で、主人公羅蘭生が従姉の薫南に宛てた恋愛を告白する1通の手紙である。あたかも蘭生

は多感で病弱な林黛玉風な青年に思われるが、しかし、彼は世界で最も力があり、勇気があり、最も忍耐力が強く、最も奮闘することのできる百戦練磨の英雄である。……

　この本の内容は1通の手紙であり、その中に日記を多く挿入しているために、時には、読んでいて冗漫さと煩雑さ、嫌気を感じる。読みつづけられない人がいるのもここに原因があるのかもしれない。これは心理的に体験的に作者と共鳴できるかどうかの問題である。酒に酔うことのできない人に、飲んだ後の後味を尋ねても、彼は当然「酸い」とか「エグイ」とあなたに言うことであろう。世の中にはお酒を飲む必要を感じない人もいるかもしれないので、当然酔うことを必要としない人がいるのかもしれない。

「松子君」の中で、松子君は、人なつこい美少年の周君を「怯漢子」(気弱な男)と形容詞し、そして彼がいとこの第二夫人との恋愛にこだわりつづけることを「英雄になる」と形容している。「松子君」という作品の風刺性から考えれば、「怯漢子」と「英雄」の二つの言葉をそのまま字面で解釈してはならない。沈従文は前者を普通のおとなしい人間という意味で使っており、それに対して、「英雄」という言葉には常軌を逸した行為に対する皮肉を込めている。恋愛に対して勇敢である人を「英雄」と称するのは、『語絲』に発表されたばかりの石評梅の書評に使われた「英雄」という言葉からの着想と考えられる。自由恋愛論に基づいて書いた「篁君日記」においても、「恋愛」をすることを前進、勇敢、偉大として表現し、「恋愛」を避けようとする心理を懦弱、退却として表現している。これも額面通りに沈従文の考えとして受け取ってはいけない。「恋愛」の正当性を主張する言論とそれに反する言論の間を絶え間なく行き来する「篁君日記」の語り手の叙述からは作者沈従文の考えを容易に見定めることはできないが、石評梅の文章の表現と比較した時にその真意が見えてくる。篁君は、自分のことを次のように言う。

　誰かが突然発狂して、一切を省みず、わが身体を火の中へ飛び込ませたとしたら、この人の行為はしばしば世間の注目を集め、狂人と目される。この人はまた、英雄にもなる。なぜなら、人の怖れることに身を捨てることができるからだ。身体をある主義のために犠牲にすることのできる人、その向こ

う見ずな勢いに、私たちは英雄と狂人の違いを分けることができない。……自分の魂を女の肉体に投げ出し、恋愛の火で自身を燃やしてしまう、この類のことはよくあるのではないか。今の私は自分自身をそのように処置しているのではないか。……もしかしたら、他人はこのことにおいては英雄と称されるだろうが、私は時には自分自身を狂人と見ることがある。

また、「篁君日記」の2箇所で「恋愛」を飲酒と表現する所があるが、これも上記の石評梅の言葉を意識していると思われる。

私はまた可笑しく思う。今このとき自分がまさに発狂しようとしている、危険な石の梁を渡る人間になろうとしているのが可笑しい。凡そ酒に中毒する人は大量に酒を飲むのだが、私は今実体のない恋愛の苦い酒を飲んでいるのだ。

私は苦しい前進の中で、自分の懦弱性を見つけた。(私は何杯も飲んだがまだ酔いつぶれていない) ここ数日来の主客の付き合いで、今まで気付かなかったが、もはや抜け出すことのできない関係が私に見えてきた。この関係において、私はまだ全部の友情を犠牲にすることをしたくないこともわかってきた。

「篁君日記」は随所に、その「恋愛」を「狂う」と表現している。五四以来「狂人」は既成の社会通念に果敢に挑戦する超人的存在としての暗喩に使われてきたが、ここでは、酒に酔った状態と同じく、理性を失った状態という意味に使われている。つまり、「英雄」はここでは理性を失った狂人に過ぎないのである。

さて、「蘭生弟日記」は、蘭生が自分の日記を引用しながら、幼いときからの生い立ちと恋愛経歴、自分の神経衰弱症を克明に薫南に告白する手紙である。二人の女性に対する彼の「恋愛」は、「ジレンマ」「全人格を投げ出す」「魔念」「運命」「私は戦う」といった言葉によって重みを付けられているが、「恋愛は肉によって堅固なものになる」という言葉が神の啓示であるかのように、彼に衝動的な行動を起こさせる。神経衰弱の彼は、死と狂気から逃れるための手段として「恋愛」を求める。ここでも、生＝欲望＝恋愛の言説が仄めかされている。石評梅が蘭生を百戦練磨の英雄として弁護するのは、郁達夫が作者の徐祖正を林黛玉風の繊細な男と評したことへの反駁だが、「蘭生弟日記」の内容からは主人公の英雄たる

理由を読み取ることはできないのである。

　「松子君」の中の「一個奶奶」においても「篁君日記」においても、沈従文は「この恋愛がたとえすべて彼女の白い肉体の上に築かれたものであってもたいした罪にはならない」という表現を使っている。それは、倉田百三の「自由恋愛論」から『婦人雑誌』で特集された「新性道徳」、張競生『性史』を経て「蘭生弟日記」に至るまでの言説の中の、性欲の満足を恋愛そのもの、人格の尊重と同等視する考え方を端的に表現した言葉である。「松子君」で言及した『性史』の小江平のエピソードがそのもっとも明白な例である。兄の友人の家に寄宿した小江平が主人の不在中にその妻と性交渉をもつエピソードを幸福に満ちたもののように回想している。科学という名を借りて性欲満足の一点をもって彼らの行為を正当化している。そして、「蘭生弟日記」においては、東西の書物からの断片的引用による「恋愛」の理論付け、誇張化された情熱と死の暗示以外に、われわれはその「恋愛」の意義を肉欲以上のものと感じることはできない。

　「蘭生弟日記」の蘭生と同じく、「自由恋愛」を唱える「篁君日記」の主人公はまるで人格の統一のできない人間であるかのように一瞬のうちに自分の考えとは反対のことを言い出したり、反対の行動をしたりする。「恋愛」は自分の意志で決められないという理論にはかなっているが、ここでは時間という観念はまるで意味をなさない。生きるということの意味が無限に希薄になっていく。「篁君日記」において、沈従文は言う。

　　誰かが言っている。人の生活というのは、いわゆる現在というのは、ないのだ。現在の意義は、「過去を思索し、未来を推し量る」ことにその意義があるのだ、と。だから、人は時間においてその性質の重要性を感じ取るのだ。しかし、恋愛は現在だけの観照であり、時間が何分何秒に分かれているか知る必要がないのだ。

「自由恋愛論」における「恋愛は永遠に変わらないものではない」という言説は真実であるかもしれないが、その逆である、時間の長さを無視した恋愛が可能であるというのも真実ではない。「篁君日記」の一言一句について、それは本当なのか嘘なのか、読者は常に問いかけられる。

　現代の「自由恋愛」を描くには、ダンス、映画館、トランプ、チューインガム、

香水、電話、自動車、市場への買い物などの道具がより真実に近いのであろう。「篁君日記」においてこれらの道具が使われるのはそのように沈従文が考えていた証拠である。しかし、現実世界により近いことを描いているはずなのに、そこに起こっている事柄は架空の世界の出来事のように空虚に感じられる。「恋愛」についての筋の通った解釈も、あるいは妻に対する良心的な懺悔の言葉も、「恋愛」の対象が同時に複数の女性に変わった途端に、すべて嘘の響きを持つようになる。

結　び

　1927年12月に発表された丁玲の処女作「夢珂」を「篁君日記」と比べたときに、素性の分り難い人物が次々と現れる大家族を背景に「自由恋愛」を描いているという共通点に気づく。また、「沙菲女士的日記」(1928年2月発表) でも「自由恋愛」が描かれている。肺病の女主人公の日記の形を取ったのは、章衣萍の『情書一束』の「桃色的衣裳」「紅跡」と同じである。沈従文と同じく、丁玲、そして胡也頻もこの時期に大量に「恋愛」小説を書いた背景には、上に述べたような「恋愛」についての解釈をめぐる新しい状況の出現があり、彼らがそれに積極的に関わらなければならない切迫さを感じた理由があった。

　「篁君日記」の篁君の序文に、「これは金で買える恋愛より真実であるとも言えない」と書いているように、沈従文は「自由恋愛」を商品化された性よりも純粋な愛情として見なしていない。1927年4月に『小説月報』に発表された沈従文の「十四夜間」では、主人公は、結婚制度を性を商品にするものとして解釈し、娼婦の人格と一般の女性の人格に区別がないと考える。女を「愛する」経験すらない自分を気弱な男として考える彼は、娼婦に対して抱く感情を「これは恋愛である」と是認する。これは、恐らくは『婦女雑誌』で提唱された「廃娼論」と、「新性道徳」、行きずりの恋でも「恋愛」であるとする「自由恋愛論」との矛盾を突いたものであろう。しかし、都会の青年が冷たい月の光の下で擬似恋愛を体験するシーンを描くこの小説から放つひんやりとした冷たさは、理論によって取り繕った嘘の愛の世界のそれである。1928年に書かれた沈従文の代表作「柏子」は

金銭を介在した恋愛を主題にしている。湘西の娼婦と水夫を主人公として、知識のない最下層の生活者の性欲を大胆に描いているにもかかわらず、彼らの愛情のあり方にわれわれは同情を禁じえない。「人格」と「愛情」は理論によって厳然と区別できるものではないことを沈従文は示そうとしたのであろう。

注

（1）「南行雑記」一月九日騎老海老宛て書信『晨報副刊』1928年2月1日
（2）劉洪濤『沈従文小説新論』は主人公と作者を同一化しているが、筆者はそれに与しない。北京師範大学出版社　2005年　第71頁
（3）1928年に刊行された単行本『篁君日記』には後半部分が書き加えられている。1928年の沈従文についての考察が不十分なため、現在その部分について論じることはできない。
（4）J. Kinkley "The Odyssey of SHEN CONG WEN" Stanford University Press. 1987. 第98頁
（5）「回郷」というタイトルに関連するものには、許欽文『回家』（北新書局　1926年9月）、孫俍工「帰郷」（『小説月報』第16巻第10、11号　1925年10月、11月）の2篇がある。
（6）『情書一束』中国広播電視出版社1992年版。篇目は、『民国時期総書目』（書目文献出版社1992年版）の記載と全く同じ、収録の順番が異なるのみ。
（7）この4篇は、『語絲』第47期（1925年10月5日）、第54期（1925年11月23日）、第13期（1925年2月9日）、第66期（1926年2月15日）に発表されている。
（8）『情書一束』「桃色的衣裳」第33頁、第40頁、「紅迹」第50頁
（9）章衣萍「跋『情書一束』」（『語絲』第60期）、同「捧場」（同第80期）、鄭秉璧・章衣萍「罪過」（同第86期）、汪静之「「衾書」典「情書」」（同第111期）、章衣萍「情書一束三版序」（同第113期）、その他
（10）『語絲』第86期（1926年7月5日）　周作人「我們的閒話二二」以降
（11）Kinkley 前掲書第106頁
（12）『婦女雑誌』第10巻第7期（1924年7月）掲載の本間久雄「自由恋愛与貞操問題的関係」では自由恋愛を2種類に分けて論じており、享楽主義利那主義的、人格の責任感を伴わない恋愛遊戯としての自由恋愛と、愛情のない結婚に対する非難として恋愛至上を主張し、儀式にとらわれないこと、処女性を重視しないことを強調する自由恋愛の二つがあるとする。倉田百三の「自由恋愛論」はこの両者を区別して

いない。

(13) 『駱駝』北新書局1926年7月刊行、汲古書院1982年影印本。沈従文「北京之文藝刊物及作者」参照。

(14) 郁達夫「読「蘭生弟日記」」(『現代評論』第90期　1926年8月28日)、有熊(陳煒謨)「蘭生弟日記」(『沈鐘』第3期　1926年9月11日)、石評梅「再読「蘭生弟日記」」(『語絲』第104期　1926年11月6日)

李金髪　その人生と詩

杉谷　有

はじめに

　李金髪は民国期の中国に初めてフランス象徴詩をもたらした詩人である。かつて李金髪がフランスから周作人宛てに投稿した詩を、周作人は"這種詩是国内所無，別開生面的作品"「このような詩は国内になく、新機軸を開くものだ」(1)と高く評価したが、李金髪についての研究は意外に少ない。それは、李金髪の詩作が帰国後あまり振るわなかったこと、また西洋の影響を強く受けた難解な象徴詩が、当時のわかりやすい文学を標榜する文学革命路線では重視されにくかったこと、更には30年代、上海を中心に芽生えたモダニズムが脚光を浴び始めたところで、(2)すぐに戦禍に潰えてしまったからだろう。
　とはいえ、中国に西洋モダニズムが全く浸透しなかったわけではない。李金髪に続く中国の現代詩人たちは、西洋モダニズムを吸収する上で、李金髪の詩をフィルターとしない者はなかっただろうし、ひいてはこの難解さが後年、文革中の恐怖政治の中で、発言権を奪われた若者たちに意外な形で継承され、朦朧詩などへと発展したとも考えられる。本論ではこの文学史上、重要な役割を果たした李金髪とその作品を紹介したい。

李金髪の生涯

　まず李金髪の名前であるが、本名は李権興、別名李淑良。「金髪」とは変わった筆名であるが、フランス留学中、病気でうなされた時に夢で見たブロンドの女性に因んで付けたと言う。(3)李金髪はこの名が気に入り一番多く使っているが、この他には、藍帝、肩闊、弾丸、瓶内野蛟三郎、片山潜雀など外国かぶれしたペン

ネームが目立つ。⁽⁴⁾

　李金髪は1900年11月21日、広東省梅県梅南鎮羅田径上村の客家の家に生まれる。父親李煥章は家が貧しかったため、インド洋モーリシャス島へ渡り、砂糖工場の経営で成功する。李家の上の兄たちは工場経営を継ぐが、李金髪だけはこれまで家から輩出したことのない読書人の道を歩まされることになる。

　17歳。李金髪は、梅県県城の高級小学（現在の中学）を、学制変更による卒業延期に不満で退学、香港の「聖約瑟中学（ローマ書院）」（正規の英国学校）に入学するが全てが英語による授業に挫折し一年で帰郷。19歳の春幼馴染の朱亜鳳と結婚するが、夏、再び兄の勧めで上海へ上り進学準備する。これが李金髪の最大の転機となった。1919年の上海は五四運動の真っ只中にある。新しい知識を求めようとする中国の若者たちと、第一次大戦での労働者不足を補いたいフランス政府の思わくが一致して、上海ではフランスへの勤工倹学ブームが最高潮に達していた。⁽⁵⁾李金髪も、若者たちの宣伝活動からこれを知り、三ヶ月で渡仏する。

　渡仏後、勤工倹学団一行はフォンテーヌブローの語学学校に分配されるが、フランス語を学んだことのない李金髪は、当然授業内容が理解できず、ボードレール、ベルレーヌ、バイロンを辞書を片手に独学、自らも詩作を始める。

　李金髪の活躍は詩ばかりではない。フランスでは彫刻を専攻し、同郷の友人林風眠⁽⁷⁾と共にディジョン、パリの美術学校で学び、1922年春、李金髪は彫刻で中国人初の春の展覧会に入選する。しかしその冬、故郷の妻が自殺。林風眠らによってドイツ旅行へ連れ出されるがこの時ドイツ嬢 Gerta Scheuermann（以下ゲルタと称す）と出会い1924年再婚。翌年同伴して中国へ戻る。長男明心をもうける。1925年2月、雑誌《語絲》⁽⁸⁾に処女作〈棄婦〉が発表され、また彫刻家李金髪の帰国は、《申報》に写真入で掲載されるほどの凱旋帰国⁽⁹⁾を演出したが、就職先の上海美術専門学校には学生が一人も来ず、孫文の銅像制作話も失敗に終わる。

　詩の方面では、1925～26年にかけて詩集三冊が立て続けに出版され、帰国後も数は少ないが引き続き雑誌への投稿を続ける。その中でも《小説月報》⁽¹⁰⁾に投稿した詩は、鄭振鐸の目にとまり、李金髪は象徴詩派の代表として、《世界文学大綱》⁽¹¹⁾に載せられる。文学研究会にも参加し、文学界でも有名になるが、詩は食い扶持にならなかった。

鄭振鐸主持文学研究会，我們常常集会，因此可以見到那時的"文壇巨子"沈雁冰、傅東華、葉紹鈞、夏丏尊、趙景深等，其実都是亭子間裏絞脳汁的可憐寒士，若能在中学做一国文教員或与書局有関係，做一位編輯，便沾沾自喜，終身有托。(12)

(鄭振鐸が文学研究会を主催し、我々はよく集まった。このため当時の"文壇の巨人"である沈雁冰、傅東華、葉紹鈞、夏丏尊、趙景深らにはよく会ったが、実際はあずまやで知恵を絞っている貧乏読書人で、中高の国語教員をするか出版の編集員となれば御の字で、それで生涯を費やす)

と言うように、李金髪は、自分が詩人であることはあくまで副次的な肩書きで、本業は彫刻だと考えていた。生計のため、1927年武漢政府が樹立すると、李金髪は革命の前線へ求職に走る。こうして李金髪は実業界へも足を踏み入れる。

1927年、孫科(13)の助けで武昌・中山大学文学院の教授に就任、傍ら国際翻訳局、武昌美術学校の彫刻指導も行う。その秋の武漢政府解体後は、南京・中華民国大学院(14)初代校長になった蔡元培(15)に頼み、秘書兼大学院の芸術会委員となる。1928年には国立西湖芸術院（後の国立杭州芸術専科学校）の校長となり4年間を過ごす。1932年ゲルタと離婚し、広州で黄遵憲の孫娘・梁智因(16)と再婚。翌年猛省が生まれる。

帰国後、職探しに翻弄されながらも、1926年に《雕刻家米西朗則羅》を出版、1928年ゲルタ、黄似奇と中国初の美術雑誌《美育雑誌》を創刊。(1926年1、2期、1927年3期、1937年4期)《意大利及其芸術概要》《古希臘恋歌》《徳国文学ＡＢＣ》出版など西洋芸術の紹介に努める。

1937年日中戦争の戦火が広がり、当時校長をしていた広州市美術学校は日本軍に爆撃される。1938年広州が陥落する直前、妻子と共にベトナムへ脱出。ハノイで物資運輸の仕事に就く。1940年ここでも日本軍侵出により、再び広東省に戻る。

1941年、戦火を逃れて重慶の外交部欧州班へ職を求め、1944年イラク、45年イランへ派遣される。1951年、イラクの公使館撤退を機に退職、渡米。ニュージャージーで養鶏場、洋品店を経営、1962年、ニューヨークで彫刻装飾会社に勤めるが、1976年、心臓発作で他界する。

李金髪は多くの著述を残したが、象徴詩で精彩を見せたのは、次の章で挙げる

留学中に書かれた3冊である。この他の主要著書には、未出版の《霊的囹圄》、出版された《雕刻家米西朗則羅》1926商務印書館、《意大利及其芸術概要》1928商務印書館、《徳国文学ＡＢＣ》世界書局、《異国情調》（小説）1942商務印書館、《鬼屋人踪》（小説、共著）《文話》雑誌社、《飄零閑筆》1964華聯出版社、編著《嶺東恋歌》1929光華書局、翻訳《古希臘恋歌》1928開明書店、《托爾斯泰夫人日記》1931上海華通書局などがある。

作品と特徴

では、李金髪の象徴詩について紹介したい。李金髪は留学から帰国するまで、1922年《微雨》99作、1923年《為幸福而歌》111作、1923年《食客与凶年》89作を書き終えている。これらはそれぞれ、《微雨》1925.11（新潮社文芸叢書八）北新書局、《為幸福而歌》1926.11（文学研究会叢書）商務印書館、《食客与凶年》1927.5（新潮社文芸叢書）北新書局で出版されるが、現在復刻されて容易に見ることのできるのは、《微雨》だけである。《為幸福而歌》《食客与凶年》の2冊は、中国吉林大学図書館で貴重書として保管され見ることができるが、今回は、初詩集《微雨》を中心に、李金髪の詩が如何なるものかを考察したい。まず、李金髪は《微雨》の出版に当たり次の〈導言〉を書いている。

　　中国自文学革新後，詩界成為無治状態，対于全詩的体裁，或使多少人不満意，但這不緊要，苟能表現一切。（中国が文学革新して以来、詩界は無政府状態となった。詩の体裁に不満を抱いている人は少なからずいるのではあるまいか。しかしこれは重要なことではない、いやしくもすべてを表現することができるなら。）

この中国の文学革新後の状況に対する不満は、李金髪自身のものでもあった。李金髪は自分の詩を（比康白情"草儿在前牛儿在後"好，也比胡適的"牛肉面包真新鮮，家郷茶葉不費銭"較有含蓄，較有内容……）[17]と言うように、胡適の打ち出した新詩にはおよそ不満だったようで、自らのフランス象徴詩の栄養をたっぷりと吸収した詩をもって中国の詩壇に波紋を投じようとしたのである。

李金髪の詩は確かに当時の詩に比べ難解であり、心の内面を描くことに心血を注いでいることがわかる。つまり、提唱、唱導するために書かれた詩ではなく、

自分自身の辛さから生まれたものなのだ。もちろん、詩の中に虚構もあろうが、李金髪にとって詩を書くことは何よりも、自分を救うためのものであった。

もともと李金髪はナイーブな精神の持ち主であることが、詩集の題名である『微雨』からもよくわかる。この詩集の中で"微雨"という言葉は〈琴的哀〉のみから出自しているが、この詩はまさに留学当時の心情を表している。

微雨濺湿簾幕，/正是濺湿我的心。/不相幹的風，/踱過窓児作響，/把我的琴声，/也震得不成音了！//奏到最高音的時候，/似乎預示人生的美満。/露不出日光的天空，/白雲正揺蕩着，/我的期望将太陽般露出来。//〈琴的哀〉
(小糠雨がカーテンを濡らす、/まさにわが心を濡らすように。/風がそ知らぬ顔をして/窓を渡って囁き、/私の琴の音を、/震わせて音にさせない！//一番高い音を奏でる時は、/人生の円満なるを予言するように/日の光の漏れない空を、/白い雲が漂う、/私の希望は太陽のように現れようとするのに。//)「琴の哀しみ」

琴の音は彼の呼吸であり、血の流れであり、詩であり、小糠雨は彼を邪魔する意地悪な敵すべてである。この琴が最高の音を奏でる時は、希望が雨雲を追いやって太陽が光輝くだろうが、今は虫の息のように絶え絶えだ。李金髪が異郷にいる辛さの中で、奏で続けた命の琴、これこそが、象徴詩なのだ。

では李金髪が詩作によって昇華しようとした苦悩とは何か。それは慣れない異国での生活、家の重圧、妻との別れ、妻の自殺、などの要因による苦悩、孤独ではないか。次にこれらの要因を詩の中から示してみたい。

李金髪の苦悩の要因は家の重圧によるところが大きい。李金髪は結婚後半年もしないうちに妻のもとを離れ旅立つ。詩の中では妻が恋しく、すぐにでも帰国したいという気持ちと、家からの支援を受けてきた以上、成果なく帰ることはできないという気持ちが錯綜している。李金髪の描く故郷には美しい自然と自分、そして妻、朱亜鳳と思われる女性がいる。

日光含羞在山後，/我們拉手疾跳着，/踐過浅草与渓流，/耳語我不可信之忠告。/和風的七月天/紅葉含泪，/新秋徐歩潜在浅渚之荇藻，/沿岸的矮林/…//呵，漂泊之歳月，/帯去我們之嬉笑，痛哭，/独余剰這傷痕。〈故郷〉
(日光が山の後ではにかんでいる時、/我々は手を取って走った、/短い草や渓流を踏み越えて、/(君は)僕に信じられない忠告を耳打ちしたね。/穏やかな風が吹く七月

の空/紅葉は涙をためている。/新しい秋が浅瀬のハナジュンサイの藻の上や、沿岸の雑木林にゆっくりと歩いてくる/…//ああ、漂泊の年月が我々の喜びや苦痛を持ち去った。私は一人この痛みを残す。)「故郷」

　この詩は家から送られてきた妻や故郷の写真に、詩情を募らせできたものだ。李金髪は妻と仲睦まじく慕い合っていたところを、李家の男として、家を背負って出立しなければならなかった。妻への思いは更に募る。

　　我背負了祖宗之重負，裏足遠走/…//我在倦睡中，望見赭色之陽光，/遠在海之緑処徘徊，/如野鷗上下。/我的霊追随在十里之後，/不能熟視其容貌在青色之波端：/…/但我的生命，在那裏/如此真実正確！/悲劇，狂歌，乖悪的笑，/在四周察視。/呵，我収蔵一切"虚偽"。/如枯髏之手，/長爪住我之大衣。//〈我背負了〉

　　(私は祖先の期待を背負って、脚半を巻いて旅に出た/…//私はけだるい睡眠(ねむり)の中で褐色の太陽を見た、/遠い海の緑色のところを徘徊する、/野生の鴎が上下するように。/私の魂は十里の後をついてくる。/しかし青い波の端にその容貌を見ることはできない：/…/だが私の命は、ここにはっきりとある！悲劇、狂乱の歌、悪ふざけの笑い/四方から観察されている。/ああ、私はすべての"虚偽"を隠す。/髑髏の手が/私のコートにつめを立てるように。)

　この詩を読むと、李金髪は本当にフランスに行きたかったのかと疑うほど心もとない。フランス行きの船に乗っているのであろう。ふと目覚めると太陽が輝き、自分の魂は大海の波の向こうに弱々しく揺れている。妻と引き裂かれ、後ろ髪をひかれながらこんな遠いところまで来てしまった、と精神のひ弱さが曝け出されている。先にも述べたが、李家の男は故郷を離れ、遙か彼方の島で千金を成して持ち帰るものである。だから李金髪にとってもこの洋行は自分のためである以上に、家のためでもあり、妻にも寂しがらないよう諫めねばならない。自分は更にフランスで東洋人だと蔑まれ、嘲笑され、背後からは死神に爪を立てられているという妄想に犯されながらも、自分は「確かに生きている」と妻に宣言する。そんなある日、妻の自殺の知らせが飛び込んでくるのだ。

　　神秘，/残酷，/在生物之頭顱上/嬉戯了。//
　　嬉戯了！/不可救薬。/她骨与肉構成之躯体，/全在空間擺動。//

"一月裏之消瘦,"/在十二啓羅以上,/終倒死在木板下,/張着可怖之両眼。//
青紫之血管,/永為人們之遺囑,/并顫動在原野/与遠山諧其色沢。//……
時代上最大的好心,/終久在生命上,/傾軋,委靡,如渡前之破船。//……
〈死者〉

(神秘、/残酷は/生物の頭の上で戯れる。//戯れよ！/救いようがないのだから。/彼女の骨と肉で構成された身体が/全て空間で揺らめく。//"一月で痩せたのは"/12キロ以上、/ついに倒れて板の下で死ぬ/恐ろしそうに両眼を開けて。//青紫の血管は/永久に人々への遺書となり/原野にも遠い山にもその光彩が震えている//…時代の最も善良な心が、/結局生きているうちに、/軋轢を受け、萎えてしまう/渡る前の破船のように//……)「死者」

李金髪のショックは大きかったに違いない。若妻の死に目にも会えず、取り返しのつかない思いに妻の遺体が幻覚となって現れ、彼を苦しめる。「渡る前に潰れてしまった船のように、純粋な気持ちなど、運命のいたずらですぐにだめにされてしまう。」と無力な打ちひしがれた思いが伝わってくる。

李金髪は異郷にあって友人も少なく、家の重圧がのしかかり、恋しい妻を思い、その妻を失い、言葉もままならず民族差別の憂き目に遭う孤独の中で、フランス語を独学し、ベルレーヌを愛し、その詩に傾倒していく。ベルレーヌの影響と彼の孤独な精神状態が、詩に美しくも怪しい幻想世界を生み出したのだ。

先の〈我背負了〉にある「髑髏の手」や「彼女の骨と肉が空間で揺らめく」とは李金髪らしい不気味な表現であり、しばしば用いられる「死神」のイメージにも共通する。李金髪の詩では、このような一見恐ろしいものが、幻想美を作り上げていく。

処女詩集《微雨》の中で幻想美の秀作を挙げるとすれば、その一つは〈寒夜之幻覚〉である。寒夜の幻覚の中で、詩人の意識の流動を追ってこの詩を分けてみた。

①机の前
窓外之夜色,染藍了孤客之心,/更有不可拒之冷気,欲裂砕/一切空間之留存与心頭之勇気。/我靠着両肘正欲執筆直写,/忽而心児跳蕩,両膝戦慄,/
(窓外の夜色は、孤客の心を青く染める。/更に拒めない冷気が、すべての空間に残さ

れたものと心の勇気を裂こうとする。／私は両肘を支えに筆を取り書き始めようとしたその途端、／ふと心が高鳴って両膝が戦慄した。／）

故郷を離れ一人夜の寒さに耐えながら机に向かう。故郷の広東省梅県とは違い、パリは寒い。意気込んできた志も寒さに縮こまる。気を取り直して筆を取った時、心がざわめき両膝が戦慄する。彼は何かを捉えたのだ。幻想の始まりである。

②窓の外へ

耳後万衆雑沓之声，／似商人曳貨物而走，／又如猫犬争執在短墻下，／

（耳の後ろには万衆の雑踏、／商人が荷を曳いていくような、／猫が犬と低い塀の下で争うような、／）

耳の後ろから聞こえるのは、石の町に響く群集の靴音。攻め立てられるような音だろう。商人が荷を曳く音のような、猫犬の争う声のようなとは、低、高音混ざり合った、耳を聾するものか。

③寺院の塔を仰ぎ見る

巴黎亦枯瘦了，可望見之寺塔／細高抽空際。／如死神之手[19]，／

（パリもまた痩せた、／見上げる寺院の塔は、／空の果てまで高く引き上げられる。／まるで死神の手のように）

ロダンのカテドラル（大聖堂）と名付けられた手の彫刻のことを、彫刻家を志す李金髪が知らないわけはなかろう。或いは日夜模作していたかもしれない[20]。彼にはこの手が死神に見えた。暗雲の中へどこまでも伸びる黒く冷たい手、李金髪のパリに対する恐怖が具現化されている。

④セーヌ川へ

Seine 河之水，奔騰在門下，／泛着無数人尸与牲畜，／擺渡的人，／亦張皇失措。／

（セーヌ川の水は門下を迸り、／無数の屍や家畜が浮かんでいる、／渡ろうとする者は為すすべもなく慌てている。）

更に恐怖が押し寄せてくる。セーヌ川の水が、人間、家畜、すべての「生」を呑み込んで、門前に迫り来たのだ。魔都パリに呑み込まれるか否かの乾坤一擲、人は足をすくませる。

⑤セーヌを渡る

我忽而跕立在小道上，／両手為人獣引着，／亦自覚既得終身担保人，／毫不駭異。／随吾後的人，／悉望着我足跡而来。／／[21]

（私は忽然と小道に爪先立った、／両手を人獣に引かれて、／自分ではすでに終身保証人を得たと思い、／少しも驚かなかった。／私に続く人が、／私の足跡を見てやってきた。／／）

いつのまにか自分がその先頭に立っていて、人獣に手を引かれてセーヌを渡る。人獣は言わば神、運命に身を任せるしかない。後の者よ、我に続け。『蜘蛛の糸』のような地獄絵巻に一筋の金の糸が下りる。

⑥大きな宮殿の中へ

将進園門，／可望見巍峨之宮室，／忽覚人獣之手如此其冷，／我遂駭倒在地板上，／眼儿閉着，／四肢僵冷如寒夜。／／〈寒夜之幻覚〉

（庭園の門に入ろうとすると、／高く聳える宮殿が見えた、／ふと人獣の手の冷たさを覚え、／私は驚いて地べたに倒れた、／眼は閉じていた、／四肢は寒夜のようにこわばっていた。）「寒夜の幻覚」

宮殿とは、李金髪にとってはパリ留学でのゴールだろうか。すると彼を導き死んでいった人獣とは、パリで出会った恩師か、或いは自殺した妻を念頭にしているのかもしれない。いずれにしろ詩人は己の幻覚の中で勇者となって戦い、大きな犠牲を払い、苦しみながらも夢を実現させたことが見てとれる。我に返り、幻覚の世界から呼び戻されると、寒さの中で身をこわばらせて眠っている、やるせなさをひきずりながら。

李金髪のパリでの追い詰められた精神状態が、豊かな幻想美を育んでいることが見て取れる力作である。

〈寒夜之幻覚〉の幻想美を踏まえ、更に形式の上でも意欲的な発展を見せたのが次の〈棄婦〉である。これは中国で初めて紹介された李金髪の詩で、1925年《語絲》第14期に掲載された。李金髪の代表作の一つといえる。

この詩が周作人から高い評価を得たことは冒頭でも述べたが、当初、李金髪は自分の詩を誰宛に送るかずいぶん悩んだようだ。胡適寄りの明瞭簡潔な新詩を支持する文壇の者に送ってはすぐに葬られてしまう。考慮した末、全く面識のない周作人に送り、これが功を奏した[22]。口語に偏りすぎた新詩に物足りなさを感じて

いた中国文芸界は、詩の多様な発展をちょうど求めており、西洋スタイルの李金髪の詩に敏感に反応し、吸収していく。無論、〈棄婦〉は一読すればわかるように、とても難解な詩なので、賞賛される一方で、"李金髪の詩は「不可解」"という意見も多く、本人も弁明する文章を発表しているくらいだが、賛否を含め、李金髪が詩界に物議をかもし出し、20年代の新詩を活性化させた役割は大きい。[23]

この〈棄婦〉は四連に分けられる。[24]前半二連は夫を亡くした妻が主体でわが身を語り、後半二連は詩人が主体になって女について語る。

　　一連　黒夜へ
　　長髪披遍我両眼之前，/遂隔断了一切羞悪之疾視，/与鮮血之急流，枯骨之沈睡。/黒夜与蚊虫聯歩徐来，/越此短墙之角，/狂呼在我清白之耳後，/如荒野狂風怒号，/戦慄了無数游牧。//[25]
　　(長い髪が両目の前にかかると、/すべての醜悪の眼差しが遮断された、/鮮血の急流、白骨の熟睡とともに。/黒夜は蚊と共にゆっくりと歩いてくる、/この壁の端を越えて、/荒野の強風が怒号し、/あまたの遊牧民を戦慄させるように、/私の無垢な耳の後ろで狂い鳴く。//)

美しい女の黒髪がその瞳を覆った。世間からの冷たい目、動揺する自分自身、拭い去ることのできない夫の亡骸の残像、女はすべてを遮断し、黒夜の中へ遊離する。黒夜が押し寄せる響きは、無数の蚊の羽音であり、それが壁を越え、耳元でつんざく。それは遊牧民をも戦慄させる荒野の強風の猛り狂う音である。「寒夜の幻想」にもあるように、現世を遮断した魂は、黒夜の中で、まず聴覚を目覚めさせ、その幻想への道を辿り始める。

　　二連　自然界へと消える
　　靠一根草儿，/与上帝之霊往返在空谷裏，/我的哀戚惟游蜂之脳能深印着；/或与山泉長瀉在懸崖，/然後随紅葉而倶去。//
　　(一本の草を頼りに、/神の魂と空谷の中を往き交う、/私の悲しみは、ただ蜂の脳にだけ深く刻まれるか、/或いは山の泉と共に崖を流れ落ち、/その後紅葉と共に去る。//)

草切れに乗って、女の魂は物音ひとつない寂しい谷間を神と共に飛び回る。ただその悲しみだけが蜂の脳裏に刻まれるか、紅葉と共に生命を終える。女は誰の心からも忘れられ、人間界から消滅する。次に主体が詩人に変わる。

三連

棄婦之隠憂堆積在動作上，/夕陽之火不能把時間之煩悶化成灰燼，/従烟突裏飛去，/長染在游鴉之羽，/将同栖止于海嘯之石上，/静聴舟子之歌。//

(捨てられた女の憂いは行動の上に堆積していく。/夕日の火は時間の煩悶を灰にできない、/煙突から飛び出て、/烏の羽を染める、/共に津波が打ち上げる岩の上に留まって、/舟子の歌を静かに聴く。//)

捨てられた女の憂いは、日々積み重なり、時がたっても消えることはなく、カラスの羽にべったりと染み付いていつまでも海辺に残る。

四連

衰老的裙裾発出哀吟，/倘佯在丘墓之側，/永無熱泪，/点滴在草地為世界之装飾。//〈棄婦〉

(着古されたスカートの裾が悲しみを発し、/丘墓のそばを彷徨う、/熱い涙が、/世界の装飾として草地に落ちることは永遠にない。)「棄婦」

スカートの裾から乾いた音を立てて、女は墓の周りを永遠に彷徨う。

この詩の興味深いところは、途中で主体が変わるところにある。捨てられた女は、「自分の魂は、黒夜の世界に踏み込み、蜂の脳裏に身を潜め、深山空谷を彷徨い、身を水にやつして冷たい秋を流れ消えていく」という。しかし詩人はそれを許さない。「捨てられた女の哀しみは、蓄積され黒い烏の羽に染み付き、いつまでも消えはしない。またスカートの裾の乾いた音と化して、枯れた涙で永遠に夫の墓をさまよわなければならない。」と言う。詩人の客観的かつ残酷な目が容赦なく女の不幸を見据えて放さない。まるで死神が彼女の傍で微笑んでいるようだ。

この詩の先に希望はない。孤独と絶望がどこまでも続き、重く暗い塊が残る。"捨てられた女"のいくつものイメージを畳み掛ける、いわばモンタージュの手法が、絶望の具現化を成功させている。

李金髪の詩を読み続けていくと、この世にあらざる世界が広がる。実は、"金髪"のペンネームをもたらした女神を始めとして、実際に彼はこの詩に似た異次元へのトリップ体験を無意識に、或いは意識的にしばしば行っていたのではないか。そこには現世を遊離した精神世界があり、さまざまな美の創造、模索がなさ

れている。その中でも「死」に対する関心は特に強く、思索は何度も為されている。

最後に李金髪の"死"の世界の最高傑作と思う「有感」を取り上げる。

如残葉濺	残葉が飛び散るように
血在我們	血が我々の
脚上,	足の上に、
生命便是	生命は
死神唇辺	死神の口元の
的笑。	微笑み。　　　　　「有感」

落葉が血のように迸(ほとばし)る。まるで薄暗闇に浮かび上がる真っ赤な唇がそのか弱い生命の傍で微笑むように。我々の生命とはなんとはかないものなのか。李金髪はこの詩で「死」の中からはかない命をつなぎとめる人間の生命力そのものを表現しているのではなかろうか。

おわりに

美しくないものが被写体となる象徴詩に魅きつけられ、李金髪はしばしば「死」を見つめ詩作した。当時パリで流行したロダンや少し後に確立されるモンタージュの手法など、彼はパリの芸術を貪欲に取り入れている。彼の詩人としての生命は長く続かないが、1920年代の先端を走り、中国へ逸早く導入した功績は、もう少しじっくりと検証する必要がある。

註
（１）　李金髪〈従周作人談到"文人無行"〉初出《異国情調》1942.12重慶。（未見）ここでは《李金髪代表作》中国現代文学館編　陳堅編選（中国現代文学百家）1999.10 p.270　華夏出版社所収による。
（２）　施蟄存は雑誌《現代》で李金髪に出筆依頼して詩や訳詩を掲載した。
（３）　李金髪〈我名字的来源〉初出《異国情調》。ここでは《李金髪回憶録》（20世紀文学備忘録叢書）陳厚誠編　東方出版社1998.6所収による。

（4） 陳厚誠《死神唇辺的笑・李金髪伝》p.8　上海文芸出版社1996.4。
（5） 勤工倹学政策：『フランス勤工倹学の回想――中国共産党の一源流――』何長工著　河田悌一・森時彦訳　岩波書店1976年2月25日に詳しい。
（6） 訳詩：《微雨》の付録部分に当時の訳詩が見られる。本論でテキストにした《微雨》浙江文芸出版社本1996.4には付録なし。《微雨》（新文学碑林）人民文学出版社2000.1にある。
（7） 林風眠：（1900－1991）画家。広東省梅県出身。李金髪とは、高級中学（面識程度）、上海、仏、独で共に過ごすが、独で仲違いする。〈浮生総記〉《李金髪回憶録》p.58 L.14。
（8） 《語絲》第14期1925.2.16には"舟子之語"とあるが、ここでは初版の"舟子之歌"を取る。
（9） 《申報》1925年6月17日。
（10） 《小説月報》：帰国後から武漢へ職探しに行く。1925～1927年にかけ《小説月報》16巻10号に〈星児在右辺〉、同11号に〈我想到你〉、17巻2号に〈詩神〉などが見られる。
（11） 《世界文学大綱》：鄭振鐸が雑誌《小説月報》の中で連載した〈文学大綱〉をまとめて出版したもの。未見。
（12） 〈浮生総記〉《李金髪回憶録》p.67 L.22。
（13） 孫科：（1891－1973）孫文の長男。国民党政治家。孫文の死（1925年3月）後、氏の影像作成の為、李金髪と面識を持つ。
（14） 中華民国大学院：1927年4月18日国共分裂により南京に国民党政府が樹立。中央政治会議は、中華民国大学院設立を決定し、欧米各国の教育視察をしてきた蔡元培を校長とした。
（15） 蔡元培：（1868―1940）教育者。李金髪は1926年に蔡の影像を手がけるなど交流があった。《死神唇辺的笑・李金髪伝》p.142）とあるが、既に1924年初め、パリで林風眠が主催する「中国古代与現代美術展覧会」で出会っている可能性が高い。(《中国名画家全集9　林風眠・郎紹君著　芸術家出版社（台湾）》p.20)
（16） 黄遵憲：（1848―1905）清末の外交官、客家。
（17） 〈浮生総記〉：《李金髪回憶録》p.56 L.1。
（18） 〈故郷〉前書きより。《微雨》浙江文芸出版社1996.4。
（19） 〈寒夜之幻覚〉："…如死神之手,"は「,」であるが、次の段落とは繋がっていないと考え意味段落を変えた。《微雨》浙江文芸出版社1996.4。

(20) ロダンの「カテドラル」について、法政大学林正子先生のご意見を伺った。
(21) 本論は浙江文芸出版社《微雨》をテクストとするが、"站"は、《李金髪代表作》から"跕"を採用する。
(22) 〈浮生総記〉《李金髪回憶録》p.56。
(23) 『微雨』に対する反響は李金髪〈従周作人談到"文人無行"〉（初出《異国情調》1942.12重慶。(未見)）。ここでは《李金髪代表作》p.270による。また孫玉石《中国初期象徴派詩歌研究》p.64-65　北京大学出版社出版　1983年8月初版、1985年8月第一回印刷に詳しい。
(24) 浙江文芸出版社本は二連目と三連目が繋がっているが、これは印刷ミスである。
(25) 浙江文芸出版社本は"蟻"であるが、《李金髪代表作》より"蚊"を取る。

蕭紅初期作品中の女性と子供

工藤　千夏子

　蕭紅の作品を読むとき、女性の姿を描く作品の多さに気づく。
　むろん、自身が女性なのであるから、自身の生活の経験を投影した登場人物に紙幅をより多く費やすのは自然なことである。しかし、彼女の十年ほどの創作生活で生み出された全ての作品を概観してみると、それらのほとんどは女性の姿を描くことに力点が置かれたものである。この分量は当時の他の女性作家と比較してみてもやはりかなり多い。男性を主人公として描いた作品は、わずかに〈馬伯羅〉[1]があるのみである。
　民国期の作家である蕭紅は自身の作品の中で、当時の社会の中で次第に大きな声となっていた、女性の権利、地位の向上といった問題を、しばしば取り上げていた。もちろん女性解放や、女権の拡大といった女性を取り巻く問題は、当時の女性作家の多くが、関心のある問題であり、ありふれたテーマであると言える。重要な点は、その語り方である。どういう側面から彼女は女性の人生を見、感じたのか。そこに彼女自身の姿が見える。
　蕭紅は、女性が男性中心の社会の中で、政治・社会の力、宗族の力、自然の力に押さえつけられ、圧死してゆくさまを克明に描写した。
　彼女は作中で同時代の、決して豊かではない家庭の妻、娘たちが、社会的，文化的に男性から抑圧され、また自然の摂理の中でも虐げられ苦しむ様子を繰り返し描いている。この極端な二極対立的な構図は、女性解放を問題にした同時代の女性作家、例えば、彼女と同じ地主の家庭に生まれ、同時代を生き、一度は抗日という共通の目的の中でその時間を共有したことのある丁玲などと比べてみても、やはり突出した特徴である。
　丁玲が〈沙菲女士的日記〉[2]の中で描いたような、女性の奔放な愛欲や、一度は心奪われた男性の接吻を受けながら、その愛欲の支配を免れ、「勝った、勝った」

と叫ぶような、能動的な「強さ」を備えた女性の像を、蕭紅の描く女性たちの中に求めても、探し当てることは難しい。

極度の男権支配の中完全に押さえつけられる女、これが彼女の描く女性像の最も重要で、大きな部分を占めている。[3]

今回取り上げるのは、女性にとってのもう一つの「対象」、男性ほど「他者」ではない、「半他者」である子供にまつわる記述である。

いわゆる"養孩子"の生々しいほどの具体的描写、記述は、主に彼女の創作活動の前半に多い。それらの凄惨な光景、"養孩子"に対する独特の視線は、時期が下るほどに描かれなくなってゆく。

小論は、創作活動初期（ハルピン時代）[4]を中心とした蕭紅作品中に現れる女性と"養孩子"に関する描写を詳細に検討し、彼女自身の持つ女性の形象を浮き彫りにし、その作品理解の一助とする事が目的である。

1．女性の姿が投影された「子供」

始めに取り上げるのは、彼女が創作活動を始めた1933年に発表された作品〈王阿嫂的死〉に登場する「子供」である。

〈王阿嫂的死〉は、蕭紅が初めて蕭軍と共著で出した作品集《跋渉》[5]に収められた短編小説である。夫を地主に殺された王阿嫂は、臨月の大きなお腹を抱え、地主のために働き続け、貧困と生活苦の中ついには難産で死ぬという物語である。小環は、両親を亡くし、親戚をたらい回しにされた後、地主の家で雑用をさせられ、地主の子ども達にいじめられていた所を王阿嫂に引き取られた女の子である。

この二人の主人公の間には、不思議な共鳴関係がある。まず、二人が出会う場面であるが、地主の子供にいじめられている小環に出会った王阿嫂は、小環を助けるのではなく、

　　王阿嫂把米袋子丟落在院心，走近小環，給她擦着眼泪和血。小環哭着，王阿
　　嫂也哭了。

というように、ただ、一緒に泣くのである。これは王阿嫂が、小環に同情し共感しているという二人の関係を表している。二人が出会う場面で、すでに同情し

合い、彼女たちの感情は同調している。また、王阿嫂が、妊娠している上に、もう体調がひどく悪くなっているのに、周囲に心配をかけまいと、取り繕っている場面で、小環は、

  我媽媽扯謊，她的肚子太大了！　不能做工，昨夜又是整夜的哭，不知是肚子痛還是想我的爸爸？

お腹が大きすぎて、もう仕事が出来ないのよ、と、王阿嫂の図星をついて、彼女を困らせる。王阿嫂の心が、小環には自らのことのように分かるのである。

その他の場面でも、自分の人生を悲観する王阿嫂に対し、村人が彼女を慰めて、

  嫂子你別太想不開呀！　身子這種様，一勁憂愁，幷且你看着小環也該寛心。
  那個孩子太知好歹了。你憂愁，你哭，孩子也跟着憂愁，跟着哭。

あなたが悲しむと小環も悲しむし、あなたが泣くと小環も泣くわよ、と言っている。ここでも、二人の不思議な共鳴関係が語られている。両者に血のつながりはなく、そうした意味では二人は赤の他人である。にもかかわらず二人は誰よりも同調している。

また、王阿嫂は妊娠していて、お腹の中には自分の子供がいる。しかし彼女は、自分の子供に対して、以下のように言うのである。

  什麼孩子，就是冤家，他爸爸的性命是喪在張地主的手裏……（略）

何が子供よ、敵じゃないの。と、彼女は吐き捨てる。また、村の女たちも、自らの苦しい生活を振り返って

  我們雖是有男人，怕是棉衣也預備不齊。她又怎麼辦呢？　小孩子若生下来，她可怎麼養活呢？　我算知道，有錢人們的兒女是兒女，窮人的兒女，分明是孽障。

金持ちの子供は子供だけど、貧乏人の子供は疫病神に間違いないよ、と口々に言い合う。

もちろん、こうした表現は、自分も生きるか死ぬかの貧しさの中での苦しみの吐露には違いない。しかし、子供を"冤家""孽障"と呼ぶのは、やはりその存在を邪魔なものと見なしている側面があることを否定できない。

その点から見ると、小環は作中で子供として存在していない。王阿嫂と共に働き、たった７歳にして「少女のように」憂い、物思いに沈み、大人のようなため

息をつくことを知っている。なぜ蕭紅は、王阿嫂の胎内の子供を"孽障"と言わせたことと比較して、小環をこのように特別な子供として描いたのであろうか？

小環と王阿嫂は、二人で一人の人物である。夫に死なれ、胎内に「お荷物」を抱えなす術も無く圧死して行く王阿嫂と、身寄りのない小さな子供である小環は、どちらも無力な女性自身の姿なのである。

2．"累贅"（お荷物）である子供

次に、第一節でも触れた、邪魔者として存在する「子供」について見てゆきたい。作中で、"養孩子"に関する内容を扱った小説は、蕭紅の初期の作品に多いことは前述した。〈王阿嫂的死〉（《跋渉》　五日画報印刷社　哈爾濱1933年)、〈棄児〉(《大同報》副刊《大同倶楽部》長春1933年5月6日～17日)、《生死場》（上海容光書局1935年）〈煩擾的一日〉(《大同報》副刊《夜哨》17期～18期）等がそうである。それら作品中の出産場面は、いずれも凄惨なものばかりであり、新しい生命の誕生に対する賛美や、感動は一切描かれていない。

中国における子供に関する一つの思想を、魯迅は、「中国の子供は良し悪しを問わず、生まれさえすればよい。才能があるかどうかを問わず、多ければ多いほど良い。（中略）中国では早く妻を娶るのが幸せであり、息子をたくさんもうけるのも幸せである。子供はただ両親の幸せの材料であり、決して将来の「人」の芽生えではない[5]」と、述べたことがある。

ここには清末民国初以前の出産に関する人々の考えの一つが端的に、また批判的に、表現されている。中国では子供を産むことは人生における最重要事項であり産むことは無条件に善とされる、と言うものだ。産まないことに女性は罪悪感を抱き、妊娠という自身の身体に直接関係することを女性は自分で選択することが出来なかった。もちろんこの思想が当時の中国人全てに共通する唯一の考え方ではないが、一つの重要な価値観として存在していたことは確かである。そうした社会通念がある一方で、蕭紅の表現は、それとは異なったものであった。

妊娠・出産そのものを取り上げた作品〈棄児〉（子棄て）を見たい。

この小説は、主人公の若い女性が妊娠し、男に捨てられ、困窮の中で出産した

子供を産院に置いてきてしまうという内容である。実際に、蕭紅も1932年にハルピンで当時同棲していた男性に棄てられ、まもなく女児を出産するが産院に置き去りにしている。〈棄児〉は当時の自らの体験を元にして描いた自伝的要素の強い小説と言える。

 天空生疏，太陽生疏，水面吹来的風夾帯水的気味，這種気味也生疏。只有自
 己的肚子接近，不遼遠，但対自己又有什麼用処呢？

 金もなく、旅館の一室に一人取り残され、洪水の中で窓の外をぼんやり眺めやる主人公の心理を描いた部分である。ここで彼女は、自分の大きくなった腹部を指し、「（たった一人取り残された自分にとって）どんな使い道があるって言うの？」と呆然とする。唯一彼女と運命をともにしている彼女の腹部＝子供が、しかし、何の役にも立たない、頼ることの出来ない無意味な存在であることが彼女の呆然とした様子により強調される。

 自分一人の身の振り方すらどうすることも出来ずにいる少女にとって、胎内にいる子供は、何の役にも立たない、邪魔な存在でしかない。

 取り残された旅館の中の描写には、幾度となくこの妊娠し大きくなった腹部に関する記述があるが、いずれも上述のような彼女の内心の心細さと、わずらわしさの表現である。

 她的肚子不像饅頭，簡直是小盆被扣在她肚皮上，雖是長衫怎様寛大，小盆還
 是分明地顕露着。

この部分では、自分の腹を饅頭や鉢に喩えている。このような比喩によって、胎内にいる子供に対して、一体感を感じていないことがよく理解される。自分の大きくなった腹部を自分とは異質のものに感じ、親しみを感じていないのである。

 倒在床上，她的肚子也被帯到床上，

 帯肚子という表現は、妊娠するという意味の普通の中国語表現であるが、帯という動詞を用いることによって、自らの腹部の自らと分離した違和感、自分に付随している物というニュアンスを伝えている。こういった表現によって、小説中で主人公が自分の胎児に対して愛着や一体感を持てずにいることが分かる。この時の子供に対する感情は、寄る辺ない彼女にとっての、「お荷物」以外の何物でもない。

> 芹的肚子越脹越大了！由一個小盆變成一個大盆，由一個不活動的物件，變成一個活動的物件。她在床上睡不着，蚊虫在她的腿上走着玩，肚子裏的物件在肚皮裏走着玩，她簡直變成個大馬戲場了，什麼全在這個場面上耍起來。

「大鉢」「物品」という表現に加え、足を刺す蚊と対比させ、お腹の中で暴れまわっていると記述する。こうした大げさで滑稽な表現の中にも、自分を煩わせ悩ませる邪魔な存在としての胎児が表れている。

その後に、洪水の中、旅館から救い出された主人公の芹が、自分を救い出してくれた新しい恋人倍力と、二人きりのひとときを過ごす件りでは、

> 芹腿上的小包都連成排了。若不是蚊虫咬的，一定会錯認石階上的苔蘚，生在她的脚上了。倍力用手撫摸着，眉頭皺着，他又向她笑了笑，他的心是怎樣的刺痛啊！芹全然不曉得這一個，以為倍力是帶着某種笑意向她煽動一樣。她手指投過去，生在自己的肚皮裏的小物件也給忘掉了，只是示意一般的捏緊倍力的脚地趾，她心盡力的跳着。

彼女は、新しい恋人に対する恋心のため、脚に出来た虫刺されのようなふくらみも気にならず、お腹の中の小さな「物」のことさえも忘れている。ここで、お腹の中の子供を「物」と呼び、虫刺されの痕と同列に書いたのは、彼女を煩わすものという同じ括りの中で描いているからなのであろう。

続いて出産前後の場面が描かれている。ここでは陰惨なイメージが支配しており、出産と言う、自然の摂理の中で、その逃れることの出来ない苦しみの中でもがく主人公の姿のみが強調され浮き彫りにされてゆく。

この生命誕生の神聖で力強い光の中にあるはずの瞬間に、生と死の境を彷徨い苦しむ姿のみをクローズアップして描くという特徴は、〈王阿嫂的死〉、〈生死場〉のいずれの作中でも共通している。また、生と死が互いに隣接し、相連なって訪れるのは、〈胡蘭河伝〉の中でも共通している見解であり、彼女の持つ生死観である。

そして出産後の記述では、出産前とは一転して、今まで描かれることのなかった母子の情愛、引き裂かれる悲しみについての記述がされている。

> 第三個床看護婦推向芹的方向走来，芹的心開始跳動，就像個意外的消息伝来了。手在揺動："不要！不……不要……我不要呀！"她的声音裏母子之情就

像一条不能折断的鋼糸被她折断了，她満身抖顫。

　貧困のため、子供を手放す決心をした主人公の内心を、「彼女の声色は断ち切れない鋼鉄の糸が彼女によって断ち切られたようであった」と表現している。その母子の情に関する描写は突然出産後に現れており、それまでの胎児に対する違和感や、出産の陰惨さと対比させるといささか唐突で不自然さを感じるほどである。しかし、いずれにせよ、出産後、子供が目の前に現れた段階において、子供に対する愛情を描いていることは確かである。

　そして、自分の子供を捨てるという行為に対して、以下のように語るのである。
　　她全身冰冰，她整天整夜的哭。冷嗎餓嗎？　生下来就没有媽媽的孩子誰去管她呢…（中略）…
　　芹挨下床去，臉伏在有月光的墙上。小宝宝，不要哭了？　媽媽不是来抱你嗎？凍得這様冰啊，我可怜的孩子！
　　孩子咳嗽的声音，把芹扶在壁上的臉移動了，她跳上床去，她扯着自己的頭髪，用拳頭痛打自己的頭蓋。真個自私的東西，成千成万的小孩在哭怎麼就听不見呢？　成千成万的小孩餓死了，怎麼看不見呢？　比小孩更有用的大人也都餓死了，自己也快餓死了，這都看不見，真是個自私的東西！

　沸きあがってくる子供に対する愛情を、打ち消しながら、「なんて自分勝手な人間なの、幾千万の子供達が泣いているのが聞こえないの？　幾千万の子供が飢え死にしているのが見えないの？　子供よりももっと役に立つ大人たちも、自分も飢え死にしそうなのに、何も見えないなんて、なんて身勝手なの！」と叫ぶ。

　そして赤ん坊の泣き声を聞きながら寝てしまった芹は、夢を見る。彼女の下へ、恋人倍力が迎えに来る。彼女は恋人に抱き上げられ「入院費も払わず、子どもも要らなくなって」塀を飛び越えて逃げ出すのである。しかし、残していった子供は、院長に殴り殺された、と伝え聞く。

　この夢によって、子供や入院費という、明日をも知れない身の上の自分に纏わりつく「お荷物」から解き放たれたい願望と、自分の愛する子供を捨てざるを得ない苦しみと、二つの彼女の矛盾した心情がよく表されている。

　この後、落ち着きを取り戻した芹と、その新しい恋人倍力は、二人で病院を出、「一人の子供を捨て、多くの子供を救うため」力強く歩みだす所で小説は結ばれ

ている。
　この部分の記述には、当時まだ知り合ったばかりだった蕭軍からの、左翼思想の影響も多分にあったことと想像されるが、やはり正面から眺めると、彼女は、自身の強い精神と、強い目的意識のために、何よりも愛する自らの子供をも捨て去る、ということであろう。
　しかしその実、逆の方向から眺めると、彼女にとって子供とは、切り捨てなければ自分自身が強くなれない、そういった種類のものでもあるということも分かる。しかし、描き方がどうであれ、子供を犠牲にして自らが自由になるという事は、普通考えられる常識からは逸脱した行為であることは否めない。こうした描き方はやはり特異なものである。
　この部分は子供への愛情表現であると同時に、子供が、自分にとっての何らかの"累贅"であるということをあらためて逆の面から表現しているのに相違ない。
　これはやはり、創作初期の時期、彼女の中で子供という存在が一つの方向性を持って解釈をされているということだろう。
　さらに、同じような解釈を示した作品が同じ年に書かれている。《煩擾的一日》（煩わしい一日）という作品である。これは主人公が結婚して子供のいる友人宅に遊びに行った時の数時間の出来事を描いた短編小説である。友人は子供の世話のため、女を雇うが、その女は陶器の人形のように無表情で、自分の夫や、家庭生活のひどさを淡々と語る。そして、子供がなつかないという理由で、即日解雇となった無表情の女は、三角の金を受け取ると、自分の家庭に戻ってゆく。
　　　她回到婦女們最傷心的家庭去，仍去尋她悪毒的生活。
　夫に虐待される女は、しかしそれでも夫のもとへ帰ってゆかねばならない。そして、女を解雇した主人公の友人も、子供がいる「煩わしい」一日へと引き戻されるのである。
　　　屋子漸漸没有陽光了，我回家了，帯着我的包袱，包袱中好像裏着一群麻煩的
　　　想頭──婦女們有可厭的丈夫，可厭的孩子。
　女性にとって夫が自分を圧迫し支配する人物であるということは、彼女の作品の中で繰り返し描かれるモチーフである。しかしここで蕭紅は、夫の他に、子供までもを「がまんがならない」と同列に疎んじるのである。

3.「子棄て」について

　第二節で述べたように、蕭紅小説には子供に対する母親の無償の愛情を否定して描く作品がある。それは〈煩擾的一日〉(煩わしい一日)の他にも、女性を子供を作る道具と見なすことや、出産が家畜や動物と同じ大きな自然の摂理の下で、本能的行動の後の結果としてのみ存在していることを描いた〈生死場〉中の一節にも、現れている。

　さらにもう一点、作中での女性の描写の中で、注目したい特徴がある。第二節でも一部内容に触れたが、子供を棄てる、もしくは失うことに関する記述である。

　まず初めて子供を失うことを描いた作品は、〈棄児〉である。

　これに関しては前述したが、主人公の女性が自分自身の強い精神と、強い目的意識のために、何よりも愛する自らの子供をも捨て去る、ということと、子供が、切り捨てなければ自分自身が強くなれない、そういった種類のものでもあるということが表裏一体の関係であることを指摘した。

　次に、〈生死場〉の中に現れる、子供を失うことに関する記述を見ていきたい。

　以下に引用するのは、〈生死場〉の中で、最も登場する場面の多い、王婆と呼ばれる女性に関する記述部分である。

　王婆は、〈生死場〉の舞台となる東北のとある寒村に住む女性である。王婆は、二度夫と別れ、三人目の夫・趙三と共に暮らしている。彼女は自立した強い性格を持ち、夫の趙三とは対等とも言える関係を築いている。そしてその凄みのある外見から、村の子供からは「ノクロウ」と呼ばれたりもしている。後に彼女は村での抗日活動に積極的に参加し、重要な役割を担ってゆくことになる。

　この王婆は、若い頃、三つになるわが子を死なせている。以下の引用は、それを回想して村の女達に語る場面である。

　　起先我心也覚得発顫，可是我一看見麦田在我眼前時，我一点都不後悔，我一滴眼泪都没淌下。以後麦子収成很好，麦子是我割倒的，在場上一粒一粒我把麦子拾起来，就是那年我整個秋天没有停脚，没講閑話，像連口気也没得喘似的，冬天就来了！到冬天我和隣人比着麦粒，我的麦粒是那様大呀！到冬天

我的背曲得有些厲害，在手裏拿着大的麦粒。可是，隣人的孩子却長起来了！……
　到那時候，我好像忽然才想起我的小鐘。

　不注意から子供を死なせてしまった王婆だったが、王婆は子供が死んだことも忘れ、仕事に打ち込む。そして夢中で働いた結果、近所のどの家よりも立派な麦を収穫することが出来た。しかしその時近所の家々の子供が成長したのを見て、王婆ははっと我が子のことを思い出すのである。

　この部分の記述は、前述した〈棄児〉の結末とよく似ている。〈棄児〉でも、子供を捨てるに当って、子供を捨てる強さを持って初めて、成し遂げられる仕事がある、と語ったが、ここでも、

　　「冬になって、近所の家と麦を比べてみると、私の方が、うんと立派だった。冬になって、私の背中はひどく曲がって、手には大きな麦を握っていた。だけど近所の子供は大きくなっていた……」

と、王婆の仕事と、近所の子供の成長を対比させ、王婆が子供を失って、そのことによって、より大きな仕事を成し遂げたことを述べている。

　後にも、王婆は自分の子供を失うこととなる。"紅胡子"に入っていた息子が捕らえられ銃殺されたのである。これを伝え聞いた王婆は、服毒自殺を図る。しかしその後、奇跡的に生き返った王婆は生まれ変わり、息子の敵を打つため、自分の娘を紅軍に入れ、自らも村での工作に協力し、大いに活躍をする。その後、娘をまた戦いの中で失うが、王婆は心の動揺は見せるが、もう絶望することなく、村の誰よりも力強く戦い続ける。

　この、〈生死場〉で大きな見せ場である村人達の抗日戦の中においても、蕭紅は〈棄児〉で示したのと同様の思想を導き出す。女性である王婆は、自分の子供を失うことによって、強さを手に入れたのである。

　もちろん、物語の初めから、王婆は、強い女性として描かれている。蕭紅が元々彼女を農村で生きる強い女性の代表として描こうとしていたことは明らかである。そして、彼女に農村での抗日工作を牽引する役割を割り振ろうとしていたことも理解される。

　しかしそうした性格の王婆もまた、戦いの中で、自分の子供を失い、またそれによってよりいっそう強くなっていく過程が描かれているのである。

彼女が考える女性の「強さ」とは、「母の強さ」というしなやかで粘り強いものではなく、かくも危うく脆い。硬いが弾性のない、硝子のような「強さ」なのである。そして、この強靭な精神をもった王婆という女性でさえ、彼女の筆下では、この危うさから免れないのである。

4．結　論

彼女の作品中に現れる女性の形象は、多くの場合、社会の最下層で、男性、思想、文化、自然といった女性を取り巻くものに何重にも押さえつけられ圧死してゆくというものであった。また、女性である自己そのものを直接的に体現した「子供」の存在により、男性中心の社会で、子供のように無力な立場に追いやられている女性の現状を描く。しかし他方では、無抵抗だった彼女らが、苦境の中から立ち上がり、運命に抗って生きてゆく「強さ」も描いている。

そうした中で、彼女らにとって「他者」でない存在の「子供」が、"累贅"「お荷物」「邪魔者」としての側面から、しばしば描かれているのは、創作初期の特筆すべき傾向である。

そして、子供を自らと近しい愛すべき存在として描いてもなお、作中の女性は、ある者は、愛するものを失うという逆境から立ち上がり、またある者は自らが強くなるために、愛するものを手放すという選択肢を選ぶ。こうした表現から彼女の持つ女性の形象が守るべきもののために戦う「母の強さ」という強靭さとはかけ離れたものであることが分かる。こうした表現は、若い彼女の描く「女性の強さ」の持つ危うさ、脆さを感じさせる。そして同時に、それは「お荷物」から解放され、飛翔したいという彼女の奔放な意志の力を表現している。この「脆さ」(7)と「奔放さ」の共存した姿、「脆さ」の下に「奔放さ」を潜ませた「したたかさ」、これらは蕭紅の持つ女性の形象の一側面である。

注
（１）〈馬伯羅〉（第一部《時代批評》香港1940年・第二部未完《時代批評》香港 3 巻64期～ 4 巻82期1941年）。

（2） 丁玲〈沙菲女士的日記〉（《小説月報》19巻2号・1928年）。
（3） 葛浩文《蕭紅評伝》（香港文藝書屋・1986年）で、葛浩文氏は、女権主義の論調は、蕭紅の〈馬伯羅〉以外の作品において、最もしばしばみられる題材であると述べている。
（4） 蕭紅は創作活動を始めた1932年から1934年6月までをハルピンで過ごした。なお、小論での考察の対象作品の中に、ハルピンを出て、上海へ向かう途中、青島で書き上げた作品である〈生死場〉も含まれているが、ハルピン時代に執筆を始めたという点と、他のハルピン時代の作品と、共通項が見られると判断したため、今回考察対象に含めた。
（5） 蕭軍・蕭紅共著《跋渉》（五日画報印刷社・1933年）。
（6） 魯迅〈随感録二十五〉（《青新年》第5巻第3号・1918年9月15日）。
（7） 聶紺弩は、1938年、蕭紅が西北戦地服務団を率いた丁玲らと共に西安に滞在した際、彼女が「女性の空は低く羽は薄い。なのに身の周りの荷物はひどく重いわ。…（中略）…私は飛びたい。だけど同時に……私は落っこちてしまうのよ。」と語ったとしている。聶紺弩〈在西安〉（重慶《新華日報》1946年1月22日）。

参考文献

平石淑子編『蕭紅作品及び関係資料目録』（汲古書院・平成15年）。

葛浩文《蕭紅評伝》（香港文藝書屋・1986年）。

川俣優「蕭紅における〈子ども〉という問題」（明治學院論叢第519号・1993年3月）。

"十七年" 文学の愛情と革命
——宗璞『紅豆』をめぐって——

濱 田 麻 矢

はじめに

　宗璞（1928―）は、それほど日本でなじみがある作家とは言えないだろう。小説『弦上の夢』(1)や散文『西湖漫筆』(2)などが翻訳されてはいるものの、むしろ哲学者馮友蘭の娘であり、五四に活躍した作家馮沅君の姪であると説明したほうが解りやすいかもしれない。書香の家に生を受けた宗璞の創作史は新中国成立以降の激動の時代とほぼ重なっており、文革以降の宗璞の創作と主張については既に楠原俊代氏に論考がある(3)。小稿では宗璞という作家よりも、彼女の出世作である『紅豆』(4)に焦点を当てて、この短編における芸術と革命、愛情と友情の描かれ方について考察してみたい。

一、ストーリーと評価

　『紅豆』のストーリーはごくわかりやすい。
　1956年、ヒロインの江玫は共産党の幹部として希望に胸を膨らませ、6年前に卒業した母校（おそらく清華大学をモデルとする）に帰ってくる。昔なじみの用務員が案内してくれた宿舎は、偶然にも彼女が学生時代に住んでいたのと同じ建物、同じ部屋であった。昔のままの部屋を見渡した彼女は、壁にはめ込まれた十字架を見つめる。江玫はこの十字架の裏に、恋人からの贈り物を隠しておいたのだ。恐る恐る手を伸ばすと、果たして紅豆（相思豆）をあしらった指輪が、納められた時のままにつややかな光を放って現れた。この指輪から、8年前の記憶がまざまざと蘇る。
　「小鳥児」という呼び名そのままに天真爛漫で無垢だった江玫は、ある雪の日、

大学のピアノ練習室で物理学専攻の青年、斉虹と出会う。文学、芸術の趣味を通じて瞬く間に恋に落ちた二人だが、江玫はいつも彼の傲岸さや他人への無関心さが気になっていた。江玫の同室はやはり物理学専攻の蕭素である。学生運動の先鋒である蕭素は江玫を積極的に共産主義運動へ導こうとする一方、貴族的な斉虹に対する苛立ちを隠そうとしない。江玫の学生生活は、斉虹への愛情と蕭素への友情に引き裂かれてゆく。江玫の最愛の母（物語の中で国民党の弾圧によって夫を失っていたことが明らかになる）は、控えめながら蕭素と共産党へのシンパシーを表明、江玫自身も新中国成立のために尽力を惜しまないことを決意する。恋人が自分の思い通りにならないことに激昂する斉虹は、威嚇と懇願の二極を往復しつつ、「もう喧嘩しないことを願って」紅豆の指輪を江玫に送る。二人の関係は膠着状態となったが、時局は急展開してゆき、蕭素は国民党政府に逮捕されてしまう。そして斉虹と江玫が出会ってから一年経った1948年の冬、北京解放の前夜に、斉虹はアメリカ行きのチケットを示して江玫に自分について渡米するよう迫る。憔悴しきった彼の哀願に心揺さぶられながらも江玫は新中国を選び、「私は後悔しない」と言い切ったのだった。

　事実、それからの8年間で、江玫はすぐれた革命家に成長していた。斉虹のことを思い出して流した涙はすぐに乾き、彼女は笑顔で旧友を迎えるために立ち上がる。

　『人民文学』に発表されるや否や注目を浴びたこの小説は、反右派闘争では一転して糾弾の対象となり、宗璞自身も59年に下放、文革中は創作の中断を余儀なくされることになった。その際「資本主義的な恋愛」を描いたという「罪」が着せられたのは想像に難くない。現在では「ヒロインは理想と愛情が残酷に引き裂かれた中から、最終的に責任と義務を選択した」と評価され、宗璞自身も台湾の作家・施叔青に向かって「革命のために愛を捨てるヒロインを通じて、あるプチブルジョワのインテリが革命の中でどのように成長するのかを描いたもの」と語っている。[6]

　『紅豆』は、施叔青の言うとおり「愛情誠可貴、甘為革命抛」という命題を中心に展開される物語ということになるだろう。小論では、この枠組の設定「愛情―

革命」という二者択一を、「愛情―友情」というようにとらえなおして読んでみたい。もう少し踏み込んでいうなら、『紅豆』を「異性との恋愛から、大切な女友達を取り戻す物語」として、その新しさについて考えてみようと思う。

二、斉虹と「愛のテクスト」

　江玫の大学生活は、二つの領域に塗り分けられている。斉虹と愛を語る芸術的な空間と、蕭素と理想を学ぶ政治的な空間と。これらの領域は、引用されるテクストによってそれぞれの性格を語る。まず前者について、物語の時間順に並べてみよう（カッコ内の数字は『宗璞文集』2巻での頁数を表す）。

一　斉虹との出会いは、ベートーヴェンの「月光」を下敷きにロマンチックに描写されている。二人は「ひたすらベートーヴェンとショパンについて、蘇東坡と李商隠について、キーツとブラウニングについて語りあった。彼らはどちらも蘇東坡のあの『江城子』を好んだ。『十年生死両つながら茫茫、思量せずとも自ずから忘れ難し。千里孤墳、淒涼を話す処無し。』二人は十年という時間が自分たちにどのような痕跡をのこすか想像しあった。時間について、空間について、人生の意味について話し合った。」(8)

二　二人が初めて愛を確認したとき、斉虹は江玫以外の人類を憎むと言い放つ。その語気の強さに驚く江玫に、斉虹は「君の甘やかな愛こそ僕の財宝。たとえ帝王とでも、この身をとりかえようとは思わない」とシェークスピアの詩（ソネット29番）を引用してみせる。「彼は確かに本気だった。しかし江玫には、彼の思い入れは彼女に対してよりも詩に対してより強いように聞こえた。」(10)

三　江玫が蕭素に頼まれて壁新聞につづるスローガンの校正をしている際、斉虹は「『ネヴァーランド』へ春の大掃除をしに行こう」と誘いにくる。「彼ら二人とも大好きな『ピーター・パン』の中の不思議な国から名付けられたのが『ネヴァーランド（絶域）』だった。彼らの愛情はこうした実在しない童話の上に建てられたもので、いずれはしおれる花、散る雲、欠ける月とならざるを得ないのだ。」(13)

四 そして蕭素が逮捕された消息を耳にしたとき、彼女が没頭していたのが『嵐が丘』についてのレポートである。「江玫と斉虹はしばしばこの本について語り合った。斉虹はこの本について鋭い見解をもっており、徹底的に読みこなしているようだった。彼こそが一番生きることについて理解し、生きることを熱愛している人であるはずなのに、そうではなかったのだ——蕭素が逮捕されたという消息は、江玫を『嵐が丘』から一瞬のうちに引き戻した。」
(21)

　必要以上に江玫の中に作者の影を探す必要はないだろうが、これら古今東西の経典的なテクストが、宗璞にとってどのような位置にあったのかは確認しておきたい。宗璞は、南開大学及び清華大学の外文系で学んでいる。後に書かれた散文によると、彼女は大学二年の時、英文学を教えていたイギリス人教師からどの詩人が好きかと尋ねられてキーツと即答したことがあるという。「(感覚が鈍磨し)あれこれが積み重なっていくなかで、キーツの詩句は時に突然姿を現し、ただじっと私を見つめることがある」。二十代当時の作者にとって、キーツは特別な存在だったということができるかもしれない。

　また、宗璞にはブロンテ姉妹についても ショパンについても まとまった思いを述べた散文があり、『ピーター・パン』についてはそのミュージカルを見ることが長年の願いだったと書いている。冒険の国から現実世界に帰ったのち、ウェンディがネヴァーランドに行くのを許されたのは「春の大掃除」の時だけであったことがこの散文でも強調されているから、おとぎの国から「春の大掃除」のためのお迎えが来ることは、宗璞が少女のころから慣れ親しんでいた空想だったのだろう。中国の古典についても、宗璞は父・馮友蘭の薫陶もあって素養が深かった。文化大革命中擱筆していたときには、蘇軾の伝を書くべく資料を集めて準備していたが叶わなかったという。もちろん、二人の恋を彩る「紅豆」は、言うまでもなく王維のうたった民間の素朴な恋愛を想起させるものだ。

　こうしてみると、江玫と斉虹との共通空間を彩る引用テクストには、多かれ少なかれ文学と芸術に親しんだ作者自身の愛着がにじんでいるといえよう。その芸術的価値を、江玫は(そして作者も)いささかも貶めようと考えているわけではない。しかし二、三、四の引用に見えるように、こうしたテクストを引用するそ

ばから作者の視点が挿入され、二人の愛情がじきに終わるであろうことを予告し続ける。行間から現れる作者は、文学テクストそのものではなく、その斉虹によるテクストの愛し方、現実への向き合い方に対して非難のまなざしを向ける。シェークスピアを愛読することではなく、恋人よりもシェークスピアへ傾倒している（ように見える）ところに、また『嵐が丘』を愛読していながら生きることを理解していないところに、斉虹の欠点は見いだされている。こうして、斉虹の愛するテクストと斉虹自身の欠陥との間に関連性があるのかないのかという問いは、ぎりぎりとのところで回答を保留されるのだが、彼の高尚な趣味と野蛮な魂（蕭素による評）については後述することにしたい。

三、蕭素と「正しいテクスト」

　一方で、同室の蕭素が江玫に勧める本は全て時代の正義を反映したものとなっている。やや冗漫になるがこれらの引用テクストも並べてみたい。
- 一　斉虹と出会った日の夜、不眠を訴える江玫に蕭素が渡したのは「方生未死之間」（5）。後に外相となる喬冠華（1913―1983）が「於潮」のペンネームで発表した同タイトルの文章を収めたものだ。[12]「この本はすぐに江玫を新しい世界に連れて行った。中国の人民が受けている苦難が描写されている。血と涙の中で、みなは新しい生活のために――本当に衣食満ち足りた、本当に自由のある――奮闘していた。このような生活こそ、みなが必要としているものなのだ。」蕭素による啓蒙は、江玫の母の言葉「みんなが楽しく暮らすべきなのよ」と結びついて彼女の心に根を張ってゆく。
- 二　蕭素の影響で、孤独だった大学生活を楽しむことにした江玫は、合唱と詩のサークルに入って『黄河大合唱』に血湧き肉躍る感動を覚え、艾青（1910―1996）や田間（1916―1985）の詩を真似て自分でも詩を綴るようになる（6）。1939年に発表された『黄河大合唱』（洗星海作曲、光未然作詞）は題名通り黄河（中華民族の源）を背景に、栄えある歴史と侵略者日本に対する根強い抵抗を歌い上げた愛国の合唱曲であり、艾青、田間も40年代を代表する愛国詩人である。いずれも50年代初頭の中国で「経典」化されていたテクストであ

り、斉虹と語り合った「経典」とは質を異にするものだ。

三　こうして徐々に「目覚めた」江玫は、斉虹をも啓蒙しようと、「自分のことだけを考えちゃいけないわ、一人だけでどうやって生きてゆくの？」というが、この発言は作者によって「江玫は、その数日ちょうど『大衆哲学』を読んでいたのだった」と種明かしをされている（8）。わかりやすく手頃なマルクス主義入門として当時もてはやされていた、艾思奇（1910―1966）の『大衆哲学』(1935)である。しかしこうして理論武装した江玫に対して、斉虹は「そうだ、君の同室は蕭素だったのを忘れていたよ」と笑うのみである。芸術至上主義者の斉虹にとって、先進的な活動家である蕭素は自分の恋人にいらぬ思想を吹き込むやっかいな存在でしかなかった。

四　こうした「正しいテクスト」の中で一番印象深いのは、詩のサークルで江玫がヒロイン唐尼部分を朗誦することになった艾青の『火把』(1939)である。

　「彼女は自分の澄み切った声がぎっしりとつまった人々の頭の上を軽々と漂ったかと思うと、人々の心の中に落ちていったのを感じた。彼女は自分がたいまつを持ってデモに参加している唐尼そのものであると感じ、全く新しい、今まで知らなかったものを感じ取った。そして蕭素は、まさに唐尼を導く李茵なのだ。彼女は朗読すればするほど感動し、頬は真っ赤に染まった。自分と何千人もの聴衆が呼吸を同じくするのを感じ、自分の情感が何千人かと同じく起伏するのを感じた。『夜はここから逃げてゆき、遙かな荒れ野で泣いている』。壮大な群誦は無限の力量となって彼女を後押しした。江玫はただただ走り出したくなった――。」(11)

唐尼と李茵とは誰か。叙事詩『火把』は、都会に住むプチブルジョワジーの唐尼が、デモに集結する大衆と友人の李茵から革命への志を学び、固い意志を身につけてゆく一夜のさまを描いた長編である。唐尼は兄を労働運動で失い、李茵に導かれてデモに参加することになった。しかし唐尼が何よりも執着しているのは克明という青年である。なかなか手紙の返事をよこさず、デモ会場でも自分にいい顔を見せない克明に業を煮やした唐尼は、デモの後李茵と共に彼の家をたずね、彼が別の女性と歩いているのを見てしまう。

"十七年"文学の愛情と革命——宗璞『紅豆』をめぐって——　　　349

「あれは誰？／あの緑色のスカートをはいている／女の人は誰？　あの馬のたてがみのような短髪の／女の人は誰？　あの大声で話し、／大声で笑っている女の人は誰？／歩きながら体を揺すっている／女の人は誰？　あの胸をはっている／女の人は誰なの？（中略）ねぇ、彼女は何を言っているの？　あんな大きな声で：」

「いま――私たちの／仕事は――広がっている……／主観上の欠点は――／ちょうど克服しているところ……／いま――私たちは／激しく批判しています――／のこされた／プチブルの／劣った品性を……／それに――仕事の妨げになる／恋愛も……／容赦なく／攻撃されるでしょう！／いま――私たちの／仕事は―広がっている……」(13)

克明と見知らぬ女性が、「国家の大事の前に、恋愛は妨げになるだけだ」と話をしているのを立ち聞きしたことで、唐尼は自分が個人的な恋愛感情に振り回され、革命という大きな目標を見失っていたことに恥じ入り、彼らにならって「仕事の妨げになる恋愛」を心から消し去ろうと努力する。李茵は克明の覚悟を賞賛した上で、唐尼に今は彼の成長の妨げになるような恋愛をしかけてはいけないとさとし、「恋愛を神聖視しすぎてはいけないわ／現代の恋愛は／女性は男性を肉体の顧客にし／男性は女性を快楽の商店と見ているだけ／現代の恋愛は／異性を独占するための逃げ口上になっているだけ／「色情」の同義語になりはててしまった」と励ます。一方の唐尼は友人に最大限の感謝を表明して対話をしめくくる。「李茵／あなたは私のたいまつ／私の光／――この暗がりの片隅を／あなた以外に／照らしてくれる人などなかった／李茵　私は誓うわ／この夜を経て　私は強くなってみせると」。

『火把』が経典として読まれていた年代には、「李茵」＝「蕭素」、「唐尼」＝「江玫」という呼応関係がすぐに連想されただろう。ヒロインは、愛情は決して革命に優先するものではないということを女友達から学ぶのである。

このように、「正しいテクスト」は真面目で向学心に溢れた江玫の心を揺さぶり、まだ見ぬ社会主義国家の実現させるために彼女を導いていくことになる。これらのテクストはほぼ全て蕭素を介して伝えられており、『火把』と同じく「女友達が、迷えるヒロインを正しく導く」という構図になっている。

四、『紅豆』の新しさ

　江玫の大学生活が斉虹とのロマンチックな恋愛と、蕭素に導かれる激しい政治活動の二つに截然と塗り分けられている様子を見てきた。はじめのうち、江玫自身はこの二つを行き来することに対して矛盾を感じているようではない。彼女は政治について蕭素から真摯に学びながら、斉虹のことをもひたむきに愛そうとする。しかし建国前夜という時代は、江玫に蕭素―斉虹、革命―愛情の二者択一を迫った。第二節でも述べたように、小説中の叙事において、作者は頻繁に自分の声を挟み、彼らの愛に未来がないことをあることを予告する。
　「彼らの愛は阿片のようで、不幸に陥りながらも断つことができないのだった。」(14)
　「こういう愛情は、くだけたガラスのように人を刺した。」(26)
なぜ彼らの愛には未来がなかったのだろう。もちろん1957年の中国で書かれた小説が、階級を超えた愛情を成就させられるはずはない。このような愚問を発した前提には、例えば作者自身のこのような言葉がある。
　「(『紅豆』の) このテーマは、別のストーリーを借りて表現することもできたかもしれない。つまり、男性主人公が政治的覚悟を決められない女学生と別れることを決意し、革命へ向かうという物語である。あるいは、私はこれからこうした物語を書くかもしれない」(14)。つまり、江玫と斉虹の性別が逆になっていた可能性、政治的に目覚めた男と目覚められない女という組み合わせの可能性があったということだ。
　前節で、「正しいテクスト」として引用された『火把』のヒロイン唐尼に江玫が重ねられていることを述べたが、『火把』に描かれているのは「目覚め始めた男と未だ目覚めぬ女」である。デモの夜、克明はすでに愛情を抛って革命の戦列に参加することを決意しており、ぐずぐずと手紙の返事を求める唐尼に「僕は今夜の大会のために忙しかったのだ／なのに君の手紙は／頭が痛いだの／天気がうっとうしいだの／そんなこと僕にはどうすることもできやしない」と民族の大事が個人的な愛情に優先することを教えようとする（この時の唐尼は見知らぬ女への嫉

妬にかられていて聞く耳をもたないのだが)。またこの長編詩では冒頭から、唐尼が『静かなドン』に櫛をはさみ、『大衆哲学』の上にコンパクトを置き、『新段階論』の上に口紅を乗せている様子が描写され、彼女がどれほど「目覚めていない」のかがわかりやすく図示されていた。「目覚めぬ女」は「身なりを取り繕い、男の目を気にする女」としてイメージ化される。では、「目覚めない男」、斉虹はどのように描かれるのか。

　『紅豆』では、政治的に目覚めてゆく江玫に対して、現実に目をつぶり、自分と江玫以外の人間を呪う斉虹が対照的に配されている。しかし斉虹の欠陥は、そうわかりやすいものではない。前近代の中国に生まれていたならば、彼は才子佳人小説に登場する「白面書生」の典型となったはずだ。初めて彼らが出会った場面を読んでみよう。「すらりとした長身で、灰色の絹の長袍に青い木綿の長衫を重ね、うつむき加減に三尺先の地面を見つめている。世界は彼にとっては、まるで存在していないかのようだ。あるいは江玫が放つ活発な空気といきいきと輝く顔色が彼を攪乱したのか、ふと彼は顔を上げて彼女を見た。江玫が目にしたのは、象牙色で面長の端正な顔立ちだった。輪郭がはっきりしていて、目は切れ長、何か夢見ているような面持ちである」(4)。斉虹は容貌にも、財産にも、そして教養にも恵まれている申し分ない恋人であった。作者はヒロイン江玫に生き生きとした魅力を与えたが、その江玫を惹きつけた斉虹にもまた強烈な個性が必要だったのである。二節で見たように、彼は古今東西の文学を耽読し、ショパンとベートーヴェンを弾きこなす才子だ。そして彼と江玫の共有する文学と音楽への嗜好は、作者自身が酷愛するものでもある。

　しかし、こうした芸術的嗜好は、時代が受け入れるものではなくなりつつあった。小説中に潜む作者は、ショパンやキーツや李商隠のもつすばらしさを一言も否定はしていないが、これらのブルジョワ的な経典は、艾思奇や艾青、『黄河大合唱』といったテクストに乗り越えられなければならないのは必至である。江玫が立派な共産党員になるためには、斉虹との別れがどうしても必要であった。こうして斉虹には高尚な趣味の価値を打ち消すような、欠陥ある品性が配されることになる。彼は江玫が学生運動にのめりこんでゆくのと比例して彼女への独占欲を募らせ、彼女に広い世間を見せまいとする。蕭素の依頼をうけ、壁新聞のスロー

ガンを校正している江玫を、斉虹が「ネヴァーランドでの春の大掃除」に誘いに来たくだりを掲げてみよう。

「『蕭素！　また蕭素か！！　なんであの子の言うことばかり聞くのさ！』斉虹はいらだたしげに言った。

『蕭素のいうことは正しいじゃないの！』

『けれど僕がどんなに君と一緒にいたいか解っているだろう？　生まれたばかりの蝉の鳴き声を聞きに行こう、萌んだばかりの蓮の葉を見に行こう──僕がそうしたいといったら、そうするんだ！』斉虹の顔からは優しい笑いが消え、江玫を一冊の本、一台の器具と思っているかのようだった。

江玫は愕然として彼を見た。

『もしかして、君はデモにまで参加しようと思っているんだろう！　本当にバカだな！　蕭素のいうことばかり真に受けて！』憤怒の暗雲が彼の顔を凶暴な表情に変えたが、彼はまたすぐに温和な口調で言った。『一緒に行こう、僕のかわいいお嬢さん』(中略)

彼女は抵抗する力を失い、屈辱のあまり机に突っ伏して泣きだした。

斉虹が待っていたのは、まさにこのような涙だったのだ。」(13)

出会った時から江玫がうすうす不安に感じていた、「人を人とも思わない」斉虹の内面が、ここで初めて表面化する。「僕がそうしたいといったら、そうするんだ！」という言葉には、江玫を対等な人間としてではなく、「本か器具」のごとく自分が持ち運べるモノと考える斉虹の独善性が表れている。(16)自分と彼との間に通じる言葉がないことを知って愕然とする江玫は泣くしかないが、斉虹にとって江玫の涙は彼女の降参を表すものにほかならず、彼は勝利した余裕でまた彼女に優しさをとりもどす。こうして彼らの対話の可能性は閉じられ、勝つか負けるかという駆け引きが虚しく繰り返されてゆく。『紅豆』は50年代の革命叙事として分類されうるであろうが、斉虹と江玫の衝突は、実は革命故事という枠組みをまとった愛情物語としても読めるだろう。そう考えた上で、『紅豆』の叙事が、"十七年"文学の中でも独特の構造を持っていると思われる二点について述べてみたい。

まず、物語がまとっている「革命（蕭素率いる学生運動）」という上着をあえて

剔いでみよう。すると、これは社会に対して当事者性を持ちたいと願うヒロインと、自分がついているかぎりそんなものは必要ないのだという恋人、彼の欠点を理性では認識しながら別離の決心をつけられない主人公のふがいなさに歯ぎしりをする女友達という構図が見えてくる。斉虹と蕭素は、江玫にそれぞれの感情と理論を訴え、自分たちの世界へ引き込もうとする。迷いつつも、最終的には同性の友達に導かれて自己実現へ一歩踏み出してゆくヒロインには、「双百」時期における新中国の瑞々しい情熱が感じられる。

　もしも、宗璞自身が示唆したように主人公の性別が逆であったならどうだろう。つまり、社会に貢献したい男性主人公と、仕事と私のどっちが大事なのとすがりつく恋人、彼女に別れを宣告できずに悩む主人公に対して国家の大事を説く男性の友人、という組み合わせだったなら、物語の調子はもっと単純で平板な、男性同士のホモソーシャルな関係の強固さ、美しさを謳ったものになっていたのではないか。セジウィックの言う「男性の絆」の裏に隠れた女性嫌悪（ミソジニー）[17]は、中国文学においても長い伝統を持っており、浅薄な女の妨害を回避することで男同士の絆が深まるという物語はそう珍しくはないからだ。

　『紅豆』が同時代の小説に比べて清新さを失っていないもう一つの理由は、この愛情物語の中で江玫を導き、斉虹との別れを促すのが蕭素と母親であって男性ではないという設定である。最近の研究は、新中国建設後には伝統的な家庭倫理への反発から「母性愛」が謳われなくなったかわりに、女性主人公は自分を導く「大姐」を擬似母として持つことが多かったと指摘している。[18]『紅豆』の場合、蕭素が衰弱した江玫の母と一体化することによって（蕭素が売血して江玫母の窮地を救う場面に象徴される）、擬似母として機能していると言えるだろう。しかし、多くの小説ではヒロインを進化させるために、擬似母以外に彼女を導く別の青年を登場させる。

　『紅豆』と同じように「一人の個人主義的なインテリが、プロレタリア革命の戦士となった」[19]物語として、『紅豆』の翌年に出版され、映画化もされて一世を風靡した大ベストセラー『青春之歌』を読んでみよう。ヒロイン林道静は、入水自殺を図ろうとしていたところを北京大学国文系の学生、余永沢に救われる。永沢はハイネの甘い詩で愛を告げ、二人は結婚する。道静にとって永沢は「詩人か

つ騎士」であり、永沢にとっての道静は「オジギソウのように可憐な少女で、彼女を手に入れたことは大変な幸福」であった。しかしその後、道静の前には盧嘉川という革命青年が現れる。嘉川の政治に対する確かな覚悟、果敢な決意に惹かれてゆくうち、道静は永沢の世故を重んじ、胡適に追随し、実社会に関心を持たない、惰弱な性格に不満を覚えるようになる。こうして二人の結婚生活には亀裂が生じ、最終的に永沢のせいで嘉川が逮捕されたことによって、道静は永沢との決別を決意する。

「目覚めた女が目覚めない男との別れを決意する」というプロットは同じであり、「文学に精通しているものの、政治には全く無自覚な大学生」という恋人の設定もほぼ同じである。しかし道静にも林紅のような同志や劉亦豊のような擬似母が配されているものの、最終的に主人公が無限の信頼と愛情を捧げる対象（＝共産党）は男性の「正しい」恋人（盧嘉川、彼の投獄後は江華）として具現化されている。愛を告げる江華に対して、道静はこう答えているのだ。「いつも思っていたの、私に今があるのは、私が理想を実現できたのは──共産主義の栄えある戦士となれたのは、いったい誰のおかげかしら？　あなたよ──党よ」。「非常に伝統的な"才子佳人"＋"英雄美人"の物語であり」、「通俗的な描写でメロドラマを展開したからこそ多くの読者を獲得した」[20]という指摘の通り、道静に盧嘉川・江華という英雄的な恋人ができたことによって、メロドラマに慣れている読者は安心し、その期待が満たされたと言える。

『紅豆』はごく短い小説であり、もちろん長編小説と単純な比較ができるわけではない。しかし、革命叙事としてはごく正統的なこの物語が、愛情叙事としては一味違った爽やかさを獲得しているのは、江玫が自分の力で（別の男性の示唆を借りることなく）間違った恋愛と決別し、彼女が望んだとおりの主体性を勝ち得たところにあると言えるのではないか。そして新しい恋人がいなくとも、彼女はたくさんの友人に囲まれて自己実現を果たしている、という祝福によって物語は結ばれるのである。

おわりに

　文革終了後、宗璞は久しぶりの創作『弦上の夢』(21)で第一回全国優秀短編小説賞を受賞している。『紅豆』発表から21年が経っていた。チェロ教師の中年女性が、好意を抱いていた男性（文革で粛清される）の娘を引き取る物語で、ここでも擬似の母娘が世間の逆風に耐え、互いを庇いながら生きぬいていこうとする絆が描かれている。希望に満ちた小鳥のようだった江玫が、文革の風霜をくぐりぬけた後どのように老いていったのか、という答えの一つがここに書かれているだろう。恋愛、結婚、出産という女性に期待され、課せられてきた役割を果たさずとも、友人たちに導かれ、時には自分が導いて互いに自己実現を目指してゆく。そんな生き生きしたヒロインのイメージを、『紅豆』と『弦上の夢』は二世代に跨って見せてくれる。

　注
（１）　伊文等訳『現代中国小説選２』人民中国双書、中国国際図書貿易総公司、1986年。
（２）　武継平・徳澄雅彦編『現代中国散文選』中国書店、2002年。
（３）　「宗璞論考──「我是誰」「我為什麼写作」を中心に」、『興膳教授退官記念中国文学論集』（汲古書院）、2000年。
（４）　『人民文学』1957年7月号。本稿で使用したテキストは『宗璞文集』2、華藝出版社、1996年（以下『文集』）。
（５）　李斌「宗璞創作的魅力」、『文芸理論研究』2000年。
（６）　施叔青「又古典又現代──与大陸女作家宗璞対話」、『人民文学』1988年10月号、『文集』4。
（７）　「没有名字的墓碑──関於済慈」、『北京文学』1984年6月号、『文集』1。
（８）　「写故事人的故事──訪勃朗特姉妹故居」、『文匯月刊』1984年7月号、『文集』1。
（９）　「鋼琴詩人──蕭邦」、『文匯増刊』1980年7期、『文集』4。
（10）　「潘彼得啓示」、『天津文学』1983年10月号、『文集』1。
（11）　「自伝」、『紅豆』海峡文藝出版社1993年、『文集』4。
（12）　『中原』第1巻第3期、1944年3月。

(13) 『火把』、『中蘇文化』1940年6月、第6巻第5期。使用テキストは『中国新文学大系1937—1949』14、上海文芸出版社。

(14) 「『紅豆』憶談」、『中国女性作家小説選』、江蘇人民出版社 1981年。『文集』4。

(15) 「化粧にかまけて国家の大事を見失っている女」という登場時の唐尼のイメージの他にも、『火把』7節は"漢奸"汪精衛について「あのおしろいを塗り／目尻を下げ／赤い唇を曲げているのが／汪精衛だ／あの女のように笑っているのが／汪精衛だ（略）あの汪精衛は／女形のように／日本の軍人に向かって泣いている／その日本の軍人は／彼の頭を叩き、彼の顔をなでる／そして汪精衛は／女のように笑った」と描いている。おのれを悦ぶものの為にかたちづくるのが女であるというミソジニーは、革命経典の中にも生き生きと存在している。

(16) この箇所をはじめとする斉虹の癇癪には賈宝玉の影も見える。子供のようになりふり構わず恋人を独占しようとする姿は、滑稽であると同時にどこか憎めないところもあり、後述の『青春之歌』における余永沢などに比べると人物描写はかなり立体的である。

(17) Eve Kosofsky Sedgwick, *Between Men*, Columbia Univ. Pr., 1985. 上原早苗・亀沢美由紀訳『男同士の絆――イギリス文学とホモソーシャルな欲望』名古屋大学出版会、2001年。

(18) 謝納「"十七年"女性文学的倫理学思考」、『遼寧大学学報：哲学社会科学版』2005年第2期。

(19) 楊沫『青春之歌』初版後記、作家出版社、1958年。参照したのは第2版、人民文学出版社、1961年。

(20) 胡軍「従個人記憶到集体記憶――従『青春之歌』看"革命文学"叙事的重構」、『黄岡師範学院学報』、2005年第2期。

(21) 『人民文学』1978年12月号、『文集』2。

五七幹部学校について

萩　野　脩　二

はじめに

1975年に郭小川は「団泊窪の秋」という詩を書いた。
"秋風像一把柔韌的梳子、梳理着静静的団泊窪；秋光如同発亮的汗珠、飄飄揚揚地在平攤上揮洒。(秋風は軟らかくしなやかな櫛ように、静かな団泊窪をくしけずる。秋の光はキラキラする汗の珠のように、この平地に飄々と振りまかれる)"で始まる、この詩は、"戰士自有戰士的性格：不怕恫喝；一切無情的打撃、只会使人腰桿挺直、青春煥発。(戦士には戦士の気概がある。恫喝など恐れない。すべての無情な攻撃でも、腰骨を伸ばし若い気力を発揮させるだけだ)"のような、感動的な詩句が含まれる46行の長句詩である。全詩を引用できないが、「団泊窪」という地名は人々に深く刻まれた。[1]

2003年9月に、28年を隔てて団泊窪を訪れた周小松は、次のように書いている。
"大きな堤防の上に登ると、3つの展望用の亭がある。一番大きな「雄風閣」の欄干に寄り添って遠くを見ると、多くの感慨がこみ上げいつまでも離れがたい思いだ。…略…文化部"五七"幹校はとっくにその場所さえわからなくなっている。土地の人にどこが華君武や郭小川や呉祖光などの芸術家達が「労働改造」したところかと聞いてもわからない。この神秘的な土地は、今やビルが林立している。大ホテル「堯舜」だとか、レジャーランド、さらにはゴルフ場、泰達サッカー練習場などの高水準の現代化した施設が建っているのである。誠に泊湖は玉宇を映し、燕趙は明珠を含む、である。"[2]

郭小川が「団泊窪の秋」という詩を書いた時は、彼が天津市の静海県にある団泊窪"五七"幹校に追いやられていた時であった。彼は、毛沢東が映画『創業』について指示を出し、[3]この映画を良い作品と認めたので政治の動向が変わったと

感じた。だが、当時文化面の実権を握っていた江青らは、復活した鄧小平が主宰する実務的な方向を「右傾翻案風（右からの巻き返しの風潮）」として反対し、再び弾圧を強めていたのである。文化部門は、江青と繋がる于会泳、張維民、浩亮、劉慶棠などが牛耳っていた。そこで郭小川は、北京にいる元『人民文学』編集委員の劉小珊にこの詩を託した。彼女は、同じく団泊窪"五七"幹校に１ヶ月ほど下放されたことがあり、「団泊窪の秋はどうですか」と郭に手紙で尋ねた。そこで、郭は「団泊窪の秋」の詩を書いたのである。詩は便箋に書かれており、郭自身によって「初稿の初稿で、まだ何回か修正する必要がある。『参考消息』といった内部の新聞に属するようなものだから、絶対に外に漏らさないように」と書いてあったという[4]。その後、76年４月に「天安門事件」が起こり、天安門に行ったかどうかなど追及が厳しくなった。郭も手紙を寄越して、これまでの詩や手紙をすべて焼却するように要求してきた。劉は、この詩稿だけは焼いてしまうに忍びず、ビニールの袋に入れて衣裳ダンスの底に画鋲で貼り付けて隠しておいた。四人組が10月初めに粉砕されて、76年11月の『詩刊』にこの「団泊窪の秋」が発表された。間もなく開かれた第１回の「文芸の夕べ」で、俳優の瞿弦和がこの詩を朗誦して、聴衆を大いに感動させた。続いて、工人体育館で開かれた「周総理を記念して、"四人組"を非難する大型詩歌朗誦会」でも全会場に感動の嵐を呼び起こした。翌年、北京市の中学語文教科書にも採用された[5]。

　郭小川は、1919年河北省豊寧県に生まれた。本名、郭恩大。詩人。53年に中共中央宣伝部文芸処副処長、55年に中国作家協会書記処書記兼秘書長、57年に『詩刊』編集委員、62年に『人民日報』特約記者となるなど、文芸をリードする側にいた人物である。したがって、プロレタリア文化大革命（以下、文革と略称する）が始まると、これまでの文芸政策をめぐって、中央特捜班から隔離審査を受けることとなった[6]。1969年に湖北省咸寧県向陽湖の"五七"幹校に送られたが、直ぐに解放されて党指導部の生活に戻った。しかし、74年冬、咸寧と天津市静海県団泊窪の"五七"幹校が合併されると、郭も天津に移された。途中の北京では列車を下りることも許されず、家族に会うことも許されぬほどの虐待を受けた[7]。

　天津の静海県団泊窪"五七"幹校とはどんなものだったのか。そもそも、"五七"幹校とはなんであるか。私は、調べてみたいと思った。

咸寧の"五七"幹校は、「湖北咸寧向陽湖文化部五七幹部学校」というが、それについて、私は書いたことがある。その時感じたことであるが、あれだけ大勢の文学者が参加した一大行事であるにもかかわらず、残された記録が少ないということであった。勿論、私の不勉強が大きな原因で、捜せば結構数多くの記録があったのであるが、それらはやはり文学者側の受身の記述であって、肝心の組織的に行なわれた機構や人員が不明であった。それは今なお、私の怠慢によって不明なままであるのだが、その後にわかった幾つかの事実があるので、それをここで紹介したいと思うのである。

"五七"幹校と略称されたこの学校は、文革の一端を担い、機関幹部（中央と地方の政府行政の役人すなわち公務員）を主とする知識分子の思想改造の方策であり、具体的実践であった。知識人の思想改造は、肉体労働の鍛錬を通じてこそ完成されるとするのが文革を推進する思想であった。都市と農村、農業と工業、そして頭脳労働と肉体労働といった3大差別の解消が社会主義革命の重大な任務であるとされたが、そのうちの1つ、頭脳労働と肉体労働の乖離は知識人の目にも明らかであったから、彼らも強制的ではあったが、労働者・農民に学ぶべく覚悟を決めて労働改造に参加した。その改造は、全国に1500ほどあった"五七"幹校で行なわれた。

一 "五七"幹校の概要

まず、"五七"幹校の概要について、説明しよう。

A． "五七"幹校の名前について

なぜ、「五七幹部学校」というのかについては、辞書的な説明があるが、ここでは、かいつまんで経緯を説明しておこう。

1966年5月7日、毛沢東は、林彪が転送した中国人民解放軍総後勤部の「部隊が農業や副業の生産をさらにうまくやることに関する報告」を読んだあと、林彪軍事委員会副主席に手紙を書いて、こう言った。「軍隊は大きな学校となるべきであり、政治・軍事・文化を学び、生産活動を行なえ」と。そして、「労働者・

農民・学生・機関幹部も同様の学習をしなければならない」と主張した。5月15日、中共中央は全党にこの手紙を伝達した上、8月1日、『人民日報』の建軍39周年記念の社説で「全国がみな毛沢東思想の大学校とならねばならない」と毛沢東の指示を公布した。労働者・農民・学生・機関幹部が「五七」指示に従い、下放するように呼びかけたのである。2年後の1968年5月7日、「五七」指示発表2周年を記念して、黒龍江省革命委員会が慶安県柳河に農場を作ったことを報告した。ここでは、機関の幹部と所謂「走資派（資本主義の道を歩む実権派）」を下放させて労働改造をしたのである。これを"五七"幹校と名づけたとも報告された。10月5日、『人民日報』は第一面のトップに「柳河"五七"幹校が機関の革命化のために新しい経験を提供した」という記事を発表した。あわせて、編者の言葉として、毛主席の最新指示「広範な幹部が下放して労働すること、これは幹部が再度学習する極めて良い機会である。老人や身体障害者のほか、すべての者がこのようにすべきである。在職中の幹部も時期と人数を分けて下放労働すべきである」を伝えた。この最高指示が伝わると、すぐ全国に"五七"幹校が雨後の筍のように出現したのである。

　"五七"幹校での主な任務は、2つある。1つは肉体労働としての農作業である。荒地を開拓して田畑を作り、穀物・油・肉・卵（野菜とも言う）の「四自給」をすることであった。2つめは、学習と批判を同時に行ない、自らの革命精神を鍛えることであった。特に、文化部には「黒い線の仲間」と言われた、特別に批判されるべき人物（中央特捜班の審査対象の者）もいたので、こういう「牛鬼蛇神」は1日の仕事の終わった後も革命大衆から批判されねばならなかった。これは、「闘・批・改」と言われた。一時期には、「五一六分子」を深く抉り出す運動が繰り広げられたこともあった。

　B．咸寧"五七"幹校について

　文化部は、1960年代の末に、現在は咸安区に属する咸寧市の郊外の向陽湖に"五七"幹校を創立した。ここは昔から雲夢沢として知られた湿地帯であった。6千名余りの文化部の指導幹部とその家族とがここで3年ほどの労働鍛錬を行なった。

本部は、海抜45.2メートルの甘棠「452高地」に設置された。今は、向陽湖乳牛良種場となっている。責任者には、李曉祥、徐光霄、楊岩、聶鳴九、常萍などがなった。先遣隊が、1969年4月12日に入った。1969年9月26日に第1陣が、12月19日に第2陣が、1970年5月18日に、第3陣が下放してきた[15]。最初の時期には、咸寧高級中学に、中継ステーションと子弟学校が設けられた。この高級中学は現在咸寧師専となっている。武昌の金口と烏龍泉には家族が住む中隊が設けられた。この2つの地区は当時咸寧地区が管轄していたのである。

　汀泗橋に居を構えたのは第13中隊で、石灰を窯で焼いた。これは、人民出版社から来た者の仕事であった。双渓の第26中隊は、石炭を掘り出した。これは、新華書店の貯蔵運搬公司の者の仕事であった。1年後、老人や身体障害者の百余人が湖北省西北の丹江分校に移った。

　初めは、北京軍区駐校解放軍毛沢東思想宣伝隊（「軍宣隊」と略称された）が管理した。1970年6月2日から、湖北軍区軍宣隊が引き継いだ。1970年秋から、周恩来総理の配慮によって、機関幹部が次々と北京に戻るようになり、1973年になると、殆どの者がここを離れた。1974年12月末、咸寧"五七"幹校は解散し、天津の静海団泊窪"五七"幹校と合併した。1979年2月17日に国務院は「"五七"幹校を停止することに関する通知」を発布した。

　C．咸寧の"五七"幹校に下放した人々
　咸寧の"五七"幹校に下放した人々は、家族を含めて6千人余りいる。当時は殆どすべての文化人が、ここ咸寧に集められたのである。どんな人がいたか。李城外は主な人々を13のグループに分類して紹介しているが[16]、ここでは文学関係の者だけを挙げよう。
　1．文化部の指導者：李琦（副部長）、趙辛初（副部長）、徐光霄（副部長）、周巍峙（部長代理）、司徒慧敏（のち副部長）、呉雪（のち副部長）、仲秋元（のち副部長）、馬彦祥（顧問）など。
　2．作家や評論家：沈従文、馮雪峰、冰心、張天翼、陳白塵、李季、張光年、厳文井、楼適夷、孟超、蕭乾、郭小川、臧克家、韋君宜、牛漢、緑原や、侯金鏡、馮牧、許覚民、閻綱など。

3．文物の専門家や学者：呉仲超、唐蘭、単士元、王冶秋、龍潜、劉九庵、耿宝昌、徐邦達、史樹青、王世襄、羅哲文、謝辰生、呂済民、楊伯達、胡継高や、宋雲彬、楊伯峻、馬非百、趙守儼、陳邇冬、王利器、顧学頡、傅振倫、程代熙、林辰、周汝昌、周紹良、金冲及、王士菁、傅璇琮など。

郭小川も詩人として咸寧の"五七"幹校に先ず下放された。このうち、次の15名は、中国作家協会の「黒い線の仲間」とされた者である。陳白塵、陳黙、馮牧、葛洛、韓北屏、侯金鏡、黄秋耘、李季、劉白羽、劉剣青、塗光群、厳文井、張光年、張天翼、張僖。

また、陳遼によれば、心理的には次の幾つかに分かれるという。[17]

1．ごく少数の確信のあった人：蕭乾、張光年、潔泯（許覚民）、張惠卿、閻綱など。

2．確信などないところから確信するまでの過渡的な人で：
　①"五七"幹校に来たのは、毛主席の革命路線を執行するために労働鍛錬をし、思想を改造するのだとする者：郭小川など。
　②"五七"幹校を一時しのぎの避難港とする者：謝永旺など。
　③"五七"幹校において、心静かに少しも動揺せず、悲観もしない。冷ややかな目で文革の発展を観察する者：冰心など。
　④身は向陽湖にありとも、心は周総理と繋がるとする者：周巍峙など。
　⑤"五七"幹校の生活に慣れ、天地広大な咸寧で、多くの詩篇を書いた者：臧克家など。

以上の代表的人物の行為については、ここで書くことを省略するが、確かに"五七"幹校に対する心構えや心理は複雑で、1つに固まっていたわけではないことがわかる。郭小川は自らの実践を詩に書き、熱情的な革命の歌を書いた。[18]

D．組織について

初めは、中国人民解放軍毛沢東思想宣伝隊（「軍宣隊」）が"五七"幹校に駐留して軍代表が全面的に指導をした。この下に、咸寧では5つの大隊と、26の中隊があった。人民解放軍に見習って組織が作られたのである。

第1大隊：文化部事務局、政治部、政治研究室、映画局、芸術局、出版局、文

物局、計理財務課、連絡課、教育課、文書課など。
第2大隊：北京図書館、文物出版社、文博研究所、中国革命博物館、故宮博物院。
第3大隊：新華書店本店、北京発行所、貯蔵運輸公司、中国印刷公司、中印器材公司、人民出版社、農村読物出版社、人民美術出版社（栄宝斎）、版本図書館、紅旗越劇団、勇進評劇団など。
第4大隊：中国作家協会、中国文聯、人民文学出版社、商務印書館、中華書局、北京印刷技術研究所など。
第5大隊：中国映画公司、器材公司、中国映画発行放映公司、ニュース記録映画製作所、科学映画製作所、中国映画科学研究所、現像所、スライド工場、中国映画資料館など。

以上の5つの大隊に、それぞれ5つほどの中隊が所属していた。第4大隊配下の中国作家協会は第5中隊であった。ここに上述の郭小川など118名の有名な文学者がおり、家族を含めて約150名が所属した。人民文学出版社は第13中隊であり、作協と隣り合わせであったという。

二．他の主な"五七"幹校について

上述したように、全国で1500ほどの"五七"幹校があったのであるが、一番早く出来たのは、黒龍江省慶安県柳河"五七"幹校である。規模が一番大きかったのは、江西省の中央辦公庁の"五七"幹校で、ここには中央の機関幹部が下放した。次に規模が大きかったのが咸寧の"五七"幹校であった。文化部の管轄には、咸寧と天津の団泊窪"五七"幹校の2つがあった。天津の団泊窪には、1974年12月に、審査が終わっていない者（張光年や郭小川など）や、仕事の配分がまだ決まっていない者を集めた。最初は、河北省の宝坻などにあったが、静海の団泊窪にまとめられた。

河南省の息県には、中国社会科学院（哲学社会科学部）の"五七"幹校があった。『紅楼夢』研究で名高い兪平伯が69歳の高齢で下放したことでも有名である。[19]最初は河南省信陽の羅山に"五七"幹校を開設した。ここでの生活を描いたものに、

楊絳『幹校六記』がある。[20]

　そのほか、湖北省の沙洋"五七"幹校や、上海市の奉賢"五七"幹校などがある。奉賢"五七"幹校は巴金が下放したところであるが、詩人・聞捷も下放された。当時、造反派として聞捷を管理し監視する側であった戴厚英が、詩人の人柄に打たれ、恋をし、結婚まで申請することになった。この結婚は許可されないまま、聞捷がプロパンガス自殺して終わった。戴厚英は後年、このことをもとに、『詩人之死』という長篇小説を書いた。[21]

　奉賢の"五七"幹校に1969年冬から75年9月までの6年間下放された丁景唐によると、上海市の"五七"幹校は2箇所あったそうだ。[22]1つは1969年から72年にかけて奉賢塘外にあった文化局系統の幹校である。ここには作家協会が含まれている。もう1つは、文化"五七"幹校である。これは、1972年秋に奉賢柘林の新聞出版"五七"幹校があった場所に、新聞出版、映画、文化の3つの"五七"幹校を併せたものである。新聞出版"五七"幹校は部隊の制度に倣って2つの大隊に分かれていた。1つは、『解放』『文匯』『新民』の3紙と1放送局（人民放送局）からなる9つの中隊であり、もう1つは、出版局の行政部門と局に所属する10数個の出版社であった。総計3500人から4000人に達した。映画"五七"幹校は新聞出版社の南側にあった。文化局系統と作家協会などが組織した文化"五七"幹校は、塘外の杭州湾べりのもう1つの荒れた砂州にあった。新聞出版"五七"幹校との間には、部隊の射撃場や農場がある広大な土地が広がっていた。この文化"五七"幹校には、巴金、孔羅蓀、王西彦、王元化、呉強、杜宣、函子、黄宗英などの著名な文芸家や俳優がいたという。[23]

三　再び郭小川について

　賀黎・楊健の「前言」によれば、"五七"幹校の盛衰は次の3つの時期に分かれるという。[24]

　草創期（1968―70年）と、落潮期（1971―74年）、そして晩期（1974―76年）の3期である。落潮期は71年9月13日の林彪がモンゴルで墜落死した時より始まる。晩期は、74年、江青が鄧小平の復活に対して「右傾翻案風」反対のキャンペーン

を起こしたことから始まり、再び中央特捜班の追及が厳しくなった時期である。それも、76年10月初めの「四人組」逮捕で終了することになる。

　74年の末、郭小川は、「万里長江横渡」の詩の中で、「斬新な太陽」を謳歌した部分（「嶄新嶄新的陽光／洒進了／千街万戸……」）が林彪を隠喩しているとして、中央の審査に再び掛けられることになった。その後、郭が天津の団泊窪に移されてどのような生活をしていたかについては、胡金兆の報告がある。それによれば、団泊窪"五七"幹校は、河北軍区が管理するようになっており、廊坊分区の宋副政治委員が最高責任者であった。宋は鷹揚な人で、郭小川に対しても１つだけの条件「団泊窪"五七"幹校の外に出てはいけない」を出すだけであった。咸寧から団泊窪に来た者は「新第１中隊」として纏められた。元の「第１中隊」（映画協会の者）と「第５中隊」（劇、美術、曲芸協会の者）が合併して、宿舎を空け渡し、「新第１中隊」がそこに入った。郭には１人部屋が与えられ、左右の部屋には命を受けた監視人が入った。郭はすることがなくて、華君武や鍾霊などと酒を飲み、将棋やブリッジをしていた。彼は、旧正月でも家に帰ることが許されず、『光明日報』で仕事をしている妻の杜恵が"五七"幹校にやって来ることだけが許可された。彼女がやって来るというニュースが伝わると、楊志一、華君武、鍾霊や胡金兆など普段の飲み仲間が大急ぎで手伝い、部屋を片付けたが、ボロや缶・ビンなどたくさんのゴミの山が出た。

　75年10月、急に２つの命令が下った。１つは、国務院の緊急命令で、10日以内に静海"五七"幹校を閉じ、全員北京に戻り、文化部の幹部分配事務室で命を待て、というものであった。この時の文化部の局クラスの単位は于会泳が牛耳っていた。２つめは、郭小川の特別審査は解決した、再度解放する、と宣言するものであった。こうして、中央特捜班の差し回しの自動車に乗って、北京に郭は戻った。"五七"幹校を去る前の晩は一睡もせず、「秋の歌」を書いたという。1976年９月、郭小川の古い案件が再び持ち出された。75年の秋の団泊窪"五七"幹校での行動が、「右傾翻案風」に属するのではないかということであった。鍾霊や馮牧、そして胡金兆まで厳しく追及された。胡はそこでうっかり、中央戯劇学院の呉雪のことを口に出し、郭が文化部の指導者に手紙を出したことがばれてしまった。于会泳ら文化部の者と解放軍から来た侯再林らは大喜びで、この線から大魚

が捕まえられると張り切ったが、10月6日、「四人組」が逮捕され、この件は終息した。郭小川は、10月18日、林県から北京に戻る途中、安陽の招待所で寝たとき、タバコの吸殻から火災を起こし、窒息死したという。全身70％の火傷を負っていたという。身分は「中央組織部首長」であった。⁽³⁰⁾

おわりに

　"五七"幹校についての概要は、以上の如くである。それを指導し推進した側の思考や日記などが見つからないので、今ひとつ明確でない所があるが、文学者の報告や日記、回想録などによれば、最初の3年ほど、特に最初の1年ほどの住む家もままならぬ時が過ぎると、極めて惰性的にその日を過ごすようになる。勿論、この機会に語学を勉強したり、マルクス主義の理論をもう一度基礎から読み直す人も多かった。但し、郭小川の例にもあるように、酒を飲み、その肴に楽しみを求め、深夜に及んで仲間内で思うことを好き勝手に放談することもあった。いかにも有意義な楽しげな生活が繰り広げられたように見える。しかし、それは囚われの生活から来る不正常な精神の表出であった。例えば、他の者が次々と解放されて人が少なくなっていくのに、自分ひとり残される孤独。さらに、他の者が北京の家に一時帰宅が許される中、郭ら少数の者だけが、それさえ許されずに留め置かれる悲哀などによるのである。時には、近くの労働改造所から、監視が時ならず放つ銃声が聞こえ、神経をいたぶるのである。⁽³¹⁾

　理想的に「批判と自己批判」の運動が行なわれたとする、1942年の延安での整風運動も、単に理論的指導の面だけではなく、村の要所には銃剣を持った兵士が監視していたのである。"五七"幹校も、軍隊組織に習ったからには、「幹部が労働しているときは、拳銃を持っている警備員が横に立ち、守っていたようです。」⁽³²⁾という状況があったに違いない。それは必ずしも、幹部を守るためだけではなかったであろう。こういう事柄の背後にある強制の意味が、このような銃剣による監視という実践的な行為を含んでいたことを、ややもすると忘れがちだが、"五七"幹校も政権が銃から得られるとした思想の具体化であることに思い至れば、現実の冷酷な背景を作家達は感じていたに違いない。

〈注〉
（1）『郭小川詩選』（人民文学出版社、1977年12月）382—385頁。
（2）周小松「団泊窪的又一個秋天」（『中国県域経済報』2003年9月16日）。次のサイトより見ることが出来た。http://www.dqz.gov.cn 周小松については未詳である。
（3）1975年7月25日。映画『創業』が正式に復活したのは、76年11月のことである。
（4）「『団泊窪的秋天』的故事」。http://www.cddaily.com.cn。
（5）同注（4）。
（6）郭小川の文革中のことについては、陳徒手「団泊窪的秋天的思索」（陳徒手『人有病　天知否——1949年後中国文壇紀実』人民文学出版社、200年9月、所収）に詳しい。
（7）胡金兆「郭小川的晩年」（原載『縦横』2003年第9期、胡金兆「1975年前後的郭小川」）。次のサイトによる。http://www.my285.com/ddmj/gxc/012htm。
　　胡金兆は、『戯劇電影報』の責任者であった。『百年琉璃廠』（当代中国出版社、2006年8月）や『程硯秋』『中国四大名旦』などの著書がある。
（8）拙著「過去の残影——咸寧の五七幹部学校について」（『関西大学　中国文学会紀要』第28号、2007年3月、117-135頁）。
（9）李城外「話説向陽湖」（【転帖】咸寧向陽湖中央文化部五七幹校）http:/bbs.cnhubei.com/dispbbs/asp?boardid=74&id=464948による。
　　ここでは、中央1級の機関が開いた"五七"幹校が106ヶ所あり、各省に計1497ヶ所あったとされている。
　　李城外という人物については良くわからないが、湖北省咸寧市の出身で、"幹校文化"を思考して咸寧から文化を起こそうとしている。咸寧市版権局局長。著書に『向陽湖文化人采風』や『向陽情結』などがあるそうであるが、未見である。
（10）天児・石原・朱・辻・菱田・村田編『岩波　現代中国事典』（岩波書店、1999年5月）がごく簡単に要約している。ほかに、陳東林等主編、加々美光行監修、徳澄雅彦監訳『中国文化大革命事典』（中国書店、1997年1月）を参照した。
（11）建国以来17年間の文芸界は、毛沢東思想に対立した反党・反社会主義の黒い線が独裁してきた反革命文芸路線であると、江青が66年2月の『部隊文芸工作者座談会紀要』に纏めた。黒い線とは、ブルジョア階級の文学・芸術思想、現代修正主義の文学・芸術思想と、30年代の文学・芸術思想とが結びついたものとされた。後に文芸界だけでなく、学術教育等の文化面にも拡大され、知識人が「黒い線の仲間」と

して弾圧された。なお、「牛鬼蛇神」とは悪質文士を意味する比喩的な言葉であるが、中央特捜班などの審査に掛けられ、拘禁された者を指して言うことが多い。

(12) 資本主義の道を歩む実権派を闘争によって打倒することが「闘」であり、ブルジョア階級の反動的な学術権威とそのイデオロギーを批判することが「批」である。教育や文芸を改革し、社会主義の経済基盤に適さないすべての上部構造を改革することが「改」であった。これは、1966年8月8日の「プロレタリア文化大革命に関する決定」に基づいていた。実際には、党や政府機関の走資派幹部や、反動的、ブルジョア的な考えを持つ学者や作家のつるし上げが行なわれた。文革の進展によって内容が変化し、特に「改」は進まなかった。

(13) この事について詳しいことは、注(8)の拙著「過去の残影——咸寧の五七幹部学校について」を参照されたい。

なお、「五一六分子」とは、1967年5月17日に公表された毛沢東の「五一六通知」に基づき、「中央文革小組の設置、党・政府・軍と文化界の"ブルジョア階級の代表的人物"や"フルシチョフのような人物"の批判・更迭」を要求するグループのことを指す。江青が「プロレタリア司令部、人民解放軍、革命委員会を批判した者」を「五一六分子」と定義したため、全国で数百万人の幹部や大衆が迫害されたという。

(14) 咸寧"五七"幹校の生活については、陳白塵著『雲夢断憶』(生活・読書・新知三聯書店、1984年1月、133頁)が詳しい。これは、中島咲子訳『雲夢沢の思い出——文革下の中国知識人』(凱風社、1991年5月、182頁)として出ている。同じく陳白塵に、『牛棚日記——1966-1972』(生活・読書・新知三聯書店、1995年5月、233頁)がある。

(15) 期日や人数の数え方には、出入りがある。注9)を参照されたい。

ここでは、主として注(9)の李城外「話説向陽湖」http://bbs.cnhubei.com/dispbbs/asp?boardid=74&id=464948 によった。

(16) 同注(9)。

(17) 陳遼「論"幹校文化"」(『咸寧学院学報』第24巻第2期、2004年4月)。

(18) 同注(1)。

(19) 何西来「往事如煙」(賀黎、楊健采写『無罪流放——66位知識分子五七幹校告白』(光明日報出版社、1998年9月、所収)にやや詳しく触れている。

(20) 楊絳著、中島みどり訳『幹校六記——文化大革命下の知識人』(みすず書房、1985年2月、206頁)の原著(三聯書店本)は未見であるが、今は『楊絳文集』第2巻

(人民文学出版社、2004年5月)に収められている。

(21) このことについては、拙著「文化大革命と文学者」(竹内実編『文学芸術の新潮流』岩波講座 現代講座第5巻、1990年1月、所収)を参照されたい。

なお、黄宗英「但願長睡不願醒」(賀黎、楊健采写『無罪流放——66位知識分子五七幹校告白』(光明日報出版社、1998年9月、所収)でも、戴厚英と聞捷のことは触れられている。

(22) 丁景唐「柘林残夢」(賀黎、楊健采写『無罪流放——66位知識分子五七幹校告白』(光明日報出版社、1998年9月、所収)丁景唐は、1920年4月25日浙江省鎮海県に生まれた。詩人。上海出版局副局長、上海文芸出版社社長などを勤める。魯迅や左聯の研究家としても有名である。

(23) 奉賢"五七"幹校については、2004年2月11日に、上海に留学していた関西大学大学院生・氷野善寛君に、現地に行って写真を撮ってくれるように頼んだ。氷野君は、実際に奉賢の「塘四線」をバスを乗り継いで行き、今は「上海市財貿管理幹部学院分部」と看板のある敷地を調査してくれたが、すでに"五七"幹校当時のものは、レンガ造りの倉庫以外は殆ど残っていなかったし、当時を知っている人もそこにはいなかった、という。

ここに氷野君の報告の一部を掲げる。

|(前略) 今回現地で、バスの運転手に話を聞き、五七幹部学校があったらしきあたりでおろしてもらい、その近くにありました「上海市財貿管理幹部学院」という単位にいたおじさん (61年から上海の打浦橋から下放されて現在もこの場所に住んでいる人とこの学院を管理している人) 二人にこのあたりの当時の様子と五七幹部学校についてお話を聞くことができました。その結果、彼ら二人がいうには、この現在「財貿管理幹部学院」がある場所こそが、五七幹部学校の一部があった場所で、当時はわらぶきの小屋で建物が作られており、その中で幹部や文学者たちが共同生活を行なっていたため、すでにその当時の建物はなくなってないそうです。残っていたのは、初めに作った糧食を保存するための倉庫 (糧食は大事で、保存のためにレンガ造りだったため現在も残っている。) ともう一つは、車を修理するためのガレージの二つだけでした。 当時のわらぶき小屋は、敷地の中に、びっしり建てられており、だいたい1万人ぐらいの人がいたとのことです。そしてだいたい3ヶ月に一回、ここで暮らす人が交代し、ここにきた、幹部たちは、農民の生活を体験し、体を鍛えられたそうです。上海の当時の市長 (引用者注:陳丕顕・上海市党委員会書記や曹荻秋・上海市長) もこの場所で労働させられたそうです。幹部が労働してい

るときは、拳銃を持っている警備員が横に立ち、守っていたようです。(以下省略)」
氷野君が撮った写真は、CDに入れて私が保持している。彼の名前を記して謝意を表する。
(24) 賀黎、楊健「前言」(賀黎、楊健采写『無罪流放──66位知識分子五七幹校告白』(光明日報出版社、1998年9月、所収)。なお注(8)の拙著「過去の残影──咸寧の五七幹部学校について」を参照されたい。
(25) 同注(1)。334-347頁。
(26) この辺のことも、注(6)の陳徒手「団泊窪的秋天的思索」に詳しい。
(27) 同注(7)。
(28) 郭小川が生活無能力者であったことは、幾つかの報告がある。歯が悪かったこと、睡眠薬の飲みすぎであったことなども、注(6)の陳徒手「団泊窪的秋天的思索」に詳しい。
(29) 同注(1)。348-338頁。
(30) 同注(7)。
(31) 注(6)の陳徒手「団泊窪的秋天的思索」には、王樹舜の言葉として「附近労改農場有部隊崗哨、晩上時常聴槍声。(付近の労働改造農場には部隊の歩哨がいて、夜にはしょっちゅう銃声が聞こえた)」(303頁)を、また、李昌栄も「小川到団泊窪是個寒冷的冬天、風很厲害、刺骨、幹校蕭条、像在荒野。労改農場蓋有崗楼、哨兵発現情況可随時開槍、有時打死了逃跑的犯人。(郭小川が団泊窪に来た時は寒い冬であった。風がひどく骨を刺すようで、幹部学校も物寂しく、まるで荒野そのものであった。労働改造農場には監視楼があって、番兵が異常を発見すると直ぐ銃を発射した。時には逃走犯を射殺することもあった)」(305頁)を採録している。
(32) 同注(23)。

文革期の小説『生命』とその批判について

岩　佐　昌　暲

　小稿は1974年に遼寧で展開された小説『生命』に対する批判の概観であり、筆者の進めている文革期文学研究の一環として、『生命』批判の文革期文学史における位置を考えようとするものである。『生命』批判については吉田富夫に短い言及があるほか、わが国では取り上げたものがない(2)。文革期文学研究など対象としては不毛だと考えられており、まともに取り組もうとする者がいないからである。だが文革期文学は、十七年の文学実践の帰結、新時期文学の萌芽としてまじめに考察さるべき対象である(3)。『生命』は農村における文革の実態を最初に描いた文革期の小説であり、『生命』への批判は文革期文学の特質を考える場合重要な意味をもつと思う。

1　『生命』とその作者

　『生命』は1972年2月遼寧省瀋陽市で刊行された『工農兵文芸』という内部刊行物の創刊号に掲載された短編小説である。

　文革期の文学活動に、公開のメディアで展開されたものと、回覧、手抄、通信などの形で個人間やごく狭いグループ間で流布したものの二種類があったことはよく知られている。いま前者を「公然文学」、後者を楊健(『文化大革命中的地下文学』朝華出版社、1993年1月)に倣って「地下文学」と呼ぶことにすると、文革初期に壊滅した「公然文学」が再建への動きを見せるのはだいたい72年からである。その大きな指標は、この年から各地方で停刊中だった各種文芸雑誌の再刊や創刊が始まることである。72年は前年に起きた林彪事件の影響で文革左派の伸張が抑えられ、実務派の周恩来が中央の日常工作を主宰、文革の混乱を収拾する動きが本格化し始めた時期だが、文芸界でも正常化の一環として71年3月「全国出版工

作座談会」が開かれ、「文芸刊行物出版準備」を盛り込んだ「出版工作座談会に関する報告」が出された。また前年が中国共産党創立五十周年、72年は毛沢東『文芸講話』発表三十周年にあたり、それを記念すべく文学や演劇、音楽など文芸諸分野での作品募集がおこなわれ、その発表の場が必要であった。72年から文芸誌の刊行が増え始めるのは、このような事情が背景にあるであろう。[4]

『工農兵文芸』が刊行されたのも以上の流れの一環であろう。なお遼寧には文革前に省レベルの文芸誌として『鴨緑江』（作家協会遼寧分会刊、64年2月停刊）があったが、72年6月これを引き継ぐ形で『遼寧文芸』試刊号が出され、同年中に3号が出ている（73年1月から月刊）。『工農兵文芸』は「瀋陽徴文辦」が発行元である。「徴文辦」とは原稿を集める「辦公室」だが、これは後に触れるように71年瀋陽市革命委員会がおこなった「中国共産党創立五十周年記念文芸作品募集」の業務を担当した部署であろう。そして『工農兵文芸』という雑誌は、そこで集められた作品を発表するために刊行された出版物の可能性が大きい。いずれにせよ余り大きな影響力をもつ雑誌ではなかった。

『生命』の作者は李敬信。[5]ペンネームは「敬信」で、『生命』もこのペンネームで発表している。1930年、遼寧省岫岩県（現在の岫岩満州族自治県）生れ。49年入党、遼寧省文聯（文学芸術工作者聯合会、53年から文学芸術界聯合会）創作組創作員を経て、57年から60年までは農村幹部として県委員会農村工作副部長、人民公社党書記などを務めた。66年遼寧省作家協会に移り、『鴨緑江』編集部主任、作家協会党組織のメンバーとして文革を迎えている。72年『生命』によって批判を受け、苦難の生活を送るが、文革後はあるいはこの経歴がプラスに働いたのだろうか、78年瀋陽市人民代表に選出され、79年には中国作家協会に加入、以後、省作家協会常務理事、瀋陽市文聯副主席、『芒種』（瀋陽市文聯）主編、丹東市文聯主席などの職を務めている。

『生命』は李敬信が省内の農村に下放していたときに執筆したのだという。[6]作者によれば、71年遼中県の農村に挿隊（生産隊に住みつくこと）していたとき、瀋陽市革命委員会が中国共産党創立五十周年を祝う革命的文芸作品を募集する通知を出し、それを受け取った遼中県革命委員会宣伝組から小説を書いて応募するよう「任務」が与えられたのだという。文革以来、作品執筆の機会に恵まれなかっ

た李敬信は大いに感奮してこの任務を引き受け、文革中の農村における「闘争生活」を描くことにした。李敬信の目には、当時農村の党員、基層幹部、貧農下層中農たちは「高く毛主席の偉大な旗を掲げ、積極的に文化大革命に参加し、劉少奇の反革命修正主義を暴露批判し、権力の簒奪と復活をたくらむ階級敵と断固闘争している」と映っていた。彼は感動し、教育を受け、この間の闘争生活を描き出そうと決心した。71年当時、遼寧省内では文革を描き、賛美する作品は一篇も発表されていなかった。そこで彼は「プロレタリア文化大革命に関する毛主席の一連の指示と党中央の関係文献を学習し、同時に県内の大寨に学ぶ農業の先進的な生産大隊に行って調査研究し、資料を調べ」た上で、直ちに執筆にかかった。書き上げたあと、さらに現地の貧農下層中農の意見を求め、くりかえし手直しをした。こうして完成したのが『生命』である。

2　文革期小説としての『生命』

それでは『生命』はどういう内容の作品だったのか。その粗筋を紹介しておく。[7]
　1967年2月末、文革が始まって間もない時期、東北にある人民公社の生産大隊・向陽村が舞台である。67年は1月に上海で「一月風暴」が起こっている。「一月風暴」とは上海市工人革命造反総司令部（略称「工総司」、王洪文が主要リーダーだった）が中共上海市委員会を走資派として打倒し、従来の政権機構（上海市人民委員会）の権力を奪った事件で「一月革命」（以後この語を用いる）ともいわれる。この奪権は毛沢東に支持され、その後全国に造反─奪権が広がることとなった。ついでに言えばこの造反組織は2月「上海コンミューン」（主任・張春橋、副主任・姚文元、王洪文）の樹立を宣言、後、毛沢東の指示で「上海市革命委員会」と改称した。上海の政治権力はこれより張春橋、姚文元、王洪文らの手中に移る。73年の8月の中共十全大会（中国共産党第十期全国代表大会）でこの三人は政治局入りし江青とともに四人組を結成するわけである。従って一月革命は文革のその後の歴史の転換点となった事件であり、同時に四人組の原点ともなった事件だった。『生命』はその直後の東北農村が舞台である。
　さて、一月革命の奪権の嵐は東北の寒村にも波及、この大隊はいまや文革の権

力闘争の真っ最中。大隊党支部書記・張春生は「農業は大寨に学ぶ」運動を積極的に展開してきたが、彼を中心とする村の権力は「一月革命」に乗じて奪権にたち上った「造反兵団」という組織に奪われている。その頭目（原文「頭頭」、以下同じ）が崔徳利という人物。地主の息子だが、父親がアヘンで土地と財産を失ったおかげで、解放区時代の土地改革のさい貧農に区分された。解放軍に入ったが国民党に包囲され投降、国民党に入党した経歴がある。解放後、経歴を隠して村に帰り、合作社の会計を経て入党し、人民公社成立後は生産大隊（人民公社の下部生産組織。大隊の下が小隊）党支部書記も務めた。だが、65年に「四清」で罷免され、党も除名された人物という設定である。「四清」とは63年に始まった農村の社会主義教育運動の中で展開された、帳簿、倉庫、財物、労働点数の4つの点で幹部の不正がないかどうかを「清」（はっきりさせる）つまり点検する運動である。作品には書かれていないが、「四清」で失脚したというのは、大隊の会計簿や在庫のごまかしなど経済的な不正を働いていて摘発されたということであろう。彼は今や第三生産小隊長を兼ね、「自分は中国のフルシチョフ（劉少奇）のブルジョア反動路線の被害者だ」と称して党籍の回復を訴えている。この崔徳利には彼の指導する造反兵団の秘書を努めている青年が随っている。65年に中学を卒業して村にやってきた丁士明という下放知識青年。単純だが率直な人物で、崔徳利のことを、人民のためを思い造反に立ち上がった立派な人物と尊敬している。

　この崔徳利の悪事を暴き、奪われた権力を再奪還しようとしているのが田青山で、彼が小説の主人公である。田青山は65年「四清」の後に大隊貧農協会主席となり、党支部委員でもある。その積極的な仕事ぶりから「老鉄頭」と呼ばれ、貧農層の人望を集めている。

　文革が始まるや、貧農を組織し、この村で最初の造反組織「衛東戦闘隊」をつくり、県の走資派に造反した。田青山にも助手役を務める人物がいる。貧農の于徳旺の娘で于学軍という。65年に高校を卒業後、村に帰った、農村には数少ない知識青年である。彼女は「顔細長く、目は大きい。耳のところに切りそろえた短髪で、胸に金色に光る毛沢東バッジをつけている。いつも挑戦的な目つきで人を見る」と描写される活動家。

　物語は田青山、于学軍グループと崔徳利、丁士明一派の村の権力をめぐる闘い

を描く。崔徳利は造反兵団の頭となってからは、まずその権力を利用して、大隊の馬車を村で必要な農作業に使わず、町に行かせて荷物輸送させて金を稼ごうとする。次に人民公社から届けられた、全国の貧農下層中農宛の党中央からの手紙を押さえて伝達しない。さらに村民の人気を得るため小隊の備蓄食料を勝手に分配しようとする。また田青山を陥れるために大隊の馬の飼料に薬をまぜ中毒事件を引き起こす。ついには田青山に脅迫状を送ったりする。だがそうした動きは、ことごとく崔徳利たちに見破られ、制止され、失敗してしまう。結局人民公社の陳社長（走資派）や元地主の孔香閣も崔徳利と結託していたことが暴露され、丁士明も田青山側につき、衛東戦闘隊と造反兵団は合同して崔徳利らを批判する大会を開く。村民大会に集まった村人たちは田青山の演説に拍手し、「大海を行くには舵手に頼る」を合唱する。物語は村の権力を田青山たちが掌握し、革命がますます発展するだろうと予感させるこの場面で終わる。

　粗筋からも感じられるだろうが、この小説、一篇の文学作品としては上質とは言いがたい。その最大の理由は登場人物が「人間」として書かれていないからである。彼らは正面人物（文芸作品における肯定的、進歩的人物）は正面人物らしく、反面人物（否定的、反動的人物）はいかにもそれらしく、その身体的特徴、経歴、話しぶり、行動にいたるまで単純に類型的に書かれる。だが、その感情や心理は描かれない。生身の人間のもつ複雑な陰影に欠けるのである。例えば主人公の田青山はこう紹介される。「丸顔、眉は濃く、両眼は生き生きと輝き、両鬢の白い、立派な体格の老人。犬皮の帽子をかぶり、青い綿入れを着ている」。対する崔徳利の描写は「歳のころ四十過ぎ、背丈は中ぐらい、かぼちゃ顔（原文「南瓜臉」）、どんぐり眼で、焦点の定まらない目つきで人を見る。麻織の帽子をかぶり、裏が羊皮の青いあや織り木綿の上着を羽織っていた」とある。72年ころ、こうした描写は特定の人物イメージを読み手に与える政治的なメッセージをふくんでいた。田青山は精悍で党に忠実な革命的農民、崔徳利はやや愚鈍で、物欲の強い、腐敗した人物。文革期の文芸（小説だけでなく映画、演劇、子供たち向けの連環画なども含む）は、人物についてこうしたイメージを大量にばらまき、それを固定化していた。同時にまたそういう固定化された人物像に依拠して物語を作り出してもいた。そして悪い人間たちがさまざまな方法で社会主義を崩壊させようとする、それを

摘発し、悪い人間たちと闘うというのが文革期の多くの文芸作品の基本的パターンだった。『生命』は表現上も物語の構成上もこのパターンに忠実に従っている。その点では典型的な文革期の文学作品であった。

　文革期の基準で言えば『生命』は賞賛はされないまでも、特に批判される点は見当たらない。ところが、発表から一年後『生命』は突然激しい批判を受けることになる。

4　『生命』批判の経緯

　文革後明らかにされた資料(8)によれば、『生命』批判が始まったのは十全大会の後である。この大会はいわゆる四人組が政治舞台に登場した大会として知られるが、会期中、張春橋が毛遠新に「遼寧にわれわれ上海の「一月風暴」に反対している小説がある」と話したのがそもそもの発端だった。毛遠新は毛沢東の甥。当時、中共遼寧省委員会書記の地位にあった。

　張春橋にこの小説の存在を知らせたのは、中共上海市委員会写作組の頭目（朱永嘉であろう）で、彼は上海人民出版社からの報告でそれを知ったのだという。張春橋からそれを聞かされた毛遠新は瀋陽に帰ると直ちに雑誌を探し出させて読んだ。李敬信によれば、10月に「『生命』はプロレタリア文化大革命に反対し、文革の結論をひっくり返し、上海一月革命を否定する大毒草だ」と毛遠新が言ったと伝え聞いて驚いたというからその頃だろう、『生命』をどう批判するかが問題にされた。その後、ある会議で省文化局の責任者が「小説には問題があるが、内部刊行物に発表したもので影響は大きくない。加えて（文革後の）文芸創作がようやく好転しはじめたところだ。やはり公開批判はよくない。内部刊行物で批判して創作をやる同志たちの注意を促し、またこの経験を総括し、いかに文革を描くかを検討するよう提起したらいい」と発言した。毛遠新はこれに同意し、任務を遼寧大学に授けた。遼寧大学では当時内部刊行物だった『遼寧大学学報』第4期に文章を発表し、内部で批判を展開した。

　『光明日報』に転載された二篇によれば、批判の重点は『生命』が文革の本質を正しく描いていない文芸作品というところにある。批判者の一人趙国才は言う。

文革を貫く主要な線は「プロレタリア階級革命派と党内にもぐりこんだ一つまみのブルジョア階級の代表人物との矛盾と闘争であり、これが闘争の大方向だ。文革を題材とする文芸はこの主線を押さえ、この矛盾と闘争の発生、展開、解決を描かねばならない。そうしてこそ文革の必要性を明らかにでき、プロレタリア革命派が必ず勝利するという必然的な趨勢を明らかにできる」。ところが『生命』は「この主線を描いていないため、文革の歴史を根本から歪曲し改ざんすることになった」。趙はこの観点から『生命』の表現上の欠点や矛盾を指摘していく。彼が特に問題とするのは「向陽村ではプロレタリア革命派が造反に立ち上がって一つまみの資本主義の道を歩むブルジョア階級実権派の権力を奪うのではなく、四清で失脚した崔徳利が、全村の貧農下層中農を率いて大寨に学び、社会主義の道を堅持する党支部書記張春生から奪権する」という点である。また崔徳利のような人物に大衆がついていったり、彼の悪事を見破れないこと、革命派の田青山が孤軍奮闘し、大衆に路線闘争の自覚が足りないように描かれている点も説得力が欠ける等、趙の指摘は『生命』を文革を描いた文芸作品として読み、その立場から批判しようという姿勢がみられる。

　もう一篇の陳忠孝の批判も趣旨は同じで、崔徳利のような人物が「こともあろうに文革の期間中に一部の人間を欺いて"造反兵団"を組織し大隊の権力を奪うことができたなどというのは"造反兵団"の基本大衆の顔に泥を塗るもの」だと指摘する。陳文もまた『生命』を文革を描いた失敗作という点から論じることに重点があった。

　本来、事態はこれで収まるはずだった。ところが74年1月姚文元が『光明日報』編集部にこの文章を転載するように指示し、1月30日『光明日報』は「小説『生命』はプロレタリア文化大革命の歴史を歪曲した由々しい政治的過ちをふくむ作品だ」という「編者按」を付して『遼寧大学学報』から二篇の文章を転載した(9)。おそらくこれを受けて『遼寧文芸』2月号は「労農兵業余作者」を集め『生命』批判座談会を開催、その記録を掲載、同時に李作祥署名の批判文を掲載したが、(10)(11)この李文は後で触れる濤頭立の文章とともに『生命』批判で大きな意味をもつ。というのは、いま述べたように『遼寧大学学報』での批判と『光明日報』転載の段階での批判は基本的に、文革を描いた失敗作という観点からの批判だった。だ

が2月以後、『生命』批判の基調は一変し、文芸批判から政治批判へと変わる。『生命』は「一月革命」を否定し、文革を否定する政治的意図をもち、修正主義復活の風潮の中から現れ、それを代表する作品と位置づけられることとなる。そういう流れをつくったのが、私見によれば李作祥の批判文であり、それをよりエスカレートさせたのが濤頭立文だったからである。以下二つの批判文のさわりの部分（要約）を見る。まず李文である。

　『生命』の骨子はこうだ。文革前、特に一月革命前の農村は革命、生産ともにすばらしかった。党支部書記は毛主席の革命路線を実行し、大寨に学ぶ運動も立派に行われていた。ところが文革の嵐、特に一月革命の嵐が農村を席巻するや事態は一変した。毛主席の革命路線は破壊され、劉少奇の反革命修正主義路線が農村を支配した。いい人間は窓際に追われ、悪人が登場した。大衆はいじめられ、敵が意気揚々とし、革命と生産はめちゃめちゃになった。なぜもともとすばらしかった農村がこんなひどい状態に変わったのか。悪人が権力を奪ったからだ。なぜ悪人が奪権できたのか。上海の一月革命の嵐が農村に伝わり、チャンスを提供したからだ。『生命』は文革が農村にもたらしたのは革命の挫折、生産の損失だと言っているのだ。上海の一月革命が農村にもたらした直接の結果は、「牛鬼蛇神」の復権と資本主義の復活だったと言っているのだ。毛主席の呼びかけに応えて、一月革命の推進と影響の下で走資派への奪権に立ち上がったのは悪人でなければ正気を失った者だと言っているのだ。また貧農下層中農は一月革命に対立し、一月革命に反対する者が「英雄」に描かれているのだ。これに続けて李文は「文革奪権闘争をこのように描写するのは、完全に党の基本路線に背き、毛主席の教えに背いており、文革の奪権闘争の中での二つの路線の闘争の本質と実際をゆゆしく歪曲している」と『生命』を批判する。そして最後に『生命』の出現は文革を否定しようと企む当今の階級的、社会的思潮（ブルジョア反動思想）を反映している。『生命』批判は単なる文芸批判ではなくこういう反動思潮への反撃なのだ、と『生命』批判の目的を示している。

　では濤頭立の批判文はどうか。李敬信によれば十全大会以後、毛遠新はイデオロギー工作のため御用執筆グループの設置を決めた。彼は一人の女性（この女性は撫順市共青団書記だった宗明蘭であろう）[12]を省委員会宣伝組第1副組長に抜擢し、

『生命』批判を担当させた。彼女がつくった執筆グループが「濤頭立」(13)で、濤頭立は３月２日の『遼寧日報』に批判文を発表する(14)。遼寧の『生命』批判はこれをきっかけに広がっていく。

　濤頭立文は、『生命』が提起しているのは、毛主席が発動し指導する文革が必要か不必要か、時宜にかなったものかそうでないのか、毛主席の革命路線に導かれたプロレタリア革命派と革命大衆の奪権がいいのかよくないのか、という根本的な問題である。『生命』はそれに対し「文革は不要、時宜にかなっていない、奪権はよくない」と回答しているとし、それは毛主席の文革理論への挑戦で、劉少奇・林彪の反革命修正主義路線の名誉回復だ、と主張する。そして小説の主要内容は、文革を否定し、文革前の旧秩序を是としそれを復活させようとする「頌古懐旧」「非今」「復辟の鼓吹」であるとして、『生命』が反動小説だと結論づけている。濤頭立文はまた主人公田青山の「権力こそ命だ」というせりふを林彪の思想と同じだと述べるなど、『生命』批判を始まったばかりの批林批孔と結びつけようとしたり、田青山を文革で否定された走資派、実権派の化身として批判しながら、崔徳利については一言も触れないなど、最初の『生命』批判とは明らかに違う視点を打ち出した。

　そしてこれが李文とともにその後の『生命』批判の基調となっていくのである。紙幅の関係で紹介することができないが、以後の批判には、例えば小説は知識青年を愚弄しているとか、林彪のクーデター計画書とされる「"571工程"紀要」の芸術的再現だなどというものまで現れるのだが(15)、批判の基調は上の批判文の論点の大枠をはみ出すものではない。このように『生命』批判は遼寧だけでなく全国に知られ、百編をこえる批判論文が書かれた（李敬信）というが、やがて年初から党中央の主導で始まった批林批孔運動、２月末から始まった晋劇『三上桃峰』（「三たび桃峰に上る」）批判などの全国的な批判運動に埋没し、以後特に取り上げられることもなく終わりを告げた(16)。

　筆者の李敬信はこの批判が続く間、工場、解放軍部隊、農村、行政機関を順番に引き回され、それぞれの場所で批判を受け、反革命の本心を白状せよと迫られ、精神、肉体ともに蹂躙された。夫人も政治審査を受け、子供も差別された。家族全体がさまざまな政治的迫害と打撃を受けた、と述懐している。『生命』と作者

が名誉回復されたのは、四人組逮捕から1年半後の78年3月のことだった。[17]

6　まとめ

　最後に小説『生命』がなぜ批判されることになったのかを述べて小文のまとめとしたい。それは同時に文革期文学の一つの特徴を語ることにもなると思う。

　文革期の政治過程を見ていくと、71年の林彪事件後、周恩来が中央の日常工作を主宰するようになり、72—73年は失脚幹部の復活、企業管理の整頓、各種の全国会議開催による各分野の正常化など、文革の混乱を正す措置が着々ととられていくことが分かる。一方、大衆の間には文革に対する疑念や不満も鬱積していた。[18]それは文革派からみれば文革前の秩序への復帰＝文革の否定を願う社会思潮であり、修正主義の復活の思潮にほかならなかった。文革派としては何としてもこういう社会思潮の蔓延を防ぐ必要があった。

　『生命』はこういう時代状況を背景として発表された。李敬信は主観的には文革の正当性を疑わず、それを賛美し発展させる目的でこの作品を書いたのである。にも関わらず『生命』が批判されたのは、逆説的に聞こえようがそれが農村における文革の実情を反映していたからだったと思う。少なくとも李敬信がそこで体験した東北農村の文革は、文革前の政治闘争で失脚した連中が、それまでの経験ある指導者たちを造反に名を借りて打倒し、基層の党権力を奪権し、農村を混乱に陥れるものだったのである。だが「造反—奪権」によって権力を握った中央の文革派にとって「造反—奪権」はその権力を正当化する政治行動であり、それを否定することはできない。向陽村の造反派が悪人であり奪権後に村を混乱に陥れ、村の貧農下層中農たちがその造反派から権力を奪い返すことで革命が進展するなどというのは、仮に現実にそういう事が存在したとしても、文革展開の論理から言えば「本質」ではないし、そういう内容の小説は発表を許してはならない。仮に発表されたならば、これを否定する方向で批判しないわけにはいかない。これが『生命』批判発動の理由であった。最も早い『生命』批判である趙国才論文は「小説が描いている事情は個別の地区では起こったことがあるだろう」としながら「しかし文芸作品は自然主義的にそのまま書くというわけにはいかない」と書

く。濤頭立文などは、『生命』を擁護する者はそれが「事実に基づいており、生活の中で起きた真実を書いている」と言うが、それは正に周揚らの鼓吹する「真実を描け」という修正主義文芸論の変種で、『生命』が「反革命修正主義の黒い糸」と因果関係のあることを示すものだ、という論理で逆にそういう現実の存在を認めている。

　四人組逮捕間近の76年に生まれた作品は、しばしば「陰謀文芸」といわれる。滕雲「『陰謀文芸』の解剖・観察」(19)によれば、「陰謀文芸」とは「党を乗っ取り、権力を奪う四人組の」「反革命の政治陰謀の文芸化」で「四人組の政治陰謀と文芸が無理やりに結びついて生まれた奇怪な胎児」であるが、その表現上の特色のひとつは、文芸が四人組の反動的観念の図解として作り出され、結果として現実を歪曲する「ニセ」もの、書かれた「生活も、人物も、矛盾もすべてニセ」ものとなることだという。

　『生命』は時期的には文革派主導の「文革期文学」が始まったばかりの71年に「文化大革命を称える」ために書かれ、72年に発表されたもので、後に提唱される「熱情をこめて文革を描く」(20)文学の先駆けをなす作品だった。李敬信が後に言うように文革を描く文学はまだ生まれていない。それが批判されたのは繰り返すように、社会の基層では造反派によって混乱や生産停止が生じており、基層の大衆は奪権でのしあがった造反派よりはむしろ旧幹部を信頼しているという実態を描いたため、つまり、「四人組の反動的観念の図解」とは異なる形で、文革の現実を描き出したためだった。文革派にとって、自らの理念に反する文革像を盛り込んだ作品を許容することはできないし、今後もこういう作品の出現を許してはならない。文革はどのように描くべきかを広く文芸界に示す必要がある。本来一地方のほとんど注目されることもない雑誌に載った『生命』への批判が全国的な広がりをみせる最大の理由は、文革は「四人組文革観念の図解」として書かねばならない、それ以外の異論は許さないということを文芸界全体に知らしめるためだったと考えられる。そういう意味では『生命』批判は文革期文学が「陰謀文芸」への道を歩む出す出発点であった。

　作者・李敬信はこの批判によって文革中は苦難の日々を送る。だが文革後は四人組の抑圧の犠牲者として再登場し、遼寧文壇に返り咲くのである。文革を賛美

する作品を目指した彼が文革中に批判され、そのことが逆に文革後の彼を浮かび
あがらせる。彼の浮沈を司ったものは文学者としての信念や作り出した作品の文
学としての評価ではなく、純然たる政治の論理である。『生命』とその作者の辿っ
た運命は文革期の文学の特質の一面をよく示している。

〈注〉
（１）「文革期文学」とは1966年５月―76年10月に出現した文学（作品、批評、理論）を
指す。詳細は拙稿『文革期の文学』（言語文化研究叢書１）花書院、2004年３月の第
一章「文革期文学とは何か――その辞書的定義」参照。
（２）吉田富夫『未知への模索――毛沢東時代の中国文学』193頁、思文閣出版、06年３
月。
（３）この点については拙稿「文革期の地方文学雑誌について」九州大学言語文化研究
院『言語文化論究』20号、05年１月、に述べた。
（４）その事情の詳細については、注（２）拙稿を参照されたい。
（５）李敬信の経歴は主に『中国文学家辞典（現代第２分冊）』四川人民出版社、82年３
月、中国作家協会編『中国作家大辞典』中国社会出版社、93年12月、による。
（６）以下の経緯は李敬信「還我《生命》――掲批"四人幇"及其死党囲剿小説《生命》
的罪行」『遼寧文芸』78年第４期、による。
（７）『生命』は『工農兵文芸』に発表された後、批判材料として印刷配布された（いず
れも未見）。74年２月批判論文が『朝霞』第２期に掲載されたのに伴い、その抜粋が
掲載された（「短編小説《生命》節録」）。さらに78年『生命』と作者李敬信に対する
名誉回復がなされたさい、『遼寧文芸』はその第４期に李敬信の文（注７）を掲載、
同時に編集部の自己批判文を付して『生命』全文を再発表した。だがこれには『朝
霞』掲載の「節録」や批判文が引用する原文と異なる箇所がある。再発表に際し李
敬信自身が原文に加筆削除を行ったと書いているもののそれがどの程度か分からな
い。小稿の粗筋は再発表テキストをもとに「節録」や批判文に引く原文を参考にし
ている。
（８）李敬信（注７）および「一次反党簒権的醜悪表演――戳穿"四人幇"在遼寧的死
党批《生命》的陰謀」『遼寧文芸』77年第４期。これは77年３月同誌編集部が当時の
事情を知る関係者（省文芸創作辦公室、瀋陽市文芸創作辦公室、遼寧大学中文系、
遼寧人民出版社など）を集め座談会を開いた発言記録である。ただ四人組以外の固
有名詞は伏せられていて、例えば毛遠新は「"四人幇"在遼寧的死党」などと書かれ

ている。本論で示した固有名詞は岩佐の調査による。
(9) 遼寧大学中文系工農兵学員趙国才「要正確反映無産階級文化大革命的光輝歴史——評短編小説《生命》」、同陳志孝「《生命》歪曲了革命群衆的形象」。趙論文は『朝霞』74年第2期にも一部加筆のうえ転載された。
(10) 「対短編小説《生命》的批判——工農兵業余作者批判発言記録」『遼寧文芸』74年2期。
(11) 李作祥「無産階級文化大革命不容否定——評短編小説《生命》」『遼寧文芸』74年2期。李作祥は第1期にも綱領的な論文を発表していて遼寧文芸界の指導的な人物と思われる。
(12) 中共遼寧省組織部、中共遼寧省党史研究室、遼寧省檔案館編『中国共産党遼寧省組織史資料（1923年〜1987年）』遼寧省新聞出版局、95年2月による。
(13) 「濤頭立」は北宋の詞人・潘閬が銭塘江の観潮を詠んだ「酒泉子・長憶観潮」の「弄潮児向濤頭立、手把紅旗旗不湿」に由来する語。「反潮流」を意味するであろう。
(14) 濤頭立「一編為劉少奇、林彪反革命修正主義路線翻案的反動小説——評短編小説《生命》」、同名の文を『遼寧文芸』74年第3期に掲載。拙稿はそれに従う。
(15) 例えば呂桂新「知識青年上山下郷里不容歪曲——批判短編小説『生命』」『遼寧文芸』74年3期、など。
(16) 手元の資料では、瀋陽礦山機器廠工人評論組「墨写的謊言掩蓋不住鉄般的事実——批判反動小説《生命》」『遼寧文芸』74年6期、が最後のものである。
(17) 「中共遼寧省委召開盛大文芸工作座談会併正式宣布恢復省文聯的活動」および馬加「撥乱反正繁栄創作——在省文芸工作座談会上的発言」、ともに『遼寧文芸』78年第4期。
(18) 席宣・金春明著、岸田五郎他訳『「文化大革命」簡史』中央公論社、98年10月。
(19) 滕雲「剖視陰謀文芸」『"陰謀文芸"批判』155—163頁、人民文学出版社、78年7月。
(20) 例えば『遼寧文芸』76年4期掲載の「熱情歌頌無産階級文化大革命徴啓事」など。

＊紙幅の関係で文革期の用語を注釈なしでそのまま用いているところがある。
＊小稿を成すに当たって湖南師範大学周仁政教授、大連外国語大学佟蔵女士に資料面で種々お世話になった。

「文芸黒線専政」論について

辻 田 正 雄

一　「黒線専政」論

　文化大革命で作家や文化人など多くの知識人が批判された。その時，批判の理論的根拠となったもののひとつが「黒い糸独裁」（黒線専政）論である。この「黒線専政」論のもとになったのは「文芸黒線専政」論である。
　「文芸黒線専政」論とは，文芸界は建国以来「毛主席の思想と対立する反党反社会主義の黒い糸が独裁を行なってきた(1)」とするものである。これは「林彪同志が江青同志に委託して開いた部隊文芸工作座談会紀要」（部隊紀要）で提起された。本稿は，「文芸黒線専政」論が提起された過程の事実関係の分析を通じて，文革期の文芸について考察しようとするものである。また，そのなかで『解放軍文芸』誌など人民解放軍の文化部門の役割についても考察の対象とする。

二　二月提綱

　まず，文革直前の状況を整理しておこう。
　1965年11月10日，上海の『文匯報』に姚文元（『解放日報』編集委員）の「新編歴史劇『海瑞免官』を評す」が発表された。これは，江青が計画立案し極秘に執筆され，毛沢東の支持を得，かつ承認を経て発表されたものである(2)。
　姚文元は呉晗（北京市副市長）を名指しで批判していた。当時，全国紙誌で名指しで批判を加える場合は中央の承認が必要であった(3)から，当然これは党の紀律に違反している。しかし，11月12日から26日のあいだに，『解放日報』（上海）『浙江日報』（浙江）『大衆日報』（山東）『新華日報』（江蘇）『福建日報』（福建）『安徽日報』（安徽）『江西日報』（江西）などが姚文元の文章を転載した。華東の六省

一市が歩調を合わせて姚文元を支持していると表明したのである。この間，11月20日に毛沢東は上海が姚文元の文章をパンフレットにするようにと述べている。24日，上海の新華書店は全国に注文をまとめるよう通知したが，29日になって北京の新華書店はやっと返事を出し，注文をまとめることには同意したが，発行業務を担当することは拒否した。⁽⁴⁾ 11月29日，『北京日報』と『解放軍報』が姚文元の文章を全文転載した。ここに来て，11月30日，『人民日報』は「学術研究」欄に全文を転載した。つまりこれは学術問題であって必ずしも党中央の観点を代表するものではないということを示したわけである。そして『人民日報』はわざわざ「編者按」をつけ，批判及び反批判の自由を謳い，「われわれは事実に即して説得する方式をとるものである」ことを強調した。

1966年2月3日，文化革命五人小組は人民大会堂西大ホールで会議を開き，この呉晗批判の問題について討論を行なった。

文化革命五人小組は，1964年5月あるいは6月頃，党中央と毛沢東の指示に基づいて，中央政治局と書記処の指導の下に成立したもので，彭真、陸定一、康生、周揚、呉冷西から成り，彭真が組長，陸定一が副組長であった。[5][6]

2月3日の会議に出席したのは，文化革命五人小組のうち病気手術のため欠席した周揚を除く4名と，許立群、胡縄、姚溱、王力、范若愚、劉仁、鄭天翔の合計11名である。会議は彭真が主宰した。

呉晗批判の問題については，すでに公表された姚文元の文章のほかに，関鋒が康生の意を承けて，『海瑞免官』は彭徳懐の名誉回復を企てるものだとする批判文を執筆していた。[7]

会議に出席したメンバーの多くは，呉晗批判の関鋒の見解に賛成しなかった。彭真も，呉晗と彭徳懐との間にどのような関係も見出せなかったと述べ，呉晗の問題は学術問題であり，学術問題として討論すべきであると述べた。これに康生も特に反対意見は述べなかったが，関鋒の文章は修正を加えれば発表してもよいと述べた。許立群と姚溱が会議の討論を2月7日にまとめた。これが「当面の学術討論に関する報告大綱」（二月提綱）である。

二月提綱は，2月5日，彭真、康生らが北京で，劉少奇が主宰する中央政治局常務委員会に報告し，採択された。

2月8日，彭真、陸定一、康生、呉冷西、胡縄、許立群らは武漢で毛沢東に二月提綱を報告した。

2月12日，彭真、康生、呉冷西、胡縄、許立群が，上海で二月提綱を江青と張春橋に見せた。

いずれも異議は出されなかったので，2月12日，鄧小平の承認を経て中央文件として全党に公布された。[8]

3月28日から30日の間に，毛沢東は杭州で江青や康生らと会い，二月提綱を批判した。4月1日，「『二月提綱』に対するいくつかの意見」が執筆された。これは張春橋が中心となって組織したものである。

4月9日から12日まで，中共中央書記処は会議を開催し，二月提綱の撤回と文化革命文件起草小組（起草小組）を成立させることを決めた。その後，毛沢東は中共中央政治局常務委員会を主宰した。

二月提綱の撤回の経緯をもう少し詳細に見ると，はじめに起草された撤回の「通知」では「中共中央の通知：1966年2月12日に中共中央が指示転送した『文化革命五人小組の当面の学術討論に関する報告大綱』を撤回する」という簡単なものであったが，毛沢東が，これでは何が問題であるのか，なぜ撤回するのか何も述べていないとして，陳伯達を指名し起草し直すように命じた。そして毛沢東の同意を経て文化革命文件起草小組が成立したのである。[9]

4月16日から26日まで，杭州で中央政治局常務委員会拡大会議が開催され，これには大軍区の書記も参加した。

起草小組が書きあげた草稿は，張春橋がすぐに杭州まで人を派遣して毛沢東のチェックを受け，毛沢東の修止意見に基づいて起草小組はまた討論を経て書き直しを行った。毛沢東は7度目を通し，手を加えた。

彭真は4月下旬には一切の業務を停止させられていた。

かくて中央政治局拡大会議は，5月16日，二月提綱の撤回を内容とする「中国共産党中央委員会の通知」（五・一六通知）を決議する。[10] 彭真指導の文化革命五人小組は取消となり，陳伯達を組長，江青を第一副組長，康生を顧問とする中央文化革命小組を中央政治局常務委員会のもとに新たに結成することにしたのである。文化大革命の本格的開始である。

三　　部隊文芸工作座談会

　部隊文芸工作座談会はこのような背景のもとに開催された。それは二月提綱をめぐる上述の動向と密接に関連しているのである。
　部隊文芸工作座談会（座談会）は，1966年2月2日から20日まで開催された。[11]
　座談会の具体的内容を李志堅の回想に拠って見てみよう。[12]李志堅は当時，総政治部で宣伝、文化を担当していた。
　すでに見たように，姚文元の「新編歴史劇『海瑞免官』を評す」が1965年11月29日に『解放軍報』に転載されたが，これは江青の求めに応じて羅瑞卿が劉志堅に電話して転載されたのである。この時，江青は座談会開催を羅瑞卿に持ちかけたが拒否され，それで林彪にこの件を持ちかけたのであった。当時，軍内部では羅瑞卿と林彪のふたつの派閥が対立していた。
　1966年1月21日，江青は上海から蘇州に赴き林彪と会談した。テーマは文芸革命であったが，両者にはそれぞれ政治的思惑があった。江青は軍の支持を必要としたし，林彪は江青というより毛沢東の権威を必要とした。
　この直後，1月下旬に林彪は妻の葉群を通じて劉志堅に江青の意向を伝えた。かくて，座談会が準備される。座談会に出席するメンバーとして，軍の文化工作の責任者であった蕭華が代表に推挙されたが，蕭華の固辞により劉志堅が中心となった。その他，総政治部大衆工作部部長から文化部長になったばかりの謝鐺忠，文化部副部長の陳亜丁，宣伝部長の李曼村，この4名が選ばれた。
　2月1日，葉群は電話で劉志堅に林彪の伝言を記録させた。今後，部隊での文芸関係の文件は江青に報告し，かつ意見を求めるようにという内容を一字一句確認させた。
　2月2日，劉志堅らは北京から飛行機で上海に赴いた。一行は前記の4名のほかに，秘書として劉景濤と資料記録整理担当として黎明が加わった。黎明は『星火燎原』編集部所属であった。同日夕方5時，劉志堅らは錦江飯店の小ホールで江青と会う。張春橋が同席した。この時，座談会の内容を他に漏らさないこと，特に北京（中央）に知られないようにすることが求められた。

座談会開催期間中の劉志堅ら4名の主な任務は，まず，映画と演劇のフィルムを見ることであった。結局，30本の映画と3作の演劇を見ることになる。この期間中に張春橋と陳伯達が来ることもあった。

次に，座談会に出席することであったが，江青とメンバーが個別に行われる座談と，4名全員と行われるものがあった。劉志堅は2日，3日，5日，8日，9日，16日，17日午後及び17日夜の計8回，個別に江青と会っている。多分，個別に会ったのは劉志堅のみであろう。全体での座談会は2日，9日，18日，19日の4回であった。いずれも座談会と言うものの実質的には江青ひとりが語り，みんながそれを拝聴し，それが済むと解散といったものであった。座談会は10日から16日の間は開かれなかった。

4人の任務の三つめは，関連する文件を読むことであった。具体的には《毛主席于1944年在延安看了〈逼山梁山〉後写給平劇院的信》《毛主席同音楽工作者的談話》などの毛沢東の著作のほか，上海文芸界の整風の状況等9件の文芸工作に関する資料を読むことであった。

その他，この期間中，江青は映画『南海長城』の監督らを接見している。江青はすでに京劇革命の旗手として革命模範劇を推進していたが，さらに映画においても同様に革命模範映画を製作することを重視していたのだろう。[13]

『南海長城』が特別扱いであるのは次のような事情による。1964年6月19日，毛沢東と江青は話劇『南海長城』を鑑賞し，大いに評価した。そして同年8月，八一映画撮影所はこの話劇を映画化することに決めた。このような経緯から『南海長城』の映画化が進められていたのであった。[14]

四　　部隊紀要

座談会の内容をまとめる作業は座談会の終了とともにすぐに始められた。劉志堅ら4人が討論し，黎明が記録を担当し，劉志堅が中心となって起草し，それに陳亜丁が修正を加えた。

2月20日，《江青同志召集的部隊文芸工作座談会紀要》としてまとめられ30部印刷され，21日に1部を江青に届け，22日に6人は飛行機で済南に赴き，林彪に

1部を届け，23日に北京に戻った。しかし，26日，張春橋は陳亜丁を錦江飯店に呼び修正を求めた。陳伯達が具体的な修正意見を述べた。それは建国後17年の文芸黒線専政の問題と文芸界の成果に言及することであった。文芸面の成果とは江青の京劇革命を指す。陳伯達の意見に基づいて修正稿が作成され，100部印刷し3月1日，1部が毛沢東のところに送られた。毛沢東はこの後1か月足らずの間に3度修正を加えた。

3月30日，劉志堅は軍事委員会の名義で中共中央と毛沢東宛に公布許可の指示を求め，4月10日，中発（66）211号文件として公布された。だが5月2日，中共中央は中発（66）254号文件を公布し，211号中央文件を回収した。そして5月10日，211号文件に新たな補充を加えた文件を中発（66）211文件とし，県団級以上に範囲を限定して公布した。日付は1966年4月10日付のままであった。これが部隊紀要であるが，公表されたのは1967年5月27日で，しかもこの内容は1966年4月10日付のものと20か所もの異同のあるものであった。

毛沢東の書きかえを中心にもう少し詳しく見てみよう。

まず毛沢東の1回目の書きかえで大きな加筆等は次の点である。

① タイトルははじめ「江青同志召集的部隊文芸工作座談会紀要」であったが，その前に「林彪同志委託」の6文字を加えた。

② 「江青同志在上海召集劉志堅……」の部分を「江青同志根据林彪同志的委託在上海召集……」と書きかえた。

③ 「徹底搞掉這条黒線」のあとに「搞掉這条黒線之後，還会有将来的黒線，還得再闘争」の字句を加え，またこの条の後に次のような一段を加えた――「過去十幾年的教訓是，我們抓遅了。毛主席説，他只抓過一些個別問題，没有全盤地系統地抓起来，而只要我們不抓，很多陣地就只好聴任黒線去占領，這是一条厳重的教訓，1962年十中全会作出要在全国進行階級闘争這個決定後，文化方面的興無滅資的闘争也就一歩一歩地開展起来了」。

これらの加筆によって，部隊紀要に対する軍の関与をはっきりと示し，また黒線との継続した闘争を強調している。そして毛沢東は，「陳伯達同志に参加してもらってさらに充実させ，手を入れてほしい」という指示まで出している。

3月14日に江青は毛沢東に手紙を送っている。2回目の修正はこの直後の3月

17日に行われた。2回目はかなり大幅に手を入れ加筆も多かった。全文は5500字から1万字ほどになった。重要な書きかえや加筆は次の通りである。

① 文芸黒線の代表的論点を具体的に書き加えた。
② 文芸批評の条に代表的な誤まった論点として具体的に書名を挙げて，徹底的に批判すべきだとする部分を加筆した。
③ 「文化革命也要依靠解放軍」を「文化革命解放軍要起重要作用」に書きかえた。

3月17日に毛沢東は江青に手紙を送り，また江青は3月19日に林彪に手紙を送っている。毛沢東の3回目の書きかえはその直後の3月24日かと思われる。

3回目の書きかえも基本的にそれ以前の2回と同様の方向性を示したものである。注目すべき点としては第七条の「在文芸批評」の部分の前に「使専門批評家和群衆批評家結合起来」の字句を加筆したことである。文革のなかで行われた，執筆チームによる批判の方向性を明確化した先導的な批判文とそれに続く大衆的批判というパターンがここに示されているといえよう。

このように毛沢東の3度にわたる加筆修正が行われ，中央文件として公布された部隊紀要であるが，1年後に『紅旗』や『人民日報』で公表されたものとは，字句や内容に20か所以上の変更がある。その主なものは次の通りである。

① 第一部分から劉志堅、謝鐘忠、李曼村、陳亜丁の名前が削除された。また「《毛沢東同志看了〈逼上梁山〉以後写給延安平劇院的信》和《毛主席同音楽工作者的談話》」が「《毛主席的有関著作》」に書きかえられた。
② 第二部分第二条の「在党中央的領導下」が「在毛主席為首的党中央的領導下」に，また「京劇改革」が「京劇革命」に書きかえられた。
③ 第三部分の10か条の施策がすべて削除された。

これらの変更は，軍の執筆チームに江青たちが地歩を固めていったことと関係があるだろう。1966年10月か11月頃に，毛沢東と江青の間に生まれた娘の李訥が蕭力の名で『解放軍報』に着任し権力を掌握していった。

劉志堅は1967年1月4日に「中央文革に対抗している」と批判され失脚し，1967年5月には李曼村や謝鐘忠も相継いで「文化大革命に反対している」との罪状で失脚している。

五　　人民解放軍

　部隊紀要はすでに見たように，1966年4月10日，中発(66)211号文件として公布されたが，一旦回収された後，範囲を限定して公表された。また中央弁公庁は4月15日に211号文件は党の刊行物に載せないようにという通知を出している。公表は1年後である。つまり部隊紀要の公表をめぐっては権力闘争があったわけであるが，このような時に部隊紀要の内容を伝えるのに重大な役割を果たしたのが人民解放軍の刊行物である。

　1966年4月初，『解放軍報』の責任者が部隊紀要の内容を社説の形で発表することを提案した。劉志堅は蕭華に指示を仰ぎ，蕭華の許可を得て，4月18日に社説が発表される。(17) その後この社説の内容を更に先鋭化させた高炬の文章も発表される。(18) 高炬は"高挙紅旗"から取られたペンネームで，執筆の中心となったのは康生と唐平鋳である。唐平鋳(1913—1985)は『解放軍報』内の数名から成る執筆チームの代表者である。唐平鋳は解放軍報社副編集長で，1967年1月に全軍の文化革命指導小組が改組された時にそのメンバーとなったが，まもなく批判され失脚し，文革後に名誉回復されている。

　文革以前から『解放軍報』内には二大派閥が形成されていた。これは軍の上層部の派閥から派生したものである。つまり羅瑞卿の指示を執行する総政治部主任・華楠編集長の一派と，林彪に忠実な唐平鋳や胡痴(1917—2001)の一派に分かれていたのである。(19)

　1966年4月の段階で，林彪に忠実な一派が『解放軍報』の執筆チームの主導権を握っており，『解放軍報』は部隊紀要が未公表の段階でその内容を伝えるのである。1966年4月18日の社説は，建国後の十数年にわたって黒線が存在してきたと，部隊紀要の内容を伝え，そして軍隊の文芸工作も程度の差の違いはあれ，黒線の影響を受けてきたとし，「この黒線を徹底的に断ち切らなければ将来も必ずやまた黒線が出現するであろう」と述べている。

　部隊紀要の精神を着実に実行するために，1966年4月，総政治部は北京で全軍創作工作会議を開催した。会議に参加したのは大軍区及び軍団の文化担当部長と

執筆スタッフで，その数は249人であった。『解放軍報』編集部からも数名が列席した。

この会議は「党中央と毛主席の配慮のもと，軍事委員会や林彪及び総政治部党委員会の直接指導のもとに[20]」進められた。会議終了の前に総政治部副主任の肩書きで劉志堅が演説を行っている。

ただ，この会議では部隊紀要と異なった意見も出された[21]。だが，反対意見あるいは疑問を提起した者は「反毛主席」「反党反社会主義」であるとして厳しく批判された[22]。『解放軍報』はこの会議を特別扱いで報道したという[23]。

人民解放軍主管の雑誌である『解放軍文芸』も部隊紀要に沿った誌面を構成していく。

もともと『解放軍文芸』は1966年2月号で周揚の演説を転載していた[24]。それが1966年5月号では一変する。1966年4月18日の『解放軍報』社説を転載するほか，二月綱要を批判した文章を転載したり，部隊紀要で批判されている映画の批判が行われている[25]。

1966年5月以降の『解放軍文芸』での部隊紀要に関係する主なものを挙げてみよう。

6月号では部隊紀要に沿った批判文の転載が中心であるが，そのほかに，部隊の作者によって『解放軍報』4月18日の社説に沿った批判文も発表され[26]，映画『抓壮丁』や『紅日』が批判されている[27]。

7月号（6月25日発行）では『解放軍報』、『人民日報』、『紅旗』の転載を中心に，部隊紀要に沿った批判が展開され，陳其通批判へと進んでいる。

8月号では総政治部文化部が7月上旬に文芸工作者座談会を開催したことを伝え，陳其通批判はその後ろ盾として周揚を批判することに進み，周揚が文芸黒線の総頭目として批判される。

これ以後，部隊紀要に沿った批判文や周揚批判の文章が多く発表される。そして1967年第7期（5月25日発行）[28]は毛沢東の文件の公表とともに社説を発表し，「わが軍の文芸工作も程度の差こそあれ，黒線の影響を受けた」と述べた。続いて1967年第8・9期合併号（6月15日発行）は部隊紀要を公表し，『紅灯記』『智取威虎山』『沙家浜』『奇襲白虎団』などの革命模範劇のシナリオも発表した。

六　　槍桿子と筆桿子

　すでに見たように部隊紀要の最初の草稿は劉志堅らによって執筆された。またその後の『解放軍報』の社説なども同紙の執筆チームによって書かれた。文革中には多くの批判文が発表された。個人名義で発表されたものもあれば社説という形で発表されたものもある。これらの執筆にかかわった者は筆桿子と呼ばれた。筆桿子は文革以前から存在したが，文革中は特に，権力を掌握した文章に依拠する政治家を指すこともあった。[29] 筆桿子は槍桿子と対になる言葉である。「槍桿子裏面出政権（鉄砲から政権がうまれる）[30]」と言うように，槍桿子は軍事力を表わし，筆桿子は文章、宣伝力を表わす。

　部隊紀要は筆桿子と槍桿子の結びつきをアピールしたもので，それは江青（筆桿子）と林彪（槍桿子）の政治的取引によるものである。[31] その時槍桿子のなかの筆桿子が協力し，文革中，総じて筆桿子が重要な役割を果たし，また重視されもした。

　部隊紀要には確かに毛沢東の関与が大きい。毛沢東の存在なくしては部隊紀要はありえなかったかもしれない。しかしながら，批判する側も批判される側も，党とそれによって建設される社会主義の未来を信じた。多くの人が無産階級という階級とそれを指導する党を信じ，その党は大衆に正しい方針を伝えるものであると信じた。正しいとされた思想を大衆に教育する手段として文芸を位置付けた時，大衆に一番訴える力を持ったのが映画であったから，誤まった思想を反映するとされた作品がかくも多く批判されたのである。「反党反社会主義」の批判は相手に反批判を許さないほど有効であった。しかし現実の多様性のなかで「反党反社会主義」はどのようにでも定義できた。その定義を文章化する能力にすぐれた筆桿子は，だから重要な地位を占めえた。

　文革後の部隊紀要の批判のなかで，軍の文芸工作者は文芸黒線専政はなかったが文芸黒線は存在したと述べた。[32] これは基本的に文革中の発言と同じである。文革中の『解放軍報』や『解放軍文芸』は部隊紀要に沿って文芸黒線の存在を指摘しそれを批判しているが，文芸黒線専政とは述べていないのである。

「文芸黒線専政」論は，革命思想と対抗するものとして文芸黒線が存在することを強調することに主眼があった。だから「専政」と言うものの，文芸黒線の存在を強調するだけで批判する相手に有効であったのである。

「文芸黒線専政」論は，思想がまだ大きな力を持ちうると人びとが信じ，そしてまた実際に思想が人びとを動かしえた時代であったからこそ出現し，そして力を持ったのである。

　注釈
（1）《林彪同志委托江青同志召開的部隊文芸工作座談会紀要》《紅旗》1967年第9期［5月27日］，《人民日報》1967年5月29日。
（2）　葛恒軍《大動乱前夕的政治勾結》邱石編《共和国軼事》経済日報出版社，1998年2月，第3巻（上）p.289。
（3）　陳東林、胡建華《両個中央文件的較量》夏杏珍主編《五十年国事紀要・文化巻》湖南人民出版社，1999年9月，p.325。
（4）　丁暁禾編著《狂飆──紅衛兵狂想曲［修訂本］》中共党史出版社，2006年3月第2版，p.4。
（5）　馬斉彬、陳文斌等編写《中国共産党執政四十年（増訂本）》（中共党史出版社，1991年5月第2版）では「1964年7月，毛沢東の指示に基づいた」とする。
（6）　譚宗級《〈五・一六通知〉剖析》譚宗級、鄭謙等《十年後的評説》中共党史資料出版社，1987年3月，p.6。
（7）　この批判文は下記の通り発表される。関鋒、林傑《〈海瑞罵皇帝〉和〈海瑞罷官〉是反党反社会主義的両株大毒草》《紅旗》1966年第5期［4月5日］，《人民日報》1966年4月5日。
（8）　注（3）の《両個中央文件的較量》に拠る。注（6）の《〈五・一六通知〉剖析》は2月13日とする。公布の日付が12日で，実際に公布されたのが13日ということかもしれない。
（9）　注（4）《狂飆──紅衛兵狂想曲［修訂本］》p.6。
（10）　公表されたのは《人民日報》1967年5月17日である。
（11）　注（1）《林彪同志委托江青同志召開的部隊文芸工作座談会紀要》。
（12）　劉志堅《部隊文芸工作座談会紀要産生前後》《中共党史資料》第30輯［1989年6月］。また，張天栄《部隊文芸工作座談会召開及〈紀要〉産生的歴史考察》《党史研

究》1987年第6期［11月28日］は，その大部分が字句から標点符号まで同じである。おそらく劉志堅の回想を整理したのが張天栄であろうと思われる。
(13) 厳寄洲《往事如烟——厳寄洲自伝》中国電影出版社，2005年10月，p.95。
(14) 応観《〈南海長城〉摂制風波》《大衆電影》2000年第9期。また，翟建農《紅色往事》台海出版社，2001年4月，p.13 を参照。
(15) 《建国以来毛沢東文稿》(第十二冊) 中央文献出版社，1998年1月，p.23-p.30。
(16) 盧弘《軍報内部消息》時代国際出版有限公司，2006年1月，p.149。
(17) 解放軍報社論《高挙毛沢東思想的偉大紅旗，積極参加社会主義文化大革命》。《人民日報》1966年4月19日転載。
(18) 高炬《向反党反社会主義的黒線開火》《解放軍報》1966年5月8日。《人民日報》1966年5月9日転載。
(19) 注（16）《軍報内部消息》p.35，p.407。
(20) 《総政治部召開全軍創作工作会議》《解放軍文芸》1966年7月号。
(21) 園丁《出籠後的〈解放軍報〉"文芸黒線専政"論》葉匡政編《大往事》中国文史出版社，2006年3月，p.105。
(22) 総政治部（1979年3月26日）《総政治部関于建議撤銷一九六六年二月部隊文芸工作座談会紀要的請示》中共中央文献研究室編《三中全会以来重要文献選編》（上）人民出版社，1982年8月，p.143。
(23) 注（21）《出籠後的〈解放軍報〉"文芸黒線専政"論》p.106。
(24) 周揚《高挙毛沢東思想紅旗做又会労動又会創作的文芸戦士》，原載は『紅旗』1966年第1期。
(25) 戚本禹《〈海瑞罵皇帝〉和〈海瑞罷官〉的反動実質》，原載は『人民日報』1966年4月2日。関鋒、林傑《〈海瑞罵皇帝〉和〈海瑞罷官〉是反党反社会主義的両株大毒草》，原載は『紅旗』1966年第5期。その他，管正之《決不容許篡改解放戦争的歴史》は長春映画撮影所制作の映画『兵臨城下』批判である。
(26) 転載された批判文とその原載は次の通り。
　・姚文元《評"三家村"》《紅旗》1966年第7期。
　・高炬《向反党反社会主義的黒線開火》《解放軍報》1966年5月8日。
　・何明《擦亮眼睛　辨別真仮》，《光明日報》1966年5月8日。
　・戚本禹《評〈前線〉〈北京日報〉的資産階級立場》《紅旗》1966年第7期。
　・《解放軍報》社論《千万不要忘記階級闘争》《解放軍報》1966年5月4日。
(27) 肖泉《拔掉反毛沢東思想的毒箭》，戴以達《為地主階級服務的壊影片》ほか。

(28) 文革で多くの文芸雑誌が停刊するなか『解放軍文芸』は引き続き月刊で刊行され、1967年第3期から半月刊となり1968年第10期（5月25日発行）で停刊した。

(29) 王徳春《愛人・同志　俗詞的文化意義》商務印書館（香港），1990年2月，p.36。

(30) 毛沢東《戦争和戦略問題》《毛沢東選集》第二巻，人民出版社，1967年5月北京4次印刷本，p.512。

(31) 注（2）《大動乱前夕的政治勾結》p.288。

(32) 魏巍等《徹底批判"文芸黒線専政"論，打砕"四人幇"制造的精神枷鎖》《解放軍文芸》1978年1月号。

韋君宜年譜

楠原　俊代

はじめに

　元人民文学出版社社長で、中国では「著名な作家」である韋君宜（1917～2002）の回想録『思痛録』が、1998年北京十月文芸出版社から、また2000年には香港の天地図書有限公司から刊行された（以下、前者を北京版、後者を香港版と略する）。『思痛録』は、韋君宜が1939年延安に赴いて以来の、搶救運動（緊急救出運動）から周揚の人道主義問題に関する論争のときの発言（「関於馬克思主義的幾個問題的探討」、『人民日報』1983年3月16日）にいたるまでの回想録である。

　韋君宜の名前は、『岩波現代中国事典』（1999年）にも採録されることなく、日本ではほとんど知られていない。2002年1月28日付『人民日報』に掲載された死亡記事「著名作家韋君宜逝去」によれば、その経歴は以下の通りである――1935年清華大学在学中に「一二・九」運動に身を投じ、その後中国共産党に加入。延安時代には党の新聞宣伝および青年工作に従事、1954年作家協会に異動、雑誌『文芸学習』『人民文学』主編。長編回想録『思痛録』、長編小説『母与子』『露沙的路』、中短編小説集『女人集』、散文集『似水流年』『故国情』『海上繁華夢』など、二百万字近くの作品を著した。

　韋君宜は「著名作家」とはいえ、作家として多くの作品を発表しはじめたのは、文革終了以後、60歳をこえてからのことであり、しかも人民文学出版社社長としての職責を果たしながら、その勤務時間外に執筆したものである。著述に専念できるようになったのは1985年末に引退してからであった。したがって韋君宜は作家であるというよりも、1936年5月抗日のためにわずか18歳で中国共産党に入党して以来、何よりもまず中共党員として生き、その生涯を中国革命に捧げたといえる。その韋君宜が書いた延安以来の回想録『思痛録』は、ひとりの女性革命家

の目を通して記された、約50年にもおよぶ中国共産党史、中国革命史でもある。韋君宜が『思痛録』を書き始めたのは、1976年四人組粉砕の前、周恩来逝去の前後という政治状況の極端に悪かった時期であり、それから1986年初めまでかかって執筆、1987年から88年にかけて編集。89年初め出版社に送付するが、98年まで出版できなかった。脱稿から約10年を要してようやく刊行されたのである。また香港版が刊行されたことによって、北京版では削除された部分があることも明らかとなった。北京版ではどのような箇所が削除されたのか。もっとも特徴的なのは毛沢東個人に対する批判とそこから出てくる中共批判、政策・運動の中身についての詳細な記述の部分である。(1)

　筆者はこの『思痛録』北京版と香港版を比較検討しながら、その全訳注を「韋君宜回想録」と題して、2000年1月から2007年3月にかけて同志社大学言語文化学会の紀要『言語文化』に12回にわたって連載した。この「韋君宜年譜」はその研究成果の一つであるとともに、日本学術振興会平成19年度科学研究費補助金（基盤研究（ｃ）「韋君宜から見た中国革命史再構築の試み——作家、編集者、革命家の視点から（課題番号：19520317）」）の交付を受けて行った研究成果の一部でもある。(2)

韋君宜年譜

1917年　12月10日（旧暦10月26日）、北京に生まれる。本名は魏蓁一、祖籍は江西省、後に湖北省建始県に移る。父は魏仲衡、清末に日本へ留学し、鉄道について学ぶ。中国同盟会会員で、日本留学中に孫文と知り合い、秘書をしたこともあったという。1913年帰国し、交通部に就職、北京鉄路管理学校でも教える。後に長春の鉄路局長に就任。母は司韻芬、湖北省沙市の人、挙人の娘、四女二男をもうける。韋君宜は長女、父の魏仲衡は女子も男子と同じようによく勉強しなければならないという考えをもつ、裕福で教育熱心な家に育った。母の司韻芬は結婚前に私塾で9年間学び、韋君宜と上の妹の蓮一の就学前には家で「琵琶行」「阿房宮賦」などの古典詩詞と『三字経』などを教えて暗唱させた。また家に家庭教師を呼んで、英語・古文などを習わせ、韋君宜は四書五経なども学んでいた。

1924年　北京から長春鉄路子弟小学校三年に転入。

1927年　北京に戻り、北京実験小学校六年に編入。

1928〜34年　魏仲衡は離職し、家族全員で天津のフランス租界に転居。韋君宜は南開女子中学一年に入学し、卒業するまで6年間学ぶ。仕事を辞めていた父は、絵を描き、アヘンを吸う以外に、韋君宜に古文と日本語を教えた。日本留学中の日本人同窓生の多くが政府の役人を務めていたため、魏仲衡は東北陥落後、彼らから鉄道部長に就任するよう請われた。また日本軍の北京占領後は通訳や役人になるよう求められたが、魏仲衡はいずれも断り、上海租界に身を隠し、占領期間中はいかなる仕事にも就かず、家賃収入で暮らしたという。

1934年　清華大学哲学系に入学（十級）。年末には校内の革命組織「現代座談会」に参加し、マルクス主義を学習しはじめるが、間もなく「現代座談会」は成立して半年で解散。

1935年　『清華週刊』第43巻「特約撰稿人」となる。夏休みに5人で日本の東京へ行き、「光明の路」を探す。東京では中国左翼文化人の活動に引きつけられ、日本に留まろうとするが、父や友人の反対で帰国する。

9月、「静斎六人組」（秘密の「社連」小組）に参加すると同時に、清華大学の「民族武装自衛会」の指導を受ける。12月、「一二・九」運動に参加する。この前後、処女作と第二の短編小説を天津『国聞週報』と天津『大公報』に発表する。

1936年　1月4日、平津学生「南下拡大宣伝団」に参加。16日、「南下拡大宣伝団」第三団が燕京大学に「中国青年救亡先鋒団」を設立、これは後に第一団、第二団の設立した組織とあわせて「中華民族解放先鋒隊」（略称「民先」）と総称される。韋君宜はその最初の隊員の1人。

間もなく蔣南翔（清華大学中文系九級）の紹介により、共青団（中国共産主義青年団）に加入、5月には中共党員となり、中共北平（北京）地下党の幹事となる。北平の「社連」「婦連」「民先隊」の工作に参加、大学の授業には滅多に出なくなって、ほとんど職業革命家のような生活を送る。

夏休み、山西省太原に行き、革命組織「犠盟会」（犠牲救国同盟会）に参加する。

10月、『清華週刊』第45巻「哲学欄」の編集者となり、同誌上に魯迅の追悼文や第三の短編小説を発表する。

1937年　7月、盧溝橋事件が勃発。事件後、天津の家に戻る。

8月28日、上の妹の蓮一と塘沽から広州行きの汽船「湖北号」に乗り南下、流浪する。青島で途中下船し、済南、太原から石家荘を経て漢口に到着。

10月下旬、漢口から長沙臨時大学に行って登録し、「臨大」文学院哲学心理教育系四年となる。この間、学業を捨て、武漢に行って抗日救国活動に参加することを決心。

12月、湖北省委員会が開催した黄安七里坪抗日青年訓練班に参加。このとき党との関係を回復し、名前を韋君宜に改める。

1938年　湖北省委員会から前後して襄陽、宜昌に派遣され、抗日救国工作と党組織の回復工作に従事する。新たに設立された中共宜昌区委員会において組織部長をつとめる。

秋、武漢にもどり、国民党によって解散させられた「民先隊」などの革命団体の回復工作に従事し、隊員を動員してゲリラ戦の準備をする。家からは、宣伝だけでは救国できない、大学を卒業してからでも救国はできると、頻繁に手紙が届き、ついには母が父の手紙を持って香港経由で武漢まで訪ねてきて、アメリカへの私費留学を勧められるが、聞き入れなかった。

10月20日、武漢陥落の前に韋君宜は汽船に乗って南下、武漢から沙市、宜昌を経て重慶に到着。その途中、恋人の孫世実が武漢で日本軍の爆撃によって死亡したことを知り、悲嘆に暮れる。孫世実（清華大学中文系十一級）は、当時、中共湖北省青年工作委員会委員、民族解放先鋒隊湖北省隊長、享年20歳。前には「北平学連」常務委員、中共宜昌区工作委員会書記。父親の孫本文は著名な社会学者で、南京中央大学教授。このとき韋君宜の上司の銭瑛（中共湖北省委員会組織部長、女性）は、韋君宜を白区にとどめて地下秘密工作はさせず、すぐに延安へ送ることを決定し、彼女に「延安に帰りなさい。延安は自分の家よ。きっと元気になるわ」と言った。

12月、党組織の手配で、成都から西安経由で根拠地延安に向かう。

1935年　1月初め延安に到着。中央「青委」（中央青年工作委員会）に『中国青年』の編集者として配属される。「青委」宣伝部長の胡喬木が『中国青年』総編集・中国青年社社長を兼任する。前後して「青委工作組」「西北青年考察団」に

参加し、安塞、晋（山西省）西北に行き、農村の「青救会」「婦救会」などの革命団体の組織工作と発展工作の情況を視察する。9月、延安に戻り、『中国青年』で編集者としての仕事を開始、同誌上に文章も発表する。

年末、「青委」幹部の蘇展と結婚。蘇展は盧溝橋事件が勃発するまで北京河北美専の学生。このとき「青委」は10組の集団結婚式を挙行、中共中央組織部長で「青委」書記を兼任していた陳雲が主催した。

1940年　7月、再び晋西北へ行き、『中国青年』晋西版の出版準備を行う。

8月19日、興県で開催された晋西青年第1回代表大会に参加、「青連」執行委員会が発足し、韋君宜は9人の常務委員の1人となり、宣伝部において『中国青年』（晋西版）の編集出版工作の責任者となる。宣伝部長は蘇展。

11月1日、『中国青年』（晋西版）第1巻第1期出版。

1941年　4月、晋西「青連」で10カ月工作した後、延安に戻る。晋西を離れる前に蘇展と離婚。延安では、『中国青年』（延安版）はすでに停刊、韋君宜は中央青年幹部学校で教える。

晋西での生活を経て韋君宜の文学創作は新たな出発点をむかえ、短編小説『龍』（1941年7月8日『解放日報』）、『群衆』（1942年8月2日『解放日報』文芸副刊）を発表、解放区の優れた作品と高く評価され、『龍』は、周揚編集の『解放区短編創作選』（1946・47年、東北書店）や新中国成立後の中学の国語教科書にも収められた。

9月、米脂に赴き、清華大学の同窓で当時米脂中学党総支部書記の楊述（当時の姓名は欧陽正、ペンネームは欧陽素、大学時代の名前は楊徳基）と結婚。結婚後、米脂中学で国語の教師となる。

1942年　2月、延安で整風運動はじまる。

米脂中学へ赴任後1年も経たずに、生まれたばかりの娘を連れて楊述と綏徳分区地区委員会宣伝部に異動し、地区委員会機関紙『抗戦報』の編集者、記者となる。楊述は同紙主編。

1943〜44年　綏徳で搶救運動に巻き込まれる。楊述は武漢陥落前に四川に入り、川東組織部長兼「青委」書記に就任、1939年、重慶で逮捕され、周恩来によって保釈された後、延安に到着。この経歴から「国民党特務」とされ、整風班に拘禁される。娘は2歳にもならないうちに夭折。44年下半期、楊述の「特務」のレッ

テルは1年あまりで外される。なお、楊述の兄（中共党員）は、1940年国民党統治区で国民党に逮捕殺害されている。

 1945年 年初、延安中央党校に異動、教務処幹事となる。

 2月、毛沢東が中央党校で「搶救運動」について謝罪する。韋君宜は強い正義感をもち、自由と理想を求め、自分のすべてを捨てて革命に参加した。しかし延安に来てから搶救運動に巻き込まれ、そのすべてが壊滅した。失望し、後悔し、延安から離れたい、共産党とともには歩めない、延安はもはや「われわれの家」ではなく、「家のない流民」になってしまった、と考えるようになっていた。ところが毛沢東のこの謝罪によって、みな共産党を許したのだという。

 8月、日本が降伏する。抗戦勝利後、延安新華社に異動、口語放送部（口語広播部）編集者、記者となる。

 1946年 3月、国民党が延安を爆撃、新華社の大部分の人員とともに瓦窰堡に撤退し、延安にかわって放送する。7月、国共内戦全面化。

 1947年 春、行軍隊列を編成して、陝甘寧辺区の瓦窰堡を出発し、晋綏辺区を経て山西を横切り、数カ月かかって晋察冀辺区の平山県に入る。

 9月、平山県の「土地改革工作団」に参加し、温塘区委員会委員に就任。当地で『晋察冀日報』に解放区で執筆した第三の短編小説『三個朋友』を発表、さらに『人民日報』（晋察冀版）にも転載。

 1948年 中国新民主主義青年団設立準備工作に参加し、『中国青年』復刊工作の責任者となる。12月20日、復刊後の『中国青年』第1期出版、韋君宜は編集幹事となる。

 1949年 1月、解放軍、北平入城。4月11日〜12日、中国新民主主義青年団が北平で開催した第1回全国代表大会に出席、団中央宣伝部副部長兼団中央機関誌『中国青年』総編集となる。楊述は団中央宣伝部長。組織は楊述を行政八級、韋君宜を行政十級と決定、俸給は2人合わせて約五百元にもなったが、質素な生活を送る。6月、娘の楊団誕生。10月、中華人民共和国成立。

 1950年 3月、反革命鎮圧運動はじまる。5月、映画『清宮秘史』上映禁止。

 1951年 年初、党中央宣伝部訪ソ代表団に参加し、訪ソ。5月、映画『武訓伝』批判はじまる。12月、三反運動はじまる。

1952年　1月、五反運動はじまる。

1953年　青年団から派遣された代表として、北京で開催された中国文学芸術工作者第2回全国代表大会（9月23日～10月6日）および中国文学工作者第2回代表会議に出席。

団中央から北京市文化委員会副書記に異動。楊述は北京市委員会宣伝部長。しかし韋君宜はこのとき、延安の『中国青年』編集者時代の社長であった胡喬木に、自分は文学が好きなのでもう少し適した仕事にかわれるよう尽力いただきたいとの手紙を出す。その結果、中国作家協会に転属、月刊誌『文芸学習』創刊準備を行い、作家協会党組成員となる。

この年、長男楊都誕生。

1954年　4月27日、『文芸学習』創刊、韋君宜は主編となる。10月、俞平伯の『紅楼夢』研究批判はじまる。同月、胡適批判はじまる。

1955年　2月、胡風批判はじまる。7月、粛反（潜行反革命分子粛清）運動はじまる。10月、『前進的脚跡』（『中国青年』誌上に発表された作品の一部、散文13篇）が中国青年出版社から出版される。

1956年　2月、ソ連共産党第20回大会でフルシチョフがスターリン批判を行う。5月、思想自由化の提唱（百花斉放、百家争鳴）。

1957年　6月、丁玲・陳企霞反党集団批判はじまる。反右派闘争はじまる。『文芸学習』は年末に第12期で停刊。この年、次男楊飛誕生。

1958年　1月、『人民文学』副編集に就任、その肩書きのまま、河北省懐来県花園公社楡林大隊へ下放。5月、大躍進政策はじまる。9月、鉄鋼大増産運動はじまる。11月、人民公社が成立。

1959年　早春、「二七」機関車工場の工場史『北方的紅星』（作家出版社、1960年）編纂工作に参加。8月、廬山会議で彭徳懐失脚。反右傾闘争はじまる。

大躍進政策の失敗により、61年まで3年つづいた「自然災害」がはじまる。61年までに、餓死者は四千万人以上。

1960年　作家出版社に転属し、総編集に就任。

1961年　4月、作家出版社は人民文学出版社に合併され、副社長兼副総編集に就任。このとき厳文井が社長に就任したが、彼は中国作家協会に出勤したため、

実際に社長としての業務を行ったのは韋君宜。人民文学出版社社長のポストは、57年に馮雪峰が右派として、また59年には後任の王任叔（巴人）が「人情、人性」について語ったため、免職になって以来、空席となっていた。

1962年　1月、七千人大会で大躍進政策は正式に停止される。

1965年　隊を率いて河南省安陽へ行き、「四清」工作隊に参加。11月、呉晗の『海瑞罷官』をめぐる論争はじまる。

1966年　4月、『燕山夜話』『三家村札記』への批判が激化する。5月、北京市委員会宣伝部長で鄧拓と友人だった楊述も批判される。楊述の罪名は「彭真反革命修正主義黒幇分子」「三家村黒幹将」。後に楊述は学部（中国科学院哲学社会科学部）に転属。

6月、「四清」の前線から呼び戻され、作家協会幹部とともに中央社会主義教育学院へ行き、プロレタリア文化大革命に参加する。人民文学出版社のなかで韋君宜はまず最初に批判闘争にかけられ、その回数は最多、規模も最大。走資派として打倒され、「三家村女幹将」などの冤罪を着せられて、精神病で倒れ、病床に臥す。病床にあった3年間は文革最悪のときで、参加できなかったことは幸い、病気が彼女の命を救ったともいわれている。また文革が始まってすぐ、長男の楊都は「黒幇」の出身だと殴られて、野原を3日間逃げまどい、家に帰らなかった。楊都はこのとき知的障害を負い、そのまま小学校も卒業できず今日にいたる。

1967年　5月、現代京劇『智取威虎山』など革命模範劇上演。

1968年　5月、于会泳、文芸における「三突出」を強調。

1969年　春、病状が好転し、娘を雲南省の辺境に送り、人民文学出版社の運動に参加する。9月29日、人民文学出版社幹部とともに湖北省咸寧の文化部五・七幹部学校に下放される。

1971年　9月、林彪事件。

年末、「走資派の誤りを犯した」幹部として解放され、咸寧五・七幹部学校人民文学出版社中隊の指導員となり、専案組に参加し名誉回復工作に従事する。

1973年　3月、幹部学校から人民文学出版社に戻り、指導小組成員となり、業務管理工作に従事。同月、鄧小平が副総理として復活。

1974～76年　かつて幹部学校で、将来もしも北京に帰ることができたなら、転

職する、文芸に携わらなければならないなら、せいぜい編集者にしかならず、絶対に一字も書かない、と「改造」中の同志たちに宣言していた。北京に戻ってからもそれを実行。しかし、一家は離散し、子供の1人は精神病となり、さらには多くの友人や同志が非業の死を遂げたという情況の中で、こんなことをしてはいけない、自分の見たこの10年の大災難を本に書こう、書かなければならないと密かに志を立て、長編回想録『思痛録』の執筆を開始する。最初の数章はこの時期に執筆、本書は86年に倒れるまでにおおむね完成し、89年に若干の補足が行われた。公然と執筆を再開したのは「四人組」粉砕後。

1974年　1月、批林批孔運動展開。

1975年　8月、毛沢東、『水滸伝』批判を指示。9月、第1回農業は大寨に学ぶ全国会議開催。11月、「右傾翻案風」（右からの巻き返し）に反撃する運動はじまる。

1976年　1月、周恩来死去。4月、第1次天安門事件、鄧小平が失脚。7月、唐山地震。9月、毛沢東死去。10月、「四人組」が逮捕される。

1977年　7月、鄧小平が復活。12月、胡耀邦が中共中央組織部長に就任し、失脚幹部の全面的名誉回復をはじめる。

1978年　11月、楊述が名誉回復。12月、中共11期3中全会、改革開放路線へ転換。3中全会の後、厳文井、韋君宜、屠岸の呼びかけと指導のもとに、人民文学出版社では現代文学編集室の編集者らが1カ月あまり集中的に、これまでストックしてあった30余の長編小説をもう一度読み直して討論し、確かな生活と生き生きとした思想が描かれたいくつかの佳作を選び、概念から出発し単純化・公式化・一般化されたその他の作品をすべて大胆に廃棄して作者に返却したという。

1979年　10月30日〜11月16日、北京で開催された中国文学芸術工作者第4回代表大会に出席し、作家協会第3期理事会理事と文連（中国文学芸術界連合会）第4期全国委員会委員に選出される。

1980年　2月、『女人集』を四川人民出版社から出版、短編小説17篇（新中国成立前、解放区で執筆された作品3篇、文革前の作品12篇、文革後、新たに書かれた作品2篇）を収める。

『文芸報』編集委員、『小説月報』顧問に就任。

9月27日、楊述が病逝する。

この年、アメリカ出版協会の招きに応じて、中国出版工作代表団のメンバーとして訪米。

1981年　2月、人民文学出版社総編集に就任。8月、『似水流年』を湖南人民出版社から出版、1935年～80年の散文作品22篇を収める。

1983年　2月、『老幹部別伝』を人民文学出版社から出版、1980～82年の中短編小説6篇を収める。10月、人民文学出版社社長に就任。精神汚染除去のキャンペーンがはじまり、周揚は自己批判を迫られる。この年、蒋南翔が主宰する中央党校『一二・九運動史要』編写組に参加し、主要な編集者として、2年半におよぶ編集工作を開始。

1984年　訪独、西ドイツのケルンで挙行された「中国新時期文学討論会」に参加。

1985年　1月、札記『老編集手記』を四川人民出版社から出版。8月、散文集『故国情』を天津の百花文芸出版社から出版。12月、長編小説『母与子』を上海文芸出版社から出版。年末に退職すると同時に、人民文学出版社編審委員会委員、専家委員会委員、雑誌『当代』顧問などに就任。

1986年　『一二・九運動史要』の編集は最終段階に入る。

4月21日、作家協会の座談会の席で突然脳溢血の発作を起こして倒れる。協和医院で一命を取り留めるが、半身不随となり、病床で字を書く練習を始める。謝冰心は、韋君宜は有能で上手い作家なのに、長年行政工作と編集工作で時間をとられ、やっとのことで退職して執筆しようとしたところ病気になってしまい、本当に残念だ、と述べたという。

秋、退院後、民営のリハビリ施設に入院する。病状がやや好転し、執筆を再開、民間リハビリ施設での生活を描いた散文「病室衆生相」を執筆。

1987～90年　リハビリと執筆を日課とする。この間、脳血栓や骨折で短期の入院治療を受ける。

1989年　4月、胡耀邦死去。6月、第2次天安門事件。

1991年　5月に中短編小説集『旧夢難温』を、8月には散文集『海上繁華夢』を、人民文学出版社から出版。

1994年　6月、長編小説『露沙的道』を人民文学出版社から出版。『露沙的道』は、『思痛録』第1章の姉妹編ともいうべき自伝的小説で、革命の聖地・延安における搶救運動や最初の結婚の失敗についても描かれている。

11月、脳梗塞のため協和医院に4度目の入院をし、以後退院することはなかった。楊団によれば、長編小説としては『母与子』『露沙的道』以外に、韋君宜は「一二・九」運動に関する作品を準備していた。延安時代にもいくらか書いていたし、86年に病気で倒れる前も、その後も構想を練っていた。草稿も残っている。当時学生運動に参加した人の今日に至るまでの運命、この世代の人びとの体験と、蔣南翔、于光遠、李昌などを含む各種各様の人物を書きたい、と何度も話していたが、残念なことに完成させることはできなかった、という。

1995年　8月、散文集『我対年軽人説』を人民文学出版社から出版。12月、『中国当代作家選集』シリーズ中の1冊『韋君宜』を人民文学出版社から出版。

1998年　5月、長編回想録『思痛録』を北京十月文芸出版社から出版（北京版）。

2000年　9月、香港の天地図書有限公司から『思痛録』海外繁体字版を出版、香港版では、北京版で削除された部分も印刷され、本文は一、二割増になった。

2001年　3月大衆文芸出版社から『回応韋君宜』を出版、『思痛録』に対するそれまでの社会的反響を編集し、韋君宜の出版されたすべての作品集の前書きと後書きも収録。

2002年　1月26日12時33分、協和医院で病逝、享年85歳。2月1日、八宝山革命公墓大礼堂で告別式。

注

（1）　詳細は、拙論「中国共産党の文芸政策に関する一考察——『思痛録』をてがかりに」、『中国近代化の動態構造』（京都大学人文科学研究所、2004年）375頁参照。

（2）　本稿は以下の資料にもとづき作成した。

韋君宜在線紀念館「活動年譜」（http://mem.netor.com/m/lifes/adindex.asp?BoardID=9319)、韋君宜『思痛録』、「一段補白」（『似水流年』）、「我的文学道路」（『海上繁華夢』）、「在銭大姐身辺成長」（『我対年軽人説』）、『韋君宜紀念集』（人民文学出版社、2003年12月）所収の楊団口述、郭小林整理「我為有這様的母親而驕傲」、宋彬玉

「記青少年時期的韋君宜」、蘇予「歲月有情」、許覚民「記韋君宜」、陳早春「我看君宜同志」、何啓治「夕陽風采」、常振家「一点歉疚」、文潔若「韋君宜——我的清華学長」、胡德培「累壞她了！——精誠奮鬪的韋君宜」など。

余華の戦略

中　裕史

一

　1990年代はある意味で中国文学の転換点であるということができるだろう。ある意味でというのは、ひとつには、作家がたとえば共産党の文芸政策を大なり小なり念頭においてものを書くという状況が一般的ではなくなってきて、代わって読者の存在を意識しながら創作するようになったこと、またもうひとつには、作家と読者あるいは視聴者の間に介在する者として、出版社やテレビ、映画の製作者、監督の存在感が増してきたことを踏まえている。

　中華人民共和国成立後の中国文学にあって、「読者と作家の頭上に五本の理論の刀がおかれた」といったのは胡風であった。この「五本の刀」とは、「完全無欠な共産主義世界観」などを指していったものであるが、その脅威のもとで、たくさんの作家が創作と発表の機会を奪われ、学術のレベルを超えた政治のレベルでの激しい批判にさらされ、闘争にかけられ、生命を失ったものも少なくなかった。

　しかし、文化大革命が終わって15年あまりを経過した90年代には、老体をおして南巡をおこなった鄧小平の指示をうけて社会主義下での市場経済化が進んでくるなかで、文学のあり方にも変容がみられるようになった。出版社にたいする共産党の指導がゆるやかになり、出版社の裁量の幅がずいぶんと拡がったし、作家協会に属さずフリーな形で活動する作家があらわれるようになった。もちろん、よく知られているように、莫言や衛慧、21世紀に入っても閻連科などのように、作家が発禁や一定期間の活動禁止などの処分をうけることはなおあるのだが、それでも90年代以前にくらべると、共産党の圧力は弱まり、「五本の刀」は、消失したとまではいえないにしても、「読者と作家の頭上」からかなり遠ざかったと

いうことはできる。

　そして、小説作品が映画やテレビドラマの原作となり、映画やドラマが人気を呼ぶと小説もまた売れるという相乗効果も90年代には広くみられるようになった。その濫觴は80年代の王朔であるが、さきに挙げた莫言も、小説『赤い高粱家族』を原作とした張芸謀監督の映画『赤い高粱』が88年にベルリン国際映画祭でグランプリを受賞してから注目をあびるようになった作家である。90年代でいえば、やはり張芸謀監督の『活きる』が94年にカンヌ国際映画祭の審査員特別賞と主演男優賞を受賞して作家としての注目度が高まった余華が、その代表といえるだろう。

　小論では、余華とその長編小説に焦点をあてて、90年代の文学とそれを担った作家が登場してきた背景について考察してみたい。まずは余華の経歴と彼にたいする評価のあらましをみておくこととする。

二

　余華は1960年4月3日に浙江省杭州で生まれた。両親は医者で、二歳年上の兄が一人いる。文化大革命の後、78年から歯医者として五年間働くが性に合わず、方向転換して作家の道を歩み始める。87年に『十八歳の旅立ち』を発表して名を知られるようになり、いわゆる先鋒作家としての位置を確立していく。90年代に入って実験小説の試みが下火になると、作風を転換して、ストーリーの一貫性や合理性を重んじた長編小説を書くようになる。そして92年に『活きる』を、95年に『許三観の売血記』を発表。ともに国内外から大きな反響を呼んだ。

　この二作品は香港や台湾で出版されただけでなく、アメリカやフランス、ドイツ、オランダ、ロシア、韓国、日本などの諸国で翻訳されている。1998年には『活きる』が、イタリアのグランザネ・カブール文学賞を受賞した。

　国内では、2000年に上海市作家協会が評論家100名による選考を経て発表した「90年代に最も影響のあった作家と作品」の十傑に、余華と上記二長編とが選ばれた。このうち作品十傑は、すべて『収穫』など上海で発行されている雑誌に掲載されたもので占められている。莫言と賈平凹が作家十傑に名を連ねていながら

その作品は選出されていないことからわかるように、この選考にはある種の意図的な偏向がみてとれる。上海以外の地域で発表された作品も選考対象に加えれば、結果はいくらか異なったものとなるだろうが、いずれにせよ、余華の二作品に高い評価が与えられていることは間違いない。

また、2005年に北京燕山出版社が、研究者およびインターネットを通じて読者に、20世紀を代表する中国人作家60人を選ぶアンケートをおこなったところ、余華は読者の強い支持をえて第10位に入っている。[6]

三

前述したように国内外で好評を得ている『活きる』と『許三観の売血記』の特徴について、ここで述べておこう。

『活きる』は、ひとりの農民の青年期から晩年にいたるまでの波乱にみちた人生を描いた作品である。主人公福貴が生きた時代は、国共内戦期から人民共和国の成立、大躍進、三年におよぶ大規模な自然災害、そして文化大革命へと続く動乱の時代であり、そのなかで福貴は両親、息子、娘、妻、娘婿、孫とつぎつぎに家族を失う。老人となった福貴は一頭の牛に自分の名をつけて、これを話し相手に晩年を送っている。

この作品の特徴として挙げておくべきはつぎのような点であろう。

まず、農民福貴の形象が魅力的である。もとは地主の倅だったが、賭博にこって父親の土地をすっかり失い小作人に転落してしまう。こうした人間的な弱さを感じさせる　方で、そのおかげで土地改革のさい地主として処刑されることを免れる幸運の持ち主でもある。一人また一人と家族を失っても、そのたびに悲しみを乗り越えて雑草のように生き抜いていく強さも福貴の魅力のひとつである。しかもこの強さは、表面から直接に感じられるものでなく、作品を読み進むうちに、福貴の内面にひっそりと根ざしていることがしだいに感じ取れるようになっている。

つぎに、福貴と家族の絆の強さが描かれている点である。息子有慶の学費を捻出するために里子に出した12歳の娘鳳霞が数ヶ月して逃げ戻ってきたとき、妻家

珍や息子は素直に喜びを表す。それをみた福貴も送り返そうとする決心が鈍ってしまう。それでも送り返すことにしたが、里親の家の近くまで行ったところで、あらためて娘の顔を眺め、娘の手に触れて気が変わり、娘を背負って家へ引き返す。

　家に着くと、家珍はおれたちを見てぽかんとした。おれはいった。
「家族全員飢え死にしたって、鳳霞はよそへやらねえ」
　家珍はニコッと笑った。そして笑っているうちに涙をこぼした。

　この他にも、福貴が病気になった妻をいたわることや、嫁にだした鳳霞が土地の風習にとらわれることなくわずか十日で婿とともに里帰りしてくると、福貴もそれからは三日にあげず娘に会いに町へ出かけて行くことなどが語られていて、福貴一家の絆の強さが印象付けられる叙述になっている。

　第三に、福貴とその家族に災難がつぎつぎにふりかかる点である。まず賭博で破産して小作人に転落し、それが原因で父親が亡くなり、妻も岳父に連れ戻される。母親が病気になり医者を呼びに行くとその途中で国民党軍に拉致されて従軍させられ、ようやく二年ぶりに家に帰ってみたら母親はすでに亡くなっていた。さらには息子や娘の医療ミスによる事故死、妻の病死、娘婿の工事現場での事故死、孫の不慮の死と、不幸が際限なく襲ってくる。『活きる』はいわば受難の物語である。

　第四に、受難の物語ではあるが結末には明るさというか、救いがみられる点である。家族をすべて失った福貴は、屠殺される寸前の老いた牛を購って連れ帰り、自分の名を牛にもつけて相棒にして一緒に耕作をする。牛とともに大地を耕す福貴は老いてはいるが、歌など歌いながら生き生きと働いている。そしてとある夏の日の午後、民間歌謡の採集に訪れた若者に自分の身の上を語って聞かせるのだった。

　第五に、現代中国の大きな社会的事件が背景として作品中にとりこまれている点である。「抓壮丁」として悪名高い国共内戦期の軍隊による拉致、土地改革のさいの地主の処刑、人民公社化や大躍進のさいの土地や食料、鍋、家畜などの供出と公共食堂の開設や製鉄運動、三年間におよぶ自然災害のさいの飢餓、文化大革命のさいの紅衛兵による「走資派」への暴行などが、福貴やその家族、友人な

どの周辺で繰り広げられる。

『活きる』では、こうした度重なる不幸にも挫けることなく、しぶとく生き続ける福貴の姿を福貴自身が肉声で語り、その物語を聞き手である民間歌謡採集者が読者に提示する形をとっている。この小説が読者の好評をえた原因には、上に挙げた五つの特徴の他に、主人公による語りの魅力を巧みに利用したこの叙述形式も数えることができるだろう。

つぎに『許三観の売血記』について検討してみよう。こちらは、工場労働者の許三観が己れの血を売って、結婚資金をつくったり、息子の不始末の尻拭いをしたり、病気になった息子の治療費をひねり出したりする物語である。余華は、この物語では人民共和国成立後から筆を起こして文化大革命後の時期までを扱っている。事あるごとに血を売って金をつくってきた許三観は12度目には売血を拒まれて悔し涙を流す。しかし、妻とともにお決まりの食堂で食事をして笑顔を取り戻すのであった。

『許三観の売血記』の特徴を以下に挙げてみる。

こちらでもやはり主人公の形象の魅力がまず挙げられる。許三観は長男が自分の子ではなく妻許玉蘭が結婚前に交際していた男との間に設けた子であることを知って、事あるごとに妻や長男に当たり散らすが、それでも実子として養育してやる。男気があるとも愚直であるともいえる人物である。その反面で、同僚の女工林芬芳と性的関係をもった結果として妻に弱みをにぎられてしまうなど、だらしない一面も持ち合わせている。

第二に、許三観と家族の情愛の深さが描かれている。許三観は長男一楽や次男二楽の苦境を救うために、自分の身体を損なってでもたびたび売血をする。一楽が病に倒れたとき、二楽は兄を背負って吹雪のなかを船着場まで歩いたり、兄のために同じ道をまた戻って毛布を取ってきてやったりした。文化大革命で「不貞」を批判された妻にたいして、許三観は家庭内で形ばかりの闘争大会をひらいて、それで済ませようとする。そのとき、長男が父親に本心を語る。

  一楽はいった。「ぼくはさっき一番恨んでいる人間のことをいったけど、一番愛している人もいる。一番はやっぱり偉大な指導者毛主席だけど、二番目は……」

一楽は許三観を見ながらいった。「父さんだよ」

　許三観は一楽がこういうのを聞くと、じっと一楽を見た。しばらくして許三観の目から涙があふれた。彼は許玉蘭にいった。

　「一楽がおれの子じゃないって誰がいったんだ」(7)

　第三に、許三観と家族は何度も苦境に陥るが、これを売血によってえた金で解決しようとする点である。一楽がよその子に大けがを負わせたときの治療代や、下放した一楽と二楽を少しでも早く帰してもらうための生産隊長への付け届け、重い肝炎にかかって生命が危ぶまれる一楽を上海の病院に入院させるための費用など、許三観はすべて血を売ってこれを作り、苦境を乗り越えたのだった。

　第四に、作品の最後が大団円で結ばれている点である。許三観は60歳をすぎて頭も白くなったがなお元気で、結婚してそれぞれ家を構えた三人の息子も土曜日になると妻子を連れて訪ねてくる。かつて血を売った後に必ず摂っていたブタの肝炒めと紹興酒が急に欲しくなった許三観は、今回は自分だけのために血を売ろうとするが高齢のゆえに断られてふさぎこんでしまう。しかし許玉蘭が夫を売血後に決まって通った食堂に連れて行き、かつてと同じものを食べきれないほど注文する。そして売血を拒絶した採血係の悪口をいいながら、にこやかに食事をする場面で終わっている。

　第五に、この一家に苦境をもたらす原因のひとつとして、三年におよぶ自然災害による飢饉や文化大革命が作中に取り込まれている点である。許三観が四度目に血を売ったのは、大規模な飢饉のなかで、一家五人が57日間もとうもろこしの粥ばかり食べて、どうにも空腹に耐えられなくなったときだった。文化大革命のさいには、長男と次男が下放させられてたいへんな苦労を味わったし、妻も結婚前の男関係をタネに「妓女」のレッテルを貼られて、頭を半分だけ剃り上げられる「陰陽頭」にされてしまったりした。

　『許三観の売血記』はこのように許三観一家の苦難の物語である。余華は、作家あるいはその代理者による三人称を用いた語りを極力回避し、対話形式を多用して登場人物の対話を中心にこの物語を進行している。

四

　このようにみてくると、『活きる』と『許三観の売血記』は同工異曲の作品だということもできそうである。主人公は、共産党員でも知識人でもない一般庶民であり、家庭のなかでは夫として父親として家族を支える存在である。そして家族に危機が訪れたとき、主人公は、あるいはじっと耐え忍んでやり過ごし、あるいは売血によってそれらを解決する。

　文化大革命後の中国の小説は、80年代前半までは、文化大革命やそれ以前の17年間を回顧してそれらの意味をあらためて確認しようとする「反思小説」や、改革・開放期における社会の進展ぶりを活写する「改革小説」などが文壇を賑わし、なおも一定の政治性や社会性をもっていたが、朦朧詩や「意識の流れ」によってその息吹を感じさせるようになっていた現代主義が、たとえば「精神汚染」批判のような共産党の文芸政策にそった規制とのせめぎあいを繰り返しながら、次第にその影響力を強めてきた。80年代後半には、「尋根小説」、「先鋒小説」と呼ばれる作品群が現れて、伝統文化のなかに沈潜してその再検討を訴えたり、叙述の可能性の開拓に精力を傾けたりするようになり、次第に社会主義を旗印とする載道文学の趣が希薄になりはじめた。そして80年代末から90年代に入って、「新写実小説」が流行するようになると、「民間化」や「日常化」、「個人化」といった現象が顕著にみられるようになった。

　余華はこうした傾向を巧みに作品のなかに活かしている。そして「長期にわたって主流文化に遮蔽されてきた、中国民間の苦難に立ち向かう精神の来源を見事に掘り出した」[8]のであった。また、上述したように、歴史的な事件をいくつも作中に取り込んでいるが、それらは主人公の人生の一コマとして、主人公にふりかかる災難のひとつとして機能している。

　余華と同じく、「90年代に最も影響のあった作家と作品」のどちらにも選ばれた王安憶『長恨歌』[9]も、40年代から80年代という時間の設定のなかで、大都市上海に暮らす王琦瑶というひとりの女性の人生模様を描いた長編小説である。このように、歴史の流れのなかに一般庶民を置き、主人公やその周囲の人びとの生き

方に焦点をあて、歴史を後景におしやる形の叙述は、莫言が80年代後半に抗日戦争期における造り酒屋の人びとの日常と戦いを綴った『赤い高粱家族』(10)によって切りひらかれた。余華は、88年から魯迅文学院で莫言らとともに研鑽をつんでいたことがある。『活きる』を書くにあたって、『赤い高粱家族』の叙述を念頭においたことは十分に考えられるだろう。

『活着』と『許三観の売血記』はこうした共通点をもつ一方で、当然のことながら相違点も見出せる。後者には前者にない設定や叙述が見られるのである。このうちで、性と暴力に注目してみる。

まず女性の性的な魅力を強調する叙述として、『許三観の売血記』の第1章に許三観の次のような言葉がある。

「おれはその桂花に会ったんだが、彼女のお尻はえらくでかかった。根龍、おまえ、お尻の大きいのが好きなのか」

それから、美女が男に犯されるという設定を第5章と第14章の2ヶ所で用いている。第5章は、許玉蘭がかつて交際していた何小勇に犯されたことを夫に告白する場面である。また、第14章は、許三観が足を負傷した同僚の女工林芬芳を見舞ったさいに彼女を犯す場面の叙述である。

許三観は林芬芳の太腿が短パンから出ているあたりを見ながら手でそこをつねって聞いた。

「太腿は痛くないのか」

林芬芳はいった。「太腿は痛くないのよ」

林芬芳の言葉が終わらないうちに、許三観はがばっと立ち上がった。両手は林芬芳の豊かな胸に向かった。

また、暴力を扱う場面としては、第7章で三楽が方鉄匠の三男とビンタの張り合いをし、挙句に長男までが引っ張り出されて喧嘩をする一段がある。

一楽は顔を上げて相手の頭の位置を見定めると、石をふりあげて思い切り相手の頭を殴った。相手は「わっ」といったが、一楽は続けて三度殴った。

相手は地面に倒れて鮮血がそこらじゅうに流れた。

牧歌的ななかに哲理的な奥行きを感じさせもする『活きる』と異なり、『許三観の売血記』にいささか卑俗な気分が漂うのは、こうした設定や叙述のゆえでも

あるだろう。この卑俗さは、『許三観の売血記』の10年後に発表した『兄弟』で、いっそう濃厚になっている。

五

『兄弟』[11]は上下2巻に分かれていて、余華の作品のなかで最も長い小説である。上巻は、文化大革命の時期を背景として、主人公李光頭少年が両親をなくすまでを、下巻は、80年代から21世紀初頭までを背景として、李光頭が商売で成功し大富豪にのし上がるまでを描いている。

『兄弟』では、李光頭の父親が女性便所を覗いていて肥溜めに落ちて死に、李光頭もまた14歳のときに女性便所を覗いて捕らえられるが、覗き見た美少女林紅の尻をネタにしてまわりの男たちに三鮮麵をおごらせる、という設定が採られていて、作品全体の調子がずいぶん卑俗なものになっている。もちろん、主要な登場人物が李光頭とその家族や近所の大人たちといった一般庶民であること、李光頭の義父宋凡平や母親李蘭の形象からは家族を愛し、家族を守ろうとする切ないほどの情の深さが伝わってくること、宋鋼と李光頭の二人は血こそつながっていないが実の兄弟以上に強い絆で結ばれていること、といった点には90年代の長編2作にみられた余華の特長が活かされている。また、文化大革命のなかで宋凡平が凄惨なリンチを受けて殺される場面では、『活きる』以前の先鋒小説に顕著な暴力の描写が存分につくされていて、社会や人間の内部に潜む粗暴さのエネルギーが噴出する有り様が余華らしい見事な筆致で叙述されている。しかし、上巻にみられる前述の設定や、李光頭の名を売らんがための全国処女コンテストの開催、ほしいままの女性関係などといった下巻の設定によって、女性の身体に関わる叙述の比重が大きくなっていて、それまでの作風とはいささか異なったものとなっている。

いわゆる性描写は、劉心武『クラス担任』[12]によっても知られるように、文化大革命の時期にあってはタブーであった。80年代半ばにいたって、張賢亮『男の半分は女』[13]以来、徐々に小説に採りいれられるようになってきて、20世紀末の衛慧『上海ベイビー』[14]で一気に広がりをみせた。こうした流れを踏まえて、余華は10

年ぶりの長編で新しい味を出そうとしたのだろう。そしてこのことに加えて、以下のいくつかの点からも、読者を意識した余華のしたたかな戦略をみてとることができそうである。

　何よりも、ストーリーの大枠として、李光頭少年が一文無しから身を起こして、さまざまな失敗を乗り越えながら、ついには中国屈指の大富豪にのし上がる、いわゆる成功譚を採用しているところに、余華の意図を感じることができる。また下巻で、李光頭が日本から、内ポケットに川端や三島といった文豪の名や中曾根や竹下といった政治家の名が入っている古いスーツを輸入して、それを町の人びとが争って奪いあう場面を設けたり、2005年の反日行動という、いわば最新の事件を組み込んだりしているのも、読者を意識した戦略の表れといえる。

　『許三観の売血記』以降の余華の活動を眺めてみると、90年代後半は、自己の創作や外国文学、音楽などをテーマにした散文を『読書』誌などに発表し、21世紀に入ると、上海文芸出版社と契約して2004年に全12冊の系列作品集を刊行している。また、この間、アメリカやヨーロッパ諸国を訪れて講演や朗読をおこなったりもしている。そうして、長編新作への読者の期待がふくらんだころに、満を持して『兄弟』を発表したのである。じっさい、上巻は2005年8月にいきなり20万部を刊行、同月にすぐ5万部を追加出版しているし、下巻も第一次印刷で30万部とたいへん好調な売れ行きを示している。これは、90年代の長編2作品が国内外で高い評価をえたのに加えて、市場経済化が進むにつれ作家に対する出版社からの圧力もあって作品発表のサイクルが短くなってきたなかで、10年ぶりの新作というのが読者の期待感をいっそう増したためだろう。

　余華のこうした、話題づくりを意識した長編創作は、どこにその契機を見いだせるのだろうか。さきに、映画の受賞によって余華への注目度が高まったと述べたが、張芸謀監督との出会いがひとつの転機となったものと考えていいようだ。

　張芸謀は『赤い高粱』以降、映画の原作をずっと小説に求め、蘇童、劉恒といった作家の作品を採用して、第5世代監督として高い評価をえるとともに、原作の評価を上げる点でも貢献してきた。その張芸謀が余華に注目した。最初に目を付けたのは『河辺のあやまち』[15]であったが、余華にすべての作品を読ませてくれと要求したところ、『活きる』の校正刷りが目にとまり、一気に読み通したそうで

ある。張芸謀がみた校正刷りは『収穫』に掲載される直前の7万字の『活きる』だっただろう。それから余華は張芸謀の求めを容れて大幅な加筆を施し、12万字の長編に仕立て直した。『余華作品集』に収められている『活きる』はこの加筆後のものである。

加筆の過程で、大躍進と3年に及ぶ自然災害、文化大革命の描写が組み込まれたのである。こうした歴史的大事件は、90年代以前には材料として扱うことがむずかしい素材であって、共産党の文芸政策との折り合いをどうつけるのか、どの程度の叙述ならば境界線から踏み出すことが許されるのか、「突破」を認められるのか、作家にとって神経をつかう問題であった。81年の白樺批判も83年の「精神汚染」除去の動きも、作家の「勇み足」に対して、共産党が発した警告であったからだ。余華は、主人公が乗り越えていく困難のひとつひとつを構成する要素として、政治性を強調する書き方を巧みに回避しながらこれらの事件を取り込んでいる。したがってこの加筆によって作品の主題や風格に変化が生じたわけではない。張芸謀はいう。

> 『活きる』がわたしの心を最も動かしたのは、中国人に備わっている、じっと堪え忍ぶことのできる強靱さとあくまでも生きることを求める精神が描き出されている点である。[17]

こうしてみると、余華はこの加筆によって自らの材料と主題を読者により興味深い物語として読ませることに成功したといえるだろう。先鋒小説からこの新しいスタイルへの転換、つまり一般庶民を歴史の流れのなかにおいてその人生模様を浮かび上がらせるスタイルへの転換には、映画の視点が加わったことが大きく作用しているのである。その結果、余華の叙述は、いっそう物語性を重視し、数十年というような時間の幅を設けて、随所に印象的な場面を盛り込んで劇的な効果を演出する方向に進んでいる。『兄弟』はこの流れのなかで書き上げられた。

余華のこうした戦略について、曹文軒は「形而下の材料を選び取り、形而下のなかに深く形而上のテーマを蔵していること」[18]という。この言葉は、先鋒小説後の新たな戦略を言い表していると同時に余華の今後の課題をも突いている。作品のなかに形而上のテーマをいかにして潜ませることができるか、これが余華の作品の成否を決定する鍵になってくるのではないだろうか。

注

(1) 胡風「対文芸問題的意見」(『文芸報』1955年第1期、第2期合刊別冊)。
(2) 『北京文学』1987年第1期。
(3) 『活着』(『収穫』1992年第6期)、『許三観売血記』(『収穫』1995年第6期)。
(4) 『活きる』は日本でも飯塚容氏による翻訳がある (角川書店　2002年)。
(5) 『文匯報』(2000年9月16日) によると、他に作家自身と二作品が十傑に選ばれたのは史鉄生で、作家と一作品が選ばれたのは王安憶、陳忠実、韓少功、張承志、張煒、余秋雨。莫言と賈平凹は作家十傑に選ばれているが、作品は入選していない。
(6) 世紀文学60家シリーズ『余華精選集』(北京燕山出版社　2006年) によると、上位5人は、魯迅、張愛玲、沈従文、老舎、茅盾の順で、当代作家では賈平凹が第6位に入っている。余華は読者による評価では第9位、総合で第10位となっている。
(7) 『許三観売血記』第25章。
(8) 陳思和主編『中国当代文学史』第22章「理想主義与民間立場」(復旦大学出版社1999年)。
(9) 作家出版社　1995年。
(10) 『紅高粱』は『人民文学』1986年第3期に掲載。『紅高粱』を含め系列五作品を収めた『紅高粱家族』は解放軍出版社から1987年に刊行。
(11) 『兄弟』上巻は2005年、下巻は2006年にともに上海文芸出版社から刊行。
(12) 『班主任』(『人民文学』1977年第11期)。
(13) 『男人的一半是女人』(中国文聯出版公司　1985年　また『収穫』1985年第5期)
(14) 『上海宝貝』(春風文芸出版社　1999年)。
(15) 『河辺的錯誤』(『鐘山』1988年第1期)。
(16) 『余華作品集』三巻本 (中国社会科学出版社　1995年)。
(17) 李爾葳『直面張芸謀』(経済日報出版社　2002年)。
(18) 曹文軒『20世紀末中国文学現象研究』第12章「終極追問」(北京大学出版社　2002年)。

「十月懐胎」について——余華から説き起こす

松 家 裕 子

　このときわたしは生まれてからいちばんたくさん瓜を食べた。立ちあがっていとまごいをしようとしたその瞬間、自分が妊婦のように歩きにくくなっていることに気がついた。そのあと、わたしはもう孫のいるひとりの女の人と戸口のしきいの上にすわりこんだ。その女の人はわらじを編みながら、わたしのために「十月懐胎」をうたってくれた。(1)

　　　　　　　　　　　　——余華『活着（生きている）』

　民謡を集めてまわる『活着』の枠物語の「わたし」は、余華その人と重なる。余華は高校卒業後、地元浙江省海塩の診療所づとめの歯医者になったが、二十三歳のとき、自らの意思で文化館員に転じた。文化館は、日本でいうと地方官庁の文化関連部署、郷土史館、図書館を合わせたようなところで、民謡や民間伝承の収集や整理をその重要な仕事の一つとしている。このよく知られた小説に「十月懐胎」が登場することを、多くの読者はおそらくさほど気にとめない。妊娠の歌をうたったのは、相手が大きなおなかを抱えていたからである。けれども、民謡を多く知る余華が冒頭の一段にこの歌の名を挙げたには、別に深い理由があるのではないか。

　本稿は、この「十月懐胎」について、以下の三種の資料に依拠して論じるものである。一　中華人民共和国政府による大規模な民謡調査の成果。これらは省級の『中国民間歌曲集成』（以下『歌曲集成』）および『中国歌謡集成』（以下『歌謡集成』）シリーズ、あるいは市県級の民間文芸シリーズとして公表されている。(2)　二　敦煌出土の講経文や近世以後の宝巻など、口承文芸の場から生まれて文字になった文学。三　筆者自身が浙江省蕭山における実地調査で聴き得た「十月懐胎」。(3)

　「十月懐胎」は「とつきとおか」の意で、妊娠した女性の月ごとの変化を一月、

二月、というようにかぞえうた方式でうたう。筆者が現在知るかぎり、北は東北から南は雲南・福建まで、東は沿海地区から西は甘粛・青海まで、漢民族の文化が近代までに広がっていたほぼ全域でうたわれている。けれども、それら相互の差異は、分布の広さから想像されるよりずっと小さい。

「十月懐胎」は、その形式から、五言を基調とするもの（以下「五言系統」）と七言を基調とするもの（以下「七言系統」）の二つに大きく分かれる。まず、五言系統からみてみよう。

第一章　五言系統の「十月懐胎」

陝西省安康の歌を挙げる。うたわれるときは、各月下二句が繰りかえされる。全十四段であるが、月名のない第一段と第十四段を省略した。

懐胎正月正	身ごもり迎える正月ついたち
奴家不知因	あたし　なぜだかわからない
水上浮萍	水の上の浮草みたい
軽軽扎了根	浅く浅く根を下ろす
懐胎二月多	身ごもり迎える二月のある日
実是不好説	ほんと　人には言いにくい
少年懐胎	まだ若いから　赤ちゃんできたら
臉是臉皮薄	なんだかとても恥ずかしい
懐胎三月三	身ごもり迎える三月三日
茶飯不想貪	飲みもの食べもの　ほしくない
心想奴的丈夫	心に想う　お願い　あんた
単另作碗飯	ご飯はひとりで別に作って
懐胎四月八	身ごもり迎える四月の八日（松家注：灌仏会の日）
娘娘廟把香	女神の廟へお参りに
保佑奴家	どうかあたしを守ってください
生一箇胖娃娃	まるまる太った赤ちゃんを　ぶじに生むこと　できますように
懐胎五月五	身ごもり迎える五月の五日

奴家懐得苦	あたしとってもしんどいわ
想吃酸梅子児	すっぱい梅が食べたいな
取箇二十五	二十と五つ　取ってきて
懐胎到六月	身ごもり　六月になりました
三伏天気熱	季節は三伏　とっても暑い
心想奴的丈夫	心に想う　お願い　あんた
単另開鋪歇	夜はひとりで別に寝て
懐胎七月半	身ごもり迎える七月半ば
扳起指頭算	指を折り折り
算来算去哟	何度もかぞえてみたけれど
還有両月半	これから　まだあと二月半
懐胎八月八	身ごもり迎える八月八日
拝上爹和媽	実家の父母に　ごあいさつ
多喂些鶏子	鶏　たくさん増やしといてね
奴家落月吃	あたしが　産後に食べるため
懐胎九月九	身ごもり迎える九月の九日
奴家懐得愁	あたしとってもつらいのよ
娃娃在肚子裏	赤ん坊が　お腹の中で
打了箇翻跟頭	でんぐりがえり
懐胎十月一	身ごもり迎える十月一日
娃娃降下地	赤ん坊　この世に生まれてきた
是児是女哟	男　それとも女の子
給我快揀起	早くあたしに抱っこをさせて

（『歌曲集成』陝西巻、通し番号（以下同）1136「大懐胎」、

歌：邱紅貴、記録：王鑾光）

　五言句を基調とし、各月が一段四句でうたわれる。各段は第一句、第二句、第四句で押韻し、一段ごとに換韻している。歌の内容を月ごとにまとめると、[一月] なにが起こったかよくわからない。浮草のように浅く根を下ろす。[二月] はずかしくて言いだせない。[三月] 飲みもの食べものがほしくない。（夫に、食

事は別に作ってほしい。)［四月］女神にお参りし、出産の無事を祈って願をかける。［五月］すっぱい梅が食べたい、(二十五)個取ってほしい。［六月］三伏で暑い。夫に、床を別にしてほしい。［七月］指折り数えてあと二月半。［八月］(実家の父母に挨拶、)鶏を増やしておいてほしい。［九月］つらい、赤ん坊がお腹の中ででんぐり返る。［十月］出産、女か男か。(早く抱かせてほしい。)

　これらのうち、(　)部分以外は、うたわれる月に多少のずれはあっても、多くの五言系統の「十月懐胎」と共通するものである。これらのほか、よくうたわれるのは、［妊娠初期］病気になったのではないかと思う、［妊娠後期］実家の母を呼びよせてほしい、［全期間］身体がだるい、動きにくい、家の仕事がしにくい、などのことがらである。夫への要求は、安康の歌では「心想」がついているが、むしろこれがつかず、直接語りかける形になっていることが多い。早く帰ってきて、床は別にして、のほか、食べたいものを求める句が多く、梅以外に、梨、水大根、氷砂糖など、地方によって異なるものが入ることがある。

　人々の生活のもっとも近いところにあり、地方性豊かであるはずの「十月懐胎」が、地理的な隔たりを越えて共通する形式と内容をもつ、逆に言えば、似かよった「十月懐胎」がこれだけ広い範囲でうたわれているということは注意に値しよう。

　「十月懐胎」は妊娠の喜ばしさをうたわず、はずかしい、つらい、だるい、暑いなど、負の面が前面に出るのが大きな特徴で、しかも内容はかなり具体的である。妊婦は、「奴家」(また「奴」「奴奴」「小奴」)という一人称の主語で登場し、夫に「～が食べたい」「寝床は別に」と求め、実家の父母には「鶏を増やして」と頼んで、たくましい。これらの歌は、妊婦がこうした要求のできる社会、あるいは要求をしてもよいと考えられている社会から生まれたということになる。

　五言系統の「十月懐胎」は、どの歌も注記などがなく、どのような場でうたわれたのかわからない。ただ、娯楽としてうたわれうるものであったことは確かである。湖北省浠水の「2006年旧正月交歓の夕べ(春節聯歓晚会)」で、現地で人気が高いという農村の女性アマチュア歌手、周菊波さんが、「十月懐胎」をアカペラで熱唱する動画と音声が、インターネットで配信されていた。(4)しかし、似た内容の歌が広くうたわれていたのは、この歌が娯楽にとどまらない、なんらかの機

能をもっていたからではないだろうか。そうだとすれば、それは、内容が具体的で妊婦から夫への要求がみられることから、若い世代の女性そして男性に妊娠のあれこれを教える、教育的機能だったと考えられる。「赤ちゃんは何ヶ月で生まれるの」と妊婦が問う歌もある(『歌曲集成』山西巻999・河北巻650・内蒙古890)。日常のことばで表現しにくいことも、歌にすれば伝えられる。甘粛省慶陽の歌には次のような一段がある(5)。

　　懐胎二月二呀　　　身ごもり迎える二月のふつか
　　丈夫常上身　　　　夫がしょっちゅう乗ってくる
　　叫一声奴丈夫　　　ひとこと言わせて　ねえあんた
　　時時要小心　　　　いっつもちゃんと気をつけて

「十月懐胎」が、人々に知識と笑いの両方をもたらしたことをうかがわせる。
「十月懐胎」が教育的機能をもっていたことについては、これを示す注記が『歌曲集成』湖北巻にある。応城の歌(0287。歌：謝志英・楊群青・陳宜玲、記録：馮丹)に付されたもので、ただし歌は七言系統である。結婚した女性に、年かさの女性がうたってきかせるもので、菩薩に相対して合掌し、「南無阿弥陀仏」と唱えながらうたう。また、女性たちが糸紡ぎや靴作りをしながらうたうこともあるという。

しかし、七言系統の「十月懐胎」は、また別の機能をもっていた。そして、余華が聴いたのは、おそらくこちらのほうである。

第二章　七言系統の「十月懐胎」

余華ゆかりの海塩の歌を挙げる。一月六句、計六十句のあと、さらに出産後の育児について二十八句うたう長編なので、節録する。比較対照のため、同じ浙江省の寧海の歌に類似する表現のある句に＊を付し、その歌詞を［　］に記した(6)。

　＊母親懐胎一月初　　かあさま身ごもる　一月はじめ［娘受懐胎一月初］
　＊未知腹内是如何　　お腹のなかの　ことも　わからず［異同なし］
　＊猶恐自己成了病　　さては病気になったかと［唯恐自身生疾病］
　　一見娘親泪如梭　　実家の母に会ったなり　涙ぽろぽろ流れ出す

只当身手依如旧	いつものとおり　仕事をこなし
不覚光陰一月初	知らないあいだに　一月はじめ
（二月略）	
＊母親懐胎三月来	かあさま身ごもる　三月に［娘受懐胎三月来］
＊毎日無心照鏡台	日ごと　鏡に　向かう気もせず［終日無心対鏡台］
＊紅粉不搽花不挿	かんざしつけない　化粧もしない［粉不搽来花不戴］
＊面盆香皂各分開	洗面器と化粧石鹸　離ればなれ［針線箱子懶得開］
＊一双繍鞋穿不得	刺繍のくつもはけません［一双繍鞋親不得（五月部分）］
＊脚酸手軟歩難開	手足がしびれて　歩きにくい［脚虚乳腫歩難移］
（四月略）	
＊母親懐胎五月正	かあさま身ごもる　いましも五月［娘親懐胎五月余］
＊未知男女心不寧	男か女か　落ちつかず［未知男女腹中因（四月部分）］
＊臉黄肌痩精神少	顔はやつれて黄色くなって生気なし［面皮黄痩似骷髏］
開口就想吃点心	口を開けば　食べたくなるのは　ただ点心
児在腹中吃娘血	息子は　お腹で　かあさんの血を飲んでいる
一天到晩昏沈沈	一日　夜まで　頭　ぼんやり
＊母親懐胎六月中	かあさま身ごもる　六月に［娘受懐胎六月中］
＊夏天乗涼拍蚊虫	夏は涼んで蚊をたたく［夏天時節怕蚊虫］
乾来不吃涼温水	いくらのどがかわいても　さめた水は　口にせず
＊熱来不敢扇涼風	暑くても　扇いで身体を冷やさない［熱時不敢扇揺風］
棉衣細布穿不得	綿の服は着られない
焼茶煮飯歩難行	だいどこ仕事も　歩くのつらい
（七月・八月・九月略）	
＊母親懐胎十月整	かあさま身ごもる　きっかり十月［娘受懐胎十月圓］
孩児分娩要当心	こどもが生まれる　気をつけて
若有三長並両短	もしものことがあったなら
＊娘親一命保不成	かあさま　いのちが　危なくなる［娘児性命霎時間］
＊分娩好比鬼門関	出産まさに鬼門関［分明行過鬼門関（七月部分）］
＊快刀割去我心肝	よく切れる　刀がわたしの心肝を斬る［快刀割腹取心肝］

「十月懐胎」について——余華から説き起こす 429

（十八句略）
前有井来後有河　　前に井戸あり　裏に河
又怕高低路不平　　道の上下も　心配の種
（六句略）
児在腹中十個月　　息子　身ごもる　とつきのあいだ
一番苦心可知情　　つらい思いをたれが知ろ（歌終）

（『浙江省民間文学集成　嘉興市歌謡、諺語巻』（1991年）、「十月懐胎」
歌：周関文、男性、当時四十六歳、最終学歴小学校、海塩県長川壩郷
農民、記録者：顧希佳[7]、記録日時と地点：1981年9月海塩県文化館）

　ここでは三人称の「母親」あるいは「娘親」が主語である。妊娠の負の面がう
たわれるのは五言系統と同じだが、妊婦にたくましさはみられず、歌の基調も暗
い。海塩と寧海の歌にはこのように類似の表現が多いが、これら二首だけでなく、
七言系統の「十月懐胎」全体が、三人称の母を主語とし、類似の句を多く含み、
五言系統にくらべて陰鬱である。

　ふたつの「集成」の既刊分に収録されている「十月懐胎」全体でみれば、歌の
数は五言系統が圧倒的に多いが、江西、安徽、浙江、福建など中国の東南地域に
かぎると七言系統が多く、浙江では、筆者が歌詞をみた十二首のうち、十一首が
七言系統である。浙江の歌はとくに内容が陰鬱で、出産はしばしば死にかかわる
比喩で表わされる。海塩の歌では「娘親一命保不成、分娩好比鬼門関」の一句だ
が、寧海の歌では「阿娘唯恐見閻羅」「多少娘親帰地府」「不知死活若何能」「分
明行過鬼門関」「阿娘生命死中留」「幾乎一命喪黄泉」の六句にのぼる。一個の生
命の誕生をうたう歌に、死の影が濃いのはなぜか。出産で生命を失う女性が多かっ
た、というだけでは説明しきれない問題が、おそらくここにはある。

　七言系統の「十月懐胎」が葬送儀礼でうたわれることがあることを、いくつか
の資料から知ることができる。澤田瑞穂「十恩徳と十報恩」には、台湾の葬送儀
礼で僧侶が「十月懐胎」をうたっていたと記されている。[8]『歌曲集成』では、湖
南省華容の「十月懐胎」の題下に「喪鼓」（湖南巻1036）、江西省遂川の「懐胎歌」
の題下に「喪事歌」（江西巻1033）、とそれぞれ表示があり、後者には女性の棺の
周りを回る儀式のときに歌う、と注記もされている。浙江の蕭山の実地調査で

「十月懐胎」をうたってくださったのも、プロのお葬式の歌うたいの方だった。蕭山では、現在も女性の葬式で「十月懐胎」が盛んにうたわれている。歌い手のひとりの男性は、1994年に葬式の花輪屋を開いたが、それだけではもうけがあまりないので、葬式の（灯明の）点灯師と歌うたいをはじめた、歌は、紹興の白馬寺の尼さん（当時九十三歳、目が見えない）について習い覚えたという。歌は月令式ではなく、「一報、二報」とうたう。その一部を挙げる。[9]

三報親娘行動呀苦	三つ報いん　からだ動かす　そのつらさ
娘呵娘　儂四肢無力脚発腫	おかあさん　手足は萎えて　足むくむ
那時節　三餐菜飯無知味	あのときは　三度の食事　味もなく
我害娘親　面黄肌痩少精神	わたしのせいで　顔色悪く　痩せて元気なく
（中略）	
九報我親娘養児呀苦	九つ報いん　おかあさん　息子を育てたその「苦労
娘呀娘　儂揩水揩屎不離身	おかあさん　大小便が身体にしみつく
那時節我口口都吃娘心血	あのときにわたしが口にしたものは
	みなかあさんの血でしたね
娘呀娘　我孩児長大是靠親娘	おかあさん　大きくなったはあなたのおかげ
十報我親娘養我呀大	十で報いん　育てて大きくしてくださった
娘呀娘　儂冷冷熱熱記在心	おかあさん　暑さ寒さを気にかけて
燥席燥被譲我睏	さらりと乾いたふとんに寝かせてくださった
天花瘄子娘当心	発疹には怖い病気を警戒し
河頭水辺娘留神	川岸　水のほとりでは溺れぬように気を配る
夏天怕我蚊虫叮	夏になれば蚊に刺されぬかと心配し
冬天抱我去孵暖	冬になれば抱っこでわたしを暖めた（後略）

「四肢無力脚発腫」「三餐菜飯無知味」「面黄肌痩少精神」は、同一あるいは類似の句が他の「十月懐胎」にもしばしばみられる。「面黄」の句は海塩の歌とまったく同じである。九報以下、蕭山の歌は養育の恩をうたうが、そこに言う「口口都吃娘心血」「夏天怕我蚊虫叮」と同じ内容が、海塩や寧海の歌では妊娠中のことがらとして歌われていた。「河頭水辺娘留神」は海塩の歌の養育の恩をうたう部分に同内容の句がみえる。

「十月懐胎」について——余華から説き起こす　　431

「十月懐胎」が敦煌出土の歌謡「十恩徳」や「父母恩重経講経文」と深いかかわりをもつことは、前掲澤田論文で早くに指摘されている。これらの敦煌文書が「十月懐胎」の語を多く含むこと、「十月懐胎」と全体に内容が似通うこと、十までのかぞえうた形式をもつこと、がその根拠とされている。しかし、それだけではなく、歌詞の細部においても両者は類似する。北京8672（河字十二号）の「父母恩重経講経文」を挙げよう(10)（節録）。

　　十月懐躭弟子身　　十月のあいだ　わたしのこの身をみごもられ
　　晝夜恰如持重擔　　昼も夜も　まるで重荷を持つように
　　翠眉抛臉潜移改　　黒い眉　美しい顔　知らぬあいだに衰えて
　　曠色萎黄暗裏来　　顔色も　いつしか黄色くあせる
　　行亦愁　座亦愁　　動くもつらく　止まるもつらく
　　懐躭十月抵千秋　　十月があたかも千秋のよう
　　　（中略）
　　阿嬢消痩如花兒　　おかあさま　花のかんばせ　瘦せさらばえ
　　變化萎黄疾病多　　黄色くやつれて　病気ばかり
　　雲鬢不梳経數月　　豊かな黒髪　もう何か月も梳かさぬまま
　　鳳釵抛擲如閑事　　髪のかざりもほったらかし　どうでもいいといったふう
　　　（中略）
　　百般美味不形相　　あれやこれやのおいしいもの　味のないのとかわりなく
　　是種珎佟不嘗啜　　どんな珍味も口にせず
　　甘甜縱喫如黄檗　　甘いものを食べてさえ　黄檗と同じ苦さに感じるしまつ
　　口苦舌乾不欲喰　　口は苦く　舌は乾いて　食欲なし
　　懐躭十月臨將臨　　十月がたって出産のとき
　　苦切之聲不忍聞　　苦痛の声は聞くに忍びず
　　千廻念佛求加護　　一千回念仏唱えて加護求め
　　万遍燒香請世尊　　百万遍　焼香をして　世尊に願う
　　將臨十月怯身災　　十月目の出産のとき　その身は滅ぶかと
　　祇怕无常一念催　　死神がしきりに誘い　ただ恐ろしい
　　　（中略）

甘甜美味与児飡	甘いものおいしいものは子に与え
苦澁一般母自喫	苦いもの渋いものは　母が自分でみな食べる
忍熱忍寒那思倦	（子のために）暑さ寒さに　厭わず耐えて
抱持起坐㤀苦辛	子どもを抱けば立つも座るも　苦労を忘れ
廻乾就濕是尋常	（子が寝るために）乾いた場所を空けてやり
	湿った場所には自分が寝るのは　いつものこと
乳哺三年非莽鹵	乳を与える三年間　よもやおろそかにすることなし

(後略)

　ここには、病気のよう、重い荷物をもつよう、化粧やおめかしをする気にならない、食欲がない、子どもにおいしいものを食べさせる、暑さ寒さを気にかける、など、「十月懷胎」に多くみられる内容が並んでいる。とくに、やつれることについて、「曠色萎黄暗裏来」「變化萎黄疾病多」というのは「十月懷胎」の「面黄肌瘦少精神」に、子どもを乾燥したところに寝かせることについて「廻乾就濕是尋常」というのは、同じく「燥席燥被讓我眠」に似る。またペリオ2418の「父母恩重経講経文」では、経文あるいは散文に「母の白い血を飲む（飲母白血）」の句が数回みえ、韻文に「河に近づくと落ちて波に飲まれて死ぬことを心配する（臨河恐墜清波死）」の表現があるのは、それぞれ「十月懷胎」の「児在腹中吃娘血」と「河頭水辺娘留神」によく似る。敦煌の講経文はどのようにして「十月懷胎」とつながったのか。これをあとづけるのはなかなか困難であるが、中国の講唱文学を考える上で無視できない重要な問題であろう。[11]

　近世以後の唱導文芸である宝巻になると、「十月懷胎」との関係はさらに直接的で、「十月懷胎」が宝巻そのものとされることも多い。蕭山の「十月懷胎」は、歌い手本人による手書きの「経本」に「十月懷胎宝巻」と題名が付され、「懷胎宝巻初展開、親男親女忙下跪（懷胎宝巻はじまれば、息子むすめがひざまずく）」の句から歌い起こされる。『歌謡集成』浙江巻にみえる安吉の七言系統の「十月懷胎歌」には、「この歌のもとの名は『世界宝巻』で、またの名を『功曹宝懺』、俗名を『十月懷胎宝巻』という。全省に流布しており、抄本がある。」と注記されている。

　『十月懷胎宝巻』と題される宝巻は、刊本二種、抄本一種、石印本三種が現存

し、このうち、聚文斎刊本と抄本は筆者の手元に写しがある。聚文斎刻本はまた「新刻」の二字が冠せられている。抄本には「瞿倍霖抄」と記されている。いずれも日付けや地名は記されないが、刊本は車錫倫の目録およびこれを所蔵する復旦大学のカードに清代のものであると記されている。またこれとは別に全葉の版心に「懐胎巻」の字がみえる宝巻がある。見開きの題目は『二十四孝報娘恩』であるが、中に内容、形式ともに「十月懐胎」に当たる部分を含む。これらはみな「十月懐胎」の宝巻であるが、歌詞は相互に異なる。ただし、聚文斎本については、先に挙げた寧海の「十月懐胎」と、校勘可能な程度の異同を含みつつ、歌詞がほとんど同じである。寧海の歌は、読み書きのできない歌い手がうたっている。

「十月懐胎」は土地ごと歌い手ごとに多くのヴァリエーションをもちながら、その内容はかなりの程度共通し、はるか敦煌の講経文も類似の表現をもつ。また、文字を知らない歌い手のうたった歌詞と刊本の歌詞が同じである。これらのことからは、口承か書承か、さらには、口承が優位が書承が優位か、といった、あれかこれかの問いでは解けない、唱導文芸における口承と書承との複雑なかかわりがうかがわれる。

むすびにかえて

七言系統の「十月懐胎」は、基調が暗く、死にかかわる表現が多くみられ、その中にはもっぱら葬送儀礼でうたわれる歌もある。そして、理由は今のところわからないが、七言系統の「十月懐胎」は中国の東南地区に多く、とりわけ浙江の歌が暗鬱である。そこに表われるのは、つまり、自分がこの世に生を受けたそのことが母親を害したのだという、一種の原罪意識である。蕭山の歌は、一報ごとに、「(我)害娘親（わたしがおかあさんを傷つけた）」の句が挿入されて、とくにそれが顕著であった。

中国民間には女人受苦の話も数多い。なぜ、母はつらい目にあい、死ななくてはならないのか。それは、中国の文化史の最も大きな問題の一つであるに違いない。

『活着』は、主人公福貴をとりまく多くの人々の死によって、福貴が「活着

(生きている)」ことを描く。中でもきわだつのが、福貴の息子有慶と、妻家珍、そして娘鳳霞の死である。

> わしの娘も息子も子どもが生まれて死んだ。有慶が死んだのは人様が子どもを生んだからで、鳳霞が死んだのは自分が子どもを生んだからだ。
>
> ——『活着』

　余華の作品が死と深くかかわるのは、医者である父母のもとで、多くの死を見て育った生い立ちによることはよく知られている。しかしおそらくそれだけでは『活着』は生まれなかった。人を生むことと死ぬことがひとつになった「十月懐胎」は、現実の死を文学にするための示唆を、余華に与えたに違いない。「十月懐胎」は、だから「十月懐胎」でなくてはならなかったのだ。

　　注
（１）　『収穫』1992年第6期による。紙幅の都合で『活着』の原文は割愛した。翻訳は松家による。
（２）　『中国民間歌曲集成』については、山西巻、内モンゴル巻、甘粛省、寧海巻（以上人民音楽出版社、出版年は割愛、以下同）、北京巻、上海巻、天津巻、河北巻、遼寧巻、吉林巻、黒龍江巻、陝西巻、青海巻、新疆巻、山東巻、江蘇巻、安徽巻、浙江巻、江西巻、福建巻、河南巻、湖北巻、湖南巻、広西巻、四川巻、貴州巻、海南巻（以上中国 ISBN 中心）、広東巻（民族民間文芸発展中心）を閲した。『中国歌謡集成』については、広西巻（中国社会科学出版社）、上海巻、河北巻、吉林巻、甘粛巻、寧夏巻、江蘇巻、浙江巻、江西巻、河南巻、湖南巻、四川巻、雲南巻、チベット巻、海南巻（以上中国 ISBN 中心）を閲した。
（３）　この調査の詳細な記録は松家「中国の口承文芸「十月懐胎」（とつきとおか）――浙江蕭山における実地調査から」（2006年度追手門学院大学学内共同研究報告書『21世紀ジェンダー教育の構築　――フィールドワークからの発信』2007年3月）にある。入手しにくいものなので、必要であれば直接請求されたい。
（４）　浠水の公式サイト「浠水在線」。なお、この歌の歌詞の書き起こしについては、湖北省出身の追手門学院大学経済学専攻の大学院生、陳星さんにお世話になった。
（５）　インターネット上、「捜狐精華区→甘粛→隴原風情→民俗・風情→民家照亮生活――慶陽民歌之生活民歌」に掲載されていた。ただし、歌唱者や出典についての情報はない。

（6）『中国民間文学集成・浙江省寧波市・寧海県巻』（1988年）、「十月懐胎歌」、歌：葉根亦、男、当時六十歳、読み書きできない、農民。記録：葉再娟、女、二十七歳、高校卒業、農民。記録の日時と場所：1986年3月茶院杜墅。

（7）顧希佳氏は民俗学研究者で現在杭州師範学院教授。筆者の「十月懐胎」の調査にあたり、実地調査の手配と協力、『中国民間文学集成』浙江省分（杭州市淳安県巻、嘉興市平湖県巻、嘉興市海塩県巻、寧波市寧海県巻、金華市義烏市歌謡巻、衢州市衢県巻、衢州市開化県巻）の資料の提供など、全面的に協力してくださった。顧希佳教授はまた余華の文化館時代の上司でもあったということである。

（8）澤田瑞穂『仏教と中国文学』国書刊行会、1975年、所収。

（9）歌についての詳細は注（3）の報告参照。歌い手のお名前はここには記さないでおく。歌詞は歌い手のうたわれたそのままを、顧希佳教授の協力を得て書き起こしたものである。

（10）『敦煌宝蔵』（新文豊出版、1985年）の写真を底本に、『敦煌変文集』下（人民文学出版社、1984年）所収の「父母恩重経講経文」を参照して掲出した。文字についてはできるだけ写本の字体を反映するようにした。『敦煌変文集』は「臨将臨」を「欲将臨」に作り、また「佟」には「（羞）」、「妟」には「（忘）」をそれぞれ添え書きする。

（11）『父母恩重経』については、小南一郎「『父母恩重経』の形成と孝子伝説の変貌」（『説話・伝承学』第十六号掲載予定）および同「敦煌の孝子伝」（『三教交渉論叢』京都大学人文科学研究所、2005年、ＰＤＦ版所収）参照。

（12）車錫倫『中国宝巻総目』北京燕山出版社、2000年による。通し番号0966。

（13）いずれも趙景深旧蔵、現復旦大学図書館蔵本を、復旦大学の李慶教授が筆写してしてくださった。

（14）筆者が見たのは京大人文科学研究所蔵本である。これは早稲田大学風陵文庫（澤田瑞穂旧蔵書）にもあり、澤田瑞穂『増補　宝巻の研究』国書研究会、1975年、に梗概が記されている。

「十月懐胎」にかかわる調査については、杭州師範学院の顧希佳教授をはじめ注にお名前を挙げた皆さんその他多くの方々のお世話になった。ここに記して感謝の意を表したい。

(2007年4月30日)

无間勝間之小船や無目籠/無目堅間という名の船

黄　當　時

0．はじめに

　古代日本語の船舶の名称には、日本語の視点だけでは正確に理解できないものがある。このような船名の中には、いわゆる海の民の視点、具体的には、彼らが用いたであろう言語や文化についての適切な知識を持てば正確に理解できるものがある。
　小論では、管見に入った有用な知見を手掛かりに、必要最小限の知識をさらに入手しつつ、表題の船舶の名称について解析を進めたい。

1．先達の知見

　言語に関するこれまでの研究には、見るべきものがほとんどないが、二人の先達が「枯野」解明の過程で示した知見が有用と思われるので、見ておきたい。
　先ず、茂在寅男氏は、人間は有史以前から驚くほどの広範囲にわたって航海や漂流によって移動していた、と考えている。その研究は、日本語の語彙にも及び、『記紀』の物語が成立した頃は、ある種の高速船を「カヌー」または「カノー」と呼んでいたので、その当て字として「枯野」(『古事記』)、「枯野、軽野」(『日本書紀』)が使われたのではないか、と推論している。現在の「カヌー」という言葉は、コロンブスの航海以後にカリブ海の原住民から伝えられたアラワク語が元で、さらにその語源をたどると北太平洋環流に関係してくる、と言う。茂在氏は、『記紀』の文章の中に古代ポリネシア語が多く混じっている、と述べ、様々な例を挙げるが、「枯野」については、具体的な手掛かりを示さなかった。[101]
　ついで、井上夢問氏は、「枯野」等の言葉とカヌーとの関係について、基本的

で重要なことがらを次のように簡潔に説明している。[102]

　私も大筋としては同じ考えですが、茂在氏がいささか乱暴にこれらの語を一括して同一語とされているのに対し、私はこれらはそれぞれ異なった語で、ポリネシア語の中のハワイ語によって解釈が可能であると考えています。

　カヌーは、一般的にはハワイ語で「ワア、WAA」と呼ばれます（ハワイ語よりも古い時期に原ポリネシア語から分かれて変化したとされるサモア語では「ヴア、VA'A」、ハワイ語よりも新しい時期に原ポリネシア語から分かれたが、その後変化が停止したと考えられるマオリ語では「ワカ、WAKA」）。しかし、カヌーをその種類によって区別する場合には、それぞれ呼び方が異なります。

　ハワイ語で、一つのアウトリガーをもったカヌーを「カウカヒ、KAU-KAHI」と呼び、双胴のカタマラン型のカヌーを「カウルア、KAULUA」（マオリ語では、タウルア、TAURUA）と呼びます。ハワイ語の「カヒ、KAHI」は「一つ」の意味、「ルア、LUA」は「二つ」の意味、「カウ、KAU」は「そこに在る、組み込まれている、停泊している」といった意味で、マオリ語のこれに相当する「タウ、TAU」の語には、「キチンとしている、美しい、恋人」といった意味が含まれていることからしますと、この語には「しっかりと作られた・可愛いやつ」といった語感があるのかも知れません。

　これらのことからしますと、『古事記』等に出てくる「からの」または「からぬ」、「かるの」は、ハワイ語の
「カウ・ラ・ヌイ」
KAU-LA-NUI (kau=to place, to set, rest=canoe; la=sail; nui=large)、「大きな・帆をもつ・カヌー」
「カウルア・ヌイ」
KAULUA-NUI (kaulua=double canoe; nui=large)、「大きな・双胴のカヌー」の意味と解することができます。

　また、「かのう」は、ハワイ語の

「カウ・ヌイ」

KAU-NUI (kau=to place, to set, rest=canoe; nui=large)、「大きな・カヌー」の意味と解することができます。

　以上のように、記紀に出てくる言葉で日本語では合理的に解釈できない言葉が、ポリネシア語によって合理的に、実に正確に解釈することができるのです。

井上氏のこの解明は、言語面からの研究に突破口を開くものであった。ここに引用した知見は、古代日本語における船舶の名称の解明に極めて重要な手掛かりとなる。

2.『万葉集』の船名

寺川真知夫氏は、『万葉集』の一部の船について、次のように簡潔にまとめている。[201]

　　……『万葉集』の巻二十に伊豆手夫禰（四三三六）、伊豆手乃船（四四六〇）と二例伊豆国産の船が詠まれており、奈良時代中期には大阪湾に回航され、使用されていたことが知られる。その船は伊豆手船すなわち伊豆風の船と呼ばれているから、熊野船（巻十二、三一七二）、真熊野之船（巻六、九四四）、真熊野之小船（巻六、一〇三三）、安之我良乎夫禰（巻十四、三三六七）などと同じく、何らかの外見上の特徴を有する船であったに違いない。この四三六六の歌では「防人の堀江こぎつる伊豆手夫禰」とあるから、これを防人の輸送と解し得るなら、その特徴は大量輸送の可能な大型船ではなかったかと思われる。

ここで、井上氏の説くところを手掛かりにして、さらに考察を加えてみたい。先ず、（四三三六）の「伊豆手夫祢」[202]と（四四六〇）の「伊豆手乃舟」[203]である。外来語を取り入れる場合、大きく分けて音訳と意訳の二つの方法がある。中国語では、どちらも漢字で表記するが、音訳してみたもののわかりにくいかもしれない、と考えられる場合、さらに類名を加えてわかりやすくすることがある。特に、音節数が少ないものは、よりわかりやすく安定したものにするために、この

手法が採られることが多い。

　例えば、beer や card という単語は、「啤」や「卡」という訳で、一応、事足りており、特に単語の一部であれば、問題はない（例：扎啤、〔ジョッキに入れた〕生ビール；信用卡、クレジットカード）。ところが、「啤」や「卡」だけで一つの独立した単語となると、やはりわかりにくさは否めない。そこで、類名の「酒」や「片」を加えて、「啤酒」や「卡片」とするのである。

　このような、現代中国語に見られる「外来語＋類名」という表記法は、古代日本語に既に存在している。「手」や「手乃」という訳で、一応、事足りているが、よりわかりやすくするために、「夫祢」や「舟」という類名を加えて、「手夫祢」や「手乃舟」としたのである。

　歌人が見たものは、どちらも、「手乃」と呼ばれた船である。表記の違いは、（四四六〇）では、「手乃」をそのまま使うことができたが、（四三三六）では、音節数の制約によりやむなく一文字省略せざるをえなかった、ということから生じている。そして、歌人は、一文字省略するに当たって、前置要素「手」を略して後置要素「乃」を残したのではなく、後置要素「乃」を略して前置要素「手」を残したのである。

　もちろん、逆に、（四三三六）で「手」と詠まれた船を、（四四六〇）では二音節で詠むために、「手」に「乃」を後置して「手乃」とした、と見なしても一向に差し支えない。

　いずれの見方をするにせよ、意味は取れなくとも、修飾語を被修飾語の後に置くという、表層の日本語には見られない語法構造であることは見て取れる。なお、「手」は、意味が取れないまま訓みを一つ当てただけであって、歌人が「手」と詠んでいた可能性を排除することはできない。「手」には、た行音の場合、「た」と「て」の二音があり、実際のところ、時代差や地域差さらには個人差により「た」が用いられたり「て」が用いられたりしていた可能性がある、と考えてよい。

　次は、（三一七二）の「熊野舟」[204]、（〇九四四）の「真熊野之船」[205]、（一〇三三）の「真熊野之小船」[206] である。

　この三つの船名は、ある同じタイプの船を指している、と考えられる。つまり、

（一〇三三）の「小船」は、「小」という情報を明示しており、（〇九四四）の「船」と（三一七二）の「舟」は、音節数の制約により「小」を略してはいるが、（一〇三三）の「小船」と同じもの、と理解してよい。

最後は、（三三六七）の「安之我良乎夫祢」である。[207]

先の例と同じく、これらの船名も「外来語＋類名」という表記法で書き記されている。「小」や「乎」と訳して、一応、事足りているが、よりわかりやすくするために、「船」や「夫祢」という類名を加えて、「小船」や「乎夫祢」としたのである。

「小／乎」を「を」と訓むのは、意味が取れないまま訓みを一つ当てただけであって、歌人が「こ」と詠んでいた可能性を排除することはできない。後人は、万葉人がたまたま使った「小／乎」がたまたま「を」と読めるために、接頭語あるいは形容詞と誤解したが、熊野の「小船」と足柄の「乎夫祢」は、ともに「こぶね」と訓むべきものである。「小／乎」を「を」のみに訓む誤りは、「小船」や「乎夫祢」の語義がわからなくなったことに起因している。[208]

漢字がわかる者は、字形の示唆する意味からなかなか自由になれない。この問題もそうだが、漢字が表音のために用いられていることを見抜かねばならないケースでも、字形で解け（た気分になれ）れば、思考がそこで停止してしまう。

（三三六七）の原文のように、「乎夫祢」と表記されていれば、字面から船の大きさを連想することはない。ところが、「小舟」と表記されていると、当て字に過ぎないということがわかっていればよいが、人々が、つい、字形に引かれて、単に「サイズが小さい船」と取ってしまっても無理はない。語感の極めて鋭い一部の人が腑に落ちないと思うことがあっても、漢字の絶大な表意力の前に、「小」と書いてあるから小さいと考えるしかない、と不審の念を喪失してしまうのである。

それでは、「手」、「手乃」と「小／乎」は、いずれも船を意味する音訳の外来語ということになるが、一体どのような言葉に由来するのであろうか。先に引用した井上氏の知見から推測すれば、「手」は「tau」を、「手乃」は「tau-nui」を、そして、「小／乎」は、「kau」を書き記したものであろう。

大型のカヌーと言いたければ、確かに、「手乃（tau-nui）」が正確な表現である。

しかし、実際には、(四三三六)の「手 (tau)」が(四四六〇)の「手乃 (tau-nui)」と同じ大型船を指すように、大きいことを明言する場合を除き、「手 (tau)」だけでカヌー一般を指したはずである。それは、今日、カヌーが大小を問わずに使えるのと同じような状況である。このことは、「小/乎 (kau)」についても同様であった、と考えられる。

言語現象として、伊豆では「手 (tau)」が使われ、熊野や足柄では「小/乎 (kau)」が使われていることは、注目に値する。それは、伊豆にはカヌーを「手 (tau)」と呼ぶ人々が、そして、熊野や足柄にはカヌーを「小/乎 (kau)」と呼ぶ人々がいた、ということを示しているからである。

3．「無目籠之小船」

海幸彦・山幸彦の話の中に、山幸彦が釣針をなくして海岸で泣いていた時に、シホツチの老翁が来てある船を造りワタツミの宮に行かせる場面がある。

この船には、幾つかの名称がある。『古事記』(上巻)では、「无間勝間之小船/無間勝間之小船」[301][302]であり、『日本書紀』では、「無目籠」(神代下、第十段、正文)[303]、「無目堅間」(神代下、第十段、一書第一)[304]であるが、考察の便宜上、この四つの船名をひとまず「無目籠之小船」の一語に括っておく[305]。

「無目籠之小船」は、「竹で固く編んだ、すきまのない小舟/隙間のない竹の籠/隙間なく竹を編んだ小さな籠の船/密に編んだ隙間のない籠」[306][307][308][309]、と説明されている。

籠は、所詮、籠である。竹籠にどう手を加えたところで、大海へ乗り出すには貧弱すぎる。大事な任務を持って遠くへ出かける時にわざわざ造って乗るようなものではない。

この船について、茂在氏は、次のように述べる[310]。

　　……無目堅間小舟……は御存知であろう。……在来は目つぶしをした篭の舟と訳しているこの船。無目は水密なと訳しても良いが、その後を私は次のように考える。

　　カタマランを、元の響きを残して日本語に訳せといったら、「カタマ小舟」と訳すのは無理な話であろうか。私は「堅間小舟」は文字に意味

があるのではなくて、発音に対する当て字が使われたのだと解釈する。……もっともカタマランとはタミール語である。カタとは「結ぶ」マランとは「木」で、筏のことも双胴船のこともカタマランと呼んでいたのには数千年の歴史がある。

　茂在氏が、「籠」はカタマランの音訳である、という知見を示したことは、画期的であり、その功績は大きい。しかしながら、「無目」を、水密な、と解釈したことは、従来の解釈の域を出るものではない。『記紀』は、どの船にも求められている必須条件にわざわざ言及しているわけではなく、「無目」は、文字通り、「目がない」という意味である。

　中国語では、龍の装飾があるものを、単に龍と言うことがある。龍舟節/龍船節で使用する船には龍の装飾が施され、一般には龍舟/龍船と言うが、単に龍と言うこともある。

　苗族の文化では、船は龍に同じ、と考えられているが、このような、船を龍と同一視する考え方は、例えば、浙江省の舟山（杭州湾）地区にも見られる。

　　　　　長江口外東海杭州湾一帯，是中華古国最早出現海上漁船的海域之一。現今概念上的嵊泗漁場，正是處于這片江海交匯豊饒大海域的最佳区位上。……据考古，上古時期的呉越風俗由海洋傳播至嵊泗列島。由此推断，最早出現在杭州湾外長江入海口之嵊泗海域上的，当是独木漁舟。……在相当長一個時期内，這種独木舟式的漁船之船頭兩側没有船眼装飾，因此漁民喚之為"无眼龍頭"。[311]

　船の舳先は、船頭と言い、龍舟/龍船の場合には龍頭という言い方があるが、普通の船でも龍頭と言うことがある。舟山（杭州湾）地区では、長期にわたり、丸木舟形式の漁船の舳先（船頭、龍頭）の両側には船眼（船の眼、マタノタタラ）の装飾がなく、漁民はそれを「無眼龍頭」と呼んでいた。

　舟山（杭州湾）地区の漁民が使う「無眼龍頭」。これが、「無目籠」が船眼の装飾がない船であることを教えてくれている。『日本書紀』の編纂者は、説話に、竹を船材とした、とあるため、龍と竹の二つの情報を同時に伝えられる好個の文字として「籠」を採用したのであろう。

　「無目籠之小船」は、意味のよくわからない「無目籠」に、よく知られている

「小船」を後置して意味説明を補足する形式を取っている。

　茂在氏は、上に引用した通り、カタマランは「カタマ小舟」と訳せる、と言う。全体像は捕捉しているが、正確ではない。この着想で訳すなら、カタマランは、「カタマ船（勝間船/堅間船/籠船）」となるからである。

　先に、外来語を取り入れる場合、大きく分けて音訳と意訳の二つの方法があり、音訳では、さらに類名を加えてわかりやすくすることがある、と述べた。そして、beer や card は「啤酒」や「卡片」である、と例示した。泡があるとか小さいとかいう要素を類名に持たせることはないので、いくら泡があったり小さかったりしても、「啤酒」や「卡片」が「啤泡酒」や「卡小片」となることはない。「之」を介していることからもわかるように、「無目籠之小船」の「小船」は、類名ではないのである。

　シホツチの老翁は、小さいという情報が記録に残るほど形状が極めて小さい船をわざわざ作って山幸彦に提供したわけではない。この「小船」が、決して、小さい船という単純な意味で使われているのではないことは、言うまでもない。「小船」は、ここでは、「コ（kau）と呼ばれる船」のことであり、すでに検討した通りである。

　さて、「無目籠之小船」は、考察の便宜のために創作した仮の言葉である。おおよその意味が取れたところで、この一語に括る前の、個々の表記の出入りも検討しておきたい。

　語部の言うカタマは補足説明なしにはもはや理解できるものではないという危惧は、『記紀』の編纂者に、程度差はあるものの、共通して見られる。『古事記』は、「无間勝間/無間勝間」の直後に「之小船」を付すことで、『日本書紀』は、文末の「一云」で「是今之竹籠」と述べることで[312]、意味説明を補っている。表現の手法や用いた漢字こそ異なるが、両者とも、今の言葉で言うコ（kau）に相当する船であることを伝えようとしているのである。

　外来語は、元の表記をそのまま採用しない限り、新たな表記をする際に揺れが生じやすい。『記紀』における「勝間」と「堅間」の揺れは、元の表記をそのまま採用しなかった（あるいはできなかった）ために生じている。『記紀』がそうし

なかった（あるいはできなかった）のは、その単語が漢字以外の文字で表記されていたか、文字表記そのものがなかったか、のどちらかである。「小」と「乎」さらには「籠」の揺れも、同じ理由によるものである。

　「間」と「目」は、ともに「目/眼」のことである。同一情報の記録に同一表記を用いる手法ほど単純明快なものはない。『古事記』の編纂者は、語部が提供した音声情報「マ」のどちらにも「間」という文字表記を与えたが、後人は、同一の文字表記（間）が同一の音声情報（マ）を伝えていることを見て取ることもできなかった。

　答は、既に出ている。先に、船には船眼（船の眼、マタノタタラ）の装飾を施さないものがある、と述べた。『古事記』は、「マタノタタラ」という音声情報を「間」と書き記し、『日本書紀』は、「船の眼」という意味情報を「目」と書き記したのである。

　以上を踏まえて解釈すれば、「無目籠之小船」の意味は、次のようになろう。

　「舳先に船眼（マタノタタラ）の装飾のないカタマランという船で、ある文化圏では無目籠と呼ばれ、船材に竹を用いているが、今の日本語では、外来語のコ(kau)と組み合わせて、通常、コぶねと呼んでいるものに相当する船」である。

　「無目籠之小船」の一語には、東方のポリネシア文化に加えて、南方のタミル語圏の文化と西方の中国江南の文化までもが織り込まれている。古代の日本人が途方もなく広い地域の人々と交流があったことには、改めて驚きを禁じえない。

4．おわりに

　「無目籠之小船」は、適切な海の民の視点を欠いたままでは、正確に理解できない。

　小論では、先達の有用な知見を手掛かりに、さらに、海の民が用いたであろう言語や文化の知識を入手することで、私たちの視点を海の民の視点に少しでも近づけ、「無目籠之小船」がどのような船であるのかを解明することができた。

　古代の日本語の問題を考えたり、古典を読み解くのに、ポリネシア語の知識や、船舶・航海の知識が役に立つことがあるという認識は、やがて常識となるのでは

ないか。

注

101) 茂在寅男1984。

「枯野」等の解釈に外来語という観点を試みたのは、茂在氏が初めてであろう。

102) KAMAKURA OUTRIGGER CLUB、http://leiland.com/outrigger/column.shtml?kodai.html. Copyright (C) 1999-2002 KAMAKURA OUTRIGGER CLUB & LEILAND INC.

これは、管見に入った唯一有用な知見である。井上氏は、ここでは慎重に、kau= to place, to set, rest=canoe と説明しているが、自身のHP（夢間草廬、http://www.iris.dti.ne.jp/~muken/）では、kau=canoe としている。Mary Kawena Pukui & Samuel H. Elbert 1986には、「kaukahi. n. Canoe with a single outrigger float」（p.135）、「kaulua. nvi. Double canoe」（p.137）の例があるので、kau を canoe と理解するのに問題はない。修飾語がなくとも、「kau」だけで使われていたであろう。

201) 寺川真知夫1980. p.141-p.142。引用の際の省略箇所は、……、で示す。以下同じ。

202) 小島憲之他校注1996. p.390の原文表記。

寺川真知夫1980. p.142は、引用の通り、大型船か、と推測する。正しい推測である。

203) 小島憲之他校注1996. p.437の原文表記。

なお、同頁には、「歌の趣から推して、伊豆手船よりも小型かと思われる」と頭注を付している。小島氏には窮余の策を講じるしかなかったが、歌の趣では正しく解けるとは限らない。実際、この例でも、文字表記に基づくなら、「手乃」は「手」よりも大きいのに（後述）、逆に解釈をしてしまっている。今後、私たちが趣に頼って「手/手乃」の大小を推測する必要は、もはやない。

204) 小島憲之他校注1995b. p.369の原文表記。

205) 小島憲之他校注1995a. p.121の原文表記。

206) 小島憲之他校注1995a. p.162の原文表記。

207) 小島憲之他校注1995b. p.464の原文表記。

208) 「小船」が後人に正しく理解されていないことを知るには、「小船」とはどのような船なのか、つまり、その具体的な大きさや乗員数等を考えるとよい。注203）で、歌の趣では正しく解けるとは限らない、とは書いたが、歌等の趣が真にわかる人には、字面は「小船」だが実際には「小」さくなかろう、と感じられることがあるの

ではないか。

301) マナシは「目無し」、カツマは竹籠で、カタマ・カタミともいう。固く編んですきまのない竹籠の意。神代紀には「无目籠 まなしかたま」とある。西村真次は「无間勝間の小船」をベトナムの籃船と比較して、竹製の目を椰子油と牛の糞をこねた塗料でふさいだ船であるとし、また松本信広は竹製の目を漆で填隙した船と解している。(荻原浅男他校注1973. p.138頭注3)

302) 「無間勝間」は、編んだ竹と竹との間が堅く締まって、隙間がない籠をいう。それを船として用いたのであり、船の形に作ったのではない。これを、潮路に乗せるのであり、漕いで行くわけではない。『書紀』にはこれを海に沈めるとあり、『記』とは異なっている点、注意される。(山口佳紀他校注1997. p.126頭注4)

303) 隙間のない籠。「籠」はコとも訓むが、古訓のカタマによる。これは一書第一(一六三㌻)の「無目堅間 まなしかたまを以ちて浮木 うけに為 つくり」について、「所謂堅間は、是今の竹籠 たけなり」とみえ、カタマは竹籠 たけの意である。……記に「无間 まな勝間 かつまの小船」とあり、カツマの語形もある。(小島憲之他校注1994. p.156頭注8)

なお、小島氏に限ったことではないが、「竹籠 たけのけ」を「竹籠 たけかご」と言い換えるのは、間違いである。両者は、名称も異なり形状も異なる全くの別物であり、「竹籠 たけのけ」とは、「竹籠 たけのコ」のことである。注312) 参照。

304) カタマは竹製の籠。カタマは「堅編 かたあま」の意かという。カツマ・カタミとも。(小島憲之他校注1994. p.163頭注15)

305) 他に、「大目廆籠」(『日本書紀』神代下、第十段、一書第一)という名称もある。「大目廆籠」は、「无目龜籠」を誤記したものであるが、小論では立ち入らない。

306) 荻原浅男他校注1973. p.138の現代語訳。

307) 山口佳紀他校注1997. p.127の現代語訳。

308) 三浦佑之2002. p.109の現代語訳。以下の脚注も見える。

原文には「无間勝間の小船」とあり、カツマ(カタマとも)は竹籠の意だが、ここは、目のない(マナシ=目無し)竹籠であり、海中に潜ることのできる潜水艦のような船をイメージしているのだろう。海底にあるワタツミの宮に行くための船である。昔話「浦島太郎」のように亀の背に乗って海底の龍宮城へ行ったら溺れてしまうはずだ。

309) 小島憲之他校注1994. p.157とp.163の現代語訳。

310) 茂在寅男1984. p.3-p.4。

なお、松永秀夫氏から、カタマランの語源をタミル語とする説はA. C. Haddon

and J. Hornel 著 Canoes of Oceania（Bishop Museum Press、1938年刊、1975年復刻）が初出、との教示を受けたが、未見。太平洋学会編『太平洋諸島百科事典』（原書房、1989年）p.118-p.120、「カヌー」（松永秀夫）参照。
311) 牧魚人、http://www.ds.zj.cninfo.net/haiyangwenhua/muyuren/gongjuyanbian/003.htm.
312) 『日本書紀』の注釈の意味は、もうおわかりであろう。「竹籠$^{たけ}_{のコ}$」とは、「竹の籠(kau)」のことである。注303) 参照。

参考文献

〈日文〉

荻原浅男他校注1973.『古事記　上代歌謡（日本古典文学全集１）』小学館。

小島憲之他校注1994.『日本書紀①（新編　日本古典文学全集２）』小学館。

――――――1995a.『萬葉集②（新編　日本古典文学全集７）』小学館。

――――――1995b.『萬葉集③（新編　日本古典文学全集８）』小学館。

――――――1996.『萬葉集④（新編　日本古典文学全集９）』小学館。

寺川真知夫1980.「『仁徳記』の枯野伝承の形成」、土橋寛先生古稀記念論文集刊行会編『日本古代論集』笠間書院。

三浦佑之2002.『口語訳 古事記［完全版］』文藝春秋。

茂在寅男1981.『日本語大漂流 航海術が解明した古事記の謎』光文社。

――――1984.『歴史を運んだ船――神話・伝説の実証』東海大学出版会。

山口佳紀他校注1997.『古事記（新編　日本古典文学全集１）』小学館。

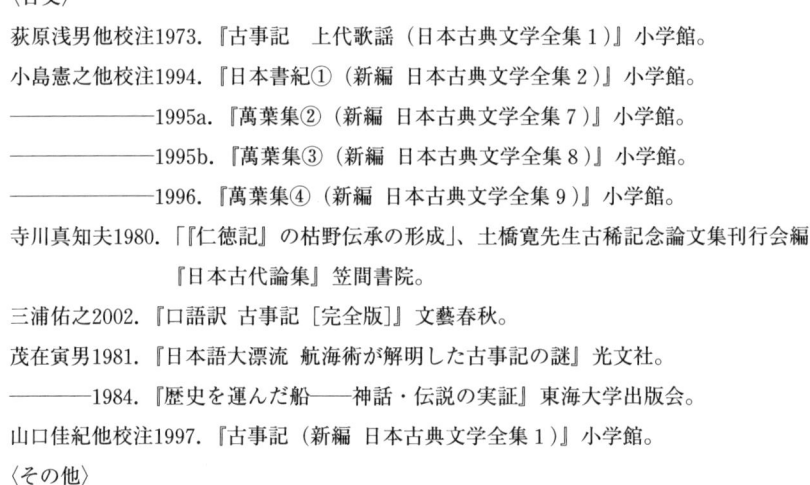

〈その他〉

Mary Kawena Pukui & Samuel H. Elbert 1986. *Hawaiian Dictionary*, University of Hawaii Press.

「官話」文体と「教訓」の言語
——琉球官話課本と『聖諭』をめぐって——

木 津 祐 子

はじめに

　中国語の、書記言語としての「白話」、さらに口頭言語としての「官話」、この極めて関係の深い、しかしながら完全に一体のものとは見なしがたい両言語は、文献上どのように現れていたのであろうか。通常、書記言語として記される口語体は、一般に「白話」として扱われるが、その内部に異相は無いのであろうか。

　このような問題意識の出発点は、琉球や長崎において清代に編纂された「官話課本」の「官話」が、中国境内の文献よりも先鋭的に記録される事実である。長崎と琉球の間でも、「官話」の位置づけはもちろん一様ではないのだが(1)、それでも、当時中国境内で主流であった、「官話＝正言」と象徴化された考えからは自由で、より通用言語として現実的に言語が捉えられ、記述されていたことが明らかになるのである。

　一方、長崎や琉球での「官話」学習については、白話小説が官話の教本に用いられた、という指摘が従来よりなされている(2)。しかし、彼らが編纂した極めて実用性の高い課本類を読み進める中で、本当に白話小説が彼ら通事の「官話」の教本となり得たのかという疑問が、拭いようなく生ずることとなった。その疑問は、明末の白話小説『人中画』を琉球の通事たちが「官話」に「翻訳」した課本を見たときに決定的なものとなった。琉球の通事にとっては、「白話」は決してそのまま「官話」とすることはできなかったのだ。

　以下、「官話」と「白話」との境界を巡る幾つかの問題を手がかりに、特に書かれた「官話」の系譜について考察を進めてみよう。

1 「官話」の「官」が意味すること

初めに、「官話」という語について、幾つかの事実を確認しておこう。

「官話」は、明代以降に誕生した新しい語彙である。通常は、「官人」たちが行政において用いる言語とされる。つまり「官」の言語、オフィシャルランゲージというわけだ。「官」は、中国の伝統的文人社会においては「士」であり「制度」であり「正統」を代表する。そのため、清朝後半になると、以下に見るとおり、「官話」を古代の「正言」「正音」になぞらえ得る正統言語と看做そうという認識が形成されることとなる。

  正言者、猶今官話也。近正者、各省土音近于官話者也。
         （阮元『揅研堂一集』巻五「与郝蘭皋戸部論爾雅書」）
  夫子凡読易及詩書執礼、皆用雅言、然後辞義明達、故鄭以為義全也。後世人作詩用官韻、又居官臨民、必説官話、即雅言矣。
              （劉宝楠『論語正義』巻八）
  正音者俗所謂官話也。   （高静亭『正音撮要』正音集句序）
    ＊引用はすべて常用漢字に改めた（以下同じ）。

このように清代には権威を獲得した「官話」だが、最後の高静亭の語からもうかがえるように、それは本来的には俗語語彙であった。実際「官話」という語が誕生した明代にあっては、「官話」は学者の著述で用いるタームではなく、民間的かつ通俗的な場において多く登場する語であった。次に挙げるのはその典型的な例で、明・馮夢龍『笑府』の一節である。なお、これら「官話」の用例については、大塚秀明氏が多くの用例を集めておられ、参考となる。[3]

  有兄弟経商者、学得一二官話。将到家、兄因如廁、暫留隔河、命弟先往見父。父一見問曰、汝兄何在。弟曰撒屎。父驚曰、何処殺死。答曰河南。父方哀苦。而兄適至、父逐罵其次子曰、如何妄言如是。曰、我官話耳。父曰、如此官話、只好嚇你爺。   （巻十一　謬誤部）
  兄弟で商売をしていた者がいて、少しばかりの官話を習いおぼえた。まもなく家に着こうという時に、兄は廁に行くためしばらく河向こうに留まり、

弟には先に戻ってお父さんに挨拶するようにと命じた。父は弟の姿を見るや訊ねていった、「兄さんはどこだね？」弟が"撒屎"（大便）していますと答えると、父は仰天して、「一体どこで"殺死"されたのだ」と訊ねた。弟は「河の南側です」と答えた。父が嘆き悲しんでいるところへ、兄がちょうど到着した。父は次男を叱りつけて言った、「なんであんな嘘をついたのだ」と。弟は「官話で言っただけですよ」と答えた。父は「そんな官話など、親父を驚かす役にしか立たんわい」と言った。

　有好闘者、妻謂之曰、我看妓家容貌、也平常、你愛他有甚好処。夫曰、我愛他官話好聴耳。妻即応云、這也何難。　　　　　　　　（巻九　閨風部）

　　好き者があった。妻がそれにこう告げた、「私、あの妓女の顔見てきたけど、たいした器量でもないじゃないの。あんた一体あの子のどこがいいのさ」。夫は答えた。「あの子の話す官話がかわいくてね」。妻は間髪を入れずに答えた。「そんなの"何ぞ難きかな"、だわよ」。

　もちろん先に定義したとおり、「官」のことばを語るのは「官」にある人々であったはずである。しかし、ここで「官話」を操るのは、商人、妓女という、社会では下層に属する、移動する人々である。移動するが故に、ことばによって土着化することがない。およそ文字を扱う層の外側に位置する集団、それが役人以外の重要な官話の使い手であったのである。上に引用した「官話」の使用例では、妻有る男の心を惹きつけるのは、官話を可愛らしく話す妓女であり、父を仰天させたのは、行商から久しぶりに帰宅した息子の、中途半端な官話だった。

　この場合の「官話」に対立するのは「土話」（土地のことば）であろう。つまり「官話」は土着化しないこと、つまり土地から切り離された言語であることの標識である。それを話す人間によそ者というレッテルを貼る、それが「官話」でもあった。

　このような「官話」の二つの側面を端的に表すのが、乾隆年間に、福建で成立した正音書、蔡奭著『新刻官音彙解釈義音注』の序文（乾隆十三年）である。下に当該箇所を抜粋しよう。

　　夫官音者、天下之正音也。音曰正、非若村談俚語、各有音義、所以通行天下、不可不諳。如出仕臨民、晉接理訟、一句不通、何以居官。商旅江湖、打店打

籩、応答不来、何以外出。似此如聾若啞、害孰甚焉。

　そもそも、官音というのは、天下の正音である。音が正であるというのは、郷里での田舎ことばのように、それぞれ音も義も異なるなどということはないので、天下に通行することができ、諳んじ身につけないわけにはいかないのだ。例えば、官に出仕して民に接し、まつりごとやお裁きの場に臨んで一語もことばが理解できないようであれば、どうして官の地位にいることができよう。あちこち江湖を商売してまわり、宿に泊まり食事をしたりするのに、やり取りができなければどうして外に出て商売ができようか。それでは耳も口もきけないのと同じで、差し障りのあることこの上ない。

　ここで、「官」と「商」が並立して取り上げられているのは極めて興味深い。つまり、「官話」の実体には、権威と通用という二つの側面が表裏一体のものとして備わっていたのである。

　さて、以上の点に共通して見られる通り、「官話」の本来的な性格としては、その「口語」性が第一に挙げられることに異論はあるまい。聴覚的な判断により「官話」かそうでないかが成立するのだ。馮夢龍が語ってみせる笑い話のオチは、聞き間違いによるおかしさと、妓女と張り合う妻が様にならない「官話」を使ってみせるおかしさにあった。どれも、口頭言語として「官話」を捉えているのが特徴である。

　しかし、そのような「官話」も、清朝に入るや、上の阮元・劉宝楠らに代表される通りに「正言」に擬えられ、正統言語としての位置づけが強固になる。正統化を可能にした理由の一つには、それが「官」という語を冠していたことがあげられよう。「官＝お上」の言語というお墨付きを得やすかったのである。そのお墨付きは、「官」以外の人々にもその言語が広く通用し、学ばれ続けた動機付けにも一役買っていたに違いない。

　しかし、そのような「官」の部分が文人の間で突出して意味をもち、「正統」言語としての位置づけが強固になることは、「官話」の口頭言語としての融通無碍な個性が不問に付され、かといって書記言語かどうかは曖昧なまま抽象化され、シンボリックな地位に収まったことをも意味する。この抽象化の流れの中で、近代以降、胡適らにより書記言語「白話」と口頭言語である「官話」が車の両輪と

して結びつけられた、その淵源があったのではなかったか。胡適らの文学革命は、「白話」文体を「文言」とは異質のものとして析出するため、それを口頭言語の書記体として意図的に位置づけようとしたのであった⁽⁵⁾。

　確かに、白話がはある種の話しことばとの深い関係を有したこと、それは事実である。たとえば、『金瓶梅』に明代山東方言の影響が指摘されたり、『紅楼夢』の成立を考察する上で、北京語（旗人語）と南京語の位相を手がかりにすることが有効とされるのも、それが話しことばに連続するものであることを示すであろう。ただ、白話小説が早い段階で「語り物」から切り離され、「読み物」として人口に膾炙した一点をとっても、やはり書記言語としての新たな文体の源泉であったという事実は、忘れてはならない。

　では、「官話」とは口頭言語としての性格しかもたなかったのだろうか。別に書記言語としての「官話」は存在しないのであろうか。

　中国では、口頭言語の実体が文献上に明示されることは極めて場が限定されるのだが、境外の通事、ここでは長崎や琉球通事が編纂した官話課本を見てみると、この口頭言語たる「官話」が現実に書き記され、しかも「白話」とは明らかに別物と見なされていたことも如実にうかがえるのである。その典型的な例として、冒頭に触れた『人中画』を取り上げてみたい。

2　『人中画』にみる「白話」から「官話」への翻訳

　『人中画』は、清初までに成立したと考えられる短篇の話本集である。「玄」字を欠筆にしない版本があることから、康煕以前に成立していたのは確かである。現存の四種の版本のどれもに刪改の形跡が見られ、もとの形態は未だ明らかではないが、恐らくは最大五編の短篇からなっていたと思われる。現在、嘯花軒本（繁本）⁽⁶⁾と泉州尚志堂本（簡本）⁽⁷⁾の二種がもっとも見やすい形で公刊されており、嘯花軒本は、「風流配」「自作孽」「狭路逢」「終有報」「寒徹骨」の五篇、尚志堂本は、「終有報」「寒徹骨」「狭路逢」の三篇から成る。これらの小説は白話で書かれた、典型的な才子佳人、教訓譚と言ってよい内容のものであるが、琉球において、通事によって長く会話課本として用いていたことがわかっている⁽⁸⁾。しかも

興味深いことに、このテキストは琉球で写本に仕立てられる際、全編が極めて平易な「口語」つまり「官話」に改編されているのである。

下に、その具体例を一部紹介しよう。引用するのは、「自作孽」の一節である。左が琉球写本（京都大学文学部蔵）⁽⁹⁾、右が嘯花軒本である。対照の便を考慮し、一文ごとに区切って配列した。

琉球写本	嘯花軒本
1　考的日子要到了，他急得没有方法。	1　考期将近，他急得無法。
2　有一個人指点他説，官井頭地方有個黄秀才，做人忠厚，銀子借人家，也不論甚麼利銭，你去求他，或且借你也論不定的。	2　有人指点他説，官井頭黄輿秀才，為人淳厚，不甚論利，他処你去求，或者還好説話。
3　汪費聴了，満心歓喜，忙忙写了個門生的帖子来拝黄輿。	3　汪費聴了，満心歓喜起来，忙忙写了個門生帖子，来拝黄輿。
4　黄輿留他坐説，你到我家来，想是為考試的事，要我出保結麼。	4　黄輿留坐道，汪兄下顧，想是為考事要学生出保結了。
5　汪費説，寔寔為這個事来，一点的薄礼，不堪奉敬，要求老先生，念我家裡苦，替我出個保結。	5　汪費道，門生寔寔為此事而来，但只是些須薄礼，不足充紙筆之敬，要求老師念門生赤貧，用情寛恕。
6　黄輿説，読書的人都是一様，総成你是個好事，礼物厚薄，那裡論得，憑你怎麼様就是了。	6　黄輿説，斯文一脈，読書的人都是一，成就人才，是好事，礼之厚薄，那裡論得，但憑汪兄賜教罷了。

一見して、琉球写本は、右の白話文体の若干文言的な表現を、意味は変えず、そのまま口頭に上せても違和感の無い表現に置き換えるように工夫されているのが看て取れよう。1の「考期将近」を「考的日子要到了」にするのはその典型的な例であるし、2の「為人淳厚、不甚論利」については、「銀子借人家」という語を補うことによって、文脈が耳で聞いてより分かりやすくなっている。6の「斯文一脈、読書的人都是一」であれば、原文が「斯文一脈」「読書的人」という同義語を重ねているのを、口頭ではまず使わない「斯文一脈」を省略することで、簡潔な表現を目指したものだし、同じく6で「憑汪兄賜教罷了」を「憑你怎麼様就是了」に改めるに至っては、もとの白話の常套語的礼儀表現を一切排除し、極めてフランクな日常語にしたてている。琉球の通事達が、いかに高度に白話文体に習熟し、なおかつそれが「官話」（口頭語）とは別物であると理解していたかを示す好例である。

また、このことは、「口語」である「官話」も、書記言語となり得ることを示すのだが、それでは、このような「官話」書記体はどのような系譜を有するのであろうか。通事達は、明らかに「白話」との相違を意識している以上、それを同じ「白話」に分類することはできまい。

　本稿は、このような「官話」書記体を「教訓の言語」の系譜に位置づけたいと思う。清朝においてそれが成立する過程に、最も直接的な影響力をもったものとして、清朝一代にわたって「口語」を前提に実施されてきた、『聖諭』宣読の為の文体を取り上げたい。

3　教訓の書

　拙論「『聖諭』宣講——教化のためのことば——」[10]は、宣講に用いられた『聖諭広訓』の「官話」文体が、「各地の方言」へ翻訳可能な言語モデルとして機能していたことを取り上げたものである。その際にも、書記言語としての「白話」と口頭言語としての「官話」が、近代以降、表裏一体のものとして認識されることを可能にしたのは、この『聖諭広訓』が象徴的に有する教訓のことばという性格が大きな土壌を提供したのではなかったか、という問題提起を行った。ここでは、それについて、いま少し考えを進めてみたいと思う。

　『聖諭広訓』の具体的内容については全て前稿に譲り、ここで再度論ずることはしない。ただ、『聖諭広訓』を「口語」で通俗化することが「宣講」にとって如何に大事であったかを、前回触れることのできなかった資料をも紹介しつつ確認していきたい。

（1）『聖諭』宣読と口語

　康熙九年に頒布された『聖諭』十六条は、清朝の教育政策の基本であった。康熙三十九年には、地方官がそれぞれの責任の下に、所管の地域において教えを徹底するようにとの議准が発令、雍正二年には、雍正帝による『御製聖諭広訓』が頒布され、翌三年には、毎月朔望に各省の学校でそれを宣読せよとの発令が出された。

康熙三十九年議准、直省奉有欽頒上諭十六条、地方官宣読講説、化導百姓。

雍正三年議准、士子誦習、必早聞正論、俾徳性堅定。将『聖諭広訓』『御製朋党論』、頒発各省学政刊刻印刷、斉送各学、令司鐸之員、朔望宣誦。

（『欽定大清会典事例』巻三八九「礼部・学校・訓士規条」）

また、雍正年間には、学士張照の上奏によって、『聖諭広訓』の各条を記憶しているかどうかを童生の試験科目に入れることが、令として発布されたとの記述も見える。

聖祖　先後頒聖諭広訓及訓飭士子文於直省儒学。雍正間、学士張照奏令儒童県、府覆試、背録聖諭広訓一条、著為令。

（『清史稿』巻一〇六「選挙一」）

同様の記述は枚挙にいとまがない。[11]

これらの記録から見て取れるのは、『聖諭広訓』が津々浦々で童蒙教育として採用され、「宣講」つまり口頭で読み上げることによって解説する形で徹底されたことである。この「宣講」に際しては、浅俗な言語でわかりやすく解説することの必要性がしばしば主張される。本来の『聖諭』十六条は各条を六百字前後の簡潔な古文で敷衍したもので、その宣講の為に生まれたのが台本の如き「口語訳」、中でも最も影響力をもったのが、王又樸『聖諭広訓衍』であった。

その作成意図は、文字を知らない民に、口語で教えを説き明かす為に、あらゆる心を砕くことにあった。例えば、王又樸の雍正四年の序文が、「唯だ是れ愚夫村豎の未だ文義を按ぜず、之に兼ねて土音訛り多く、一切の称名指物の詞語　各の別なり。是を以て聆読の下、未だ尽くは通暁せず。臣又樸……謹しみて方言里語に就きて推衍し篇を成す[12]」がそうであるし、その王又樸の口語訳が現場の地方官の宣読に大いに裨益したことは、嘉慶十五年重刊『聖諭広訓衍』の先福の序文に「臣等未だ各の其の方言俗語を以て曲さに引論を為さざること有らざれども、但だ一時の宣講のみにては、未だ周ねきに及ばざるを恐る。曩日　陝西塩運分司臣王又樸刊する所の講解聖訓一本を覓め得たるに、其の講解詞意　人をして暁し易からしむ。誠に愚氓に於いては之を聞くに甚だ裨益と為らん」[13]とあることからも看て取れる。

「官話」文体と「教訓」の言語——琉球官話課本と『聖諭』をめぐって—— 457

「愚夫村豎」「愚氓」という語が用いられているように、もとより宣講は、高いリテラシーを有する人々に対するものではない。その為、土地の方言を用いてことばを尽くすのだ。同じ重刊『聖諭広訓衍』韓崶序はそれをより先鋭的に次のように述べる。

> 敬携前陝西塩運分司臣王又樸所刊講解聖諭広訓一冊、以北地方言発明講貫、剴切詳尽意蘊無遺、臣受而読之、不禁相悦以解。爰命司鐸官遴選口歯清楚俗生四人、於毎月朔望、即以粤声土語、按文宣講、一時環而聴者争先恐後、所以化導閭閻至親切也。……異日或奉命他邦、即以其地方言、教其衆庶、将聴之意而感之速、四方風動久道化成、皆於此基之。

> (江西藩司から広東に赴任した先福は)陝西塩運分司臣王又樸所刊『講解聖諭広訓』を携えていた。それは「北地方言」によって教えを明らかにし、隅々まで解き尽くし、適切で余す所がないことに、喜びを抑えきれない。そこで、「発音の明晰な」生員四人を選び、毎月朔望の宣講の場では、「粤語土語」によってその文脈に従って宣講を行うと、その場をとり囲んでいた聴衆たちは先を争って従おうとするため、教化は遍く村中すみずみに広まるのだ。……他日、私が「他の地方官」を奉命したなら、そこでも(この書物の文脈に従って)「その地方のことば」を用いて大衆を教育すれば、教化の効果は極めて高いであろう。

中国各地で実施されていた、土地のことばを用いた教化の宣講、つまり『聖諭広訓衍』の白話文は、直接に口頭語に結びついていたのである。韓崶がいうように、それは「北地方言」で書かれたもので、各地の方言への扉となっていた。あたかも芝居の台本のように、地方官は「北地方言」の『聖諭広訓衍』を手に、土地のことばしか了解しない「愚氓」の教化に励んだというわけである。

以上はすべて、『聖諭広訓』が発布された雍正二年以降の記事である。王又樸の『聖諭広訓衍』が出て版を重ね、それを襲った『直解』が普及して、聖諭が「口語」(官話及び方言)化されるに及び、その台本としての「官話」文体が地盤を固める道が開かれたのであるが、それより前に中国の周縁において、その事象は先行して起こっていた。一つは、広東広州府連州連山県知県李来章による、康熙四十年代の現地少数民族への教育現場であり、もう一つは、琉球の程順則によ

る、康熙四十七年（1708年）の『六諭衍義』の出版である。後者は、康熙帝の「聖諭」ではなく、明洪武帝の「聖諭」六条、もしくは清順治帝の六条など、基づくものに諸説は有るものの、口語解を「官話」の学習に応用する、という明確な意図を有して編纂されたという点で、後で述べる、「宣読」と官話課本とを橋渡す大きな存在となる。李来章の業績については別に稿を改めて論ずることとし、ここでは、『六諭衍義』を取り上げて見ていこうと思う。

（2）『六諭衍義』と官話課本
下に引用するのは、重刊『六諭衍義』程順則跋の末尾である。
……然六経四書、多微言奥旨、祇可自喩之於心、何能日日宣之於口。惟是編字字是大道理、却字字是口頭話、男女老幼、莫不聞而知之。教者省力、学者易暁、導之之術、莫有善於此者。雖然更有説、稗官野史、皆里巷常談。然無関風俗、無補人心、不如此書、既可以学正音、兼可以通義理、有明心之楽、無梗耳之言、一挙両得。予所以重梓而伝之、俾国中俊秀、可備貢使之選者、日而講、月而熟、他年答津吏而諳貢務、語語正音、運若血気。是則予之所厚望也夫。是則予之所厚望也夫。

……しかしながら、六経四書は微言大義が多く、それを心に会得することはできても、日々口にのぼせることなどどうしてできようか。しかしこの書物（『六諭衍義』）は、一つ一つのことばが大きな道理を備えているにもかかわらず、すべて口頭語であり、老若男女、誰もが耳にしたらその道理を理解することができるのだ。教えるもの者は手間が省け、学ぶ者は理解しやすい。人を導く技として、これより優れたものはない。小説戯曲の類もすべて日常会話ではないか、という者もいるが、それは世の風紀に寄与することも無く、人の心に何の助けにもならず、やはりこの書物が、正しいことばを学ぶと同時に義理にも通ずることができ、心を明らかにする楽しさを持ち、耳に抵抗あることばもなく、（学べば）一挙両得であることには遠く及ばない。私がこれを重版して世に伝えようとしたのは、わが国の、朝貢使節に選ばれる可能性がある若き俊秀たちが、日ごとにこれを学び、月ごとにそれに習熟し、いつか、かの地の応接の役人に答えて朝貢の大務

を遂行するにも、話すことばすべてが正しい官話で、血気が体内を巡るような縦横無尽さを得る助けとなると考えるからだ。これこそが、私の深く願うところなのだ。これこそが、私の深く願うところなのだ。

　この跋は、「教訓」(礼数)を「官話」を通して学ぶことの意義を強調したものである。「稗官野史」を斥けて『六諭』の教えをより高く評価するのも興味深い。それはすべて、『六諭衍義』の「官話」が強い教訓性を載せているという、その一点に集約されるのである。この場合の「教訓」は、決して深遠な哲理をいうのではなく、極めて基本的な道徳教育である。その点では、上引の『欽定大清会典事例』に見た数々の議准、また『聖諭広訓衍』を巡る王又樸らの序文に記された、庶民を啓蒙する為に「口語」による通俗化を推し進めようとした志とも一脈通ずるものがある。

　この『六諭衍義』は琉球から薩摩を経由して徳川吉宗に献上され、荻生徂徠が訓点を施し、『六諭衍義大意』として出版、江戸幕府の教化政策に広く用いられることとなった。当然のことながら長崎にもそれは伝わっているが、その直接の影響とは言えないまでも、長崎で編纂された官話課本には、「官話」と「教訓」が密接に結びついたものが、極めて数多く見受けられる。

　例えば、『唐通事心得』(長崎歴史文化博物館蔵)の冒頭は、下のように始まる。

　　據我看来，目下長崎的後生家，担了個通事的虛名，不去務本，只看得頑耍要緊，不但賦詩做文打不来，連唐話竟不会講。穿領長衣，挿把好刀，只説自己上等的人，東也去耍子，西也去遊遊蕩蕩，買酒買肉，只管花費銀子，撒撥得緊。這個大大不是了。説莫説，唐話是通事家的本等了。王家給他大大奉禄，教他做職事，難道特特送他花哄卜用掉了不成。要是教他善父母善妻養子了。你若唐話也透撤明白，書也読得爛熟，肚里大通，不消自己做門路，人人引薦，自然有個大前程。倘或説話糊塗、要長也講不来，要短也説不来，這様没本事，那個肯擡挙你。一生一世出頭不得。譬如做経紀的人先不先手裡有了兩分本錢，纔做得先意。若是赤手空拳没有血本，悉聽你怎麼樣会算盤，単単算得三七二十一也做不来了。通事家的学書講話是像個生意人的血本一般。你説是不是。

　　私が見るところ、今時の長崎の若者は、通事という虚名をかさに、本分を疎かに、ひたすら遊ぶのが大事で、詩文を作ることも出来ないばかりか、

唐話すらてんで話すことが出来ない。ぞろりとした羽織りを着こみ、結構な大小を腰に、自分を上等な人間と思いこんで、東に行っては遊び、西に行ってはぶらぶらと、酒や肉を買って、ただただ銀子を浪費して、無駄遣いこの上ない。これは大いに間違っている。言うまでもなく、唐話は通事家の本分だ。お上がありがたい俸禄を下さり、仕事をおさせになるのも、まさかただ遊びに使って有り金はたいてしまうためな筈があろうか。大事なのは父母に孝養を尽くし、妻子を養うことなのだ。もしも唐話をすっかり理解し、書物も十分に読み込んで、腹の中から完全に了解したならば、自分で出路を切り開くまでもなく、人々から引きが来て、自然と大きな前途が開けるものだ。もしも会話もでたらめで、長いことばも短いことばも話せない、この様な力のないことでは、どこの誰がおまえなど推薦しようとするものか。一生目などでるはずがない。例えば、商売をする人間は、何はともあれまずは些かの元手が必要で、それで初めて商売ができる。もしも徒手空拳で元手がなければ、いくら算盤がうまかろうと、三七二十一の計算もできはしまい。通事家が書物を学び唐話を話すのは、商売人の元手と同じなのだ、そうは思わないかね。

　以上の通り、非常に平易な官話で綴られると同時に、通事としての心構え、またひいては人として行うべき孝養など、極めて「教訓」的な言辞で構成されていることが見て取れよう。ここでは紙幅の関係で紹介することはできないが、これ以外に、『養児子』『小孩児』などの課本類も、前者は子を養育する親への教訓、後者は塾で学ぶ子供への教訓と、それぞれ対象は殊にするものの、全篇にわたって孝行訓や処世訓が重要なトピックとなっており、そこでの「説教話」は時に滑稽さも感じさせる生き生きとした筆致の「官話」で記され、「官話」文体の創造力の豊かさもうかがい知ることができるのである。

　終わりに

　以上、駆け足で、書記体としての「官話」が、「教訓」を載せる媒体として発達してきたことを見てきた。「官話」は、まず第一義的に「口頭語」として捉え

られるべきものであった。明の馮夢龍『笑府』の用例はその聴覚的効果によるおかしさを記録したものであったし、琉球の通事が「白話」を「官話」に翻訳したのも、「官話」とは、そのまま口頭に上せ耳で聞いて理解できる言語という認識があったからである。そして、通事達が残した官話課本からは、この口頭語たる「官話」が、やはり書記可能な文体を獲得していたことは疑う余地がない。

本稿では、それら書かれた「官話」——従来は通俗小説などと同様に「白話」に分類せざるを得なかった——を、「白話」文体から切り離すために、「教訓」書、つまり教化のための「官話」文体として位置づけ、その言語態としての系譜を新たに捉え直そうと企図したものである。

「教訓」のことばの歴史は長く、古くは『論語』、また禅の「語録」や宋儒の「語録」など、多くの対話形式の「教訓」が残されている。ここで議論は十全に尽くしたとは言えないものの、今後、これらの教訓のことばを一旦「白話」から切り離し、その系譜を再検討した上で、再度媒体としての「白話」に立ち戻るならば、そもそも、口語に近い言語態が中国において書記化されたことの、動機の一部が見えてくるのでは、という期待もある。例えば、『水滸伝』が書名に「忠義」を冠することも、通俗小説の多くが「勧善懲悪」の結末を有することの意味を知る鍵も、その周辺にあるのかもしれない。琉球の通事が「官話」に翻訳した『人中画』も、果して教訓譚的性格の色濃いものであった。

「教訓」であるという大義名分と、「官話」が「官」字を冠することにより獲得したお墨付き、この両者は、恐らくは極めて近い関係を有するものであったのだ。

注
（1）拙稿「官話課本所反映的清代長崎、琉球通事的語言生活」『東亜漢語漢文学的翻訳、伝播、激撞——十七世紀至廿世紀検討会論文集』（台湾、中央研究院、2006）にて、両者の言語的アイデンティティの相違について論じた。
（2）武藤長平『西南文運史論』（岡書院、1926）や石崎又造『近世日本に於ける支那俗語文学史』（清水弘文堂、1967）など。
（3）大塚秀明「明清資料における官話ということばについて」『言語文化論集』（筑波大学）42（1996）。
（4）「撒屎」と「殺死」の発音は近い。

（5）これについては、拙稿「『聖諭』宣読——教化のためのことば」（『中国文学報』第66冊、2003）に少し触れたことがある。胡適「中国新文学大系・建設理論集」導言、また「国語講習所同学録」9月5日（のち「新文学大系建設理論集」導言に引用）などを参照。

（6）現中華書局資料室蔵。路工編『明清平話小説選』第一集（古典文学出版社、1958）、及び『中国話本大系』「珍珠舶等四種」（江蘇古籍出版社、1993）に、排印出版される。

（7）国立公文書館蔵。乾隆四十五年刊本。いま『古本小説集成』（上海古籍出版社、1990）、『古本小説叢刊　第三六輯』四（中華書局, 1991）に影印出版。

（8）この『人中画』が、確かに会話教科書として用いられていたことは、拙稿「ベッテルハイムと中国語——琉球における官話使用の一端を探る——」（『同志社女子大学総合文化研究所紀要』19、2002年）にて論じたことがある。

（9）「狭路逢」を除く四篇と、琉球の官話課本として有名な「白姓」を合わせて全五巻。他に天理大学と東京大学に所蔵が見られる。

（10）注（5）参照。

（11）『欽定大清会典事例』巻三八九「礼部・学校・訓士規条」の嘉慶十九年上諭など。

（12）原文は、「唯是愚夫村豎立未按文義、兼之土音多訛、一切称名指物詞語各別、是以聆読之下、未尽通暁。……謹就方言里語推衍成篇」。

（13）原文は、「臣等未有不各以其方言俗語曲為引論、但一時宣講、恐未及周、覚得曩日陝西塩運分司臣王又樸所刊講解聖訓一本、其講解詞意令人易暁、誠於愚氓聞之甚為裨益」。

（14）『唐通事心得』は「拳」字部分が虫損で判読できないため、ほぼ同文を収める『長短拾話唐話』により補った。

中国語 Web 教材の開発

三 枝 裕 美

はじめに

コンピュータで学習する CAI（Computer Assisted Instruction）は1950〜1960年代のアメリカで始まった。その後1980年代からは語学学習にコンピュータを用いるCALL（Computer Assisted Language Learning）という言葉が使われるようになり、形態的にはLLシステムとコンピュータネットワークが結合した CALL 教室が登場、日本では1990年代半ば頃から普及し始めた。現在ではLLシステム部分がソフト化された CALL 教室が主流になっている。CALL が英語で始まったことはもちろんであるが、フランス語、ドイツ語、中国語などの他言語ではコンピュータの多言語処理の問題から、当初は教材作成には多大な困難を伴った。また語学学習に限らず、インターネットを用いた学習を WBT（Web Based Training）と呼び、より広義にコンピュータを使用する学習を総称して e-learning と言う。さらに学習支援機能、成績や履修管理機能等を備えたシステムを LMS（Learning Management System）と呼ぶ。筆者の中国語 Web 教材「パンダと学ぶ中国語」(http://saigusa.com/) は、CALL教材または WBT 教材、広くは e-learning 教材の範疇に入る。

1―1　Web教材の利点

では、なぜ語学学習にコンピュータを用いるのか。デジタル情報であることの利点はノンリニアなアクセスが可能なことにある。従来のカセットテープにしてもビデオテープにしても、時間軸に沿って直線的にアクセスするしかないので、教材の中の再生したい箇所を呼び出すためには、早送りや巻き戻しを頻繁に繰り

返して相当面倒であり、機械の操作に振り回され、学習意欲が途切れることがしばしばであった。ところがコンピュータでは、目的の箇所にダイレクトにアクセスできるため、時間的ロスも全くなくなったことから、学習意欲がはるかに向上したことは明らかだ。後にアンケートの項目で述べるが、「自分の分からない発音を何度でも聞けるのがいい」というのが、学生に最も好評な点である。

　特に中国語には音節の数が400余りもあり、初学者にとっては発音の習得が難関となっている。自分の苦手な音節だけをたちどころにピックアップして何度でも繰り返し練習できるのは大変便利である。同じデジタルでも CD は1トラックが長すぎるし、iPod 等の MP3 プレーヤーでも1ファイルが長すぎる。一方、コンピュータでは1秒以下であっても、1分であっても、教材作成者が時間の長さを自由に決定することができることから、繰り返し練習にはやはりコンピュータに軍配が上がる。またコンピュータのもう一つの特徴にインタラクティブ（双方向性）であることが挙げられる。従来のLL教室での情報提供は教授者からの一方通行であり、学生は教師が再生する音や映像を視聴するだけという受身の学習に偏りがちであった。その点はコンピュータを用いると、学習者が求めるものに応じて音や映像を再生することが可能であり、主体的に学習に取り組む姿勢の確立への一助となる。また、学習する箇所を学習者自身が選ぶことができるため、進度の速い学生は応用問題へ進み、遅い学生はじっくり基本をマスターするという多様な学習のあり方が可能である。山間部や離島などでは生徒数と教員の数が極端に少ない条件下でやむなく「複式授業」が行われている。そこでは、教員は学年の異なる生徒に応じて個別の内容を、時間を細切れに割く授業を実施している。一方、CALL では、教員が時間を細切れに個々の生徒に振り向けるのではなく、それをコンピュータが代行し、多人数であっても学習者の個別の進度や能力に応じた授業を全体として進めることが可能である。とりわけ中国語では、帰国子女の子弟や、高校で中国語を受講している学生が増えていることから、周囲の学生より格段に力のある学生が一教室に混在する。そのような場合、CALL ならば各自の力にあった部分を学習すればよい。これは全体と個のいずれにも目を配りながら、一つのクラスの学力を向上させなければならないという教育の古くて新しい問題に、根本的な解決策を提示していると言える。教材開発の能力を

持つ者が不足していることや、教材の作成に多大な時間を要することから見過ごされているようにも感じられるのだが、CALL が言わば「進化した複式授業」を可能にした現在、教育に携わる者ならば、旧来の教授法とは革命的に異なるメソッドに深い関心を寄せるべきであると筆者は早くから考え、CALL 教材の開発を実践している。

いま、「進化した複式授業」と述べたが、CALL 教材はひとたび開発してサーバーに載るや、それが教室での授業にだけ利用できるばかりでない。コンピュータ技術の進展は、単に個々のパソコンの能力が飛躍的に向上しただけに止まらない。1970年代に始まったインターネットの発明とその後の爆発的な普及と技術革新とは、情報の伝達と共有を多くの人々に極めて容易なものとした。そのような時代の進展は、もはや教育が学校という限られた領域から解放されることを意味しよう。CALL 教材はインターネットを通じて、個々の学習者にも提供することが可能である。何もそれを教室の占有物に限定する必然性は何もない。CALL 教材を Web 上に載せない手はないのである。言うまでもなく昨今のインターネットの普及で自宅からインターネットに接続できる学生が多い。しかもブロードバンド化で重い音声や映像でも苦もなく再生できるようになってきた。時間や空間の制約なしに学習できる Web 教材は自習に最適である。教室で授業中に学習したことが家で復習ができ、たとえ学年が変わってもいつでも復習できる。このことは入門段階での発音の習得が肝要な中国語ではとりわけ意義が深い。さらには学生にとどまらず、一般の中国語学習者向けに公開・提供できる利点がある。ただ Wcb に載せているだけで、特段の手間をかけずに自動的に世界中へ発信することとなり、大学教育が社会に貢献できるのである。

1—2　Web 教材の開発にいたるまで

本格的なプログラミング言語による教材を除いて、教師が手軽にパソコン用の教材を作れるようになった初めは Apple 社の Hiper Card であった。押すと音の出るボタンが簡単に作れ、Hyper Talk という簡易言語を駆使すればいろいろな仕掛けが作れたので、語学教材にとどまらず様々な科目の自作教材が出回って

いた。筆者がパソコンで中国語教材を作るきっかけとなったのも Hiper Card であり、1994年から95年にかけてであった。残念ながら今 Hiper Card は作成ツールもプレーヤーも廃盤となっている。さらに今最先端のネット放送である Podcast ができる iPod の発売元も Apple 社であるのは、同社がいかに時代の先端を走っているかの表れであろう。

次にマルチメディア制作ソフトのオーサリングツールとして定番となっていたのは Macromedia 社（現在は Adobe 社に吸収されている）の Director であった。販売されている CO-ROM には made with Macromedia のロゴがついているものが多く、プロも使うが、素人でも使えるツールとして普及していった。こちらの言語は Ringo である。今でも進化を続けている。この Director が Shockwave というプラグインをインストールすることによりホームページ上で動くようになり、筆者もそれを機に Director に移行し、Web 教材「パンダと学ぶ中国語」を開設した。1996年のことである。

その後同じ Macromedia 社から Flashが発売された。Flash が扱うのはビットマップの絵ではなく、ベクトル形式の絵のため容量が軽くてすむので、Web サイトのトップページを格好のいいアニメーションで飾ったり、広告などのキャッチアイに使われたりしており、現在は Flash の方が隆盛を誇っている。こちらの言語は ActionScript である。筆者も「パンダと学ぶ中国語」の初級編と単語編には Flash を採用している。ボタンという部品があり、マウスの動きに応じて様々な表現が容易にできるからである。また現在勤務している長崎外国語大学の7ヶ国語講座「長崎・言葉のちゃんぽん村」も Flash を用いて作成している。今後は Flash 主体になっていくであろう。

2—1 「パンダと学ぶ中国語」の構成

さて、「パンダと学ぶ中国語」であるが、構成は入門編、初級編、旅行会話編、漢詩編、単語編、おまけの6つの部分に分かれる。上段のフレームに大目次としてこの6つの部門を並べてあり、いずれかを選ぶと左下のフレームに各部門の小目次が表示される。さらに小目次からいずれかを選ぶと、右下のフレームにコン

テンツが表示される。

　なお制作は10年にわたっているので制作順序はばらばらであるが、最近まとまったものとして、2006年に初級編の完成、漢詩編とおまけの大幅追加、単語編の開始、2007年に発音ムービーの掲載が挙げられる。

　入門編はイントロダクションとして「中国語について」、発音、あいさつ、数、MP3ファイルから成る。

　発音はさらに発音ムービー、声調、母音、子音、音節表に分かれる。

　声調には1．声調の基本、2．声調の練習、3．声調の聞き取りテスト、4．軽声、5．変調、6．声調の組み合わせ ma で練習、7．声調の組み合わせ単語で練習　がある。

　母音には1．単母音図解、2．捲舌母音、3．二重母音と三重母音、4．尾音 n, ng を持つ複合母音、5．母音一覧　がある。

　子音には1．子音図解、2．無気音と有気音の練習、3．捲舌音の練習、4．紛らわしい発音のテスト　がある。

　音節表は全体を12の部分に分けてある。

　あいさつには1．日常のあいさつ、2．お国はどちら、3．お名前は　がある。数には1．数の基本、2．数の基本テスト、3．曜日の言い方、4．今日は何曜日？、5．月の言い方、6．カレンダー、時間の言い方基本、7．今何時？　がある。

　音声だけの MP3 ファイルも載せてある。

　初級編は、第一課知り合う　第二課尋ねる　第三課教室で　第四課図書館で　第五課食堂で　第六課誕生日　第七課動物園で　第八課服を買う　第九課旅行　第十課歓送会　がある。

　旅行会話編は、第1課機内にて、第2課通関、第3課タクシーに乗る、第4課ホテルで、第5課バスに乗る、第6課動物園、第7課レストラン、第8課病院で、第9課学校、第10課スポーツ、第11課銀行、第12課買い物・靴、第13課買い物・骨董、第14課道を尋ねる、第15課郵便局、第16課電話、第17課公園、第18課買い物・果物、第19課訪問、第20課鉄道　がある。

漢詩編は
1．陶淵明　飲酒　2．斛律金　敕勒歌　3．孟浩然　春暁　4．王翰　涼州詞　5．王之渙　登鸛鵲楼　6．王昌齢　出塞　7．王維　九月九日憶山東兄弟　8．王維　鹿柴　9．王維　渭城曲（送元二使安西）10．李白　早発白帝城　11．李白　黄鶴楼送孟浩然之広陵　12．李白　静夜思　13．李白　越女詞　14．崔顥　黄鶴楼　15．杜甫　春望　16．杜甫　登岳陽楼　17．杜甫　八陣図　18．白居易　長恨歌　19．白居易　琵琶行　20．張継　楓橋夜泊　21．李商隠　錦瑟　22．李商隠　無題1　23．李商隠　無題2　24．韋荘　菩薩蛮1　25．韋荘　菩薩蛮2　26．李煜　虞美人　27．李煜　浪淘沙　28．蘇東坡　春夜　29．蘇東坡　水調歌頭　30．蘇東坡　蝶恋花　31．蘇東坡　念奴嬌　32．李清照　一剪梅　33．李清照　如夢令1　34．李清照　如夢令2　がある。

単語編は1．コンピュータ　2．色がある。

おまけには1．天安門広場 Quicktime VR、2．景山公園 Quicktime VR、3．万里の長城 Quicktime VR、4．北京動物園のパンダのムービー（Real Media）、5．北京の食べ物ムービー（Real Media）、6．中国の省を覚えよう、7．中国の省を覚えようジグソーパズル編、8．クリスマスツリー、9．煎餅、10．凧揚げがある。

2－2　「パンダと学ぶ中国語」の内容

内容をかいつまんで見ていくと、まず入門編の「中国語とは何か」で、中国は多民族国家であることを表すためにさまざまな民族衣装を着たイラストを提示し、その中でも漢民族の言葉である漢語を学ぶことを説明し、さらに方言図を示して、共通語である普通話を学ぶことを説明している。紙の教科書とは違ってパソコンではふんだんにカラーを使えるところがいい。カラフルな民族衣装を描けたり、方言図を色分けしたりできる。

発音はまず発音ムービーを載せている。単母音、子音、n. ng がある。イラストと音声だけのものもあるが、やはり実際のムービーを見た方が分かりやすい。

声調は矢印がアニメーションする。動きをつけられるのもパソコンの利点であ

る。男性の声と女性の声を切り替えるボタンもついている。

　aで四声を練習した後、単母音図解で他の母音も学び、再び声調に戻って単母音に四声をつけて練習し、確認テストを行うという順序で授業は進行する。

　確認テストではパンダの顔を押すと別の母音で同じ声調を発音するようになっているので、何度でも繰り返して聞ける。即座に○×と第何声の声調であったかの情報が出されるので、ゲーム感覚でテンポ良くドリルをこなせるのもコンピュータならではである。ここにパンダがナビゲーターとして登場していることで文字だけによる指示より親しみやすくなっている。

　子音は舌の位置、息の出方をアニメーションで確かめながら練習する。特に難しい無気音と有気音の練習、捲舌音の練習は別仕立てになっている。紛らわしい発音（xi, shi, si の区別など）のテストも用意してあり、先ほどの四声の確認テストと同じくテンポ良くドリルをこなせるようになっている。

　音節表は前述したように400もの音節を紙のテキストと CD などで学ぶのは難しいが、コンピュータ上でなら任意の音声をワンクリックで再生できる。練習モードで何度も繰り返し練習した後、テストモードで赤いスピーカーのボタンを押して音声を聞き、表の中の該当する音節をクリックすると、正誤の判定がすぐになされる仕組みである。授業中、学生が一番熱心に取り組むのはこの音節表である。

　あいさつのコーナーでもパンダが主人公なので親しみやすい。「ごめんなさい」では、パンダが女の子の足を踏むアニメーションをつけてあるので臨場感が伝わる。

　数の練習とテストでは、まず1から10までの数を練習した後、ドラッグ＆ドロップ式のテストで確認する。間違った数字を運ぶと元の位置に跳ねかえされる。オープンキャンパスなどで、中国語が全く初めての高校生でも、半ば遊びながら必ず全員正解にまでたどりつく。テストに遊び心を加えるのは、学習者の意欲を高める上で非常に大事なことである。

　音声だけの MP3 のファイルを載せてあるのは、クリックすると音が出るという便利さの反面、何もしないとリアクションがないので、時にはある一定の長さの音声を受動的に聞くというのもあっていいとの判断からである。

　初級編ではマウスが中国語の文字の上に重なると下に日本語訳が出現し、押す

と音声が流れるという仕組みである。左側に一問一答の問答、右側のタブを切り替えて言い換え練習と応用という形式で統一してある。全体に出合ってから別れるまで、各課はその中でストーリー性をもたせてある。パンダが主人公であるだけでなく、もっとパンダにナビゲートさせればいいのだが、その点が課題である。また各課は基本的な文法事項を含んだ上で簡単な日常会話ができるようにしてあるが、語法編の開発が遅れていて、文法説明がないのも欠点だ。語法編ができたら、初級編と旅行会話編をクロスする形でリンクする予定である。

旅行会話編は、「日本の動物園で生まれたパンダの悠悠くんが、お母さんに少し中国語を学んだだけであまりよくできないので、里帰りして中国語の勉強をします、あなたもいっしょに中国語の勉強をしましょう」という設定になっている。飛行機の機内→空港で入関→タクシーに乗ってホテルへ→ホテル到着、バスに乗って動物園へ行き、レストランで食べ過ぎて病院へ駆け込むという風に進行していくのだが、これもストーリーをもっと明示した方がいいだろう。練習ではそれぞれの文の単語の上のピンクの丸を押すと単語の意味が下に出るようになっている。一つ一つの単語の意味が分かるので、全くの自習でもこなすことができる。言い換え練習ではワンクリックで単語だけ、しばらく押し続けてから離すと文になるという仕組みになっている。関連単語や応用表現もある。空港の関連単語では、パンダを税関などの各部所にドラッグ&ドロップすると該当の単語の文字と音声が出るようになっていて、まるでパンダが空港内を歩き回るようで楽しい。ホテルの関連単語では、ホテルの部屋と化粧室の写真があり、その中からたとえばベッドを押すと"床"という文字と音声が出てくるという風に、学習者の働きかけを促すようにしてある。

全体に地図が目次となっていて、各課の絵を押すとジャンプする。将来的にはこれを3Dウォークスルーにして、郵便局の建物の中に入っていって問答をするというインターフェースにしたい。

漢詩編では、中国の古典詩を題材として制作した。その内容は、漢詩を現代中国語音で朗読、音声を聞きながら、漢字、ピンイン、訓読、作者、日本語訳、解説を切り替えることができるようになっている。画面の背景にはそれぞれの詩に合った写真を配してある。漢詩編制作の意図だが、いわゆる語学教材としての

「発音編」「会話編」とは少し趣きを変え、学習者に、日本人学習者ならば馴染みのある漢詩を、高校時代の漢文訓読とは異なる味わい方を提示するとともに、韻文の利点を最大限に活用することで、「勉強」という意識からある程度離れさせ、中国語の音声の美しさを実際に感じてもらいながら、結果として発音の総復習、個々の発音の正確さ、中国語の五言・七言のリズムの習得させることを目標としている。言うまでもないが、それが同時に、豊かな中国文化に触れさせることにもなり、中国語学習の動機付けと学習の厚みを増すことも期待されるであろう。また一般の方の利用と反響が多いのはこの漢詩編である。収録詩のリクエストが来ることもある。

単語編は製作途中で、現在コンピュータと色の2つしかないが、他に音楽、自然、天気、飲み物、職業、親族、果物、野菜、食器、点心、人体、靴、衣服、家、スポーツ、建築物、国家、都市、動物、乗り物、病気　を制作する予定である。色はパンダが抱えているボールの色が変わる。

おまけの制作の意図だが、半ば遊びながら中国の諸断面に触れることで、学習の動機付けに役立てたいと考えている。楽しいという経験は学習継続のためには欠かせない。授業中の息抜きにも有効である。

おまけにはまず3つの Quicktime VR、1．天安門広場　2．景山公園　3．万里の長城がある。Quicktime VR[7] とは Apple 社の技術で、360°パノラマムービーである。画面の左右どちらかの端をマウスで押して、反対側に回せばぐるぐる回転する。操作性が良く、実際にその場に立っているような感覚が味わえるので好評である。

パンダや北京の食べ物のムービーも掲載している。実際の中国の映像を見て、中国に親しんでもらいたいからである。

中国の省を覚えるための小物もある。一つは省名をクリックすると当該省の色が濃くなるもので、もう一つはジグソーパズルになっているものである。完成図からは地図上の省をクリックすると省名が出てくるという風に先のものと反対になっている。

このようにおまけには遊戯的要素を盛り込んでいる。遊びながら中国文化に触れて興味を持ってもらう。

さて、以上紹介した「パンダと学ぶ中国語」のほかに、「北京へ行こう」という独立したソフト（CD-R）も制作している。このソフトは、北京を観光に訪れる際の参考にもなり、またパソコン上での疑似体験旅行にもなることを意図して制作した。内容は、北京の地図上の観光地や繁華街のポイントをクリックすると説明文とともに写真やムービーや上記 Quicktime VR が見られるようになっている。これは北京へ夏季セミナーに出かける学生に、事前に様子を知っておいてもらうために配っていたものである。しかしCD-Rでは多くの人に見てもらえないため、いずれこれも Web 化して、「パンダと学ぶ中国語」の中に取り入れていきたいと考えている。

2―3「パンダと学ぶ中国語」についてのアンケート

2006年度の授業ではカリキュラムの関係で入門編だけしか用いなかったが、全学的な授業評価のアンケートの余白に「パンダと学ぶ中国語」について自由記述をしてもらい、45名の受講者で27通の回答を得た。うち19通で肯定的な評価を得た。残りの否定的な評価は同時に行っていた e-learning システムでの中国語検定試験対策テストに対して自己採点が時間の無駄だというような内容であった。「パンダと学ぶ中国語」に対しての否定的評価は「パンダの授業はきんちょう感があまりにもないと思った。。。」「音声が途中で切れないように改善してもらいたい。」という2項であった。緊張感がないというのは、自主的に学ぶということに慣れていないためと考えられる。音声が途中で途切れるのは、使用した CALL 教室でのみ生じる現象で、他の部屋では全く問題なく、原因不明である。

肯定的評価で具体的には「音声つきで分かりやすかった」「パンダと学ぶ中国語で勉強してみて、発音とか自分が分からないところが何度も聞けたり、絵を使って説明されていたところが多くて、とても分かりやすかったし、とても勉強になった。他にもたくさん、中国語の問題のページとかも作って欲しいなあと思った。」「見やすくてクイズとかついていたりするので楽しくできます。」「「パンダと学ぶ中国語」はとても見やすく勉強しやすいＨＰだと思いました。」「私の一番のお気

に入りは中国の生活の様子がムービーで見れるところで、特にまんじゅうを作るところは何度も見ました。音声もあるので発音の勉強ができてとてもよいと思います。」「インターネット上で見れるので、いつでも勉強できていいと思います。また音声付きなので、耳で聞いて口に出して発音練習もできいいと思いました。」などの回答があり、まとめると、（1）何度も音声が聞ける（2）絵があって分かりやすい（3）クイズが楽しい（4）いつでも勉強できるといった点が評価されていた。この結果は制作者の意図と合致しており、目的は達せられていると言える。

2—4　中国語 Web 教材における今後の課題

　先にも述べたが、語法編の作成が急がれる。授業では説明できるので問題ないが、一般の方の独学の場合、語法がないと習得に支障をきたす。ホームページのリンク機能を使えば、各所に散らばっている文法事項を語法編の解説の頁へとジャンプさせることが可能である。紙媒体と違ってクロスさせることができるのが強みである。また内容的には初級段階で止まっているので、中級編の作成も必要である。現在の旅行会話編を発展させた形で、もう少し複雑な内容のものを考えている。媒体的には、より軽快な学習のために、パソコンを立ち上げなくても学習できる、携帯電話へのムービーの送信、携帯 Flash、iPod へのポッドキャスト送信のいずれかのモバイル化が求められる。今まで述べてきたように確かにマルチメディアを統合して扱うことができ、発音の反復練習に容易で、インターネットで世界とつながり、遊び心を活かした各種テストを作成できるパソコンは今のところ最も外国語学習に適しているが、図体の大きさと起動の面倒さがネックになっている。携帯電話か iPod のように手軽に扱えるものが必要である。実際日本でも各大学でポッドキャスト配信が広まりだしている。今後はパソコンで Web 学習というスタイルを基軸としながら、モバイル学習を相補的に使用する方向で進んでいきたいと考えている。

3　他の中国語 Web 教材
3－1．中国語総合情報

①岩野忠明　中国語学習室

　最新・出版各社中国語教科書データベースやＷＥＢ版・自作辞典など27項目もの内容がある。　http://www.rockfield.net/chinese/

②アルク　中国語

　留学案内から"点心熊猫"の中国語会話入門や中国語の基礎知識など多彩な内容。　http://www.alc.co.jp/china/index.html

3－2．中国語学習

（1）　多言語の中の中国語

①東京外国語大学 TUFS 言語モジュール

　17言語もの言語教材の発音モジュール・会話モジュール・文法モジュール・語彙モジュールからなる、大規模な教材

　http://www.coelang.tufs.ac.jp/modules/

②広島大学バーチャルユニバーシティ外国語学習講座

　英語・ドイツ語・フランス語・中国語・朝鮮語・ロシア語の６ヶ国語がある。中国語は「中国語発音学習教材」http://vu.flare.hiroshima-u.ac.jp/

③帝塚山大学 TIES

　語学だけでない全学的なバーチャルユニバーシティ。語学では中国語・英語・ハングル・スペイン語・ドイツ語がある。中国語は９講座ある。

　http://www.tiesnet.jp/ot_index.php

（2）　中国語のみ

①紅の中国語講座

　発音の基礎からホテルでの会話まで全39課。Shockwave を使って作られている。　http://www.netpot.co.jp/china/index.html

②オンライン中国語―中国情報局

豊富なビデオ映像がある。1日1フレーズ中国語（月〜金の毎日更新）など。
http://dir.searchina.ne.jp/chinese/

注
（1） 「中国語入門」三枝裕美（ハイパーカードスタック）。
（2） 中国語教材のPodcastの魁は大阪府立大学の清原文代氏である。
　　 http://www.las.osakafu-u.ac.jp/~kiyohara/。
　　 http://www.las.osakafu-u.ac.jp/podcast-lang/index.html。
（3） もとは絵画ソフトのSmart Sketchであった。
（4） Adobe社のIllustratorのように数式で画像がなりたっているもの。
（5） http://www.nagasaki-gaigo.ac.jp/chanpon/chanpon.html
（6） 2007年3月現在shockwaveがWindows Vistaに対応していない点からもFlashへの移行に拍車がかかると考えられる。
（7） http://www.apple.com/jp/quicktime/technologies/qtvr/。

追記
　　 2007年5月に単語編が完成した。また6月にはiPodへ転送できるPodcastの配信を始めた。

西湖博覧会と日本に関する覚書

柴 田 哲 雄

序

　西湖博覧会は、民国期初の内国博であった。北伐が完了して、国民政府が中国を統一した翌年の1929年6月6日から10月20日まで、休会を挟んで実質128日間にわたって、杭州の西湖の四周を会場として、浙江省政府の主催で開催された。その開催趣旨は、「西湖博覧会章程」の第一条に、「浙江省政府は実業を奨励し、国産を振興するために杭州の西湖で博覧会を開催する(1)」とあることから明らかなように、何よりも国貨（国産品）提唱にあった。ちなみに参観者はのべ17,617,711人に達し、視察団体も総計で1,997組あった。(2)

　先ず、先行研究について見ていくことにしよう。邦語による研究は管見の限り皆無であるが、中国では2004年の西湖博覧会開催に伴って、改めて75年前の同地での博覧会に注目が集まり、近年、様々な書籍や論稿、史料集が出されている。(3)こうした中国の先行研究は、西湖博覧会の概要について紹介しつつ、その関心を専ら博覧会の開催と経済発展との関係に置く傾向がある。だが、「国産を振興する」という開催趣旨からも明らかなように、西湖博覧会の開催は一方でナショナリズムと密接に結び付いており、かつ博覧会開催の前年に済南事件が勃発し、中国ナショナリズムが日本の大陸進出と対峙し合っていたという状況を踏まえるならば、西湖博覧会と日本との関係がどのようなものであったかというテーマも検討に値するであろう。

　小稿の構成であるが、日本では西湖博覧会がほとんど知られていないことから、先行研究を参照しつつ、1において西湖博覧会開催の経緯を、2において各パビリオンの展示趣旨をそれぞれ見ることとし、3において西湖博覧会と日本との関係を検討することとする。

1．西湖博覧会開催の経緯

　西湖博覧会に先立って開催された、初の内国博であった南洋勧業会から見ることにしよう。先ず、1909年10月28日から12月12日にかけて、初めての数省規模の地方博覧会として武漢勧業奨進会が開催され、その成果などを基盤として、両江総督の端方の上奏により、翌1910年6月5日から11月29日まで南京において、南洋勧業会が「実業救国・教育救国」を趣旨として実現の運びとなった(4)。だが、南洋勧業会の翌年に辛亥革命が勃発し、その後も内戦が続いたために、武漢勧業奨進会が立案し、1916年開催予定であった両湖博覧会が実施中止になるなど、次なる内国博の開催は、国民政府による北伐の完成を待たねばならなかった。

　この南洋勧業会については、西湖博覧会当局は、「西湖博覧会計画・開設の趣意書」において、継承するべき催しとして位置付けていた。しかしながら、当時発行された『西湖博覧会指南』に収録された湖傭執筆の「党化の西湖博覧会」では、南洋勧業会の京畿館のように「乾隆大帝の象牙製の御席を持ち出して見せびらかす」ようなことは避けて、専ら「本国の産出になる、全国の人民の食物、衣服、住居、行動に関わる日用品を陳列する」べきであると主張するなど(5)、関係者の間で、国貨提唱の見地から、南洋勧業会の展示の一部に対して、不満が上がっていた。また、西湖博覧会の参観者のなかからも、南洋勧業会に対する批判が出されていた。『西湖博覧会総報告書』に収録された、一般参観者と思しき陳徳徵が著した「西湖博覧会についての感想」では、開催に当たって莫大な経費を費やしたにもかかわらず、「南洋勧業会開催の以前と以後とを比較してみると、国貨に関する工商業の進歩は依然として微々たるものであった」と指摘していた(6)。

　南洋勧業会を批判的に継承した西湖博覧会が開催されるまでには、なおいくつかのより小規模な国貨展覧会の催しがあった。先ず、北伐が完成する1928年4月に、国民政府工商部長の孔祥熙が、国貨の発展を期して工商部主導による中華国貨展覧会の開催を提議した。そして了承されると、工商部は、開催準備活動の一環として、各省に地方規模の国貨展覧会を開催するように訓令した。これを受けて上海では、孔祥熙自ら中華国貨展覧会の先駆と位置付けた夏秋国貨用品展覧

会が、同年7月7日から20日まで開催された。

　このような半年余りの準備活動を経て、上海で同年11月1日から翌年の1月3日まで、工商部及び上海特別市政府や商会との協同の下で、中華国貨展覧会が開催された。同展覧会には、食用原料、製造原料、毛皮・皮革製品、パラフィンワックス、加工食品・飲料、紡績製品、建築工業品、健康用品、家庭用品、芸術品、教育関連用品、医薬品、機械、電器など14種類に分類された計13,271点の国貨が、22省と4特別市から出品されて展示されていた。こうした出品物に対しては、工商業の専門家が審査を行ない、特等賞、優等賞、一等賞、二等賞の入賞数はそれぞれ132点、657点、883点、452点に及んだ。中華国貨展覧会の閉幕からおよそ5ヵ月後に、浙江省政府が主催した西湖博覧会は開幕を迎えることとなった。西湖博覧会は、『西湖博覧会指南』にあるように、まさに国貨提唱の見地から、「中華国貨展覧会を継承するべく準備した」ものにほかならなかったのである。

　次に、西湖博覧会の主催者について見ることにしよう。西湖博覧会の計画そのものは、国民政府が北伐の完成によって全国を統一する以前から存在しており、1924年初めに当時の浙江省の支配者であった浙江軍事善後督辨の盧永祥や省長の張載揚が開催を立案していた。しかし、立案からまもない同年9月に、盧永祥と江蘇省の軍閥の斉燮元との間で、上海をめぐる戦役が勃発し、盧永祥軍の主力が前線である蘇州に赴いて浙江省の守備が手薄になっている間に、福建省の軍閥の孫伝芳の軍に杭州を攻略されてしまい、西湖博覧会の計画も水泡に帰してしまった。

　北伐が完成した1928年10月に、浙江省政府主席の何応欽は、かつての西湖博覧会の計画を再び取り上げて開催を決定し、さらにその直後に何応欽に代わって省政府主席に就任した張静江が引き継いだ。西湖博覧会の会長と副会長には、張静江と浙江省建設庁長の程振鈞が就任し、さらに程振鈞は西湖博覧会準備委員会の主席をも兼ね、国内の600余りの各分野の専門家を同委員会の委員に招聘し、開催に向けて実務を取り仕切った。西湖博覧会はまた国民政府の各部・委員会の協力をも得ており、工商部と財政部は各省からの出品物に対する免税措置を取り、鉄道部は出品物の輸送費を通常の半額としたほか、会期中における滬杭鉄道の利益の20％を博覧会に寄付するとした。もっとも国民政府からの経済的援助は、博

覧会開催に伴う諸経費の大幅な赤字を補塡するには全然足るものではなかった。西湖博覧会自体の総収入が銀元で45.6万元余り、滬杭鉄道からの援助などが30万元余りなのに対して、総支出は122元余りにまで達していたからである。[11]

さて、主たる出品者である民族資本家や南洋華僑は、国貨提唱を趣旨とする西湖博覧会に対して積極的な参加姿勢を示していた。博覧会当局がスタッフを中国各地に派遣した結果、出品に関しては、該地の商会が責任を負うこととなり、また商会の協力によって各地に準備委員会が組織された。特に商工業の中心である上海では、総商会が西湖博覧会上海事務所や上海市社会局とともに、上海工場・商店西湖博覧会参加準備委員会を組織し、各国貨団体が博覧会の会場内に百貨店や事務所を設置したりした。一方、南洋華僑も西湖博覧会当局のスタッフの現地入りに応え、各地の総商会が現地の特産品を中心とした出品に責任を負い、さらに南洋華僑の視察団が博覧会会場まで足を運んだりした。[12]

2．パビリオンの展示趣旨

西湖博覧会全体の開催趣旨は国貨提唱であったが、各パビリオンはその総合的趣旨の下で、さらにいかなる個別趣旨に基づいて展示されていたかを見ていくことにしよう。博覧会のパビリオンとしては、革命記念館、博物館、芸術館、農業館、教育館、衛生館、シルク館、工業館、特殊陳列所、参考陳列所があった。革命記念館では、烈士の遺墨、遺影、遺物、戦場の写真などを陳列して、参観者から「敬慕のこもった共鳴」を得ることにより、「革命精神」を呼び起こすことを趣旨としていた。博物館では、鳥獣、魚介類、昆虫、鉱物、植物などを、逐一詳細な説明を付して陳列しており、「一度見れば、しかと見識を増すことができ、十年間の勉強に勝るであろう」とした。芸術館では、その展示品の範囲は、中国伝統の絵画や書道、彫刻、土偶、刺繍から近代の水彩画などまで網羅しており、参観を通して「芸術崇拝の心情を沸き立たせ、興味を抱いて研究するようになる」ことを企図していた。

農業館では、一般人が農作業に関して無知なだけでなく、「農業従事者もただ昔ながらの方法を墨守するばかりで、改善を求めようとはせずに、一度災害に遭

うや、なす術を知らずに、成り行きに任せている始末である」ことに鑑み、各種の農産物、農具、肥料を陳列し、病害や虫害の防除方法を系統立てて説明することにより、「栽培、農具、肥料などについて十分に進歩を促す」ことを趣意とした。教育館では、各種の教育で用いられている書籍、器具、玩具、及び教育に関する統計表、教育事業に携わった先哲の遺業、全国の学生の成績表などといったものを紹介していくことで、「青年の意思や性質を認識して、教学方法を改良し、教育を普及させる」ことを趣旨とした。衛生館では、「衛生問題とは、小は個人の健康に関わり、大は民族の栄枯に関わるものである」という認識から、「民族の健康を努めて求める」ことを趣意として掲げて、人体の生理に関する各部分、各種の疾患の状況や原因、各種の細菌の繁殖、各種の漢方・西洋薬、医療器具、体育用品、飲食加工製品を陳列していた。

シルク館では、絹織物が中国の特産品であり、毎年国内外で大量に販売されているものの、「近年、絹織物の国際貿易では、競争が益々熾烈になっている」現状に鑑みて、「比較によって競争を生じ、競争によって研究を起こせば、絹織物の前途には必ずや進歩が見られるであろう」という趣旨から、綸子、紗、繻子などの絹織物を陳列したほか、養蚕を行なう際の各段階、並びに繭から生糸へ、生糸から絹織物へと加工する際の各段階をも紹介した。工業館では、以下のような二つの効果を企図して、絹織物以外の磁器、漆器、銅器、綿織物、日用品を陳列していた。

　　……第一に、我が国には本来このように多くのものがあって、我々皆の用に供せられているのであってみれば、外国の商品を買うには及ばないということを、人々が理解し得るようになる。第二に、良いものと悪いもの、精巧なものと粗雑なものとを一つ所に陳列することで、誰の出品が良く、もしくは悪いかについて、正確に比較し、認識することができ、また各商工業者は競争のなかで、出品に向けて精進するようになるだろう。

特殊陳列所では、上述の8棟のパビリオンの範疇には属していないものの、国家建設において重要な事項、すなわち社会問題、政治問題、経済問題、道路計画、実業計画に関する統計図表や計画図表が展示されていた。参考陳列所では、「我が国の工業はなおも萌芽段階にあり、機械の性能も良くなく、多くの原料も欠乏

したままであり、それは嫌でも否認することができない」という現状を踏まえた上で、外国産の機械や原料を陳列し、「我が国の建設事業、及び製造工場や商店の参考に供する」ことを趣意としていた。

パビリオン全体で、国貨提唱という西湖博覧会開催の元来の趣旨を直接的に反映しているものとしては、農業館、シルク館、工業館、参考陳列所が挙げられるが、その他のパビリオンの展示趣旨は、訓政の開始に伴う国家建設の諸側面を反映したものであると言えよう。無論のこと国貨提唱そのものも国家建設の重要項目の一つであった。(13) このように西湖博覧会の各パビリオンの展示内容は、単に国貨提唱に止まることなく、総体的な国家建設の促進をも意図することにより、民国期初の内国博にふさわしい威容を整えることができたのである。

ちなみに、計10棟のパビリオンで展示されている出品数は、革命記念館で3,316点、博物館で4,035点、芸術館で3,645点、農業館で7,519点、教育館で12,778点、衛生館で3,237点、シルク館で1,610点、工業館で9,450点、特殊陳列所で9,898点、参考陳列所で1,704点に上った。そして出品された産品に対する審査に関しては、農業、工業、シルク、教育、衛生、特別産品という6つのジャンルにまたがる小委員会を設け、数多ある出品のうち、特等賞には85点、優等賞には236点、一等賞には249点、二等賞には399点が、それぞれ入賞を果たした。(14)

3．日本と西湖博覧会

西湖博覧会に対する日本側の視察団の動きを見てみよう。当時、西湖博覧会を視察した主だった団体としては、東京府立第一商業学校関係者、山口商業学校関係者、東京外国語学校関係者、日本農学会関係者、大阪市教育会関係者などがあった。(15) こうした視察団のうち、視察に際して行なった講演の記録が『西湖博覧会総報告書』に収録されたのは、唯一日本農学会関係者の団体によるもののみであった。日本農学会関係者の佐藤寛次、中田覚五郎、宗正雄、大槻成雄、大沢一衛等は、南通で開催された中国の農学会との合同会議に参加した後、8月に汽車で杭州にやって来て、西湖博覧会を参観したほか、杭州の各寺院を拝観し、博覧会当局が催した歓迎祝宴に臨んだ。祝宴の席上で、宗正雄は、日本が西洋から学んだ

先進的な農業技術を中国にも伝えたいという趣旨のことを述べた際に、「学問にはかつて門戸などなかった」という信念から、「貴国では千年前から文化が発達していたお陰で、弊国は進化することができました。今やかつての恩に対して貴国にお礼をして、貴国にも利益をもたらすべきでしょう」と付け加えた。このように、日本側の一部には、国貨提唱を趣旨とする西湖博覧会の開催に理解を示し、中国に対して技術支援をするべきであると唱えた者もいたのである。しかし、日本農学会関係者の視察団のような、西湖博覧会の開催に対する理解と支援の表明は、当時の日本側の博覧会に対する対応の中では例外的な動きでしかなかった。(16)

次いで在外公館の西湖博覧会に対する対応を取り上げることにしよう。博覧会開催当時、杭州の日本領事代理を務めていた米内山庸夫は、9月16日付で幣原外務大臣に宛てて、「西湖博覧会に於ける排日宣伝中止に関し報告の件」という機密電報を送付していた。以下にその機密電報を引用することにしよう。

　西湖博覧会に於ては其の開会の当時尚お一般に排日の気運相当濃かりしため会場内外装飾の万国々旗中に日本国旗を除外し又芸術館目貫きの場所に「五三」と題する済南事件中日本兵蔡公時を惨殺する図の大油絵を掲げ相当観覧者の注目を引き居りしを以て本官は右二件に関し

　一、国旗問題に関しては趙交渉員に対し日本は支那と友邦にこそあれ敵国にも交戦国にもあらず。然るに万国旗中日本国旗を除外するは国際礼儀上面白からず。この点考慮を促がす旨述べ

　二、又「五三」油絵に関しては之が撤回の正式交渉は極めて「デリケート」なる問題にして其の交渉の方法如何に依りては排日者の気勢を益々高からしむるのみならず其の結果に於て却って宣伝の効果を挙げしむる虞れあり。余程慎重に取扱うことを要すと認められしを以て本官は之を表向き交渉とせず非公式に趙交渉員に対し支那側より自発的に之を撤回する様配慮方適当懇談せし……(17)

機密電報における「其の開会の当時尚お一般に排日の気運相当濃かりし」という情勢の背景には、西湖博覧会開催の前年に立て続けに起こった済南事件、張作霖爆殺の真相の露呈、日中通商条約廃棄問題を契機に、中国全土で沸き起こった排日貨運動があった。排日貨運動を遂行するために組織された反日会は、日本製

品の取引を監視し、中国人商人に日本人との契約解消を迫り、在庫の日本製品の登記を要求し、中国製品によって代替できない品目を除く日本製品の取引に際しては、救国基金に寄付金を納入し、許可を受けなければならないとした。排日貨運動の主要な標的は中国の綿製品と競合していた日本の綿糸布であった。[18]

　西湖博覧会の主要な開催趣旨である国貨提唱は、日貨排斥と密接に結び付きつつ、それをさらに補完するものとなり、日本側に脅威を与えていた。上海日本商工会議所が設立した金曜会の言を借りれば、従来の国貨提唱運動は、「所詮は排外運動に伴う感情的、政治的の運動であるため、排外運動が何とか片がつけば……何時か立ち消えとなり、永続的に継続したものは曾てなかった」が、西湖博覧会開催前後の国貨提唱運動は、「俄かに確固たる経済的根拠をもった力強い経済行動に転化する傾向顕著とな」るに至った。すなわち、「現在支那一般民衆の生活必需品の大部分は、殆どこれを日本品に仰いで居る干係上、これに対するボイコットは必然的に国民の経済生活に影響を及ぼしたが、さればとて日本品に代るべき低廉なる必需品を外国に求め得ざるため、支那側としては是が非でも国産を奨励して日本品に代るべきものを自給自足する必要に迫られ」たところ、ようやくそれに応えることができるようになったのである。[19]こうして排日貨運動は国貨提唱運動と結び付くことにより、中国にとって競合品目であった日本製の綿糸布のみならず、従来日本の供給に頼っていた品目にまで、ボイコットの対象が広がることになりかねない情勢となってきたのである。

　日本商工会議所は、国貨提唱運動の一環として、夏秋国貨用品展覧会のような国貨展覧会開催の計画が実施に移されていることに危機感を抱いていたが、[20]上述のように夏秋国貨用品展覧会が中華国貨展覧会の先駆と位置付けられ、さらに西湖博覧会が中華国貨展覧会の継承とされている以上、日本の商工業者が西湖博覧会に対しても強い懸念を有していたことは、想像に難くないであろう。

　また、そうした懸念をさらに増幅させるかのように、西湖博覧会開催に伴って7月1日に挙行された国貨運動宣伝週間の開幕式典に、浙江省国民救国会代表の魏紹徴が出席して、「徹底した敵国商品の排斥と積極的な国貨の提唱」という演説を行なうといったような事態が起こった。[21]前述の杭州領事代理の米内山庸夫は、西湖博覧会開幕直前の5月に、「南京中央党部より命令」を受けて、日貨排斥を

牽引してきた該地の反日会が国民救国会と改組されたものの、「単に名義を改めしめたるに過ぎず何等実質の変改なく」と見なし、魏紹徴についてもその指導者の一人として明記し、「機会と政府側の方針如何に因りては可なり有効且つ徹底的に活動し得る潜勢力を有することは注意を要するものと認めらる」と警戒していたのである。⁽²²⁾

結

　西湖博覧会は、中国初の内国博である南洋勧業会を批判的に継承し、北伐後、国貨提唱の見地から催された夏秋国貨用品展覧会、中華国貨展覧会を引き継いで、民国期初の内国博として、1929年6月から10月にかけて開催された。西湖博覧会開催の立案を最初に提起したのは、浙江軍閥であったが、その計画は内戦のために水泡に帰してしまい、北伐終了後に浙江省主席となった張静江のイニシアティブの下で、開催の運びとなった。開催に当たっては、国民政府の協力、ならびに主たる出品者である民族資本家や南洋華僑の積極的な参加が得られた。また、参観者ものべ約1,760万人に達し、その盛況振りが想像され得るものとなった。

　西湖博覧会のパビリオンには、革命記念館、博物館、芸術館、農業館、教育館、衛生館、シルク館、工業館、特殊陳列所、参考陳列所があった。このうち国貨提唱という博覧会全体の趣旨を直接的に反映しているパビリオンは、農業館、シルク館、工業館、参考陳列所であり、一方、その他のパビリオンは、訓政開始に伴う国家建設の諸側面を体現するものとなった。このように西湖博覧会は、単に国貨提唱に止まることなく、総体的な国家建設の促進をも趣意とすることにより、民国期初の内国博にふさわしい内容を備えるに至ったのである。

　西湖博覧会に対する日本の対応であるが、日本農学会視察団のように、博覧会の国貨提唱という趣旨に理解を示したものはむしろ例外であった。博覧会前年の済南事件などを契機に中国全土で醸成された反日の風潮の下で、杭州の日本領事代理の米山内庸夫は、博覧会における排日宣伝に対して抗議を申し入れ、博覧会とも関係している該地の旧反日会に対しても警戒するべき旨を、本省に打電するなどしていた。また上海商工会議所の日本商人は、排日貨運動のみならず、それ

と補完関係にある国貨提唱運動に対しても、危機感を抱き、西湖博覧会に直接連なる国貨展覧会の開催に対して強い懸念を抱いていたのである。西湖博覧会は、まさに訓政期に入り、国貨提唱を始めとする国家建設に邁進する中国ナショナリズムと、大陸進出を企図する日本ナショナリズムとが衝突する場でもあったのである。

注

（1） 『中国早期博覧会資料彙編（四）』、全国図書館文献縮微復製中心、2003年、7頁。
（2） 謝輝「西湖博覧会論述」、『中共杭州市委党校学報』2000年第5期、35頁。
（3） 概説書としては、趙福蓮『1929年的西湖博覧会』、杭州出版社、2000年。王水福主編、趙大川編著『図説首届西湖博覧会』、西泠印社、2003年。論稿としては、周徳華「西湖博覧会與絲綢──紀念西湖博覧会70周年」、『絲綢』1999年第1期。鄭心雨「70年前的杭州西湖博覧会」、『中国集体経済』2000年第5期。前掲、謝輝「西湖博覧会論述」。喬兆紅「1929年的杭州西湖博覧会」、『広西社会科学』2003年第3期。史料集としては、前掲、『中国早期博覧会資料彙編（全七巻）』第三巻から第七巻。呉相湘,劉紹唐主編『西湖博覽會籌備特刊』、伝記文学出版社、1971年（台湾）。
（4） 南洋勧業会に関する詳細は以下の研究を参照のこと。野沢豊「辛亥革命と産業問題──1910年の南洋勧業会と日・米両実業団の中国訪問」、『人文学報』№154、東京都立大学人文学部、1982年3月。吉田光邦「一九一〇年　南洋勧業会始末」、吉田光邦編著『万国博覧会の研究』、思文閣出版、1986年。小島淑男「1910年の南洋勧業会と東南アジア華僑」、小島淑男編著『近代中国の経済と社会』、汲古書院、1993年。劉世龍「南洋勧業会と清末新政期政府の産業振興政策」、『広島東洋史学報』第3号、広島東洋史学研究会、1998年12月。
（5） 前掲、『中国早期博覧会資料彙編（四）』、204頁、221頁。
（6） 前掲、『中国早期博覧会史料彙編（七）』、615頁。
（7） 洪振強「1928年国貨展覧会述論」、『華中師範大学学報（人文社会科学版）』第45巻第3期、2006年5月、83～84頁。ちなみに中華国貨展覧会の先行研究は、管見の限り、引用した同上の論稿のみである。
（8） 前掲、『中国早期博覧会資料彙編（四）』、229～230頁。
（9） 前掲、王水福主編、趙大川編著『図説首届西湖博覧会』、150～151頁。
（10） 前掲、謝輝「西湖博覧会論述」、33～35頁。

(11) 前掲、鄭心雨「70年前的杭州西湖博覧会」、31頁。ちなみに入場料は「総門券」で一枚当たり小洋二角であった（前掲、王水福主編、趙大川編著『図説首届西湖博覧会』、296頁）。
(12) 前掲、謝輝「西湖博覧会論述」、35頁。
(13) 前掲、『中国早期博覧会資料彙編（四）』、161～163頁、303頁、307頁、164～166頁、160頁。
(14) 前掲、鄭心雨「70年前的杭州西湖博覧会」、30～31頁。
(15) 前掲、謝輝「西湖博覧会論述」、35頁。
(16) 前掲、『中国早期博覧会資料彙編（七）』、32頁。
(17) JACAR（アジア歴史資料センター）Ref.B02030062100（第34画像目から）、済南事件／排日及排貨関係 第九巻（外務省外交史料館）。米内山庸夫は東亜同文書院の出身で、戦前には杭州の領事代理のほかに広東、済南などの領事を歴任する傍ら、陶磁器に関する学術研究をも行なっていた。米内山は、日中戦争の最中に出版した『支那風土記』において、西湖博覧会の開催を中国人の民族性の観点から考察していた。すなわち、当初の開催予定日を大幅に遅らせる元凶になった悠々な工事や、博覧会の開幕後にさえも延々と続けられた会場の設営、元来は噴泉として博覧会に間に合わせて建造する予定だったにもかかわらず、閉幕後に当初の予定を変更して、ようやくにして完工した西湖博覧会記念塔といったエピソードを紹介し、これらから中国人の「悠々たる心」がうかがえるとした（内山庸夫『支那風土記』、改造社、1939年、79～83頁）。米内山の中国における体験の全体像に関しては、栗田尚弥『上海東亜同文書院』、新人物往来社、1993年、「第七章 米内山庸夫」を参照のこと。
(18) 後藤春美『上海をめぐる日英関係 1925-1932年』、東京大学出版会、2006年、155～156頁。
(19) 「経済的基礎に立つ澎湃たる国貨提唱運動 支那の国貨運動の一転機来る」、『金曜会パンフレット』第三十九号、昭和5年7月25日付け、11～12頁（金丸裕一監修・解説『抗日・排日関係史料：上海商工会議所「金曜会パンフレット」』第2巻、2005年、271～272頁）。
(20) 日本商工会議所『支那南洋に於ける最近日貨排斥の経過並に影響』、1929年3月、42～43頁。
(21) 前掲、『中国早期博覧会資料彙編（七）』、500頁。
(22) 前掲、JACAR：B02030062100（第22～26画像目から）。

小稿は平成17年度～19年度科学研究費補助金（基盤研究Ｃ：課題番号17520418）「地方博覧会の文化史的研究（代表：柴田哲雄)」による研究の成果の一部である。

ユン・チアン『マオ　誰も知らなかった毛沢東』
を読み解く
――中国人の特異な「歴史認識」の正体――

北　村　　　稔

はじめに

　ユン・チアン（Jung Chang）、ジョン・ハリデイ（Jon Halliday）共著の『マオ　誰も知らなかった毛沢東』（以下、『マオ』と略記）は、原書（*Mao : The Unknown Story*）が2005年6月にロンドン、ニューヨーク、トロントで、続く11月には日本語版（土屋京子訳、講談社）が出版されると、ただちに内外で多くの書評が出現した。これらの書評では、もっぱら『マオ』が提起した歴史事件への〈新解釈〉の真偽が論じられた。「張作霖の爆殺は日本軍人の仕業ではなく、ソ連の諜報機関の犯行であった」などの〈新解釈〉は、たしかに衝撃的であった。[1]
　本稿では書評の原点に立ち返り、『マオ』の構造を執筆者の意図に従って読み解き、『マオ』を貫く中国人特有の「歴史認識」について考察を加えたい。これは中国共産党の「歴史認識」なる外交カードに対処するうえでも有用であると考える。
　著者のユン・チアンは英語式表記であり、チアン（張）が姓でユン（戎）が名である。本稿でも英語版の原書に従いユン・チアンと表記する。標準中国語の音では戎はルンであるが、彼女の生まれ故郷の四川省では戎をユンと発音する。

一、毛沢東への挑戦

　『マオ』の構造は、二本柱から成る。ユン・チアンにより虚像を剥がされた毛沢東の「本当の姿」と、この「本当の姿」の背景として、夫のジョン・ハリデイ[2]

が描いたソビエト・ロシアの中国政策である。

　ユン・チアンは1952年に生まれ、少女時代は共産党特権幹部の娘として、毛沢東を神のごとく崇めていた。しかし毛沢東が1966年に開始した文化大革命の結果、彼女の毛沢東観は一変する。両親が迫害され、父親は精神を破壊される。かくして共産党特権幹部の娘は、一転して毛沢東を徹底的に否定しようと決意した。

　ベストセラーとなった旧著の『ワイルド・スワン』（Wild Swans：Three Daughters of China. 1991）上・下巻（土屋京子訳、講談社、1993年）には、この間の経緯が次のように記されている。〔　〕内は北村が補った（以下同じ）。

　　〔父は〕「五十歳なのに見た目は七十歳の老人だった。……京明〔ユン・チアンの弟〕は一九七一年末に「幹校」の父をたずねた。……〔父〕『このごろ、いろんなことを考えるんだ。父さんはひどい子供時代を送った。世の中は不正にまみれていた。共産党にはいったのは、公正な世の中を作りたかったからだ。……だがそれが人民の役にたったのか？　自分のためになったのか？　家族のみんなを破滅の淵にひきづりこんで、何のための苦労だったのか』。長い沈黙のあとで、父は言った。『もし父さんがこんなふうにして死んだら、もう共産党を信じることはないぞ』……」（下巻、278—279頁）。

　　「一九七四年の初頭……文化大革命の真の黒幕は毛沢東ではないかと、……気づきはじめた。それでも、頭のなかでさえ、正面切って毛沢東を糾弾することはできなかった。神を否定するのは、なんと至難の業であったことか。だが、少なくとも毛沢東の正体をはっきり見きわめようという覚悟だけは、固まってきた」（下巻、312—313頁）。

　　「一九七四年のある日……毛沢東のうしろだてがなければ、江青とその二流の取り巻き連中など、一日ももたなかったのだ。生まれてはじめて、私の精神はまっこうから毛沢東に挑もうと武者ぶるいしていた」（下巻、327頁）。

　　「毛沢東の思想は、あるいは人格の延長であったのかもしれない。……毛沢東は生来争いを好む性格で、しかも争いを大きくあおる才能にたけていた。……毛沢東主義のもう一つの特徴は無知の礼賛だ……」（下巻、359頁）。

　ユン・チアンは、『ワイルド・スワン』で宣言した毛沢東への挑戦を、『マオ』の出版で実現させた。まさしく「遺恨十余年」の、父親の仇討ちである。この仇

討ちの特色は、毛沢東の人格に対する徹底的な攻撃である。毛沢東の性格を、利己的で冷酷残忍で不道徳と貶め、この毛沢東の性格が原因で中国近現代史上の種々の芳しからぬ「事件」が出来したと主張し、従来の常識を覆す「事件の真相」を提示してみせる。

　毛沢東への人格攻撃の原点に据えられるのは、毛沢東が24歳の時（1918年）に書いた、『倫理学大系』（ドイツ人哲学者フリードリッヒ・パウルゼンの著作）への「注釈」である。毛沢東は当時、長沙の湖南第一師範学校の学生であった。『マオ』（上巻、35—39頁）には、次のように述べられている。

　　「この論文〔「注釈」〕には毛沢東の人格の中心的要素があらわれており、それはその後の六〇年の人生において終始変わることなく毛沢東の統治を特徴づけることになった。毛沢東の倫理観の核心はただひとつ、〈我〉があらゆるものに優先する、という概念だ。……毛沢東は自分に個人的利益をもたらすもの以外いっさい何も信じなかった。……自分の衝動と軋轢を生じる場合には良心など顧みる必要もない、とも書いている。……毛沢東の倫理観は、絶対的な自己中心性と無責任が中核をなしていた。……毛沢東の人格において、もうひとつ明らかに見えてきた要素は、動乱と破壊に対する嗜好である。……毛沢東は死にたいしてさえ無頓着な姿勢を表明している。……二四歳の毛沢東がはっきり表明したこれらの見解は、生涯を通じて毛沢東思想の核心に存在しつづけた」。

　かくして、ユン・チアンは主張する。毛沢東が以上のような個性の持ち主であったが故に、毛沢東の最初の妻であった楊開慧に対する冷酷な仕打ちが発生したのであり、日中戦争では他の共産党員の意見に反してでも勢力温存のために日本軍とは戦わなかったのである、と。また、その冷酷残忍な性格ゆえに大躍進政策や文化大革命で人命を弄ぶかのような大混乱がもたらされ、その結果として数千万人に及ぶ膨大な犠牲者が出現したのであり、核技術をソ連から買うためには、国民の飢餓を顧みない食糧輸出も平気だった、と。

二、公正さに欠ける毛沢東批判

　ユン・チアンによる毛沢東への人格攻撃と、その人格を根拠とする歴史事件への〈新解釈〉は、的を射たものではない。『倫理学大系』への毛沢東の「注釈」は、原文で読むことができるが、ステュアート・シュラム（Stuart Schram）は、毛沢東が「注釈」で〈我〉があらゆるものに優先すると述べた部分を、次のように解説している。

　　「……陳独秀、李大釗、魯迅など、毛沢東よりも年長で著名な当時の思想家たちと同様に、毛沢東も個人の絶対的価値という概念を、旧文化と旧社会の〈網から抜け出る〉武器だととらえていた」と。

　毛沢東が「注釈」を書いた当時、中国の新しい知識人の間では、儒教倫理が個人の人格を押しつぶしていると考えられていた。魯迅が『新青年』に「狂人日記」を書き、儒教道徳を〈人を食う封建道徳だ〉と攻撃したのは1918年である。中国共産党の最初の指導者となる陳独秀は1919年には『新青年』で、儒教倫理に対抗するデモクラシー（民主）とサイエンス（科学）を唱えたが、毛沢東は『新青年』の熱心な読者であり1917年には、救国のために尚武の精神を鼓吹する「体育の研究」を投稿していた。

　毛沢東が宣言した〈我〉の絶対的肯定は、デモクラシーやサイエンスと表裏を成す「個人の尊厳」であり、『マオ』のいう、単なる「利己主義」の絶対的肯定ではない。

　『マオ』（上巻、36頁）で「この世界には人間がおり物事があるが、それらはすべて我のために存在する」と訳される文章（英語版でも、only for me と訳されている）は、中国語原文には「それらはすべて我があるから（因我）存在するのである」と記されている。「存在の根本は自分である」というアイデンティティの確認であり、全ての存在は「自分の為にある」という「利己的」な意味ではない。

　同様に、『マオ』が批判する〈毛沢東の動乱と破壊に対する嗜好や死に対する無頓着〉も、中国語原文の内容は、「乱世を好むものではないが」ということわりを付けたうえでの、毛沢東による死と生の循環に対する哲学的感慨である。

『倫理学大系』(『倫理学原理』)への「注釈」を根拠とするユン・チャンの毛沢東への人格攻撃は、文章の一部だけを切り取って文意を歪める「断章取義」の批判をまぬがれない。

共産党員になる直前の1919年には、毛沢東は武者小路実篤が提唱した「新しき村」の建設を故郷の湖南省の長沙で実現するため、計画書を作りあげていた。武者小路に共鳴した若き毛沢東は、人道主義者であったと言わねばなるまい。

最後には伝統的な専制君主として独裁の限りを尽くした毛沢東の生涯は、人道主義者として出発した若者がマルクス主義者となり、社会主義革命をめざして展開した政治運動の中で、中国の伝統に取り込まれて発生した悲劇なのである。この間の経緯は、拙著『中国は社会主義で幸せになったのか』(PHP新書、2005年8月)において、共産党の権力掌握は「社会主義の衣を着た封建王朝」の成立にすぎなかったというモチーフのもとに、詳しく叙述した。大躍進や文化大革命の悲劇は、中国の社会主義革命の全体的な流れに立ち返って考察すべき事柄であり、ユン・チャンのように、毛沢東の「特異な個性」だけに原因を求めるのには、無理がある。

中国共産党の統治下で、文化大革命による大破壊と、改革開放政策による官僚の大腐敗という極端な二つの状況が相次いで出現した原因は、中国があまりにも性急に外来の社会主義イデオロギーを導入し、良く咀嚼せずに社会に適用した結果、伝統の変革もならず、さりとて社会主義の実現もならずという消化不良状態が発生したことに求められるべきである。すなわち、中国共産党の持つ「封建王朝」という伝統要因と「社会主義の衣」という外来要因が、悪しき相乗作用を起こした結果である。それゆえ、中国近現代史上の数々の悲劇は、その責任を毛沢東一人に問える事柄ではない。

三、中国人の特異な「歴史認識」

ユン・チアンは、少女時代に神と崇拝した毛沢東を徹底的に貶めている。そのやり方は日本人の目には、自制を失った少しく品格に欠ける行為と映りかねない。しかし、批判すべしと決定した人物や対象を、事実を歪曲してでも徹底的に叩く

ことこそが、中国人の「歴史認識」にまつわる伝統的な心性である。

　拙著『南京事件の探究』（文春新書、2001年）の「後書き」に登場し、「南京大虐殺」という虚構を声高に主張し続ける中国人の心性を、「愛国虚言」（国を愛するがゆえに、虚言を弄して国に仇をなしたものを攻撃する）であると解きあかした人物に、林思雲氏がいる。林思雲氏は2002年に吉田富夫佛教大学教授の主催する京都の《現代中国研究会》で、「中国の民族性から日中関係を語る」をテーマに講演した。

　林思雲氏は、中国人の「歴史認識」とは、事実を積み重ねて真実を追求する知的営為ではなく、国家や体制の体面を維持するために事実を歪曲してでも敢行される政治的行為である、という。そして、中国人の虚言や誇大表現は、個人の利益のための嘘ではなく、中国の伝統的な社会的心性に促された嘘なのだ、という。

　林思雲氏は、有徳の人物（君子、賢人、偉人）が政治を司れば治世が出現し、無徳の人物（小人）が政治を司れば乱世が出現するという、中国人の政治観を指摘する。中国の政治は、「法治」ではなく「人治」なのである。続いて林思雲氏は言う。治世を続かせるためには政治を司る君子たちは、完全無欠な存在でなければならない。しかし彼らも過ちを犯すのであり、治世を存続させるにはこの過ちを隠さなければならない。過ちが明らかになり指導者の人格が傷つけば、治世が動揺し乱世が到来するからである、と。

　林思雲氏はこのような心性の根源を、儒教の聖典である『論語』に求める。忠、孝、礼、仁は日本人も良く知る徳目であるが、儒教にはこのほかに「避諱」という大事な徳目がある、という。「避諱」は、日本語で使われる「忌避」と同義語であるが、中国語の「避諱」は、隠す、避ける、だけではなく、更に積極的な意味として使われる。

　『論語』の子路第十三に、有名なエピソードが出現する。自分の父親が羊を盗んだと告発した息子を正直な人間だと讃える人物に対し、孔子が諭したのである。子は親の為に〔不名誉なことを〕隠し、親は子の為に〔不名誉なことを〕隠す、これこそが正直というものだ、と。

　中国では、家族や共同体の安定の為には不都合な事を積極的に隠すのであり、これは倫理徳目に合致する行為である、と林思雲氏はいう。そしてこの心性は、

その表裏の関係として、安定の要であった人物や集団が故意に安定を破壊したと認識されると、一転してその人物や集団を徹底的に批判し、積極的に嘘を弄してその道徳性を貶めるのである。

林思雲氏は天安門事件のさい、北京の一市民がアメリカのテレビ局のインタビューに対し、天安門では三万人が殺害されたと答えた事実を指摘する。三万人もの多数の死者は出現しなかったが、この市民には民主化運動を武力で弾圧した中国共産党は打倒されるべき存在以外の何者でもなく、虚言を弄してでも中国共産党の非道を世界に訴え、その滅亡を願ったのである。

中国人は身内の人間に対してさえ、こうなのである。いわんや、敵対した外国人に対してをやである。徹底的に事実に基づかない嘘をつき、口を極めてその不道徳性と悪行を糾弾するのである。このような心性を持ち合わせず、その存在すら想像できない日本人は、往々にして相手の迫真の弁舌に圧倒され、嘘を本当だと思いこまされてしまう。

林思雲氏は、「三〇万人大虐殺」という南京事件に対して、一般の中国人はそんなに多数の人間が死亡したとは本当は思っていない、という。しかし、日本の侵略を非難する民族的規模の愛国虚言として出現したこの数字を、率先して否定するのは困難だという。そんなことをすれば、売国奴のレッテルをはられるからである。

筆者はその後、儒教道徳が隅々まで浸透している韓国社会においても、中国人と同質の心性が存在するのを発見した。ＥＳ細胞（胚性幹細胞）を捏造して失職したソウル大学の黄禹錫教授の事件では、黄禹錫教授を支持する民衆団体が大規模な集会を開き、捏造を告発したソウル大学の調査委員長を名誉棄損で告発すると宣言したのである。[8] 国家の名誉を守るためには、ノーベル賞候補で韓国科学界の看板である偉大な人物の誤りを隠すべきだという、まさしく林思雲氏のいう「避諱」精神の発露である。

体制の安定を維持するためには「要」となる完全無欠の大人物を崇拝するが、この人物が安定を破壊したと認識されれば、一転してこの大人物を小人として徹底的に貶める。これが『マオ』の徹底した毛沢東攻撃の背後に存在する、中国人の「歴史認識」である。

筆者は最近、この「歴史認識」の変型を、劉震雲『温故一九四二』（劉燕子訳、中国書店、2006年4月）の中に見いだした。この歴史ルポ小説では、日中戦争中の1943年に日本軍が河南省の被災住民に食料を供給したため住民が日本軍に協力し、大量の餓死者を顧みずに被災住民から軍糧を収奪していた国民政府軍に反撃を加え、六万の日本軍は労せずして三〇万の国民政府軍に勝利を収めた事実が記述されている。ただし日本軍は人道的行為にもかかわらず、お定まりの「残虐非道な」という枕言葉を冠せられる。また民衆の苦痛を省みない政治指導者として、蒋介石が物欲のみで徳の無い小人に戯画化されて登場する。以上の様な否定的「評価」を、日本軍と蒋介石に冠しておかなければ、この小説を発表するのは不可能であった。中国人（共産党を含む）の「歴史認識」を逆撫でするからである。しかし誰にも理解される「事実」は、国民政府軍の残酷さと対照をなす日本軍の「人道性」である。この歴史ルポ小説は、中国人の「歴史認識」を逆手にとり、「敵」に否定的「評価」を冠しながらも、深い含意のある歴史事実を発掘した好例である。

四、『マオ』の主張する歴史事件の〈新解釈〉を吟味する

　『マオ』に散りばめられている数々の歴史事件に対する〈新解釈〉は、「衝撃」的である。しかしこれらの〈新解釈〉は、英語版に付けられた注釈と参考文献を見れば、すべて刊行済の中国語資料に依拠していることが分かり、多くの関係者に対して行われたインタヴューも、刊行済資料の内容を補完するに過ぎない。
　ユン・チアンの夫のジョン・ハリデイは、新たな毛沢東像に肉付けをするため、毛沢東の人生に大きな関係のあったロシアの中国政策を、ロシア語の回想録を駆使して『マオ』に組み込んでいる。そしてハリデイは、ロシア政府、ロシア共産党、コミンテルンが、外交上の謀略とスパイ活動の限りを尽くしたと述べる。しかし、指摘される謀略活動のうち、『マオ』（上巻、96頁）にいう1927年8月の共産党員たちの反国民党武装蜂起である南昌暴動の記述は、全くの誤りである。暴動はソ連の軍事顧問が指揮し武器もソ連から支給されたと述べられているが、ソ連は国民党を敵に回すことを嫌い暴動を制止しようとしていた。(9) ハリデイによるロシアの中国政策に対する〈新解釈〉には、信憑性を疑わせる点がある。しかし、

大胆な指摘で議論を盛り上げる点では、歴史研究の活性化に貢献するであろう。

かつて筆者は、台湾で購入したソ連のスパイ組織を分析した『蘇俄間諜』(台北、1959年。Kookridge: *Soviet Spynet*, 1956の中国語訳) の巻頭に、『孫子』の「用間篇」(スパイの用い方を論じた篇) が全文掲載されているのを見て、諜報活動に対する中国文化の深い伝統を思い知らされていた。日本の縄文時代に、すでに中国人が諜報活動に関する精緻な思想を完成させていたことを知り、ため息が出たのである。

『孫子』・「用間篇」は、戦いに勝つには敵の情報を先に知らねばならず、最も重要なのはスパイの役割だという。そして五種類に分類するスパイの中で、最も重要な役割を担うのは、敵の情報を簡単に入手できる二重スパイ (反間) だという。そして君主は、聡明な思慮深さのもとに、五種類のスパイを巧みに使いこなさねばならないという。

本稿の終わりに当たり、『孫子』・「用間篇」の思想を参考にしながら、ユン・チアンが共産党の勝利に最も貢献したスパイ活動だと主張する、蔣介石側近の張治中と胡宗南の二人の軍人が共産党のスパイであったという「新説」に考察を加えておきたい

張治中は国共内戦の最終段階である1949年の4月に、国民党側の首席代表として北京 (当時は北平) で共産党側との停戦交渉に望んだが、共産党側に身を投じてしまった人物である。1969年に79歳で北京で死去し、国民党革命委員会副主席や全国人民代表大会常務委員会の副委員長を勤めた。張治中は回想録の中で、共産党員であった周恩来との親密な関係を書き残していた (『マオ』上巻、431頁)。

しかし『マオ』が問題にする張治中と周恩来の関係は、ソ連の支持下に国民党と共産党が協力していた第一次国共合作中のエピソード (1925年のこと) であり、当時は共産党員は国民党に加入し国民党員として活動していた。第一次国共合作中には、この他にも国民党員と共産党員の親密な人間関係は、いくつも存在した。例えば『マオ』も指摘する、国民党宣伝部長の汪精衛と毛沢東の関係であり、毛沢東は汪精衛の推薦で宣伝部長代理として活躍した (上巻・78頁)。この事実は、筆者も台湾の国民党党史編纂委員会のアーカイブで確認していたことである。このほか『マオ』には、「一九三〇年代の半ばごろには、張治中はソ連大使館と密[10]

接な連絡をとりあうようになっていた」と記されるが（上巻、342頁）、蔣介石は抗日戦争準備のため35年の末にソ連政府と接触を開始しており、側近の張治中がソ連大使館と連絡をとっても何の不思議もない。

　胡宗南は、蔣介石が校長をつとめた黄埔軍官学校の第一期卒業生であり、子飼いの軍人として、蔣介石の権力確立に係わる全ての軍事作戦に参加した。1947年の国共内戦中には部隊を指揮して延安を占領したが、やがて蔣介石とともに台湾に移り、1962年に67歳で台北で死去した。『マオ』のいう胡宗南スパイ説は、胡宗南が黄埔軍官学校時代に胡公冕という共産党員と親しかったこと、更に1947年の延安攻撃時に毛沢東が落ちついて退却したのは胡宗南が情報を漏らしたからだ、を根拠とする（上巻・507頁）。しかし黄埔軍官学校時代は第一次国共合作中であり、胡宗南が共産党員と親しくて何の不思議もない。また毛沢東が落ちついて退却したのは、当時はアメリカの仲介で国共両軍の間で停戦が繰り返されており、軍事情報は互いに筒抜けであったからだと思われる。

　『孫子』・「用間篇」の最後には、次のように述べられている。〈古代の殷王朝と周王朝の成立時には、いずれの場合も、それぞれの建国の功臣が敵国にスパイとして入りこんでいた。スパイこそ戦争に勝利する要である〉、と。この文章を目のあたりにしたとき、筆者は『マオ』が主張する張治中・胡宗南スパイ説は、『孫子』・「用間篇」を下敷きにしたチアン・ユンの「創作」であろうと思いあたった。読者は如何にお考えであろう。

　注釈
（1）　ソ連諜報機関の暗躍とその真偽については、『正論』2006年5月号で、瀧澤一郎氏や宮崎正弘氏らが、それぞれ詳細に論じている。
（2）　ハリデイは1939年生まれのアイルランド人。オックスフォード大学で哲学と古代史を学んだ多彩な才能の持ち主である。日本語訳されている著作には、映像や美術を論じた『パゾリーニとの対話』（晶文社、1972年）や『朝鮮戦争：内戦と干渉』（岩波書店、1990年）がある。
（3）　「〈倫理学原理〉批語」（毛沢東文献資料研究会編・竹内実監修『毛沢東集』補巻9、蒼蒼社、1985年、所収）。〈倫理学原理〉と訳されているパウルゼンの原著の書名は、*System der Ethik* (1894, Friedrich Paulsen) である。『マオ』では『倫理学大系』と

翻訳されているが、英語版 *A System of Ethics* からの翻訳である。
（4）『毛沢東の思想』（北村稔訳、蒼蒼社、1989年）、39頁。
（5）『毛沢東の思想』、34頁
（6）『毛沢東の思想』、59頁
（7）『中国は社会主義で幸せになったのか』は、中国語版が2007年3月に台湾の遠流出版社から出版された（林淑美訳『社会主義為中国帯来幸福了嗎？』）。
（8）イーデイリー（Edaily）2006-01-21 23：29（iam. 100@edaily.co.kr）
（9）北村稔『第一次国共合作の研究』（岩波書店、1998年）、213—218頁。
（10）同、『第一次国共合作の研究』、41頁

北京と「上海閥」神話と日中関係

徳 岡　　仁

（1）　はじめに

「中国共産党総書記、国家主席、中央軍事委員会主席」胡錦濤は、暮れも押し詰まった2006年12月27日海軍の第十回共産党代表大会代表と会見し、「わが軍の歴史的使命に適うよう強大な人民の海軍を努力して鍛え上げる」こと、さらに中国が「海洋大国であり、国家主権の防衛と安全保障、領海の利益擁護において海軍の地位は重要でその使命は栄光に包まれている」と強調した。

胡錦濤のこの発言は、積極攻勢的に外洋へ展開する最近の中国海軍の活動を象徴する発言であると言われる。

この接見に先立ってアメリカの保守系紙『ワシントンタイムス』は、同年10月26日、沖縄近海の公海上で中国海軍のディーゼル推進の通常型潜水艦「宋（スン）」級が、訓練行動中の米第七艦隊の航空母艦キティーホークの半径5マイル以内に探知されずに近づいた後浮上したことを伝えた。「宋」級潜水艦がキティーホークの艦載機に発見されたのは同艦が浮上してからであり、このときすでにその魚雷およびミサイルの射程内であったという。報道によれば、この事実については複数の米軍高官が明らかにしていたが、これに対して11月14日に記者会見した中国の外務省報道官はその事実を否定したのであった。

米空母への中国潜水艦接近の事実を伝えた『ワシントンタイムス』は、かの「9.11」事件関係者と中国との関係を示唆したり、在米3000社の中国系企業がスパイ活動を行っていると報道して反中国的キャンペーンを展開していたという。さらに、わが国においては同社が台湾資本の経営する新聞社であることはよく知られているところである。

一方で、胡錦濤が海軍共産党大会の代表と接見した同じころ中国で公表された

国防白書ともいうべき『2006年中国的国防』（以下『国防白書』と略称する）⁽⁶⁾は、「中国はいかなる国家とも軍拡の競争を行わないし、いかなる国家に対しても軍事的な脅威とならないであろう」と宣言していたのである。同書によれば、中国はアジア太平洋地域における情勢を「基本的に安定している」と見ていて、その国防政策を「防衛的」で「国家の安全と統一を擁護する」ことを最も重要であると位置づけているという。

しかしながら、「アジア太平洋地域における安全保障では複雑な要素が引き続き増大」しているのも事実であるとの認識も持ち、それは米軍が「アジア太平洋地域における軍事力を増強」し、「日米は軍事同盟を強化して、軍事的一体化を進める」だけではなく、「日本は平和憲法を改正して集団自衛権行使を謀り、専守防衛から対外攻勢の傾向を明らかにする」ことによるとする。さらに、「朝鮮はミサイルを試射し、核実験を行った」ことに触れ、このことが東北アジアの情勢をより複雑で厳しいものとするとはしていた。しかし、東北アジアの情勢が厳しさを増す中で、一方で「中国政府が行った台湾海峡の両岸関係改善と発展についての一連の重大な措置は、両岸関係を平和と安定の方向へと進めるものである」という。中国の東北アジアにおける重点が奈辺にあるのかを示唆する。

中国の安全保障に対する困難さはなお無視できない中で、人民解放軍は「侵略に備えそして抵抗し、領海、領空および国境を確保する」が、とくに「台湾独立を唱える分裂勢力とその活動に反対し抑制」することはもとより、「いかなる形のテロ、分裂主義、原理主義を防ぎ取り締る」ことで「新しい世紀の新たな段階の歴史的使命」を果たす。そして、あくまで「積極的防御の軍事戦略の方針を貫徹」して、とくに「海軍は近海防御の戦略的縦深を逐一増大させ、海上での総合作戦能力と核の反撃力を高める」とする。

その一方で、「平和な発展に有利な安全保障の環境を作る」ために、「国際的な安全保障に協力し、主要な大国および周辺諸国との間での戦略的協調と協議を強化して、二国間あるいは多国間での軍事演習を展開することで公平で有効な集団的安全保障および軍事的相互信頼のメカニズムを樹立し、共同で互いの衝突と戦争防止に努める」という。

『国防白書』によれば、海軍は、「戦略的縦深を逐一増大させる」があくまで

表：軍事費と財政支出および GDP との関係

	軍事費（増減）	財政支出（増減）	GDP（増減）	A％	B％	物価
2003	1903.62（11.7％）	24594.57（11.8％）	135973（12.9％）	7.74	1.40	1.20
2004	2200.01（15.6％）	28486.89（15.8％）	159878（17.6％）	7.72	1.38	3.90
2005	2474.96（12.5％）	33930.28（19.1％）	183085（14.5％）	7.29	1.35	1.80
2006	2947.34（19.1％）	40213.16（18.5％）	209407（14.4％）	7.33	1.41	2.70

軍事費が、A：財政支出に占める割合　B：GDP に対する割合　物価：消費者物価上昇率
『国防白書』、みずほ総合研究所「みずほアジアインサイト」2006年1月12日より作成

「近海防御」に徹するのが「国防政策」だとするのである。

　ただ、中国がその安全保障上無視できないのは、「国内外それぞれの要素が関連性を強め、伝統的安全保障と非伝統的安全保障の要素が相互に交錯し、国家の安全保障を求める上で困難さを増大させていることである」からである。「非伝統安全保障」とは、いわゆる「new security」のことで非軍事的な例えば環境問題や合法非合法の移民問題、国際犯罪など国家主権や国益に関わる問題である。さらに例えば、台湾独立の問題はとくに「中国の主権と領土の保全」にとって深刻な脅威となること、「歴史問題」も中国の安全保障に影響を生むという。

　『国防白書』によれば、国防費は1979年から89年までの十年間では年平均1.23％しか増えなかったが、1990年から2005年の十五年間は、年平均15.36％の増加だったという。しかしながら、それぞれの時期の消費価格の指数を勘案すると、実際は最初の十年間が年平均5.83％で後の十五年間では9.64％の伸びであったと修正する。また、2003年から四年間の国防支出は、1903.62億元、2200.01億元、2474.96億元、2947.34億元と着実な伸びを見せた。2003年以降の各年度における国防支出が該当年度の GDP および国家財政支出にそれぞれ占める割合は、1.40％と7.74％（2003年）、1.38％と7.72％（2004年）、1.35％と7.29％（2005年）、1.41％と7.33％（2006年）であった。

　これらの数値を見ると、2005年までは GDP と国家財政支出が毎年大幅に増加しているにも関わらず、国防支出がそれらに占める割合が減少していたことがわかる。しかし、2006年では二つの数字はともに前年に比べて増加に転じた。GDPに占める割合に至っては過去四年間で最も高い数値となったのである。さらに財政支出と GDP ともにその増加率が前年に比べて減少しているにも関わらずであ

る。この変化は、胡錦濤が強調したように海軍の軍事戦略の転換を象徴するものなのであろうか。

『国防白書』によれば、軍事費増加の要因は、（1）現役や退役軍人の給料、年金や部隊の生活改善、（2）武器・装備、インフラ建設投資の増加、（3）各種軍学校、訓練施設の設備投資、手当ての増加などによる人材養成、（4）物価上昇による食材、燃料費、各種資材費の高騰、（5）非軍事領域における国際協力に要する費用の増加によるという。

さらに、2005年の軍事費を日米両国と比較すると、アメリカの6.19％、日本の67.52％で、軍人一人当たりに換算して比較すると、アメリカの3.47％、日本の7.07％であった。2006年の数字は不明だが、そんなに大きく変化はないであろうから、公表された軍事費だけでいえばはるかに小さな規模であるといえよう。ただ、よくいわれるように軍事費として表に現れない費用が相当数あるとされるが、たとえ十倍あったとしても現在のところアメリカに対抗できる規模ではないのも事実である。ただ、2007年の国防費予算は、17.8％増の3509億元で日本円に換算すれば5兆3300億円となり、初めて日本の防衛費よりも大きくなることから、日本の防衛関係者の危機感が深刻なのかもしれない。

（2）「分権化」の象徴としての「上海閥」

2002年秋に開催された共産党十六全大会における胡錦濤総書記選出による江沢民からの政権委譲にはさまざまな憶測がなされ、とくに権力の確立には相当の時間を要するであろうと盛んに議論されたことは記憶に新しいところであり、現在なお江沢民の派閥として「上海閥」の存在に言及する向きも多い。政治上の諸現象、例えば指導部の人事問題などをこうした権力内部の「派閥闘争」あるいは「宮廷内権力闘争」として捉えるのは、不透明な権力内部の動きを理解するのに「好都合」であるばかりか「お話」としても実に興味深く「ある種」説得的なのであろう。

2006年9月24日に開かれた中央政治局会議において、中央規律検査委員会の「陳良宇同志が関係する問題の初歩的審査についての報告」が審議された。審議

の内容は、上海市のトップである党委員会書記陳良宇による上海市労働・社会保障局の社会保障資金不正使用、違法企業経営者の利益獲得、法規違反をした側近の庇護、職務上の便宜を利用する親族の不当な利益獲得などへの関与についてであり、中央政治局は陳良宇の関与を認め、「中国共産党規約」および「中国共産党規律検査機関事案検査工作条例」それぞれの関係規定に基づいて陳良宇の上海市党委員会書記、同常務委員および委員の職務を免じ、さらに中央政治局委員と中央委員の職務を停止した。陳良宇に対する今回の処分については、「党風と清廉政治の樹立および腐敗反対における断固とした決心と鮮明な態度、誰であろうとその職位がどれだけ高かろうと党の規約や国の法律に触れれば厳しく追及され処罰されることをわが党が強化しているのを充分に表明したもの」と強調した。上海市で一貫して職務に就き、市党委書記というトップにまでのぼりつめた陳良宇は、呉邦国や江沢民につらなる「上海閥」の雄とみなされる。

　すでに数年前から陳良宇書記の不正については取りざたされていたが、摘発の直接のきっかけとなったのが32億元にのぼる社会保障基金不正融資による上海市労働社会保障局祝均一局長の解任と上海市宝山区の秦裕区長の取調べであった。秦裕区長は、陳良宇の元秘書で陳の不正についての内実に最も通じていたのであった。

　ちなみに中国の「社会保障基金の収支残高はすでに２兆元を超え、毎年20％ずつ増加」しているが、2006年11月23日の国家会計監査署の公告は、「上海とチベットを除いた29の省・自治区・直轄市および５つの『計画単列都市』の会計監査で近年総額71億3500万元にのぼる不正流用」を明らかにした。

　上海証券市場における株価の暴落が、たちまち全世界の証券市場に影響が及んだことは記憶に新しいが、これは上海証券市場の株価の高騰が招いた現象であった。今や外貨準備高が一兆ドルを超え世界一となったが、中国国内でも過剰な資金が溢れているところから金融当局は公定歩合を上げることによってその回収に努力する。しかし、多くの資金が証券市場に流れた結果が今回の暴落の要因となった。ミニバブルの崩壊といったところである。だが、その実体は別として上海の証券市場の動向が今や世界に影響を及ぼすまでになったのも事実である。社会保障基金という公金も証券市場にみられるような金融動向とは無縁でない。こうし

た金融市場は、さらに不動産業界をも巻き込む。土地の再開発で巨大な資金が動き、その中で権力と密接に結びつく。

　上述したように陳良宇の不正は数年前から取りざたされていたが、そのひとつに「上海一の富豪」と呼ばれた周正毅との関係で、上海の一等地である静安区にある「東八塊」と呼ばれる地区の開発をめぐる不正があった。陳が解任されて二ヶ月たった11月には、上海市土地利用管理部長の朱文錦が逮捕された。朱は、陳良宇の縁戚で市の土地開発責任者。周正毅が不正取得した「東八塊」の取引に絡んでいるとの疑いであった。(13)陳良宇はさまざまな利権に絡んで不正を働いていたが、さらに利益の大きな不動産業界での不正にも関わってきたのである。

　国務院の国土資源部では、５月17日に「国六条」と呼ばれる不動産価格のコントロールをはじめとする土地開発に関する六項目の措置を採ったが、その効果は思ったほどではなかった。消息通によれば、不動産業界と官界との強い結びつきがあったからだという。そこで国土資源部は、翌６月１日緊急に全国土地ブーム法工作会議を招集し、土地をめぐる違法事案を厳しく調査処理するよう求めた。この通達に基づいて各地で摘発が行われ、李宝金天津市政法委副書記・人民検察院検察長、李大倫湖南省郴州市委書記、何閩旭安徽省副省長がそれぞれ土地開発をめぐる不正事件で拘留取調べに付された。また、同じ不正行為で摘発された福建省福州市商工局長の周金伙は逮捕を免れて米国へ逃亡してしまったのであった。(14)

　国家統計局によると2006年のGDPは、20兆9,407億元で普遍価格前年比10.7％増、03年に成長率が10.0％となってからは四年連続して二桁の高度経済成長を遂げる。人々の所得は、都市住民の可処分所得が10.4％増、農村住民の収入も前年比7.4％と増えた。

　物価の水準が全体として安定する中、とくに住宅価格が突出した増加を見ることは、多くの資金が住宅に投入されていることを窺わせる。また、肉類や卵類の生産量の増大にみられるように人々の消費水準は確実に高まっているが、一方で例えば所得の増加率にみられるように都市住民と農村住民の所得格差は相変わらず解消されていない。(15)

　国土資源部が明らかにしたところによれば、過去五年間で同部が処理した土地開発や鉱山開発をめぐる汚職事案は358件、公務員の関わった事案はこのうち72

％となった。こうした事案処理の中で明らかとなったのは、一部の地方行政府において「土地財政化」の現象が見られたことだという。そこで2006年は全国で土地や資源に関わる違法事案の調査処理を強化した結果、一年間で90,340件の事案を調査処理し、3,593人を処分した。2名の省級幹部は党規約により処分され、6名の地市級幹部は行政処分、501名は刑事処分を受けた。また事案に関係した土地の面積は約7万ヘクタール、耕地は約34,000ヘクタールに上った。取り壊した建物は約5,500万平方メートル、没収したもの約5,700万平方メートルなどであった。(16)

　土地の開発などに関わる不動産業は、中央や地方を問わず今や巨大な利権となった。それまで各行政区域を拠り所にして「地方保護主義」すなわち権力の分権化に警鐘が鳴らされたが、それが今日経済の業界にまで拡大、政治権力と結びついて複雑な様相を呈するようになった。北京政府にとっては政権の統一を脅かす事態を招いているといえようか。台湾の統一はまさしくこの延長にある。

（3）「打黒除悪」集中取り締まり

　『中国経済週刊』によれば、ジニ係数が限りなく0.5に近づいている。この係数は、1.0に近づけば近づくほど格差が大きくなることを意味するから「貧富の格差は深刻で益々大きくなって」いることになるという。1981年には0.288であったことから見れば隔世の感である。現実に所得の最も高い階層と最も低い階層の格差は、33倍にもなる。(17)

　留まることを知らない経済の拡大は深刻な所得格差をもたらす一方で、豊かな層の所得も確実に増加しているのである。こうした所得の増加は、これまでの世界での経験からいえば「社会構造の激しい変化をもたらし、各種の社会矛盾が顕在化するばかりか、社会治安に影響をもたらす各種の消極的要素を活性化して、違法犯罪件数が明らかに増大」するのである。

　浙江省での刑事事案が10万5千件から51万2千件、江蘇省では7万1千件から42万4千件に増え、広東省では14万6千件から49万8千件に増加したのが、それぞれ一人当たりのGDPが1,000ドルから3,000ドルの間にあった時期であった。(18)

現在、中国のGDPが約21兆元、人口は13億人を超える。さらに人民元の対ドル為替レートは1ドルが約7.8元（2006年11月現在）であることから、一人当たりのGDPは2000ドルを超えたことになり、社会の激しい変化をもたらす所得額の範囲でいえばちょうど中間点。上述の経験を証明するかのように今世紀に入って以降、中国では刑法および治安管理処罰法にかかる事案の発生率（人口10万人当たりの刑事事案発生件数）は前世紀末400台であったのが一気に800から900台で推移しているのである。

2007年1月16日に北京で開催された中央社会治安総合管理委員会の2007年度第一回全体会議において公表された治安管理法事案および公安（警察）機関が公表した2006年における刑事事案認知件数は、465万3千件で前年とほぼ同数であった。ただ放火、殺人など八種類の重大な暴力犯罪は、53万2千件で同2万5千件の4％減少した。[19]治安管理法事案の認知件数については、2007年版『社会藍皮書（青書）』（社会科学文献出版社）によると同1月から10月までで489万7千件（同5.5％減）であった。刑事事案はともかく治安管理事案件数は減少し、刑事事案の検挙率も46.5％と2005年の同時期と比べると4.3％も改善された。[20]

会議では、八種の重大な暴力事案も48万4千件認知されたが、4.3％も減少したことが明らかにされた。凶悪犯罪がこのように改善したのは、深刻な暴力犯罪に対する集中取り締まりを実施した結果であって、中でも遼寧省や黒竜江省など凶悪犯罪が多発する地域に対して重点的な取り締まりを行った結果だったという。さらに、広東や福建では「六合彩（ロトシックス）」などの賭博、雲南、貴州、海南の各省においては麻薬犯罪に重点を置いて取り締まり実施し、これらの犯罪発生件数の上昇を抑えたと公表した。

2006年に公安機関が全国的な取り締まりの重点項目のひとつとしたのは、「黒社会の性質を持つ」犯罪組織に対するものであった。公安機関が捜査し摘発したこうした犯罪組織のかかわる事案346件のうち、検察機関が刑法第294条に基づいて起訴したのは167件であった。

1月19日公安部スポークスマン武和平は、「中国はこれまで黒社会の性格を持つ組織を抑制し打撃を与えることに力を緩めたことはない」と定例の記者会見で述べ、この種の組織が関わる犯罪の社会に及ぼす危険性に対する中国の立法と司

法機関の認識と取り締まりの決意をあらためて明らかにした。[21]

　武和平によれば、「黒社会の性格を持つ組織と黒社会は異なるものである」けれども、「性格は共通するもののその実力の差は歴然としており」、また、「黒社会の性格を持つ組織は、愚連隊グループとも異な」る。さらに「黒社会」は、人民共和国成立後何度かの集中取り締まりの結果70年代までに根絶された。しかし、対外開放政策が開始されて以降国外の黒社会組織が中国に浸透し、ときあたかも計画経済から市場経済へと交代する時期にあって犯罪機会がかつてないほど増大するに及んで、80年代半ばころから愚連隊や地回りなどといった違法分子が次第に変化発展して「黒社会の性格を持つ犯罪組織」が出現するに至ったという。

　こうした状況を踏まえて1997年に刑法が改正され、第294条第1項で初めて「黒社会の性格を持つ組織」の犯罪についての規定が設けられたが、このときはまだこの種の組織の厳密な内容を持つ規定ではなかった。

　その後、組織による犯罪がさらに猖獗をきわめるに至って当局は、2000年12月「打黒除悪」の集中取り締まりを開始しつつ、一方で、2002年4月に第9期全人代常務委員会が、改めて第294条第1項の「黒社会の性格を持つ組織」について以下のように解釈したのであった。[22]

　①比較的安定した犯罪組織を形成し、人数が比較的多く、組織者、指導者、中核となるメンバーがはっきりとしていて基本的に固定していること、②違法犯罪活動またはその他の手段を通じて組織的に経済的利益を追求し、また、当該組織の活動を支援するために一定の経済的実力を有すること、③暴力、脅迫またはその他の手段によって、違法犯罪行為を組織的にくり返し行って悪事を働き、大衆を抑圧しときには傷つけ殺害すること、④違法犯罪活動、あるいは公務員の庇護もしくは放任を通じてその地域で覇を唱え、一定の地域あるいは業界内で違法な支配あるいは強い影響力を行使し、経済や社会生活の秩序を破壊すること、といったものであった。

　2006年2月22日に共産党中央政法委員会が召集した電話会議を受け、同月27日、全国の公安機関「打悪除悪」活動会議が北京で開かれ、公安部副部長白景富が組織犯罪に対して「全警察力を投入する」と徹底した取り締まりを宣言した。会議では、取り締まりの対象となる犯罪組織がとくに建築業、運送業、卸売りなどの

各種市場、娯楽レジャー施設、飲食業を拠点にし、さらにエネルギー産業などにも浸透していることを明らかにし、こうした犯罪組織を庇護したり、その活動を放任したりする権力の「保護傘」に対してたとえ公安機関内部の人間に及ぼうが徹底した取り締まり行うと強調したのである。⁽²³⁾

　政法委員会の電話会議では、同委員会書記の羅幹は集中取り締まりの目標を高い刑事犯罪の発生率を抑制すること、一般大衆の「治安体感」を好転させることなどにおいていた。公安機関の会議は、組織犯罪がその活動を通じて社会に如何に浸透しているか、さらには権力と如何に強く結びついているかなどを明らかにしたのであった。

　2006年の「打黒除悪」の集中取り締まりは、こうして全国で展開された。遼寧省では、72,000人の警官が動員されるなど空前の規模で実施された。浙江省での取り締まりの結果銃器、弾薬、爆発物などが押収され組織による武装の実態が浮かび上がった。北京の犯罪組織は、ビジネスと深く結びついていたし、湖南省では組織が紙幣を偽造し、公金を横領し、賭場を開設して「六合彩（ロトシックス）」などを違法に主宰して経済的な実力を着実に養っていた。[24]

　三ヵ月後の5月25日、公安部が「初歩的な戦果」を公表した。関係事案一千件を摘発処理し、黒社会の性格を持つ組織28個を送検起訴した。[25]

　「全国打黒除悪専項闘争協調小組弁公室（集中取り締まり本部事務室）」副主任杜航偉は、この間の成果を踏まえて以下のような状況説明を行った。「現在および将来にわたって、中国の『黒悪勢力』はなお次々と生まれ発展する時期にあって、同時に取り締まりの活動も鍵となる時期である」が、今回の集中取り締まりを通じて明らかとなった犯罪組織の新たな動向は、「組織が『企業化』、『会社化』するという新たな趨勢にあり、国外の犯罪組織が中国に浸透していることである」とした。さらに、取り締まりの目標が「犯罪組織を徹底的にたたくこと、その経済的基盤を破壊すること、いわゆる権力の『保護傘』を取り除くこと」の三つであったことも明らかにした。加えて、公安部捜査局副局長廖進栄は、今回の取り締まりに一般大衆からの支持を得たことに言及し、電話で3,701件、書簡で1,091通、電子メールで211通それぞれ手がかりとなる情報が寄せられたと特に言及した。[26]

さらに、5月25日に行われた記者会見では、取り締まり活動を通じて様々な問題も公表された。「一部の幹部には、犯罪組織の危険性に対する認識が不足しており、重い腰を上げず、投資環境に悪影響を与えるのではと恐れるなどの原因で管轄する地域での犯罪組織の存在を認めたがらないこと」、「政法部門の力量不足、協力体制や配置が不適当、経費不足であること」、「関係法規の未整備で有効な摘発ができないでいること、長期的に有効な活動体制になっていないばかりか、総合的な観点での措置が不足していること」などであった。[27]

8月、中央政法委員会は「全国の『打黒除悪』集中取り締まりを深化させる活動についての意見」を出し、2月以来の集中取り締まり活動を講評したが、権力の「保護傘」に対してどのように取り締まったかに重点をおいて評価したという。[28] 党中央にとっては当然の懸念であろう。公安部も、集中取り締まりの経験からであろう、「全国公安機関の『打黒除悪』責任規定」を出して、取り締まりの最前線にいる公安組織の監督強化を図ったのである。[29] 取り締まり当局としては当然の処置であろう。末端の権力と犯罪組織が結びつくことは、腐敗したその部分が中央権力の完全なコントロールから離脱する可能性を孕むことにほかならないといえよう。

（4） まとめにかえて

11月14日に開かれた記者会見で、2006年1月から10月までの中国の治安状況について公安部は次のように指摘した。刑事事案は総体として減少傾向にあるが仔細に検討すると「四降三昇」の傾向があったという。[30]

とくに「三昇」の傾向とは、①社会主義市場経済の秩序を破壊する事案で前年同時期比9.1％増であったが、特に知的所有権にかかる事案が同31.5％増、違法コピー商品販売に関わる事案は同134.8％も激増したこと、②財産に関わる事案の件数は減少しているが、しかし一件の事案に関わる被害額は大きくなっているのが新たな傾向で、一万元以上の被害額であった事案は前年同時期比6.4％も増加したこと、③さまざまな対立や揉め事から殺人事件などの凶悪事件に発展したことである。

同月23日、公安部は、広く一般大衆が被害者となる「大衆型経済犯罪」について記者会見を行い、九つの典型例を挙げつつ犯罪の現状を公表した。その特徴は、広く一般大衆から資金を集め騙し取ることを目的とするが、その手段はマルチ商法、偽物の未公開株の売却などである。遼寧省のある企業は、蟻の養殖を名目に30億元を違法に集めたし、吉林のある企業は、新型建材開発を名目にして120％の高利を約束して１億５千万元を集めた。(31)

　中華人民共和国の建国は、「半植民地」、「半封建」の二つの軛からの解放だったという。しかし、未だに台湾の統一がならず「分権化」したままである。軍事費の増大によって強大化する人民解放軍ではあるが、「解放」というその任務は前途多難である。加えて、上述したような権力の腐敗、「黒社会」的な組織の横行や多くの人々を巻き込み大型化する犯罪は、北京の党中央による「中央集権」とは逆のベクトルを形作っているのではないであろうか。外交は内政の延長とよく言われるが、軍事活動もその発露であるとするなら自ずとその向きはあきらかであろう。

　　（注）
（１）「胡錦濤在会見海軍第十次党代会代表時強調」『人民日報』2006年12月28日
（２）　海軍の党大会及び胡錦濤発言について2007年３月に開かれた東北アジアの安全保障に関するあるシンポジウムに参加した我が国の安全保障専門家が、中国海軍が沿岸防御戦略から外洋へと対外展開する戦略への本格的な転換を表明する会議と位置づけていたのが印象的であった。中国のこの戦略方針を受けて我が国としては日米安保条約を基本として新しいガイドラインの下、台湾および韓国との提携強化を主張。しかし、海外駐留とくに東北アジア米軍の再編成や台湾における国民党の対共産党政策および韓国ノムヒョン政権の対中国及び北朝鮮政策を見ると、一部ではあるがわが国の安全保障政策に携わる専門家の主張する政策に不安を覚えるのは筆者だけであろうか。
（３）　"China sub secretly stalked U.S. fleet　Surfaced within torpedo range of aircraft carrier battle group" on November 13, 2006, *Washington Times*　http://www.washingtontimes.com
（４）「米空母に中国軍潜水艦が接近、魚雷射程内に　沖縄近海」『朝日新聞』2006年11

月14日，http://asahi.com，「美上将承認中国宋級潜艇迫近跟踪小鷹号航母」『環球在線』2006年11月15日http://www.chinadaily.com、「『中国潜水艦が米空母を追尾』報道は事実ではない」『人民網日本語版』2006年11月17日http://www.people.ne.jp、「『現場は公海』米空母追跡で中国　合法性強調か」『産経新聞』2006年11月18日、"Rice hits military buildup" AP; Washington times on November 18, 2006　http://www.washingtontimes.com

(5)　「中美交流正在升温　美報刊登聳動消息　伝我潜艇跟踪美航母」『環球時報』2006年11月14日。

(6)　「2006年中国的国防」『解放軍報』2006年12月30日。

(7)　『国防白書』および「関于2006年中央和地方予算執行情況与2007年中央和地方予算草案的報告」『人民日報』2007年3月19日。1990年から2006年まで一貫して二桁の増加を見せる。

(8)　例えば、小島朋之「六中全会で和諧社会を公式化」『東亜』№474　2006年12月によれば政治局常務委員では、上海出身の呉邦国、黄菊、曾慶紅および影響下にある賈慶林と李長春。

(9)　「中共中央決定対陳良宇同志厳重違紀問題立案検査」『人民日報』2006年9月26日。まだ「同志」と記されているので共産党員は除名されていない。

(10)　「上海市宝山区区長秦裕渉嫌厳重違紀接受調査」『新華社　人民網』2006年8月24日、「中国共産党、上海市トップを解任　汚職に関与の疑い」asahi.com　2006年9月25日、「中国：上海市トップ解任　胡主席、『上海閥』一掃へ」『毎日新聞』2006年9月25日。

(11)　「2006年社保案接連曝光逾70億資金遭違規動用」『市場報』2006年12月20日。

(12)　「人民幣存貸款基準利率上調　一年期分別上調0.27個百分点」『人民日報』2007年3月18日。

(13)　「解任の元上海市トップ親せき、汚職に絡み拘束」『読売』2006年11月10日。

(14)　「土地奪官　反腐風暴席巻地産界」『市場報』2006年8月25日。

(15)　「全年GDP初歩核算209407億元」『人民日報』2007年1月26日。

(16)　文盛堂、李元沢「2006～2007年：反腐倡廉促和諧」『社会藍皮書　2007年中国社会形勢　分析与預測』社会科学文献出版社　2006年12月pp. 180-181。土地開発をめぐる一連の措置は、「国務院弁公庁関于建立国家土地督察制度有関問題的通知」（2006年7月13日）、「関于加強土地調控有関問題的通知」（同年9月5日）、国土資源部の「土地違法問責領導弁法」（同年9月21日）など。また、新たに開発された土地の使

用料は、従来は中央と地方とで3：7の割合で分けていたものを全額中央に納入することとなった。「去年全国査処土地違法案9万多件」『人民日報』2007年3月21日。

(17) 「最高最低収入差距達33倍第三次分配被寄与厚望」『中国経済週刊』第24期2006年6月26日。

(18) 宋爾東、厳従兵「2006年社会治安形勢」『社会藍皮書』p167。

(19) 「中央総治委：2006年我国社会治安情況持続穏定」『人民網』2007年1月16日、「2006年全国厳重暴力犯罪進一歩下降」『人民日報』2007年2月7日。八種類の暴力犯罪とは、放火、爆破、誘拐、殺人、傷害、強姦、強制連行、強奪である。

(20) 宋爾東、厳従兵の前掲注（18）報告　p.160。

(21) 「中国対黒社会性質組織遏制打撃一直没有放鬆」『人民網』2006年1月19日。

(22) 「公安部刑偵局：『打黒是一項長期、難巨的任務』──訪公安部刑偵局有組織犯罪偵査処負責人」『人民網』2004年9月3日。

(23) 「公安機関公布挙報電話厳査黒悪勢力及其保護傘」『人民網』2006年2月28日。

(24) 「遼寧開展建国以来最大規模掃黒行動」『人民網』2006年3月7日、「北京重挙打撃黒悪勢力『以商養悪』将遭厳厲打撃」『同』同年3月22日。

(25) 「公安部：要徹底摧毀中国境内黒悪勢力」『人民網』2006年5月25日。

(26) 「把打黒除悪専項闘争推向縦深　黒悪勢力盤踞三大領域暴力和『公司化』趨勢顕著──全国『打黒弁』負責人就打黒除悪専項闘争答記者問」『人民日報』2006年5月26日。

(27) 注（26）に同じ。

(28) 「政法機関打撃黒悪勢力重点在摧毀『保護傘』」『人民網』2006年8月17日。

(29) 「公安局副局長是保護傘」『人民網』2006年8月19日。

(30) 「公安部：矛盾糾紛引発重大悪性犯罪案件増多」『人民網』2006年11月14日。

(31) 「公安部通報厳属打撃和防範渉衆型経済犯罪有関情況」『人民網』2006年11月24日。

執筆者紹介

《序・第1部》(掲載順)

竹内　実（たけうち　みのる）	京都大学名誉教授
莫　言（ばくげん）	作家
葉　広芩（よう　こうきん）	作家
毛　丹青（もう　たんせい）	作家
狭間　直樹（はざま　なおき）	京都産業大学教授
後藤　多聞（ごとう　たもん）	元ＮＨＫプロデューサー・国立民族学博物館客員教授

《第2部》(五十音順)

赤松　紀彦（あかまつ　のりひこ）	1957年生、中国古典演劇史、京都大学大学院准教授
浅野　純一（あさの　じゅんいち）	1958年生、中国文学（近現代）、追手門学院大学教授
荒木　猛（あらき　たけし）	1947年生、明代小説、佛教大学教授
岩佐　昌暲（いわさ　まさあき）	1942年生、中国現代文学、熊本学園大学教授
鵜飼　光昌（うかい　みつあき）	1957年生、中国思想史、佛教大学准教授
氏岡　真士（うじおか　まさし）	1965年生、中国文学、信州大学准教授
岡本洋之介（おかもと　ようのすけ）	1973年生、唐代文学、佛教大学非常勤講師
祁　小春（き　しょうしゅん）	1961年生、東洋文化史、広州美術学院教授
北村　稔（きたむら　みのる）	1948年生、中国近現代史、立命館大学教授
木津　祐子（きづ　ゆうこ）	1961年生、中国語学史（官話史）、京都大学大学院准教授
楠原　俊代（くすはら　としよ）	1950年生、中国文学、同志社大学教授
工藤千夏子（くどう　ちかこ）	1972年生、中国現代文学、佛教大学非常勤

執筆者紹介

厳　紹璗（げん　しょうとう）	1940年生、東アジア文学・文化研究、北京大学教授
黄　媛玲（こう　あいれい）	1957年生、中国現代文学、名古屋外国語大学准教授
黄　當時（こう　とうじ）	1953年生、中国語学、佛教大学教授
小松　謙（こまつ　けん）	1959年生、元明清の戯曲・小説、京都府立大学教授
三枝　裕美（さいぐさ　ひろみ）	1961年生、中国語教育、長崎外国語大学准教授
齋藤　希史（さいとう　まれし）	1963年生、中国古典文学、東京大学大学院准教授
柴田　哲雄（しばた　てつお）	1969年生、政治学・歴史学、愛知学院大学専任講師
杉谷　有（すぎたに　ゆう）	1967年生、中国現代文学、佛教大学非常勤講師
張　夢陽（ちょう　ぼうよう）	1945年生、中国現代文学、前中国社会科学院研究員
辻田　正雄（つじた　まさお）	1948年生、中国当代文学、佛教大学教授
徳岡　仁（とくおか　ひとし）	1953年生、中国政治社会、平成国際大学教授
中　裕史（なか　ひろし）	1959年生、中国現代・当代文学、南山大学准教授
中尾　弥継（なかお　ひさつぐ）	1973年生、唐宋文学、佛教大学非常勤講師
中原　健二（なかはら　けんじ）	1950年生、中国文学、佛教大学教授
萩野　脩二（はぎの　しゅうじ）	1941年生、中国現代・当代文学、関西大学教授
濱田　麻矢（はまだ　まや）	1969年生、中国現代文学、神戸大学大学院准教授

藤田　一乗（ふじた　かずのり）	1972年生、中国近現代文学、佛教大学非常勤講師
松家　裕子（まつか　ゆうこ）	1960年生、中国の歌謡文学、追手門学院大学教授
李　　冬木（り　とうぼく）	1959年生、中国近代文学、佛教大学准教授
劉　　再復（りゅう　さいふく）	1941年生、中国現代文学、コロラド大学客員教授
若杉　邦子（わかすぎ　くにこ）	1967年生、中国近代文学、佛教大学専任講師

後　　記

　　吉田富夫先生は、2006年3月に70歳を以って佛教大学文学部中国学科を定年退職された。しかし、すぐ4月より嘱託教授として任に就かれ、2008年3月、めでたくご退休を迎えたのである。
　　佛教大学におられること36年、中国学科を開設し、大学院博士後期課程をも作り、第1回の課程博士を世に送り出した。文学部長や副学長としての数々の業績は、今はここでは述べない。吉田先生の業績の一端は、上述のように、中国学の後進を育てることにあったと言える。その成果として、「吉田富夫先生の退職記念の本を作ろう」と言い出す後進が出たことは、真に意義深く、感激的なことではなかろうか。
　　それは、2004年の11月5日であった。四条烏丸の酒舗ライオンに集合の声を掛け、「素案」を作って、熱っぽく『吉田富夫先生退休記念論集』（仮題）を語ったのは、中原健二・佛教大学教授であった。浅野純一・追手門大学教授、北村稔・立命館大学教授、中裕史・南山大学准教授そして萩野脩二・関西大学教授の計5名が、そこに集まったのであった。これが第1回の会合ということになるが、初めて話を交わす中原氏を見て、私は大きな感慨にふけった。人の幸せとは何であるか？　自らの業績が偉大であることは勿論であろうが、このように人柄に傾倒する後進を生むことも、幸せの最たるものではないかとつくづくと感じた。3年半も前に、退休記念の論集を編もうとする、その心意気は一体どこから出たものか、私はただただ敬服して「素案」を眺めるに過ぎなかった。
　　編集委員のうち、庶務担当として浅野氏が、会計担当として中氏が決まった。中原氏は総務である。そして、萩野が委員長になることになった。萩野が委員長を引き受けたのには、いささかの理由がある。1969年であったと思うが、学園紛争のとき、私はあるデモ行進に参加した。デモ行進の一番先頭の列にいつの間にか並んで、シュプレヒコールを叫び百万遍の交差点まで来た。そのとき、後ろから奇妙な声を上げて「萩野あぶない！後ろに下がれ！」と言って、私と換わって

先頭に立ってくれたのが吉田富夫助手であった。一番前の列は写真を撮られ、何かのときの責任を取らされるのだとは、あとから知ったことだ。私は、身を挺して救ってくれた恩義を今でも忘れない。大学の院生時代、同じ現代をやる後藤多聞氏と『中国新文学大系』の「導言」を先生の自宅で読んでもらったことがあった。そのとき、まだテレビ局に勤めていて、疲れて帰宅した奥さんに迷惑を掛けた。わが鬼のような吉田先生の弱点が多満子さんにあることを知ったのもこのときである。吉田富夫先生の、このような優しさは、学生もきっと本能的に感ずるに違いなく、そういうけれんみのない人間性が多くの者を引き付けるのであろう。

　浅野氏は着々と原稿依頼の呼びかけの案を作り、原稿遅延者にも優しい配慮をした。原稿がほぼ集まった段階で、「序文」を竹内実・京都大学名誉教授に依頼することになった。竹内先生を置いて他には、これだけの論集の序文を書ける人はいないと判断したからである。そのとき、浅野氏はちゃんと原稿執筆予定者の一覧表を用意して、竹内先生が「序文」を書くのを容易ならしめた。中氏は寄付金の係りという厄介な役を全うした。さらに、中氏はひとり遠くから近鉄特急に乗って、しばし開かれる会合に参加してくれた。どれも一言で済ませてしまう事柄とはいえ、経緯はなかなか「麻煩」なものである。二人とも中堅として、本務校の責任ある役割を担いつつの仕事である。北村氏も原稿を早く提出するなど、かげながらの援助を積極的にしてくれ、われわれの励みとなった。お蔭で、国内外から40余名の執筆をいただいた。執筆者の皆さんに心からお礼申し上げる。

　この『吉田富夫先生退休記念中国学論集』は2部構成からなっている。第1部には、中国の生きの良い作家・莫言や葉広芩、今売り出し中の毛丹青、そして、水魚の交わりとも言うべき狹間直樹・京都産業大学教授、さらには元NHKプロデューサーの後藤多聞氏の文章がある。とりわけ、吉田先生自身の「留学日記抄」は、僅か3ヶ月ながら、当時一般には留学できなかった文革前夜の中国を捉えており、今日の吉田先生を有らしめた原点とも言うべき文章で、一読するに値しよう。

　第2部は、所謂記念論集という形になる。古今東西に渡る文学面の論文が主である。新たな知見の力作が揃ったと自負できるが、よく見れば、劉再復や厳紹璗、張夢陽といった中国の著名人や学者が寄稿してくださっている。日本人でも文学

後　記

　分野外の人までが原稿を寄せてくださっている。佛教大学や京都大学での受業生、及び吉田先生が主催する現代中国研究会の参加者などの寄稿が主であるが、いかに吉田先生の学問の幅が広いか、よくわかる。

　また、福原隆善・佛教大学学長を会長に、「吉田富夫先生退休記念事業会」を設立していただいた。この会にも、幸い多くの方々の賛同を得たことを付言させていただき、謝意を表しよう。そして、これらの会のことや、この論集に尽力して、ここまで努力した総務の中原氏に、ご苦労様と一言付け加えよう。

　最後に、この厄介な本の出版を引き受けてくれた汲古書院・石坂叡志社長に感謝する。編集担当の小林詔子氏の忍耐強い援助にも大きな謝意を表しよう。

萩野脩二識

吉田富夫先生退休記念中国学論集

2008（平成20）年3月1日　発行

編　者　吉田富夫先生退休記念
　　　　中国学論集編集委員会
発行者　石　坂　叡　志
製版印刷　富士リプロ㈱

発行所　汲　古　書　院

〒102-0072　東京都千代田区飯田橋2-5-4
電話03（3265）9764　FAX03（3222）1845

ISBN978‐4‐7629‐2832‐1　C3098
KYUKO-SHOIN, Co., Ltd. Tokyo. ©2008